KB181275

당나라 퇴마사
III

당나라 퇴마사

천하를 건 싸움

왕칭촨 지음 | 전정은 옮김

Ⅲ

마시멜로

—— 차례

상

고양이 요괴 수수께끼

하

잠룡의 변신

고양이 요괴 수수께끼

1장
......
곁들다

눈앞은 끝없이 깊은 어둠이었다. 육충은 한참 적응하고서야 비로소 이곳이 좁디좁은 옥방임을 알아봤다. 옥방 안에는 곰팡내가 진동하고, 벽 구석에는 쥐 두 마리가 제 세상이라도 되는 양 오락가락하고 있었다.

'어떻게 된 일이지? 이 어르신이 왜 감옥에 갇힌 거야?'

육충은 아직도 머리가 멍하고 묵직했다. 몸을 살짝 움직이다가 그제야 손발에 쇠고랑이 채워진 것을 알아차렸다. 차갑고 단단한 쇠고랑, 손목을 죄는 아픔, 저 앞 조그만 창문에서 새어드는 희미한 빛. 이 모두가 지금 이것이 현실이라고, 결코 꿈이 아니라고 그를 일깨웠다.

"이런 망할 놈, 드디어 깼군."

옥방 문이 철커덕 소리를 내며 열리더니 키 크고 야윈 옥졸이 성큼성큼 들어와 호통을 쳤다.

"흉악한 산적 육봉시 들어라! 너는 온갖 못된 짓을 저질렀으니 그 더러운 빚을 갚을 때다!"

"무슨 말이냐?" 육충은 얼이 빠졌다. "이 어르신은 퇴마사 오품 낭중 육충이다. 그런데 산적이라니…… 뭐, 육봉시?"

"얼씨구! 네가 퇴마사의 오품 낭중이라고? 그럼 이 어르신은 왕이시다!"

옥졸이 버럭 화를 내며 따귀를 날리려고 했다.

발연대로한 육충도 주먹을 휘둘렀다. 공력을 써서 저 옥졸을 흠씬 두들겨주고 싶었다. 그런데 손을 드는 순간, 뱃속이 텅 빈 느낌이 들고 강기를 전혀 끌어올릴 수가 없었다. 그는 하는 수 없이 고개를 숙여 옥졸의 손을 피했다. 그런데 갑자기 가슴팍이 욱신거렸다. 온몸의 힘이 쭉 빠진 육 검객 어르신은 어느새 옥졸의 발에 가슴을 힘껏 걷어차여 벌렁 나자빠지고 말았다.

"이 처 죽일 도적놈이 감히 피해!" 옥졸은 제 발 힘이 무척 만족스러웠다. "내일 오시면 처형당할 놈이!"

"이보시오." 육충은 놀라고 화가 났지만 성질을 꾹꾹 눌렀다. "사람 잘못 봤소. 나는…… 진짜 관리요. 원승 장군을 알지 않소? 하긴, 당연히 원 소장군은 모르겠지. 그래도 오육랑이란 이름은 들어봤을……."

옥졸은 또다시 발길질해 육충을 쓰러뜨린 뒤, 손발을 묶은 기다란 쇠사슬을 잡아당겨 그의 몸을 둘둘 감았다.

"네 이놈, 당장 이 어르신을 풀어주지 못해! 조금 있으면 퇴마사에서 찾아와 네놈을 싹둑싹둑 썰어놓을…… 억!"

느닷없이 쑤셔 들어온 천 뭉치가 그의 입을 단단히 틀어막았다.

"입 다물어. 죽음이 코앞인데도 속임수를 쓰려 하는군. 이 어르신을 탓할 거 없어. 사형수 음식도 생략할 테니 내일 굶어 죽은 귀신이나 돼라, 이놈."

옥졸은 흉악하게 웃으며 옥방 문을 걸어 잠근 뒤 성큼성큼 가버렸다. 문이 닫히자 옥방은 금세 칠흑같이 어두워졌다. 육충은 안간힘을 써봤지만 강기는 느껴지지 않았고, 현병술이나 어검술을 펼치기는커녕 사지가 축 늘어져 손발에 찬 쇠고랑조차 벗어던질 수가 없었다.

"흉악한 산적 육봉시, 신분 확인 완료. 내일 참형에 처한다! 이놈들, 고분고분하게 굴어라!"

기나긴 통로를 지나며 득의양양하게 고함치는 옥졸의 목소리에 육 검객 어르신은 분통이 터져 피를 토할 지경이었다. 초조함과 분노가 심장으로 치밀어오르는 순간, 거미줄같이 가느다란 냉소가 들려왔다.

"당당한 육 검객께서 개똥처럼 옥졸에게 두들겨 맞다니 참 재미있군!"

"누구냐?"

육충이 화난 눈을 번쩍 뜨고 사방을 둘러보니, 옥방 문 가까이 구석에 희미한 검은 그림자가 서 있었다. 얼굴에 거무죽죽한 가면을 썼고 목소리는 유달리 뾰족하고 가늘었다.

"너…… 너는 원 대장이 보낸 사람이냐?"

육충은 목구멍까지 올라온 욕설을 꿀꺽 삼키고 필사적으로 기억을 되짚어봤다. 이자는 필시 옥졸이 들어올 때 살그머니 따라 들어왔을 터였다.

"이 쳐 죽일 놈, 입 다물어!"

검은 그림자가 옥졸의 말을 따라 했다. 육충이 마주 욕을 퍼부으려 하자 검은 그림자가 손가락을 튕겨 환약 한 알을 던져주며 차갑게 말했다.

"먹어라."

"뭐냐?"

육충은 환약을 받아 들고 의심스런 듯 물었다.

"고원단. 강기를 회복하게 해주지."

"정말?"

육충은 환약을 코에 가져가 공들여 냄새를 맡았지만 아무것도 알아낼 수 없었다.

"먹든 말든 마음대로 해라! 하지만 내일이면 참수당할 몸임을 잊지 마라, 흉악한 산적 육봉시!"

검은 그림자는 팔짱을 끼고 냉소했다.

"어쩌면 내일까지 갈 것도 없겠군. 오늘 밤 원수가 찾아와서 네 목숨을 취할지도 모르니까. 나 혼자서는 너를 구해 나갈 수 없다."

육충은 이를 악물고 고개를 휙 젖혀 환약을 삼켰다. 반드시 나갈 테다. 반드시 알아낼 테다! 도대체 이게 다 무슨 일이냐!

그때 마침 옥방 창문으로 새어 들어온 희미한 빛 덕분에, 육충은 비로소 옆으로 돌아선 검은 그림자의 얼굴을 덮은 가면을 똑똑히 볼 수 있었다. 검은 고양이 얼굴이었다. 신비하고 괴상한.

"원승, 그 고양이 요괴가 정말 나타날 것 같은가?"

그늘 속에 엎드린 무연수가 등에 멘 단궁을 살며시 잡아 내리며 말했다. 그 옆에 바짝 붙은 원승은 당장이라도 활시위를 당길 것처럼 들썩이는 그의 손을 잡아 누르며 차갑게 말했다.

"제발 괜한 짓 해서 적이 달아나게 하지 마십시오. 며칠을 투자한 계획입니다. 이번이 단 한 번뿐인 기회일 수 있습니다."

상당히 기묘한 장면이었다. 원승과 무연수. 누구 하나는 죽어야 할 것 같던 철천지원수가 어두컴컴한 관목 숲에 나란히 엎드린 채 소리 죽여 속닥이고 있다니. 두 사람 말투가 예전처럼 쌀쌀했기 망정이지, 어깨를 딱 붙인 자세만 봐서는 생사고락을 함께하는 막역지우라 해도 이상하지 않을 지경이었다.

두 사람은 번쩍이는 눈으로 달빛 아래 자리한 팔각 침향정을 노려봤다. 아리따운 그림자 하나가 살랑살랑 옷자락을 흩날리며 달빛과 바람을 마주한 채 달을 향해 기도를 올리는 중이었다. 향로에서 귀한 용연향 냄새가 모락모락 퍼졌다.

"귀염둥이야, 우리 귀염둥이! 어서 나오렴!"

기도하는 사람은 안락공주였다. 원승은 미간에 주름을 잡으며 수심 가득한 표정을 지었다.

사흘 전, 그는 우연히 무연수와 마주쳤다.

"원승, 자네 말고는 도움을 청할 데가 없네. 자네가 유일한 희망이야. 자네만이 공주에게서 고양이 요괴를 떼어낼 수 있어."

언제나 의기양양하던 부마 무연수도 그때만큼은 완전히 기가 죽어 있었다.

대행 황제 이현이 붕어한 지 이미 여남은 날이 지나, 겨우 열여섯 살 소년 황제 이중무가 제위에 오르고 '당륭(唐隆)'으로 개원했다. 황후였던 위 씨가 태후로서 정권을 쥐었고 국도 장안은 묵직한 어스름에 뒤덮였다.

지금 장안은 마침 무더운 6월이었다. 이런 시기에 하필이면 국도에서 신비한 고양이 요괴가 농간을 부렸다. 기실 수나라 때부터 장안에는 고양이 요괴에 관한 이야기가 떠돌았다. 수나라 개황 11년, 수문제의 황후 독고 씨가 고양이 요괴의 요사스런 술법에 앙화를 입어 조야가 발칵 뒤집혔다는 이야기가 정사에 실려 있다. 수양제의 대업 연간에는 국도 장안에 또 한 번 고양이 요괴 사건이 터졌다. 그 소문은 삽시간에 장안성에 짜하게 퍼졌고 사람들은 고양이라는 말만 들어도 깜짝깜짝 놀랐다. 당고종에 이르러 조정에서 수정해 반포한 율법《대당소의》에는 이렇게 규정했다.

"고양이 귀신 이야기를 지어내는 자 및 이를 기르는 자는 일괄 교수형에 처하며, 가족이나 알고도 고하지 않은 자는 일괄 삼천 리 밖으로 유배한다."

이처럼 조정에서 고양이 요괴에 대한 처벌과 방비를 율법으로 정할 정도였다.

이번에 장안을 떠들썩하게 만든 고양이 요괴 사건은 황제가 붕어하던 날 맨 처음 일어났다. 태평공주가 태극궁 밖에서 고양이 가면을 쓴 검객에게 습격당한 사건이었다. 물론 당시의 자객은 변장한 육충이지만, 육 검객 어르신께서 어찌나 바람같이 재빠르셨는지 그 활약은 금세 크게 부풀려 전해졌다.

고양이 요괴가 공주를 습격한 사건은 항간에서 크나큰 화젯거리였다. 소문은 커지고 또 커져, 장안 지부 전설과 더불어 국도의 양대 괴담으로 일컬어지기에 이르렀다. 심지어 최근에 고양이 요괴가 황궁에 출현했다거나 대행 황제의 관 앞에 나타났다는 말이 나왔고, 나아가 위 태후가 고양이 요괴에게 홀렸다는 풍문도 떠돌았다.

그리고 안락공주부에도 신비한 검은 고양이 한 마리가 나타났다. 검은 고양이는 사람 말을 할 수 있을 뿐 아니라 안락공주에게 사악한 미혼술을 걸어 황태녀로 책봉되는 행복한 꿈에 사로잡히게 했다. 안락공주는 마치 뭔가에 홀리거나 취한 듯, 매일 밤 지칠 줄 모르고 기도를 올렸다.

부마 무연수는 공주가 고양이 요괴에게 조종당하는 것을 보고 황급히 사람을 불러 살풀이를 했지만, 뭘 해봐도 전혀 효과가 없었다. 아내를 애틋하게 아끼는 무연수는 달리 방법이 없자 부득불 연적인 원승에게 도움을 청했다.

원승은 안락공주의 안위를 염려해 공주부에 갔다가 의심스런 것이 한두 개가 아님을 알아차렸다. 안락공주는 요술이나 사술에 썰게 아니라 기괴한 계략에 빠진 것 같았다. 원승은 사흘 동안 온갖 궁리를 한 끝에 비로소 기발한 함정을 만들었다.

고양이 요괴는 반드시 그 함정에 빠질 것이다.

원승은 달을 올려다봤다. 초경(初更, 저녁 7시~9시) 즈음이었다. 거뭇한 그림자가 어렴풋이 다가오더니 점점 선명해졌다. 달빛 아래로 검은 고양이 한 마리가 신비하게 모습을 드러냈다.

"내가 놈의 퇴로를 막겠네. 모든 것이 그대에게 달렸네."

무연수는 단궁을 다잡고 허리를 굽힌 채 멀찍이 달려갔다. 쏟아지는 달빛 아래에서는 놀랍게도 고양이가 사람처럼 똑바로 일어섰다. 동글동글한 눈이 어두운 밤 속에 푸르스름한 빛을 발했다.

"경하드려요, 안락공주. 황태녀가 되실 날이 머지않았어요. 이제 코앞이랍니다!"

검은 고양이는 사람 말을 했다. 목소리가 예쁘장한 것이 꼭 아리따운 소녀 같았다.

"정말이니? 귀염둥이야, 날 속이는 건 아니겠지? 늘 머지않았다, 다 됐다 하면서 벌써 며칠째야."

안락공주의 목소리에 원망이 묻어났다.

"당연히 정말이지요. 궁녀 손에 자란 이중무 같은 아이가 무슨 수로 대당나라를 다스리겠어요? 태후께서 그 아이를 황제로 세우신 건 그저 멍청한 게 마음에 드셨기 때문이에요. 열흘도 못 가 대국이 안정되면 태후께서 황제에 등극하실 것이니, 공주께서는 순조롭게 황태녀가 되실 거예요. 안 믿기신다고요? 그럼 법력을 써서 다시 한 번 황태녀의 영광을 느끼게 해드릴게요!"

검은 고양이의 두 눈동자에 푸르스름한 빛이 점점 더 짙어졌다.

"자, 제 눈을 보세요. 아름다우신 공주 전하, 실컷 즐기세요."

안락공주의 아리따운 몸이 격렬하게 떨렸다.

"귀염둥이, 넌 참 좋은 아이야."

그녀는 누가 봐도 반할 만큼 예쁜 눈을 가늘게 떴다. 복숭아꽃처럼 어여쁜 얼굴이 무엇에 심취한 듯 아련해졌다.

"그래, 너뿐이야. 너만이 내가 진정한 즐거움을 느끼게 해줄 수 있어."

"아니, 그것은 진정한 즐거움이 아닙니다! 그것은 환상이요, 지옥입니다!"

차가운 코웃음 소리와 함께 원승이 옆에서 불쑥 튀어나왔다. 그는 대뜸 손을 뻗어 지극히 날카로운 박귀결을 펼쳤다. 금광이 번쩍이면서 금빛 부적이 하나둘 허공에서 튀어나와 자물쇠를 채우듯 검은 고양이의 몸을 휘감았다.

"요괴야! 모습을 드러내라!"

원승의 호통과 함께 고양이 요괴의 몸은 금빛 자물쇠에 꽁꽁 묶였다.

"네놈이야말로 요괴다!"

부적의 효과로 불꽃같은 금빛 광채가 환하게 쏟아져 나왔다. 하지만 부적에 묶인 고양이 요괴는 기묘한 표정으로 히죽 웃었다.

"안락공주는 포기해. 저 여자는 이미 널 사랑하지 않아. 저 여자는 오직 자신만 사랑해!"

순간, 원승은 심장이 철렁했다. 고양이 요괴는 태연하게 몸을 웅크려 바닥에 엎드리더니 네 발로 땅을 짚고 훌쩍 뛰어올랐다. 사람 같던 모습이 삽시간에 완벽한 진짜 고양이로 되돌아갔다. 금빛 부적이 아직도 고양이 몸을 돌돌 감고 있었지만 아무 소용이 없었다.

깜짝 놀란 원승이 막으려고 달려갔지만, 느닷없이 안락공주가 꺅 소리를 지르며 쓰러지는 바람에 별수 없이 돌아서서 그녀부터 부축했다.

"네 이놈, 어딜 달아나려고!"

어디선가 무연수가 비스듬히 튀어나와 화살을 쐈다. 화살이 번개같이 날아가 검은 고양이의 정수리에 명중했다. 뎅그렁 하는 소리가 나더니 뜻밖에도 검은 고양이의 머리에서 불꽃이 튀었다. 소가죽 세 겹도 족히 꿰뚫을 수 있는 무연수의 화살이 튕겨난 것이다.

"검은 옷을 입은 신의 자손이 하늘 옷을 입는다!"

검은 고양이가 고개를 외로 꼬아 무연수를 향해 씩 웃었다. 눈동자에 어린 푸르스름한 빛이 눈부시게 반짝였다. 고양이가 외친 말은 바로 최근 장안에 떠도는 참언이었다. 무연수는 이것이 무 씨를 향한 천하 백성들의 그리움이요, 대주나라 부흥 조짐으로 여겼고, 측천여제의 종손으로서 검은 옷을 입으며 그 참언이 이뤄지기를 기대했다.

그 말이 정곡을 찌르는 바람에 순간적으로 당황한 그는 그 자리에 얼어붙었다. 검은 고양이가 몸을 탈탈 털자, 원숭이 펼친 박귀결 금빛 자물쇠가 뚝뚝 끊어져 놈의 몸에서 떨어졌다. 고양이 요괴는 신나게 휘파람을 불며 저 앞에 펼쳐진 어둑어둑한 대나무 숲으로 쏙 들어갔다.

그때 별안간 찬 빛이 번쩍하더니 금광 한 줄기가 번개처럼 날아들었다. 바로 원숭의 춘추필 속에 숨겨진 검이었다. 검은 하늘에서 내려온 신이 귀졸을 베듯 힘차게 허공에서 떨어져 내리며, 곧장 검은 고양이의 두 눈을 찔러 들어가 머리를 비스듬히 꿰뚫었다. 고양이는 그대로 바닥에 늘어졌다.

이상하게도 고양이는 피 한 방울 흘리지 않았고 애달픈 비명도 지르지 않았다. 그저 움직이는 기관을 멈춘 장난감처럼 꼼짝하지 않을 뿐이었다. 원숭은 검은 고양이 사체를 주워 침향정으로 돌아간 뒤 안락공주 앞에 던지며 말했다.

"기관 인형술입니다!"

"왜 그 아이를 죽였죠?"

안락공주는 완전히 넋이 나간 얼굴로 발치에 던져진 뻣뻣한 고양이를 바라봤다. 그 눈빛이 마치 죽은 듯이 고요했다.

"당신은 몰라요. 이 아이와 함께 있으면 난 무척 즐거워요. 내가 원하기만 하면 뭐든 보여주니까요. 난 황태녀가 되고 싶고, 곤명지 전부를 갖고 싶어요. 그리고…… 황위에 오르고 싶다고요! 이 아이는 뭐든 들어줄 수 있어요!"

안락공주는 향기로운 땀방울에 흠뻑 젖은 얼굴을 들었다. 목소리가 꿈을 꾸듯 가물가물했다.

"원 대랑, 날 비웃지 말아요. 난 정말이지 황위에 오르는 기분을 맛보고 싶어요. 그땐 당신도 순순히 내 곁에 있겠죠. 알아요, 환상이란 거. 하지만 환상 속에선 못할 게 없어요. 그게 바로 가장 즐거운 나예요."

원승은 가만히 한숨을 토한 뒤 꾸짖었다.

"하지만 결국 환상일 뿐입니다. 언제까지나 환상 속에 사는 건 미친 사람뿐입니다!"

인정사정없는 말이었다. 지금 안락공주에게는 충격 요법이 필요하다는 것을 원승은 잘 알고 있었다. 그러다 문득 다른 것이 생각나 다시 물었다.

"참, 태후께도 저런 신비한 고양이 요괴가 나타났다던데, 사실입니까?"

이번 고양이 요괴 사건에서 절정에 이른 소문은 바로 구중궁궐 태극궁 안에 고양이 요괴가 나타났고 위 태후가 그 요괴를 신처럼 떠받든다는 것이었다. 하지만 아무래도 항간에 떠도는 소문일 뿐이고 위 태후가 퇴마사에 사건 조사를 맡긴 것도 아니어서, 원승도 내막을 알지 못했다.

"당연하죠. 모후를 찾아온 고양이 신은 더 영험해요. 온몸이 반짝반짝 빛나는 금빛 털로 덮여서 마치 황금을 입은 것 같아요. 게다가 한 일은 더욱 신비해서……."

안락공주는 동경의 눈빛을 담뿍 띤 채 황궁에 있는 고양이 요괴의 놀라운 능력을 이야기하기 시작했다. 며칠 전, 금빛 고양이 한 마리가 대행 황제의 관 앞에 홀연히 나타나 위 태후를 향해 훗날에 관한 세 가지 신비한 예언을 했다.

"금수하에서 모란이 피고, 남해 관음이 진짜 얼굴을 드러내며, 보라색 기린이 입궁해 성인을 알현할지니!"

그런 다음 홀쩍 사라졌다.

당시만 해도 위 태후는 그 말뜻을 풀어내지 못했다. 하지만 이튿날 오후, 태극궁 금수하에 정말로 각기 다른 모란 수십 송이가 나타나 오색 빛깔을 띤 채 물길을 따라 둥실둥실 떠다녔다. 곧이어 궁궐에서 일하는 정원사가 달려와 죄를 청했다. 그들 말에 따르면, 모란 개화기가 이미 지난 데다 대행 황제가 붕어한 지 얼마 안 됐기에, 천막 안에서 공들여 재배한 마지막 모란 한 더미를 잘 보관했다가 나중에 쓰기로 의견을 모았다고 했다. 그런데 모란을 들고 금수하를 지날 때 느닷없이 거센 바람이 불었고, 바람에 휩쓸린 꽃이 금수하에 떨어지고 말았다.

두 번째 날 아침에는 홍려시 관리가 찾아와 서역이 천축에서 자기린 한 마리를 공물로 보냈다고 아뢰었다. 말하기를, 태평성세에 상서로운 짐승이 났으니 훌륭한 주인께 바치고자 한다는 것이었다. 자기린은 아직 국도로 오는 중이지만, 그림은 이미 도착했다. 그 신비한 짐승은 목이 무척 길었다. 전설에 나오는 기린 모습에 부합하지는 않았지만, 그래도 비범해 보이기는 했다.

이틀 만에 두 가지 예언이 맞아떨어지자 위 태후는 부쩍 호기심이 일었다. 당연히 기대도 더욱 커져, '남해 관음'이 뭘 가리키는지 궁금했다. 과연 셋쨋날 황혼녘, 태극궁 세 호수 중 남해라 불리는 호수 가운데 섬에서 난데없이 옥으로 깎은 관음상 하나가 땅을 뚫고 서서히 솟아오르며 환한 빛을 뿌렸다. 호숫가 전각에서 일하는 궁녀 십여 명이 직접 목격했으며, 기적적인 일로 전해졌다.

"기적이라고요?"

원승은 절로 쓴웃음이 났다. 그 모든 것은 저속하고 보잘것없는 곡예 놀음이 분명했다. 진상품이라는 자기린도 아마 일찌감치 받은 것이리라. 단지 위 태후가 모르는 사이 못된 자가 선수를 쳐서 딱 떨어지게 이용했을 뿐.

하지만 안락공주는 그를 흘낏 보며 여전히 흥분한 투로 말했다.

"황당무계해 보이던 예언이 사흘 만에 전부 실현됐어요. 그러니 영험하지 않아요? 사흘째 되던 날 밤에 그 신비한 금빛 고양이가 다시 나타나 모후께 삼배구고두한 다음 이렇게 말했죠. '천하가 위 씨에게 돌아간다!' 모후께서는 몹시 기뻐하며 금빛 고양이를 곁에 두고 신처럼 받들고 계세요."

"그런 일이……."

원승은 식은땀을 흘리며 속으로 중얼거렸다. 설마 태후도 고양이 요괴에 홀린 것인가?

"물론이에요. 천하가 위 씨에게 돌아간다는 예언도 곧 실현될 거예요!"

안락의 눈동자가 반짝반짝 빛을 발했다.

원승은 심장이 철렁했다. 위 태후가 대들보처럼 의지하던 선기 국사는 이미 세상 끝으로 달아났고, 지금 가까이 부리는 신하 중에 재주 있는 사람은 신비한 호승 혜범뿐이었다. 혜범의 도력 역시 선기 국사 못지않지만, 위 태후는 여태껏 그에게 재물 관리만 맡겼으니 중요한 일에는 참여시키지 않을지도 몰랐다.

혜범을 뺀다면, 위 태후 곁에 있는 이는 최근에 총애를 얻은 천월 종사일 터였다. 요룡 군기 탈취 사건의 진상이 밝혀지면서 깊숙이 몸을 숨겼던 천월 진인은 원승에게 덜미를 잡혔다. 사실은 그가 군기를 탈취하고 천경궁에서 살인을 일으킨 진범이었다. 그 후 이어진 최부군묘에서의 싸움 끝에 천월 종사는 중상을 입고 달아났다.

하지만 그 사건은 곧 이곳 대당나라의 변화무쌍한 정세와 비슷해졌다. 원승이 아무리 말한들 실질적인 증거가 없고, 천월 종사 뒤에는 막강한 권력을 쥔 든든한 배경이 떡하니 버티고 있었다. 결국 만사가 평온해지기를 바라는 위 태후는 사건을 흐지부지하고 천월 종사를 추궁하지 않았다.

모든 것은 최부군묘에서 천월이 원승에게 말한 대로였다. 선기가 천경궁 살인 사건의 진범, 용은이 군기 탈취 사건의 진범이 되는 것이 모두가 반기는 결과였다. 이 결과는 선기가 경솔하게 탈옥함으로써 더욱 철석같은 진실로 굳어졌다. 원승이 필사적으로 지키고자 한 '법도'는, 이 다사다난한 시기의 대당나라에서는 신경 쓰는 이가 많지 않았다.

사람 마음을 헤아리는 데 능숙한 천월은 오래지 않아 위 태후의 총애를 얻어냈고, 심지어 진범인 선기를 추적하는 일까지 맡았다. 이로 미뤄볼 때 천월도 위 태후 곁에 있지 않고 다친 몸을 이끌고 선기를 붙잡으러 떠났을 것이다.

원승은 곧 이런 생각을 했다. 위 태후는 이미 대당나라의 태후이고 자신은 그 신하였다. 과연 서둘러 입궁해 야심만만한 태후더러 신비하고 괴상한 고양이 요괴를 조심하라고 귀띔해야 할 것인가?

안색이 하얗게 질린 안락공주를 보자 그는 심장이 서늘해졌다. 어쩌면 안락공주 말대로인지도 몰랐다. 꿈인 것을 분명히 알면서도 그 꿈속에 잠겨 있고 싶은 마음. 섣불리 위 태후에게 말을 꺼냈다가는 감당할 수 없는 일이 벌어질지도 몰랐다.

그가 생각에 빠져 있을 때 정신을 차린 무연수가 마침내 목을 매만지며 천천히 걸어왔다. 그는 뻣뻣해진 검은 고양이를 툭 걷어차며 콧방귀를 뀌었다.

"이제 보니 인형술이었군. 어쩐지 내 화살에도 무사하더라니. 자, 이제 고양이 요괴는 제거됐겠지?"

큰 우환이 사라졌다고 생각했는지 무연수의 목소리는 언제 그랬느냐 싶게 차가워졌다. 원승을 바라보는 눈빛에도 연적을 향한 경계와 적대감이 되살아났다.

원승이 고개를 가로저으며 말했다.

"저건 꼭두각시일 뿐입니다. 국공 곁에는 고수가 많은데 고작 꼭두각시 하나에 골치를 앓은 거라면 나를 찾아올 필요도 없었겠지요. 진짜 골칫거리는 꼭두각시를 조종하는 사람입니다. 그자가 없어지지 않는 한 후환이 계속될 겁니다."

무연수는 찬 숨을 들이마셨다.

"그 말은, 꼭두각시를 조종하는 자가 아직 우리 곁에 있다는 말인가?"

원승은 고개를 끄덕이며 지나치게 하얘진 그의 얼굴을 빤히 들여다보다가 말했다.

"요즘 자고 일어나면 머리가 묵직한 느낌이 들지 않습니까? 분명히 술을 안 마셨는데 마치 간밤에 술에 잔뜩 취한 기분 말입니다."

무연수는 화들짝 놀랐다.

"그렇네. 깨어나면 머리가 뻣뻣하더군. 나만 아니라 공주도 그렇다고 했네."

"요 며칠 국공 댁 식탁에 오른 음식을 샅샅이 조사했습니다. 계화, 꿀에 절인 과일 등을 넣은 감주를 좋아하시는 것 같은데, 그 감주 지게미가 문제일 수 있습니다. 누군가 감주에 뭔가를 넣었으리라 의심됩니다. 계화나 벌꿀같이 단맛을 내는 것은 다른 첨가물의 맛을 가려주니까요."

"그렇지, 옳은 말이네. 내 저택에서는 특유의 호박 감주를 빚는데, 공주가 매일 밤 잠들기 전에 조금씩 마시곤 하지."

무연수는 놀라서 두 눈이 휘둥그레졌다.

"이제 보니 그 술이 문제였군?"

감주는 당시 백성들이 즐겨 마시던 것으로, 짧은 기간 내 담글 수 있는 찹쌀술이었다. 그중에 설탕이나 각종 향료로 단맛을 낸 것도 있는데 이렇게 하면 향미가 짙고 풍부했다. 안락공주가 늘 마시는 호박 감주에 의외의 '조미료'가 섞여 있다니, 뜻밖이었다.

원승은 느릿느릿 고개를 끄덕였다.

"필시 만다라 잎 같은 미약이 들었을 겁니다. 첫째로는 머리를 무겁게 해서 쉽게 조종당하게 만들고, 둘째로는 인형술을 펼칠 때 잘 홀리게 만드는 것이지요!"

무연수와 안락공주는 서로 마주 봤다. 화가 치밀면서도 놀랍고 겁이 났다.

바로 그때 안락공주를 가까이 모시는 시녀 설안이 부리나케 들어와 보고했다.

"공주께 아룁니다. 어사대 좌어사대부 장열이 직접 사람을 이끌고 찾아왔습니다. 원 장군이 군비를 빼돌린 일을 조사하라는 명을 받아 일부러 원 장군을 만나고자 왔다 합니다."

"장열이라니." 안락공주는 어리둥절하다가 곧 분통을 터뜨렸다. "감히 한밤중에 내게 와서 사람을 내놓으라고? 그자가 미치기라도 했단 말이냐? 썩 쫓아내라!"

"잠깐." 원승이 의아한 얼굴로 말했다. "내가 군비를 빼돌리다니, 무슨 말이오? 공주, 제가 가서 만나봐야겠습니다."

"만나고 싶으면 맘대로 해요." 안락공주가 콧방귀를 뀌며 무연수를 돌아봤다. "저택의 시위를 모두 불러 모아요. 그자가 함부로 굴면 그 즉시 몽둥이찜질을 해서 내쫓아버려요."

그 순간 대당나라에서 제일가는 공주는 원기를 회복했다. 원승은 안락공주의 성품을 알고 있었다. 저 높으신 여주인께서는 화가 나면 뭐든 꼬투리를 잡아 장열을 반죽음 상태로 만들 수도 있었다. 하지만 원승 자신은 이곳에서 어사대와 충돌을 일으키고 싶지 않았다. 그랬다가 소문나면 호사가들이 온갖 판본의 이야기를 지어낼 터였다.

손가락을 꼽아보니 벌써 꼬박 사흘째였다. 그간 낮에 퇴마사에 가서 간단히 공무를 처리한 것을 빼면 거의 모든 시간을 부마 저택에서 보냈다. 비상시국인 지금, 공연히 이목을 끌고 싶지 않은 그는 몹시 은밀하게 행동했다. 더욱이 스스로 정한 기한도 딱 사흘이었다. 지금처럼 비바람이 몰아치는 시기에는, 설사 사흘 안에 고양이 요괴 건을 처리하지 못하더라도 즉시 물러날 수밖에 없었다. 오늘 준비한 고양이 요괴 기습을 위해 그는 어제 오후부터 퇴마사에 가지 않고 줄곧 이곳에서 함정을 꾸미는 데 몰두했다.

"신경 쓰지 않으셔도 됩니다. 공주께 큰 문제가 없으니 저는 먼저 돌아가겠습니다."

원승은 빙그레 미소를 지었다. 이제 안락공주의 고양이 요괴 건은 해결됐으니 이곳에 남을 필요가 없었다.

안락공주는 자못 복잡한 표정으로 그를 지그시 응시하다가 결국 고개를 끄덕였다.

"좋아요. 설안, 마차를 준비해라. 연수, 당신이 직접 이 사람을 바래다줘요!"

"아무렴, 그래야지. 내 몸소 원 형을 배웅하겠소."

무연수도 속으로 안도의 숨을 쉬었다. 원승이 심문을 받게 된다면 무연수는 기꺼이 그 성공을 빌어줄 사람이었다. 그렇지만 아무래도 방금까지 고양이 요괴에 홀린 공주를 도와준 그가 이 자리에서 어사대에 끌려가면 자신과 공주의 체면이 땅에 떨어질 수밖에 없었다.

무연수 역시 드러내놓고 어사대와 충돌하는 것은 원치 않아서, 심복에게 명해 우선 장열을 서재로 안내해 기다리게 한 뒤 쪽문으로 나가 몸소 원승을 문밖까지 배웅했다. 물론 원승은 바래다주려는 그를 거절했다.

어느덧 밤이 깊었다. 퇴마사의 수장인 그는 야간 통금을 지킬 필요가 없어서, 무연수의 가식적인 인사치레를 들으며 짙게 깔린 어둠 속으로 들어갔다. 밤바람이 거리를 맴돌았다. 문득 원승은 담벼락 위에서 고양이 한 마리를 발견했다. 고양이 울음소리가 별스러울 만큼 괴이했다.

"드디어 돌아왔군요!"

원승이 뒷문을 통해 살그머니 퇴마사 서재로 들어가자 대기의 초조한 목소리가 들렸다. 이곳에서 한참을 기다린 게 분명했다. 연노랑 등불에 비친 맑고 고운 얼굴은 수심으로 얼룩져 있었고, 그를 바라보는 눈빛도 무척 복잡했다.

"요 며칠 당신이 늘 비밀스럽게 움직이니까 오늘 아침에 이처럼 큰일이 벌어졌는데도 찾을 수가 있어야죠."

원승은 뭐라고 해명해야 할지 몰라 이렇게 묻기만 했다.

"무슨 일인지 알아봤소? 도대체 어디서 시작된 공격이오?"

"며칠간 청영과 육충도 없었어요. 조정에서 벌어지는 일은 나도 잘 모르고요. 다행히 영존께서 급히 찾아오셨어요. 듣자니 어떤 어사가 밀서를 올려 탄핵했대요. 퇴마사의 군비에 큰 손실이 났는데 모두 당신 호주머니로 들어갔다나요. 태후가 직접 밀지를 내려 엄히 조사하라고 했대요. 탄핵한 어사는 태평공주 휘하에 있는 최선이라는 자예요. 움직임이 어찌나 날랜지 오늘 오전부터 흉흉한 기세로 퇴마사에 몰려와 장부를 조사했더군요. 하필이면 그때 나도 없어서……."

"다른 일로 옴짝달싹 못하는 상태였소. 퇴마사의 일이라면 의당 임치군왕이 나서야 하오!"

원승은 매우 언짢았다. 태평공주가 또다시 그에게 공격을 가했고, 위 태후 또한 엄히 조사하라는 명령까지 내렸다. 하지만 퇴마사의 진짜 장관은 그의 벗인 임치군왕 이융기였다. 퇴마사의 장부 문제를 조사하려면 이융기가 나서서 대응해야 마땅했다.

"이융기 이야기는 하지도 말아요. 그 사람도 한참 늦게 달려왔지 뭐예요. 그런데 모습이 퍽 이상했어요. 옷매무새가 엉망인 게 군왕다운 위엄이라곤 눈곱만큼도 없더라고요. 마치 어디에서 허둥지둥 도망쳐온 사람 같았다니까요."

대기는 경멸스런 표정을 지으며 말했다.

"그때는 어사대 사람들이 벌써 퇴마사를 한바탕 뒤집어놓은 뒤였어요. 관아에 있던 사람이 육랑 오라버니밖에 없어서 그가 나하고 고검풍을 데리고 나가 맞이했어요. 육랑 오라버니는 관리 노릇을 오래해서 경험이 많은 편인데, 그 사람들 기세가 어지간히 흉흉해야 말이죠. 결국 책자 몇 권을 거둬갔어요. 육랑 오라버니 말로는 우리가 꼼꼼하게 살펴본 책자니 가져가더라도 수작을 부리진 못할 거래요."

원승은 고개를 끄덕였다. 군비 횡령 문제에 관해서는 걱정도 하지 않았다. 그 첫째 이유는 이런 유의 사건은 조사해도 실질적인 증거가 나오지 않기 때문이었다. 퇴마사 병졸과 암탐의 급료는 착실하게 내줬으니, 설령 그들이 횡령 장부를 조작하더라도 퇴마사 구성원 전부의 입을 막을 수는 없었다. 그리고 사실상 그 정도 돈은 아무것도 아니라는 것이 두 번째 이유였다.

이상한 점은, 이만한 일로 저들이 이처럼 야단법석을 떨 가치가 있느냐는 것이었다. 밀서를 올리고, 조사를 명하고, 심지어 한밤중에 안락공주부에까지 자신을 찾아오다니.

대기의 말이 이어졌다.

"그자들은 당신 서재도 조사하고 서찰 몇 장을 거둬갔어요."

원승의 얼굴은 갈수록 굳어졌다. 서재는 상당히 엉망이 되어 있었다. 비록 대기가 한번 정리하긴 했어도 그들이 제멋대로 뒤적인 흔적이 남아 있었다.

대기가 분해하며 말했다.

"그자들 말로는 당신과 진청류가 주고받은 서찰을 찾아냈다지 뭐예요."

"진청류?"

원승의 안색이 대번에 어두워졌다. 몇 년 전에 어의인 진청류와 교분을 맺은 적이 있지만, 진청류는 태극궁 신비 부적 사건의 진범이며 그가 손수 그 사실을 밝히고 체포했다. 그런데 어떻게 서찰을 주고받는다는 말인가? 단순하지만 비열한 수법이었다. 그런 수법으로 그를 상대하려 하다니!

"육랑 오라버니와 고검풍은 바깥 대청에서 남은 어사대 밀정을 상대하고 있어요. 나는 여기서 당신이 돌아오기만을 애타게 기다렸고요."

대기의 목소리가 아련했다.

"영존께서 이 말을 전해달라고 했어요. 속히 떠나라! 아주 멀리! 이번에는 상왕께서도 돕지 못한다."

그때 문밖에서 겸연쩍어하는 오육랑의 웃음소리가 들렸다.

"장 대인, 왜 이러십니까? 벌써 장 대인 부하들이 서재를 싹 뒤졌잖습니까? 원 소장군은 사건 조사하느라 외출해서 아직 안 돌아오셨는데, 어쩌자고 귀한 몸으로 여기까지 와서 기다리려 하십니까?"

이어서 어사대 좌어사대부 장열이 콧방귀 뀌는 소리가 났다.

"본 관이 듣기로 원 소장군이 벌써 돌아왔다던데. 내 직접 만나보고 물어볼 이야기가 있다. 부재중이라면 안에서 기다리지. 내일까지든 내년까지든 기다리겠다."

당시 대당나라 관제에 따르면, 어사대도 좌우로 나뉘고 그중 좌어사대는 장안의 각 곳 관아와 군단을 감찰하는 일을 맡았다. 어사대에는 감옥이 있어서 대부 이하의 관리를 직접 잡아 가둘 수 있으며 체포한 자를 심문하고 판결하는 권한도 있었다. 어사대의 최전성기는 무 씨의 주나라 때였다. 당시 어사중승이던 내준신은 혹형으로 거짓 죄를 꾸며내고 조야를 함부로 휘저어 역사상 가장 유명한 혹리가 됐다. 작금의 어사대는 비록 그때만은 못하지만, 다년간 쌓아온 위엄 덕에 관리들은 여전히 어사대 사람을 두려워했고 듣지 않는 곳에서는 그들을 '얼음덩이'라고 불렀다. 지금 그 얼음덩이의 수장 장열이 몸소 찾아온 것이다.

"원승이 돌아왔다. 놓치지 마라!"

"어서! 어서 저택을 포위해라!"

"샅샅이 뒤져라! 무슨 일이 있어도 죄인이 달아나게 해서는 안 된다."

마치 장열의 말에 동조라도 하듯 느닷없이 수많은 외침이 터져 나왔다.

"어서 가요!" 대기가 소리를 죽이고 애원하다시피 말했다. "이번엔 모선재 살인 누명보다 더 위험하다고요."

물론 원승도 위험하다는 것을 알았다. 그때와 지금은 비교 불가능한 상황이었다. 이번에는 역모를 꾸민 자와 결탁했다는 의심을 받고 있었다. 게다가 상황을 가만히 들여다보면, 비록 수법은 단순해도 겹겹이 그물을 치고 여러 방향에서 공격을 펼쳐 그 기세가 얼마나 흉흉한지 알 만했다.

"원숭이 여기 있다!"

그는 낭랑하게 외친 다음 경악한 대기의 얼굴을 돌아보며 나지막이 탄식했다.

"지금은 비상시국이오. 모선재 사건보다 더 위험하기 때문에 더욱더 물러날 수 없소."

잠시 후 원숭은 어사대 말단 관리 두 사람에게 끌리고 밀리면서 퇴마사를 나갔다.

"원 대장!"

그가 옆을 지나는 것을 본 오육랑이 참다못해 소리쳤다. 하지만 원숭은 그를 향해 고개를 끄덕이고 고검풍 쪽을 흘끗 바라볼 뿐, 아무 말도 하지 않았다. 고검풍도 말이 없었지만 두 눈동자에는 희미하게 불꽃이 팔딱였다.

"육봉시 대협, 이젠 나를 믿겠지. 감옥을 습격해 탈옥을 돕는 일은 역시 우리 특기야."

검은 고양이 얼굴이 달빛 아래 번쩍번쩍 빛났다. 이제 그자도 더는 여자 목소리를 숨기지 않았다. 육충은 요란하게 숨을 헐떡였다. 죽을 만큼 피곤했다. 방향을 가늠해보니 이곳은 장안성 외곽인 성남의 벌판 지대임을 알 수 있었다. 무시무시하지만 무사했던 조금 전의 탈옥 과정을 떠올리자 더럭 의심이 솟았다. 그가 참지 못하고 물었다.

"내가 어디에 갇혀 있었지? 형부 감옥은 아니었지? 감시가 별로 심하지 않은 것 같던데."

"만년현 관아의 옥방이었지. 당신은 고작 말단 산적인데 형부 감옥에 갇힐 자격이 어딨겠어."

고양이 얼굴이 차갑게 코웃음 쳤다.

"운이 좋은 줄 알아. 지금 가장 감시가 심한 곳은 어사대 감옥이니까. 며칠 전에 누군가 선기 국사를 감옥에서 빼낸 일로 장열이 관복을 벗을 뻔했거든. 그 때문에 요 며칠 감옥을 독하게 정비해서 경비가 삼엄해. 그곳에서 당신을 빼내야 했다면 우리도 완전히 확신은 못해."

"너희는 대체 누구지?" 육충은 의혹에 찬 눈빛으로 물었다. "일부는 감옥을 습격하고, 일부는 불을 지르고, 일부는 옥졸을 매수하고, 또 일부는 바깥에서 접응하고 말을 준비하고 교란책을 폈더군. 길을 나눠 함께 공격하는 수법을 보니 훈련이 아주 잘됐던데. 대체 어디서 온 대단하신 분들일까?"

여자는 그를 흘긋하고는 콧방귀를 뀌었다.

"지금은 그런 것까지 생각하지 마. 추격병이 금방 쫓아올 테고 아직 위험에서 벗어난 건 아니니까. 강기는 얼마나 회복됐지?"

"칠 푼에서 팔 푼쯤."

육충은 소매를 탁탁 털었다. 소매 속에서 현병 몇 개가 빠르게 들락날락했다.

"이 어르신이 더 궁금한 건 이거야. 누가 날 모함했지? 아마 그제였을 거야. 서시에서 옛 친구 몇 명과 술을 마셨고, 친구들이 가버리자 속이 답답해서 혼자 계속 마시다가 인사불성이 됐던 게. 그리고 깨어나보니 그 썩어빠진 곳이었어."

육충은 울적해서 한숨을 쉬었다. 차마 말하지 못한 이야기도 있었다. 서시에서 술을 마실 때 그의 속은 답답해 미칠 지경이었다. 비록 그날 밤 그가 난리 통을 틈타 태평공주의 대총관 화선객을 베긴 했으나 청영은 또다시 실종됐다.

"이 어르신을 만년현 관아로 끌고 가 그 조그만 감옥에 집어넣은 건 대체 누구 짓이지? 설마 태평 그 망할 할망구야?"

"몰라. 널 공격한 자는 아주 이상했어. 공격하면서도 살수는 쓰지 않고 관아 감옥에 넣기만 했지. 우리도 그자의 의도를 모르겠어."

"임치군왕과 원 대장은?" 육충은 흠칫했다. "설마 두 사람 다 아무것도 몰라?"

"그자들도 이상해! 당신이 잡혀 있는 동안 이융기는 다른 일에 발목이 묶인 모양새였어. 당신네 원 대장은 더 심각했지. 어떤 어사가 밀서를 올려 탄핵하는 바람에 소송에 휘말렸으니까. 지금은 어떻게 됐는지 몰라."

"알았어, 고마워. 그럼 이만!"

육충의 가슴속에서 불길이 활활 타올랐다. 원 대장이 탄핵을 당하다니, 누군가 벌써 퇴마사 전체에 손을 쓰기 시작했는데 정작 그들은 아무것도 모르고 있었다.

"아직 다리가 불편할 텐데, 육봉시 대협." 여자가 싸늘한 웃음을 날렸다. "아마 왼쪽 다리일걸."

과연 육충의 왼 다리가 실룩샐룩 경련을 일으켰다. 그는 천천히 몸을 돌렸다.

"이게 무슨…… 설마 그 약 때문에?"

"그 고생을 해가며 육 대협 나리를 구해드렸는데, 우리가 심심해서 그런 것 같아? 그 약은 확실히 당신 강기 회복에 도움이 될 거야. 강기를 되찾지 못했다면 우리도 이렇게 통쾌하게 당신을 구해내진 못했을 테니까. 하지만 그 고원단에는 몇 가지 약재가 더 들어 있지. 고의 일종이라던가, 아마. 나도 확실히는 몰라. 내가 아는 건 지금부터 당신은 우리 말을 들어야 한다는 거지."

"너희 말? 너희가 누군데? 이 어르신이 거절하면 어쩔 거야?"

"듣든 말든 당신 마음이긴 해. 예전처럼 강기를 되찾아 호랑이처럼 팔팔해지겠지. 하지만 왼 다리에서 점점 힘이 빠지다가 절룩거리게 될 거야. 그런 다음 두 다리를 모두 절게 되고…… 마지막에는 몸 전체가 밀가루 반죽처럼 흐물흐물해져 어느 한 군데도 못 움직이게 되겠지."

"그래?"

육충이 소매를 휘두르자 번갯불이 번쩍 튀었다. 여자는 황급히 고개를 옆으로 기울였지만, 그래도 이마를 덮은 고운 머리카락 한 줌이 검날에 싹둑 잘려 밤바람에 흩어졌다.

"고작 칠 할의 공력이군!" 육충이 유감스런 듯이 고개를 저었다. "이 어르신을 구해준 은혜가 있으니 죽이진 않겠어. 당장 해약을 내놔!"

"정말 멍청한 거야, 아니면 멍청한 척하는 거야? 고같이 무서운 독을 내가 만들 수 있을 것 같아? 그러니 내가 무슨 수로 해약을 갖고 있겠어?"

여자가 냉소하며 말했다.

"명심해. 두 다리 모두 움직이지 못하게 됐을 즈음엔 우리를 찾아온다 해도 치료 못해. 겁나지? 그러니까 지금부터는 얌전히 날 따라다니도록 해. 한 걸음도 떨어지지 말고!"

"한 걸음도 떨어지지 말라고? 똥 싸고 오줌 눌 때도?"

2장
......
억울한 심문

그날 밤 원승은 어사대 감옥에 갇혔다. 가는 동안 그는 계속 장열에게 물었다.

"내게 무슨 죄가 있소? 왕법에 따르면 증인과 물증이 있어야 하는데, 고작 근거도 없는 서신 몇 통에 어떻게 죄를 판단한단 말이오? 심문은 언제요? 대역죄인과 내통해 음모를 꾸몄다면 응당 삼당회심(三堂會審, 형부, 대리시, 어사대의 세 수장이 함께 심문하는 제도)해야 하지 않소?"

원승이 아무리 캐물어도 장열은 굳은 얼굴로 냉소를 짓기만 했다. 어사대 관아로 들어가기 전에야 비로소 장열이 의미심장하게 말했다.

"이보시오, 원 소장군. 조정은 좋은 사람을 모함하지 않으며 간악한 사람을 놓치지도 않소. 이 일은 크나큰 사안이니 모름지기 엄중하게 심문할 것이오. 내 한마디 해주겠소만, 무엇을 잘못했는지 곰곰이 반성해보시오. 함부로 교활한 변명을 꾸며내거나 요행을 바랄 생각 말고."

말을 마친 장열이 소매에서 기괴한 부적 한 장을 꺼내 보이며 냉소했다.

"미안하게 됐소. 당신은 술법 고수니 늘 하던 대로 하겠소이다."

그러면서 손을 들어 원승의 어깨뼈 부위에 부적을 탁 붙였다. 부적에 무슨 주문을 걸었는지, 피부에 닿자마자 하얀 연기가 모락모락 피어오르더니 마치 풀밭으로 기어 들어가는 뱀처럼 살갗에 스며들었다.

어사대 감옥은 딱 정석대로 운영되는 곳이었다. 더욱이 며칠 전에 선기 국사가 갇혔다가 그날 밤에 탈옥한 일로 옥방 전체 경비에 규정이 몇 개 더해졌다. 원승은 옥졸 둘에게 이끌려 느릿느릿 옥방 복도로 들어갔다. 이런저런 생각이 주마등처럼 머릿속을 스쳤다.

대관절 모함한 자는 누구일까? 설령 '역적과 왕래한 서신'을 찾아냈다 한들 한 근 무게도 되지 않는 서신 한 통으로 무슨 죄를 판결할 수 있을까? 하물며 진청류는 그가 손수 체포했고 이미 죽었으니 필시 실질적인 증거는 아무것도 없을 터였다. 이처럼 졸렬한 수법을 써서 이렇게 빨리 움직였다면…… 위 태후일까?

하지만 황제가 막 세상을 떴고 위 태후가 집권한 지 그리 오래되지 않았다. 고작 며칠이나 됐다고 한때 그쪽을 위해 힘을 쓰기도 한 그를 공격하는 것일까? 설마, 선기 국사의 복수 때문에?

"원승, 신분 확인 완료. 자, 일단 여기서 푹 쉬면서 성질이나 달래시지!"

옥졸의 쌀쌀한 웃음소리와 함께 원승은 그 손에 어두컴컴한 방으로 밀려 들어갔다. 곧이어 철컹 소리를 내며 문이 단단히 닫혔다.

어사대 감옥의 악명은 원승도 익히 들었다. 사방을 둘러보니 과연 크지도 않은 옥방에는 창문도 없었다. 구멍이라면 오로지 두툼한 문짝 위에 난 그릇 크기만 한 쪽창뿐이었다. 지금은 쪽창도 반쯤 닫혀서 희미한 빛 한 줄기만 겨우 새어 들어오고 있었다.

"원숭? 네가 원숭이라고?"

구석에서 누군가 고개를 들고 말했다. 얼음처럼 차갑고 바늘처럼 뾰족한 목소리였다.

"귀하는 누구시오?"

원숭도 옥방 안에 두 사람이 더 있다는 것을 진작 감지한 차였다. 원숭처럼 아직 판결 받지 않은 죄인은 혼자 가두는 것이 관례이며, 자살 가능성이 있을 때나 위험하지 않은 죄인과 함께 가뒀다. 그래서 이 얼음장 같은 목소리를 듣자 그는 살짝 놀랐다.

"하하하, 하늘이 무심하지 않구나. 좋다, 아주 좋아!"

벌렁 드러누워 있던 사람이 그제야 나른하게 몸을 움직였다. 있을 듯 말 듯한 강기가 서서히 옥방에 퍼졌다.

술법에 정통한 자인가? 원숭은 속으로 흠칫했다. 하지만 이내 상대의 강기가 엷고 미약해서 고수는 아니라는 것을 깨달았다.

후다닥 소리와 함께 그자가 몸을 훌쩍 뒤집어 일어나 앉았다. 놀랄 만큼 키가 커서 앉아 있는데도 강력한 위압감이 쏟아졌다.

"당심양(唐心陽)!"

원숭은 서서히 눈을 좁혔다. 이자는 선기 국사의 대제자로, 혜행자라는 법호를 쓰는 당심양이었다. 똑같이 사대 도문에서 손꼽는 인재이자 각 문파의 걸출한 인물이다보니 당연히 서로를 깊이 알고 있었다.

선기 국사가 선제가 붕어할 당시의 수상쩍은 행적 때문에 옥에 갇히자, 그의 배경인 자전문은 곧장 무너지고, 그가 아끼던 제자들은 달아나거나 붙잡혔다. 수석 대제자로 종정시에서 관직을 맡고 있던 당심양은 당연히 달아나지 못하고 어사대에 갇혔고, 이렇게 원숭을 만나게 된 것이다. 원수는 외나무다리에서 만난다더니, 실로 그 짝이었다.

"노범(老範)." 당심양이 옆에 있는 사람을 힘껏 걷어찼다. "저자를 죽여라."

옥방 구석의 어둠 속에서 얼굴 하나가 불쑥 튀어나와 쓴웃음을 지었다.

"이보시오, 당 형, 원숭은 천하 육대 술사 중 한 명인데 내가 무슨 수로 죽이겠소?"

"겁낼 것 없다. 저놈도 우리처럼 금쇄부에 당해 술법도 강기도 쓸 수 없어. 네 외공(外功)으로 못 죽일 게 뭐냐?"

그자가 여전히 망설이자 당심양은 인내심이 다해 욕을 했다.

"이런 쓸모없는 놈! 나는 이제 죽음만 기다리고 있으니 세상 두려울 게 없다. 무슨 일이 있어도 내가 책임질 테니 저놈을 죽여라! 그러면 네가 원하는 정보를 전부 알려주겠다."

노범의 두 눈이 삽시간에 음침해졌다.

"당 형, 약속 지키시오."

말이 떨어지기 무섭게 노범의 주먹이 원숭의 가슴팍으로 날아들었다. 주먹은 바람처럼 빨랐다. 놀랍게도 그는 횡련공을 익힌 외공 고수로, 그 권법은 강력하고 맹렬했다. 눈 깜짝할 사이 열여덟 번의 주먹이 질풍같이 원숭의 가슴을 타격했다. 하나하나 산을 무너뜨릴 듯 강력한 일격이었다. 주먹에 맞은 원숭은 가슴이 터지고 배가 찢어졌다. 노범의 마지막 주먹에 원숭의 온몸은 솜처럼 갈기갈기 찢어지고 말았다.

"외공이 아주 훌륭하군!"

노범이 어리둥절한 사이, 원승이 그의 어깨를 와락 잡았다. 살짝 잡았을 뿐인데 산처럼 묵직한 힘이 느껴져, 노범은 그대로 바닥에 무릎을 꿇었다.

그러자 당심양이 차가운 눈빛을 번뜩이며 양손을 번개같이 뻗었다. 검은 그림자 너덧 개가 귀신처럼 달려들었다. 그림자는 모두 흉악한 악귀 모습이고, 몸에서 시꺼먼 빛을 뿌려댔다. 원승은 표정 하나 바꾸지 않고 소매를 떨쳤다. 소매 속에서 팔에 녹아든 춘추필이 소리 없이 튀어나와 환한 금빛을 뿌렸다.

기세도 사납게 달려들던 검은 그림자는 금세 움직임을 멈추고 흐느적거리더니, 곧이어 너덜너덜한 지푸라기가 되어 한들한들 바닥으로 떨어졌다. 같은 순간, 술법에 제압된 당심양이 고통스럽게 울부짖으며 쓰러졌다.

"네, 네놈은 어째서 금쇄부에 당하고도 강기를 쓸 수 있지? 설마 어사대 멍청이들이 금쇄부를 빼먹은 거냐?"

당심양은 숨을 몰아쉬며 분통을 터뜨렸으나 곧 간악한 웃음을 지었다.

"그렇지, 네놈은 곧 죽을 몸이야. 금방 죽을 사람에게 아까운 금쇄부를 낭비할 까닭이 없지."

옥방의 싸움은 짧았으나 제법 움직임이 컸던 데다 당심양이 소리소리 지르는 통에 결국 옥졸을 끌어들였다. 덜컹 하고 쪽창이 열리더니 옥졸이 노기충천한 소리로 외쳤다.

"왜 이렇게 소리를 질러! 조심들 해! 한 번만 더 엄마, 아빠 찾으며 울어대면 채찍 맛을 보여줄 테다!"

채찍이 거칠게 옥방 문을 휘갈기며 귀 따가운 소리를 냈다. 옥방에 있는 세 사람이 모두 조용해지자 옥졸은 씩씩거리며 멀어져갔다. 어두컴컴한 옥방은 순간적으로 정적에 휩싸였다. 어둠 속에 번뜩이는 당심양의 눈동자만 묵묵히 앉은 원승을 죽일 듯이 노려볼 뿐이었다.

갑자기 노범이 당심양의 귀에 대고 뭐라고 속삭였다. 당심양은 히죽 웃으며 고개를 끄덕였다.

"원 소장군의 명성은 익히 들었소. 이런 곳에 갇혀 있다보니 성질이 나서 그만 실례를 저질렀소이다."

노범이 느긋하게 원승 옆에 앉으며 말했다.

"이 몸은 범평(範平)이라 하오. 여기 오기 전에는 우어사대의 고려승(당나라 때 '고려'로 불린 고구려의 승려를 의미함)이었지. 부끄럽소이다."

우어사대의 고려승? 원승은 움찔했다.

대당나라는 어사대를 좌우로 나눠, 좌어사대는 국도 내의 관리 감찰을 맡고 우어사대는 국도 바깥의 관리 감찰을 맡게 했다. 하지만 국도 바깥의 관리는 아무래도 멀리 떨어져 있다보니 우어사대 사람은 별반 할 일이 없었다. 그래서 온종일 죽을 만큼 바쁜 좌어사대 사람들은 우어사대를 깔봤고, 심지어 그들을 '고려승'이라고 조롱했다. 이렇게 부른 까닭은, 당시 사람들이 학문을 배우러 당나라에 온 고려 승려 일부가 학문에 정진하지 못하고 대당나라 승려를 따라 가짜로 경을 읽는 척하며 밥만 축낸다고 여겼기 때문이다.

범평이 스스로 고려승이라 자조하자 분위기가 금세 부드러워졌다. 원승은 그제야 그를 유심히 살폈다. 노범이라 불렸지만 사실 나이는 그리 많지 않은 서른 살가량이고, 키가 크며 용모도 제법 반반했다. 다만 두 눈이 날카롭고 정기가 흘러서 진지하고 고집스런 인상을 더해줬다. 지금 그 고려승은 정색하고 진지한 얼굴을 하고 있었다. 조금 전에 죽일 듯이 주먹질한 사람이 자신과는 하등의 관계도 없는 것처럼.

원승은 절로 코웃음이 났다.

"이제 보니 범 형은 어사대 사람이었구려. 어쩌다 동료 손에 이곳에 갇혔소?"

"이 몸은 융통성이 없어서 상사가 재물을 불릴 길을 틀어막았다오. 그러니 상사께서 이 걸리적거리는 방해물을 멀리 걷어차고 싶었겠지."

범평은 쓸쓸하게 웃음을 지었다.

원승은 그 말에 짚이는 데가 있어 눈썹을 잔뜩 찌푸렸다. 혹 그 자신 역시 누군가의 방해물은 아니었을까?

문득 당심양이 큰 소리로 웃었다.

"노범, 너나 원승이나 동병상련이군. 저자도 주인에게 버림받았으니까. 마치 헌 신발짝처럼 이곳에 버려졌지!"

원승과 범평 둘 다 반응이 없었고, 당심양의 커다란 웃음소리만 점점 더 귀를 찔렀다.

그의 웃음이 그치자, 범평이 나지막이 한숨을 쉬었다.

"두 분은 명성이 쟁쟁하나, 어차피 이곳에 갇힌 이상 우리는 한 배를 탄 거요. 듣기 싫은 말이겠지만 좀 들어보시오. 이 어사대 감옥은 악명이 높소. 내준신 때부터 차곡차곡 쌓아온 위엄 덕분에 들어온 사람은 대개 살아 나갈 생각은 말아야 한다오. 관직이 미천하거나 다른 일에 연루된 자라면 혹시 풀려날 날이 올지도 모르나, 관직이 높으면 높을수록 희망이 적소. 우리 세 사람 중에 나갈 희망이 가장 높은 사람은 나요. 가장 끔찍한 최후를 맞이할 사람은 바로 원장군이고. 물론 당 형도 끝이 썩 좋지는 않을 거요."

당심양은 말없이 원망스런 눈빛만 쏟아냈다. 원승은 싸늘한 눈으로 당심양을 흘끗 보고는 말했다.

"선기 국사의 가장 유명한 속가제자 막신기는 어사대에서 제일 가는 신포라고 기억하고 있소. 한 스승을 모신 정이 있으니 어사대 사람도 당신을 그리 심하게 괴롭히진 않을 것이오."

"막신기?" 당심양이 냉소를 흘렸다. "그놈은 벌써 죽어 어디에 묻혔는지도 모른다. 설령 죽지 않았다 한들 진작 사문을 배신했을 테지. 흥, 나무가 쓰러지면 원숭이도 흩어지는데 사문을 모욕하는 짓쯤 누가 못해? 존사께서 무너졌을 때 맨 먼저 빠져나가 온갖 말을 보태 밀고하고 존사의 얼굴에 먹칠한 자가 누구인지 아느냐? 바로 냉경진(冷驚塵)이다!"

냉경진이라는 이름을 듣자 원승도 깜짝 놀랐다. 냉경진은 중도에 선기 문하에 들어간 속가제자지만 선기 문하에서 가장 재능이 빼어났다. 심지어 선기는 언젠가 술기운에 취해, '홍강에게는 원숭이 있으나 내게는 경진이 있다. 경진 저 아이가 열심히 연공하면 언젠가 나 못지않은 성취를 이룰 것이다'라며 득의양양하게 말한 적도 있었다. 그런데 맨 처음 사문을 배반하고 스승을 밀고한 사람이 선기가 가장 기대하던 냉경진이라니.

원승은 속으로 탄식하면서도 겉으로는 차갑게 콧방귀를 뀌었다.

"아아, 그러는 당신은 달아나지도 않았고 사문을 배반하지도 않왔나보군."

"존사님은 억울하시다!" 당심양이 이를 갈며 당장이라도 덮칠 듯이 으르렁댔다. "모두 간악한 소인배인 네놈이 모함한 탓이야!"

범평이 황급히 두 사람 사이에 끼어들어 쓴웃음을 지으며 화제를 돌렸다.

"자자, 그만, 그만. 지금 막신기는 가고 없는데 어사대 멍청이들이 그깟 옛정에 신경이나 쓰겠소? 내가 그놈들은 아주 잘 아오. 우물에 빠진 사람에게 돌을 던지고 지독한 짓을 할 놈들이지. 우리가 여기서 살아 나가려면 열두 시진 안에 움직여야 하오!"

"무슨 말을 하려는 거요?"

원승이 곁눈질로 그를 살폈다.

"이곳에 들어오는 자가 술법을 할 줄 알면 사흘 안에 금쇄부에 당해 술법을 쓸 수 없게 되오. 당 형의 술법이 어떤지는 원 장군도 잘 알 게 아니오. 하지만 금쇄부에 제압당해 지금은 단 일격도 견딜 수 없는 처지요. 선기 국사가 탈옥하는 바람에 새로 생긴 규정에 따르면 열두 시진 안에 반드시 금쇄부를 써야 하오. 원 장군이 지닌 놀라운 영허관의 술법도 겨우 열두 시진만 쓸 수 있단 말이오. 원 장군께 아직 술법이 남아 있는 틈을 타서……."

범평이 재빨리 목을 베는 시늉을 해 보였다. 원승이 여전히 말이 없자, 그는 다시 히죽 웃었다.

"원 장군은 모르겠지만, 내 비록 문관이나 어려서부터 명사 밑에서 무공을 익혔소. 흔해빠진 장정 이삼십 명쯤은 가까이 올 수도 없소. 그리고 당 형은 비록 부적 때문에 술법이 막혔지만, 그래도 선기 국사의 대제자인 만큼 어느 정도는 남아 있소. 우리 세 사람이 힘을 합치면…….”

“두 가지가 틀렸소.” 원승이 차갑게 그의 말을 끊었다. “첫째, 나도 금쇄부에 당했소.”

“뭐? 하지만 방금…….”

“하지만 나는 그런 부적을 깨뜨릴 수 있소.”

원승이 담담하게 대답했다.

이 말을 듣자 범평과 당심양의 눈이 환해졌다.

“원 장군, 지금 우리는 동고동락하는…….”

범평이 얇은 입술을 우물거리며 계속 혀를 놀려 부추길 준비를 했다.

그때 원승이 그의 말을 잘랐다.

“둘째, 나는 탈옥하지 않을 것이고 법을 어기지도 않을 것이오.”

원승은 천천히 두 눈을 감았다.

“나는 죄가 없소. 저들이 어떻게 내 죄를 판결할지 지켜볼 생각이오.”

범평과 당심양은 서로 마주 봤다. 수긍 못하는 눈빛이었다.

옥방 문이 철그렁 소리를 내며 열렸다. 갑작스레 쏟아져 들어온 햇살이 다소 눈부셨다. 원승은 반사적으로 눈을 감았다. 벌써 이틀째 오전이었다. 상쾌하고 환한 햇빛 속에 몸집이 크고 건장한 청년이 빛을 등지고 서 있었다. 곧장 내리쬔 햇빛이 그 몸을 한층 굳세고 냉혹해 보이게 만들었다.

“네가 원승이냐?”

청년이 몸을 살짝 비틀어 말끔하면서도 차가운 얼굴을 드러냈다.

눈썹이 짙고 눈은 번쩍번쩍 빛을 내며, 얼굴은 넓적하고 입술이 얇은 사람이었다.

"나는 임소(林嘯)다."

원승은 말이 없었다.

"아니, 어사대에서 막신기 못지않은 명성을 떨치는 소 신포, 임 노제 아닌가! 나는 범평일세. 나도……."

범평은 황급히 몸을 일으켜 애써 두 손을 포개 인사하며 친근한 척했다. 철썩 하는 소리와 함께 그의 얼굴이 홱 돌아갔다.

"나는 임 주부다. 당당한 어사대의 권한을 가진 주부. 막신기 따위가 뭐냐. 고작 선기 휘하의 개새끼 주제에 제 입으로 신포니 뭐니 자부하던 자 아니냐. 그런 자를 나와 나란히 거론해?"

범평은 화끈거리는 얼굴을 감싸 쥔 채 감히 입도 벙긋하지 못했다. 원승은 임소의 이름을 들은 적이 있었다. 이자는 어사대 육품 주부로, 곤륜문 출신이며 술법과 신기한 기술을 지녔을 뿐 아니라 지모도 있었다. '소 신포'라고 불리는 것을 보면 그 솜씨가 한창때의 막신기 못지않다는 뜻이었다. 하지만 이렇게 오만한 사람일 줄은 몰랐다. 어사대에서 최고로 명성을 날린 선배 신포를 저처럼 깎아내릴 줄이야.

"나를 심문하러 왔소?"

원승이 차갑게 물었다.

"나와라!"

임소는 딴말은 하고 싶지 않은지 홱 돌아서서 기다란 복도로 나갔다. 날이 샌 뒤라 이미 등불을 끈 복도는 되레 더 어두컴컴했다. 두 사람은 음침한 복도를 말없이 걸었다. 느닷없이 임소가 돌아서며 두 손을 휘둘렀다. 팍팍 하는 가벼운 소리와 함께 부적 두 장이 원숭의 가슴과 아랫배에 붙었다. 심장을 쥐어짜는 듯한 극심한 고통이 엄습해, 원숭은 저도 모르게 바닥을 굴렀다. 따라오던 옥졸들이 고소하다는 표정을 지었다.

"심문을 한다지 않았소? 이게…… 심문이오?"

원숭이 싸늘한 눈으로 임소를 노려봤다.

"너는 술법을 할 줄 아니 심문 전에 이렇게 하는 게 규칙이다."

임소가 다가와 쌀쌀하게 그를 노려봤다.

"특히 너는 더 그렇지. 우리 어사대에 치욕을 안겨준 적이 있으니까."

원숭은 더 말하지 않고, 묵묵히 강기를 움직여 음험한 부적 두 장에 대항하며 천천히 몸을 일으켰다. 그가 꿈에서도 생각지 못한 것은 이번 심문이 무척 단순하고 또 난폭하다는 사실이었다.

"원숭, 너는 대역죄인 진청류와 공모했다. 주고받은 서신이 그 증거다. 그래도 할 말이 있느냐?"

장열이 경당목(驚堂木, 죄인을 심문할 때 탁자를 쳐서 놀라게 하는 용도의 나무 막대)을 매섭게 내리치며 시작부터 호되게 꾸짖었다.

원숭은 차갑게 대꾸했다.

"증거인 서신은 수색 중에 누군가 궤짝에 집어넣은 것이오. 진청류가 역모를 꾸민 일은 내가 몸소 밝혔는데, 이제 와서 공모자로 몰아가다니 이보다 더 황당한 일이 어디 있소?"

"네가 진청류의 죄를 폭로한 것은 신비 부적 사건이 빈번히 일어나 더는 숨길 수 없으리라 생각했기 때문이다. 네 몸을 지키고자 별수 없이 꼬리를 자른 것이지. 흥, 그처럼 깊이 숨기다니 애 많이 썼구나. 너같이 심보가 음험한 자야말로 우리가 깊이 캐봐야 할 대상이다. 음, 그 일 외에도 네가 퇴마사를 맡은 동안 군비 장부에 문제가 많았다. 증거가 확실하니 빼도 박도 못하겠지."

장열이 장부를 가져오라고 명령했다.

원승은 양손에 수갑을 차고 있어서 심부름꾼이 그의 앞에 장부를 펼쳐 몇 장 넘기며 보여줬다. 잠깐 보기만 했는데도 소름이 끼쳤다. 하나같이 그의 인장과 서명이 찍혀 있고 액수는 놀랄 만큼 컸다. 장부 마지막 장에는 상사인 이융기의 서명도 있었다. 주사를 묻혀 쓴 낙관과 서명은 붉디붉어서 보는 이의 간담을 서늘하게 했다.

이런 장부는 본디 그가 서명하고 정리한 뒤 이융기에게 올리는 것이 옳았다. 그를 제외하면, 쉽게 건드릴 수 있는 사람은 이융기뿐이었다. 하지만 지금, 그 내용이 완전히 바뀐 채 어사대 공당에 놓여 있었다.

'나는 고작 사품 관리에 불과한데 저들이 이렇게까지 힘을 쏟는 까닭이 무엇일까?'

원승은 점점 더 의심스러웠다. 저들은 일관되게 태평공주와 상왕을 모함하려 했으니 가장 중요한 권세가에게 손을 써야 마땅했다. 그런데 왜 자신처럼 별 대단할 것도 없는 단역을 골랐을까? 게다가 그 자신이 경골한이라는 것은 저들도 알 텐데.

원승은 천천히 고개를 저으며 말했다.

"위조한 장부요. 장부에 적힌 형제들을 한 사람 한 사람 불러 확인해보시오. 전부 거짓임을 알 수 있을 것이오."

"안심해라. 반드시 확인시켜주지. 네 진심으로 죄를 인정하게 만들어줄 것이다."

장열이 험상궂은 얼굴로 웃었다. 그 얼굴을 가만히 응시하던 원
승은 저도 모르게 간담이 서늘해졌다. 저들이 퇴마사 암탐 몇 명을
핍박하거나 꼬드기는 것은 일도 아니었다.

"네놈이 한사코 잡아뗄 줄 알았다. 하지만 네가 잡아떼도 자연히
다른 사람이 증명해줄 것이다. 게 있느냐, 원회옥을 데려오너라!"

쩔그렁거리는 쇠사슬 소리와 함께 누군가 느릿느릿 공당으로 들
어왔다. 흠칫 놀라 고개를 돌린 원승의 눈에 칼과 족쇄를 찬 아버지
원회옥이 보였다. 순간, 그의 가슴속에 알 수 없는 비분이 치밀어
올랐다. 벌써 두 번째였다, 그의 일로 아버지가 감옥에 갇힌 것이.

"장열." 원승은 참지 못하고 고함을 쳤다. "내 아직 판결을 받지
않았소. 내가 아는 대당나라의 율법이 있는데, 어쩌자고 내 아버지
를 연좌해 가뒀소?"

"원승, 조용히 하지 못할까!"

장열이 다시 경당목을 세게 내리쳤다.

"죄인 원회옥은 단순히 연좌된 것이 아니다. 저자도 평소에 대역
죄인 진청류와 왕래했다. 원회옥, 퇴마사 장부 일부터 이야기하지.
네가 아는 바를 빠짐없이 고하면 관대하게 처분하겠다."

"장부 일은 모르오."

원회옥은 냉소하며 고개를 저었다.

"퇴마사는 일찌감치 금오위에서 독립했고, 금오위에 있을 때도
나와 어리석은 아들놈의 직무가 달라 각기 따로 이끌었소."

"본 관은 네가 그리 혀를 놀릴 줄 이미 알고 있었다. 그렇다면 진
청류 이야기를 해보자. 너희 집안은 일찍이 진청류와 알고 지냈다.

사실이냐 아니냐?"

"사실이오. 하지만 벌써 몇 해 전의 일이오."

"너는 진청류에게 진맥을 받은 적이 있고, 진청류가 네 지병인 두통을 치료해줬다. 사실이냐 아니냐?"

"사실이오. 하지만 역시 몇 해 전의 일이오. 진청류는 이성을 치료한 적도 있소. 뛰어난 의술로 건강을 되찾아드린 일로 이성께 칭찬을 들었소."

"닥쳐라!" 장열이 소리를 질렀다. "그런 대역무도한 말을 주워섬기다니!"

참다못한 원승이 외쳤다.

"장 대인, 순전히 내 일이니 아버지를 연루시키지 마시오!"

"오냐, 드디어 네 문제라고 인정했구나." 장열이 음산하게 웃었다. "이곳은 어사대 감옥이다. 그 누구든 들어오기만 하면 언젠가는 고개 숙여 죄를 인정하게 되지."

원승이 다시 외쳤다.

"장부 문제는 임치군왕이 증인이 돼주실 것이오. 그리고 진청류와 결탁했다는 말은 완전한 허구요. 태후를 뵙고 해명하겠소."

"이 어사대에 와서 태후를 뵙고 말씀드리겠다고? 어디서 들어본 말인데…… 그렇지, 선기 그 늙어빠진 잡종 놈도 그날 그렇게 말하더군. 그놈은 억울해 죽겠다고 소리소리 지르더니 밉살맞게도 결국 감옥에서 달아났다."

장열이 갑자기 큰 소리로 껄껄 웃었다.

"그래, 선기와 네놈 모두 천경궁에 들어앉아 며칠간 현진법회를 주재했겠다. 어디 보자, 네놈과 진청류, 선기, 대역무도한 세 놈 모두 술법의 고수이며 무고와 사악한 술수에 능하지. 그러니 한패거리가 틀림없다. 원승, 진청류와 선기 두 죄인과의 교분만으로도 네 죄는 용서할 수 없다!"

장열은 몹시 흥분했다. 제 상상력에 심히 감탄한 모양이었다.

원회옥은 참으려야 참을 수가 없었다.

"잊은 모양이오. 역적 선기도 내 어리석은 아들놈이 체포했소."

"그게 바로 저 원승이란 놈의 수법이다. 세가 불리하면 동지를 버리고 살수를 쓰지."

그렇게 좌어사대부 장열은 쉴 새 없이 입을 놀렸지만, 일다경이 지나도록 침을 튀겨가며 핍박하고 유혹해도 공당에 엄숙하게 선 원씨 부자는 냉소할 뿐이었다.

"그래도 냉소를 지어? 네놈들이 공공연히 관아를 무시하는 것이 아니면 무엇이냐! 저놈들을 이송해라! 내준신이 낙양에 있을 때 남긴 고문 기구가 우리 어사대에 전부 남아 있다!"

장열은 마침내 분통을 터뜨렸다. 임소는 적절치 못하다고 여겼는지 황급히 앞으로 나아가 장열의 귀에 속닥였다. 장열은 살짝 고개를 끄덕이고는 얼굴을 굳히며 날 선 목소리로 꾸짖었다.

"죄인 원승, 원회옥! 너희 부자는 두루 황은을 입고도 조정에 보답할 생각은 않고 못된 마음을 먹어 폭도와 교분을 맺었으니 그 죄는 실로 용서할 수 없다. 오늘 본 관이 반드시 엄히 심문하여 하나하나 명백히 밝힐 것이다. 게 있느냐. 우선 원승을 데려가라!"

원승은 심장이 쿵 떨어졌다. 저들이 무슨 의도로 아버지를 남기려는지 몰라 화를 내려는데 원회옥이 그를 향해 고개를 끄덕이는 것이 보였다. 아버지와 시선이 마주치자 원승은 겨우 마음이 가라앉았다. 심부름꾼 둘이 다가와 그를 끌고 나갔다.

"물러가라. 내가 데려가겠다!"

그때 임소가 심부름꾼 앞을 가로막더니 공당 밖으로 나와 동편 회랑으로 돌아 들어갔다. 심부름꾼이 물러가자 원승은 별수 없이 임소를 따라갔다.

회랑은 무척 길었다. 무엇보다 독특한 점은 회랑 위에 기묘한 형태를 한 고문 기구가 잔뜩 진열되어 있는 것이었다. 덕분에 회랑은 더욱 음산해 보였다.

"이 기구들은 지난날 내준신이 낙양에서 세도를 부릴 때 발명한 것이다. 훗날 누군가 장안으로 가져왔는데 아무래도 그 맥을 이은 어사대는 귀신이나 요괴를 겁주기 위해 이런 물건들이 필요했지."

임소는 느긋하게 걸음을 옮기며 끔찍한 고문 기구를 하나하나 쓰다듬었다.

"비록 추악하지만 아주 쓸모 있는 물건이다. 일례로 여기 이 몽둥이 이름은 '일견취초', 즉 보기만 해도 분다는 뜻이지. 감히 아무도 이걸 시험해보지 못했거든. 그리고 '청군입옹', 즉 제 발로 독에 들어가기라는 이놈은 더 유명하지. 이건 '정백맥', 다시 말해 전신의 경맥을 정리해주는 것이고, 또 이건 '돌지후', 돌발적으로 비명을 지르게 하는 것이다. 딱 이름대로 아니냐? 그리고 이건 '실동반'인데, 이걸 쓰면 죄인들은 금세 모반을 저질렀다고 인정하곤 하지. 이 모두가 천재 내준신이 심혈을 쏟아 만든 걸작이다."

원승이 쌀쌀하게 말했다.

"하지만 천하제일의 혹리 내준신은 이미 능지처참 당했고, 그 피와 살은 낙양 백성들이 골고루 나눠 먹었소!"

"그래?"

임소가 픽 웃더니 홱 돌아서면서 주먹으로 원승의 아랫배를 힘껏 때렸다. 원승은 고통스런 듯 몸을 웅크렸다. 그런데 뱃속에서 뜨거운 열기가 솟아나자 뜻밖에도 왼쪽 어깨가 시원해졌다. 오는 길에 임소가 붙인 금쇄부는 그 열기에 밀려 스르르 물러갔다.

"그래도 입을 놀릴 테냐?"

임소가 다시 호되게 주먹질을 했다. 또 뜨거운 열기가 솟아나더니 오른쪽 어깨에 들어간 금쇄부도 임소의 강기에 밀려나왔다. 심부름꾼들이 멀리서 지켜보며 임소가 어사대의 숙적인 원승을 손봐주는 줄로만 알고 키득키득 웃었다.

원승은 굳은 얼굴로 소리 죽여 말했다.

"고맙소. 왜 돕는 것이오?"

"내게 고마워할 것 없소. 진청류와 주고받은 서신 두 통은 내가 당신 서재에 넣은 거요."

임소는 아무런 표정도 없이 태연하게 말했다.

"만부득이해서 몰래 갖다놓은 것이니 이해하시오. 사실 나는 열여덟 살 때 영허문 홍강 국사께 의탁하러 간 적이 있소. 아직 낙양에 있을 때였는데 문전박대 당했지."

임소는 계속 느긋하게 걸음을 옮겼다.

"그 후 스스로 일군 재능으로 어사대에 들어갔소. 장안에 있을 때 몰래 영허문을 찾아갔다가 멀리서 당신을 본 적이 있었소. 그때 당신은 이미 영허문에서 제일가는 인재였소. 높고도 높아서 올려다볼 수는 있어도 닿을 수는 없는 사람이었지."

원승이 담담하게 말했다.

"내가 듣기로 임 주부는 나중에 다른 연이 닿아 곤륜문에 들어갔다고 했소. 전임 종주 포무극의 제자가 되어 놀랄 만한 재주를 익혔고, 춘수도(春水刀)는 곤륜문에서 가장 뛰어나다더군."

바짝 굳은 임소의 얼굴에 마침내 웃음이 떠올랐다.

"가능하다면 정정당당하게 싸워보고 싶소!"

갑자기 원승이 안심한 듯 숨을 몰아쉬었다.

"사실 나는 진작 당신을 알고 있었소!"

원승은 약간 놀란 임소의 얼굴을 바라보며 말을 이었다.

"막 퇴마사에 들어갔을 때였소. 금오위에서 '요괴의 짓'으로 분류된 문서를 뒤지다가 무척 괴상한 사건 하나를 발견했지. 청룡방 남매 괴살인 사건 말이오. 그 사건은 아주 기묘했소. 스물 몇 살 된 누나는 밀실에서 죽었는데 목숨을 앗은 것은 칼이었소. 열여덟 살 아우는 뜰에 쓰러져 있었는데 등에 칼을 맞고 인사불성이었소."

임소는 기괴한 표정을 떠올렸지만 말은 없었다.

"나중에 대리시에서 그 사건을 엄중히 조사했으나 자초지종을 알아내지 못했소. 우선, 누나가 있던 방은 문과 창문이 안에서 완전히 잠겨 있었소. 평범한 흉수가 무슨 수로 밀실에 뛰어들어 사람을 죽일 수 있겠소? 그리고 아우의 등에는 칼자국이 무척 깊었으나 당시 뜰에는 숫제 다른 사람의 발자국조차 없었소. 괴상한 부분이 많아 사건을 마무리 짓기 쉽지 않았고, 결국 그 사건은 요괴의 짓으로 귀결됐소. 나는 그 사건에 호기심이 생겨 남몰래 한동안 조사했소."

원승은 보일락 말락 떨리는 임소의 얼굴을 똑바로 바라봤다.

"그 아우는 사건이 일어나기 전에 이미 어사대에 들어갔소. 그 후 분발해 한 발 한 발 주부 자리에 올랐지. 그렇지 않소, 임 주부?"

임소는 입가가 바르르 떨리는가 싶더니 마침내 쓴웃음을 지었다.

"누님이 요괴 손에 살해당한 일은 평생 잊지 못할 고통이오. 사실 나는 그 참혹한 사건이 있기 전부터 누님이 아무 이유 없이 종종 실종되곤 했다는 것을 알았소. 때로는 하루, 때로는 이틀이나 사흘 모습을 감췄다가 신비하게 다시 나타나곤 했지. 하지만 물을 때마다 누님은 이유를 몰라 했소. 그 후 내가 열심히 곤륜 술법을 익히고 사건 조사 방법을 연구한 것도, 그 사건의 진상을 밝히기 위해서였소. 그 사건은 내 평생 가장 큰 수수께끼요. 원 형은 놀라운 재주를 지녔고 사건을 풀어내는 솜씨도 신묘한 사람이지. 기왕 그 사건을 조사했다니 고견을 들려주겠소?"

원승은 묵묵히 그를 바라보다가 고개를 저었다.

"아무래도 날이 오래 지나 조사하기가 쉽지 않았소."

임소의 얼굴에 실망이 떠올랐다. 그가 한숨을 쉬며 말했다.

"언젠가 원 형이 내 일생일대의 수수께끼를 풀도록 도와주기를 바라오."

그때 멀지 않은 공당 안에서 매질하는 소리가 어렴풋이 들리고, 원회옥의 신음이 이어졌다.

"저들이…… 아버지에게 형을 가하고 있소!"

원승의 눈빛이 화르르 타오르며 임소를 노려봤다.

"장열이라는 자는 괴상한 목표를 좇고 있소. 바로 제2의 내준신이 되겠다는 생각이지."

임소의 얼굴은 회랑 그늘에 가려져 표정을 볼 수 없었다.

"무측천은 등극한 뒤로 기반이 튼튼하지 못해서 부득불 혹리를

중용해 이색분자를 제거하게 했소. 지금 상황도 유사하오. 위 태후
는 곧 제2의 무측천이 되겠지. 장열은 제게 기회가 왔다고 생각하
는 거요. 불행하게도 원 형 부자가 저자의 첫 번째 제물이 될 가능
성이 크오."

임소가 말을 이었다.

"내가 가서 말려보겠소. 하지만 들을지 어떨지, 또 언제까지나 참
아줄지는 전혀 알 수 없소. 뭐니 뭐니 해도 장열의 마음속에는 마귀
가 숨어 있으니 말이오."

임소는 돌아서서 심부름꾼 한 명을 불러 원승을 감옥으로 데려
가게 한 뒤 서둘러 성큼성큼 공당으로 돌아갔다.

심부름꾼은 원승을 옥방에 끌어다 넣고 문을 단단히 걸어 잠갔
다. 원승은 엎어질 것처럼 쪽창으로 달려가 초조하게 바깥을 내다
봤다. 반 시진쯤 지나, 쩔그렁거리는 쇠사슬 소리가 들리고 원회옥
이 질질 끌려다시피 복도로 들어왔다.

"아버지!"

원승이 소리를 질렀다. 목이 메었다.

원회옥이 소리를 듣고 빙그레 웃었다.

"괜찮다. 아비는 견딜 만하다!"

문득 그가 걸음을 멈추고 쪽창 뒤에 있는 아들을 힘겹게 쳐다
봤다.

"하나만 명심하거라. 살아야 한다."

원승은 아버지가 왜 이런 말을 하는지 알 수 없어 당황했다. 부자
는 조그마한 쪽창을 사이에 두고 굳은 듯이 서로를 바라봤다. 옥졸

이 원회옥을 와락 밀치며 빨리 가라고 재촉했다. 하지만 원회옥은 애써 버티며 큰 소리로 말했다.

"승아, 들었느냐! 나는 네가 살기를 바랄 뿐이다!"

순간, 원승은 아버지의 깊은 뜻을 알아차렸다. 심장이 찢어질 듯 아팠다. 넋이 나간 사이 원회옥은 이미 쇠사슬을 끌고 철그럭거리며 멀어졌다.

"이제 보니 영존이셨구려." 범평이 나지막이 한숨을 쉬었다. "그 놈들, 참, 영존께 형을 가하다니! 양심이라고는 털끝만큼도 없는 좌어사대 개자식들!"

원승은 스르르 바닥에 주저앉았다. 심장이 칼로 저미듯 고통스러웠지만 한편으로는 의심이 가득 차올랐다.

임소는 어째서 그에게 잘해줬을까? 장열의 행위를 보다 못해 의분이 솟아서? 아니면 한때 그를 흠모했고 언젠가 정정당당하게 싸워보고 싶어서?

어쩌면 둘 다 아닐 수도 있었다. 임소의 눈빛에는 종잡을 수 없는 음산하고 차가운 기운이 담겨 있었다.

"《묵자》에 이르기를, 마음의 대비가 없으면 돌발 사태에 대응할 수 없다고 했다! 반드시 상세한 계획을 세워야 할 터, 그쪽은 어떠하냐?"

서재로 돌아온 장열은 얼굴에서 흥분한 표정을 감추지 못했다. 지금 같은 비상시국에 태후는 반드시 그와 같은 인재를 필요로 할 터였다. 출세할 날이 머지않은 것이다.

임소가 말했다.

"원회옥은 찰과상만 조금 입었을 뿐이니 탈옥에 방해가 되지는 않을 겁니다. 그들 부자는 복도를 사이에 두고 비스듬히 마주한 방에 갇혀 있어서, 원승은 쪽창을 통해 다치고 지친 아버지를 볼 수 있습니다. 그리고 원승의 몸에 썼던 부적도 해제했습니다. 이런 상황이면 탈옥할 수밖에 없지요. 모든 것이 완벽합니다."

"이번에는 놈들이 제 발로 함정에 뛰어들었으니 우리는 그들을 사지로 몰아넣기만 하면 된다. 마침내 치욕을 갚게 되는구나."

장열이 음침한 웃음을 흘렸다.

"하지만 대인, 이상하지 않습니까? 원승이 제 발로 함정에 뛰어들다니요. 원승이 탄핵당한 첫 번째 이유는 애매모호한 장부였습니다. 별것 아닌 것 같지만 그렇게 진짜처럼 꾸미려면 보통 사람으로는 어림도 없지요. 대체 누구 솜씨일까요?"

장열의 얼굴이 차갑게 굳었다. 당연히 그는 누구 솜씨인지 몰랐지만 부하 앞에서 심려원모하고 자신만만한 모습을 지키기 위해 다시 한 번 콧방귀를 뀌었다.

"내가 아는 것은 하나다. 원승이란 놈은 제 잘난 줄 알고 날뛰지만 실제로는 멍청한 짓을 여러 번 했지. 그놈은 조정 실권자들 거의 모두에게 밉보였다. 하지만 그놈 뒤에 누가 있나? 상왕? 무측천 때부터 당금 조정에 이르기까지 그 누구보다 전전긍긍하며 살아온 멍청한 왕일 뿐이야. 임치군왕? 더 심하지. 일개 방탕한 공자로, 대당나라의 웃음거리인 자일세. 반면, 그놈이 밉보인 사람이 누구인지 생각해봐라. 위 태후, 종초객, 태평공주. 그분들이 손가락만 까딱해도 살 한 조각 남아나지 못하게 놈을 짓이겨버릴 수 있다."

"그렇군요." 임소는 상사의 얼굴 주름에서 기밀이라도 찾아내려는 듯 장열의 얼굴을 빤히 바라봤다. "이를테면 이번 장부 사건도 뒤에서 이융기의 손이 닿은 것 같더군요."

"어이, 운경." 장열은 젊은 부하의 자(字)를 부르고는 의미심장하게 한숨을 쉬었다. "이 모두가 권력 소용돌이 안의 각축전이다. 우리같이 보잘것없는 사람은 섣불리 그 소용돌이의 깊이를 가늠하려 들지 않는 것이 제일이지. 우리가 할 일은 그저 가장 큰 소용돌이에 딱 붙어서 그 방향에 따라 도는 것이지."

그때 심부름꾼 하나가 들어와 보고했다.

"대인, 보고드립니다. 부마 무연수가 찾아왔습니다."

장열은 흠칫 놀라며 황급히 대답했다.

"이리 모셔라, 어서!"

잠시 후, 무연수는 장열의 공손한 대접을 받으며 정교하게 꾸민 손님 접대용 화청으로 안내됐다.

"장 대인, 내 저택에서 원승을 데려가지 못하게 한 데는 그만한 고충이 있었네. 이해해주기 바라네."

무연수는 거들먹거리며 상석에 앉았다.

"그 무슨 말씀입니까? 한밤중에 찾아가 방해한 소관이야말로 실로 외람되고 당돌하기 짝이 없었지요. 하나 맡은 임무가 있어 한 일이니 넓은 마음으로 양해해주십시오."

장열은 공손하게 대답했지만 속으로는 죽는소리를 했다. 원승 그놈에게 안락공주라는 든든한 배후가 있다는 것을 잊고 있었다니. 친히 마누라의 연인을 구하러 나선 것을 보면 부마 무연수는 참으로 도량이 넓은 자였다!

과연 무연수가 웃으며 말을 꺼냈다.

"공주 전하께서도 이제 막 원승이 저지른 사건을 전해 듣고 무척 관심을 보이셨네. 그가 우리 저택에 있다가 어사대에 호출당했으니 어떻게든 우리가 보살펴야 한다고 생각하시더군. 내일 공주께서 몸소 태후를 뵐 것이네. 생각이 부족한 어사들, 예를 들어 앞장서서 원승을 탄핵한 최선 같은 이는 벌써 공주께 한바탕 욕을 들었네. 생각해보게. 작금은 비상시국이고 조정에는 급히 일할 사람이 필요하지. 특히 원승 같은 인재 말일세!"

"그…… 그렇지요. 국공 말씀이 옳습니다. 공주 전하께서는 참으로 선견지명이 있으시고 지혜롭기가 남다르십니다."

장열은 조심스럽게 대답하면서, 속으로는 나 죽네 하고 비명을 질러댔다.

"여기까지가 공주 전하께서 대인에게 전하라는 말이었고."

무연수는 사방을 둘러보고 아무도 없는 것을 확인하자 기묘하게 씩 웃었다.

"공주의 말을 다 전했으니 이제 내 속말을 꺼내보겠네."

말을 마친 그가 접본 하나를 건넸다.

"이것은……."

장열이 의아해하며 받아 흘낏 보니 집문서였다.

"서시에 있는 세 칸짜리 점포 소유 증서지. 모두 장사가 잘되는 곳들인데 장 대인에게 선물하겠네!"

무연수의 눈빛이 차가워지고 목소리가 내리깔렸다.

"나를 대신해 원승을 죽여주게. 가능하면 흔적도 없이."

"아아, 이제 보니 원승을 함정에 빠뜨린 계책이 바로 부마 나리의 걸작이었군요."

장열의 눈동자에 흥분의 빛이 번뜩였다.

"내가 아닐세." 무연수는 단호하게 고개를 저었다. "솔직히 나야 그자를 쏴 죽이고 싶은 마음이 굴뚝같지. 하지만 절대로 수작을 부려 함정을 파지는 않을 것이네."

"공명정대하십니다. 그야말로 선왕의 풍격을 이어받으셨군요. 안심하십시오. 그 일은 소관이 적절하게 처리하겠습니다."

장열은 승진도 하고 재물도 얻는 일거양득의 호기임을 깨달았다. 우선 원숭이 탈옥하도록 유도했다가 마구 화살을 쏴 죽이면, 손쉽게 무연수의 뇌물도 받고 그다음 원숭의 죄를 부풀려 보고해 위 태후의 호감도 살 수 있었다.

"다만, 그자가 얼마 전에 우리를 도왔으니 그 낯을 봐서라도 시신은 온전히 남기고 너무 고통스럽게 하지는 말게."

큰일을 마무리 짓고 나자 무연수는 홀가분하게 일어나 작별했다. 속으로는 자신이 제법 인자하다고 감동하면서.

"감옥에 문제가 생겼습니다!"

깊은 밤, 흥분해서 잠을 이루지 못한 채 뒤척이던 장열은 임소가 바삐 달려와 전한 급보를 받았다.

"감옥에 있던 당심양과 범평이 싸움을 벌이다가 옥졸들에게 제압됐습니다. 하지만 두 사람이 그렇게 소란을 피우는데도 원숭은 본 척도 하지 않았습니다."

장열은 의아했다.

"그놈은 꾀가 많아서 아무래도 걱정이 되는군."

"안심하십시오, 대인. 지극한 효자이니 틀림없이 아비를 구할 것입니다.·지금은 상황을 떠보는 중일 겁니다!"

"가보세!" 장열이 벌떡 일어났다. "자네는 먼저 가서 형제들에게 그자를 가볍게 보지 말라고 전하게."

하지만 장열 대인이 밤새도록 기다렸음에도 등불로 환히 밝힌 감옥 안에서는 아무 일도 일어나지 않았다. 원회옥은 옥방에 가로 누워 원승을 등진 채 밤새 기침을 했다. 원승은 쪽창을 통해 아버지 원회옥에게서 시선 한 번 떼지 않고 밤새 서 있었다. 그리고 장열과 임소는 감옥 복도 위쪽에 자리한 암실에서 긴장한 얼굴로 그들 부자를 지켜보며 밤새 기다렸다.

3장
......
탈옥

"나······ 낭자, 어······ 어쩌려는 겁니까?"

오육랑은 심상치 않은 기운을 감지하고 벌떡 일어났지만 방문은 밖에서부터 단단히 잠겨 있었다. 그는 별수 없이 다시 탁자 앞으로 돌아가 앉았다.

"어쩌다니요!" 대기는 콧방귀를 뀌었다. "감옥에 쳐들어가야죠!"

그녀는 허리를 곧게 세우고 오육랑과 마주 앉아 있었다. 이른 아침의 햇빛이 창을 뚫고 들어와 오늘따라 딱딱하게 굳은 그녀의 얼굴을 비췄다.

"이럴 때 감옥을 습격하겠다고요?" 오육랑은 쓴웃음이 났다. "원 장군께서 말씀하셨잖습니까? 함부로 감옥을 습격하는 자는 절대로 용서치 않겠다고요."

고검풍은 줄곧 초조하게 방 안을 서성이는 중이었다. 그는 대기를 동정했지만, 열일곱째 사형 원승에게는 아직 의심이 남아 있었다. 그 일 이후로 존사의 모습을 뵌 광명사를 몇 차례 더 찾아갔지만 다시는 그 어떤 흔적도 발견하지 못했다. 낡은 거울도 없고, 존사의 종적은 더욱더 없었다. 절에 있는 호승들도 영문을 몰라 하며 어떻게 된 노릇인지 설명하지 못했다. 설마, 그 모든 것이 진짜 둘째 사형의 환술이었을까?

대기는 이를 악물었다.

"상관없어요. 육랑 오라버니가 어떻게든 방법을 강구해봐요. 분명히 할 수 있을 거예요."

"습격하지 말고 방문하는 건 괜찮지 않을까요?" 갑자기 고검풍이 걸음을 멈추고 말했다. "대당나라 율법에 따르면 갇힌 사람에게 음식을 넣어줄 수는 있잖아요?"

"참, 방문이 있군요! 하지만 그냥 음식만 보내는 건 재미없지요!" 오육랑이 눈을 빛냈다. "대기 낭자, 설안을 만난 적이 있습니까? 안락공주의 첫손꼽는 시녀 말입니다."

'안락공주'라는 이름을 듣자 대기는 몹시 불편했지만 그래도 고개를 끄덕였다.

"설안은 늘 안락공주 옆에 있는 사람이니 당연히 봤죠."

"두 사람 몸집이 비슷하잖습니까? 낭자는 역용술에 정통하니 설안으로 변장해서 가면……." 오육랑이 손을 비비며 말을 이었다. "아, 그런데 영패가 없군요. 공주부를 드나들 수 있는 영패 말입니다."

"있어요!"

"있다고요? 아니 어떻게……."

"지난번 괴뢰고 사건 때 안락이 설안을 보내 원숭에게 공주부로 피난하라고 했었어요. 그 사람은 당연히 가지 않았지만, 별생각 없이 그 물건을 내게 주며 보관하라고 했죠."

대기는 품을 뒤져 도금한 요패 하나를 꺼냈다. 금빛으로 눈부시게 빛나는 요패는 지극히 정교했고, 정면에 예서체로 '안락공주부 출입'이라는 글이 새겨져 있었다.

"잘됐군요, 아주 잘됐어."

퇴마사에서 경력이 가장 오래된 장안의 암탉은 얼굴이 환해졌다.

"쯧, 청영이 있었으면 좋았을 텐데. 그 낭자가 흉내라면 감쪽같이 잘 내거든요. 하지만 지금은 죽은 말이라도 일으켜 세워봐야죠. 사력을 다해 말투, 목소리, 행동거지까지 매사 빡빡하고 안하무인인 공주부의 대시녀로 훈련시켜드리겠습니다!"

"오라버니, 이 마나님은 죽은 말이 아니에요!"

오후가 되자 정교한 마차 한 대가 어사대 관아 대문 앞에 멈췄다. 문 앞을 지키던 심부름꾼은 눈이 휘둥그레진 채 스르륵 열리는 마차 문을 바라봤다. 화려한 옷을 입은 미녀가 기다란 치맛자락을 살짝 걷고 느릿느릿 마차에서 내려 흠잡을 데 없이 아리따운 자태로 그들에게 다가왔다.

"안락공주 전하의 명을 받고 장열 대인께 말을 전하러 왔다."

대기는 고운 얼굴을 반쯤 가리는 유모를 쓰고서 차갑고 오만하게 말했다.

"낭자, 장 대인께서는 안에 안 계십니다."

심부름꾼 대장은 귀하고 은은한 훈향을 맡자 방문객이 보통 인물이 아니라는 것을 알았다. 하지만 장 대인은 어젯밤을 꼬박 새운 탓에 지금은 한창 낮잠에 빠져 있어서 함부로 방해할 수 없으니, 모호하게 둘러대 거절할 수밖에 없었다.

"장 대인은 충성스럽고 근면해서 밤낮없이 일한다고 들었건만, 지금이 어느 땐데 관아를 비운단 말이냐."

대기는 최선을 다해 유려하게 장안 표준어를 내뱉었다.

"됐다. 그럼 감옥 정장이나 주부에게 안내해라."

"귀빈의 성함이 어찌 되시는지요? 공주부의 뉘신지?"

그때 키가 크고 야윈 몸을 한 늙은 관리가 달려와 느긋하게 두 손을 모아 인사했다.

"이 몸은 감옥 정장 금승이라 합니다."

대기는 여전히 얼음장 같은 태도를 유지한 채 반짝이는 요패를 내밀었다. 마부로 변장한 오육랑이 쓱 앞으로 나아가 속삭였다.

"이보시오, 금승, 어찌 설안 낭자도 못 알아보시오? 서둘러 안내 하시오! 안락공주께서 불벼락을 내리셨단 말이오. 우린 반드시 그 사람을 만나봐야 하오."

마부가 자신을 이렇게 잘 아는 것이 뜻밖인 금 정장은 그를 흘끗 쳐다봤다. 어딘지 낯익다는 생각이 들었지만, 어쨌거나 설안 낭자 의 어마어마한 명성 역시 들은 적이 있었다. 생각에 잠긴 사이 문득 손이 묵직해졌다. 오육랑이 그의 손에 은덩이 두 개를 쑤셔 넣은 것 이다.

"귀빈께서는 누구를 만나려 하십니까?"

기뻐서 입이 헤벌어진 금 정장은 더는 두 사람의 신분을 의심하 지 않았다.

"안락공주께서 분부하시길 반드시 원승을 만나보라 하셨소."

오육랑이 야릇한 표정을 지어 보였다. 금 정장은 퍼뜩 깨달았다. 어젯밤 부마 무연수가 왔다 간 것도 원승 때문일 터였다. 조야에 떠 도는 원승과 안락공주에 관한 숱한 소문을 떠올리자, 금 정장은 감 히 허투루 대하지 못하고 허둥지둥 그들을 안으로 안내했다.

그들은 관아의 굽이진 회랑을 빙빙 돌고, 바깥뜰과 안채 창고, 감옥 담장을 하나하나 우회하며 걸어갔다. 사방에 감시용 활 누대가 높이 솟아 있었다. 병졸 한 무리가 순찰을 돌고 있는데, 모두 방비를 증강하기 위해 새로 뽑혀온 금오위였다.

"거기, 멈추십시오. 어디서 온 귀빈이십니까?"

굽은 회랑 하나를 막 지나는데, 임소가 병졸들을 이끌고 사나운 기세로 다가왔다. 금 정장은 떨떠름한 표정이었다. 관직만 따지자면 정장이 주부보다 한 계급 높았지만, 임소는 장열의 심복이라 차마 미움을 살 수 없어서 소리를 낮춰 보고했다.

"아, 설안 낭자셨군요. 실례했습니다."

임소는 설안을 본 적이 없어서 의심스러워하면서도 차갑게 웃으며 말했다.

"금 정장께서 수고하실 것까지 없습니다. 소생이 두 분을 안내하겠습니다."

한가해지는 것이 반가운 금 정장은 웃으며 걸음을 멈췄다. 임소가 빙글거리며 두 손을 모아 인사한 뒤 앞장서서 걸어갔다. 감옥 입구에 당도하자, 별안간 쪽문에서 떠들썩한 소리가 들려왔다. 눈썰미 좋은 옥졸이 임소를 발견하고 재빨리 달려와 보고했다. 듣자니, 쪽문 밖에 고검풍이라 밝힌 청년이 나타나서 중죄인인 원숭과 원회옥에게 음식을 주겠다고 했다는 것이다.

어사대 감옥은 대당나라 중앙 감옥에 속해 비교적 규칙이 엄했으나 죄인의 가족이 음식을 주는 것은 허락했다. 설안으로 변장한 대기가 어사대 정문을 통해 당당하게 들어간 것과 달리, 음식을 주러 온 고검풍은 직접 감옥 안뜰 쪽문으로 찾아갔다. 문을 지키던 옥졸은 원숭이 대역죄에 연루된 중죄인이므로 쉽사리 고검풍을 들여

보내려 하지 않았다. 그러자 고검풍은 마음껏 소리를 질러가며 고집을 피웠다.

"들여보내라!"

임소가 냉소를 흘리며 명령했다. 그러잖아도 퇴마사의 기재들이 수작 부리기를 이제나저제나 기다리던 그가 아닌가. 씩씩거리며 들어온 고검풍은 딱 맞게 대기와 오육랑 곁을 스쳐 지나갔다. 세 사람 다 서로를 모른 척했다.

"설안 낭자?"

막 신시(申時, 오후 3시~5시)가 되어 아직 등불을 켜지 않았기에 복도가 다소 어두웠다. 원승은 유모에 달린 얇은 가리개를 걷은 대기를 보자 눈동자에 이채를 반짝이더니 곧 의아한 표정으로 물었다.

"공주께서 보내셨소?"

그러는 사이 육중한 옥방 문이 마침내 철컥 열렸다. 하지만 원승이 있는 옥방은 특수 방어 조치를 해놓아, 육중한 철문 뒤에 쇠창살로 된 문이 하나 더 있었다. 대기는 쇠창살을 사이에 두고 그를 만나야 했다. 그녀의 눈시울은 살짝 젖어 있었다. 그녀는 황급히 가리개를 내리고 아무 말도 못한 채 고개만 끄덕였다.

대기가 말이 없자 임소는 이상한 생각에 고개를 돌리고 그녀를 유심히 살폈다. 원승도 대기의 표정이 심상치 않은 것을 깨닫고 재빨리 고검풍을 향해 소리쳤다.

"소십구, 우리 아버지부터 살펴다오."

고검풍은 그러겠다고 대답하고는 임소에게 말했다.

"안내를 좀 해주시죠. 원 어르신을 뵈어야겠어요. 열일곱째 사형,

이 밥부터 받으세요."

고검풍이 찬합을 건네는데 옥졸 서사가 딱 가로막았다. 서사는 먼저 찬합을 받아 임소 앞에서 살펴본 뒤 안에 든 밥그릇과 잔, 수저만 꺼내 원승에게 건넸다. 그런 다음 고검풍을 데리고 비스듬히 맞은편에 있는 원회옥의 옥방으로 갔다. 원승의 시선이 고검풍을 바짝 쫓다가, 다시 고검풍을 건너 옥방 안에 있는 원회옥을 뚫어지게 바라봤다. 원회옥은 시종일관 그를 등진 채 계속해서 힘없이 기침만 했다.

"원 장군."

그때쯤 마침내 감정을 추스른 대기가 검은 낙타 극단의 대표 배우답게 공주부에서 제일가는 시녀를 쏙 빼닮은 표정을 지으며 큰소리로 말했다.

"공주께서 말씀하셨습니다. 이 사건은 필시 간악한 자가 성인을 홀려 벌어진 일이니 안심하시라고요. 공주께서 방법을 강구하고 계시니 틀림없이 무사히 풀려나실 겁니다."

원승은 한숨을 쉬었다.

"공주께 감사할 따름이오. 이 원승, 그 두터운 은혜…… 결코 저버리지 않겠소."

"참 고운 낭자로구나." 당심양이 다가왔다. "이 미녀께서는 안락공주부 사람인가보지? 들어보거라, 사실 이 어르신도 억울하게 갇혔다. 어이, 어이, 왜 피하는 거냐? 어서 이리 오너라. 고운 얼굴 좀 구경하게."

그가 침을 질질 흘리며 얼굴을 들이미는 바람에 대기가 비명을 질렀다. 옥졸 서사가 대로해서 채찍을 휘두르자, 매서운 채찍 끝자락이 쇠창살 사이를 파고들어 당심양의 어깨를 때렸다. 당심양이 소리소리 지르며 화닥닥 몸을 피하다가 옆에 있던 범평에게 부딪혔다. 직전에 그와 한바탕 싸운 범평은 인정사정없이 그를 홱 밀쳤다. 옥방 안이 또 소란스러워졌다.

"멈춰라!"

임소가 버럭 화를 내더니 채찍을 빼앗아 사납게 휘둘렀다. 가죽 채찍이 쇠창살에 부딪히며 불꽃이 팍팍 튀었다. 커다란 힘을 받은 쇠창살이 '윙윙' 소리를 내며 진동했다. 범평 등 두 사람은 그제야 소리 지르며 투덕거리던 것을 멈췄다.

원승이 천천히 고개를 들었다.

"설안 낭자, 말씀 좀 전해주시오. 나는 마음 놓고 기다릴 것이오. 하지만 가친께서는 아무 죄 없이 무고하게 잡혀오셨소. 부디 공주 전하께서 태후께 말씀을 올려주시기 바라오."

그는 싸늘한 눈빛으로 임소를 차갑게 노려본 다음 비로소 목소리를 높였다.

"소십구, 퇴마사 모두에게 전해라. 내 일은 이 원승 혼자 감당할 것이다. 누구도 날 걱정할 필요 없고, 함부로 법을 어지럽히거나 소란 피울 생각은 마라. 어기는 자가 있으면, 이 원승이 악귀가 되어서라도 용서하지 않을 것이다."

그 말을 들은 고검풍은 재빨리 찬합을 원회옥 앞에 내려놓고 낭랑하게 말했다.

"고검풍, 명령을 받들겠습니다!"

갑자기 당심양이 오육랑을 손가락질하며 외쳤다.

"거기, 뱀 조심해!"

오육랑은 화들짝 놀라 하마터면 그 자리에서 펄쩍 뛸 뻔했다. 대기도 놀라서 비명을 질렀다. 정신을 차리고 자세히 보니 당연히 뱀 같은 것은 없었다.

당심양이 큰 소리로 웃어댔다.

"그러게 누가 이 어르신을 그리 노려보랬느냐? 공주부에서 일하는 자들은 참 기세도 대단하지! 흥, 여긴 뱀이 없지만 바깥에는 있다. 뱀이 네놈을 물어 죽일지 모르니 조심하는 게 좋아!"

오육랑은 낯빛이 싹 바뀐 채 소리쳤다.

"이 도적놈, 입 좀 곱게 놀리지 못하느냐!"

당심양이 미치광이처럼 굴자 임소는 또 사달이 날까봐 재빨리 나섰다.

"이곳에는 온통 죄인뿐입니다. 낭자는 귀한 몸이니 어서 돌아가서 공주 전하께 보고드리는 게 좋겠습니다."

대기는 가만히 탄식하며 말했다.

"원 장군, 말씀은 반드시 공주께 전하겠어요. 우리 모두…… 원 장군이 어서 빨리 나오기를 바라요."

말을 마친 그녀는 오육랑을 데리고 사뿐사뿐 밖으로 걸어나가며 소리 죽여 말했다.

"임 주부, 잠시 이야기 좀."

시선을 돌려 고검풍을 지켜보던 임소는 그 말을 듣자 서사에게 눈짓한 후 성큼성큼 대기를 뒤따랐다.

서사는 고검풍에게 돌아가 어깨에 힘주고 말했다.

"찬합을 넣어줬으면 된 거 아니오? 썩 가보쇼. 이곳에도 규칙이 있으니 이해하시고."

어사대와 퇴마사는 평소에도 사이가 나빠서 서사의 말투도 영 예의가 없었다.

고검풍은 마지막으로 원회옥을 살핀 뒤 원승의 옥방 쇠창살 문 앞으로 돌아와 무거운 소리로 말했다.

"열일곱째 사형, 그만 가볼게요."

서사가 무례하게 고검풍을 내쫓다시피 한 뒤, 옥졸 둘은 육중한 철문을 거칠게 닫아 잠그고 욕지거리를 하며 멀어져갔다.

그제야 당심양이 나지막이 쿡쿡 웃었다.

"원승, 네 부하들은 역시 기인들이군!"

그가 손을 들자 손목에 있던 물건이 또르르 소매 안으로 굴러 떨어져 품속으로 들어갔고, 마지막으로 마술이라도 부린 듯 바짓가랑이 밑으로 툭 떨어졌다. 방금 그가 당돌한 미녀와 실랑이를 벌이는 틈을 타 오육랑이 재빨리 쥐여준 '전리품', 비단 주머니였다.

"내가 필요하다고 한 건 방금 오육랑에게 전음으로 전했겠지? 시간이 촉박한데 저들이 해낼 수 있겠느냐?"

주머니를 열고 안에 든 것을 살피던 당심양은 볼수록 놀라고 기뻐서 자연스레 퇴마사에 믿음이 생겨났다.

"오육랑은 거지들을 많이 아오. 당신에게 필요한 물건은 반드시 구해낼 것이오."

원승은 한숨을 쉬었다. 조금 전 당심양이 소란을 피우는 동안 그는 전음으로 오육랑에게 분부를 전했다. 이제 모든 것은 운명에 달려 있었다.

"부마도 다녀가셨을 거요."

대기는 오만한 얼굴로 눈길조차 돌리지 않고 천천히 앞으로 걸어갔다.

"하지만 공주 전하께서는 부마를 영 믿음직스럽지 않게 생각하시오. 그래서 장열 대인께 한마디 전하라고 하셨소. 만에 하나 원승에게 무슨 일이 생기면 목을 내놔야 할 것이라고."

퇴마사는 특수한 관청으로, 당연히 자체 암탐과 정보 통로가 있었다. 무연수가 장열을 찾아간 사실 역시 아침 일찍 오육랑 귀에 들어갔다. 대기가 한 말은 당연히 그 정보를 헤아리고 분석한 결과에서 나온 것이었다.

"반드시 전하겠습니다."

임소는 얼굴이 굳었지만 그래도 고개를 끄덕였다.

"배웅은 됐소."

어사대 대문을 나서자 대기는 임소에게 작별했다.

임소는 답답한 마음을 안고 말없이 섬돌 아래 멈춰 섰다. 순간, 그의 눈이 가늘어졌다. 서쪽으로 기운 햇빛 아래로, 다소 이상한 그녀의 걸음걸이가 눈에 들어왔다. 저것은 절대로 고귀한 여자의 걸음걸이가 아니었다. 그녀는 가장 호화롭다는 대당나라 공주부에서 제일가는 시녀였다. 그런 여자의 걸음걸이는 저보다 더 차분하고 우아해야 했다. 하지만 눈앞의 여자는 걸음이 너무 빨랐다. 혹시 당장 마차 안으로 들어가야 해서 숨기는 것을 잊었을까?

그가 머뭇거리는 사이 마차는 나는 듯이 달리기 시작했다. 별달리 눈에 띄지 않던 마부인데 마차는 빨리도 몰아댔다. 마차는 금세 부연 흙먼지를 일으키며 길모퉁이를 돌아갔다. 임소는 훌쩍 몸을 날려 신행술을 펼치며 뒤쫓았다. 긴 거리의 다음 모퉁이에서 그는 마차를 가로막았다.

"아니, 임 주부, 대체⋯⋯."

오육랑은 깜짝 놀란 표정이었다.

"헛소리 마라. 안락공주부는 동쪽에 있는데 왜 서쪽으로 가느냐? 대체 너희는 누구냐?"

"임 주부, 걱정도 많군." 마차 안에서 설안의 목소리가 들렸다. "나는 서시에 가는 중이오. 공주 전하께서 가장 좋아하시는 금보요에 꼭 맞는 서역의 향나무 함을 사기 위해서요. 하지만 이왕 왔으니 잘됐군. 깜빡하고 전하지 않은 말이 있는데 올라와서 잠시 이야기하겠소?"

"그렇다면 실례하겠습니다."

임소는 냉소를 지으며 성큼 마차에 올랐다. 다소 어두운 마차 안에서 한 줄기 날카로운 눈빛이 대뜸 그에게 날아들었다. 삽시간에 세상이 온통 까매졌다.

깊은 밤, 좌어사대부 장열은 하인의 부름 소리에 깨어났다. 감옥에 있는 불순분자 당심양이 또 소리를 지르며 소란을 피운다는 말이었다.

"그자는 원승과 함께 있지 않으냐. 그들이 정녕 일을 벌이려는 것이렷다?"

장열은 이런 생각이 들자 잠이 싹 달아나 후다닥 몸을 일으켰다.

"임소는 어디 있느냐? 속히 불러오너라."

"벌써 찾으러 갔지만 오후에 안락공주부에서 온 귀빈을 만난 뒤 배웅하러 나갔다가 아직 돌아오지 않았습니다."

"안락공주부의 귀빈?"

장열은 어딘지 이상했지만 깊이 생각할 틈이 없어 계속 임소를 찾아보게 한 다음, 허둥지둥 감옥 암실로 달려갔다. 어사대 감옥은 구조를 교묘하게 짜서 복도 위에 암실을 하나 설치했다. 그곳에서는 감옥 곳곳을 훤히 감시할 수 있는데 바깥에서는 그 존재를 전혀 알아차릴 수 없었다. 좌어사대부가 친히 지휘하자 심부름꾼들은 모두 긴장했다.

"너무 뚫어지게 지켜볼 것 없다. 쉬엄쉬엄해라."

본디 원승이 탈옥하기를 부추기던 차라, 장열은 옥졸을 불러 은근히 속뜻을 밝히면서 금오위 두 무리에게는 활을 들고 암실 사방에 매복하라는 밀명을 내렸다. 높은 곳에서 내려다보는 형태에 지형적으로 은밀하기도 한 이곳에서는, 원승이 옥방 동료 두 사람을 이끌고 탈옥하면 곧바로 화살 비를 퍼부을 수 있었다.

서사가 명령을 받고 소란 피우는 자들을 제압하러 갔다. 이곳 옥졸들은 이미 어젯밤을 꼬박 새운 터라 오늘 밤은 더욱 피로에 절어 있었다. 피곤하고 화가 난 서사는 씩씩거리며 채찍을 휘어잡고 달려가 호통을 쳤다. 이번에 당심양은 술에 취한 것처럼 서사에게 마구 욕을 퍼부었다. 옥졸 서사는 노발대발해서 바깥쪽 철문을 벌컥 열고 쇠창살 안쪽을 향해 매섭게 채찍을 휘둘렀다.

그때 손 하나가 채찍 끝을 낚아챘다. 원승이 태연하게 말했다.

"이보시오, 노형, 이렇게까지 할 필요가 있소?"

어찌 된 셈인지 원승의 눈과 마주치는 순간 서사는 화가 싹 가라앉는 기분이었다.

이층 암실에 몸을 숨긴 장열은 복도를 환히 밝힌 등불에 의지해 눈도 깜빡하지 않고 서사를 지켜봤다. 서사가 허장성세로 몇 마디 호통치다가 아예 철문을 열고 들어가 짐짓 화를 내자, 장열은 남몰래 고개를 끄덕였다. 저 옥졸은 제법 눈치가 빠른 것 같았다. 그가 바라는 것이 바로 원숭 일행에게 빈틈을 보이는 것이었다.

철문이 반만 열려 있어서, 장열은 입구에 꿇어앉아 자꾸만 읍하는 범평만 볼 수 있었다. 간간이 옥방에 들어간 서사의 호통 소리가 들려왔다. 그가 말다툼하는 상대는 어느새 원숭으로 바뀐 것 같았다. 보아하니 그도 결국 화를 참지 못한 모양이었다.

얼마 안 되어 마침내 서사가 욕지거리를 늘어놓으며 밖으로 나왔다. 너무 화가 나서 철문을 잠그는 것마저 잊고 쾅 소리 나도록 닫아놓기만 했다. 암실에 있던 장열은 만족스럽게 고개를 끄덕였다. 서사는 만사가 귀찮은 모습으로 돌아왔다. 이미 그에게 흥미가 사라진 장열은 잔뜩 긴장한 채 잠그지 않은 철문만 노려봤다.

"뱀, 뱀이다!"

어느 옥방에서인지 몰라도 누군가 소리를 질렀다. 이어서 더 많은 옥방에서 비명이 터졌다.

"아이고, 진짜 뱀이잖아! 이 많은 뱀이 어디서 났지?"

"조심해, 그냥 비단뱀이 아니야!"

"독이 있구나! 으악, 나 물렸어……."

임소는 아직 끝없는 어둠 속에 빠져 있었다. 사방이 온통 진흙같이 끈적끈적한 어둠에 뒤덮여, 마치 모든 것이 괴이한 악몽 같았다.

'아뿔싸, 저 여자가 미혼술을 썼구나!'

이런 생각을 하자 임소는 마치 일 년간 푹 잠든 것처럼 머리가 묵직해졌고, 이어서 온몸이 깊디깊은 못에 가라앉은 듯 답답해졌다. 챙 하는 소리와 함께 그의 소매 속에 있던 법기 춘수도가 스스로 튀어나와 그의 손아귀에 잡혔다. 그가 칼을 휘두르자 춘수도가 푸르스름한 칼 빛을 그려냈다.

천지에 가득 퍼진 어둠이 그 날카로운 칼에 쪼개졌다. 쪼개진 틈으로 시야 가득 봄빛이 들어왔다. 짙은 먹 같던 칠흑이 순식간에 산산이 조각나고, 심지어 마차 그림자마저 폭발하듯 부서졌다. 마지막으로 오만하게 내려다보던 얼음같이 차갑고 고운 눈동자도 수만 개 빛 조각으로 변해 표표히 멀어져갔다.

임소는 있는 힘껏 눈을 떴다. 놀랍게도 그는 황량한 벌판에 드러누워 있었다. 머리 위에는 별이 드문드문 반짝이고, 달은 얇은 종이를 붙여놓은 양 하늘가에 걸려 있었다.

"당했다. 조호이산계!"

그는 허겁지겁 일어나 신행술을 펼쳤다. 그런데 그만 뭔가에 턱 걸려 호되게 바닥에 엎어지고 말았다. 내려다보니 두 발에 족쇄가 채워져 있었다. 임소는 성질을 못 이겨 마구잡이로 칼을 휘둘렀다. 족쇄에서 불꽃이 팍팍 튀었지만 대체 무엇으로 만든 건지 춘수도 같은 신기(神器)에도 끊어지지 않았다.

감옥은 또다시 소란스러워졌다. 장열은 놀라기도 하고 화도 났다. 감옥 안에 뱀이 있을 리가! 원숭 저놈이 죄인들을 선동한 게 분명했다. 장열은 서둘러 옥졸 둘을 보내 살피게 했다.

"뱀이다!"

사람을 보낼 필요도 없이, 활을 들고 대기하던 금오위 한 명이 소리를 꽥 질렀다. 곧이어 암실 양쪽에 몰래 숨어 있던 금오위들도 혼란에 빠졌다. 장열마저 뱀을 봤다. 어찌 된 셈인지 얼룩무늬가 있는 괴상한 모양의 뱀 너덧 마리가 암실로 기어오르고 있었다. 병사들의 소란이 독사를 더욱 놀라게 했고, 곧 물린 병사가 나타나 소리소리 질러댔다. 암실은 혼란의 도가니였다. 심지어 활 든 병사 몇 명이 암실 밖으로 떨어지기도 했다.

바로 그때 손 하나가 원승이 갇힌 옥방 철문을 홱 밀어 열었다. 몹시 거친 동작이고 숨기려는 기색이 전혀 없었다. 힘차게 열린 철문 사이로 사람 그림자 하나가 미친 듯이 달려나왔다.

"원승이다! 저자를 놓치지 마라!"

장열은 허둥거리는 와중에도 그 그림자를 놓치지 않았다. 원승은 아직 판결을 받지 않아 임시로 잡아둔 죄인이기 때문에 남들과는 복장이 달랐다. 원승이 재빨리 원회옥의 옥방으로 달려가는 것을 본 장열은 저도 모르게 교활한 미소를 떠올렸다. 원회옥이 있는 곳은 평범한 옥방이었다. 옥방 문이 단번에 철컹 열렸다. 음식을 가져다준 고검풍이 몰래 자물쇠를 열어놓은 덕분이었다.

원승은 걸음이 약간 비틀비틀했지만 단호하게 원회옥을 안은 뒤 돌아서서 쏜살같이 밖으로 달려갔다. 내막을 모르는 옥졸들이 화난 소리를 지르며 채찍을 휘둘러 앞을 막았다. 하지만 원승은 미친 사람처럼 종횡무진 달려들었고 옥졸 몇 명이 부딪혀 쓰러졌다.

그런데 바로 그때 원승에게 안겨 있던 원회옥이 벌떡 일어나 양손으로 원승의 아랫배를 힘껏 가격했다. 원회옥의 양손에는 비수가 들려 있었고, 그 비수가 원승의 배를 깊이 찔렀다.

"그만 멈춰라, 원숭!"

주위에서 터지는 비명을 모른 척하고 복도에서 좌충우돌하는 원씨 부자만 응시하느라 여념이 없던 장열은 이 광경을 보고 껄껄 웃었다. 그는 원숭의 술법을 몹시 꺼렸고, 저 '원회옥'은 그가 몰래 숨겨놓은 필살기였다. 예상대로 그 필살기가 먹혀들었다. 원숭은 참담한 비명을 지르며 가짜 원회옥을 내던지고 자신도 힘없이 고꾸라졌다.

"활을 쏴라!"

장열의 매정한 외침 속에 화살 한 더미가 허공을 가르며 쏟아져 나갔다. 원숭은 이미 중상을 입은 데다 상황도 너무 급작스러워 피하지도 못하고 배와 가슴에 화살을 몇 발이나 맞았다.

"대인, 저…… 저자는 원숭이 아닙니다!"

가짜 원회옥은 원숭을 찌른 뒤 계획대로 바닥을 데굴데굴 굴러 피했다가 그제야 원숭을 가리키며 외쳤다.

"저자는…… 서사입니다!"

이 외침에 복도 아래위 모두가 멍해졌다. 과연, 화살 맞은 원숭이 벌러덩 눕자 인피면구가 툭 떨어지면서 드러난 일그러진 얼굴은 정말 옥졸 서사였다.

장열은 얼굴의 모든 구멍에서 연기를 뿜을 정도로 분노했다. 하지만 귀에 들려오는 것은 암실 사방에서 질러대는 병사들의 비명이었다.

"어이쿠, 뱀이…… 뱀이 점점 많아지는구나!"

"만 마리는 될 것 같다!"

"으악, 여기 뱀 요괴가 있다!"

수많은 부르짖음 속에서 지극히 우렁찬 목소리가 울렸다.

"어서 달아나게! 모두 살고 봐야 할 것 아닌가! 독사가 수천 마릴세. 그것도 피를 봤다 하면 일곱 걸음 만에 죽게 만드는 칠보사야! 물리면 끝장이네!"

장열에게는 다소 귀에 익은 목소리였다. 아마도 당심양 그 빌어먹을 놈 같았다. 설마 그놈이 수작을 부린 것인가?

그는 버럭 소리를 지르려다가 흠칫하고 고개를 숙였다. 순간 머리가죽이 저릿저릿했다. 암실 안팎으로 벌써 뱀이 넘쳐나고 있었다. 굵은 놈은 물통만 하고 얇은 놈은 대오리만 했다. 가장 끔찍한 것은 알록달록한 독사가 수없이 많다는 사실이었다. 보기만 해도 간담이 서늘해지는 광경이었다.

병사들은 울며불며 펄쩍펄쩍 뛰어 피하기 바빴고, 차라리 암실에서 뛰어내리는 자도 많았다. 장열은 부하들에게 떠밀려 동으로 갔다 서로 갔다 했다. 정신없는 와중에 누군가 감옥 대문을 열어젖히는 것이 보였다. 문을 연 자가 천천히 고개를 들어 그를 올려다봤다. 놀랍게도 그자는 서사였다. 아니, 서사가 입던 옥졸 복장을 했고 생김새도 무척 닮았지만, 바다처럼 깊은 두 눈만은 달랐다.

"저자가 원숭이다! 저자를 잡아라!"

장열이 분노에 찬 음성을 토해내기 무섭게 느닷없이 거대한 힘이 닥쳐와 그의 몸을 떠밀었다. 그는 몇몇 병사에게 밀려 암실에서 떨어지고 말았다.

복도에도 뱀투성이였다. 당심양이 어디서 났는지 모를 짤따란 피리 하나를 입에 대고 나지막이 불며 산책하듯 느긋하게 걸어나왔다. 셀 수 없이 많은 알록달록한 뱀이 그런 그를 에워싸고 미친 듯이 꿈틀댔다. 범평은 간수가 허리에 찬 칼을 빼앗아 난리 통을 틈타 다른 옥방 문을 베어 열었다. 수많은 죄인이 소리를 지르며 쏟아져 나왔다.

"임소는 어디에 있느냐? 임소가 나를 망쳤다, 임소가 망쳤어!"

장열이 울부짖다시피 소리쳤다.

"대인, 임소가 여기 있습니다!"

날카롭게 분노한 외침이 허공을 가르며 날아들었다. 임소는 운이 나쁘지 않은 편이었다. 고검풍의 성질대로라면 단칼에 끝장냈겠지만, 노련하고 신중한 오육랑은 사태가 너무 커질까봐 차마 그러지 못했다. 하지만 대기는 그를 놓아주지 않고 발에 기괴한 족쇄를 채웠다. 서역에서 비밀리에 전해지는 신기한 족쇄로, 본래는 서역 환술사가 원수에게 사용하는 물품이었다. 금이나 철로 만든 것은 아닌데 상상 못할 만큼 튼튼했다. 임소도 칼로 한참을 찍고 또 찍어 진이 다 빠질 때쯤에서야 겨우 풀려났다. 춘수도가 거의 못쓰게 될 정도였다.

그가 분기탱천해 감옥으로 달려들었을 때, 눈앞에 보인 것은 죄인과 병사들이 소리소리 지르며 미친 사람처럼 바깥으로 뛰쳐나오는 광경이었다. 임소는 미칠 지경이었다. 바닥에는 뒤엉켜 꿈틀거리는 크고 작은 괴상한 뱀 수십 마리뿐인데, 당당한 금오위가 혼비백산해서 죄인들과 함께 도망치기 바쁘다는 것이 될 법이나 한 소린가?

"원숭! 원숭, 어디 있느냐?"

그는 분노에 치를 떨며 맞은편에서 밀려드는 흉측하게 일그러진 얼굴들을 거칠게 밀어젖혔다. 문득 고개를 돌리자 키가 훤칠한 그

림자 하나가 짧은 피리를 불며 산책하듯 한가롭게 걸어오는 것이
보였다. 당심양이었다. 원승은 그와 나란히 걷고 있었다.

"역적 놈들……."

임소는 머리카락을 풀어헤친 상태라 오히려 그가 감옥 습격자로
보였다. 그는 두 눈을 가늘게 떴다가 순식간에 당심양을 과녁 삼아
춘수도를 휘둘렀다. 분노가 실린 칼은 산을 쪼갤 만큼 사나웠다.

당심양이 사람들 틈에서 나와 이리저리 거닐며 피리를 분 것은
멋을 부리려는 게 아니라 뱀을 부르는 술법을 펼치기 위해서였다.
어사대 감옥의 '뱀 소동'은 바로 그가 고심해서 기획한 걸작이었다.

지난번 대기 등 세 사람이 찾아왔을 때 당심양이 일부러 미친 척
하며 몇 차례 충돌을 일으킨 것도 성동격서의 계략으로, 임소와 서
사의 주의를 끌어 대기가 '전리품'을 전달할 틈을 마련해주기 위해
서였다. 당심양은 재빨리 그 전리품을 받아 넣었다. 그리고 원승은
몰래 전음을 써서 오육랑에게 '뱀 삼백 마리를 잡아오라'는 밀명을
내렸다.

오육랑은 장안의 거지 우두머리인 손 소사자와 잘 아는 사이였
다. 거지 중 꽤 많은 수가 뱀을 갖고 노는 데 선수여서 금세 크고 작
은 뱀 수백 마리를 모았고, 밤을 틈타 거리에 접한 어사대 감옥 담
장으로 던져 넣었다. 당심양은 원승이 몰래 금쇄부를 풀어준 뒤로
강기를 되찾아, 몸속에 녹여 넣어둔 법기 '소혼적(銷魂笛)'을 꺼내 소
수술을 펼쳐 뱀 떼를 감옥으로 끌어들였다.

대기가 몰래 전해준 물건 중에는 연철로 정교하게 만든 서역의
나사송곳이 있었는데, 이는 당시 최신식 만능열쇠였다. 그 밖에 인
피면구와 역용에 필요한 약물도 있었다.

밤이 되자 당심양은 일부러 소란을 피워 서사가 감시하러 오게 만들고, 이어서 서사와 다투는 틈에 섭혼술을 펼쳐 그를 옥방 안으로 유인했다. 그 후 원승과 범평이 함께 움직여 인피면구와 역용 약물로 서사와 원승의 얼굴을 바꾸고 옷을 교환했다.

선기의 대제자가 펼친 섭혼술은 지극히 패도적이었다. 홀린 서사는 흡사 나무 인형이 된 것처럼 무작정 다른 옥방에 뛰어들어 가짜 원회옥을 번쩍 안았다. 그 전에 한참 동안 원회옥을 살펴본 원승은 이미 그가 가짜라는 것을 알고 있었다. 저쪽에서 가짜를 보냈다면, 이쪽도 차라리 그 계략을 역이용해 똑같은 수법으로 상대하기로 한 것이다.

가짜 원승이 가짜 원회옥을 안아 올리는 순간, 뱀을 부르는 당심양의 술법도 효과를 나타내기 시작했다. 처음에는 몇 마리뿐이었지만 곧 수십 마리로 늘어났다. 확실히 그중에는 독사도 십여 마리 있었는데, 당심양이 공력을 써서 암실로 올려 보냈다.

난데없이 독사가 쳐들어오자 금오위와 옥졸들은 금세 혼란에 빠졌다. 그 후 원승은 당심양과 함께 섭혼술을 펼쳤다. 사람이 혼란에 빠졌을 때 그 혼란 속의 공포심을 이용한 것이다. 특히 감옥같이 폐쇄된 대형 건축물은 섭혼술 같은 비술을 펼치기가 가장 쉬웠다. 선기의 대제자인 당심양은 자연히 원신의 비술에 정통해서, 그가 짐짓 놀란 목소리로 외친 말은 극도로 긴장한 병사나 심부름꾼의 정신을 있는 대로 쥐어짰다. 그 바람에 감옥 안에 있던 이들은 뱀 떼가 끝없이 쏟아지는 환상을 봤다.

그때 세 사람이 힘을 합쳐 탈옥하면 그야말로 완전무결했다. 하지만 당심양은 아직 마음을 놓을 수 없었다. 집단 섭혼술은 원신의 영력을 크게 소모하기 때문에 힘껏 달릴 수가 없었다. 그러니 부득불 소혼적을 계속 불면서 있는 힘 없는 힘 다 동원해 섭혼술을 유지해야만 했다.

하필 그럴 때 임소가 돌아왔다. 춘수도는 날카롭기 짝이 없는 데다 밀려나가는 사람들 사이를 가르고 오느라 귀신같이 표홀했다. 당심양도 원승도, 아무도 알아차리지 못했다. 당심양이 도기를 느꼈을 때, 기세등등한 칼은 이미 얼음을 깨뜨리는 한 줄기 봄물, 춘수처럼 그의 가슴을 파고든 뒤였다.

"가라!"

원승의 호통과 함께 춘추필이 허공을 갈랐다. 구불구불한 금광이 붓을 따라 쏟아졌다. 이것이 소 신포와 영허문 기재의 첫 번째 대결이었다. 하지만 그 대결 가운데 낀 사람은 선기의 대제자였다.

임소는 손아귀가 찢어질 듯 아프고 온몸의 강기가 불안하게 출렁이는 것을 느꼈다. 그와 함께 봄물같이 푸르스름한 칼끝도 움찔 물러났다. 전혀 화려할 것 없는 두 사람의 강기 싸움이었는데, 누가 봐도 원승이 약간 우세했다. 그 틈을 타 범평이 쓰러질 듯 비틀거리는 당심양을 업었다.

당심양은 가슴속에 흐르던 피와 수분이 칼 한 번에 뚝 끊어진 기분이었다. 목구멍으로 뜨거운 피가 치솟았다. 그는 피리를 꽉 움켜쥐고 힘차게 괴상한 곡을 불었다. 유장하게 이어지는 괴상한 음률이 감옥에 있는 모든 이의 귓속에 울렸다. 일찍이 솜으로 귀를 틀어막은 원승과 범평을 제외한 모두가 정신이 아득해졌다. 마치 잠깐 사이 온 세상이 컴컴하게 어두워진 것 같았다. 두어 번 훌쩍 몸을 날린 범평은 어느새 가장 바깥에 있는 감옥 대문을 빠져나갔다.

"잡아라! 원숭이 저기 있다! 어서, 어서 대문을 닫아라!"

맨 먼저 정신을 차린 임소가 목청껏 소리쳤다. 별안간 그림자 하나가 덮쳐와 임소를 와락 끌어안았다. 임소의 눈에 반쯤 벗겨져 늘어진 인피면구가 들어왔다. 인피면구 뒤에 있는 것은 서사의 경직된 두 눈동자였다. 배에 잇달아 화살을 맞은 서사는 이미 숨이 끊어질락 말락 한 상태였지만, 당심양의 악마 같은 피리 소리에 조종당해 미치광이처럼 임소를 단단히 껴안았다. 임소는 전력을 다해 서사를 뿌리치고 광분해서 돌진했다.

거리 곳곳이 온통 거지들이었다. 당연히 정신착란에 빠져 뛰쳐나온 옥졸과 병사도 있었다. 모두 당황해서 소리를 질러대며 이리저리 달아났고, 그 광란의 기운이 도망치는 사람 누구에게나 강렬하게 전염됐다. 임소의 머릿속에서도 역시 분노한 말 수천 마리가 마구 내달으며 울부짖는 것 같았다.

어느덧 밤이 깊어 조금만 멀어져도 사물이 분명하게 보이지 않았다. 필사적으로 정신을 모아 먼 곳을 살피던 임소는 금세 마차 한 대를 발견했다. 겉모습은 소박하지만 꽤 커서 너덧 명은 너끈히 들어갈 수 있는 마차였다. 이렇게 깊은 밤인데도 마차는 나는 듯 질주했다. 미처 피하지 못한 거지 몇 명이 난폭한 마차에 부딪혀 이리저리 쓰러졌다.

"멈춰라!"

임소는 전력 질주해 마침내 길모퉁이에서 마차를 따라잡았다. 춘수도가 비스듬히 내리찍자 놀란 말이 처량하게 울부짖다가 풀썩 쓰러졌다. 마차도 통째로 우당탕 뒤집혔다. 임소가 다시 한 번 칼을 내리찍자 마차의 나무 문짝이 박살났다. 하지만 마차 안에는 아무도 없었다. 임소는 마부의 멱살을 잡아 일으키고 으르렁거렸다.

"탄 사람은 어디로 갔지? 어째서 오밤중에 전력 질주했느냐?"

땅에 나동그라진 마부는 피투성이가 된 얼굴로 온몸을 부들부들 떨며 더듬더듬 말했다.

"모, 모릅니다. 소인은 돈을 받고 한 일입니다. 삯을 열 배로 쳐줄 테니 밤새 기다리다가 누군가 놀라 뛰쳐나오면 마구 달리라고……."

임소는 분노를 참을 길 없어 대뜸 마부를 걷어찼다. 다시 주변을 둘러봤을 때는 쏟아져 나온 이들도 이미 사방으로 흩어졌고, 거리에 남은 것이라고는 혼란스런 핏자국과 사방에서 꿈틀거리는 뱀뿐이었다. 한없이 아득한 밤 아래 원승 일행의 그림자는 온데간데없었다.

4장
......

그물을 친 사람은 누구인가

장안성 통궤방의 간소한 판잣집에서는 콩알만 한 등불이 누르스름하게 방을 채우고 있었다. 이곳은 퇴마사의 고급 암탐이 추격이나 은닉 중에 사용하는 비밀 저택이었다. 훗날 '장안에 거주하기는 무척 어렵다'는 말이 생겨났듯이, 퇴마사같이 작은 관청에 저택을 살 돈 같은 게 있을 리 없었다. 말이 '비밀 저택'이지 실상은 이처럼 놀랄 만큼 더럽고 허름한 곳이 대부분이었다. 괴뢰고 사건 때 원승과 대기가 숨은 독립된 원락은 퇴마사에 단 두 곳밖에 없는데, 둘 다 귀신이 나온다는 소문으로 버려진 저택이었다.

원승 등 세 사람은 탈옥 후 대기, 고검풍, 오육랑과 만나 거지 옷을 입고 다시 변장한 다음 더러운 냄새가 풀풀 나는 이 간이 판잣집에 숨었다.

피로 온몸을 흠뻑 적신 당심양은 헉헉 거친 숨을 내쉬었다. 금창약을 가슴팍에 듬뿍 발랐는데도 임소의 칼질이 너무 모질어서 아직도 핏물이 줄줄 흘렀다. 생기 역시 끊임없이 빠져나가고 있었다.

한창 바쁘게 치료하던 원승은 힘없이 양손을 거뒀다. 그는 범평을 향해 암담하게 고개를 저으며 가만히 탄식했다.

"오늘 밤을 넘기지 못할 것 같소."

그는 대기 등 퇴마사 사람들을 데리고 판잣집과 이어진 내실로 들어갔다. 바깥마루에는 선기 국사의 대제자와 범평만 남았다. 원승이 내실로 들어가기 무섭게 꽉 잠긴 범평의 목소리가 들렸다.

"심양 형, 비록 교분은 깊지 않지만 처음 만났을 때부터 오랜 친구 같다고 생각했소. 그런데 큰 위험에서 빠져나온 지금 형이 이렇게 될 줄이야……."

원승은 속으로 탄식했다. 저 두 사람은 겨우 며칠 옥살이를 같이 했을 뿐인데 설마하니 정말로 어려움을 함께한 정이 생긴 것일까?

뜻밖에도 당심양은 통을 놓았다.

"노범…… 네 마음 안다. 아직도 그 물건이 필요한 것이군."

"심양 형, 뭐 하러 굳이 그러겠소? 말하기 싫으면 그냥 가져가시오." 범평은 고개를 저었다. "늘 나를 경계하고 있던 건 아오. 하지만 우리는 누가 뭐래도 환난을 함께한 벗이잖소. 이루지 못한 소망이 있거든 말해주오. 이 아우가 힘닿는 데까지 대신해보겠소."

당심양은 풀어진 눈으로 그를 지그시 응시하다가 문득 한숨을 내쉬었다.

"노범, 그 말이 진심이건 거짓이건 나는 그저…… 진심이라 여기겠다. 그 물건은……."

그는 깊이 숨을 들이쉬었다가 비로소 다시 내쉬며 말했다.

"무극원 뒤 헌원구, 누런 깃발 표범 꼬리가 서로 만나는 곳에 있다……."

벌써 목소리를 조절하는 힘을 잃었는지, 온 힘을 쏟아 내뱉은 이 말은 내실에 있는 원승에게까지 들릴 정도였다.

"나머지는 네 운에 달렸다."

그가 갑자기 눈을 부릅뜨며 하늘을 향해 외쳤다.

"존사님, 냉경진 같은 자는 전부 존사님을 배신했지만, 저는 아닙니다! 저는 배신하지 않았습니다!"

잠기고 힘 빠진 외침을 끝으로, 부릅뜬 채 초점 없이 거미줄 친 천장을 올려다보던 눈동자가 순식간에 뻣뻣하게 경직됐다.

"심양 형, 심양 형……."

범평이 애끓는 소리로 울음을 터뜨렸다.

원승이 급히 돌아보니 당심양은 이미 숨이 완전히 끊어졌다. 그는 저도 모르게 속으로 한숨을 쉬었다. 제일 국사라 불린 선기는 당세에 비교할 사람이 없는 부귀영화를 누렸지만, 그 위세는 하룻밤 사이 물거품이 되고 천을 헤아리던 제자도 구름처럼 흩어졌다. 하지만 당심양, 그의 대제자만큼은 끝끝내 스승을 등지는 말 한마디 하지 않았다.

원승은 무겁게 한숨을 내쉬며 저도 모르게 어둑어둑한 창밖의 하늘을 올려다봤다. 하늘은 칠흑처럼 검고도 깊어 별 한 점조차 보이지 않았다.

날이 밝자마자 평범한 좁은 소매 장포로 갈아입은 범평이 원승에게 작별 인사를 했다. 도망자가 된 처지에 퇴마사 비밀 저택에서 하룻밤의 반이나마 쉴 틈을 얻은 것만으로도 요행이었다. 고작 며칠 알고 지낸 범평으로서는 염치없이 오래 머물지 못하는 것이 당연했다. 그는 당심양의 시신을 잠시 이곳에 숨겨두고 잘 보관해달라며 간곡히 부탁했다. 다행히 이곳은 더럽고 혼잡한 빈민가였다. 줄줄이 늘어선 대충 만든 판잣집에 촌부와 거지, 좀도둑이 뒤섞여

서로 다투지 않고 살아가는 곳이었다.

원승도 구태여 그를 붙잡지 않았다. 키 크고 야위고 준수한 우어 사대의 고려승에게 줄곧 의심을 품고 있던 그는 작별 인사를 듣자 두 손을 모으며 말했다.

"당심양은 사내대장부요. 죽음으로 평안을 얻었을 것이오."

범평은 한숨을 푹 쉬고 나지막이 말했다.

"작별할 때가 됐으니 원 장군에게 하고 싶은 말이 있소. 지금 벌어지는 이 일이 누구의 소행인지 생각해본 적 있소?"

원승은 말없이 고개를 저었다. 범평이 다시 말했다.

"원 장군에게 이처럼 악독한 수를 쓸 수 있는 자라면 그 배후 세력이 지극히 클 거요. 심지어 무연수 같은 사람조차 이런 짓은 할 수 없소. 내 추측에 따르면 의심스런 자는 넷이오. 첫째가 위 태후, 둘째가 종상, 그리고 셋째가 태평공주. 그중에 종상일 가능성이 가장 낮소. 그자는 최선에게 비밀 상소를 올리게 할 만큼 에둘러 갈 사람이 아니지. 위 태후도 가능성은 크지 않소. 그분은 모든 것을 장악했으니 원 장군에게 손을 쓰려 했다면 더 잔인한 수법을 썼을 게 틀림없소. 아마 장군은 숨 돌릴 틈도 없이 그분이 일으킨 파도에 집어삼켜졌을 거요. 두 사람을 빼면 가장 혐의가 짙은 사람이 바로 태평공주요. 어쨌거나 최선 같은 어사를 손아귀에 쥔 것은 태평공주요. 더욱이 조야에는 원 장군과 태평공주 사이에 틈이 벌어졌다는 소문이 있소."

눈을 빛내며 듣던 원승이 불쑥 물었다.

"의심스럽다는 네 번째 사람은 누구요?"

"네 번째로 이런 짓을 할 만한 사람은 장군의 직속 상사, 임치군왕 이융기요."

원승이 아무 말 없자 범평은 기묘한 웃음을 지었다.

"순전히 내 억측이오. 하지만 원 장군이 감옥에 갇힌 것은 날조된 군비 장부 때문이었소. 그 장부를 속속들이 알 만한 사람은 퇴마사의 상사밖에 없소."

원승의 이마에 땀이 배어나왔다. 범평이 말한 네 번째 가능성을 그도 생각해보지 않은 것은 아니었다. 하지만 깊이 생각하고 싶지 않았다. 문득, 이 범평이라는 자는 본모습을 알 수 없는 인물이라는 생각이 들었다. 감옥에서 처음 봤을 때는 말투도 거칠고 남이 하라는 대로 하는 무식한 자 같았는데, 일심으로 자신과 당심양을 설득해 힘을 합쳐 탈옥하게 하면서 교활한 면을 드러냈고, 지금 이 헤아림도 칼날처럼 예리해서 우어사대에서 소송장을 쓰며 다진 탄탄한 기반을 보여줬다.

원승은 마침내 싱긋 웃으며 말했다.

"범 형의 지도에 많은 것을 깨달았소."

"내 얕은 견식이야 말할 가치도 없소. 다만 작금의 정세는 어린 황제가 갓 등극하고 태후가 대권을 쥐어 그 무엇도 예측할 수 없는 상태요. 원 장군의 운명도 이 모양인데 내 운명인들 뭐 다르겠소?"

그는 장탄식한 후 새벽의 상쾌한 바람 속에서 손을 모으며 원승과 작별 인사를 나눴다.

"놈들이 곧 쫓아올 걸세. 이곳에도 오래 머물 수 없네."

범평이 떠난 후 원승은 곧 퇴마사 영웅들을 모아놓고 계획을 세웠다. 대기의 원신 공격을 당한 임소는 어젯밤에는 미쳐 날뛰었지만 지금쯤이면 괜찮아졌을 것이다. 소 신포는 곤륜문 제자 중 제일 가는 고수로, 춘수도 솜씨는 전임 문주 포무극의 진전을 이어받아 곤륜문 도술과 무술에서는 이미 정상에 올라 있었다. 막신기와 비교할 때도 임소 쪽이 모질고 단호한 면이 강했다. 포부가 크고 오만한 사람인데 이런 수모를 당했으니 앞뒤 가리지 않고 기어코 추적해올 것이 틀림없었다.

"이 서신을 장열의 서재에 갖다놓아라!"

원승은 책상에 엎드려 재빨리 짧은 서신을 써내려간 뒤 고검풍에게 건넸다.

"장열 그놈에게 서신을요?" 이렇게 되묻던 고검풍은 곧 깨달았다. "예, 귀신도 모르게 갖다놓을게요. 아마 깜짝 놀라서 수명이 반은 줄 거예요."

"그가 아버지께 형을 가한 것은 내게 보여주기 위해서다. 그 서신에 모든 죄는 내가 지겠다고 썼다."

원승은 냉소했다.

"가장 중요한 것은, 내가 탈옥한 뒤로 적은 드러난 곳에 있고 나는 숨어 있다는 것이다. 나를 전혀 꺼리지 않던 장열이 이제는 몹시 꺼리게 됐으니, 확신하지만 절대 함부로 아버지께 형을 가하지 못할 것이다. 내가 탈옥할 때 소십구가 얼굴을 비췄고 대기와 육랑의 신분도 임소가 곧 알아낼 테니…… 나 때문에 모두가 연루됐군."

오육랑이 무겁게 말했다.

"대랑, 그 무슨 말씀입니까? 저들은 우리 퇴마사 전체를 공격한 겁니다. 설사 우리가 두 손 놓고 가만히 있다 한들 그 천라지망을 피할 수 있었겠습니까?"

원승은 울적하게 고개를 저었다.

"하지만 우리는 누가 그물을 펼쳤는지 아직 모르네!"

고검풍의 눈이 반짝 빛났다.

"열일곱째 사형, 사형이 탄핵당해 감옥에 갇힌 첫 번째 이유는 조작한 장부예요. 우리 퇴마사의 세세한 장부 항목을 조목조목 아는 사람이 누구죠? 설령 위조라 해도 거의 똑같은 장부를 찾아낼 사람이 누구겠어요? 더 심각한 건, 장부 한 장 한 장에 그 사람 인장이 찍혀 있다는 거라고요!"

한참 동안 말이 없던 대기가 마침내 입을 열었다.

"그 사람이 바로…… 이용기죠! 퇴마사가 조사를 받을 때 그 사람은 한참 늦게 당도했고, 당신이 잡혀간 뒤에도 온데간데없이 모습을 감췄어요."

원승의 두 눈이 점점 더 어두워졌다. 범평 같은 외부인조차 그런 의심을 품었으니 퇴마사 영웅들이 이렇게 생각하는 것도 당연했다. 원승 자신도 진작 그런 생각을 했다. 하지만 그는 여전히 고개를 저었다.

"나는 삼랑이 그런 일을 했을 거라고는 믿지 않소. 철당 쪽에서는 무슨 소식이 있나?"

원승은 오육랑을 바라봤다. 퇴마사 내부에는 태평공주와 상왕이 손을 잡고 만든 열혈 첩자 조직과 연락하는 사람이 있었다. 육충이 그중 하나이며, 그를 빼면 오직 오육랑뿐이었다.

"아무 소식이 없습니다." 오육랑은 쓴웃음을 지었다. "육충이 없어서 애석할 따름입니다. 저는 철당에서 그저 그런 보통 인물일 뿐이니까요."

문득 대기가 물었다.

"철당을 의심하는 거예요?"

그런 그녀를 흘끗 본 원승은 그녀가 생각보다 더 영리하다는 것을 느끼며 말했다.

"그렇소. 가장 의심스런 조직이 둘 있소. 하나는 철당이고 다른 하나는 그보다 더 비밀에 싸인 비문이오! 하지만 지금은……." 그의 시선이 오육랑을 쏠었다. "그자부터 조사할까 하오. 제융 말이오. 세 사람이 감옥에 왔을 때 그자의 행방을 조사하라는 밀명을 내렸는데 어찌 됐소?"

"정말 제융이란 말이에요?"

대기는 저도 모르게 당황했다.

제융은 퇴마사에서 장부와 공문을 담당하던 하급 관리로, 퇴마사 모든 구성원에게 자못 호감을 주는 젊은이였다. 그 이름을 거론하자, 대기의 눈앞에 여리고 서생 티 나는 젊은이의 모습이 떠올랐다. 일할 때는 신중하고, 사람을 대할 때는 낯을 가려 어색해하던 사람.

제융이 퇴마사에 온 것은 일 년 하고도 조금 더 전의 겨울날이었다. 그는 본래 국도 장안에 얹혀살며 뿌리 내리지 못한 수천수만의 실의한 떠돌이 중 하나였다. 게다가 날 때부터 낯가림이 심하고 특별한 장기도 없어서, 금세 여비를 다 써버리고 동지섣달에 객잔에서 쫓겨났다. 그때 그는 벌써 이삼 일째 쌀 한 톨 구경하지 못한 처지였다. 밤새 살을 에는 찬바람에 두드려 맞으며 몸이 꽁꽁 얼고 굶주린 그는 결국 거리에 쓰러졌다.

하지만 운이 나쁘지 않았다. 쓰러진 곳이 바로 퇴마사 관아 부근이어서 날이 밝아올 때 원승에게 발견됐다. 원승이 그를 구해다 정신을 차리게 하고 보니, 말투가 속되지 않으며 인내심 많고 겸손한 기질이 보였다. 인재를 아끼는 마음이 솟아난 원승은 그를 퇴마사로 데려가 가까이 부리는 문서 관리로 차차 키워냈다. 어려움에 부닥쳤을 때 원승의 구함을 받은 제용은 자연히 원승을 상사이자 은인으로 여기고 충성을 다했다. 원승이 맡긴 일은 무엇이든 적절하고 신중하게 처리했다. 원승의 심복인 만큼 그는 당연히 퇴마사의 여러 기밀을 알고 있었다. 또 원승과 이융기 말고 장부에 접근할 수 있는 제3의 인물이기도 했다.

대기가 말을 이었다.

"사실 나도 처음에는 그 사람을 떠올렸어요. 하지만 가장 먼저 제외했죠. 인품이나 동기를 볼 때 제용일 리 없잖아요. 게다가 우리 퇴마사가 조사를 받을 때 그 사람은 이미 어사대 사람에게 불려간 상태였어요."

고검풍이 고개를 저었다.

"사람은 겉만 알고 속은 모르는 거예요. 대기 누님은 그간 원 대장 걱정하느라 잘 모르겠지만, 제용은 어사대에 불려간 뒤로 소식 한 자락 없어요. 하지만 어사대에서는 제용을 괴롭히지도 않았고 금방 풀어줬다고……."

오육랑이 눈을 찌푸리며 말했다.

"저도 대기 부사처럼 맨 먼저 그를 용의 선상에서 제외했습니다. 하지만 이틀 전에 어사대에 불려간 뒤로 종적이 묘연하니 도리어 의심이 들더군요. 이미 제 휘하 암탐을 동원해 은밀히 행방을 조사하게 했습니다."

노련한 암탐은 무겁게 탄식했다.

"필시 아직 국도 안에 있을 겁니다. 그저께 밤에 형제 한 명이 홍운도방에서 우연히 봤다는군요."

"홍운도방?" 원승의 눈빛이 가라앉았다. "그 도박장은 철당 소유인 것 같은데?"

"맞습니다. 홍운도방은 철당의 비밀 장소 중 하나지요. 이번 일의 배후에서 줄곧 철당의 검은 손이 수작을 부리고 있었습니다."

오육랑의 눈썹도 점점 더 찡그러졌다.

"하지만 육충이 없으면, 철당에서 저와 연락하는 이는 홍운도방에서 일하는 하관(荷官, 도박장에서 패를 섞는 사람) 연소을뿐입니다. 연소을은 홍운도방 삼대 낭가(囊家, 도박을 주선하고 중개료를 받는 사람) 팔대 하관 중에서 서열 세 번째밖에 안 됩니다. 홍운도방 대지배인은 공손칠낭이라는 미모의 부인이라고 합니다. 하지만 행적이 몹시 은밀해서 저도 진짜 얼굴을 한 번도 보지 못했습니다. 심지어 그 여자가 바로 노당이 아닐까 의심스럽기도 합니다."

방 안에 있던 사람들은 '노당'이라는 말을 듣자 저도 모르게 조용해졌다. 노당이란 장안성을 종횡하는 신비 첩자 조직인 '철당'의 수령을 일컫는 말이었다. 애석하게도 노당의 진짜 얼굴을 본 사람은 아무도 없었다. 심지어 노당이 남자인지 여자인지도 아는 사람이 없었다.

원승이 불쑥 물었다.

"육충은 노당을 본 적 있나?"

"없을 겁니다." 오육랑은 한숨을 쉬었다. "철당에서 육 검객의 지위가 저보다 두 단계 높지만, 아무래도 핵심층에는 들지 못했으니까요."

원승은 수심어린 얼굴로 한숨을 푹 쉬었다.

"육충과 청영의 소식은?"

"없습니다." 오육랑은 유감스런 표정이었다. "저들이 우리 퇴마사를 공격할 때 맨 먼저 손쓴 쪽이 그들일 겁니다. 암탐을 전부 동원하고 심지어 검풍 아우가 신아벽사주를 써서 거리를 따라가며 소환해봤는데도 여태…… 아무 소식이 없습니다."

원승은 침묵에 빠졌다. 육충과 청영이 실종된 지 벌써 여러 날이 지났다. 그들은 대체 어디에 있을까?

"모두 역용하고 복장을 바꾼 뒤 흩어져서 숨으시오. 비상시국이니 신중함이 우선이오. 이 원승이 여러분을 힘들게 만들었소."

원승의 입꼬리가 울적한 호를 그렸다.

"이 순간부터 천하의 요망한 자를 사냥하던 퇴마사의 영웅들이 반대로 사냥감이 됐소. 조정, 강호, 술법계, 흑도와 백도. 오래지 않아 그들 모두가 한꺼번에 우리를 공격할 것이오."

사람들의 낯빛이 무겁게 가라앉았지만 눈빛은 결연했다.

고검풍이 무겁게 말했다.

"먼저 우리에게 시꺼먼 그물을 던진 건 놈들이에요. 양심에 비춰 거리낄 게 없으니 천군만마가 달려든다 해도 물러서지 않겠어요!"

"말 잘했다!" 원승은 두 눈을 환히 빛내며 창밖으로 찬란하게 빛나는 아침 햇살을 응시했다. "누가 던진 그물이건, 우리는 그 그물을 찢어야 한다."

몇 마디 분부가 떨어지자, 고검풍과 오육랑은 내실로 들어가 옷을 갈아입고 역용했다. 원승은 꼼짝도 하지 않는 대기를 보고 한숨 쉬며 말했다.

"당신은 환술극단으로 돌아가 잠시 피하시오. 성가신 문제를 피하기 위해 본래 있던 검은 낙타 극단에는 머물지 않는 게 좋겠소."

하지만 대기는 다른 것을 물었다.

"당신, 바로 홍운도방으로 갈 거예요?"

원숭은 말없이 그 집요하고 아름다운 두 눈을 들여다보다가 한숨을 쉬었다.

"좋소, 흩어지지 맙시다."

흑의 여자는 육충을 어느 외진 객잔으로 데려갔다. 그리고 연이틀 방 안에만 틀어박힌 채 나가지 못하게 했다. 육충은 방에서 실컷 먹고 마시며, 흑의 여자가 들락거리든 말든 쌀쌀하게 못 본 척하다가도 이따금 화가 치밀면 신랄하게 조롱했다. 여자는 상부의 소식을 기다리는 것이 분명해 보였다.

그날 황혼녘, 마침내 여자가 답답해 죽기 직전인 육 검객 어르신을 객잔에서 데리고 나왔다. 두 사람은 아련한 황혼 속을 뚫고 걷다가 야간 통금 북소리가 울리기 전에 청룡방에 있는 어두컴컴한 저택으로 들어갔다.

텅 빈 저택에는 하인 한 명 없었다. 심지어 등잔조차 없어서 뜰 전체가 거무죽죽하게 우뚝 서 있었다. 육충은 실눈을 뜨고 주위를 살핀 뒤 아무도 없자 퉁기듯이 몸을 날렸다. 양손을 동시에 뻗어 여자의 어깨를 움켜잡고 손바닥에서 강기를 뿜어내자 여자는 이내 상반신에 힘이 쭉 빠졌다.

"이 어르신을 가둔 곳은 아마 너희 비밀 창고였겠지! 만년현 관아는 무슨!" 육충이 목소리를 깔고 말했다. "그때 했던 탈옥도 사실 허장성세였어, 그렇지? 너희는 대체 누구냐?"

"이미 여기까지 왔으니 네가 그렇게 만나고 싶어 하던 사람을 곧 만날 수 있다. 왜 이렇게 긴장해?"

여자의 목소리는 차가웠다. 완전히 제압당했는데도 놀라거나 당황하는 기색이 없었다. 그녀는 눈에 잘 띄지 않는 난각 앞으로 육충을 데려가 혼자 들어가라는 눈짓을 했다.

육충은 콧방귀를 뀌며 발로 문을 걷어차 열었다. 안은 컴컴했고 등불도 없었다. 바깥에서 들어온 빛 덕분에 탁자 뒤에 단정하게 앉은 야윈 그림자 하나가 보였지만, 얼굴은 잘 보이지 않았다. 그자는 머리부터 발끝까지 새까맣게 차려입어, 마치 방의 어둠 속에 완벽하게 숨어 있는 것 같았다.

육충이 난각 안으로 들어서자마자 여자가 공손하게 문을 닫았다. 반짝였다 사라지는 희미한 저녁 빛을 통해, 육충은 탁자 뒤에 앉은 사람 손에 낀 반지가 푸르스름하게 빛을 발하는 것을 봤다.

"노당?"

육충은 그 사람의 손가락에서 눈을 떼지 않았다. 방문이 닫혀 반지가 더는 빛을 내지 않는데도. 그도 들은 적이 있었다. 진짜 철당 수장의 표식은 하늘빛같이 짙은 쪽빛을 내는 독특한 보석 반지라고 했다.

"역시 철당 사람이었군. 철당이 어째서 내게 이러는 거요?"

육충이 잠긴 소리로 물었다.

"이는 계획이다. 철당의 계획." 마침내 그 사람이 입을 열었다. "철당이 네 목숨을 손쉽게 쥐고 흔들 수 있다는 것을 알려주고 싶었을 뿐이다. 너는 도적이 될 수도 있고 죄인이 될 수도 있다. 언제든 쥐도 새도 모르게 피살될 수도 있다. 그러니 철당의 일원으로서, 반드시 철당에 충성을 다하고 네 모든 것을 철당에 바쳐야 한다. 목숨도, 영광도, 친구도, 심지어 네 여자까지도.”

육충이 알아차리지 못하도록 일부러 변조한 듯 다소 눌러서 내는 목소리였다. 하지만 그 말투는 차갑고 무감정이어서, 마치 세상에 흔하디흔하게 알려진 이야기를 하는 것 같았다. 육충은 어둠에 숨긴 그 얼굴을 뚫어지게 보다가, 달려들고 싶은 충동을 억누르고 무겁게 말했다.

“원승은 어디 있소?”

“내 말을 알아들은 모양이군!” 그 사람이 찬웃음을 지었다. “원승은 네 친구지. 그자는 임치군왕의 인도로 최하위 철당 일원이 됐으나, 지금은 공공연히 철당을 배신했고 대당나라 조정도 배신했다. 이곳에서 개인은 배신하는 것도, 의심하는 것도, 철당의 체계를 뛰어넘는 것도 허락되지 않는다. 영원히!”

그 사람은 천천히 검 한 자루를 뽑았다. 새까만 검신이 산천을 집어삼킬 듯 왕성한 기세를 뿜냈다. 바로 육충의 자화열검이었다. 육충은 술집에서 술을 마시다가 미약에 당했고, 결국 대취해 정신을 놓은 상태로 붙잡혔다. 저 검은 비록 그가 수련한 법기지만 원승이 연성한 춘추필처럼 완전히 몸속에 녹여 넣을 수 없었다. 그가 정신을 잃은 채 붙잡힌 뒤 검은 곧 다른 사람 손에 들어갔다. 땡그랑 하는 소리와 함께 그자가 자화열검을 육충 앞으로 던졌다.

“오래 철당을 따른 정을 봐서 마지막 기회를 주겠다. 원승을 죽여라.”

“원승이 어디 있는지 어떻게 알고?”

"철당이 알려줄 것이다."

육충은 느릿느릿 허리를 세우며 차갑게 물었다.

"이 어르신이 싫다면?"

그 말을 하자마자 뼈를 에는 듯한 차가운 기운이 들이닥쳤다. 짙고 묵직하면서도 어딘지 익숙한 느낌. 하지만 육충이 흠칫하는 순간 그 기운은 휙 사라졌다. 그래도 육충은 그 기운이 어둠에 가려진 병풍 뒤에서 흘러나온 것을 감지했다. 심지어 병풍 뒤에서 낯익은 눈이 자신을 응시하고 있다는 것도 알았다. 그 차디찬 검기는 있는 듯하면서도 없는 듯 모호했지만, 시위에 얹은 화살처럼 언제든지 발출할 수 있었다.

"시간은 며칠뿐이다. 거부할 수도 있고 해내지 못할 수도 있겠지." 노당은 그를 노려보며 차갑게 말했다. "그 결과는 너도 알 테지. 며칠 후에 너는 눈 뜨고는 볼 수 없을 만큼 참혹하게 죽을 것이다."

이렇게 말한 그가 문득 웃음 섞인 소리로 덧붙였다.

"물론 친구를 위해 위험을 무릅쓰고, '의리'라는 단어 하나를 위해 생사를 내던질 수도 있다. 하지만 그런 쓸모없는 감정의 무게를 잘 가늠해보기 바란다. 그런 다음 그 쓸모없는 감정을 없애고 나아가……."

노당이 그렇게 말하며 탁자 가장자리의 단추를 살짝 누르자 육충 맞은편에 있는 조그만 문이 서서히 열리고 그 안쪽으로 희미한 등잔 하나와 그 아래에 있는 미인이 모습을 드러냈다.

그 순간, 육충은 분노에 차 눈을 부릅떴다. 놀랍게도 그 여자는 청영이었다. 청영은 등불 아래 조용히 가로누운 채였다. 평온한 얼굴을 보면 마치 단잠에 푹 빠진 사람 같았다.

"청영을 어떻게 한 거냐?"

육충의 양손에 또다시 힘이 모여들었다. 살짝 손을 움직이자 자화열검이 손아귀에 잡혔다.

"저 여자는 너무 지쳤다. 모처럼 근심 걱정 없이 잠들었지. 하지만, 권하건대 절대로 깨우지 마라. 지금 저 여자를 섣불리 놀라게 하면 정신적인 손상을 입을지 모른다."

육충은 얼굴이 붉으락푸르락하면서도 별수 없이 손에 힘을 풀고 이를 악물며 말했다.

"청영에게 왜 이러는 거냐?"

"저 여자는 비록 철당 구성원은 아니지만 퇴마사의 정예로서 제멋대로 행동했다. 선기의 탈옥이 저 여자와 지대한 관계가 있다!"

노당은 한숨을 쉬며 한 자 한 자 짓씹듯이 말했다.

"그러니, 며칠 말미를 주겠다. 닷새, 엿새 또는 여드레나 아흐레, 네 마음대로 정해라! 원숭을 죽이면 네 여자는 무사하고 너도 승진해서 부를 쌓게 되리라 약속하마. 명을 이행하지 못하면 아주 골치 아파질 것이다."

육충은 다섯 손가락으로 장검을 으스러지게 움켜쥐었다. 지나치게 힘을 주는 바람에 손마디가 파랗다 못해 하얗게 변했다. 검을 뽑아 달려들려고 했지만, 그와 동시에 조금 전의 차가운 기운이 갑작스럽게 짙어져 그의 목덜미를 스쳤다. 마치 느닷없이 불어 닥친 찬바람 같았다.

결국 그는 천천히 숨을 고르며 손가락에 힘을 뺐다. 죽음이 두렵지는 않았다. 하지만 노당이 방금 한 말이 진담인지 거짓인지 확인할 용기가 없었다. 만약 청영이 섭혼술 같은 비술에 걸려 있다면,

그가 갑자기 소란을 피웠을 때 돌이키지 못할 일이 벌어질 수도 있었다.

육충의 시선이 청영의 얼굴을 찬찬히 훑었다. 아직 그녀가 무사하다는 것을 확인한 그는 비로소 가라앉은 목소리로 말했다.

"원승의 실력이 있지, 고작 며칠 만에 이 어르신이 그를 죽일 수 있겠소?"

"그건 네 일이다. 그만 가도 좋다."

"임치군왕을 만나겠소."

"그자는 너를 만날 시간이 없다."

노당은 일어나서 소매를 떨쳤다. 순간, 빛 한 줄기가 반짝했다. 육충은 그 빛에 두 눈을 찔리기라도 한 양, 순식간에 온몸이 차갑게 굳었다. 노당이 소매 밖으로 내민 손에는 옥피리 하나가 쥐어져 있었다. 반질반질한 옥피리가 반짝반짝 빛을 발했다. 그에게는 너무도 눈에 익은 피리였다. 그는 참지 못하고 나지막이 물었다.

"삼랑? 삼랑입니까?"

그 사람은 살짝 움찔했지만 한숨을 푹 쉬고 병풍 뒤로 돌아 들어갔다. 차가운 한마디만 툭 던진 채.

"마지막으로 말하지. 이 모든 것은 대당나라 사직을 위해서다. 철당의 대업 앞에서 개인은 하찮은 존재일 뿐."

육충은 한참 동안 멍하니 있다가 비로소 답답한 마음을 안고 성큼성큼 그곳에서 나왔다. 흑의 여자는 이미 모습을 감췄다. 자신의 사명을 완수한 것이 분명했다.

출렁이는 저녁 바람이 뜰 안의 낙엽을 휘말아 올리고 빙빙 맴돌았다. 6월, 더위가 한창인데도 육충은 심장 밑바닥에 얼음이 수북이 쌓인 것처럼 온몸이 서늘했다. 넋이 나간 얼굴로 그 저택에서 나오자 저 앞 길모퉁이에서 낯익은 사람 모습이 보였다. 약간 살집이 있는 그 사람은 팔짱을 낀 채 오래된 버드나무 아래에 기대어 있었다. 바로 그의 존사인 단운자였다.

"방금 존사님이셨죠?"

육충은 느릿느릿 다가갔다. 조금 전 병풍 뒤에서 그에게 강력한 압박을 가한 사람은 바로 그의 스승이었다. 검선문 장문인을 빼고 그 누가 그처럼 차갑고 무시무시한 검기를 가질 수 있겠는가. 단운자는 여전히 느긋하고 편안하게 팔짱을 낀 채였지만, 얼굴은 몹시 차갑고 건조했다.

"모든 것이 철당의 안배다. 철당의 대업이 중요하니 나는 명령에 따라서…… 언제든 검기를 발출해 너를 죽일 수 있다."

마음 가는 대로 사는 것을 그 무엇보다 좋아하던 노인도 지금은 무력하게 고개를 저었다.

"방금…… 내 줄곧 긴장했다."

육충은 입을 다물었다. 한참 후에야 그가 천천히 말했다.

"철당이 툭하면 살육을 저지르고 사람 목숨을 파리처럼 여기는 조직이라면, 우리가 왜 목숨 바쳐 철당을 위해 일해야 합니까?"

단운자는 움찔했으나 곧 나지막이 꾸짖었다.

"허튼소리! 너도 조직이 널 위해 치른 대가를 보지 않았더냐! 너는 정신이 나가서 단칼에 화선객을 죽였다. 자화열검도 썩 훌륭하게 위장했고 검법도 흔히 알려진 것을 썼다마는, 천하의 술사가 전부 멍청이인 줄 아느냐? 태평공주는 공주부로 돌아간 뒤 즉시 비밀 조사를 펼쳤다. 그녀는 철당에서 큰 힘을 쥐고 있다. 상왕부 쪽에서 명령을 받고 나선 사람이 나였기에 망정이지. 나는 바로 그 철당의 힘을 이용해 천신만고 끝에 화선객의 사인을 만들어내고 일련의 조작을 거쳐 공주를 습격한 '진범'을 잡아 격전을 벌이다가 참살하는 방법을 구상했다. 하지만 정말 태평공주를 속여야 하는지 도무지 알 수가 없구나. 멍청한 녀석, 네가 그날 휘두른 검은 하마터면 철당을 통째로 두 동강 낼 뻔했다."

단운자는 고개를 들고 길게 탄식했다.

"게다가 어찌 됐건 이제는 이미 상왕과 태평공주 사이에 보이지 않는 틈이 생겼다."

육충은 얼굴을 굳히며 낮게 한숨을 쉬었다.

"존사님, 조금 전에는…… 정말 검기를 날려 저를 죽이려 하셨습니까?"

"너도 알다시피 이 스승은 반평생 홍진을 노닐며 그 어떤 것에도 마음 둔 적이 없다. 하나 이런 내 마음속에도 아직 신경 쓰이는 것들이 있다. 이 씨 당나라의 정통과 사문의 명예 같은 것이지!"

육충은 입을 다물었다. 문득 너무나 두려운 현실이 눈앞에 들이닥쳤다. 선기 국사는 멀리 달아났고 천하에 수배령이 내렸다. 천월 종사가 제일 국사에 오를 가능성이 크다지만, 아무래도 그는 원승 손에 죄상이 밝혀진 사람이었다. 지금이야 조정에 사람이 필요할 때니 천월 종사도 얼마간은 활개를 칠지 모르지만, 정국이 안정된 뒤에는 그의 존사야말로 천하에 단 하나뿐인, 청렴결백한 제일 국사 후보자였다. 존사는 대수롭지 않게 말했지만, 어쩌면 저 말투야말로 정말 신경 쓰인다는 뜻인지도 몰랐다. 그게 아니라면, 인생을 한가로이 즐기며 살던 그의 성품상 애초에 입에 담지도 않았을 테니까. 별안간 이런 생각이 머릿속을 파고들자 심장 밑바닥에서 솟아나는 찬 기운이 점점 더 강해졌다.

스승과 제자 두 사람은 무겁게 내려앉은 저녁 빛 속에 서로 마주보고 서 있었다. 그 순간, 육충은 스승의 얼굴이 다소 낯설게 느껴졌다.

"그러니 내가 검을 썼을지 아닐지는 묻지 마라. 그 순간, 나도 내게 물었다. 그 물음에 온몸에서 식은땀이 났지."

단운자는 고개를 저었다.

"원숭을 죽여야 하는지 아닌지도 묻지 마라. 검을 수련한 자는 그 심장이 철석같아야 한다. 이 씨 당나라 정통의 존폐가 이번 일에 달려 있다. 개인과 철당 조직 중에 무엇을 선택해야 하는지, 구태여 내가 길게 말할 필요가 있겠느냐?"

단운자는 소매를 휘휘 저으며 돌아섰다. 그 순간, 그는 이미 온화하고 한가로운 노인이 아니라 단호하고 독단적이며 심장이 철석같이 굳센 검선(劍仙)이었다.

"원숭이 마음을 돌린다면 행여 기회가 있을지도 모른다!"

목소리가 아득히 멀리서 들려왔다. 약간 절룩이는 단운자의 그림자는 어느새 망망한 저녁 안개 속으로 사라지고 없었다. 육충은 묵묵히 돌아서서 피처럼 빨간 석양을 향해 비틀비틀 걸어갔다.

5장
......

도박장

매일 오후가 되면 숭업방에 있는 홍운도방은 활기를 띠기 시작한다. 대당나라는 위로는 왕이나 공부터 아래로는 일반 백성에 이르기까지 모두 도박을 좋아했다. 따라서 도박장 사업은 대당나라에서 가장 돈 되는 일 중 하나였다. 당시에는 후세에 잘 알려진 패구처럼 패를 가지고 하는 도박은 없었지만, 놀이 종류는 각양각색이었다. 모두가 아는 닭싸움, 메추리 싸움, 귀뚜라미 싸움 같은 동물 및 곤충 대결 말고도, 매년 열리는 대규모 격구 대회, 크고 작은 바둑 대회, 두향(斗香, 탑처럼 쌓은 형태의 제사용 향) 시합을 비롯해 지난번 설백미가 참가했던 연진연 요리 대회 등이 모두 내기 대상이 되어 크고 작은 도박꾼들이 떼 지어 도박장으로 몰려들었다. 하지만 평소에는 주사위 던지기나 동전 던지기가 가장 인기였다. 홍운도방은 장안 삼대 도방 중 하나로, 주사위와 동전 놀이를 전문으로 운영해 장안 내 도박꾼들에게 가장 추앙받았다.

이날은 홍운도방의 상황이 약간 특별했다. 백 명 정도 앉을 수 있는 대청에서 주사위 눈금 외치는 소리가 크게 줄었고, 서로 알고 지내는 도박꾼들은 소곤소곤 귓속말하며 정보를 탐문하는 중이었다.

고급 손님만 들어갈 수 있는 화려한 난각 안에는 하관 연소을이 만면에 땀을 뻘뻘 흘리며 앉아 몸을 덜덜 떨고 있었다. 진행 중인 놀이는 그의 장기인 주사위 던지기였지만, 연소을은 손에 쥔 주사위를 던질 엄두조차 내지 못했다. 연소을은 홍운도방이 큰돈을 주고 전속 영입한 삼대 낭가 팔대 하관 중 한 명이었다. 나이 갓 서른에 팔대 하관 중 서열 세 번째가 된 만큼 오랫동안 도박판을 굴렸지만 이런 적수는 난생처음이었다.

맞은편에 단정하게 앉은 그의 적수는 쪽빛 장삼을 걸친 어리숙해 보이는 젊은이였다. 기민한 두 눈동자를 빼면 외모는 평범했다. 쪽빛 장삼을 입은 젊은이 옆에는 피둥피둥 살찐 중년 상인이 앉아 있었다. 뚱보 상인은 더욱 맹한 얼굴로, 쪽빛 장삼을 입은 어리숙한 젊은이에게 딱 붙어 있었다. 보통 저런 무리는 열이면 열, 뜯어먹기 딱 좋은 호구였다.

하지만 저 맹추들의 솜씨가 연소을을 십분 놀라게 했다. 쪽빛 장삼 젊은이는 시작하자마자 가진 돈 전부인 쉰 관을 걸었다. 주사위 놀이는 무척 간단해서, 던지고 숫자를 확인하는 게 전부였다. 지금은 연소을이 낭가 자리에 앉아 있었다. 여기서 '낭가'란 후세에 '선'이라고 하는 역할의 당나라 때 명칭이었다.

놀랍게도 얌전해 보이던 어리숙한 젊은이는 육 점을 세 개 나오게 하는 속칭 '삼련괴'를 던져 낭가인 연소을을 일 점 눌렀다. 다음 차례에서, 젊은이는 딴 돈 백 관을 더 걸고 또 삼련괴를 던졌다. 반면에 연소을이 피를 토할 듯이 최선을 다해 던진 주사위는 공교롭게도 육 점 두 개와 사 점 하나인 '소탐화'였다.

몇 번 하고 났더니 젊은이 옆에 놓인 작은 탁자에는 어느덧 딴 돈 수령증서가 수북이 쌓였다. 총액이 사백 관에 달했다. 사백 관이면 장안성 알짜배기 땅에 큼직한 저택 한 채 또는 상등품 준마 열 필을 살 수 있었다. 하지만 젊은이는 여전히 사백 관을 차곡차곡 쌓아 전부 판돈으로 걸었다.

이제 연소을이 주사위를 굴릴 차례였다. 그는 주사위를 잡았다. 분명히 수년간 손에 익은 녀석이었다. 상아로 만든 이 주사위에는 수은을 주입했기 때문에, 자신만의 독특한 방식으로 던지면 힘들이지 않고 육 점 세 개인 삼련괴를 낼 수 있었다.

그렇지만 지금, 연소을의 얼굴은 영 딱딱했다. 이마에 땀이 송골송골 맺히고 팔조차 미약하게 떨리기 시작했다. 난각 한쪽의 화창 (花窗, 유리나 종이를 대지 않고 조각으로 구멍을 낸 창) 위로 사람 머리가 빼곡히 들어찬 것이 보였다. 모두의 얼굴에서 흥분이 넘쳐났다. 이 도박꾼들 눈에, 쪽빛 장삼을 입은 젊은이가 보여준 과감한 수법과 입이 떡 벌어지는 운수는 장안성에서 십 년을 머물러도 보기 드문 도박장의 기적이었다.

그때 가리개가 살짝 올라가더니 뚱뚱한 사람과 마른 사람이 들어왔다. 그들을 보자 연소을은 마침내 안도했다. 대쪽처럼 마른 사람은 도박장에서 '첨 선생'이라는 존칭으로 불리는 유명한 술사였다. 뚱뚱하고 귀가 커서 대부호처럼 보이는 사람은 연소을의 도박 스승이자 홍운도방 제일 고수인 도박 지존 우팔 나리였다. 두 사람이 나타나자, 화창 바깥에 모인 도박꾼들은 절로 놀란 외침을 터뜨렸다.

우팔 나리가 얼굴 가득 온화한 웃음을 띠고 두 손을 모았다.

"이 몸은 우팔이라고 하며 여기 이분은 첨 선생이오. 고수 두 분이 오셨다기에 이 늙은이들이 구경삼아 왔소이다."

쪽빛 장삼의 젊은이는 태연하게 두 사람을 향해 고개를 끄덕여 보였다. '장안 도박 지존'이라 불리는 우팔 나리를 보고도 인사말 한마디 건네기 귀찮은 모양이었다. 더구나 그의 옆에 있는 뚱보 상인은 아예 시선도 던지지 않았다.

첨 선생의 표정이 차가워졌다. 그는 연소을의 어깨에 손바닥을 얹고 슬그머니 강기를 보냈다. 그런데 갑자기 산처럼 거대한 기운이 허공을 가르며 짓눌러오는 것이 느껴졌다. 숨쉬기가 어려워지는 통에 답답해 소리를 지르려는 순간, 압박감이 쓱 사라졌다. 그와 동시에 첨 선생의 강기와 연결된 연소을이 몸을 부르르 떨며 하마터면 들고 있던 주사위를 떨어뜨릴 뻔했다.

"그만 패배를 인정하거라."

우팔 나리가 제자의 어깨를 툭툭 쳤다. 연소을은 땀을 훔치고는 누레진 얼굴로 몸을 일으켰다. 우팔 나리가 낭랑하게 말했다.

"낭가가 패배를 인정하고 일어났으면 당연히 판돈의 절반을 배상해야지. 여봐라, 이백 관짜리 증서를 올리거라."

곧 아리따운 여자 두 명이 나타나 증서 몇 장을 공손히 바쳤다. 쪽빛 장삼의 젊은이는 그쪽을 쳐다보지도 않고 손을 내밀어 받은 뒤 옆에 있는 작은 탁자에 툭 던졌다. 창밖에 있던 도박꾼들은 이 광경을 보고 하나같이 눈을 번쩍번쩍 빛냈다.

"창을 닫고 관계없는 자들을 물려라!"

우팔 나리의 목소리는 여느 때처럼 차분했다.

잠시 후 화창이 닫혔다. 사납게 생긴 거한 몇 명이 창밖을 지키며, 흥분해서 구경하려는 도박꾼들을 쫓아냈다.

"이보시오, 노형, 존함이 어찌 되시오?"

우팔 나리는 싱긋 웃으며 자리에 앉아서 번쩍이는 눈으로 청년 뒤에 있는 뚱보 상인을 바라봤다. 홍운도방 제일 고수로서, 장안 도박꾼들 마음속에 신 같은 존재나 다름없는 우팔 나리는 당연히 내세울 만한 독문 절학이 있었다. 게다가 술법을 익힌 적도 있어서 지닌 도력이 첨 선생 못지않았다. 저 뚱보 상인이야말로 솜씨를 깊이 숨긴 진짜 고수라는 것을, 그는 진작 간파했다.

그런데 뚱보 상인은 고개를 끄덕이며 이렇게만 말했다.

"무명 소졸의 이름 같은 건 말할 가치도 없소."

우팔 나리는 여전히 싱글거리며 말했다.

"이 늙은이는 장안 내 크고 작은 도박장에서 약간 이름이 나 있소. 기술을 익혀 정식으로 도박장에 나간 뒤로 크고 작은 싸움을 수천 번 치렀으나 한 번도 진 적이 없다오."

'한 번도 진 적 없다'는 부분에서 그는 일부러 천천히 말을 늘였다. 위세를 자랑해 대적을 물러가게 하려는 뜻이 다분했다.

"운이 좋아서가 아니라오. 이게 다 어려서부터 술법과 결합한 신묘한 도박술을 닦았기 때문이오. '불패의 도박'이라는 기술인데, 이를 연성하면 다시는 지지 않소."

그는 이렇게 말하며 손을 흔들어 차를 가져오게 했다. 아리따운 여인이 즉시 그와 청년의 잔에 차를 가득 따랐다.

"소을은 이 몸의 제자요. 내 이 녀석을 친아들처럼 대했지만 끝내 불패의 도박은 가르치지 않았소. 가르치기가 아까워서라기보다 차마 그럴 수 없었기 때문이오. 천도에는 반드시 응보가 있는 법, 술법이라는 것은 반서의 힘이 지극히 강하오. 이 도박술의 반서는 특히 더 사악하지. 이를 연성하면 처자식과 상극의 운명이 된다오.

나는 불패의 도박을 익힌 뒤 곧바로 집에서 멀리 떠났소. 내 가족은 강남에 있지만 거의 찾아간 적이 없소. 그들 모자는 천 리 멀리 떨어진 강남에서 호의호식하며 내가 도박장에서 딴 어마어마한 금은보화를 누리지만, 마누라는 생과부처럼 수절해야 하고 아들은 영원히 아비를 볼 수 없소. 내 기억에 있는 아들 녀석은 아직도 열두 살 때 모습이라오."

깊이 탄식하는 그를 보자 쪽빛 장삼의 젊은이는 참지 못하고 물었다.

"정말 그렇지는 않을 수도 있어요. 돌아가서 아들을 만나보세요. 정말 반서가 나타나기야 할까요?"

"한번 돌아가봤다오." 우팔 나리의 얼굴이 일그러졌다. "집에 가서 가족을 만나고자 가산 절반을 들여 스님과 도사를 뵙고 수없이 공덕을 쌓은 뒤에 비로소 살그머니 집을 찾아갔소. 어떻게 됐을 것 같소? 채 사흘이 되기도 전에 아들 녀석이 병에 걸려 혼수상태가 됐지. 두루 명의를 찾아 데려와도 치료하지 못했소. 나는 떠날 수밖에 없었소. 떠난 지 사흘 만에 아들이 나았는데, 애 어미는 아직도 침상에서 일어나지 못하오. 이제 나는 그저 청루를 쏘다니며 명기나 데리고 노는 것이 고작이오. 첩을 들일 수도 없고 살림을 차릴 수도 없소. 차렸다간 모두 죽으니까. 심지어 일을 접고 다시는 불패의 도박을 쓰지 않으려고도 해봤지만 소용이 없었소. 어쩌겠소. 내 이미 하늘에 빚을 졌고 그 빚을 다 갚지 못했으니. 내가 이렇게 긴 소리를 늘어놓는 것은 두 분에게 알려주고 싶어서요."

우팔 나리는 눈을 치켜뜨고 젊은이와 뚱보 상인을 응시했다.

"이 세상에는 세상만의 규칙이 있는 법. 술법으로 재산을 불리고 천기를 훔칠 수 있겠지만 결국엔 그게 다 도둑질이오. 특히 술법을 도박에 사용한다면 천하에 둘도 없는 큰 금기를 어기는 것이오."

"옳은 말씀이에요." 쪽빛 장삼의 젊은이가 싱긋 웃었다. "재미있네요. 다음에 틈이 나면 차를 대접하면서 그 이야기를 자세히 듣고 싶어요. 참 궁금해요."

싸우지 않고 적을 물리친 제 솜씨가 사뭇 자랑스러웠는지 우팔 나리의 안색이 좋아졌다. 하지만 그 얼굴은 금세 다시 딱딱해지고 말았다. 쪽빛 장삼을 입은 젊은이가 증서를 천천히 쌓아올리며 이렇게 말했기 때문이다.

"하지만 지금은 그 불패의 도박을 구경하고 싶군요. 전부 걸겠어요!"

우팔 나리는 천천히 일어나 무거운 소리로 말했다.

"소을, 향을 피워라. 조사께 절을 올리겠다."

연소을은 숙연한 얼굴로 돌아서서 바쁘게 움직였다. 잠시 후 난각 안에 향 연기가 모락모락 솟았다. 우팔 나리는 얼음처럼 차갑게 손을 저었다.

"여자는 모두 물러가라!"

옆에서 시중들던 아리따운 여자들이 총총히 물러갔다. 우팔 나리는 양손으로 향을 들고 천천히 창 앞으로 걸어가 꼭 닫힌 화창을 향해 공손하게 세 번 고개를 숙였다.

"규칙대로라면 이번에는 내가 선이겠지요?"

쪽빛 장삼의 젊은이는 그가 자리에 앉자마자 기다렸다는 듯이 주사위를 들었다. 우팔 나리는 입을 열지 않고 무겁게 고개만 끄덕였다. 쪽빛 장삼의 젊은이는 대수롭지 않게 주사위를 던졌다. 주사위가 탁자 위를 빙그르르 돌았다. 방 안에 있던 모든 눈이 빠르게 돌아가는 주사위 세 개에 쏠렸다. 심지어 난각 안의 공기마저 주사위를 따라 뱅뱅 도는 것 같았다.

주사위가 멈췄다. 육 점 세 개. 삼련괴였다. 뚝 하는 소리와 함께 우팔 나리가 향로에 꽂았던 향 세 대가 한꺼번에 부러졌다. 향이 부러진다는 것은 조사가 왕림하지 않았다는 뜻이었다. 그것이 불패의 도박이라는 기술의 규칙이었다. 우팔 나리의 길디긴 도박 인생에서 이런 상황은 처음이었다. 그의 낯빛이 삽시간에 종이처럼 하얘졌다.

"우팔 나리, 그리고 모두 물러가세요. 이번 도박은 우리 홍운도방의 패배입니다!"

부드럽고 우아한 목소리가 들리더니 붉은 치마를 입은 아름다운 부인이 사뿐사뿐 안으로 들어섰다. 그녀는 호희였다. 불꽃같이 빨갛고 소매가 좁은 적삼과 호인 복식인 허리 잘록한 긴 치마가 들어가고 나온 데가 분명한 예쁜 몸매를 고스란히 그려내고 있었다. 분위기를 보면 서른 살가량인 듯지만 용모가 곱고 예뻐서 아직 꽃다운 스무 살 같았다.

뚱보 상인으로 변장한 원승은 마침내 눈썹을 치켜떴다. 기도로 보아 그녀가 바로 홍운도방의 대지배인이 분명했다. 원승은 참지 못하고 나지막이 중얼거렸다.

"그 이름도 유명한 공손칠낭이 호희일 줄이야."

"이 칠낭이 오늘 이렇게 고수 두 분을 만나뵙는군요. 당나라 말로 하자면 삼생의 행운이라죠!"

공손칠낭은 시원시원하게 신분을 밝힌 뒤 다시 한 번 두 사람에게 예를 올렸다.

"누추하지만 제 방으로 가서 이야기 나누시지요."

호희로서는 드물게 장안 표준어가 자못 유창했다.

원승은 일어나서 쪽빛 장삼 젊은이로 변장한 대기에게 고개를 끄덕이며 찾던 사람이 나타났음을 알렸다. 그런데 뜻밖에도 대기는 꼼짝하지 않고 차갑게 말했다.

"이봐요, 누님, 이번에는 승패가 어떻게 되죠? 보아하니 낭가가 또 진 것 같은데?"

"고수 앞에서 어찌 감히 만용을 부리겠어요. 당연히 졌죠."

공손칠낭은 명랑하게 웃었다.

"거기 있느냐? 삼백 관짜리 증서를 준비해라."

대기는 그제야 생긋 웃었다.

"시원시원해서 좋군. 됐어요. 딴 구백 관은 이 도박장의 궤방에 넣도록 하죠."

당나라 때는 상업이 발달해서 이국의 사찰 및 대상인 일부는 방채와 궤방 장사를 했다. 그중 궤방은 당대의 금융 입출금 거래를 말했다. 홍운도방은 장안에서 셋째 가는 도박장으로, 궤방 장사를 하는 것도 당연했다. 대기가 구백 관을 모두 이곳에 저금하면, 이 도박장에 돈 놓고 돈 먹는 밑천을 더해주는 셈이었다.

공손칠낭은 흐드러지게 핀 꽃처럼 웃었다.

"과연 남다른 분이군요. 이 누님께서 감사를 드리죠."

"이보시오." 우팔 나리가 떨리는 목소리로 말을 꺼냈다. "이 늙은이의 기술은 여태 패한 적이 없는데 오늘 처음으로 패했으니 상대가 누군지는 알고 싶소. 존함을 알려주시오."

그는 원숭을 뚫어지게 응시했다. 통통한 얼굴이 살짝 떨리는 것으로 보아 슬픈 것 같기도 하고 기쁜 것 같기도 했다.

"그렇군요. 축하드립니다."

원숭은 담담하게 그를 바라보더니 빙긋 웃었다.

"사악한 술법이 깨졌으니 이제 집으로 돌아가셔도 됩니다. 앞으로는 부자가 함께하실 수 있습니다."

이 말이 떨어지기 무섭게 우팔 나리는 얼굴 가득 뜨거운 눈물을 쏟으며 말했다.

"고맙소. 내…… 내 드디어 집으로 돌아갈 수 있구려."

우팔 나리는 한순간에 여러 광경이 주마등처럼 뇌리를 스쳤다. 머리가 어지러울 지경이었다. 고향의 굽이진 시내, 강남의 붉고 아름다운 꽃, 그리고 고요한 저택 안의 낯익은 웃는 얼굴까지…….

공손칠낭의 객청은 화려하고 아름답게 꾸며져 있었다. 객청 문입구에 놓인 여덟 폭짜리 금박 병풍에는 옥녀가 목욕하는 조각이 새겨져 있었는데, 나신을 한 여자의 외모가 공손칠낭과 제법 닮아 있었다. 사람들이 병풍 뒤로 물러가자 공손칠낭이 몸소 두 사람 앞에 금을 입힌 다기를 내놓았다.

"두 고인께서 역용을 하고 찾아오셨는데, 대체 무슨 요구가 있으신 거죠?"

그녀가 익숙하게 차를 끓이며 물었다.

"노당을 만나고 싶소."

원숭의 대답이었다.

"역시 고수셨군요. 그렇다면 내가 누구인지도 아실 테고요." 공손칠낭은 가만히 한숨을 쉬었다. "애석하지만, 우리는 노당을 찾을 수가 없어요. 이곳은 그저 노당이 잠시 들러 쉬는 곳일 뿐이죠."

원승이 무거운 목소리로 말했다.

"이 도박장은 크고 작은 서리들에게 외상 혜택을 준다고 들었소. 덕분에 관아의 주사나 중하급 군관이 많이 와서 크게 도박을 한다고 했소. 그래야 철당이 각종 정보를 정탐하기도 쉽겠지. 긴급 정보를 얻으면 어떻게 노당에게 통보하오?"

"비합전서죠!" 공손칠낭이 다시 한숨을 쉬었다. "그런 긴급한 정보라면 노당은 사람을 믿지 않아요. 오직 비둘기만 믿죠. 그 사람은 오감이 신비해서 언제 이곳에 오는지도 전혀 규칙이 없어요. 오늘 밤에 올 수도 있고, 아니면 두 달 후가 될 수도 있죠. 노당 마음속에서 사람 같은 건 모두 인형일 뿐이니까요. 나까지 포함해서."

그녀의 눈동자는 봄빛을 머금은 듯해서 여전히 소녀 같은 아리따움을 간직하고 있었다. 그런 눈으로 이리 쓸쓸하게 웃으니 무한한 애처로움이 느껴졌다. 은병에서 물이 보글보글 끓어오르자 공손칠낭은 숙련된 솜씨로 차를 덜고 물을 부으며 유유히 말을 이었다.

"원 장군께서 믿지 못하겠다면 나를 죽여도 좋아요."

대기가 참지 못하고 물었다.

"우리가 누군지 알고 있었어요?"

공손칠낭은 그들을 쳐다보지도 않고, 그들 앞에 놓인 연꽃 금잔에 흔들림 없이 똑바로 찻물을 부어 넣으면서 담담하게 말했다.

"원 소장군이 탈옥했다는 소식은 당연히 철당이 가장 먼저 알았죠. 우팔 나리의 불패 도박 비술을 쉽사리 깨뜨릴 만큼 신통한 술법을 가진 이가 장안에 몇이나 되겠어요. 손가락에 꼽을 정도죠. 그리고 이럴 때 찾아올 사람은 원 소장군뿐이고요."

"당신 말을 믿소. 차를 끓일 때의 침착함과 태연함만 봐도 거짓이 아님을 알 수 있소."

사실 원승은 내심 다른 도리를 믿고 있었다. 노당 같은 절정의 인물은 절대로 자신의 행동 규칙을 공손칠낭 같은 호희 지배인에게 알려줄 리 없었다.

원승은 찻잔을 들고 한 모금 홀짝 마셨다.

"온 김에 한 가지 묻겠소. 같은 철당 사람이니 육충이 어디 있는지 알지 않소?"

"원 장군은 철당 조직을 깊이 알지 못하는 모양이군요. 철당은 태평공주와 상왕이 함께 만든 조직이지만 내부적으로는 분업을 해요. 태평공주는 첩자를, 상왕은 결사대를 맡고 있죠. 우리 같은 도박장은 첩자 계통에 속하지만, 육충은 유명한 결사대원이에요. 물론, 두 계통 모두 노당의 지휘를 받죠. 결사대 쪽에는 노당의 장악력이 조금 약하긴 하지만요. 더구나 그 분업에도 막 문제가 생겼어요. 태평공주가 자객에게 죽음을 당할 뻔했으니까요. 그녀 휘하에는 쓸 만한 결사대가 없어서 그 검객 앞에서 일거에 무너졌어요. 태평공주는 간담이 서늘해졌고, 위 태후는 물론 상왕까지 의심했어요. 그렇기에 우리도 육충의 행방은 알지 못해요."

그녀는 그렇게 말한 뒤 장난스럽게 웃었다.

"하지만 두 번이나 큰 도박을 해주셨으니 그 보답은 해야겠죠. 바로 어제 황혼녘에 우리 쪽 사람이 육충을 봤어요. 혼자 길거리를 거닐고 있었는데, 생각에 잠긴 듯했지만 몸은 자유로웠다고 했어요. 확실한 정보예요!"

이 말에 원숭은 눈을 잔뜩 찌푸렸다. 육충이 곤경에서 빠져나왔다면 어째서 고검풍 등에게 연락하지 않았을까? 설마 아직 청영을 찾고 있는 것일까?

"그렇다면 제용은 어디에 있소?"

원숭이 차갑게 물었다.

"당신 심복을 왜 나한테 물어요?" 공손칠낭은 쓴웃음을 지었다. "물론 이곳에 온 적이 있지만, 그런 사람은 괜히 귀찮은 일이 생길까봐 받아주지 않았어요. 그 사람이 낙심해서 떠나자 사람을 붙여 뒤를 밟았는데 홍당회로 갔더군요."

'홍당회'라는 이름이 나오자 원숭의 얼굴이 확 긴장했다.

그때 방문이 꽈당 소리를 내며 열리고 첨 선생이 총총히 들어와 소리 죽여 말했다.

"칠낭, 귀찮게 됐습니다. 어사대 신포 임소가 달려왔습니다. 도박 기술이 뛰어난 쪽빛 장삼의 젊은이를 만나겠다고 합니다."

대기는 그 자리에서 탁자를 뒤집을 뻔했다.

"참 멋지군요. 당당한 홍운도방이 관아와 아주 한통속이라니!"

"믿어줘요. 우린 절대로 관아와 결탁하지 않았고 어사대에 밀고하지도 않았어요."

공손칠낭은 긴장한 기색으로 원숭에게 예를 올린 뒤 첨 선생을 바라봤다.

"첨 선생, 임소가 무슨 준비를 하고 왔던가요?"

"아닌 것 같습니다." 첨 선생은 대기를 향해 고개를 설레설레 저으며 쓴웃음을 지었다. "우리 도박장은 군관과 서리에게 무이자 외상을 주고 있습니다. 그래서 여기서 도박하는 육부의 말단 관리나 주사가 많지요. 방금 두 분이 보여준 신통한 솜씨에 벌써 도박장에 한바탕 소란이 벌어졌는데, 돈을 잃고 마음이 급해진 어사대 말단 관리 눈에 띄었지요. 문지기 말에 따르면 우연히 지나던 임소가 소식을 듣고 달려왔더군요. 사람 하나를 잡고 있다던데 그 사람을 내내 이상한 말로 불렀답니다. 범…… 범 뭐라던가?"

"설마 범평?" 원승은 움찔했다. "범평이 또 잡힌 건가?"

공손칠낭이 다급히 말했다.

"임소가 왜 왔건 간에 도박장의 규칙은 강호 친구들에게 미움을 사지 않는 거예요. 두 분은 쪽문으로 먼저 가시죠."

"왜 피해야 하오? 새로 사귄 친구가 임소 손에 들어갔소. 지금 나가서 만나면 불시의 공격이라 할 수 있지 않겠소?"

원승은 냉소를 지으며 일어나 슬쩍 대기에게 귓속말을 한 다음 다시 전음으로 말했다.

"당신은 먼저 가시오. 가능한 한 서둘러 소십구 일행과 연락해 건천호 비밀 저택에서 나를 기다리시오."

대기는 기가 막혔다. 그녀더러 고검풍에게 연락하라는 말은 핑계에 불과할 뿐, 진짜 속마음은 그녀가 남아 위험해지는 것을 원치 않아서였다. 하지만 임소가 왔다면 자신이 없어야만 원승이 쉽게 달아날 수 있다는 것을 알기에, 별수 없이 고개를 끄덕이고 살그머니 도박장 뒷문으로 빠져나갔다.

이번에도 우팔 나리와 도박했던 그 방이었다. 다만 자리에 앉은 사람은 우팔 나리에서 임소로 바뀌었다. 임소는 술법을 연성한 뒤로 늘 실력에 자부심을 느끼고 있었다. 자신이 오랜 시간 들여 꾸민 절묘한 계략 속에서도 원승이 순조롭게 탈옥할 줄은 꿈에도 생각지 못했다. 더 심각한 문제는 그의 직속상관 장열이 지대한 압박을 받아 거의 무너지기 직전이라는 것이었다.

어사대 감옥에서 사람이 달아난 게 벌써 두 번째였다. 오늘 아침 일찍, 장열은 위 태후에게 불려가 한바탕 꾸지람을 들었고 그 자리에서 관복을 벗고 어사대부 자리에서 쫓겨났다. 그리고 돌아가서 처분을 기다리라는 명을 받았다. 어사대부의 중임은 위 씨 집안의 먼 친척인 위진이 맡게 됐다.

하지만 임소는 벌을 받지 않았다. 심지어 지금은 사람이 필요한 때라 위 태후가 그를 격려하고자 승진시키려 한다는 소문도 있었다. 하지만 이번 일이 임소에게 준 충격은 몹시 컸다. 채 하루도 못 되어 그의 얼굴은 백지장처럼 하얘졌고 푹 꺼진 두 눈은 들짐승같이 번쩍번쩍 빛이 났다.

원승은 여전히 무표정한 얼굴로 느긋하게 임소 맞은편에 앉았다. 임소는 낯선 뚱보 상인을 응시했다. 성을 온통 뒤져 원승을 체포하려는 생각에 정신이 없던 그는 우연히 이곳을 지나다가 술법으로 도박을 하는 미치광이가 둘 있다는 말을 듣고 운이나 시험해볼까 해서 들어왔다. 맞은편에 앉은 사람을 보자 임소는 다소 기괴한 느낌이 들었다. 맹해 보이는 누런 얼굴의 뚱보지만 술법이 무척 깊은 것 같았다. 그가 망설이는 사이 문득 낯익은 기운이 날아들었다. 그 기운에 임소는 온몸을 부르르 떨었다.

"원승?"

"임 주부, 하루 사이 왜 이렇게 늙었소?"

원승은 빙그레 웃었다.

"칠낭, 어서 임 주부에게 차를 올리지 않고 뭘 하시오?"

공손칠낭은 속으로 깜짝 놀랐다. 원승이 무엇 때문에 제 입으로 본모습을 밝혔는지 모르는 그녀는 차라리 아무것도 모르는 척하기로 하고, 자연스럽게 임소에게 차를 가득 따라줬다. 술법 고수 둘의 강력한 기운에 영향을 받았는지 그녀의 손이 살며시 떨렸다.

"이런 곳에서 원 장군을 만날 줄이야. 이게 바로 하늘의 뜻 아니겠소?"

임소의 눈동자에 어린 짐승 같은 빛이 점점 더 날카로워졌다.

"어제 말했다시피 원 형과 정정당당하게 대결하기를 바랐는데 이렇게 빨리 기회가 올 줄은 몰랐소."

그의 옆에는 어사대 암탐 둘이 있었는데, 그 말을 듣고서야 맞은편에 앉은 별로 눈에 띄지 않는 뚱보가 바로 원승임을 알았다. 곧바로 한 사람이 조력자를 부르러 달려가려고 했다. 그런데 몸을 돌리기 무섭게 태산 같은 기운에 가로막혀 꼼짝도 할 수 없었다.

"박귀결?"

임소는 싸늘하게 웃으며 그 부하의 어깨를 탁 쳤다.

"자, 조금 편안해졌지? 나하고 원승의 대결이니 너희는 나설 것 없다."

짓누르던 힘이 사라지자 그 사람은 대번에 풀썩 쓰러졌다.

원승의 시선은 또 다른 암탐이 단단히 잡고 있는 범평을 훑었다. 지금 저 우어사대 말단 관리는 힘 빠지고 괴로운 얼굴로 애원하는 빛을 가득 담아 원승을 바라보고 있었다.

"임 주부는 이 몸과 어떤 대결을 하고 싶은지 모르겠구려. 이곳은 도박장이니 도박을 하는 것이 어떻소?"

임소가 냉소를 터뜨렸다.

"좋지. 시원시원하게 주사위 큰 수 작은 수 맞히기를 합시다. 하지만 여기서는 큰 수 작은 수가 아니라 삶과 죽음을 거는 거요."

"끝까지 상대해드리지!"

원승은 편안하게 고개를 끄덕였다.

"칠낭, 주사위를 굴릴 사람을 불러주시오."

공손칠낭이 어여쁘게 웃었다.

"상황이 이러니 내가 직접 하죠."

그녀는 사람을 시켜 정교하기 짝이 없는 상아 주사위 그릇을 가져오게 하고, 역시 정교한 상아 주사위 세 개를 꼼꼼하게 검사한 뒤 주사위를 그릇에 넣어 살살 흔들기 시작했다. 고운 팔이 흔들림에 따라 주사위가 그릇 여기저기에 마구 부딪히며 경쾌한 울림을 냈다. 임소와 원승은 매섭게 서로를 응시하며 아무 말이 없었다.

"두 분, 숫자를 거시지요!"

척 하는 소리와 함께 상아 주사위 그릇이 안전하게 탁자에 내려앉았다. 아름다운 호희의 맑은 눈동자가 천천히 두 사람을 쓸었다.

원승이 불쑥 말했다.

"당신은 정식으로 나를 패배시키고 싶다며 일부러 내 금쇄부를 풀어줬소. 비록 나를 탈옥하게 만들려는 함정이었지만 그래도 감사하고 있소. 이번 대결은 감사의 뜻으로 당신의 돈을 받지 않겠소. 물론 목숨은 더욱더."

임소의 안색이 더욱 창백해졌다.

"승리를 확신하오?"

원승은 유유히 고개를 끄덕였다.

"공평을 기하기 위해 임 주부가 먼저 걸어도 좋소!"

임소는 연백색 상아 주사위 그릇을 노려보며 천천히 말했다.

"큰 수!"

"기백이 대단하시오. 그렇다면 나는 차라리⋯⋯." 원승은 한 자 한 자 힘줘 말했다. "더욱 크게 걸겠소. 삼련괴!"

'삼련괴'라는 말에 공손칠낭의 안색이 싹 변했다. 이 놀이에서는 그릇 안에 든 주사위 세 눈금의 합이 구 점보다 많으면 큰 수, 적으면 작은 수였다. 일반적으로 도박꾼은 큰 수나 작은 수 한쪽에 걸었다. 하지만 아주 극단적인 도박꾼은 직접 삼련괴에 걸기도 하는데 이는 곧 주사위 세 개가 모두 육 점이라는 말이었다. 이렇게 되면 맞을 확률이 극히 낮아지는 것은 당연했다. 하지만 그렇기 때문에 일단 맞으면 다른 도박꾼을 모두 물리칠 수 있을 뿐 아니라 낭가까지 돈을 줘야 했다.

"당신 운이 어떤지 보고 싶군."

임소의 두 눈은 불이라도 쏟아낼 것 같았다. 그가 외쳤다.

"열어라!"

"잠깐!"

갑자기 원승이 공손칠낭의 섬섬옥수를 잡아 누르고 위엄어린 눈으로 임소를 노려보며 말했다.

"방금 말한 것처럼 이번 대결에서 당신 돈이나 목숨은 원치 않소. 내가 지면 나를 죽이든 살리든 마음대로 하시오. 하지만 이기면, 사람을 내놓으시오."

그의 손가락이 범평을 가리켰다.

얼굴이 푸르스름하게 물들면서도 임소는 허 하고 너털웃음을 지었다.

"좋소. 받아들이지! 당신이 정말 삼련괴를 만들어낼 수 있다고는 믿지 않소."

그 말에는 다소 힘이 들어가 있었다. 몰래 강기를 써서 상아 주사위 그릇 주변을 완전히 봉쇄했기 때문이다. 원승의 술법이 이처럼 단단한 방어막을 뚫고 들어올 수 있다고는 생각하지 않았다. 범평은 안도의 숨을 쉬며 감격해하면서도 괴로운 표정을 지었다. 그 역시 원승이 정말 삼련괴를 만들어낼 거라고는 믿지 않아서였다.

원승은 고개를 끄덕이더니 상아 주사위 그릇을 응시한 채 열 손가락을 자꾸만 접었다 폈다. 그의 손짓이 바뀜에 따라 방 안에 신비한 기류가 일어나는 듯했다. 임소의 얼굴을 덮은 푸르스름한 기운이 갈수록 짙어졌다. 그는 이미 온몸으로 밀려드는 강기를 느끼고 있었다. 원승은 가장 패도적이고 가장 직접적인 술법으로 그의 금제를 꿰뚫고 있었다. 커다란 탁자마저도 미미하게 흔들리기 시작했다.

두 사람 가운데 있는 공손칠낭은 견디다 못해 떨리는 소리로 말했다.

"두 분 모두 거셨으니 규칙에 따라 그릇을 열겠어요!"

두 사람이 계속 대치할까봐 공손칠낭은 황급히 상아 그릇을 활짝 열었다. 주사위 세 개는 단정하게 삼각형을 이루고 있었다. 주사위의 눈금은 한눈에도 훤히 볼 수 있었다.

육, 육, 오!

임소가 껄껄 웃음을 터뜨렸다.

"원승, 당신이 졌……."

말이 끝나기도 전에 임소는 퍼뜩 이상한 기분이 들었다. 방 안에서 솟아나던 강기가 별안간 우르르 그에게 밀려든 것이다. 임소는 온몸이 뻣뻣해졌다. 마치 몸속의 뼈 하나하나와 근육 한 점 한 점이 보이지 않는 실에 꽁꽁 묶인 것 같았다. 이번에도 영허관의 박귀결이었다. 하지만 운용이 절묘했다. 원승은 한참 동안 힘을 모으면서 그가 득의양양한 나머지 정신을 흩뜨리는 순간만을 기다리고 있었다. 먹구름처럼 방 안을 빽빽하게 뒤덮은 기운이 한꺼번에 임소의 몸을 짓눌렀다.

"미안하게 됐소, 임 주부." 원승은 그제야 빙그레 웃었다. "내가 여기서 당신과 도박을 한 것은 시간을 끌기 위해서일 뿐이오. 내게 잡힌 저 친구는 보여주기일 뿐 실제로는 일찌감치 다른 이가 구원병을 부르러 갔겠지. 병가에서는 속임수를 꺼리지 않으니 탓할 생각은 없소. 다만, 당신 수는 틀렸소. 이제 구원병이 도착할 테니 나는 이만!"

원승은 벌떡 일어나 범평을 데리고 표연하게 난각을 벗어났다.

임소는 숨을 몇 번 고른 뒤 몸을 부르르 떨었다. 그의 몸을 단단히 옥쥔 술법이 강기에 모조리 끊어져 나갔다. 그와 함께 꼭 닫힌 난각의 창문이 한꺼번에 박살났다. 마치 보이지 않는 조그맣고 수많은 얼음 조각에 부딪힌 것처럼.

임소는 미친 사람처럼 창밖으로 달려나갔다. 복도에 사람들이 왔다 갔다 하고 대청에는 도박꾼들이 숫자를 외쳐대고 있었지만, 원승과 범평의 모습은 이미 사라지고 없었다.

6장
......
곤붕맹

거리에 외침 소리, 말 울부짖는 소리가 울려 퍼졌다. 벌써 여러 갈래 추격병이 쫓아오는 것이 분명했다.

원승은 형부와 어사대 위주라는 것을 대번에 알아차렸다. 물론 금오위 사람도 있었다. 그가 거느린 퇴마사는 비록 금오위 소속이지만, 이런 상황에서 금오위에서 알고 지냈다는 이유로 감히 사사로운 정에 흔들릴 사람은 없었다.

원승은 범평을 끌어당겼다. 두 사람은 추격병에 놀라 허둥지둥 달아나는 사람들 틈에 섞였다. 평범한 옷 덕분에 기세등등한 형부 심부름꾼들 사이를 자연스럽게 뚫고 지날 수 있었다. 무사히 길모퉁이를 돌아 나가려는 찰나, 짤막한 호통이 터졌다.

"원승이 저기 있다! 대역죄인을 놓치지 마라!"

화난 임소의 목소리였다.

몸이 영 불편하다고 느낀 원승은 저도 모르게 부르르 떨며 쓴웃음을 지었다.

"조금 전에 너무 득의양양해하느라 임소가 교활하게 우리에게 신아주를 쓴 줄 몰랐소."

신아주는 추적 전용 비술이었다. 주술을 쓴 사람이 몰래 던진 향이나 재, 진흙 등이 당하는 사람 옷에 붙으면 그 사람이 백 리 밖으로 달아나도 주술을 통해 찾아낼 수 있었다.

사람 그림자 몇 개가 나는 듯이 덮쳐왔다. 놀랍게도 형부육위 중 청풍위 소목, 쇄풍위 유정일, 판기위 리명소 세 사람이었다. 세 사람과 단독 대결을 벌인다면 두려울 게 없지만, 길을 나누어 협공하면 벗어나기가 몹시 까다로웠다. 원승은 그들과 얽히고 싶지 않아 돌아서서 어느 골목으로 뛰어들었다.

"이런, 천월 종사가 곧 도착한다고 하오."

범평은 원승과 열심히 달리면서 때때로 빠르게 접근하는 형부 세 사람을 돌아보곤 했다.

원승이 고개를 돌리지도 않고 물었다.

"독순술을 할 줄 아오?"

범평은 다시 흘끔흘끔 뒤를 돌아보면서 고개를 끄덕였다.

"저들이 서로 속닥이고 있소. 형부는 포위만 맡았을 뿐이니 시늉만 하고 너무 힘쓸 필요 없다는구려. 곧 천월 종사가 도착하니……."

천월이라는 이름에 원승은 저도 모르게 심장이 철렁했다. 이 얼마나 우스꽝스런 일인가. 악한 자는 벌을 받지 않고 흑백이 전도된 것도 모자라, 진짜 악인이 무고한 사람을 해치고자 쫓아오고 있었다. 이야말로 세상에서 가장 비통하고 또 가장 우스꽝스런 일이었다.

임소의 화난 외침이 점점 급해지더니, 이내 그의 모습이 형부 세 사람을 훌쩍 뛰어넘으며 나타났다. 곧이어 멀지 않은 곳에서 피리 소리가 들려왔다. 높고 길게 이어지는 것이 마치 하늘 저 높은 곳에서 학이 우짖는 소리 같았다.

"저들이 고수를 적잖이 불러왔군!"

원승의 안색이 살짝 변했다. 범평이 황급히 원승을 잡아끌며 속삭였다.

"원 장군, 큰길은 저들에게 봉쇄됐으니 이런 대낮에 우리 두 사람이 빠져나가긴 글렀소. 내게 천월 종사가 도착하기 전에 저들을 따돌릴 계책이 하나 있소. 하지만 반드시 나를 믿어줘야 하오."

"당신을 구한 이상 당연히 믿소."

"좋소, 우선 신아주가 묻은 옷부터 버립시다!"

두 사람은 겉옷을 벗어 바닥에 팽개쳤다. 범평이 느닷없이 원승의 손을 낚아채고 동쪽의 좁은 골목으로 뛰어들었다. 그곳을 벗어나자 눈앞에 널따란 공터가 나타났다. 놀랍게도 서쪽에 썰렁하기 짝이 없는 황폐한 사당이 보였다.

당나라 사람들은 잡다한 신앙을 가지고 있어서, 강이나 산은 물론 풍백, 우사, 뇌신에게도 제를 올렸다. 이 작은 골목 맞은편에 있는 사당 문 위에는 '풍백묘'라는 세 글자만 초라하게 쓰여 있었다. 아마 비를 빌 때 풍백에게 제사 지내는 곳인 모양인데, 너무 오래 방치되어 문과 창문이 깨지고 망가진 통에 대낮인데도 음산한 기운이 풍겼다.

범평은 원승을 데리고 곧장 사당으로 뛰어든 다음 방향을 꺾어 편전으로 들어갔다. 텅 빈 편전에는 사방의 벽과 깨진 창문뿐이었다. 범평이 먼지 그득한 서쪽 벽을 와락 밀었다. 워낙 먼지투성이여서 원승이 보기에는 기관이나 암실 같은 흔적이 전혀 없는 벽이었다. 하지만 범평이 능숙하게 밀자 벽이 쩍 갈라지며 틈이 나타났다. 기관으로 조작한 비밀 문이라기보다는 마치 벽에 붙은 사악한 귀신이 별안간 입을 쩍 벌린 것 같았다. 범평은 원숭을 이끌고 그 쩍 벌린 입안으로 들어섰다. 순간, 원숭은 괴물에게 잡아먹힌 듯 눈앞이 캄캄해지는 것을 느꼈다.

쾅 하는 소리가 나면서 다 망가진 전각문이 누군가의 발길에 걷어차여 날아가고 사람들이 번개처럼 뛰어들었다. 앞장서서 들어온 임소는 곧 멍해졌다. 전각 안은 텅 비어 있었다. 그는 순간적으로 어리둥절했다. 신아주를 쫓아 골목까지 들어왔다가 그들이 이곳으로 들어가는 것을 얼핏 봤는데, 대체 어떻게 감쪽같이 사라졌을까?

그가 머뭇거리는 사이 또 한 사람이 빠른 걸음으로 들어섰다. 표범 같은 머리에 고리 눈을 하고 구레나룻이 덥수룩한 사람, 바로 육충이었다. 육충도 방금 벽사주의 부름을 느끼고 이리저리 헤매며 찾아다니다가 원숭이 누군가와 전력을 다해 추격에서 달아나는 광경을 목격했다. 물론 원숭은 역용한 상태지만, 벽사주의 부름과 임소 등의 노성이 더해진 덕분에 육충도 곧 그 사람이 원숭임을 알아봤다.

"아니, 어떻게 갑자기 사라졌지?"

육충은 다소 의아해하며 비밀 문 흔적을 찾으려고 먼지 낀 벽을 이리저리 만졌다. 벽은 고르고 평평했다. 낡긴 했지만 기관이나 비밀 문이 있는 것 같지는 않았다. 육충은 퍼뜩 생각이 미쳤다.

'설마…… 지부?'

"퇴마사의 잔당 놈!"

그러잖아도 짜증이 난 임소는 어디선가 나타난 수염쟁이가 건들거리며 전각을 두드려대는 것이 몹시 거슬렸다. 나타난 자가 바로 퇴마사의 이인자, 육충임을 알아차린 그는 대뜸 욕을 퍼부었다.

"어서 말해라! 무슨 수로 그 역적 놈을 도와 달아나게 했느냐?"

육충은 눈을 가늘게 뜨고 임소를 노려보더니, 이제야 그런 사람이 있는 줄 알았다는 듯이 낮은 소리로 말했다.

"어디, 방금 뀐 개방귀를 한 번 더 뀌어볼 테냐?"

벽 뒤의 공간은 어두컴컴했고 주변 기운은 어딘지 기괴하고 비틀린 느낌이었다. 원승은 이곳이 정묘하게 펼친 법진임을 알았다.

"원 형, 듣기 싫겠지만 부디 들어보시오. 이제 당신은 본래 있던 이씨파에서 버림받았소. 원래 가던 길로 가면 죽음뿐이오. 본래의 것을 깨뜨리지 않고는 다시 설 수 없는 법, 반드시 새로운 길을 만들어내야 하오."

범평은 앞장서서 빠르게 걸음을 옮겼다. 얼마쯤 가자 마침내 멀지 않은 앞에 희미한 빛이 보였다.

"새로운 길이란 어떤 것이오?"

"이곳이 어딘지 알겠소?"

"이곳이 바로 전설에 나오는 장안 지부겠군. 그리고 범 선생 당신은 명령에 따라 어사대 감옥에 들어가 선기의 대제자 당심양에게 접근했겠지. 축하하오. 한바탕 변고가 지나고 죽음을 눈앞에 둔 당심양이 무슨 말을 해줬으니, 범 형은 이미 사명을 완수했겠구려."

범평은 안색이 살짝 변했지만, 다행히 어둠 속이라 눈에 띄지 않았다. 그는 마른 웃음을 지으며 말했다.

"역시 원 장군은 보는 눈이 훌륭하오. 이 몸이 어사대 감옥에 간 일에 관해서는 나중에 상세히 말해주겠소. 하지만 지금은 곤경에서 벗어나는 게 우선이오. 그렇소, 이곳이 바로 지부요."

"범 형은 수많은 지부 비밀 통로에 자리한 법진의 비술도 알고 있겠지."

범형이 눈을 반짝 빛내며 천천히 대답했다.

"그렇소. 이제 내가 은혜에 보답할 때요. 지금은 이 지부 비밀 통로 말고는 소 신포의 천라지망 같은 추격을 피하기 어렵소. 다만, 잠시 후에 맹파탕(죽은 사람의 영혼이 저승으로 가기 전에 이승의 기억을 잊게 해주는 약)을 마셔야 하오."

"맹파탕?"

"영혼이 지부에 들어가려면 먼저 맹파탕을 마셔야 하오!" 범평이 쓴웃음을 지었다. "처음 지부 비밀 통로로 들어갈 때 꼭 지켜야 하는 규칙이오. 맹파탕을 마신 뒤에는 당분간 정신이 가물가물해지니 원 장군은 온 마음으로 나를 믿어야 하오."

"좋소, 믿겠소!"

원승의 말투는 평했고, 심지어 절실함과 간절함까지 묻어 있었다. 하지만 내심은 들을수록 충격적이었다. 범평이라는 자는 강력한 배경과 신비한 내력을 가진 것이 분명했다. 지난번 군기 탈취 사건에 관련된 장안 지부 수수께끼는 아직 완전히 해결된 것이 아니었다. 그런데 도망자 신세가 된 지금 그 수수께끼를 제대로 알고 있는 사람을 만날 줄이야.

"진심으로 대해줘서 고맙소!"

범평은 한숨을 쉬더니 비밀 통로 옆에서 희미하게 반짝이는 남색 빛을 꾹 눌렀다. 시커먼 동굴 안에 기괴한 변화가 일어나며 괴이한 기운이 퍼졌다. 음산하고, 냉혹하고, 뼛속까지 서늘하게 만드는 기운이었다. 불꽃 한 점이 퉁기듯 솟아오르더니 점점 환하게 빛나며 평방 몇 자 정도 되는 공간을 비췄다. 곧이어 털북숭이 동물 한 마리가 모습을 드러냈다. 원숭의 눈이 커다래졌다. 그 동물은 바로 파랗고 큰 고양이였다. 아니, 정확히 말하면 고양이 요괴였다.

파란 고양이 요괴는 불꽃같은 눈을 부릅뜨고 원숭을 노려보더니, 천천히 몸을 일으키며 차디찬 목소리를 토해냈다.

"영혼이 지부에 들어오려면 먼저 맹파탕을 마셔야 한다!"

고양이 앞발 두 개가 거무죽죽한 탕약 한 그릇을 잡아 내밀었다. 순간적으로 원숭은 심장이 죄어들었다. 저것은 바로 고양이 요괴, 또는 영원토록 완벽하게 제거할 수 없는 고양이 요괴 인형이었다. 그는 말없이 범평에게 고개를 끄덕여 보인 뒤 약을 받아 천천히 마셨다. 고양이 요괴의 눈동자가 환하게 빛을 내며 마치 도깨비불처럼 변했다. 도깨비불은 점점 기세를 더하며 야금야금 원숭의 세상 전체를 점거했다.

육충의 목소리는 크지 않았지만, 말로는 표현할 수 없는 매서움과 살기를 띠었다. 임소의 눈동자가 저도 모르게 움찔 떨렸다. 퇴마사는 비밀 조직이고, 그는 퇴마사 전체를 역적 취급하라는 밀명을 받은 적이 없다는 사실이 퍼뜩 떠올랐다. 더욱이 눈앞에 있는 저자는 장안성에서 상대하기 껄끄럽기로 유명한 불한당이었다. 그래서 그는 목구멍까지 올라온 호통을 꿀꺽 삼켰다. 육충의 눈동자에는 여전히 불길이 이글거렸지만 그도 어사대 사람과 얽히고 싶지 않았기에 차갑게 콧방귀만 뀌고 돌아서서 유유히 멀어졌다.

"여봐라, 이 전각을 허물어라!"

지금 임소의 급선무는 전력을 다해 원숭을 쫓아가 잡는 것이었다. 어사대 암탐들이 우르르 달려들어 벽을 파거나 때려 부쉈다. 잠시 후 아무것도 없는 전각이 산산조각 났다. 하지만 무너진 벽 사이에 비밀 기관 같은 것은 없었다.

"아직 홍운도방이 있다!" 임소는 얼굴이 시퍼레져 외쳤다. "대역 죄인 원승과 사통한 홍운도방을 당장 봉쇄하라!"

"그건 부적절한 처사 같네만?"

형부육위 가운데 첫째인 소목이 황급히 나서서 권했다.

"임 아우는 모르겠지만 홍운도방 뒤에 태평공주가 있다고 하네. 증거가 없으면 그 높으신 분의 장사는 건드리지 않는 게 좋아."

소목이 히죽 웃었다. 그 사람에게 걸리면 너는 빈대처럼 찍소리도 못하고 죽을 수밖에 없으니 잘 생각해보라는 듯 동정어린 웃음이었다. 자기 단속이 뛰어난 임소와는 달리 형부육위의 첫째인 청풍위 소목은 평소 홍운도방에서 노는 것을 아주 좋아했다. 외상을 내고 공짜로 놀면서 노잣돈을 두둑이 벌어들이기도 했으니, 세상물정 모르는 새파란 놈이 무모하게 홍운도방을 봉쇄하는 것을 원치 않는 것도 당연했다.

"상관없습니다." 임소는 두 눈을 활활 불태웠다. "원승이 감히 역용하고 그곳에 숨어든 데에는 반드시 어떤 의도가 있을 겁니다."

형부 세 사람은 당황한 표정을 지으며 똑같은 생각을 했다.

'저놈이 미쳤나? 그게 아니면 더 큰 배후라도 있는 건가?'

다시 눈을 떴을 때 원승은 아직 정신이 몽롱했다. 마침내 제대로 회복된 후, 그는 이내 눈앞에 펼쳐진 광경을 보고 깜짝 놀랐다. 이곳은 이른바 '장안 지부'라 불리는 곳이지만, 사실상 사통팔달한 지하 성에 가까웠다. 언뜻언뜻 반짝이는 점점이 푸르스름한 빛들이 얼기설기 교차한 통로를 비췄다. 흡사 기괴하면서도 거대한 거미줄 같은 모습이었다. 심지어 이곳에서 장안 어디든 갈 수 있으리란 생각이 들 정도였다.

다시 정신을 가다듬은 원승은 비로소 자신이 거대한 검은 고양이 위에 앉아 있는 것을 알아차렸다. 알고 보니 그가 맹파탕을 마시고 혼절한 동안, 이 거대한 고양이가 그를 태우고 거미줄 같은 지하 비밀 통로를 요리조리 지나 여기까지 왔다. 앞쪽이 은은하게 밝은 것을 보니 곧 지부를 나갈 모양이었다.

"곧 나가겠지만 잠깐은 더 볼 수 있소. 우리 뒤쪽이 바로 장안 지부의 진짜 모습이오."

범평의 목소리가 아련하게 귓가에 울렸다.

"이곳은 비문의 수많은 선배가 피와 땀을 쏟아 만든 걸작이오. 비록 철천지원수가 온갖 궁리를 다해 매장한 지 오래지만 언젠가는 신비한 위엄을 발휘해 휘황찬란하게 빛날 것이오. 지부 전체의 비밀 통로는 법진으로 막혀 있어서, 발동법을 모르면 제아무리 법진에 관한 지식이 많아도 요만큼의 빈틈도 찾아내기 어렵소. 지부 안에는 무수한 비밀 통로가 있고, 생문과 사문이 있고, 기관과 매복이 있고, 법진과 금제가 있소. 특히 사문은 각종 특수한 지살이 교차하는 곳이라 언제든지 법진을 조종해서 기괴하고 강력한 지살로 침입자를 가둘 수 있소."

원승은 한숨을 쉬었다.

"이제 보니 범 형은 비문 청사였구려!"

범평은 아무렇지도 않게 웃었다.

"자, 이제 나가야 하오."

그 말과 함께 범평은 이상야릇한 검은 고양이 등에서 뛰어내려, 원승을 이끌고 가장 빛이 환한 비밀 통로로 들어갔다. 통로 천장이 점점 낮아져서, 두 사람은 어쩔 수 없이 포복해야 했다. 다행히도 길이 멀지는 않았다. 잠시 후, 범평이 벽 끝의 기관을 누르자 길이 확 트이면서 괴상한 힘이 두 사람을 앞으로 떠밀었고, 그 힘에 우르르 앞으로 달려간 두 사람은 곧 좁은 문 앞에 이르렀다.

범평이 천천히 빗장을 벗기고 문을 열자 바깥에서 엷은 빛이 흘러들었다. 별로 눈에 띄지 않는 낡은 단방 앞이었다. 초저녁이라 단방 바깥은 유난히 썰렁했다. 시선을 들어 주위를 살펴본 원승은 무척 낯익은 느낌을 받았고 곧 어디인지 알아냈다. 이곳은 바로 지살에 의한 괴살인 사건에서 돌궐 무사 고력청의 시신이 발견된 곳, 즉 입정방 치우 사당이었다.

범평은 태연자약하게 몸에 묻은 흙먼지를 털며 말했다.

"원 장군이 버젓이 홍운도방에 모습을 드러낸 까닭은 필시 임소를 격노시키기 위해서였을 거요. 지금쯤 임소는 미치광이가 되어 있겠구려. 태평공주가 가진 그 도박장을 봉쇄했을 가능성도 있소. 아무래도 그게 원 장군의 구호탄랑계(범을 풀어 이리를 잡는다는 뜻으로 일종의 이간책)였나보오. 당신은 버린 돌이 아니며 버린 돌이 될 수도 없으니 그랬다간 바둑판을 통째로 뒤엎을 수 있다는 것을 태평공주와 이씨파에 알려주고자 했겠지."

원승은 희미하게 빛나는 그의 눈을 들여다보며 미소 지었다.

"무슨 말을 하고 싶은 거요?"

"원 형의 계책이 훌륭하긴 하지만, 애석하게도 그 덕에 당신은 버린 돌에서 죽은 돌로 변했소. 이씨파가 반드시 전력을 다해 당신을 쳐 죽이려 달려들 테니 말이오."

범평은 한숨을 푹 쉬었다.

"원 장군도 이미 우리 실력을 봤으리라 믿소. 기왕에 쫓기는 버린 돌이 됐으니 신중히 고려해 우리 비문에 들어오는 게 어떻소?"

사당 안이 음침한 데다 어두운 저녁이라 범평의 표정조차 제대로 볼 수가 없었다. 홀연, 원승이 한숨을 쉬었다.

"범 형의 말을 들으니 확실히 마음이 흔들리는군. 하지만 비문이 나같이 외로운 넋을 받아주겠소?"

"그 무슨 말이오? 원 장군의 명성이 장안을 쩌렁쩌렁 울리고 있소. 이런 지경에 처한 것은 밝은 주인을 만나지 못한 탓이지. 원 형이 내 목숨을 구해준 은혜가 있으니 조그마한 힘이라도 보태고 싶소. 천상이 사특하니 천상을 바꾸고, 이 세상의 도리 역시 바꿔야 하오. 부디 일찍 결정을 내려주시오."

범평이 천사책의 암호를 알고 있을 줄은 생각지도 못한 원승은 가슴이 철렁했다. 아무래도 우어사대 말단 관리라는 이자는 실로 적지 않은 비밀을 감추고 있는 것 같았다. 원승이 숙연하게 두 손을 모았다.

"고맙소, 범 형. 다만 퇴마사에서 적과 내통한 제옹이 달아났으니 그 일은 마무리 지어야 하오. 그 일이 끝날 때까지 기다려주시오."

범평이 얼른 말했다.

"마침 나도 급한 용무가 있으니 이틀간 기다려주겠소."

문득 원승이 신비하게 웃었다.

"그럼 모레 술시 삼각에 소무극원에서 봅시다."

'소무극원'이라는 말에 범평이 눈을 번쩍 빛내며 똑같이 두 손을 모았다.

"원 장군은 과연 고명하구려. 꼭 만납시다."

퇴마사의 건천호 비밀 저택은 승평방 안에 숨겨진 허름한 집으로, 이곳에서 그리 멀지 않았다. 원숭이 방문을 지키는 방정과 순찰 병사들을 피해 조심조심 그곳으로 갔을 때 하늘은 완전히 컴컴해져 있었다.

대기는 줄곧 문 앞에 서 있다가 그가 나타나자 비로소 "만능하신 마즈다여, 감사합니다" 하고 외쳤다. 고검풍과 오육랑은 벌써 방에서 기다리고 있었다. 다시 몇 시진이 지나자 놀랍게도 육충이 슬그머니 찾아왔다. 그는 시꺼메진 얼굴로 묵묵히 방으로 들어왔다.

"육 형님, 그동안 어딜 가셨어요? 왜 며칠 동안이나 소식도 안 보내신 거예요? 발목 잡는 일이라도 있었어요?"

육충을 본 고검풍은 몹시 기뻐했다.

"아, 그랬지. 아주 귀찮은 일이었어."

육충은 소십구의 어깨를 툭툭 치며 여전히 밝은 소년의 얼굴을 바라봤다. 가슴 저 밑바닥에서 감격이 솟구쳤지만, 그래도 그는 아무 말도 하고 싶지 않아 침울하게 자리에 앉았다.

참다못한 대기가 물었다.

"왜 혼자예요? 청영은요?"

육충은 말없이 고개를 젓고, 품에서 호리병을 꺼내 고개를 젖히고 술을 한 모금 벌컥 마셨다. 방 안의 사람들은 짓누르는 듯한 압박을 느꼈다. 예상대로 보이지 않는 악마의 손이 퇴마사 전체에 수

작을 부렸다. 원숭에서부터 육충, 그리고 청영. 모두 그 악마의 손에 짓눌렸지만, 그들은 도대체 누가 한 짓인지조차 알지 못했다.

"걱정거리가 있으면 모두에게 말해보게."

원숭은 오랜 벗을 가만히 바라보며 말했다.

"술 냄새가 진동할 만큼 술을 마셔놓고도 살기를 억누르지 못하고 있잖나."

육충은 손을 부르르 떨더니 참지 못하고 쓴웃음을 지었다.

"내 몸에서 나는 살기가 느껴져? 맞아, 난 살인을 하고 싶어."

그는 천천히 호리병을 내려놓고 희미하게 말했다.

"잘 아는 이들이 잘 아는 조직을 만들었는데, 그들이 결국 괴수로 변했다면 어떻겠어? 끔찍한 피비린내를 풍기는 괴수로 변했는데도 자네 힘으로는 저지할 수가 없어서 녀석이 신이 나서 도리 따위는 팽개치고 마구잡이로 사람을 잡아먹으면, 자넨 어떡하겠어?"

수수께끼 같은 말이지만 원숭은 그 말에 담긴 뜻을 알아들은 듯 한숨을 쉬었다.

"최근에 임치군왕을 만났나?"

육충의 머릿속에 잠깐 반짝였다 사라진 옥피리가 스쳐갔다. 그 순간 그의 눈은 빛을 잃고 완전히 어두컴컴해졌다. 그는 가만히 고개만 저었다.

참다못한 대기가 물었다.

"도대체 무슨 말이에요? 여기서 수수께끼 놀이라도 하게요?"

원숭이 무거운 목소리로 말했다.

"내가 군비를 횡령했다는 누명을 쓰게 된 원인은 증거를 조작한 장부였소. 이융기의 힘이 아니라면, 제융 혼자서는 그처럼 진짜 같은 가짜 장부를 만들 수 없었을 거요."

고검풍은 그제야 깨달은 표정이었다.

"맞아요! 일이 벌어진 다음 퇴마사의 진짜 수장인 임치군왕은 어딘지 태도가 모호했어요. 한 번 찾아온 뒤로는 쓱 모습을 감추더니 여태 그림자도 안 보이잖아요. 그 사람은 대체 어쩌려는 거죠?"

대기가 콧방귀를 뀌었다.

"간단해. 우리가 그자를 찾아가면 돼. 그자를 끌어내 얼굴을 맞대고 똑똑히 물어봐야지!"

원승이 고개를 끄덕였다.

"그럴 거요. 천라지망을 펼친 자가 누군지 알려면 반드시 두 사람을 찾아야 하오. 하나는 제융, 다른 하나는 바로 임치군왕이오."

그는 육충을 바라보며 말을 이었다.

"지금은 이 삼랑을 찾는 것이 제융을 찾는 것보다 더 중요하다는 생각이 드오."

"하지만 그자가 어디 숨어 있는지 누가 알아요?"

고검풍의 말에, 별안간 육충이 무릎을 탁 치며 일어났다.

"내가 왜 그걸 잊고 있었지? 임치군왕이 갈 만한 곳이 한 군데 있어. 그래, 그곳 사람이라면 틀림없이 그의 행방을 알 거야."

이튿날 황혼녘에 육충이 자신을 데려간 곳이 격구장일 줄 원승은 꿈에도 생각지 못했다.

격구장은 곡강에서 별로 멀지 않지만, 나들이하기 좋은 명승지에서는 멀리 떨어진 퍽 외진 곳이었다. 이미 해가 서쪽으로 기운 시각이었다. 멀리 곡강의 푸르른 물결은 맑디맑고, 가까운 격구장 밖을 에워싼 무성한 대나무는 석양과 저녁노을에 비쳐 유난히 황량해 보였다.

"지난번에 나와 함께 군기 탈취 사건을 조사하면서 여유가 날 때면 임치군왕은 악곡을 듣거나 격구를 했어. 그때 격구 대오를 만들었는데 우림군 청년 군관들 위주였지. 이 삼랑은 천성적으로 친화력이 좋아서 비록 귀한 군왕의 몸이지만 신분 낮은 사람과도 격의 없이 어울리자 금방 격구 고수들이 곁에 잔뜩 모여들었지. 숫제 그 무리에 그럴듯한 이름까지 지어 붙였어. '곤붕맹(鯤鵬盟)'! 곤붕맹에 가입하려면 반드시 삽혈(歃血, 동물의 피를 마시거나 입에 묻히는 의식)로 서로 속마음을 터놓는 사이가 되겠다고 맹세해야 해."

육충은 앞장서서 길을 안내하면서, 사람 키 반만큼 어지러이 자란 잡초를 헤치고 원승을 텅 빈 격구장 앞으로 데려갔다.

"그때 안락공주와 내기 격구를 하느라, 매일 말을 타고 막대를 휘두르면서 양껏 신나게 놀았지. 초반에 함께 공놀이한 사람은 모두 삼랑 저택의 하인들이었지만, 나중에는 우림군에서 온 마음 맞는 군관이 점점 많아져 곤붕맹이 떠들썩해지기 시작했어. 이 삼랑은 이목을 끌지 않으려고 이 외진 곳에 간이 격구장을 새로 만들었고, 농담 삼아 곤붕맹의 '산적 소굴'이라 불렀지."

"격구 무리에 들어가기 위해 삽혈로 맹세를 해야 한다고?"

원승은 크게 호기심이 일었다.

"곤붕맹이라니, 이름에도 깊은 뜻이 있겠군. 격구를 잘하면 누구나 곤붕맹에 들어갈 수 있나?"

지금 그는 또다시 역용하고 변장한 상태였다. 완전히 새것은 아니지만 낡지 않은 연파랑 원형 깃에 소매 넓은 장포를 입고, 머리에는 끈 달린 복두를 쓰고, 누렇게 칠한 얼굴에는 우쭐한 표정을 지은, 케케묵은 서생 모습이었다.

"아니, 반드시 군관 출신으로 품계가 있어야 해. 북문과 남아(당나라 때 궁성의 두 구역. 북문은 현무문으로 후궁을 의미하며, 남아는 궁성 이남 각 관청이 있는 곳을 말함)에서 실권을 쥔 중하급 군관 위주지. 격구 실력은 부차적이야."

육충이 목소리를 깔았다.

"나도 나중에 알아낸 거야. 처음에는 그냥 포부를 잃고 재미에 빠진 그가 찾아낸 새로운 놀이인 줄만 알았지, 이럴 줄은……."

원승은 고개를 끄덕였다.

"임치군왕의 의도가 여간 아니군!"

그의 눈앞에 소탈하고, 심지어 다소 퇴폐적이기까지 한 이융기의 웃는 얼굴이 떠올랐다. 이 씨 당나라 황실의 젊은 인재였던 그는 몇 년 전만 해도 이름을 날렸으나, 그 예기가 너무 날카로운 탓에 괴뢰고의 화를 당한 뒤로는 두꺼운 가면을 쓰고 놀이와 기루에 빠져 방탕한 생활을 했다. 그런데 그 뼛속 깊이 자리한 끈기가 이처럼 크고 또 이처럼 교묘할 줄 누가 알았을까?

그는 격구라는 이름으로 실권 있는 중하급 군관을 대거 끌어들이고, 심지어 이렇게 눈에 띄지 않는 장소를 만들었다. 다시 말해, 아무도 모르는 사이 실로 무시할 수 없는 힘을 손에 쥔 것이다.

곤붕맹. 북명의 곤이 붕으로 변한다(《장자》에 나오는 이야기로, 북명에 사는 거대한 물고기를 곤이라 하는데, 곤이 변해 붕새가 되어 남명으로 간다고 함)는 이야기. 짐작건대 이융기의 야심은 하늘을 뒤덮는 대붕의 두 날개보다도 클 터였다.

돌연, '쨍쨍' 하는 소리가 들려왔다. 갑작스럽게 시작된 소리는 곧 차분하고 지속적으로 울리기 시작했다.

"저쪽이네. 이이덕(李易德)일 거야. 임치군왕의 심복인데 나중에 비기(飛騎, 당대 현무문에 설치된 군영)에 들어가 맹장이 됐네. 저놈이 또 유성추를 가지고 노는군."

육충이 손가락질하며 원승을 데리고 격구장 반대편 끝으로 갔다. 무성하게 자라난 대나무 뒤쪽에 널찍하고 커다란 대나무 집이 하나 있었다. 그 운치 있는 대나무 집 문밖에서 건장한 사내가 웃통을 벗고 양손으로 유성추 두 자루를 쌩쌩 돌리고 있었다. 일곱 자짜리 사슬에 연결된 호박만 한 추는 웃통 벗은 사내 손에 바람처럼 빙빙 맴돌면서 한 길가량 떨어진 곳에 있는 과녁을 끊임없이 때려댔다.

꽤 독특한 과녁이었다. 여남은 개의 죽첨. 겨우 손가락 너비 정도 되는 죽첨은 자그마한 흙더미에 드문드문 꽂혀 있었다. 웃통을 벗은 사내가 휘두른 추는 한 치도 어긋나지 않고 정확히 죽첨을 맞혀 날렸다. 날아간 죽첨은 맞은편 고목에 박혔다. 짧은 시간 동안 사내는 유성처럼 빠른 속도로 열 번 넘게 추를 휘둘렀고, 추는 매번 죽첨에 명중했다. 죽첨은 빙글빙글 돌며 날아가 고목의 가지 위에 동그란 모양을 이루며 박혔다.

"훌륭한 솜씨군!" 원승은 저도 모르게 찬탄을 터뜨렸다. "강함과 부드러움을 모두 갖춰 강하면서도 부드러운 수법이야. 이 장안성에 저토록 매끄러운 유성간월추법이 아직 있을 줄이야!"

말이 끝나기도 전에 일고여덟 개의 그림자가 원승 주변에 척척 나타났다. 인기척조차 없이 하늘에서 툭 떨어지듯 동시에 불쑥 모습을 드러낸 그들은 하나같이 손에 격구대를 들고 있었다. 원승은 그들이 취한 격구 자세만 보고도, 저 격구대 끝에 칼이나 검이 숨겨져 있어 눈 깜짝할 사이 적을 벨 수 있다는 것을 추측해냈다.

"육충, 허락도 없이 궁상맞은 '얼음덩이'를 데려와서 어쩌자는 건가?"

키 크고 호리호리한 군관 한 명이 이들의 대장인 듯 성큼성큼 앞으로 나와 노기등등한 눈으로 육충을 쏘아봤다. 사실 원승의 차림새는 바로 그 시절 어사대 사람들이 흔히 입는 복장이었다. 게다가 대당나라는 무를 숭상하고 문을 경시해서, 호방한 군관들은 얼음덩이 같은 어사들을 특히 싫어했다.

육충은 원승을 흘낏 보고는 쓴웃음을 지었다.

"서두르지들 말게. 이 친구는 궁상맞은 어사가 아닐세. 이쪽은 내 생사지교야. 참, 임치군왕의 벗이기도 하지. 요즘 상황이 어수선해서 부득불 변장할 수밖에 없었네."

그 말을 듣자 군관들의 적의도 한풀 꺾였다. 육충은 그제야 원승을 사람들에게 소개했다. 유성추를 잘 다루던 사내는 이이덕이라는 비기의 장군이며, 궁문을 수호하는 군관이었다. 키 크고 호리호리한 군관은 종욱(鐘旭)인데 놀랍게도 내원 총감이었다.

원승은 웃으며 두 손을 모았다.

"갑자기 찾아와 여러분을 귀찮게 해서 미안하오. 부디 널리 이해해주시기 바라오."

"이보시오, 노형, 내가 잘못 본 게 아니라면 노형은 국도에 이름이 쟁쟁한 퇴마사 원승 장군 아니오?"

이 말과 함께 검고 작달막한 사내가 사람들을 헤치고 나왔다.

육충이 참지 못하고 물었다.

"유구, 정말 이 사람이 원숭이라고 확신하나?"

검고 작달막한 사내가 싱긋 웃었다.

"케케묵은 어사대 얼음덩이처럼 변장했지만 기질이 범상치 않고 영기를 숨기고 있잖나. 게다가 육 형과 그처럼 가까운 걸 보면 원 장군이 틀림없네."

그는 이렇게 말하며 웃는 얼굴로 원숭을 향해 두 손을 모았다.

"이 몸은 유유구(劉幽求)라 하오. 반갑소, 원 장군."

육충은 파안대소를 터뜨리고 비로소 그 사내의 어깨를 두드리며 원숭에게 소개했다. 유유구는 조읍위라는 관직에 있는 이융기의 절대적인 심복이자 첫손꼽는 꾀주머니였다.

"이제 보니 당신이 원숭이었군?"

이이덕은 화난 듯 눈을 부릅떴다. 손에 든 쇠사슬 유성추가 쩔그럭쩔그럭 소리를 냈다. 이어서 종욱 등 몇몇 군관도 차례차례 격구 안에 숨긴 날카로운 무기를 꺼내 들었다.

원숭은 가슴이 철렁했다. 이들이 이융기의 심복이라면 어째서 자신에게 이처럼 적의를 내보이는지 알 수가 없었다.

"자네들, 왜 이러나?"

검고 작달막한 사내 유유구가 나지막이 꾸짖으며 얼음처럼 찬 눈빛으로 사람들의 얼굴을 훑었다.

"비상시국에는 가능한 한 사달을 일으키지 않는 것이 좋아. 이이덕, 종욱, 자네들은 평상시처럼 두 갈래로 나눠 격구 연습을 하게. 그래야 흔적이 노출되지 않아."

자못 위명이 높은지 단 몇 마디로 군관 무리를 해산시킨 유유구는 웃으며 원숭에게 두 손을 모았다.

"군인들이다보니 행동거지가 걸걸하오. 무례했다면 널리 이해해 주시오. 원 장군은 임치군왕을 만나러 여기 오신 거요?"

육충이 대답했다.

"유구 자넨 역시 머리가 잘 돌아가는군. 뭐든 단번에 알아챈단 말이야. 요사이 삼랑을 만난 적 있나?"

"없네." 유유구는 차갑게 고개를 젓더니 잠시 생각에 잠겼다가 말했다. "오왕자부에도 종적은 없었네. 상왕부에서 전한 말에 따르면 갑자기 병에 걸리는 바람에 은거해서 요양 중이라 하네."

원승은 이내 유유구의 말투에서 차가운 기운을 읽고 말없이 고개만 끄덕였다.

"갑작스런 병이라고?" 육충이 황급히 물었다. "난 요 며칠 발이 묶였네만 자네들은 병문안이라도 가봤나?"

"삼랑은 아무도 만나지 않네." 유유구는 한숨을 쉬었다. "듣기로는 줄곧 폭음을 해대고 온종일 술기운을 풀풀 풍기며 입만 열었다 하면 욕을 한다는군. 내가 간밤에 몰래 찾아갔더니 술기운에 눈이 뒤집힌 사람처럼 욕을 한 바가지 퍼부었네."

결국 참다못한 원승이 물었다.

"유 장군, 상왕은 뵈었소? 상왕께선 임치군왕 일에 관해 뭐라 하셨소?"

"이 몸 같은 말단이 무슨 수로 상왕 전하를 뵙는 행운을 얻겠소? 하물며 우리는 그저 임치군왕과 함께 격구를 즐기는 무리일 뿐이라 모르는 일이 많소."

유유구의 미소는 예의 발랐지만, 그 대답은 얼음처럼 차갑고 뚫고 들어갈 틈 하나 없었다. 육충은 저도 모르게 원승을 바라보며 머뭇거렸다. 원승은 눈썹을 찌푸린 채 더 말하고 싶지 않아 유유구에게 손을 모아 인사한 뒤 돌아섰다. 말을 달리며 소리를 지르던 군관들은 격구장을 통과해 떠나는 원승을 보자 저도 모르게 경기를 멈추고 멀리서 원승 쪽을 손가락질했다.

원승이 느긋하게 자기 옆을 지나자 이이덕이 참다못해 외쳤다.

"썩 꺼져. 곧 어사대가 쫓아올 테니 안락의 이불 속으로나 돌아가시지. 그곳이 따뜻하고 안전하니까!"

그 한마디에 군관들이 큰 소리로 웃음을 터뜨렸다.

원승은 걸음을 멈추고 천천히 고개를 돌렸다. 착 가라앉은 목소리가 나왔다.

"뭐라고 했소?"

"데굴데굴 굴러 꺼지라고!" 이이덕이 흉악하게 웃었다. "귀가 먹었나? 이 어르신이 치료해줄까?"

이이덕이 손을 휘두르자 유성추가 손아귀를 떠나 원승의 왼쪽 귀를 향해 날아들었다.

"이이덕, 그만두지 못해!"

유유구는 이 공격이 태반은 허장성세라는 것을 알면서도 깜짝 놀라 소리쳤다.

그런데 갑자기 누런빛이 번쩍하더니, 원승의 소매에서 검광 한 줄기가 번개같이 뻗어 나왔다. 이이덕의 귀에 '쨍' 하는 날카로운 소리가 들렸다. 마치 초봄이 찾아와 살얼음판이 짝 갈라지듯 맑은 소리였다. 그 소리가 귓가에 울리는 순간 그는 모든 희로애락을 까맣게 잊다시피 했다. 이어서 빙빙 회전하는 검은 그림자가 눈앞에 나타났다. 바로 그 자신이 던진 유성추의 기다란 쇠사슬이었다.

어느새 반짝했다가 사라진 날카로운 번갯불에 동강 나버린 쇠사슬이 놀란 뱀처럼 되돌아와 그의 목을 친친 휘감았다. 거대한 힘이 엄습하면서, 이이덕은 말 안장에서 나가떨어져 바닥을 몇 길이나 데굴데굴 굴렀다. 와장창하는 소리가 들렸다. 잘린 유성추의 다른 반쪽 쇠사슬이 힘없이 땅에 떨어지는 소리였다.

손 하나가 거대한 쇠사슬을 반공중에서 단단히 붙잡고 있었다. 바로 원승의 손이었다. 원승은 쇠사슬에 휘감겨 거의 질식할 것 같은 이이덕을 차갑게 노려보며 말했다.

"데굴데굴 구르는 맛이 어떻소?"

널따란 격구장에는 갑작스레 싸늘한 적막이 내려앉았다. 이이덕 일행은 하나같이 군대의 고수여서, 원승이 선보인 검술이 순수한 무공이지 환술이나 도술이 아니며 간교한 술수는 추호도 없었다는 것을 알았다. 원승은 유성추를 바닥에 던지고는 여전히 느긋하게 돌아서서 천천히 앞으로 걸어갔다. 곡강에서 불어온 바람이 그의 소맷자락을 돛처럼 불룩하게 부풀렸다.

"속히 임치군왕의 행방을 알아보게."

원승은 고개를 돌리지 않았지만 육충이 잰걸음으로 쫓아온 것을 알아차렸다.

"길을 나누세. 자네는 임치군왕을 찾고, 나는 흥당회에 가서 제융을 찾는 걸세."

육충은 경악했다. 원승이 이렇게 서둘러 자신을 떠나보내려 하다니 뜻밖이었다.

"나도 확신은 없네." 원승은 그가 의아해하는 것을 알아차렸다. "다만 한 가지 가능성 때문일세. 어쩌면 임치군왕도 위험에 처했을

지 모르네."

"좋아!"

육충은 암실에서 만난 검은 그림자의 손에 잠깐 나타났던 옥피리의 반짝임을 떠올렸다. 그 사람은 일부러 목소리를 깔아서 육충도 그가 이융기인지 아닌지 판단할 수가 없었다.

"육충." 원승이 옆으로 고개를 돌려 그를 바라봤다. "자넨 여전히 속말을 다 하지 않았네. 청영은 어디 있나? 어째서 자네 몸에서 시시각각 살기가 솟구치는 건가?"

육충은 눈을 번쩍 빛내더니 쓴웃음을 지었다.

"원 대장, 한 가지 부탁이 있어. 만에 하나 요 며칠 자네가 죽을 수밖에 없는 어려움에 부닥치거나 또는 갑자기 해약이 없는 독에 중독된다면 반드시 날 찾아와서 내 손으로 자넬 해탈시키게 해줘."

원승은 고개를 끄덕였다.

"알겠네. 최선을 다하지."

두 사람은 서로 마주 보다가 느닷없이 고개를 젖히고 껄껄 웃었다. 하지만 그 웃음소리는 어딘지 처량했다.

원승이 웃음을 뚝 그치고 물었다.

"청영이 대체 무슨 일을 당했나? 왜 내게 말해주지 않나?"

하지만 육충은 고개를 설레설레 저었다.

"우선 상왕부터 찾아가보지."

육충은 고개를 들고 서쪽 하늘 끝을 바라다봤다. 강과 하늘이 교차하는 곳은 어느덧 빨간 비단 같은 저녁놀에 어지러이 물들어가고 있었다. 심장이 미칠 듯이 죄어들었다. 또 하루가 지나가고 있었다. 청영의 목숨은 아직 그에게 달려 있었다.

7장

홍당회

홍당회는 이름이 약간 이상한 조직이었다. 내막을 모르는 사람이
라면 철당처럼 이유 불문 이 씨 당나라에만 충성을 바치는 모종의
조정 조직이라고 생각할 수도 있었다. 하지만 원승은 알고 있었다.
사실 홍당회란 대당나라의 빛나고 화려한 껍데기 아래 숨겨진 반
비합법적 조직이라는 것을.

홍당회가 하는 일은 '착전(捉錢)' 장사였다. 착전이라는 단어는 민
간에서 널리 쓰이다가 정착된 말로, 사실상 후세의 고리대금업이었
다. 관에서 부르는 공식 명칭은 '공해본전'이었다. 대당나라는 고조
이연 때부터 국도의 각 관청에 공해본전을 설치했는데, 이곳에서
대출을 전문으로 하는 말단 관리를 '착전영사'라 불렀다. 이렇게 관
청에서 빌리는 돈은 대출 이자가 너무 높아서 태종 연간에는 강제
로 이자를 제한했다. 그래도 월 오 푼으로, 연 이자를 계산하면 이
율이 육 할이나 됐다. 이처럼 백성들이 마음 놓고 관청의 공해본전
을 빌릴 수 없다보니 민간에서는 개인 방채가 흥했다. 장안성에는
양대 민간 방채 조직이 있었는데, 그 하나는 호승 혜범이 경영하는
서운사이고 다른 하나는 바로 홍당회였다.

서운사 배후에는 태평공주라는 대자본가가 떡하니 버티고 있어

서 반쯤 관청이나 마찬가지였기에, 평범한 소상인이나 백성은 여전히 쉽게 가까이하지 못했다. 반면 홍당회야말로 장안 백성과 노약자, 부녀자를 차별하지 않는 진짜배기였다. 다만 돈을 빌려준 다음 빚 독촉이 심했다. 민간 방채는 비록 이율이 약간 낮지만 복리가 혁 소리 날 만큼 높아서, 비상한 수단 없이는 돈을 착착 긁어모으는 '착전'이라는 궁극적인 목표를 달성할 수 없었다. 홍당회는 몇 가지 비상수단을 보유하고 있었다. 휘하에 기인이사는 물론 심지어 살수와 자객까지 두고 있는 것이 그 예였다.

정오 즈음, 원승은 대기를 데리고 숭화방에 있는 홍당회 본부를 찾아갔다. 원승은 전처럼 약간 살찐 중년 상인으로 변장했고, 대기는 아리따운 호희 모습이었다. 딱 봐도 벼락부자가 된 상인이 미모의 호희를 데리고 대출 장사를 상의하러 홍당회를 찾은 모양새였다.

본부는 서시 가까이 있는 지극히 넓은 독립 원락이었다. 대문에는 활짝 펼친 커다란 매 날개 한 쌍이 새겨져 있어 힘 있고 호방한 기운이 넘쳤다. 소문에 따르면, 홍당회 수장은 소그드 인 청년으로 나이는 많지 않지만 서역을 왕래하는 행상을 하면서 대사막을 건너기도 하고 사막 도적 떼를 만나 죽을 뻔하기도 했다. 심지어 그 자신이 행상인을 노략질하던 사막 도적이라는 소문도 있었다. 하지만 그는 목숨이 위태로운 사건을 몇 차례 겪고도 끝끝내 살아나 '목숨이 아홉인 매의 왕'이라는 별명을 얻어 '응왕(鷹王)'이라 불렸고, 나아가 대문에 매 날개를 새겨 넣는 독특한 생각을 해냈다.

원승은 술병을 지고 꿇어앉은 낙타 석상이 문 앞에 있는 것을 보고, 저도 모르게 낙타 등 위의 금색으로 칠한 커다란 술병 조각을 툭툭 치며 중얼거렸다.

"홍당회 수장이 맨 처음 성공을 거둔 장사가 금은 그릇이라던데, 문 앞에 이런 석상을 세운 것은 그 뿌리를 잊지 않기 위해서일까?"

대기가 잠시 생각하다가 대답했다.

"금은 그릇을 만드는 독문 비법은 모두 당나라 사람이 갖고 있어요. 홍당회 수장인 응왕은 소그드 인인데 그 장사로 기반을 세웠다니 제법 솜씨가 좋군요."

"응왕의 솜씨는 모두 대놓고 자랑할 수 없는 것들이오." 원승은 콧방귀를 뀌었다. "이제 곧 그자의 솜씨를 구경하게 될 거요."

장안 강호의 어둠의 세력을 상대하기 위해, 원승은 노련한 암탐인 오육랑을 내세웠다. 오육랑이 그만큼 대단하다기보다는 그 이름이 관을 대표하기 때문이었다. 십여 년간의 암탐 생활 동안 주로 장안성 내 각종 어둠의 세력을 상대했으니, 이곳 장안성에 잠복한 길거리 친구들은 별수 없이 그의 체면을 봐줘야 했다.

얼마 지나지 않아, 먹물처럼 까만 곤륜노가 나와 공손하게 두 사람을 후원의 정교한 난각으로 안내했다. 놀라운 것은 응왕이 고작 스물 몇 살 정도로 보인다는 사실이었다. 게다가 인종이 다르다보니 피부가 눈처럼 희고 두 눈은 별처럼 빛났으며, 특히 얼굴은 놀랄 만큼 준수해서 왼뺨을 가로지른 좁고 긴 흉터마저 비할 데 없이 멋있게 보일 정도였다. 다만 매부리코가 무척 크고 눈에 띄어서 거칠고 오만한 분위기가 났다.

"제용을 찾아왔다고?"

그들이 찾아온 뜻을 밝히자 응왕은 웃음을 터뜨렸다. 매혹적인 두 눈이 유난히도 깊었다. 장안 표준어가 무척 유창했다.

"조심해요, 저 사람도 환술을 해요. 특히 원신 공격이요."

대기가 즉각 깨닫고 전음으로 원승에게 말했다.

"유감이군. 그자는 여기 없어. 너희에게 그자의 행방을 알려주면 큰돈을 벌 수 있다는 건 알지만 말이야."

응왕이 느닷없이 대기를 응시하며 보기 좋게 웃었다.

"낭자, 내게 흥미가 많나봐?"

"이 마나님은 당신에게 아무 흥미 없어."

대기가 차갑게 콧방귀를 뀌었다. 두 사람의 눈빛이 동시에 반짝 빛났다가 곧 본래대로 돌아갔다.

"대단하군. 과연 퇴마사의 대기 낭자다워!"

응왕의 두 눈이 환해졌다.

"이쪽은 원 장군이 분명하겠군. 당신이 탈옥한 것도 알고, 홍운도방에 나타난 것도 알고 있어. 심지어 반드시 나를 찾아오리라는 예감까지 들었는데, 역시……."

그는 이렇게 말하며 길고 가느다란 손가락으로 탁자를 톡톡 두드렸다.

교활한 효웅에게 느닷없이 신분이 밝혀지고도 원승은 전혀 당황하지 않고 태연하게 말했다.

"응왕은 내가 제 발로 그물에 뛰어들었다고 생각하시오?"

"아무래도 여긴 방채를 하는 곳이라서. 알다시피 착전 장사는 반드시 관청의 허가를 받아야 하니, 반은 조정 일, 반은 상업 일이라 할 수 있지. 그러니 우리가 맨 먼저 할 일은 관청과 좋은 관계를 유지하는 거야. 내가 당신 때문에 어사대의 눈 밖에 날 거라 생각해?"

응왕의 손가락은 마치 갈고(羯鼓, 갈족이 사용했다고 전해지는 양면 북)를 때리듯 제법 박자감 있게 탁자를 두드렸다. 난각문과 벽이 난데

없이 어른거리는가 싶더니, 서로 다른 네 방향에서 네 사람이 동시에 나타났다. 그중 두 명은 거인같이 몸집이 큰 곤륜노, 한 명은 키크고 야윈 몸에 매처럼 날카로운 눈을 가져 한눈에도 절정의 자객임을 알 수 있는 사람, 마지막 한 명은 서역 환술사 차림을 했으며 얼굴이 불처럼 빨갛고 온몸에서 기괴한 기운을 풍기는 사람이었다.

이들 넷은 모습을 드러내는 방식도 아주 독특했다. 마치 벽 밖에서 서서히 방 안으로 스며든 것 같고, 나타나는 순간에는 보일락 말락 하는 안개에 휩싸여 있었다. 원승은 네 사람의 솜씨가 비범하다는 것, 그리고 이 방 안에 서역의 신비한 금제가 펼쳐져 있다는 것을 알아차렸다. 갑작스럽게 방 안의 기운이 음울하고 괴상하게 변하고 팽팽한 긴장이 흘렀다.

"미안, 늙은 황제가 죽고 새 황제가 등극한 지 겨우 열흘하고도 며칠 밖에 안 되어서 세상이 불안해. 당신들 나라 표현을 빌리자면 폭풍우가 몰아치는 상황이지. 흑도 방파나 상인 행수 모두 불안한 마음이라 모두가 상부의 눈치를 보고 움직이고 있어."

응왕이 말하며 두 손을 쭉 뻗었다. 그 손바닥 위에 튼튼한 금색 매 한 마리가 희미하게 나타났다. 금색 매의 눈은 칼날처럼 예리해서 춥지도 않은데 오슬오슬 한기를 느끼게 했다.

"응살술(鷹殺術)?"

대기의 눈동자가 차가워졌다. 그녀는 즉시 전음으로 원승에게 말했다.

"조심해요. 저건 환술과 법보 중간쯤 되는 서역의 술법인데, 백보 안에 있는 사람은 건드리지도 않고 해칠 수 있어요."

원승은 놀라지 않고 빙긋 웃었다. 지금 저 젊은 효웅은 그를 위협하는 것은 물론 그의 실력을 가늠하고 있었다. 시종일관 태연자약한 그의 반응에 응왕은 도리어 깊이를 헤아리지 못하는 모양이었다. 그 손아귀에 얹힌 금색 매가 점점 작아지고 그 입에서는 탄식이 나왔다.

"세상천지에 고양이 요괴 전설이 쏟아져 나오고 있어. 고양이 요괴 표현을 빌리자면, 천상이 사특하니 천상을 바꿔야 한다던가!"

"천상이 사특하니 천상을 바꿔야 한다?" 마침내 원숭의 눈빛이 변했다. "그 말, 어디서 들었소?"

"고양이 요괴한테! 나 말고도 장안성 안에 있는 두 방파 수뇌와 어느 상인조합 행수도 고양이 요괴를 봤다고 선포했어. 그들 모두 고양이 요괴를 신처럼 떠받들고 있지. 하지만……."

잘생긴 서역의 젊은이는 이상야릇하게 웃었다.

"고양이 요괴 놀이는 나한텐 안 통해. 내 눈에 놈들은 말을 할 줄 아는 털 달린 인형일 뿐이지."

원숭의 심장이 다시 한 번 무겁게 가라앉았다. '천상이 사특하니 천상을 바꿔야 하리'란 천사책의 암호였지만, 지금은 고양이 요괴 입을 통해 항간에 흘러나갔다.

신비막측한 고양이 요괴 인형은 도대체 누가 조종하는 것일까? 위로는 위 태후와 안락공주, 아래로는 시정의 방파 수령까지 전부 그 유혹을 받았다. 고양이 요괴를 조종하는 거대한 손은 일반인은 상상도 하지 못하는 크나큰 계획을 꾸미는 것이 틀림없었다. 장안성 상공에 모여든 저 폭풍우가 얼마나 난폭하게 쏟아질지는 아무도 예측할 수 없었다.

응왕이 다시 한숨을 쉬었다.

"장안에서 방채 장사를 하는 건 쉬운 노릇이 아니야. 특히 혜범 그 늙다리는 워낙 발이 넓어서, 이제는 중하층 백성들에게까지 영역을 넓혀가며 우리 장사를 대거 밀어내고 있다고. 방채 장사는 녹록하지 않아. 폭풍우에 흔들리는 상황에서는 우리도 어서 빨리 의지할 만한 곳을 찾아야겠지. 미안하게 됐어, 원 장군. 어느 쪽에 당신을 넘기든 훌륭한 첫인사가 될 거야."

그가 야윈 두 손을 서서히 펼치자 손바닥에 있던 금색 매가 두 날개를 천천히 펼쳤다. 날개가 마치 공격 준비를 마친 예리한 칼날 같았다. 방구석에 선 괴인 네 명도 느릿느릿 원숭을 향해 다가왔다. 괴상한 기운 몇 줄기가 질풍처럼 밀려들었다.

하지만 원숭은 움직이지 않고 단정하게 앉아 차분히 말했다.

"응왕은 이 몸이 아무 준비도 없이 다짜고짜 찾아왔을 거라고 생각하시오? 사실상 관청을 두려워해야 하는 것은 내가 아니라 당신이오."

"응? 왜?"

"당신은 빚을 독촉해서 받아내는 일을 업으로 삼았소. 심지어 관청의 착전마저도 처리하기 어려운 문제는 홍당회에 맡길 정도였소. 하지만 그런 장사는 무른 방식으로는 안 되오. 응왕 휘하에는 돈을 착착 끌어모으는 일을 전문으로 하는 고수 결사대가 있다고 들었소. 이름을 '응맹'이라고 하는데 그 가운데 피를 목숨처럼 좋아하는 도망자들이 제법 있지 않소. 구염왕, 독연객, 여풍마 같은 이들은 최소한 각자 너덧 명의 목숨을 가져갔을 것이오."

응왕의 얼굴이 서서히 차가워졌다. 반면 손바닥에 앉은 금색 매가 내뿜는 빛은 살짝 어두워졌다.

"본래 우리 퇴마사가 그런 잡다한 사건까지 조사하지는 않지만, 그래도 우리 눈을 피하지는 못하오. 비록 지금 퇴마사가 사소한 곤란에 빠졌다고는 하지만, 내가 조금만 잘못되면 예전 금오위 형제들이 곧바로 쫓아와 그들을 잡아갈 것이오."

"뭘 그렇게까지 해. 우린 의탁해오는 강호의 호걸은 다 받아줘."

응왕은 자상하게 웃음을 지었다.

"너희 대당나라 표현을 빌리면 세상 사람 모두가 형제라고 하잖아. 물론 당신도 포함해서! 원 장군이 갈 곳이 없다면 우리 응맹에 들어오는 건 어때? 이름을 바꾸고 가짜 신분을 만들고 심지어 얼굴까지 바꾸는 것쯤 우리 응맹에서는 일도 아니야. 낙양이나 양주에 가서 응맹의 새 분타를 열 수도 있어. 물론 사랑하는 대기를 데리고 말이야. 아, 정말이지 선녀 같은 미녀라니까. 보장하는데, 이제부터는 근심 걱정 없는 신선 같은 나날을 보낼 수 있어."

대기는 저도 모르게 예쁜 눈을 동그랗게 떴다. 문득, 저자가 보는 눈이 제법인 데다 꽤 사랑스럽다는 생각이 들었다.

"그 말은, 당신들에게 투신해야 응맹의 비호를 받을 수 있다는 말이오?"

"물론이지!"

응왕은 살아 있는 보살이라도 된 것 같았다.

"제융처럼?"

원승의 말에 응왕의 웃음이 다시금 딱딱해졌다. 원승이 품에서 짤막한 쪽지 하나를 꺼내 응왕 앞에 내밀었다.

"제융은 아무래도 새로 들어간 자니 응맹에 세운 공이 없을 것이오. 새 사람 하나 때문에 응맹의 앞길을 전부 망칠 이유가 어디 있소? 차라리 흥정하는 게 어떻소?"

쪽지를 들어 흘끗 살핀 응왕은 안색이 싹 변한 채 무겁게 말했다.

"서역 금은 평탈(平脫, 칠기 등의 연마 기법 중 하나) 투광경 제련법?"

원승은 고개를 끄덕였다.

"당신은 금은 그릇으로 기반을 닦은 뒤 거울 장사로 바꿨소. 거울 장사는 아직도 응맹을 지탱하는 중요한 사업이오. 하지만 애석하게도 파는 거울 품질이 그저 그렇지. 제융을 만나게만 해주면 그 제련법에서 후반부 불 세기와 원료 배합 방법을 모두 알려주겠소."

본디 거울은 당나라 사람들의 생활필수품으로, 아래로는 일반 백성의 혼수나 예물, 위로는 귀부인의 선호품이나 조정에서 내리는 상에 절대 빠지지 않는 물건이었다. 대당나라의 거울은 정교하고 우수한 것으로 천하에 유명하고, 서역 각 나라 행상에게 불티나게 팔리는 상품이었다. 당시 가장 유행하던 고급 거울은 두 종류, 양주의 강심경과 서역 기술을 접목한 투광경이었다.

응왕의 두 눈이 활활 타올랐다.

"서역 금은 평탈 투광경의 비법을 손에 넣을 정도라면, 분명 대당나라 양주 강심경 제조법도 얻을 수 있겠지?"

"욕심이 과하시구려. 강심경 제조법은 오로지 일대 상업 기재인 취산곡주 이령에게만 있고 아무도 그 심오한 비법을 엿볼 수 없소. 나라고 해도 아무런 방법이 없소."

이령의 이름을 듣자 날카롭게 벼려졌던 응왕의 눈빛도 어두워졌다. 그도 대당나라 일대 기재인 그를 알고 있었다. 무측천 때부터 강호와 상업계를 종횡하던 전설의 인물로(이령에 관한 이야기는 나의 다른 작품인 대당나라 상업 역사 장편 《어천감》에서 상세히 볼 수 있다 - 작가

주), 응왕같이 오만한 사람도 그런 사람에게 수작을 부릴 용기는 없었다.

"서역 금은 평탈 투광경 제련법만으로도 장안 내 거울 장사에서 충분히 두각을 드러낼 수 있소. 더욱이 나는 절대로 제융을 죽이지 않겠다고 약속하겠소. 그저 몇 가지 물으려는 것뿐이오."

"좋아." 응왕은 마침내 탄식을 내뱉었다. "규칙이야 깨뜨릴 순 있지. 하지만 이번에는 단순히 기회를 주는 것뿐이야. 원 장군의 본업을 사용해서 도박을 한번 해보지. 원 장군이 도박꾼으로 변장해서 술법으로 홍운도방을 휩쓸었다는 이야기가 벌써 장안에서 미담이 됐더군. 원 장군은 정말 대단한 사람이라니까!"

원승은 쓴웃음을 지었다.

"그럼 한번 해봅시다."

일주향이 흐른 뒤 응왕은 그들을 널찍한 화청으로 데려갔다. 화청 안에는 유쾌한 갈고 연주가 울리고, 하인 몇 명이 아리따운 호희들을 데리고 바삐 왔다 갔다 했다.

"원 장군이 멀리서 왔는데 주인 노릇을 하지 않을 순 없지."

응왕은 싱글싱글 웃으며 두 사람에게 자리를 권했다. 탁자에는 벌써 술안주가 그득히 차려져 있었고, 호희들이 와서 잔에 빨간 서역 포도주를 가득 부었다. 손님과 주인이 여유롭게 석 잔을 비우고 나자, 응왕은 비로소 화청 한구석에 놓인 궤짝을 가리키며 말했다.

"큰 수 작은 수 놀이와 비슷해. 저 궤짝 안에 몇 사람이 있는지 맞히는 거지."

약간 높은 것을 빼면 조각을 새겨 넣은 흔하디흔한 녹나무 장이

었다. 높이는 대략 대기의 가슴께 정도였다. 꼭 닫힌 궤짝 문 안에
는 많아야 성인 두 사람쯤 들어갈 수 있어 보였다. 그것도 서로 딱
붙어서 몸을 잔뜩 웅크려야 가능한 크기였다.

원승은 살며시 고개를 저었다.

"도박을 하려면 승률이 공평해야 하오. 그런데 지금은 내 승률이
눈물 날 만큼 적소."

"어쩔 수 없어. 난 장사꾼이니까. 장사꾼은 기회만 오면 값을 깎
거든. 자, 원 장군, 어서 해!"

응왕은 히죽히죽 웃으며 원승을 바라봤다.

"시간을 너무 끌지는 말고. 다들 뭐 해? 춤춰! 곡 하나가 끝날 때
까지로 하지!"

갈고와 딱따기 소리가 확 커졌다. 호희들이 쪽빛 소맷자락을 펄
럭이며 사뿐사뿐 춤을 췄다. 요즘 가장 유행하는 호선무였다. 거인
같은 곤륜노가 종이와 붓을 가져와 공손하게 탁자에 놓았다.

원승은 가만히 앉아서 꼭 닫힌 궤짝의 조각된 문을 똑바로 바라
봤다. 엄정한 듯한 자세였다. 여기서 그가 이길 확률은 큰 수 작은
수 놀이보다 훨씬 낮았다. 저 궤짝은 아무리 많아도 성인 두 사람이
들어갈 정도이니 답은 영, 일, 이, 셋 중 하나였다. 셋 중 하나. 정말
다른 답은 없을까?

북소리, 음악 소리와 빙빙 도는 무희들의 발소리가 시시때때로
그를 방해했다. 전력을 다해 강기를 움직이며 관찰하던 그는 저 궤
짝 안에 생기가 전혀 없다는 것을 알아차렸다. 설마 아무도 없는 걸
까? 아니면 모두 죽은 걸까? 망설이고 또 망설이는데, 마침내 어지
러운 잡소리를 헤치고 궤짝에서 들려오는 거칠고 긴 숨소리가 느껴

졌다. 도대체 몇 명일까?

방 안에 울리는 북소리가 점점 힘차고 급해졌다. 아리땁고 요염한 무희들도 점점 빠르게 돌기 시작해서, 마치 회오리 속에서 훨훨 날리는 여섯 송이 꽃 같았다.

"세 사람이오!"

원승이 태연하게 웃으며 말했다. 그가 손바닥을 흔들자 기슭을 때리는 성난 파도처럼 강기가 쏟아졌다. '꽉꽉' 하는 소리와 함께, 벼락이라도 맞은 양 녹나무 궤짝에 구멍이 뻥 뚫렸다. 두 사람이 데구루루 밖으로 굴러나왔다. 난쟁이였다. 두 난쟁이가 서로 꼭 끌어안은 채 얽혀 있었다.

"두 사람이야. 졌어."

응왕이 기괴한 웃음을 지으며 술잔을 탁자에 힘껏 내려놓았다. 갈고 소리가 뚝 그치자 무희 여섯 명은 놀란 새처럼 쪼르르 물러갔다. 방 안에 있는 하인과 응왕을 따라서 온 사대 고수도 긴장했다.

"그렇지 않은 것 같소만!"

원승이 다시 손을 휘두르자 강기가 녹나무 궤짝을 휩쓸었다. 순간, 커다란 구멍 뒤로 드러난 궤짝의 안쪽 벽이 펄럭펄럭 흔들렸다. 이제 보니 그 안쪽 벽은 목재처럼 보이는 가리개였다. 가리개가 걷히자 비로소 안에 있던 가녀린 그림자가 보였다. 그 사람은 웅크린 자세로 궤짝 벽에 딱 붙어 있다가 그제야 천천히 몸을 펴며 잠자코 밖으로 나왔다. 놀랍게도 고목처럼 야윈 여자였다.

"대단한 유술이오!" 원승은 술잔을 들어올렸다. "응왕, 양보해줘서 고맙소."

응왕은 길게 탄식을 뱉었다.

"그래, 당신이 이겼군. 그럼 제융이 어디 있는지도 알고 있겠지?"

"제융, 이렇게 된 마당에 숨을 필요가 어디 있겠느냐?"

원승은 방 한쪽에 시립한 하인 한 명을 바라봤다. 외모가 평범한 사내였는데, 약간 마른 얼굴에는 표정이 없지만 몸을 바르르 떨고 있었다. 원승은 가볍게 탄식했다.

"어째서 그렇게 두려워하지? 나는 이미 응왕에게 절대 너를 죽이지 않겠다고 약속했다. 그저 자초지종을 듣고 싶을 뿐이다."

제융의 얼굴이 잿빛이 되더니 마침내 느릿느릿 고개를 숙였다.

"죄송합니다, 저는……."

그는 엎드려 용서를 구하려는 듯 천천히 허리를 숙이다가, 느닷없이 훌쩍 뛰어올라 원숭이처럼 빠르게 화청에서 달아났다. 원승의 몸이 번쩍하는가 싶더니 어느새 제융 앞을 가로막았다.

"이렇게까지 할 필요가 있느냐? 그저 몇 마디 물으려는 게다!"

제융은 경직된 눈으로 우물거렸다.

"저…… 저는 못……."

그가 갑작스레 말을 멈췄다. 쉭쉭 하는 파공성과 함께 암기 몇 자루가 허공을 가르며 짓쳐왔다. 원승이 눈빛을 차갑게 식히며 재빨리 소매를 휘두르자 하늘을 수놓으며 날아든 투골정 십여 대가 모조리 소맷자락에 휘말렸다. 코끝에 대보니 비린내가 났다. 투골정에 극독을 발라놓은 게 분명했다. 깜짝 놀란 그는 와락 제융을 붙잡아 힘껏 당겼다.

제융은 그의 품속에 축 늘어졌다. 등 뒤에 화살 한 대가 박혀 있었다. 벌 떼처럼 날아든 수많은 투골정 틈에 섞어 쏜 화살로, 바람처럼 빠르고 연기처럼 흔적도 없었다. 화살이 단숨에 심장을 꿰뚫은 탓에 제융은 입안 가득 피를 쏟았다. 살아나지 못할 것 같았다. 화청 안에서 대혼란이 벌어졌다. 밖으로 뛰쳐나온 응왕은 두 눈에서 불꽃을 쏟아내며 쩌렁쩌렁하게 외쳤다.

"어떤 놈의 짓이냐? 뭐 하고 있어, 당장 수색해!"

원승은 황급히 순한 강기를 제융의 심장에 불어넣으며 무거운 목소리로 말했다.

"미안하다, 형제. 내가 널 해쳤구나."

그의 손이 가볍게 쓰다듬자 제융이 쓴 평범한 인피면구가 벗겨지며 야위고 창백한 얼굴이 드러났다.

"제가…… 죄송해야 할 일입니다. 저는 사주를 받고 잠입한 사람입니다."

제융은 고통스럽게 웃었다.

"원 장군이 아는 저의 모든 이야기는 사전에 계획된 것이었지요. 그들은 당신의 인자함을 이용했습니다. 저를 당신 곁에 심어 심복이 되게 했지만, 중요한 순간에는 반드시 그들을 위해 일하게 했습니다. 장부 사건은 그들이 제게 시킨 일입니다. 어쩔 수 없었습니다. 그렇지 않으면 저는 온몸이 돌처럼 굳은 채 목숨만 붙어 있는 송장이 될 테니까요. 해약도 없어서 그저 천천히 죽어가야만 합니다. 게다가 그들이 정아도 가만두지 않았을 겁니다!"

"정아, 그 아이를 본 적 있다. 그 아이도 그들 손에 들어갔느냐?"

"아직은 아닙니다. 하지만 정아가 그들의 천라지망을 빠져나갈 수 있을까요? 그녀는…… 제 핏줄을 가졌습니다."

원승은 가슴이 미어질 것 같아 깊이 탄식했다.

"그들이 누구냐? 왜 그런 일을 하지?"

제융의 눈동자가 바르르 떨렸다. 하지만 그는 이 질문에는 대답하지 않고 숨을 헐떡이며 말했다.

"저…… 저는 힘닿는 데까지 당신을 변호했습니다. 하지만 그 사람이 그러더군요. 원승은 이미 안락공주에게 붙었고 상황이…… 몹시 시급하다고요!"

원승은 심장이 철렁했다. 안락공주부에는 요괴를 잡으러 갔을 뿐인데 그가 안락공주에게 붙었다는 모함을 했다면 그들의 신분은 분명했다.

"그들은…… 철당이냐?"

원승이 나지막이 외쳤다.

"모릅니다. 제게 그렇게 많이 알려줄 리도 없고요. 저는……."

갑자기 제융이 대성통곡했다. 목이 쉬도록 울어대던 그가 문득 목소리를 잔뜩 죽이고 말했다.

"그 사람을 딱 한 번 봤습니다. 며칠 전이었지요. 눈을 가려야 했기 때문에 그 저택이 아주 컸다는 것만 기억납니다. 하지만 느낄 수 있었습니다. 마지막으로 걸었던 그 길은 무척 이상했습니다. 아주 좁은 곳을 좌우로 이리저리 꺾어 들어갔고 사방에서 짙은 꽃향기가 났습니다."

"알겠다."

원승은 잠시 당황했지만 결국 한숨을 내쉬었다.

"원 대장, 저는 핍박을 받아 어쩔 수 없이 그랬지만 사실 그동안 마음 편히 먹고 자지 못했습니다. 이젠 됐습니다. 목숨으로 배상했으니 눈을 감을 수 있겠지요. 반드시 우리 정아를…… 구해주십시오."

그는 안간힘을 써서 마지막 한마디를 남긴 뒤 더는 말을 하지 못했다. 그의 두 눈은 아직도 멍하니 하늘을 올려다보고 있었다. 마치 하늘 위 어딘가에 정아가 있기라도 한 양. 이를 본 원승의 눈앞에는 제융과 정아가 함께 있던 광경이 떠올랐다.

그때는 상원절 사흘째 밤이었다. 온 성 사람들이 다 함께 마시고 즐기는 밤인 그날에는 야간 통행금지가 없었다. 제융은 여느 때처럼 퇴마사 관아에서 밤늦도록 바삐 일했다. 그 소녀는 그에게 밥을 가져다주러 왔다. 조그만 얼굴이 빨갛게 얼어 있었다. 제융은 소중한 듯이 그녀의 손을 비벼주면서 자꾸 타박했다.

"누가 달려오래? 이렇게 얇게 입고……."

그녀의 얼굴에는 행복한 웃음이 가득했다. 너무도 순수하고 너무도 단순한 웃음. 그때는 그들의 행복 역시 그처럼 순수하고 단순했다. 하지만 애석하게도 그 순수하고 단순한 행복은 다시 돌이킬 수 없게 됐다.

원승은 참지 못하고 뜨거운 눈물을 쏟았다.

대기는 한 박자 늦게 움직였고, 그 바람에 미처 그녀가 화청에서 나가기도 전에 변고가 일어나 제융이 참혹하게 죽었다. 그녀 역시 코끝이 찡해지고 고운 눈동자가 축축해지며 눈앞이 흐려졌다. 밖으로 나갈 용기조차 나지 않았다. 제융이, 그렇게 우아하고 온순하던 젊은이가 내통자였다니, 믿고 싶지 않았다. 저렇게 참혹하게 죽은 모습은 더욱더 보고 싶지 않았다. 그래서 저도 모르게 나무 궤짝에 기댄 채 남몰래 눈물을 닦았다.

그때 손가락 끝에 딱딱한 게 걸렸다. 고개를 숙여보니 궤짝 위에 함 하나가 놓여 있었다. 무의식중에 함에 들어간 손가락 끝에 상아 장신구가 닿았다. 비교적 흔한 서역의 상아 조각품인데, 꿇어앉은 자세의 기괴한 낙타 모양을 했다.

대기의 안색이 싹 변했다. 낙타 조각상 위에 글이 한 줄 새겨져 있었다. 바로 영혜여인 고유의 표식이었다. 순간, 눈앞이 모호해지면서 그녀는 마치 희뿌연 방 안으로 쑥 빠져드는 기분을 느꼈다. 그 방에는 문이나 창이 없었고 괴상한 상아색으로 뒤덮여 있었다. 상아로 만들어진 방. 방금 본 그 상아 조각품이 만들어낸 환상의 방이었다.

"손을 쓸 때가 왔다, 나의 아이여. 물건의 값이 내려가고 있으니 어서 사줄 사람을 찾아 팔아치워라!"

상아로 된 방에서 대장로의 음침한 웃음소리가 들려왔다. 대기는 오싹 소름이 끼쳤다. 그녀는 안간힘을 써서 정신을 모으고 족쇄에서 빠져나오듯 억지로 그 상아색 괴상한 방에서 뛰쳐나왔다.

마침내 눈앞의 모든 것이 뚜렷해졌다. 뜰 안에 낭자한 피가 보였고, 눈물 흘리는 원숭이 보였다. 화난 소리로 꾸짖는 응왕도 보였다. 대장로가 이끄는 영혜여인이 응맹까지 침투했을 줄이야. 상아 조각상을 집어 드는 대기의 온몸은 땀에 흠뻑 젖었다.

뜰에서는 느릿느릿 원숭에게 다가간 응왕이 나지막이 한숨 쉬며 말을 건네고 있었다.

"이래서 규칙을 깨뜨릴 수 없는 거야. 규칙을 깨면 대가를 치러야 하거든. 당신의 숙적이 이곳에까지 숨어 있을 줄은 몰랐어. 어서 떠나. 더 있다간 우리 응맹도 당신을 보호해주지 못할 수 있어."

원숭은 침울한 얼굴로 일어나 길게 한숨을 쉬었다.

"제융을 후하게 장사 지내주시오. 그 정은, 이 원숭이 언젠가 꼭 갚겠소."

8장
......

누구나 마음속에 고양이 요괴가 있다

야간 통금을 알리는 경고가 울리기 전에 퇴마사 영웅들이 다시 모였다. 단, 임시로 만나는 장소는 돈화방 남쪽에 있는 외진 원락으로 바꼈다. 이곳 서쪽은 곡강지와 접해 있고 지대가 넓은데 사람이 적어서 여차하면 달아날 길이 많았다.

육충이 안 좋은 소식을 가져왔다.

"상왕부 사람들이 이융기를 만나게 해주지 않아. 자꾸만 슬슬 피하는 걸 보면 이 삼랑은 상왕부에 있는 모양이야. 상왕 나리를 만났는데, 말을 들어보니 자네가 사건에 연루되고 이융기도 탄핵을 당해 사면초가인 것 같았어. 그래서 부득불 몸을 숨길 수밖에 없다고⋯⋯."

"그래서요?" 고검풍이 콧방귀를 뀌며 물었다. "상왕부에서 꼬리를 자를 기세라 이거죠? 우리가 그 잘린 꼬리고요?"

"어쩌면 꼬리조차 못 될 수도 있다." 원승이 빙그레 웃었다. "언제든 버릴 수 있는 낡은 옷이겠지. 하지만 내가 늘 말했다시피 이 모든 일은 다 내 문제지, 너희와는 상관없다. 육랑, 탈옥한 후 조정 쪽 움직임은 어떤가?"

"장열은 파직됐습니다." 오육랑이 쓴웃음을 지었다. "대장과 선기, 주요 인물 두 명이 잇달아 어사대 감옥에서 빠져나갔으니 입이 열 개라도 할 말이 없었지요. 태후가 크게 진노해서 그를 파직하고 처분을 내릴 때까지 가뒀습니다. 하지만 임소는 오히려 승진했습니다. 종오품으로요."

"응? 내가 임소를 얕봤군."

원승은 눈을 빛내며 찬 숨을 들이쉬었다.

"그는 족쇄에서 빠져나와 어사대로 돌아가 가장 먼저 당심양을 봤네. 그때 나는 당심양과 나란히 걷고 있었으니 당연히 나도 발견했을 것이네. 그가 기습적으로 날린 칼이 나를 노렸다면 나도 피했다는 보장이 없네."

오육랑은 고개를 저었다.

"그자가 전화위복인지 아니면 일찌감치 계획하고 움직인 건지는 지금으로선 가늠할 수가 없군요. 하지만 대장이 탈옥할 시점에 그자는 바깥에서 의심스런 자를 쫓고 있었습니다. 듣자니 그 이유를 들어 교묘하게 이번 일의 책임에서 벗어났다더군요."

"이제 보니 임소도 도박을 했군. 위 태후에게 사람이 필요한 시기라 파격적으로 자신을 발탁할 수밖에 없다고 생각한 걸세."

원승은 잠깐 멍하니 있다가 말했다.

"확실히 모진 인물이지."

이렇게 말한 그가 화제를 돌렸다.

"본론으로 돌아가서……."

원승의 표정이 엄숙해졌다.

"임치군왕은 상왕부에 연금되어 있는 게 분명하네. 그의 인장은 다른 사람 손에 들어갔고, 제융이 나와 삼랑의 서명이나 필체를 똑같이 모방할 수 있네. 그래서 가짜 장부가 그처럼 빈틈이 없었던 것이고, 그래서 이 삼랑은 이처럼 큰 사건이 벌어진 후 소리 없이 모습을 감춘 걸세. 또 그래서 우리도 그를 의심하게 됐고……."

"그렇다면 상왕부는 왜 그런 거지?"

육충의 안색이 어두워졌다. 잠깐 반짝였던 옥피리가 눈앞에 떠올랐다. 그는 옥피리를 쥔 사람에게 무슨 속셈이 있었으리라 생각해왔다. 만약 그 사람이 일부러 그에게 옥피리를 보여준 것이라면, 그 뒤에는 옥피리의 본래 주인인 이융기는 이미 그 사람에게 손쉽게 제압당했다는 진실이 숨어 있을 것이다.

"곤붕맹 때문일세!"

원승이 무겁게 말했다.

"임치군왕은 포부가 크네. 지금 같은 비상시국에서는, 움직이지 않고서 움직이는 것을 쓰러뜨리려는 부왕의 방식을 지지하지 않을 게 분명하네. 곤붕맹은 이 삼랑이 준비한 극약일세. 먼저 움직여 적을 제압하기 위한 극약 말이네. 하지만 애석하게도 이씨파는 지금 속전속결과 안전제일이라는 두 파로 나뉘었을 가능성이 아주 크네. 먼저 움직여서 들이치자는 이융기를 제외하면, 나머지는 모두 가만히 있으면서 움직이는 적을 제압하는 안전한 길만 원하네. 게다가 상왕의 성격상 필시 크나큰 위험을 무릅써가며 대사를 치르려 하지 않을 걸세. 그런 그의 눈에 셋째아들 이융기는 커다란 골칫덩이겠지. 상왕이 아픔을 참고 이 삼랑에게 손을 쓰게끔 부추긴 것은 아마도 아주 우연한 사건 때문일 걸세. 바로 이 원승이, 임치군왕의 충실한 부하이자 퇴마사의 실질적인 수장인 내가 안락공주부에 몰래 드나든 사건일세. 내 행동이 그들에게 큰 의심을 샀네. 하물며 내

신분은 임치군왕의 오른팔이지. 지금처럼 폭풍우가 몰아치는 때, 상왕은 이융기를 연금하기 전에 반드시 그 날개를 잘라놔야 했겠지. 그게 바로 우리 퇴마사를 선제공격하는 것이었네!"

모두가 내심 울적해졌다. 느닷없이 퇴마사에 모진 공격을 퍼부은 사람이 상왕과 철당을 위시한 이씨파라니, 누구도 생각 못한 일이었다.

마침내 대기가 두 눈을 반짝 빛내며 가볍게 콧방귀를 뀌었다.

"이젠 당신이 말해봐요. 그동안 대체 왜 몰래 안락공주부에 드나든 거예요?"

원승이 그녀에게 눈길을 줬다.

"안락공주의 부마 무연수가 몸소 찾아와 부탁했소. 안락공주가 갑작스럽게 고양이 요괴에게 홀려 제정신이 아니고 온종일 미친 사람처럼 군다고. 무연수도 손을 써봤지만 달리 도리가 없어서 비로소 내게 도움을 청한 거요. 굉장히 이상하고 긴급한 일이었소. 정세가 정세인 만큼 나는 어쩔 수 없이 몰래 움직여야 했소. 내가 생각한 예정은 사흘이었소. 더는 끌 수가 없었지. 일시적이긴 하지만, 결국 사흘 만에 고양이 요괴를 깨뜨렸소. 하지만 고작 그 사흘 동안 이런 재앙이 닥칠 줄은……."

"혹시 그것도 함정이 아니었을까?"

육충이 대번에 눈을 부릅떴다.

"안락공주가 고양이 요괴에 홀린 것부터 모든 게 착착 연결된 함정인 거야. 무연수가 자넬 찾아오고, 자네가 안락공주부에 갔다가 의심받고, 이융기가 연금되고, 퇴마사가 대재앙을 만난 것 모두……."

모두 가슴이 서늘해졌다. 만약 이게 함정이라면 이 함정을 판 사람은 실로 무시무시했다.

원승은 잠시 생각에 잠겼지만 결국 느릿느릿 고개를 저었다.

"퇴마사를 공격한 것은 틀림없는 이씨파일세. 어사 최선은 비록 태평공주 사람이지만, 상왕에게도 당연히 그를 움직이게 할 방법이 있겠지. 제융이 죽기 전에 한 말을 보면, 그 역시 상왕 쪽에서 일찍이 내 곁에 심어놓은 사람이 분명하네. 하지만 고양이 요괴를 조종해 안락공주를 홀린 사람은 아직 누군지 파악하지 못했네. 그래도 절대 상왕 쪽은 아닐세. 그들은 그만한 실력도 야심도 없어. 두 사건 관계는 자못 우연일세. 상왕부로 말하자면, 내가 난데없이 안락공주부에 드나든 게 뜻밖이었네. 비상시국이니 그들도 극단적인 방법을 선택했지. 의심이 들지만 조사하지 않고 일단 그 의심스런 사람을 제거하는 방법일세. 그 사람에게 해명할 기회조차 주지 않고."

"맞아! 정말 그랬어! 그들이 그러더군. 철당의 대업 앞에서 개인은 하찮은 존재일 뿐이라고."

육충은 비밀 저택에서 만난 사람의 차갑고 날카롭던 눈빛을 떠올리며 저도 모르게 한숨을 쉬었다.

"하찮은 존재라면야 진흙처럼 가능한 한 빨리 닦아내버리는 것이 좋지."

이어서 태평공주의 심복 총관인 화선객의 말이 떠올라, 그는 저도 모르게 쿡쿡 냉소를 지었다.

"권세가들이란, 너나 할 것 없이 같은 족속이야."

원승은 무슨 생각을 한 듯 그를 쳐다봤으나 말리지 않고 침묵을 지켰다. 그러다가 한참 후에야 가볍게 한숨을 쉬며 말을 꺼냈다.

"사실 그 누구보다 두려운 자는 바로 맨 먼저 고양이 요괴 사건을 일으킨 사람일세. 고양이 요괴는 동시에 안락공주와 위 태후를 홀렸네. 무슨 의도로 그런 짓을 했는지 생각하면 저절로 소름이 끼치네."

"원 대장, 우린 이제 어떡해야 하죠?"

마침내 고검풍이 가장 중요한 화제를 던졌다.

"이융기를 구해야 한다! 그게 퇴마사 대역전극의 첫걸음이다. 이융기를 구해야만 퇴마사도 한 발 한 발 상황을 뒤집을 수 있다."

원숭은 탁자 앞으로 걸어가 삼종이 한 장을 펼치고 쓱쓱 붓을 움직여 대략적인 그림을 그렸다.

"제융은 아주 좁은 곳을 이리저리 꺾어 들어갔다고 했네. 그런 곳은 이 세상에 단 하나뿐일세. 바로 구담 대사의 복잡한 법진이 펼쳐진 상왕부! 상왕은 만사에 신중한 성품이니, 무슨 일을 할지 불안한 아들을 반드시 곁에 뒀을 걸세. 그러니 이융기는 상왕부에 연금된 게 틀림없네."

그는 힘차고 생생한 붓놀림으로 종이에 진짜 같은 굽이진 길을 그려냈다.

"상왕부의 법진은 현묘하고 심오하네만, 다행히 나는 구담 대사께 친히 가르침을 받은 적이 있어서 법진을 깨뜨리는 법을 약간 파악했네. 이제 우리가 할 일은……."

그의 계획을 들은 오육랑은 그만 식은땀을 뻘뻘 흘리며 무겁게 말했다.

"원 대장, 너무 대담한 계획입니다. 지금 당장 하시려고요?"

"내일 밤 자시(子時, 밤 11시~오전 1시)에 움직이겠네. 하지만 이제 우리는 잠시도 지체할 수 없네!"

오육랑은 땀을 닦으며 우물거렸다.

"너무 어려운 일입니다. 심지어 임치군왕이 정말 상왕부에 갇혀 있는지 확인할 방법도 없는데⋯⋯."

갑자기 원승이 시선을 들어 대기를 바라봤다.

"왜 그러시오? 왜 내내 넋이 나가 있소?"

대기는 얼굴을 살짝 붉히며 무의식적으로 소매 속에 든 상아 조각상을 움켜쥐었다. 그녀는 콧방귀를 뀌며 대답했다.

"내가 뭘요? 대장님께서 병력 배치 중이신데 내가 할 일이 뭐 있다고요?"

벌써 밤이 깊었다. 깊고 널따란 상왕부의 후원은 특히 더 조용했다. 정교한 난각 안에는 아직도 등불이 반짝이고 있었다.

"야심한 밤에 찾아왔으니 급한 일인가보군. 데려오너라."

그 말이 떨어지자, 상왕의 세자 이성기는 눈을 찡그린 채 난각에서 나와 느린 걸음으로 정원에 와서 오각형의 작은 정자 안에 앉았다. 짙푸른 밤하늘에는 연꽃 같은 구름이 점점이 떠 있었다. 그 구름에 가린 달빛이 가물가물해서 정원의 꽃나무와 정자도 둥둥 떠가는 느낌이었다. 모든 것이 지금의 정세와 쏙 닮아 있었다. 선제가 붕어한 후 조정 또한 이처럼 뿌리내리지 못하고 이리저리 흔들리고 있었다.

이성기가 생각에 잠긴 사이, 심복이 오육랑을 데리고 왔다. 조정 일을 맡아보지 못하는 어린 황제를 빼면, 상왕은 명의상 위 태후 다음가는 조정의 이인자였다. 하지만 상왕의 세자인 이성기는, 대대로 이인자가 가장 위험하다는 것을 매우 잘 알고 있었다. 한 발 위로 오르기는 불가능할 때가 많으면서도, 조금만 잘못 처신하면 만 길 낭떠러지로 떨어져 온몸이 바스러지기 십상이었다. 그래서 그는 며칠간 오왕자부로 돌아가지 않고 얼기설기 뒤얽힌 일들을 푸느라 두 눈에 핏발이 잔뜩 설 때까지 바삐 일했다.

"자네가 오육랑인가? 이 밤중에 무슨 급한 일인가?"

이성기는 오각형 정자에 높이 매달린 궁등 빛을 빌려 평범하게 생긴 중년인을 자세히 살폈다. 퇴마사에서 가장 눈에 띄지 않는 인물이지만, 예기치 않은 작용을 할 수 있는 사람이었.

"소장 오육랑, 세자께 인사 올립니다."

오육랑은 재빨리 예를 올린 뒤 가라앉은 목소리로 말했다.

"세자, 큰일입니다. 조금 전에 원숭이 계획을 세웠는데⋯⋯."

"뭐라고?" 이성기는 탁자를 걷어차듯 벌떡 일어났다. "대담하구나! 원숭이 감히 상왕부를 습격해? 셋째가 이곳에 갇혀 있다고 그처럼 확신한단 말이냐?"

"소장도 그가 왜 그런 계획을 세웠는지 모르겠습니다."

오육랑이 천천히 고개를 저으며 말했다.

"하지만 내일 밤 자시에 움직이기로 정해졌습니다! 하는 양으로 보아 무슨 꿍꿍이가 있는 것 같습니다. 꼭⋯⋯."

"뭔가?"

"소장이 보기에 원숭은 상왕부를 아주 잘 아는 것 같았습니다. 필시 내통하는 자가 있을 겁니다."

오육랑의 착실한 얼굴에 근심과 초조함이 잔뜩 떠올랐다.

"특히, 자신은 구담 대사의 가르침을 받았고, 이 세상에서 상왕부에 펼쳐진 기묘한 법진을 쉽게 깨뜨릴 사람은 자신밖에 없다고 했습니다."

이성기는 음울한 눈빛이 됐지만 드러내지 않으려 애쓰며 코웃음 쳤다.

"이렇게 달려오는 동안 그자의 주의를 끌지는 않았나?"

"절대 안전합니다. 원숭이 조정의 수배를 받고 있어서 소장이 소식을 알아보는 역할을 자청했고, 지금은 그의 유일한 눈과 귀가 됐습니다. 의심하지 않을 겁니다. 소장은 조심스런 성격이라 행여 왕부에 그자와 내통하는 자가 있을까 싶어 일부러 역용을 하고 찾아왔습니다. 세자를 뵌 후에야 이렇게 본래 얼굴을 드러낸 것입니다."

"내일 밤 자시……."

가만히 중얼거리는 이성기의 눈빛이 점점 더 어둡게 가라앉았다.

"세자, 원숭이란 자는 꾀가 많고 법진에도 능통합니다. 절대 가볍게 보아선 안 되니 서둘러 결정하시는 편이 좋습니다. 소장이 퇴마사의 비밀 저택 몇 곳을 알려드릴 테니 상왕부에서 먼저 움직이심이……."

언제까지나 착실해 보이기만 하는 오육랑의 고개가 더욱더 내려갔다.

이성기는 고개를 끄덕이고 숨을 가다듬었다.

"너는 먼저 돌아가서 가능한 한 그자를 진정시켜라. 때가 되면 그자의 계획대로 하면 된다."

오육랑은 공손하게 두 손을 맞잡았다.

"삼가 세자의 명을 따르겠습니다. 이만 물러가겠습니다. 소장은 본디 철당 사람이지만, 용, 상, 호, 표, 응 다섯 부대 가운데 가장 말단인 응위이고 직급도 아주 낮습니다. 십분 긴급한 상황이라 어쩔 수 없이 단계를 무시하고 직접 찾아와 철당의 규칙을 깨뜨렸습니다만, 부디 너그러이 용서해주십시오."

"잘했다." 이성기는 만족스럽게 고개를 끄덕였다. "이제 너는 응위가 아니라 호위다!"

시야에 반짝이는 은빛이 들어왔다. 이성기가 건넨 은도금한 구리 패였다. 오육랑은 곁에 새겨진 위엄 있는 호랑이 머리를 보고 몹시 기뻐하며 길게 읍했다.

"세자를 위해 기꺼이 목숨을 바치겠습니다!"

그런 다음 그는 더 말하지 않고 돌아서서 성큼성큼 걸어갔다. 그의 뒷모습을 응시하는 이성기의 눈빛이 점점 더 어두워졌다. 그가 손짓해서 시위 한 명을 부른 뒤 나지막이 말했다.

"뒤를 밟고 철저히 감시해라. 한순간도 놓치지 말고."

명령을 받은 시위는 조용히 빠져나가 짙디짙은 어둠 속으로 사라졌다.

"셋째야, 네 오른팔인 원승은 과연 네게 충성스럽구나."

이성기는 끝없이 넓은 하늘을 올려다보며 장탄식했다.

"하지만 우리에겐 골치 아픈 일이 더 많아졌다. 게 있느냐!"

소매를 힘껏 떨치고 일어난 그는 시위 세 명을 이끌고 오각형 정자를 떠나 후원의 가산으로 나는 듯이 달려갔다. 그때 사람 그림자 하나가 정자 밖 대나무 숲 그늘에서 스르르 걸어나왔다. 매 같은 눈동자는 이성기가 간 방향을 뚫어지게 응시했다.

"어떠냐. 너희 퇴마사 사람들이 이런 자들이다."

달리 눈에 띄지 않는 후원의 가산에는 별유천지 같은 난각이 있었다. 정교하게 설계된 곳으로, 창이 없고 드나드는 문도 꼬불꼬불한 동굴에 가려져 안에 환히 등불을 켜도 가산 밖에서는 빛을 전혀 볼 수 없었다.

난각 안에는 세 사람이 있었다. 앉은 사람, 누운 사람, 선 사람. 앉은 사람은 상왕 이단, 선 사람은 세자 이성기였다. 상왕의 셋째아들 이융기는 침상에 누워서 취한 눈으로 아버지와 형을 곁눈질하며 바보같이 웃기만 했다.

상왕이 발을 구르며 꾸짖었다.

"네가 본분을 지키지 않으니 네 휘하 퇴마사 사람들도 하나같이 똑같구나. 큰 존재감 없는 오육랑을 빼고, 육충을 포함해서 대국을 볼 줄 아는 자가 한 명도 없어!"

이성기는 탄식했다.

"우리가 손을 써서 원승을 어사대 감옥에 넣은 것은 시험이자 보호막이었다. 애석하구나. 그자가 분별없이……."

"형님, 이제 보니 형님이 원승을 감옥에 보내셨군요? 거 참 마음 씀씀이가 훌륭하십니다."

이융기는 큰 소리로 껄껄껄 웃다가 버럭 소리를 질렀다.

"부왕, 소자를 보내주십시오! 원승 일행은 누가 뭐래도 이 씨의 당나라에 충성하는 세력입니다. 구태여 우리 손으로 손발을 자를 까닭이 무엇입니까!"

"셋째야, 고집부리지 마라. 우린 이미 물러날 길이 없다!"

이성기가 한숨을 쉬고는 말했다.

"선제께서 갑작스럽게 붕어하시면서 장안에 먹구름이 드리웠다. 그런데 이럴 때 원승은 안락공주부에 틀어박혀 며칠째 나올 생각을 하지 않았으니 그 속을 어찌 짐작하겠느냐. 우린 손발을 자르자는 것이 아니다. 썩은 팔을 잘라내 살길을 찾자는 것이지."

이융기가 참지 못하고 침상에서 벌떡 일어났다.

"원승이 왜 그랬는지는 자세히 캐보면 알 일입니다. 이처럼 대뜸 공격부터 해서 무슨 수로 인심을 모으겠습니까?"

이성기는 천천히 고개를 저었다.

"이런 시기에 자세히 캐고 수소문할 틈이 어디 있느냐? 우유부단한 짓이다! 우리가 모으고자 하는 사람은 전력을 다해 이 씨의 당나라에 충성할 사람이다. 하지만 원승 같은 자는 규칙은 모르고 담력만 크지. 그런 사람이 가장 무서운 법이야. 반드시 일찍 손을 써서 악을 깨끗이 뿌리 뽑아야 한다."

"그들은 악이 아닙니다!"

이융기는 분노에 차서 들고 있던 술잔을 바닥에 팽개쳤다.

"악은 궁궐에 있는 그분이죠! 그 여자가 언제든 우리를 공격할 수 있습니다. 이렇게 가만히 앉아 있다가 큰 재앙이 미치면 우리 모두 살아남지 못합니다!"

두 아들이 끝없이 말다툼하고, 셋째아들은 숫제 노기충천해서 술잔까지 내던지는 둥 서열을 무시하고 불손하게 구는데도 상왕은 노하지 않았다.

얼마 전 세상을 떠난 그의 형 이현과 비슷하게, 상왕 이단 역시 성년이 된 후 어머니이자 황제였던 무측천의 거대한 손아귀에서 온화하고 유순한 성품이 됐다. 그래서 지금도 그저 늘 입에 담는 잔소리만 되풀이할 뿐이었다.

"셋째야, 냉정하고 침착해야 하느니라. 지금은 내가 섭정왕 자리에 있는데 위 태후와 안락, 종초객 등이 우리를 어찌하겠느냐? 그러니 가장 큰 골칫거리는 황궁 안이 아니라 우리 곁에 있는 사람이다. 원승 일행은 모두 호걸이고 인재지. 하나 이미 통제를 벗어났구나. 그 말인즉, 그들이 뼛속부터 오합지중이라는 뜻이 아니겠느냐. 우리 이 씨 당나라 강산이 대대손손 이어지고 빛나는 정관의 치를 다시 일으키려면 결단코 그 같은 오합지중에 의지할 순 없느니라. 더욱이 네 격구 무리에 있는 하급 군관들에게 의지할 수도 없다."

"부왕!"

이융기는 술기운 때문에 거의 엎드리다시피 한 채 목청을 돋워 '자고로 섭정왕 중에 끝이 좋았던 이가 몇이나 됩니까' 하고 외치려 했다. 그런데 그 순간, 바늘처럼 뾰족하고 가느다란 피리 소리가 귓속을 파고들었다. 이융기는 퍼뜩 정신이 들었다. 눈동자에 희미한 빛이 반짝 스치더니, 그는 곧 술이 거나하게 취한 양 크게 트림을 하고는 맥없이 늘어졌다.

"좋습니다, 마음대로 하세요. 모두 마음대로 하시죠!"

이융기는 얼근하게 취한 얼굴로 눈을 감았다. 부왕은 여전히 한숨을 쉬고 큰형은 여전히 잔소리를 늘어놓았지만, 그는 다시는 말이 없었다. 결국 부왕이 하는 수 없이 명령을 내리는 소리가 들렸다.

"성가신 일이 없도록 침향정 부근에 포진하도록 하자꾸나. 그곳이 법진에서 가장 복잡하니 원승 일행이 제 발로 그물에 뛰어들게 해라!"

아버지와 형이 씩씩거리며 소매를 떨치고 나가자 대문이 쾅 소리를 내며 닫히고 다시 쓸쓸한 정적이 찾아왔다.

잠시 후, 두툼한 대문 밖에서 서걱서걱하는 맑고 예리한 소리가 들렸다. 마치 검으로 자물쇠를 잘라내는 소리 같았다. 그런 다음 검은 그림자 하나가 슬그머니 안으로 들어섰다.

"누구냐?" 이용기는 단숨에 일어나 앉았다. "원승인가?"

"육충입니다. 인사 올리겠습니다, 군왕. 원승은 다른 일에 발이 묶여 있습니다."

들어온 사람은 왕부 시위 차림을 했는데, 눈에 띄는 덥수룩한 수염으로 보아 육충이었다. 이용기는 원승이 아니어서 약간 실망했지만, 곧 다른 점에 착안해 기뻐하며 물었다.

"이 정원의 법진이 아주 복잡한데 여기까지 들어온 걸 보면 원승이 가르쳐줬나?"

"그렇습니다. 원승이 구결을 알려줬죠."

육충은 혼절한 시위 한 명을 끌고 왔는데 여기까지 말한 뒤 재빨리 그 시위의 옷을 벗겼다.

"시간이 없으니 속히 이 옷으로 갈아입으십시오. 서둘러 나가야 합니다."

가산의 석실에서 나와 희부연 밤빛 속에 어둠을 더듬어 나아가던 육충은 저도 모르게 시선을 들고 저 멀리 희미하게 보이는 왕부의 정자 누각을 바라다봤다. 청영이 갇혀 있던 저택에 두 번 찾아가봤지만 예상대로 청영은 이미 그곳에 없었다. 그렇다면 청영은 이 왕부에 붙잡혀 있는 것이 아닐까?

갑자기 그의 몸이 우뚝 멈췄다. 마치 몸 전체에 자리한 큰 혈자리 삼백 곳이 누군가의 손에 확 막혀버린 것처럼. 처량하고 어두운 밤 속에서 낯익은 그림자가 보였다. 그림자는 멀지 않은 바위 앞에 느굿하게 기대선 채 팔짱을 끼고 달을 올려다보고 있었다.

"존사님."

약간 경직되고 쉰 목소리였다.

단운자는 소맷자락을 툭툭 털더니, 여느 때처럼 꾀죄죄한 모습으로 느긋하게 그에게 다가오며 중얼거렸다.

"괜찮은 방법이구나. 오육랑이 거짓 투항해서 원숭의 무서움을 번지르르하게 늘어놓고, 내 착한 제자는 어둠 속에 숨어 있다가 살그머니 이곳을 찾아내지 않았느냐. 잘했구나, 잘했어. 산을 때려 범을 놀라게 하고 넝쿨을 따라가 열매를 찾아내는 방법이라. 필시 원숭이 생각해낸 것일 테지."

"존사님." 육충은 한숨을 쉬었다. "아직도 모르시겠습니까? 임치군왕은 반드시 가야 합니다. 우리 모두 상왕 사람인데 어째서 서로 싸우고 죽여야 합니까?"

"단운자 선생……."

이융기는 무슨 말을 해야 할지 몰라 묵묵히 손을 모아 인사만 했다. 단운자도 말없이 가만히 두 사람을 바라봤다. 늙수그레한 두 눈이 어둠 속에서 희미한 빛을 발했다. 육충의 양손이 부르르 떨렸다. 만약 사부가 고집을 부린다면 어떻게 할 것인가? 사부에게 무력을 쓸 수 있을까? 설사 그렇다 한들 자신이 사부를 이길 수나 있을까?

"그렇다면…… 가거라!"

단운자가 고개를 높이 들고 사냥감의 냄새를 맡은 노련한 사냥개처럼 코를 벌름거리더니 탄식하며 말했다.

"이 늙은이는 아무것도 못 봤다. 내 아직 중요하게 처리해야 할 일이 있다. 위 태후가 친히 의지를 내려 나더러 선기 국사를 찾는

데 협조하라는구나."

"선기!" 육충이 눈을 반짝 빛내며 연신 고개를 끄덕였다. "선기 같이 모반을 꾀한 흉악한 놈을 잡는 것이야말로 사직과 직결되는 중요한 일이죠. 반드시 존사님께서 나서주셔야 합니다."

단운자는 옷을 툭툭 털고 돌아서서 느릿느릿 걸어갔다. 그리고 언제나처럼 유유히 말했다.

"천월 쪽에서 소식이 왔다. 며칠 안에 대규모 포위 공격이 있을 것이다."

탁 소리가 나면서 향로의 조그만 구리 통 안에서 자그마한 불꽃이 튀었다. 향로 안에 든 운모편이 드르르 떨렸다. 대기는 저도 모르게 한숨을 푹 쉬었다.

"내가 비록 향약을 잘 알지만, 당신네 대당나라의 향 앞에서는 늘 실력 발휘가 안 된다니까요."

그러고는 다시 머리를 들이밀고 탁자에 놓인 향약을 집어 세심하게 향로에 넣었다. 원승은 빙긋 웃었지만 시선은 은병에 넣은 물만 응시하고 있었다. 물이 끓자 그가 병을 들어 도자기 잔에 따랐다. 갑자기 대기가 향로 만지던 것을 멈추고 고운 눈을 동그랗게 뜨며 그를 쳐다봤다.

"왜 그러시오?"

원승은 여전히 차를 따르는 중이었다. 찻물이 직선을 그리며 한 치 비뚤어짐도 없이 정확하게 찻잔으로 쏟아져 들어갔다. 보글보글 끓는 찻물이 영롱한 찻잔 안에서 회오리를 그리며 빙글 돌았다. 여기에 각종 감미료를 넣자 차향이 물씬 풍겼다.

"임치군왕을 구하는 중대한 일에 왜 당신은 안 갔어요?"

"모든 일은 미리 계획을 세워야 하는 법이오. 이런 식으로 계책에 좌우되는 일은 일단 정해지면 결과는 오직 둘 중 하나요. 원하는 바를 얻는 것, 아니면 얻지 못하는 것. 첫 번째 상황이라면 당연히 내가 갈 필요가 없소. 그리고 벌써 소십구를 보내 밖에서 접응하게 했으니 두 번째 상황에 대응할 수 있소. 내가 가더라도 도움 될 게 없지."

"할 말이 더 있는 것 같네요."

여인은 예민하게 그를 바라봤다.

"아직 기억하오? 그때 당신은 나를 떠날 거라고 했소."

그는 찻잔을 그녀에게 밀어주며 미소 지었다.

"당신……."

대기의 목소리가 떨렸다.

"당신이 영혜여인이란 건 이미 알고 있소. 하지만 최근에 겪은 어려움은 왜 내게 말해주지 않았소?"

원승은 부드럽게 그녀를 바라보며 웃었다.

"그들은 당신을 협박했소. 처음에는 당신 자신, 그다음엔 영존을. 기실 그런 자들을 상대하는 건 아주 간단하오. 그들에게 가서 날 비싼 값에 팔겠다고 약속하기만 하면 되오!"

대기의 얼굴이 삽시간에 종이처럼 하얘졌다. 지금껏 힘겹게 숨겨온 일들을 그는 모두 알고 있었다. 그 모든 노력, 조심스레 숨기고, 피하고, 얼버무린 것들이 마치 거품처럼 그가 살짝 찌르기만 해도 톡톡 터졌다.

하긴, 그는 생각이 깊고 주도면밀한 사람인데 그녀의 솜씨로 어떻게 그를 속일 수 있을까! 신통방통한 그라면, 영혜여인 대장로의 일쯤이야 조금만 조사해도 곧 실마리를 찾을 수 있었다.

"당신은……."

그녀의 몸이 바들바들 떨렸다. 꾹꾹 눌러놓은 억울함이 한꺼번에 솟구쳤지만, 그녀가 한 말은 담담한 한마디뿐이었다.

"내가 당신을 배신하고 비싼 값에 팔아넘길 거라고 생각해요?"

원승은 그녀를 지그시 응시했다.

"아니, 당신은 못하오. 하지만 난 할 거요!"

"뭐라고요?"

"응맹의 화청에서 내가 먼저 그 상아 조각상을 발견했소. 그 후에 제융이 참혹하게 죽긴 했지만, 그 일치고는 당신이 지나치게 이상하다는 것도 알아차렸소. 그래서 떠나기 전에 당신네 암호를 써서 상아 조각상이 있던 함에 글을 남겼소."

"우리 암호라고요?" 대기의 충격은 이루 말할 수 없었다. "어쩐지 그간 신비로운 얼굴로 자꾸만 와서 우리 영혜여인 이야기를 묻더라니…… 무, 무슨 글을 남긴 거예요?"

"당신이 가르쳐준 암호를 대충대충 익혔는데, 다행히 전할 말은 간단했소. 저택 주소와 구체적인 시간뿐이었으니까."

그는 그녀의 두 뺨을 살며시 매만졌다. 그의 등 뒤에서 부드럽게 쏟아지는 촛불은 어지러울 만큼 눈부시고 몽롱했으며, 그의 음성 역시 촛불처럼 따사로웠다.

"나는 당신이 힘든 걸 원치 않소. 영존께서 그들에게 잡힌 마당에 더 힘든 일을 자초할 이유가 없소. 이게 다 나 때문에 일어난 일이오. 내가 당신을 보호하지 못했소. 하지만 갈등하거나 근심하지 않게 해줄 수는 있소."

"미쳤군요!"

대기는 목에 뭔가 걸린 것 같았다. 가슴속에서 따뜻하면서도 쌉쌀한 느낌이 치솟아 와락 그의 품으로 뛰어들며 울음을 터뜨렸다.

"분명히 미친 거야! 이 미치광이!"

"당신들 페르시아 말을 빌리면 좋아하는 여인을 위해서라면 한 번쯤 미칠 가치가 있소."

원승은 그녀를 힘껏 껴안았다. 마치 그녀가 어떤 힘에 끌려갈까 봐 두려운 것처럼.

"대장로에게 정보를 남겼으니, 그 정보가 옳다는 것을 증명하려고 여기 남은 거군요. 당신 정말…… 이 바보!"

대기는 진주 같은 눈물방울을 뚝뚝 흘리다가 문득 뭔가 생각난 듯 이를 악물고 그의 품에서 애써 빠져나왔다.

"그들에게 전한 시간이 언제예요? 이렇게 빨리 오진 않을 거예요. 어서 가요, 어서! 아직 시간이 있어요!"

"이곳 주소가 아니라 부근 지역을 알려줬소. 시간도 한참 뒤고. 그들이 얼마나 일찍 올지는 당신네 대장로가 나를 누구에게 파느냐에 달렸소."

원승의 목소리는 여전히 침착했다.

"나는 남겠소. 오늘 밤만 버티면 대장로가 당신을 믿을 테니 당연히 영존을 괴롭히지 않을 거요. 이번 일이 끝나면 그때 내가 알아서 그들을 상대하겠소."

태산같이 침착한 그의 태도에 영향을 받은 것일까, 대기도 약간 마음이 진정됐다.

"하지만 너무 위험해요. 우리 둘뿐이잖아요?"

그때 원승이 살짝 고개를 돌리고 귀를 기울이더니 소리 죽여 말했다.

"빠르군, 벌써 누군가 나타났소."

그는 탁자에 놓인 상자에서 향약 한 줌을 집은 뒤 눈빛을 무겁게 가라앉히며 그녀를 톡톡 쳤다.

여러 사람이 서둘러 움직이는 발소리가 울리고, 곧바로 나지막한 외침이 들렸다.

"원승이 안에 있다!"

"등불이 켜져 있군. 역시 있어!"

"사방을 봉쇄했으니 놈은 달아나지 못해!"

그때 귀에 익은 냉소가 들려왔다.

"원승, 넌 배신당했다. 속히 튀어나와라."

놀랍게도 임소였다.

"무슨 착오가 있었나보군. 대장로가 내 정보를 임소에게 팔다니."

원승은 웃을락 말락 하는 얼굴로 대기를 바라봤다.

"저자는 비싼 값을 쳐줄 사람이 아니오!"

웃어야 할지 울어야 할지 모르는 건 대기도 마찬가지였다. 하지만 그의 눈빛을 보고 깨달은 바가 있는지, 이를 악물고 향로에서 운모편을 끄집어내 향약을 더 넣었다.

"야심한데 손님이 오셨으니 차를 술이라 생각하고 대접하겠소. 임 주부께서 갓 승진했다던데 들어와 차 한잔 할 용기가 있소?"

원승이 손을 휘두르자 바람도 없는데 알아서 방문이 열렸다.

그때쯤 정원은 횃불 여러 대 덕분에 환해져 있었다. 임소는 가벼운 차림에 옷 여밈 띠로 포두를 단단히 묶고 검은 장화를 신었다. 반짝이는 불빛 아래 비친 모습이 몹시 살기등등했다. 그의 손은 누군가의 어깨를 세게 누르고 있었다. 그 사람은 비통하고 분노에 찬 얼굴이었으나 소리 내 말하기가 몹시 힘든 것 같았다. 바로 오육랑이었다.

원승은 가슴이 철렁했다. 오육랑이 어쩌다 임소에게 붙잡혔을까? 육충은? 소십구는? 비분에 찬 오육랑의 눈빛을 다시 살펴보니 곧 이해가 갔다. 임소가 그를 미행한 것이다.

원승의 본래 계획에 따르면, 오육랑이 상왕부에 달려가 철당의 하급 응위 신분으로 세자 이성기에게 '성의'를 보이고, 세태를 봐가며 자리를 옮기는 눈치 빠른 철새를 연기하는 것이었다. 퇴마사가 안팎으로 호응해 상왕부에 쳐들어온다며 과장되게 설득하면, 이성기는 진실 여부에 상관없이 맨 먼저 이융기에게 따져 물으러 갈 것이 분명했다. 심지어 이융기를 다른 곳으로 옮기려 할 수도 있었다. 그렇게 되면 몰래 뒤를 쫓기로 한 육충이 한 발 앞서 이융기를 구할 수 있었다.

단순하면서도 효과적인 계획이었다. 한 가지 문제는 오육랑이 상왕부를 떠날 때 그쪽 결사대에 뒤를 밟힐 가능성이 높다는 것이었다. 그러니 의심을 받지 않기 위해 곧장 이 비밀 저택으로 달려올 수밖에 없었다. 오육랑은 술법을 몰라서 방문을 지나려면 반드시 요패를 사용해야 하는데, 그렇게 하면 성 전체에 쫙 깔린 어사대 순가사에게 들키는 건 지극히 당연했다.

지금의 상황은 명확했다. 임소가 오육랑을 발견하고 즉시 쫓아온 것이다. 임소는 영혜여인 대장로에게 정보를 얻은 '구매자'가 아니었지만, 원승이 생각한 것보다 훨씬 더 골치 아픈 상대였다.

"차로 술을 대신하자고? 아마도 원 장군에겐 이승의 마지막 술이 될 테니 당연히 마셔야지!"

임소의 웃음에 광기가 담겨 있었다.

"이번에는 원 장군께서 또 무슨 음모술수를 부리시려나?"

그가 손을 툭 밀자 오육랑이 고통스런 신음을 흘리며 의지와 상관없이 앞으로 걸어나왔다.

"퇴마사는 모두 경골한이라고 하더니 이놈은 왜 이렇게 약골이오? 고문은 시작도 안 했는데 원 장군의 소재를 술술 불더군. 원승, 당신은 이미 부하에게 배신당했소."

임소는 쉰 목소리로 차갑게 웃었다.

"뒤를 밟은 다음 기습이라, 곤륜문에서 손꼽는 제자인 임 주부는 과연 명불허전이오. 솜씨가 여간 아니구려! 하지만 부디 기억하기 바라오. 퇴마사는 모두가 호걸이라 배신하는 사람도 없고 굴복하는 사람도 없소. 육랑도 당연히 나를 배신하지 않았을 것이오."

빙그레 웃는 사이 어느덧 원승의 손아귀에 춘추필이 나타났다. 붓끝을 톡 쳐올리자 붓은 찻물이 가득 든 도자기 잔을 한 치의 흔들림도 없이 들어올리고서 멀리 떨어진 임소를 겨눴다. 임소에게 요혈을 제압당한 오육랑은 입으로 말을 할 수가 없었지만, 원승의 말을 듣자 절로 감정이 북받쳐 연신 고개를 끄덕였다.

"이런 순간에도 인심을 사시려고?"

임소가 냉소를 지었다.

"내가 한 말은 전부 사실이오. 이 몸의 눈에 퇴마사 사람들은 하나같이 서로를 위하는 호걸들이오! 그대에게 잡혀가 협박당하고 사실을 털어놓은 제용도 마찬가지요. 설사 한때 나를 저버렸다 해도 나는 그를 용서할 것이오! 자, 오시오!"

원승이 손을 떨치자 찻잔이 문가에 선 임소를 향해 날아갔다. 임소가 손에 힘을 주는 순간 칼 빛이 번쩍이고 찻잔이 우뚝 멈췄다. 놀랍게도 뒤집힌 칼날이 찻잔을 안정적으로 받아낸 것이다. 절묘하기 이를 데 없는 도술에 임소 뒤에 있던 암탐들이 일제히 갈채를 보냈다. 그런데 갑자기 그들의 웃음이 뚝 그치면서 가느다란 화살 한 무더기가 파공성을 울리며 날아왔다. 어사대 암탐 둘이 비명을 지르며 엎어졌는데, 등에 화살이 한 대씩 박혀 있었다.

"매복이다!"

임소는 황급히 몸을 낮췄다. 뒤에서는 여전히 깃털 달린 화살이 빽빽하게 쇄도해왔고 애처로운 소리가 여기저기서 터져나왔다. 미처 피하지 못한 어사대 암탐과 심부름꾼들은 고슴도치가 됐다.

"조심하시오!"

깜짝 놀란 원승은 몸을 날려 대기의 가녀린 허리를 끌어안고서 곧바로 창문에서 벗어난 뒤, 커다란 탁자를 차 뒤집어 앞을 가로막았다. 그와 동시에 손을 휘둘러 웅혼한 강기를 쏟아냈지만, 예리한 화살 몇 대가 여전히 날카로운 파공성을 내며 강기를 뚫고 탁자에 콱콱 박혔다.

원승은 더욱더 놀랐다. 저런 화살이 그의 호신 강기를 뚫은 것도 놀라운데, 기세가 약해지기는커녕 튼튼한 녹나무 탁자에 깊이 구멍을 뚫었으니 저들이 쓰는 쇠뇌가 얼마나 날카로운지 알 만했다. 어쩌면 요룡 군기 탈취 사건에서 도둑맞았던 섬전노보다 아주 조금 약한 쇠뇌인지도 몰랐다.

그래도 이 혼란한 상황이 오육랑을 구했다. 금오위의 이 노련한 암탐은 그 틈을 타 몸을 내밀어 앞으로 훌쩍 뛴 다음, 살쾡이처럼 원승 옆으로 굴렀다. 하지만 녹나무 탁자도 오래 버티지 못할 것 같았다. 화살이 잇달아 날아들자 창살에서는 톱밥이 홀홀 날아오르고 녹나무 탁자는 고통에 찬 신음을 내지르기 바빴다. 언제 화살이 탁자를 꿰뚫고 들어와도 이상하지 않았다.

별안간 푸른빛이 번쩍이더니, 임소가 옆쪽에서 비스듬히 탁자 앞까지 밀고 들어왔다. 춘수도가 봄꽃 같은 푸른빛을 반짝이며 모질게 원승을 내리찍었다. 원승은 황급히 붓으로 가로막으며 외쳤다.

"기노요! 우릴 포위한 이들은 오랫동안 훈련받은 병사란 말이오."

지금은 임소도 낭패한 몰골이었다. 복두는 벌써 난전에 저 멀리 날아가는 바람에 머리카락이 흘러내려 엉망이었다. 정신없는 와중에도 창밖을 내다보자, 몸에 잿빛 연갑을 입고 손에 정교하고 짧은 쇠뇌를 든 수십에 이르는 사람들이 보였다. 무엇보다 무시무시한 사실은 그들이 찍소리도 내지 않으며 동작마저 일사불란하다는 것이었다. 훈련을 잘 받은 자들이 분명했다. 임소는 놀라고 화가 났지만 억지로 냉소를 유지하며 말했다.

"원승, 당신은 정말 원수가 사방에 널렸군. 군대까지 동원해 죽이려 하다니."

대기가 화를 냈다.

"그런 무책임한 말이 어딨어? 지금 죽어가는 사람은 모두 당신네 어사대 사람이라고! 저자들이 사람 죽이는 데 어사대와 퇴마사를 가릴 것 같아?"

임소도 마음이 무거웠다. 저 냉혈한 병사들이 어사대와 퇴마사에 구분을 둘 일은 절대 없었다. 그저 있는 대로 죽일 뿐이었다. 그가 참지 못하고 외쳤다.

"원승, 저 군사는 대체 어디서 온 자들이오? 왜 당신을 죽이려 하는 거지?"

"모르오!"

원승이 느끼는 놀람과 분노도 말할 수 없이 깊었다. 만약 철당이 아니라면 저들은 영혜여인 대장로가 찾아낸 '큰 구매자'일 것이다. 병사 한 무리를 보낼 정도라니, 그 신비한 구매자는 도대체 얼마나 대단한 사람일까?

"큰 적이 나타났고 우리 둘의 목숨이 한데 묶였으니 우선 힘을 합쳐 싸우는 게 어떻소?"

원승은 별수 없이 이렇게 외쳤다.

"당신 때문에 죽어간 형제들의 복수를 하고 싶지 않소?"

이런 외침에 뜨거운 피가 와락 끓어오른 임소는 참지 못하고 외쳤다.

"좋소. 우선 저놈들에게 대항한 다음 다시 생사를 가름 짓겠소."

말이 떨어지기 무섭게 힘차고 빠른 화살이 한 무더기 날아들었다. 탁자는 이곳저곳 깨지고 부서져 곧 산산조각 날 상황이었다.

"저들도 우리를 꺼리는지 함부로 뛰어들지 못하오. 믿을 것이라곤 호신 강기를 꿰뚫을 수 있는 강력한 기노뿐이지! 하지만 저런 연발 기노는 한 번에 여섯 발이 최대이고 다 쏘면 화살을 갈아 넣어야 하오. 곧 약간 틈이 날 거요."

원승은 무너질 것처럼 흔들리는 탁자를 떠받치고 강기를 춘추필에 주입하면서 무겁게 말했다.

"그 정도 시간이면 충분하지!"

춘추필이 탁자 위로 튀어나가 허공에 그림을 그렸다. 강기를 듬뿍 머금은 붓끝이 옅은 누런빛을 뿜어내며 금빛 용처럼 허공을 팔딱팔딱 뛰어다녔다.

"화룡술!"

임소는 퍼뜩 알아차리고 복잡한 눈빛을 지었다.

"원승, 아직도 최후의 발악을 하느냐?"

차가운 웃음소리와 함께 키 크고 마른 검은 그림자 두 개가 창문 밖에 나타났다. 어둠 속이라 얼굴은 똑똑히 보이지 않고 춤추듯이 빠르게 움직이는 팔만 보였다. 놀랍게도 그들 역시 허공에 부적을 그리고 있었다.

원승의 붓이 멈췄다. 어느새 그림이 완성되어 방 안 공중에 거대한 환영 하나가 나타나 있었다. 금빛을 덧입은 환영이 마치 신물이라도 된 것처럼 벽을 통과해 날아갔다.

"깨어져라!"

창밖에 있던 검은 그림자 둘이 입을 모아 외치자 강기 두 줄기가 일제히 날아들었다. 금빛 환영은 곧 그 푸른빛 두 줄기에 에워싸였고, 괴상하게 지지직거리는 소리가 방 안에 울렸다. 팔딱거리던 신물은 푸른빛에 단단히 가로막혀 뚫고 나가지 못했다.

"저자는 혼자다. 방 안에 술사는 원승밖에 없고 이제 원승은 기술이 다했다. 쇠뇌를 쏴라!"

키 크고 마른 그림자가 큰 소리로 웃었다. 미리 준비를 해뒀는지, 그들은 전문적으로 강기를 깨뜨리는 기노뿐만 아니라 부적에 정통한 술사까지 데려왔다. 게다가 그 술사의 부적술은 원승의 화룡술을 제압할 정도로 빼어났다.

원승은 속으로 흠칫 놀랐다. 황급히 붓을 휘둘러 막으려 했지만 그사이 쇠뇌가 허공을 가르며 날아들었다. 튼튼한 탁자는 결국 어지러이 날아드는 화살에 우수수 무너져 내렸고, 원승과 오육랑 등은 별수 없이 무기를 휘둘러 화살을 쳐내야 했다. 원승이 운기행공해서 부적에 대항할 틈 같은 건 전혀 없었다.

허공에 있던 푸른빛은 이미 수천수만 갈래의 굵직한 푸른 실로 변해 있었다. 그 푸른 실에 친친 감긴 금빛 환영은 방패만 한 크기에서 밥그릇만 한 크기로 줄어들고 말았다.

"내가 가겠소! 당신을 돕는 게 아니라 형제들 복수를 하는 거요!"

임소의 목소리는 거의 들리지 않을 정도로 낮았다.

"춘수단혼신도!"

춘수도가 반듯하게 날아올라 희미한 금빛을 뿌리면서 무겁고 어두운 밤하늘로 뛰어들었다. 신비한 법보가 느닷없이 뛰어드는 건 확실히 예상에 없던 일이었다. 전력을 다해 부적으로 원승의 화룡술을 막고 있는 두 술사는 방 안에 무시무시한 인물이 하나 더 있으리라곤 전혀 예상하지 못한 모양이었다. 느닷없이 눈앞에서 금빛이 폭사하자 아차 싶었지만, 이미 피하기엔 늦은 뒤였다. 하물며 임소의 단혼신도는 지독하게 모질고 지독하게 빨랐다.

원승과 임소, 두 철천지원수가 처음으로 힘을 합쳐 적과 싸운 순간이었다. 두 사람이 길을 나눠 협공하자 예상보다 더 빈틈없이 완벽했다. 둔탁한 신음과 함께 술사 두 명이 차례로 칼에 맞았다. 거의 동시에 푸른 실에 꽁꽁 묶였던 금빛 환영이 확 팽창하면서 갑작스레 불꽃이 터지는 듯한 괴상한 소리가 방 안에 크게 울렸다.

금빛을 띤 신물이 마침내 고치를 깨뜨리고 날아올랐다. 그 신물은 두 눈이 등불처럼 활활 불타는 거대한 금빛 고양이 요괴였다. 임소는 놀라서 입을 떡 벌렸다. 화룡술로 천하에 이름을 떨친 원숭이 고양이 요괴를 만들어내다니.

금빛 고양이 요괴는 삽시간에 큼직하게 몸을 부풀려 창을 뚫고 빠져나갔다. 녀석의 몸은 창살을 비집고 망가뜨리며 나가는 순간 더욱 커졌다. 발톱이 마차 바퀴만 하고 눈은 거대한 등롱만 한 요괴는 마치 흉악하고 거대한 악마가 세상에 강림하듯 허공에서 날아내렸다.

쇠뇌를 든 무리는 모두 얼이 빠졌다. 놀라서 허둥거리며 비명을 질러대는 이도 있고, 어쩔 줄 몰라 허공에 쇠뇌를 난사하는 이도 나왔다. 하지만 거대 악마 같은 고양이 요괴는 무심하게 발을 휘둘러 날아드는 쇠뇌를 이파리처럼 툭 쳐냈다. 이어서 마차 바퀴만 한 발이 빠르게 앞을 할퀴었다. 맨 먼저 발에 부딪힌 결사대들은 강력한 충격을 받아 지푸라기처럼 펄펄 날아갔다.

"당황하지 마라, 저건 환술……!"

술사 하나가 바동거리며 일어나 목이 터져라 외쳤지만, 임소의 단혼신도가 어느새 허공을 가르고 있었다. 벽록빛 광채가 술사의 외침을 뚝 잘랐다.

기노 몇 대가 고양이 요괴의 거대한 꼬리에 휘말려 허공에 반쯤 떠올랐다. 이어서 고양이 요괴가 입을 쩍 벌려 허공에 뜬 쇠뇌를 그대로 집어삼켰다. 강철을 백 번 제련한 다음 튼튼한 나무를 붙인 쇠뇌는 고양이 요괴 입안에서 과일처럼 와작와작 씹혀 목으로 꿀꺽 넘어갔다. 한바탕 비명과 함께 또다시 기노 몇 대가 고양이 요괴에게 먹혔다.

중상을 입은 두 술사는 믿을 만한 기노를 거의 잃어버리자 더는 미적거릴 수 없었다. 그들은 연신 휘파람을 불어 퇴각 신호를 보내고, 남은 병사들에게 다친 이들을 부축하라고 소리친 다음 낭패한 꼴로 썰물처럼 빠져나갔다. 원승과 임소도 추격하지 않았다.

"왜 화룡점정을 하지 않고 고양이 요괴를 그렸소?"

임소는 생각에 잠긴 눈으로 거대한 고양이 요괴를 응시하며 무겁게 물었다.

"저들에게 용은 가당치도 않소! 사람도 아니고 귀신도 아닌 저런 작자들을 상대할 때는 고양이 요괴가 더 효과적일 수 있소."

원승은 탄식했다.

"사실 누구나 마음속에 고양이 요괴를 숨기고 있소. 어느 때고 튀어나와 닥치는 대로 이것저것 집어삼킬 수 있는 요괴 말이오."

허공에 뜬 고양이 요괴의 눈은 아직도 도깨비불처럼 반짝거리고 있었다. 하지만 그 몸은 점점 옅어지다가 끝을 알 수 없는 어둠 속으로 녹아들었다.

"세상이란 참 황당한 곳이오. 원 형과 나란히 싸울 날이 오리라곤 한 번도 생각한 적 없는데."

임소는 고개를 저으며 한숨을 쉬었다. 음미하는 것 같기도 하고, 한편으로는 감탄하는 것 같기도 했다.

어디선가 푸른빛이 번쩍하는가 싶더니 임소가 칼을 꺼냈다. 춘수도는 눈부신 봄빛을 쏟아내며 잇달아 세 번 전력을 다해 오육랑을 베었다. 빠르기가 번개 같은 데다 순수 무공과 술법인 단혼신도가 완벽하게 결합한 칼질이었다. 더욱이 갑작스럽기까지 해서 하늘에서 떨어지는 폭풍을 대하듯 막으려야 막을 수도 없었다. 오육랑은 피하는 것을 까맣게 잊었다. 그의 능력으로는 피할 수도 없었다.

다행히 원승은 내내 경계를 돋우고 있었다. 방금 기습한 결사대를 추격하지 않은 것도 그 때문이었다. 제아무리 저들에게 의심스런 점이 많다 해도 쫓을 생각을 꾹 눌러 참은 것은 곁에 임소 같은 '표범'이 도사리고 있기 때문이었다. 그래서 표범이 사람을 잡아먹으려고 발톱을 휘두를 때 원승도 재빨리 붓을 휘둘렀다. 춘추필에 담긴 강력한 강기가 칼 빛 중심으로 날아들었다. 금빛과 푸른빛이 급작스럽게 뒤엉키며 눈이 따가울 만큼 환한 빛이 폭발했다.

두 사람의 강기가 부딪치는 순간, 갑자기 임소가 뒤로 발길질을 했다. 소리도 기척도 없는 그 움직임을 따라 신발 끝에 붙어 있던 부적이 번개처럼 빠르게 날아갔다. 곤륜문에서 비밀로 전해지는 '화간부'로, 그의 도법이 그렇듯 신비롭기 짝이 없는 기술이었다. 부적이 공중에서 터지며 대기의 이마 앞에 기괴한 주문 기호를 쏟아냈다. 미처 막지 못한 대기는 온몸을 부르르 떨며 그 자리에 굳어버렸다. 허공에 맺힌 주문 기호는 흡사 도깨비불 같았다. 대기는 그 도깨비불을 응시하며 꼼짝도 하지 못했다.

"정혼부법(定魂符法)!"

원승은 놀라고 화가 났다. 저렇게 전문적으로 사람의 정신을 옥죄는 용도의 부적이 사람 몸에 얼마나 나쁜지 잘 알기에, 그는 참지 못하고 호통쳤다.

"나와 대결하겠다면서 왜 다른 사람을 공격하는 거요? 어서 부적을 거두시오!"

원승이 분노에 찬 외침과 함께 왼손으로 붓 안에 든 단검을 뽑아 찌르자 검기가 무지개를 그리며 날아갔다.

"대기 낭자, 어서 피하세요!"

술법을 잘 모르는 오육랑도 위험하다는 것을 느끼고 대기를 밀어내려고 안간힘을 써서 달려갔다. 하지만 가까이 이르러서 무의식적으로 그 글자를 올려다본 순간, 정신이 마구 요동치는 것을 느꼈다. 그마저 정혼부에 홀리고 만 것이다.

"세상이란 이렇게 황당한 곳이오. 누구나 마음속에 고양이 요괴를 갖고 있다지 않소. 미안하게 됐군!"

임소가 냉소를 지었다.

"오가 놈은 별것 아니지만 당신의 저 아름다운 페르시아 여자는 영력이 어마어마해서 무서운 상대니 미리 방어할 수밖에."

그가 데려온 어사대 암탐들은 전부 쏟아진 쇠뇌에 맞아 죽어 지금은 그도 혼자였다. 그러니 먼저 움직이는 수밖에 없었다. 옅은 웃음 속에 칼이 날아올랐다. 예리한 칼날이 묵직하고 두꺼운 강기를 품고서 기슭을 때리는 성난 파도처럼 닥쳐왔다. 원승도 더는 말하지 않았다. 그는 왼손에 든 검을 질풍처럼 휘두르고 오른손으로는 붓으로 부적을 그렸다. 박귀결 부적이 줄줄이 나타났다.

"당당한 영허문의 제일 선재라더니 고작 그깟 잔재주뿐이오?"

임소도 왼손에서 부적 두 장을 튕겨냈다. 부적이 허공에서 화르르 불타올랐다. 강력한 열기와 부적의 힘이 허공에 맺힌 박귀결에 닿자 방 안에서는 그 즉시 '지지직' 하는 소리가 울려 퍼졌다. 셀 수 없이 많은 귀신이 비명을 지르며 달아나려는 것만 같았다.

"열화부. 오행부적술이오?"

원승은 움찔하며, 춘추필을 휘두르면서 박귀결 외에 어수부까지 그렸다. 허공에 습기가 번지면서 바짝바짝 타오르는 열화부를 억눌렀다.

임소가 콧방귀를 뀌었다.

"오행부적술을 논하자면 누가 우리 곤륜문을 당할 수 있겠소?"

그가 열심히 다섯 손가락을 접었다 펴자 후토부 석 장이 허공을 갈랐다. 짧은 순간, 두 사람은 한 손으로 검과 칼을 휘두르고 다른 손으로 오행부적술을 쓰면서 쉬지 않고 대결했다.

"누구나 마음속에 고양이 요괴를 숨기고 있소. 어느 때고 튀어나와 닥치는 대로 집어삼킬 수 있는."

별안간 원승이 차갑게 외쳤다.

"당신이 처음에 오육랑이 나를 배신했다고 말한 것은 사실 당신 마음속에 있는 고양이 요괴요. 당신이 친누나를 배신한 적이 있기 때문이지."

"뭐라고?"

임소의 안색이 어두워졌다.

"당신이 여덟 살 되던 해에 급작스럽게 영존이 돌아가시자 영존 생전의 정적들은 당신 집안을 탄압하고 약탈했소. 집안은 완전히 쇠락했고, 당신보다 여덟 살 많은 누님이 온갖 고생을 하며 당신을 키웠지. 하지만 누님은 힘없는 여자였으니 살아가려면, 그리고 당신을 키우려면 방법은 한 가지뿐이었소. 그간 가깝게 지낸 사람에게 시집가는 것이오. 하지만 당신 누님은 운이 나빴소. 옛 친구 세 사람을 찾아갔지만 그들은 누님의 자색만 탐냈을 뿐 소실로 들이고 싶어 하지는 않았소."

"어…… 네가 어떻게……."

임소는 당황한 나머지 도법이 어지러워졌다. 물론 부적술도 훨씬 느려졌다. 원숭은 그 틈에 붓을 움직였다. 강기가 쏘아져 나가 허공에 뜬 정혼부를 산산조각 냈다. 대기와 오육랑이 일제히 신음을 흘렸다. 마침내 부적에서 벗어난 두 사람은 씩씩 숨을 골랐다. 다소 마음이 편해진 원숭이 다시 외쳤다.

"당신은 누님이 아무 이유 없이 실종되곤 했다 말했지만, 사실 그때 그녀는 당연히 있어야 할 곳에 있었소. 당신은 열두 살 때 그 비밀을 알았지. 그리고 그 일이 당신과 가족 모두에게 지대한 치욕이라고 느꼈소. 당신은 한 번도 생각해본 적 없을 거요. 그때 당신 누님 역시 그저 연약한 여자였을 뿐이란 것을. 이 냉정하고 잔혹한 국도에서 어린 동생을 데리고 살아가려면 그 밖에 또 무슨 방법이 있었겠소? 당신 남매는 격한 말다툼을 벌였지만 소용없었소. 계속 살아가려면 당신 눈에는 더럽고도 더럽기만 한 그 돈이 꼭 필요했으니까."

원숭은 계속해서 말했다.

"심지어 그 셋 중 하나인 한 시랑의 추천이 없었다면, 당신은 어사대에 들어가지도 못했을 것이오. 하지만 그래도 당신은 누님에게 화가 났고, 누님이 당신, 그리고 가족을 모욕했다고 생각했소. 그래서 열여덟 살에 밀실 살인 사건이라는 교묘한 계략을 세운 것이오. 금오위에서 그 사건 기록을 봤을 때, 나는 당신 누님의 무덤을 찾아가 조사했소. 묘비가 망가졌고, 피살당한 당시 대충 매장한 흔적도 있었소. 당신은 한 번도 누님 무덤을 찾아 조문한 적이 없었소. 하물며 형편이 넉넉해진 뒤에도 여전히 무덤을 손보지 않았지. 오로지 누님이 미웠기 때문이오! 사실 엄밀하게 말해 그 방은 밀실이 아니었소. 조그만 기관만 있으면 밖에서 빗장을 걸어 잠글 수 있었소. 누님이 죽은 후 당신이 등에 칼을 맞은 것은 혐의를 벗기 위한 수작에 불과했소. 보통 사람이라면 제 등을 찌르기가 불가능하겠지만, 그때 당신은 얼마간 술법을 익혔으니 어렵지 않았을 것이오."

원승이 느닷없이 호되게 꾸짖었다.

"그렇소. 그해 청룡방에서 있었던 밀실 살인 사건의 주모자는 당신 자신이오! 당신이 친누나를 죽인 것이오! 당신에게는 첫 번째 배신이었고, 가장 철저하고도 가장 끔찍한 배신이었지."

그 외침이 벼락처럼 임소의 귀를 때렸다. 온몸의 피가 뻑뻑하게 엉겨붙는 기분이었다. 바로 그때 원승의 붓 안에 든 검이 혼란에 빠진 임소의 칼 빛을 뚫고 들어갔다. 임소의 어깨에서 눈부신 혈화 두 줄기가 터졌다.

임소의 경맥이 요동쳤다. 눈앞에 검광이 번뜩이는가 싶더니 원승의 검기가 수은이 쏟아지듯 빈틈없이 밀려 들어왔다. 허공에 맺힌 박귀결 부적의 힘도 점점 강해졌다. 임소는 보이지 않는 가느다란 실이 두 팔을 꽁꽁 묶는 듯한 기분을 느꼈다. 게다가 그 실은 자꾸만 늘어가고 있었다.

더는 버틸 수가 없는 듯 얼굴이 마구 일그러지던 그가 갑자기 머리를 획 젖히고 입에서 피를 토했다. 피를 토하면서 촉발된 힘을 빌려 그의 몸이 호광처럼 방 밖으로 쑥 빠져나갔다. 그의 모습이 흔적도 없이 어둠 속으로 사라지고 나서야 멀리서 외침 소리가 들려왔다.

"원승, 이 교활한 소인배야! 이 빚은 언젠가 반드시 곱절로 갚아주마!"

원숭은 그를 쫓을 겨를이 없었다. 그는 황급히 돌아서서 대기와 오육랑을 살피러 갔다. 다행히 두 사람 다 정혼부에 당한 시간이 길지 않아 피해가 적었다. 원신의 영력이 강력한 대기가 먼저 깨어났고, 잠시 후 오육랑도 눈을 떴다. 정신이 멍해진 두 사람은 한참 애쓴 끝에야 겨우 격전이 벌어진 것을 깨달았다.

"임소 그 자식은 내뺐어요?"

대기는 여전히 분을 참지 못했다. 상황이 긴박해서 원숭도 길게 이야기할 틈이 없었다. 그는 그녀의 이마를 만져보고 아무 이상이 없는 것을 확인한 다음 고개를 끄덕이며 나지막이 한숨을 쉬었다.

"당장 이곳을 떠나야 하오."

바닥에 어지러이 널브러진 기노 십여 대는 모두 화룡술이 만들어낸 고양이 요괴 환상이 빼앗은 것들이었다. 원숭은 기노 한 대와 화살 하나를 주워 등불 밑에서 자세히 살피다가 안색이 싹 변했다. 비록 요룡 군기 탈취 사건에서 사라졌던 섬전노는 아니지만, 극히 유사한 쇠뇌였다.

당시 사건에서 잃어버린 갑주와 노는 마지막에 찾아내긴 했으나, 그 커다란 사건을 꾸민 진짜 흉수는 본모습을 전혀 드러내지 않았다. 설마 이제야 그 비밀스런 배후의 검은 그림자가 나타나려는 것일까?

9장
......

비문의 진종

소무극원은 풍락방에 자리한 딱히 눈에 띄지 않는 도관이었다. 장안의 진짜 술법 고수들이나 이 도관의 진정한 의미를 알고 있었다. 이곳은 바로 자전문의 발상지였다. 당금의 사대 도문 중 하나이자, 지난날 제일 국사였던 선기를 배출한 자전문은 바로 이 자그마한 도관에서 잉태됐다. 제일 국사로서 황실 도관인 천경궁을 맡았을 때도 선기는 사문의 발생지인 소무극원을 잠시도 태만하게 다루지 않았고, 심지어 대제자 당심양 등 아끼는 제자 여럿을 소무극원에 머물게 하기도 했다.

하지만 선기라는 듬직한 나무가 갑자기 쓰러진 뒤 자전문 전체가 뿔뿔이 흩어지면서 소무극원 역시 빠르게 쇠락했다. 지금은 통틀어서 허드렛일하는 늙은 도사 너덧 명만 남아 도관을 쓸고 닦으며 유지하고 있을 뿐이었다. 밤이 깊은 지금, 본디 정교하고 운치 있던 이 조그만 도관은 소리 하나 없이 썰렁했다. 희미한 달빛 아래에 선 세 칸짜리 대전의 편액은 뜯겨나가 이미 없고, 전각 앞 향로 두 개는 비뚜름히 쓰러져 있었다.

원승은 살며시 대전을 돌아 후원으로 갔다. 정원 안에 자리한 늙은 측백나무 몇 그루에서 곁가지가 무성하게 자라나 빛을 가린 탓에 어두컴컴했고, 바닥에는 누런 잎이 잔뜩 떨어져 있었다. 며칠째 아무도 청소하지 않은 게 분명했다.

별안간 측백나무 위에 앉았던 까마귀가 푸드덕 날아오르며 울부짖자, 정원 전체에 이름 모를 공포의 기운이 솟아났다. 원승의 눈빛이 움찔했다. 과연, 검은 그림자 하나가 나는 듯이 다가와 깊은 우물 앞을 머뭇머뭇 배회했다. 희미한 달빛에 비친 그 사람은 마르고 야윈 범평이었다.

원승은 속으로 고개를 끄덕였다. 그는 대기와 오육랑을 데리고 밤새 다른 비밀 저택으로 옮긴 다음 몇 가지 분부를 내리고 홀로 이곳으로 달려왔다. 오늘 밤 이곳에서 범평을 만나기로 한 것은, 오직 당심양이 죽기 전에 남긴 '무극원 뒤 헌원구'라는 말 때문이었다. 자못 비밀스런 말이었다. 그는 범평도 다른 비밀을 많이 숨기고 있으리라 여겼다. 그 비밀들은 수수께끼 같은 여러 사건과 이어져 있었다. 고양이 요괴, 장안 지부, 심지어 조금 전에 강력한 쇠뇌로 그를 습격했던 배후 세력까지도.

육충 쪽은 별로 걱정하지 않았다. 소십구가 바깥에서 접응하고 있으니 어려운 일이 생겼더라도 최소한 벽사주를 써서 그에게 소식을 전할 수 있었다. 지금껏 소식이 없는 것을 보면 모든 것이 순조롭다는 뜻이었다.

범평은 여전히 우물 밖을 맴돌고 있었다. 이따금 측량하듯 고개를 들고 대전 처마를 올려다보기도 했다. 그의 뒤쪽 대각선 방향에서 그림자 두 개가 천천히 접근하고 있었다. 원승은 높은 석상 뒤에 몸을 웅크리고 사태를 지켜봤다.

두 그림자는 범평에게 접근하자 급작스럽게 속도를 높였다. 마치 시위를 떠난 화살이 날아드는 것 같았다. 두 사람이 동시에 손을 쳐들어 좌우에서 범평을 향해 가느다란 밧줄을 던졌다. 밧줄은 허공을 가르는 동안 굵직하게 변해, 예상과 달리 천지를 뒤덮을 만한 기세를 뿜었다. 지극히 위력적인 곤선삭을 보자, 원승은 저들이 선기 문하의 독문 비술을 지녔으리라 판단했다. 하지만 두 사람의 수준은 곤선삭을 여섯 개까지 만들어낸 지난날의 막신기에 비교하면 한참 부족했다. 가느다란 밧줄이 허공에서 흉악하게 춤추며 어느덧 범평의 온몸을 완전히 뒤덮었다. 두 사람이 외쳤다.

"웬 놈이냐! 무슨 목적으로 자전문의 도관에 침입했느냐!"

범평은 수세에 처하고도 냉소를 흘렸다.

"선기의 잔당이군. 허드렛일하는 도사인 척하고 숨어 있는 것을 보니 너희도 언감생심 뭔가를 찾아온 모양이군?"

두 사람은 대로해서 버럭 소리를 질렀다.

"찾다니 뭘 말하는 것이냐? 네 이놈, 무슨 비밀을 알고 있느냐?"

가느다란 밧줄이 검은 용처럼 느닷없이 떨어져 내렸다.

"그 비밀은 바로…… 너희가 죽는다는 것이다!"

범평이 휙 손을 뻗어 재빠르게 곤선삭 두 타래를 턱 잡았다. 양손을 높이 들자 놀랍게도 곤선삭이 한데 뒤엉켰다. 두 사람은 그의 손아귀에서 나오는 엄청난 힘에 비틀거리며 끌려갔다. 가슴 앞이 서늘해지는가 싶더니 어느새 범평이 칼을 그들 가슴에 박아 넣고 있었다.

고작 움직임 몇 번 만에 일어난 일이었다. 범평은 '너희'라고 말할 때부터 손을 움직였는데, '것이다'라고 말을 끝맺을 때쯤에는 자전문 두 제자의 가슴에 박힌 칼을 뽑고 있었다. 기괴한 모양의 단도

두 자루는 독특한 호를 이루고 있었다. 하나는 달처럼 좁고 길고, 다른 하나는 해처럼 둥글둥글했다.

"일월쌍참!"

원승은 저도 모르게 두 눈을 가늘게 떴다. 범평이 일부러 약한 척할 뿐 실제로는 비술을 숨기고 있다는 것은 이미 짐작했지만, 일월쌍참같이 패도적인 법기를 가지고 있을 줄은 생각지도 못했다. 수법이 저렇게 괴상하고 모질 줄은 더욱더 생각지 못했다. 원승이 약간 당황한 사이 자전문 제자 두 명은 이미 황천길로 떠났다. 범평의 몸에는 핏방울 하나조차 없었다.

"원 장군, 오시지 않았소."

범평은 태연하게 칼을 거두고 달빛 아래에서 몸을 돌렸다.

"걱정하지 마시오. 내 이미 확실히 조사했는데, 이 소무극원에 잠복한 이는 못된 마음을 품은 저 폐물 둘뿐이오. 실력 좋은 선기의 제사들은 달아나거나 죽음을 당해 진작 깨끗이 흩어졌소."

"범 형이 그런 비술을 지니고 있을 줄은 몰랐소. 게다가 싸움 솜씨가 과감하더구려. 내 눈이 삐었나보오."

원승은 천천히 걸어나갔다.

"눈이 삐다니 그럴 리가. 내가 술법을 조금 할 줄 알지만, 고작 저런 피라미 같은 놈들을 상대할 수준밖에 못 되오. 그렇지 않고서야 어떻게 두 번이나 임소에게 붙잡혔겠소?"

범평이 두 손을 모으며 웃었다.

"원 형 같은 고수가 친절하게도 도박장에서 나를 구해줘 다행이었소."

"범 형은 기꺼이 모욕을 감수하며 어사대 감옥에 들어가 우여곡절 끝에 결국 당심양이 죽기 전 진실을 토하게 했소. 하지만 애석하게도 아직 사명을 이루진 못했구려. 아직도 그 말을 해석할 수가 없으니!"

"원 형은 역시 눈이 좋으시구려. 생각건대 원 형이 오늘 밤 이곳에서 만나자고 한 진짜 이유도 그 때문 아니오?"

원승은 고개를 들고 달을 올려다보며 탄식했다.

"모든 것은 인연이라고 하니 나도 시험해보고 싶군. 하지만 그전에 먼저 말해주시오. 찾고자 하는 것이 대체 뭐요?"

범평은 망설였으나 결국 쓴웃음을 지으며 대답했다.

"여기서 연이틀 밤을 헤맸지만 요령부득하오. 원 형 말대로 모든 것이 인연에 달려 있어서겠지. 당심양이 죽기 전에 한 말은 바로 자전문에 비밀로 내려오는 보물, 《자전태상비록》이 있는 장소요. 그 비록은 자전문 조사가 우연히 얻었는데, 아무도 해석할 수 없는 수련 심법이 기록되어 있으며 대대로 자전문 장문인에게 문파를 관장하는 신물로 전해져왔다고 하오."

"아무도 해석할 수 없는 수련 심법?" 원승은 고개를 저었다. "범형, 마음에도 없는 말 마시오. 범 형의 포부와 배후에 있는 사람의 놀라운 실력을 갖추고도 고작 다른 문파의 술법 비급을 탐낸단 말이오?"

범평이 눈을 반짝 빛내며 껄껄 웃음을 터뜨렸다.

"원 형은 참 재미있는 사람이오. 좋소. 사실대로 말하겠소. 그건 수련 비급 같은 게 아니라 지극히 큰 사건에 관계된 비밀이오. 다만 지금은 너무 많은 걸 알려줄 수 없소. 원 형이…… 나를 도와 그 구절을 해석하고 진짜 물건을 찾아내면 또 모를까!"

원승은 더는 말하지 않고 고개만 끄덕였다. 범평의 눈에 희색이 떠올랐다.

"무극원 뒤 헌원구. 누런 깃발 표범 꼬리가 서로 만나는 곳. 당심양이 죽기 전에 한 말이오. 이 후원은 크지 않으니 저기 있는 저 조그만 언덕이 바로 헌원구인지 뭔지 하는 것 같소. 하지만 뒤 구절은 너무 난해하단 말이오. 누런 깃발이니 표범 꼬리니……."

원승은 밤빛이 무겁게 드리운 고요한 후원을 둘러보며 말했다.

"누런 깃발이란 나후성의 별명이고, 표범 꼬리는 계도성의 별명이오. '나후'나 '계도'는 숨은 별로, 이른바 구요성이란 칠요성에서 이 숨은 별 둘을 더한 것이오. 구요성은 천축의 천상학에는 나오나 중원의 성수학에서는 볼 수 없소. 나도 천축 구담 대사께 겉핥기로 배웠을 뿐이오."

범평은 저도 모르게 하늘을 올려다보며 망연히 중얼거렸다.

"그 말이 별이라면 어떻게 해석해야 하는 거요? 설마 하늘부터 뒤져야 하나?"

원승이 흉악하게 생긴 신상의 거대한 머리를 톡톡 두드렸다.

"나후성과 계도성은 모두 천축 전설에 나오는 악마요. 둘은 신통력이 뛰어난데 특히 나후는 해와 달을 집어삼킬 수도 있소. 바로 일식과 월식의 유래요. 이 신상은 팔이 넷에 입이 큼직하고 괴상한 형상을 하고 있으니 우리 중원의 것이 아니오. 바로 나후지. 그리고 저기 저건……."

이어서 그가 서쪽에 있는 꼬리 긴 신상을 가리켰다.

"바로 계도요. 둘이 만난다는 의미는 아마도 둘의 시선이 교차하는 지점일 거요!"

기괴한 신상 둘은 각기 북쪽과 동쪽으로 서서 고개를 외로 꼬고 있었다. 둘의 시선이 만나는 지점은 서쪽에 쌓인 돌무더기였다. 확실히 아무도 거들떠보지 않을 돌무더기로, 사람 키 반만 하고, 길게 자란 대나무 아래 규칙 없이 나뒹굴고 있었다.

"어떻게 그럴 수가?" 범평이 중얼거렸다. "그럴 리 없소. 그중요한 자전문의 신물을 어떻게 저리 훤히 드러난 데 숨긴단 말이오?"

"선기는 심계가 남다른 자이고, 법진에도 능했소. 어쩌면 아무도 눈길을 주지 않으니 도리어 중요한 물건을 숨기기 좋을지 모르오."

원승은 어느새 그 돌무더기를 향해 걸음을 옮기고 있었다. 이리저리 굽이를 돌자 달빛 아래 있던 그의 모습이 쓱 사라졌다.

"원 형?"

원승이 느닷없이 모습을 감추자 범평은 놀란 소리로 불렀다.

"놀라지 마시오. 예상대로 선기가 법진을 펼쳐놨소."

돌무더기 뒤에서 원승의 목소리가 울렸다. 그의 모습이 석진 속에서 언뜻언뜻 보였다가 사라졌다. 다시 얼마간 시간이 흐른 뒤 비로소 원승이 한숨 쉬는 소리가 들렸다.

"이제 진이 깨졌소. 범 형, 와서 보시오."

범평이 다급히 달려가 원승이 이끄는 대로 석진으로 들어가자, 보이는 것은 보잘것없는 향로 하나뿐이었다. 선기의 대제자 당심양이 죽기 전에 말한 암호가 고작 낡아빠진 향로라니. 이 향로 안에 대체 무슨 비밀이 들어 있을까?

원승도 똑같이 생각에 잠겼다. 향로의 모양이 지난번 태극궁 단각에서 본 향로와 몹시 닮았기 때문이다. 설마하니 세상 부러울 것 없던 선기 국사도 비문이나 마종과 무슨 관계가 있는 것일까?

다행히도 석진을 깨뜨리자 향로에는 달리 금제가 걸려 있지 않았고, 자잘한 기관 두세 개가 전부였다. 원승은 쉽게 기관을 깨뜨리고 마침내 그 안에서 청옥으로 된 진귀한 상자를 꺼냈다. 무척 커다란 삼중 보물 상자였다. 가장 바깥쪽의 은상자와 그 안쪽 도금한 상자를 열자 고리가 주렁주렁 달린 기괴한 나무함이 나타났다.

"자전문의 보물이 바로 그걸 거요."

범평은 무척 기뻐하며 나무함을 두 손으로 받쳐 들었지만 곧 다시 고개를 갸웃했다.

"한데 이 함에도 기관이 겹겹이 설치된 것 같은데, 대체 무엇인지 모르겠군."

"귀공합(鬼工盒)일 것이오."

원승은 나무함의 고리 기관을 살짝 만져보고, 그 위에 하도낙서(河圖洛書, 황하에서 나온 그림과 낙수에서 나온 글이라는 뜻으로, 고대 음양오행학의 기원이 됨)나 성도 같은 기괴한 부호가 새겨져 있는 것을 알았다. 그가 생각에 잠긴 소리로 말했다.

"구궁격이라는 놀이를 기억하시오? 나무함 뚜껑에 구궁 숫자를 몇 개 써놓고, 진짜 숫자와 일치해야 함이 열리는 놀이 말이오. 이 귀공합도 바로 그 원리요. 훨씬 복잡하긴 하지만. 상부가 연결되어 있고 성도와 하도낙서가 새겨져 있어 그 역리를 모르면 열 수 없소."

범평은 의아해하면서도 초조해서 무겁게 말했다.

"그런 여유가 어디 있소? 기관을 부수고 안에 있는 걸 꺼내면 되잖소?"

"안 될 거요!" 원승은 귀공합을 살짝 흔들었다. "들어보시오. 안에 액 같은 게 있소. 아마 녹반유(고대 중국에서는 묽은 황산을 녹반유라 불렀음) 같은 걸 거요. 함의 암호를 모르고 기관을 건드리면 녹반유가 흘러나와 안에 든 보물을 녹여버릴 거요."

범평은 움찔 놀랐다.

"그럼 다음에 자세히 살펴보는 수밖에 없겠군. 어쨌거나 원 형, 원 형의 능력 덕택에 내가 보물을 얻었소. 이제 원 형도 나를 따라 진종을 뵈러 갈 수 있소."

"비문이 진종을 찾았단 말이오?"

원승은 약간 놀랐다. 진청류 사건에서부터 그는 비문의 소식에 고도로 신경을 쏟아, 비문 청사의 가장 큰 소망이 바로 비문 진종을 찾아내고 비문을 빛내는 것임을 알고 있었다. 하지만 그는 하지 못하는 일이 없다는 진종이란 고작 비문에 전해지는 신비한 전설로만 치부해왔다.

"그렇소." 범평이 자랑스레 고개를 끄덕였다. "진종이 벌써 세상에 나타났소. 다만, 비문 사람 대부분이 모르는 것이 있는데, 진짜 진종은 사람이 아니라 그림이오!"

그는 이렇게 말하며 귀공합을 높이 쳐들었다.

"그림?"

원승은 더욱 놀랐다. 단각에서 본 신비한 연단로가 눈앞에 떠오르자 그는 생각해보지도 않고 말했다.

"그 물건도 지기자가 남겼겠군?"

'지기자'라는 말을 듣자 범평의 눈에는 다시 충격의 빛이 어른거렸다. 그가 나지막이 웃으며 말했다.

"원 장군은 역시 아는 것이 많구려!"

원승은 그를 뚫어지게 응시하며 가라앉은 목소리로 말했다.

"당당한 선기 국사의 문파가 뭣 하러 지기자와 관계를 맺겠소?"

범평은 약간 망설였지만 결국 한숨을 쉬며 대답했다.

"원 형은 우리 비문에 들어오기로 약속했으니 그 어마어마한 비밀을 알려줘도 괜찮을 거요. 그 비밀은 우리 비문에서도 가장 지위 높은 장로들 사이에만 전해지오. 세 번째 도와 마의 싸움이 끝나고 우리 마종은 완전히 패배했소. 그 후 선배이신 제일 성존 지기자께서는 다년간 몸을 숨긴 채 혼자 힘으로 원천강, 이순풍, 삼원 이정 같이 신선에 가까운 조정의 절정 고수에 맞서셨소. 하지만 결국 중과부적으로 낙담에 빠져 돌아가셨지."

원승은 그 말에 머리가 멍하고 혼란스러웠다. 지기자가 원천강에게 핍박을 받아 패상에서 싸우기로 했다는 사실은 범평도 모르는 것 같았지만 구태여 말하지 않았다.

범평은 말을 이었다.

"전해지는 말에 따르면, 지기자 선배께서는 강적과 결전을 벌이다가 포위당했다고 하오. 요행으로 탈출했지만 아무리 숨고 달아나도 소용없어서, 하는 수 없이 썰렁하고 외진 이 수신묘로 들어가 강적을 유인하고 스스로 진원을 폭파해 돌아가셨다오. 자결하시기 전에 그 사당에 보물 두 개를 숨겼는데, 하나는 만년에 깨우친 술법 비결이고, 다른 하나는 바로 비문의 암호로 기록한 보물지도, 즉 수년간 비문이 모아온 재물이 숨겨진 곳을 그린 지도였소. 지기자 선배는 의심이 많아서 평소 아무도 믿지 않았고, 두 가지 보물을 항상 몸에 지니고 다니셨다 하오. 설사 결전을 치르러 가더라도 자신은 반드시 빠져나올 수 있다고 굳게 믿었지. 삶의 마지막 순간이 눈앞에 닥쳤다고 확신한 다음에야 비로소 품에서 두 보물을 꺼냈지만,

줄 사람이 없었고 창졸간이라 별수 없이 그 수신묘에 숨겼소. 그 사당은 본디 연락용으로 쓰는 비문의 숨겨진 장소였소."

지기자 같은 일대 종사가 결국 꾀가 다해 종말을 맞았다는 이야기에, 원승은 저도 모르게 속으로 탄식했다.

"지기자가 수신묘에서 세상을 떠난 것은 비문에서도 가장 핵심에 있는 오대 원로만 알고 있소. 그들은 지기자가 죽기 전에 심법과 보물지도를 남겼으리라 추측했지만, 누구도 찾아내지 못했소. 심지어 마지막에는 다섯 사람이 서로를 의심해 싸움을 벌였고, 서로의 손에 참혹하게 죽었소. 장안 지부의 구결과 비문의 중대 기밀이 실전된 이유이기도 하오. 하지만 성존인 지기자가 보물지도를 남겼다는 전설이 비문의 뛰어난 도사들 사이에 떠돌았고, 심지어 비문 진종의 이야기까지 덧붙었소. 사실 말이지, 못하는 일이 없는 사람이 세상 어디에 있겠소? 그런 게 있다면 그건 돈일 거요. 아주 많은 돈! 어쨌든 그 보물지도를 찾아내는 것은 비문의 수많은 능력자가 평생 추구해온 일이지만 애석하게도 몇 세대가 지나도록 소득이 없었소. 최근 선기가 붙잡히고 그의 대제자 당심양이 참수형을 선고받기 전까지는. 살아남기 위해서 당심양은 사문의 최고급 비밀을 털어놓을 수밖에 없었소. 지기자가 고심 끝에 남긴 그 두 가지 보물은, 당시에는 비문이 아니었던 어느 떠돌이 도사가 우연히 손에 넣은 거였소. 그 사람이 바로 선기 국사의 사조요. 자전문 역시 바로 그 심법 비급 덕분에 별 볼일 없는 문파에서 단숨에 두각을 드러낸 거요. 하지만 선기든 그의 사조든, 비문의 암호로 적힌 보물지도는 알아보지 못했소. 그저 깨우치기 어려운 수련 심법이라고만 제멋대로 짐작했을 뿐이오. 게다가 그 물건을 자전문 장문인의 의발로 보관했소."

원승은 생각에 잠긴 듯 말했다.

"지기자가 죽은 지 수십 년이 흘렀는데 그 강력한 비문이 자전문을 찾아내지 못했단 말이오?"

"그때만 해도 자전문이 너무 작고 약했기 때문이오. 아무도 눈길을 주지 않을 만큼 작았지. 게다가 선기의 사조와 그 스승은 자질이 그저 그래서 비급을 깨우칠 능력이 없었소. 세상이 놀랄 재주를 지닌 선기가 타고난 능력으로 지기자가 남긴 만년의 심법을 깨우쳤고, 그 덕에 비로소 대당나라 제일 국사 자리에 오르는 영광을 얻을 수 있었소. 자전문도 사대 도문에 들어갔고 말이오."

원승은 한숨을 쉬었다. 운과 때가 따로 있다더니, 한 사람, 나아가 한 문파가 일어나는 데에는 과연 시간과 기연이 필수였다.

범평은 계속 말했다.

"애석하게도 어사대 장열은 문관이었소. 심법 비급 같은 말 따위는 안중에도 없었지. 적어도 당심양이 기밀을 알고 있다는 건 눈치채고 곧바로 처형하진 않았지만, 그렇다고 풀어주지도 않았소."

원승은 웃음을 지었다.

"비문은 들어가지 못하는 데가 없다고 하더니 몰래 그 일을 알아냈군. 안타깝게도 대역죄인 선기의 대제자인 당심양은 주요 죄인이니 반드시 어사대 감옥에 가둬야 했을 것이오. 그래서 비문은 선을 댄 자를 이용해 범 형을 어사대 감옥에 집어넣고 당심양과 우정을 쌓게 했겠지."

범평은 담담하게 말했다.

"비문은 그 일 때문에 총 다섯 명을 감옥에 보냈소. 하지만 당심양과 접촉한 사람은 나뿐이었지."

원숭은 더욱더 놀랐다. 사형수가 처형당하기 전에 털어놓은 비밀을 알아낸 것도 이미 충격적인 일이었다. 그런데 나아가 그 비밀을 파악하기 위해 다섯 사람이나 죄목을 만들어 감옥에 보냈다고 생각하면, 비문이라는 세력은 그야말로 가슴이 서늘해지게 만드는 힘을 갖고 있다 하지 않을 수 없었다. 하기야 그처럼 강력한 비문이기에 고양이 요괴 인형을 안락공주부와 위 태후가 있는 태극궁에 넣을 수 있었는지도 몰랐다.

그들은 도대체 누구일까? 도대체 뭘 하려는 것일까?

범평은 원숭이 받은 충격을 알아차린 듯 미소를 지었다.

"원 형도 우리 비문의 힘을 안 모양이구려? 원 형과 내가 만난 것은 지대한 인연이오. 나는 일찌감치 당심양과 함께 감옥에서 시간을 보냈지만, 그는 날 믿지 않았고 늘 때리거나 욕했소. 원 형이 들어오지 않았다면, 또 탈옥하지 않았다면, 나는 영락없이 그와 함께 끝까지 감옥에 처박혀 있어야 했을 거요."

"내가 기관이나 진학, 역리, 별자리를 약간 알고 있소."

원숭이 귀공합을 흘낏 보며 말했다.

"그 함은 내가 천천히 연구해보겠소. 그런데 진작 탈옥한 선기국사가 왜 이 물건을 찾아가지 않은 거요?"

"간단하오. 우선 선기의 눈에 이 물건은 사문의 신물일 뿐 이미 아무런 가치가 없소. 또 그는 아직 쫓기는 중이오. 조정이 천월 종사를 필두로 한 고명한 술사들을 동원해 전력으로 뒤쫓고 있다더구려. 그러니 절대로 이걸 가지러 올 리 없소."

범평이 웃으며 그를 불렀다.

"원 장군."

그의 눈빛이 밤하늘 속에 반짝반짝 빛을 발했다.

"지금 당신도 선기와 다를 바 없이 태후가 이끄는 조정에 버림받은 처지요. 흑도든 백도든 당신이 몸 둘 곳은 없소. 당신에게는 비문에 들어오는 것이 유일한 방법이오."

"진청류도 비문 사람이라고 알고 있소. 그때 내 손으로 그 비밀을 밝히고 감옥에 넣었는데 이제는 내가 비문에 들어가야 하오?"

원승의 얼굴은 다소 어두웠다.

"원 장군은 하나만 알고 둘은 모르는구려. 사실 진청류는 애초에 비문의 주류 밖에 있던 자였소. 심지어 그가 원 장군에게 붙잡혔을 때에야 비로소 비문도 세상에 그런 사람이 있다는 것을 알았소. 그는 은태자 이건성의 후예라 자칭하고, 정통 비문의 진종 핏줄이라고 했지만, 그 모든 것은 자신과 남을 기만한 이야기일 뿐이오. 알다시피 오늘의 비문은 수 대째 변화를 겪어 이미 처음 일어났을 때의 그 비문이 아니오."

범평은 가만히 말을 이었다.

"오늘 밤 자시가 바로 우리 비문의 신황제 전생절이오!"

범평은 고개를 들고 처량한 달을 바라봤다.

"나는 원 형이 반드시 비문에서 능력을 크게 발휘하리라 믿소!"

비문은 항상 어둠 속에 세력을 키웠고, 심지어 어진 이라면 격식을 따지지 않고 등용했다. 범평의 머릿속에는 지금이 절호의 기회라는 생각이 무럭무럭 솟았다. 자신은 사명을 완수했을 뿐 아니라 비문에 강력한 새 구원자까지 데려오지 않았는가.

두 사람은 빠른 걸음으로 소무극원을 떠났다.

또다시 그 기묘한 입구, 괴이한 고양이 요괴가 있는 곳에 당도하자 원숭은 편안하게 맹파탕을 마셨다. 잠시 혼절했다가 다시 눈을 떴을 때, 그들은 이미 유심한 동굴에 와 있었다. 사통팔달 이어지는 앞길에는 갈림길이 수없이 나 있고 시시때때로 음울한 살기가 밀려왔다. 이번에는 지난번보다 더 깊숙한 곳까지 들어갈 모양이었다.

벽에 걸린 유등 몇 개에서 점점이 창백한 빛을 뿌리는 게 전부였지만, 멀지 않은 곳에 푸른 장포를 걸친 사람들이 들락거리는 광경은 볼 수 있었다. 범평이 다가가 개중 한 사람에게 속삭이더니, 곧 가면 두 개를 들고 돌아와 원숭에게 하나를 건넸다. 옅은 황금색 고양이 요괴 가면이었다.

원숭이 참지 못하고 물었다.

"어째서 고양이 요괴에게 이처럼 흥미를 보이는 거요?"

"고양이 요괴 전설이 장안성에 퍼진 지 오래됐기 때문이오. 우린 그냥 상황을 보아 움직이는 것뿐이오."

범평이 먼저 가면을 쓰고 미소를 지었다.

"가면을 써야만 지부 가장 깊은 층에 들어갈 수 있소."

가면은 정교하고 세밀했다. 겉면에 부적을 새겼고 희미한 광휘가 감돌았다. 원숭이 가면을 써보니 눈앞이 확 트이는 기분이었다. 심지어 푸른 장포를 입은 이들의 모습도 훨씬 또렷해졌다. 비로소 그도 푸른 장포를 입은 자들이 각기 다른 색 가면을 쓴 것을 알 수 있었다. 검은색과 흰색이 가장 많았고, 그나 범평이 쓴 금색 가면은 극히 드물었다. 가면 색이 신분의 고하를 의미하는지도 몰랐다. 아무래도 범평은 비문에서 제법 잘 적응한 모양이었다.

흰 장포를 입은 사람 몇이 갈림길을 돌아 나왔다. 그들이 쓴 가면은 괴상했다. 소머리나 말머리에, 심지어 이름을 알 수 없는 귀신 가면도 있었는데, 그들 모두 몸집이 우람하고 판관 가면을 쓴 사람을 둘러싸고 있었다.

"범평, 이 대담한 놈!" 판관이 무섭게 호통쳤다. "공을 세우지도 못한 놈이 감히 낯선 이를 데려와?"

범평이 다가가 소리 죽여 보고했다.

"아니…… 원승이라니!"

판관은 놀라고 분노하더니, 서슬 퍼런 칼날 같은 눈빛으로 원승을 노려보며 낮게 꾸짖었다.

"범평, 이는 중대한 사안이니 삽혈로 증명해야 한다."

범평은 더 말하지 않고 품에서 단도를 꺼내 제 왼팔에 길이 반 자쯤 되는 상처를 냈다. 그리고 피를 뚝뚝 흘리며 무겁게 말했다.

"범평, 피로 맹세합니다. 원승은 반드시 비문에 충성하고 진종께 충성할 것입니다!"

선혈이 빠르게 그의 옷자락을 물들였다. 범평은 맹세를 세 번 반복한 다음 서서히 칼을 거뒀다.

판관은 고개를 끄덕였으나 원승을 바라보는 눈빛은 여전히 끝 모를 의혹으로 가득했다. 문득 그가 차갑게 웃으며 말했다.

"고양이들이 알려온 바에 따르면 너희가 보물지도의 비밀을 파헤쳤다지?"

"진종의 홍복에 힘입어 여기 보물지도를 찾아냈습니다. 수십 년에 걸친 비문의 비밀이 이제 곧 풀릴 것입니다."

범평은 황급히 귀공합을 꺼내 바쳤다.

"진종께 아뢰어주십시오. 이 함 안에 기괴한 기관이 설치되어 있는데, 천하에 오직 원 장군만이 풀 수 있습니다."

판관은 귀공합을 받아 자세히 살폈다. 그 역시 함이 몹시 특이하다는 것을 깨닫고, 귀신 가면을 쓰고 흰 장포를 입은 옆 사람에게 건넸다. 그 사람은 귀공합을 받쳐 들고 총총히 사라졌다.

판관의 음침한 눈빛은 시종일관 원승의 몸에 머물렀다. 그가 불쑥 말했다.

"원 장군은 명성이 쟁쟁하니 어디 가면을 벗어 진짜인지 확인시켜주게."

원승은 그 말대로 가면을 벗고 뒷짐을 졌다. 처음부터 끝까지 태연자약한 표정이었다. 잠시 후 귀신 가면이 돌아와 판관의 귀에 뭐라고 속삭였다.

"좋아, 보물지도는 진짜다!" 판관은 길게 말을 늘였다. "진종께서 은혜를 내리시어 오늘 밤 신황제 전생절에 저자가 참가하는 것을 윤허하셨노라."

범평은 한숨을 푹 내쉬었다.

"축하하오, 원 장군. 젊을 때 신황제 전생절에 참가할 자격을 얻은 이는 극비의 처사밖에 없소. 과연 진종께서 원 장군을 높이 보셨구려. 하하하, 이 범 모의 영광이기도 하오."

판관은 차갑게 콧방귀를 뀌었다. 그와 귀신 가면을 쓴 이들의 눈빛에는 하나같이 질투가 어려 있었다.

원승은 고개를 끄덕이며 웃었다.

"덕분에 진종께서 천하를 마음에 품으셨으며 남달리 지혜로운 분임을 알았소."

그는 다시 범평에게 소리 죽여 말했다.

"신황제 전생절이라니, 신황제란 대체 무엇이오?"

"신황제란 당연히 치우요!"

"응?"

원숭은 지난날 구담 대사와 지부의 비밀을 연구하던 때를 떠올렸다. 그때 그들은 원천강이 전신 치우의 형상으로 숙적인 지기자의 천마살을 진압했다고 판단했다. 그런데 지금 보니, 수십 년이 지나는 동안 지기자의 비문 후예들 사이에서는 잘못된 소문이 자꾸만 불어난 모양이었다. 지금 그들은 전신 치우마저 자신들이 마땅히 떠받들어야 하는 마신으로 오인하는 것이 분명했다.

범평은 고개를 숙인 채 원숭을 안내하며 판관 뒤를 따라 지부 깊은 곳으로 향했다. 원숭은 주변에서 지살의 기운이 점점 더 짙어지는 것을 느꼈다. 그렇지만 이상하게도, 가면을 쓴 뒤에는 그 무시무시한 느낌이 견딜 만했다.

일행은 널찍하게 트인 곳에서 걸음을 멈췄다. 더 많은 사람이 다른 갈림길에서 걸어나왔다. 원숭이 대략 헤아려보니 칠팔십 명이었다. 그들도 괴상한 가면을 썼으나 모두 판관이나 귀신 가면이고, 고양이 요괴 가면은 극히 적었다. 아무래도 이들이 바로 비문의 정예인 듯했다. 사람들은 허리를 세우고 엄숙하게 서서, 공터 가운데 청석을 차곡차곡 쌓아 만든 사람 키 반만 한 단상을 응시하며 간간이 옆 사람에게 귓속말을 했다.

원숭은 누군가 주고받는 소리를 들었다.

"진종은 벌써 역천단에 오셨겠지?"

"맞네. 진종은 역천단에서 역천지보를 검사하고 계시네!"

그는 문득 이상한 생각이 들어 범평에게 물었다.

"역천단에 뭐가 있소?"

"역천단은 장안 지부 진의 심장부요. 모든 핵심이 있는 곳!"

범평이 쓴웃음을 지으며 고개를 저었다.

"저 높은 단 뒤에 비문이 천하를 좌지우지하게 해줄 역천지보가 있다고 하오. 애석하게도 단상 앞으로 이어진 저 길은 비밀 중의 비밀이라 경비가 삼엄해서 우리 같은 하잘것없는 자들은 쳐다볼 권리조차 없소."

원승은 더욱더 이상한 생각이 들었다. 장안 지부의 핵심에 비문이 천하를 좌우할 역천지보가 숨겨져 있으며 심지어 진종이 가서 검사해야 한다니, 대관절 그곳에는 무엇이 있는 것일까?

"충고하는데, 우리와 상관없는 일은 알려 하지 마시오."

범평의 목소리가 살며시 떨렸다.

"지금은 신성한 순간이오! 우리가 비록 수년간 진종을 받들어 모셨으나 그분은 여태껏 자신을 진종으로 인정하지 않고 그저 염라대왕의 가면만 쓰셨소. 하지만 잠시 후에 진종께서 치우 가면을 쓰고 강림하실 것이오. 이로 볼 때 진종께서는 이미 비상시기를 산출해내셨고 이제 그 비상한 자리에 오르려는 것 같소. 비문은…… 이제 곧 천하를 좌지우지하게 될 거요."

원승은 고개를 끄덕였지만 심장이 바짝 죄어드는 것 같았다. 과연 비문은 원대한 계획을 꾸미고 있었다. 오늘 밤이 지나면 그들은 어떤 식으로 천하를 좌지우지할 것인가?

잠시 후 등불이 휘황찬란하게 빛을 발하며 동굴 안을 오색찬란하게 밝혔다. 특히 가운데 높은 단상에서는 빛이 자르르 흐르고 운무가 퍼져나가, 마치 수많은 구름이 단상을 휘감은 것 같았다.

돌연 맑디맑은 퉁소 소리가 울렸다. 원승은 흉금이 확 트이는 기분이었다. 평생 수많은 악곡을 들었지만 이 퉁소 소리와는 비교도되지 않았다. 어쩌면 깊은 동굴 속에서는 소리가 한데 모이기 때문에 퉁소 소리가 유난히 감동적이고 피를 들끓게 하는지도 몰랐다. 일반적인 퉁소나 피리의 구성지고 머뭇거리는 느낌이 전연 없었다. 퉁소 소리에 기괴한 마력이 담겼는지, 모든 이의 몸속에 있는 뜨거운 피가 그 소리를 따라 솟아오르고, 솟아오르고, 또 솟아올랐다.

올랐다 내렸다 변화가 많은 퉁소 소리를 따라 단상을 휘감은 구름에도 변화가 생겨났다. 신룡, 채봉, 비휴, 기린 등 상서로운 동물들이 나타났다가 사라지곤 했다. 저 신묘한 술법만으로도 원승은 퉁소를 부는 이가 틀림없는 종사급 술법 고수임을 알 수 있었다. 주위를 둘러보니 모두의 눈동자에 이상한 열기가 일렁였다. 심지어 절하는 몸짓으로 뭐라고 중얼중얼 읊조리는 이도 있었다.

그때 키 크고 야윈 그림자 하나가 단상에 나타났다. 황금색 외투를 걸치고, 소뿔을 단 치우 가면을 썼고, 두 눈에서는 번쩍번쩍 빛이 나는 사람이었다.

"진종께서 강림하셨노라! 진종을 경배하라!"

누가 먼저 외쳤는지 몰라도 모두가 앞다퉈 바닥에 엎드렸다. 원승은 사람들 틈에 엎드리면서 속으로 놀라고 의아했다. 가만히 헤아려보니 장내에는 강기가 아주 강한 자도 많았다. 술법이 그만 못하지 않은 사람도 적어도 열 명은 됐다. 비문에는 과연 숨은 용이 많았다. 수십 년간 힘을 축적해왔으니 인재와 고수를 얼마나 끌어들였을까.

"천명이 내게 왔노라! 패업은 영원하리니!"

치우 가면 뒤의 얼굴이 천천히 입을 열었다. 천군만마를 호령할 위엄이 담긴 차가운 목소리였다.

원승은 더욱더 심장이 철렁했다. 어딘지 귀에 익은 목소리인데 누구인지 곧바로 떠오르지 않았다. 하지만 천하를 굽어보는 저 오만한 위엄은 절대적으로 타고난 것이지, 단 한 치도 거짓으로 꾸며낸 것이 아니었다. 저 신비한 진종은 도대체 누구인가?

"들어라, 비문은 오늘부터 만세에 이어질 패업의 길에 오르리니, 너희 모두 불세출의 공을 세우게 되리라!"

갑자기 진종이 두 손을 높이 쳐들고 목소리를 길게 뽑았다.

"비문은 대상(大祥, 대길)하리라! 만사가 대상하리라!"

"비문은 대상하리라! 대상하리라! 대상하리라!"

사람들의 흥분한 외침이 소리의 파도를 이뤄 밀려들며 원승의 생각을 마구 흔들어놓았다.

"왜 태평 그 할망구에게 부탁해야 하는 겁니까?"

육충이 눈을 부릅뜨고서 마차를 모는 고검풍을 당장 세우려고 했다. 그로서는 세상이 자신을 완전히 무너뜨리려는 것만 같았다. 그의 절친한 벗이자 상사인 원승은 탈옥해 수배범이 됐고, 그의 사랑하는 반려 청영은 그가 충성을 바친 조직에 인질로 잡혔고, 그가 충성하던 조직은 그에게 기한을 주며 원승을 죽이라고 했다. 게다가 천신만고 끝에 옛 상사 이융기를 구해냈지만, 나오자마자 그들을 데리고 태평공주를 찾아가서 부탁하겠다고 주장했다. 태평공주는 바로 그의 반려 청영의 철천지원수요, 얼마 전 그가 온갖 방법을 동원하고서도 죽이지 못한 못된 할망구였다!

"그게 우리의 유일한 기회니까!"

흔들리는 마차 안에서 흘러나온 이융기의 목소리는 다소 침울했다. 온갖 고난을 겪다 마침내 육충의 도움으로 상왕부를 빠져나왔으나, 육충에게서 그간 있었던 일련의 변고를 듣자 이융기는 즉각 끔찍한 예감에 사로잡혔다.

"시대가 바뀌려 하니 이제 곧 저들이 칼을 휘두를 걸세. 부왕, 태평 고모, 형님, 심지어 우리까지 포함해 모두의 머리가 떨어지겠지!"

이융기는 핏발이 가득 선 눈을 크게 떴다.

"군왕, 어떻게 그런 정보를 추측해내신 겁니까?"

육충도 놀라서 두 눈이 휘둥그레졌다.

"우리 곤붕맹에서부터 있던 말일세. 부왕께 감금되기 얼마 전, 맹에서 유성추로 유명한 이이덕이 어느 날 밤 우림군에서 밤 당직을 서다가 만기의 수장, 즉 위 태후의 조카인 위선과 그 아우 위첩이 속삭이는 소리를 들었다더군. 세상물정 모르는 위 씨 집안 도령들은 궁에서 당직 중일 때도 술을 마셨는데, 많이 취했는지 이렇게 속닥였지. 이 씨는 이제 끝이다, 늦어도 가을이 되기 전에는 세상이 바뀔 거라고. 그 보고를 듣고 나는 깜짝 놀랐네. 그처럼 중요한 소식인데 전문으로 기밀을 탐문하는 철당조차 모르고 있지 않은가. 게다가 그런 말이 위선 같은 위씨파의 실력자 입에서 나왔으니 얼마나 위험한 상황인지 알 수 있었네. 나는 황급히 부왕께 소식을 전했지만 부왕은 믿지 않으셨네. 철당이 알아내지 못한 소식은 필시 뜬소문일 거라고 말이야. 그다음에 벌어진 일은 자네들도 알겠지. 부왕께서는 내 주장이 너무 급진적이라 생각했고, 안전을 위해 나를 감금하셨네. 원승 사건의 자초지종은 나도 방금 자네 입에서 들어 알았을 뿐이야."

이융기는 답답한 듯 쓴웃음을 두어 번 짓더니 갑자기 육충의 어깨를 힘껏 두드렸다.

"원승을 그리한 것은 형님 혼자 판단해서 움직이신 걸세. 하지만 형님 쪽도 이렇게 순조롭게 풀린 이유는 생각해보지 않았겠지. 그처럼 단순하고 허점투성이인 횡령 사건을 갖고, 왜 어사대가 보물처럼 소중히 여기며 대대적으로 떠벌리고 심지어 원승의 아버지까지 가뒀겠나? 배후에서 선동한 자가 누구겠나?"

이융기는 가만히 말을 이었다.

"필시 우리 상왕부는 아닐 테지. 형님의 생각은 원승을 퇴마사에서 쫓아내는 것뿐이었네. 태평공주도 아닐세. 그만한 능력이 없으니까. 그렇다면 태후와 종초객뿐일세!"

이융기는 이를 악물었다.

"사실 저들은 줄곧 우리 허점을 찾아내려고 혈안이 되어 있었네. 심지어 지난번에는 설백미 같은 자를 손에 넣어 우리 쪽에 틈을 만들어보려 했지. 그리고 이제야 마침내 우리의 내분으로 생겨난 커다란 틈을 찾아낸 걸세. 그러니 칼과 검을 전부 동원해 그 작은 틈을 커다란 구멍으로 넓히려 할 게 분명해. 생각해보게. 장열은 무능해서 원승이 탈옥하는 것을 수수방관했네. 직무 태만이 그처럼 심각한데 위 태후는 중벌을 내리지 않았네. 무엇 때문일까? 겉으로는 노했지만 속으로는 기뻤겠지. 무능한 장열이 마침내 원승을 탈옥하게 했으니 기쁠 수밖에. 그리되면 원승이 소란을 피울수록 위씨파는 즐겁겠지. 만약 그렇다면, 가을까지 기다릴 필요도 없네. 곧이야, 이제 곧 그들이 움직일 걸세!"

육충은 가슴속에서 서늘한 기운이 솟구치는 것을 느꼈다. 어떤 학문이든 각기 전문가가 있다더니, 이씨파에서 정치적 식견이 가장 뛰어난 이 영리한 인재는 한눈에 험악한 정세를 알아차렸다. 폭우가 쏟아지기 전에는 얼굴을 스치는 바람에도 축축한 습기가 느껴지는 법이었다.

"큰형님을 탓하진 않네!"

이융기는 고개를 들고 하늘을 바라봤다.

"부왕께서는 늙으셨어. 몸은 아직이어도 마음이 이미 늙었지. 그분은 먼저 움직일 용기도 없고, 남들 또한 움직이지 못하게 하시네. 큰형님은 부왕의 뜻을 따를 뿐이고, 이럴 때 우리 이 씨 집안에는 태평공주밖에 없네. 고모께서 우리에게 힘을 빌려주실 거야! 황조모이신 무측천을 가장 많이 닮았다는 말을 듣는 사람, 박력만이 아니라 철당 태반의 힘을 쥐고 있는 분이지. 철당을 장악하고 곤붕맹 군관들의 힘까지 더해져야 우리도 진정한 성공을 거둘 수 있네."

"그러니까 지금……."

육충은 충격에 휩싸였다.

"그 길뿐이야!" 이융기는 더욱더 힘차게 이를 악물었다. "우린 기다릴 수 없어. 어쩌면 즉시 움직여 피투성이 길을 가거나 피살되거나 둘뿐, 세 번째 길이란 없네!"

마차 밖의 고검풍은 명령을 듣고 맹렬하게 채찍을 휘두르며 속도를 더했다.

광란의 도가니 같은 신황제 전생절은 사실상 진종 강림의 첫 번째 의식이었다. 그리고 그 의식이 끝을 앞두고 있었다. 가면 쓴 신선과 요마 무리는 흥겨워하며 흩어졌다.

"진종의 분부가 내렸노라. 그분께서 널 만나고자 하신다!"

하얀 장포를 입은 판관이 빠른 걸음으로 원숭에게 다가와 차가운 목소리로 진종의 최신 명령을 전했다.

원숭은 그를 따라 지부 동굴의 한 갈림길로 나갔다. 놀랍게도 저 앞에 자못 화려한 개인 저택이 나타났다. 두 사람이 나온 곳은 아마 후원일 터였다. 그때는 밤이 깊었는데 하늘에는 희미한 달 한 점뿐이었다. 얇디얇고 희미한 달빛을 뚫고 지나자 정원에 울창하게 자란 꽃나무가 보였다.

지극히 넓은 곳이었다. 하얀 장포를 입은 판관은 그를 데리고 우아하게 꾸며진 화청으로 곧장 들어갔다. 등불이 환한 화청에는 치우 가면을 쓴 진종이 경건하게 앉아 있었다. 그의 앞에 있는 커다란 탁자에는 정교하게 만든 귀공합이 놓여 있었다. 복면한 보라색 장포를 입은 자가 두 손을 등 뒤로 한 채 그 뒤에 시립해 있었다.

원숭은 가면 뒤에서 번쩍이는 음침하고 차가운 두 눈을 똑바로 응시하다가, 별안간 깊이 읍하고 빙그레 웃으며 말했다.

"원숭이 종상께 인사 올립니다!"

담백한 한마디에 방 안의 공기가 얼어붙다시피 했다. 하얀 장포를 입은 판관은 숫제 손을 품에 넣어 칼을 뽑을 준비까지 했다. 진종의 눈빛도 다소 흔들렸다. 하지만 그는 곧 껄껄 웃었다.

"원숭, 과연 널 속일 수 있는 건 아무것도 없구나."

그가 손을 내밀어 천천히 가면을 벗었다. 수척하고 차가운 얼굴이 드러났다. 종초객. 위 태후의 총신이자 대당나라에서 제일가는 권력을 쥔 재상. 지금까지 종초객은 위 황후와 보조를 맞추는 한편 언제나 몹시 조심스레 여러 세력 사이를 오갔다. 심지어 이씨파인 상왕과 태평공주에게도 절대 대놓고 미움을 사지 않았다. 그로 인해 종초객, 본래는 심려원모한 이 정객은 이따금 서투르거나 아둔해 보이곤 했다. 지난번 안락과 태평, 두 공주가 함께 종상부의 생신 연회에 왕림했을 때까지만 해도, 종초객은 빈틈없이 모두를 챙기며 아무 힘도 없는 쇠락한 늙은 재상 역을 톡톡히 해냈다.

재물을 탐하는 사람처럼 보이려고 저택을 법도도 없이 화려하게 짓기도 했다. 어찌나 심했는지 호사스럽기로 유명한 태평공주가 그의 저택에 왕림했을 때 공주부보다 낫다고 탄식했다는 말도 떠돌았다. 자신이 중용하는 열혈 추종자인 재상이 재물을 목숨처럼 귀하게 여기는 소인배라는 것을 알았을 때, 위 태후는 도리어 안심했다. 재물과 색을 좋아하는 자는 그보다 큰 야망을 품을 리 없었다.

지금에 와서야 원승은 이 종상 나리야말로 자신이 지금껏 가장 얕봐온 사람임을 알게 됐다. 그는 공손하게 두 손을 모아 예를 갖췄다. 이처럼 은인자중할 줄 아는 권신 앞에서는 원승 또한 전력을 다해 참고 기다려야 했다.

"원 장군, 이 늙은이인 줄 어찌 알았나?"

종초객은 긴 수염을 잡으며 말했다. 그 눈빛은 아직도 음침하고 차가웠다.

"범평 같은 인물을 어사대 감옥에 집어넣을 수 있는 사람, 그만큼 강력한 힘을 가진 사람은 이 대당나라에 별로 많지 않습니다. 그것이 첫 번째지요."

종초객은 가타부타 말이 없었다.

"두 번째는, 지난번 장안 지살 법진에서 돌궐 무사 고력청이 급사했는데, 우리 퇴마사가 조사한 바에 따르면 그는 종상부의 비밀 결사대였습니다. 지금 보니 그때 종상께서는 이미 온 힘을 다해 지부 전설을 조사하고 계셨군요. 그 후 비문 내부에 떠도는 여러 가지 비밀을 근거로 차차 지부의 비밀을 손에 넣으셨던 겁니다. 세 번째는 바로 얼마 전에 있었던 요룡 군기 탈취 사건입니다. 그 후 갑옷과 쇠뇌는 찾았으나 배후의 진짜 주모자는 끝내 신룡처럼 모습을 감췄지요. 제가 천신만고 끝에 사건의 흉수인 천월 진인을 찾아냈지만, 그자는 거대한 세력을 지닌 권신에게 비밀리에 보호를 받았습니다. 지금 보니 그 사건도 종상 나리의 걸작이었군요. 장안성에서 그처럼 중요한 군기가 사라졌으니 조정에서 대립하는 이씨파와 위씨파는 모두 두려움과 불안감을 감추지 못했습니다. 심지어 성후는 부득이 이씨파를 먼저 공격했지요. 일거양득의 계책입니다. 그런 일이 벌어지면 뒤에서 이득을 취할 사람은 당연히 종상 나리뿐이지요.”

여기까지 설명한 원숭은 마침내 참았던 숨을 길게 내쉬었다. 그는 장안성 괴살인 사건과 요룡 군기 탈취 사건을 제대로 해결하지 못한 것을 내내 아쉬워하고 있었다. 이제야 구름 속에 가려졌던 의문점이 완전히 밝혀진 셈이었다.

사실상 그의 마음속에서는 차마 하지 못한 말이 남아 있었다. 고양이 요괴를 빌려 위 태후와 안락공주를 동시에 홀린 것, 그만한 음모와 야심 역시 종초객이니까 가능했다. 그 밖에 안락공주부에서 본 호박 감주도, 그가 지부 안에서 억지로 마셔야 했던 맹파탕과 조제량만 달랐을 뿐 속성은 유사했다. 천경궁에서 잇달아 벌어진 괴살인 사건에서 마비산과 자못 깊은 관계가 있는 만다라를 손쉽게 사용한 사람도 종초객이 힘써 보호한 열혈 수하 천월이었다.

"하나 더 있지만 사후약방문이지요!"

원승은 일부러 홀가분하게 웃어 보이며 종초객 뒤에 선 보라색 옷을 입은 사람을 바라봤다.

"이제야 짐작이 갑니다. 조금 전의 그 통소는 설 검객의 걸작이 겠군요! 그처럼 아름다운 악곡이라면 당연히 '돌과 구름을 깨고 심장과 영혼을 뒤흔든다'는 말을 들을 만합니다!"

보라색 옷을 입은 자는 시종일관 석상처럼 꼼짝하지 않다가 그제야 마침내 눈에 웃음기를 떠올리며 가라앉은 소리로 말했다.

"원 형이 지음인 줄은 몰랐군."

원승은 속으로 탄식했다. 종초객은 본래부터 설청산, 청양자 등의 고수를 데리고 있었고, 나중에는 지모가 뛰어난 종사급 인물인 천월까지 받아들였으니 당연히 호랑이에 날개가 돋은 격이었다. 그 잠재력을 제외하더라도 종초객 본인이 나라의 권력을 쥔 재상이니, 수면으로 드러난 그 강력한 힘만 해도 놀랄 정도였다.

"과연 원 장군은 지혜롭고 남달리 견해가 뛰어나군. 하지만 그처럼 판단력이 좋고 계략에 능한 사람이, 조정에서 가장 꺼리는 것이 바로 예기를 드러내는 것임을 어찌 모르나? 관리가 된 자는 멍청한 척해야 할 때가 많네."

종초객의 얼굴에는 아무 표정이 없었다. 원승이 한 말을 진작 예상하고 있던 낌새였다.

"혼용한 자 앞에서는 당연히 멍청한 척해야겠으나, 지혜로운 자 앞에서 깊이 숨기는 것은 사실 밝고 솔직한 행동이 아니지요."

원승은 비굴하지도 뻣뻣하지도 않게 빙긋 웃었다.

"좋은 말이군!" 종초객도 마침내 껄껄 웃음을 터뜨렸다. "밝고 솔직한 원 장군이 힘을 다해준다면 내 필시 호랑이에 날개를 달게 될 것이네. 하지만 아직은 의심이 드는군. 원 장군이 정말 밝고 솔직하게 마음을 줄 것인지 아닌지 말이야."

화청 바깥에서 누군가 대기 중이었는지, 곧 문이 열리고 검은 장포를 입은 남자 둘이 복면을 씌운 사람을 질질 끌고 들어왔다. 종초객이 살짝 고개를 끄덕이자 부하들이 그 사람의 얼굴을 덮은 검은 복면을 벗겼다. 강인하지만 창백한 얼굴, 짙은 눈썹, 얇은 입술. 바로 소 신포, 임소였다. 혼절했기 때문인지 임소는 사람들에게 부축받고 서서도 내내 두 눈을 꼭 감고 있었다.

"이건 무슨 뜻입니까?"

원승은 약간 놀랐다.

"이자는 오랫동안 원 장군을 못살게 굴었네. 듣자니 원 장군에게 온갖 짓을 다 했다지."

종초객은 그렇게 말하며 느릿느릿 일어섰다.

"오늘 밤은 비문의 성대한 의식이 거행되는 때인데, 공교롭게도 이자가 눈치 없이 풍백묘 앞을 배회하며 조사하다가 우연히 지부 안에 들어왔고 결국 내 부하 손에 붙잡혔네."

원승은 정신이 번쩍 들었다. 임소는 그를 붙잡는 데 실패했으니 당연히 패배를 인정하기 싫었을 것이고, 지난번 그와 범평이 갑작스레 모습을 감춘 풍백묘가 떠올라 그곳에서 그의 종적을 찾아내려 했을 것이다. 그런데 하필이면 때와 운이 맞아떨어져 종초객의 일을 망쳤고 결국 붙잡히는 처지가 될 줄이야.

"저자는 어사대 관리이고 태후에게 발탁되어 의기양양해 있네.

필시 우리 비문에 몹시 불리하겠지."

종초객은 고개를 저으며 탄식했다. 그리고 탁자 밑에서 찬 빛이 번뜩이는 비수 한 자루를 꺼내 천천히 내밀었다.

"종상께서는 제게…… 비문의 대사를 위해 임소를 죽이라 말씀하시는 겁니까?"

원승은 평정을 유지하려고 안간힘을 쓰면서 처음과 똑같이 차분한 목소리를 냈다.

하지만 종초객은 아무 말 하지 않고 의미심장한 미소를 지으며 돌아서서 병풍 뒤로 들어갔다. 한 사내가 재빨리 찬물 한 그릇을 임소의 머리에 끼얹었다. 임소는 몸을 부르르 떨더니 비로소 눈을 뜨고 서서히 정신을 차렸다. 그의 맞은편에 선 원승은 마음이 어수선했다.

"원승, 이 역적……." 마침내 임소가 완전히 정신을 차렸다. "이제 보니 네놈의 계략이었구나? 이곳은 어디냐? 이 기괴한 지살과 괴상한 지하 동굴 모두 네놈 짓이냐?"

뾰족하게 귀를 찌르는 분노의 외침이 한바탕 이어진 뒤, 임소는 온몸을 마구 비틀어댔다. 중요한 혈자리를 제압당한 듯 몸에 힘이 전혀 들어가지 않았다. 원승은 이를 악물고 천천히 허리를 굽혀 비수를 주워 들었다.

"뭘 하려는 거냐? 원승! 정말 조정의 관리를 죽일 셈이냐?"

임소의 얼굴에 공포가 떠올랐다. 원승은 느릿느릿 그에게 접근하며 말했다.

"설마 아직도 나더러 당신을 놓아달라고 말하고 싶소? 오늘 밤 나는 이미 당신을 한 번 놓아줬소."

"정정당당하게 대결하자! 매번 교활한 수작만 부렸으니 이번에는 진정으로 공평한 시합을 하자!"

"진정으로 공평한 시합? 일리가 있군. 하지만 당신은 맹파탕을 마시고 혼절했으니 반나절은 쉬어야 할 거요. 몸에 난 상처는 몇 달은 요양해야 나을 테고. 설마 나더러 몇 달을 기다리란 말이오?"

원숭은 이미 그의 앞에 와 있었고 눈빛은 비수처럼 차가웠다.

"이 세상에는 본래 진정한 공평함이란 없소."

"한 시진, 딱 한 시진만 쉬면 돼!"

임소가 소리소리 질렀다.

원숭은 병풍 뒤를 돌아보며 탄식했다.

"좋소. 한 시진이라면 괜찮겠지. 기회를 주겠소."

임소가 눈동자를 반짝이며 차게 웃었다.

"좋다, 네가……."

하지만 그 웃음은 그 자리에 굳고 말았다. 극심한 고통이 가슴에서부터 머리끝까지 번졌다. 그는 고개를 숙였다. 어느새 비수가 가슴과 배가 만나는 지점으로 찔러 들어와 있었다.

"원숭, 어째서……."

"미안하군, 생각이 바뀌었소."

원숭이 천천히 말했다.

"불현듯 한 가지 생각이 나서 말이오. 그때 당신은 당신 누님께 한 차례도 기회를 주지 않았지. 심지어 죽이기 전에 물어보지도 않았고, 해명할 기회도 주지 않았소. 그러니 나도 당신에게 기회를 줄 생각이 없소!"

원숭은 힘을 줘 손목을 움직였다. 예리한 단도가 배를 찢고 올라갔다. 임소의 얼굴이 삽시간에 창백해지고 일그러졌다. 그의 몸도 부들부들 경련을 일으키기 시작했다.

"명심하시오. 하늘에는 응보가 있는 법!"

원승은 한 자 한 자 힘줘 말했다.

"이번에는 불공평해 보이겠지만, 당신이 최종적으로 얻은 모든 것은 공평하오."

이미 풀려버린 임소의 눈동자는 여전히 원승의 얼굴에 박혀 있었지만 입에서는 단 한 글자도 나오지 않았다.

이상했다. 이 순간 아무런 증오가 느껴지지 않다니. 문득 마음속에 누님이 나타났다. 그때 그는 겨우 여섯 살이었다. 재미있게 놀다가 야트막한 담장에서 떨어져 무릎과 손이 까졌고 콧물 범벅이 되도록 울었다. 누님이 바람처럼 달려와 그를 번쩍 안아 들고 자꾸만 속삭였다.

"소야, 뚝. 우리 소야, 뚝. 누나가 담장을 때려줄게."

그래도 그는 엉엉 울었다.

"없애버려. 담장을 다 없애버려."

"그래, 그래, 나중에 다 없애버리자. 누나가 없애줄게."

바람이 차가웠고 피부가 벗겨진 손도 따끔따끔했다. 오로지 꼭 안아주는 누님의 품만 따스했다.

모든 것은 원승이 말한 대로였다. 훗날 그는 정말로 누님에게 기회조차 주지 않았다. 몸에 뭔가 부드러운 것이 닿는 느낌이 들었다. 희미하지만, 지난날 누님을 향해 서슴없이 칼을 휘둘렀을 때 누님이 제 품에 쓰러지던 그 느낌이었다.

원승은 무표정하게 비수를 뽑아내고 그가 스르르 쓰러지는 것을 가만히 지켜봤다. 마음속에서 무엇인가 무너져 내리는 기분이 들었다. 도를 닦기 시작한 순간부터 그는 결코 누구든 섣불리 죽이지 않겠다고 맹세했다. 그 후로 그 맹세를 거의 지켰지만 지금은 부득불 임소를 죽일 수밖에 없었다. 조정에 들어가 관리가 되어서는 전력을 다해 법도를 수호하겠다고 말한 적도 있었다. 하지만 이제 스스로 법도를 짓밟고 단칼에 조정의 관리를 죽였다.

비록 임소가 오래전에 친누나를 죽인 죄를 묻긴 했지만, 그 말은 자신에게 하는 변명에 가까웠다. 무력한 변명. 설령 임소가 죽어 마땅하다 해도 반드시 자신이 직접 칼을 휘둘러 죽여야만 하는가?

그런 생각이 파도처럼 심장을 두드렸다. 하지만 원승은 별수 없이 다시 한 번 칼을 임소의 목에 박아 넣어야 했다. 그 칼은 자신의 심장 깊이 박혀들며 그 모든 양심의 가책과 여한, 억울함, 분노를 죄다 갈가리 찢어발겼다. 그런 다음 그는 아무 일 없던 것처럼 비수를 던졌다.

흐릿하게 박수 소리가 들렸다. 종초객이 느릿느릿 병풍 뒤에서 나와 손뼉을 치며 웃었다.

"원 아우는 과연 강단이 있군. 큰일을 할 인물이지."

원승은 돌아서서 쓸쓸하게 웃었다.

"종상께선 제가 누명을 썼음을 아실 겁니다. 하지만 이제는 진짜 흉수가 됐군요."

"원 아우는 본디 충성스럽고 나라를 생각하는 능력 있는 신하일세. 다만 저 임소란 자가 계략을 꾸며 함정에 빠뜨렸기 때문에 감옥에 갇혔을 뿐이야. 안심하게. 이 늙은이가 내일 반드시 글을 올려 이 사건을 재수사하게 해서 원 장군의 결백을 찾아주겠네."

종초객은 엄숙하게 말했다.

"여봐라, 임소의 시체를 가져가 어사대 입구에 버려라."

"잠깐." 원승이 황급히 나섰다. "아버지께서 아직 저들 손에 있습니다."

"아 참, 미안, 미안, 그렇지. 깜빡했네." 종초객은 제 머리를 살짝 때렸다. "그렇다면 앞으로 자네가 비문에 충성을 다하는지 지켜보도록 하지."

종초객이 손을 휘저어 시체를 치우게 했다.

"이 원승, 갈 곳이 없을 때 종상께서 거둬주셨으니 종상께 한마음으로 충성하는 것이 당연합니다. 더욱이 종상께서 제 억울한 누명을 풀어주시기를 청하고자 합니다."

"그야 당연하네. 누명을 벗고 관직에 복귀하고, 나아가 승진도 해야지!"

종초객은 또 손을 흔들었다. 관직에 복귀하고 승진하는 것조차 손만 까딱이면 된다는 투였다. 그가 목소리를 잔뜩 낮추고 말했다.

"천마의 힘을 직접 얻겠다는 어리석은 짓을 한 진청류는 구담 대사에게서 학문을 훔쳐 배웠다지. 구담 대사는 죽기 전에 모든 절학을 자네에게 전수했고. 어쩌면 천마의 비밀을 풀 수 있는 자는 세상에 자네 하나뿐일지도 모르네."

"종상께서도 천마의 힘을 원하십니까?"

"누군들 아니겠나? 하나 귀신이나 믿는 진청류와는 달리 나는 사람의 힘을 믿네!"

종초객이 차디찬 눈빛을 쏟아냈다.

"생각해보게. 무 씨 집안의 힘이 내게 있고, 위 씨 집안의 힘도 내게 있네. 만약 자네가 천마의 힘을 해석해준다면 진정으로 하늘이 나를 돕는 것이지."

원승은 황급히 허리를 숙이며 정색하고 대답했다.

"사력을 다하겠습니다."

"우선 가서 쉬게. 이곳은 안전해. 절대로 자넬 귀찮게 하는 사람은 없을 걸세."

종초객은 다정하게 원승의 어깨를 두드려준 뒤 설청산을 데리고 표표히 방을 나섰다.

종초객과 함께 겉보기에는 흔하디흔한 마차에 오른 뒤, 마침내 설청산이 나지막이 말했다.

"종상께선 원승이 진심으로 투항했다 생각하십니까?"

"저자에게 다른 길이 있나?"

종초객이 차갑게 콧방귀를 뀌었다.

"그래, 어쩌면 아직은 조금 있을 수도 있겠군. 내일 사람을 시켜 임소가 원승 손에 죽었다는 소문을 퍼뜨리게. 임소의 몸에 난 상처는 원승의 엄일검에 당한 것이라고."

설청산이 웃으며 말했다.

"종상께서는 선견지명이 대단하십니다! 그렇게 되면 원승은 나리를 위해 마음 놓고 비문의 보물지도와 천마의 힘을 풀어낼 수밖에 없겠군요!"

"지금 비문은 비상시기일세. 사람을 써야 할 때지. 따지지 않고 사람을 받아야 하지만 방비를 강화하지 않을 수 없네. 당분간 자네와 범평이 원승을 잘 지켜보게."

"명을 받들겠습니다!"

"《상서》에 이르기를, 큰 공을 이루는 것은 그 포부에 있다 했네!"

종초객은 마차 안에 설치한 푹신한 의자에 편안하게 기대 하품을 하고는 유유히 말을 이었다.

"사람 마음이란 참 이상해. 내 비천한 신분일 때는 재상이 되겠다는 포부만 있었는데, 재상이 되어 대권을 쥐고 어리석은 군주를 모시다보니 남쪽을 바라보는 그 자리에 오르고자 하는 바람이 절로 생기더군. 한때는 그처럼 머나먼 자리였는데, 이제는 손을 뻗으면 닿을 것 같단 말이지. 대장부가 세상에 태어나 단 하루라도 남면하고 스스로 '고(孤, 고대 제왕이 자신을 부를 때 쓴 말)'라 칭할 수 있다면 그것으로도 족하네!"

설청산이 황급히 말했다.

"진종께서는 현명하고 지혜로우십니다. 천시와 지리, 인화를 모두 얻었으니 단 하루가 아니라 의당 천세 만세의 기반을 닦으실 것입니다!"

종초객은 어리둥절하다가 저도 모르게 껄껄 웃었다. 그는 평소 희로애락을 잘 드러내지 않았으나, 오늘 밤 비문의 의식에서 소원대로 '등극'하자 아무래도 기분이 좋아 그만 설청산에게 속말을 하고 말았다. 그는 다시 허리를 세우고 똑바로 앉으며 미소 지었다.

"모든 것은 청산 자네와 좌우 심복들 덕일세. 그날이 오면 보물을 풀어놓고 끝까지 즐겨보세. 청산, 자네 무슨 할 말이 있는가?"

"제 생각에는……." 설청산은 약간 망설이다가 말했다. "그때가 되어 갑자기 수많은 요물이 풀려나 장안 백성이 수없이 죽어 나가면, 도리어 우리 비문의 명성에 불리하지 않겠습니까?"

종초객은 한숨을 쉬었다.

"《회남자》에 이르기를, 사슴을 쫓는 자는 토끼를 돌보지 않는다 했네! 청산, 자네가 비문의 명성을 걱정하는 건 아주 좋은 일이야. 하지만 천하의 일과 비문의 대업을 비교하는 건 아무 쓸모도 없네. 게다가⋯⋯." 그가 긴 눈썹을 천천히 추켜세우며 유유히 말했다. "설사 장안성을 피로 씻게 되더라도 그 악명은 결단코 우리 차지가 아닐세!"

설청산은 저도 모르게 찬 숨을 들이켜며 속으로 중얼거렸다.

'요괴가 쏟아져 장안을 피로 씻는다⋯⋯.'

10장

천마의 영역

이튿날 오전, 원숭은 대장원에 여유롭게 앉아 정원을 구경하고 꽃을 감상했다. 범평이 아침 일찍부터 찾아와 함께 있어줬다. 점심 때는 신나게 술을 한바탕 마셨다. 원숭은 보기 드물게 대취했다.

범평은 원숭의 태도가 정상이라고 생각했다. 죽다가 살아난 뒤, 본디 품었던 희망이 모두 깨진 마당에 대취하지 않을 사람이 어디 있을까? 하지만 원숭의 취기에는 득의양양함이 다소 묻어 있어 비문에서의 앞날을 상당히 자신함을 알 수 있었다.

"범 형, 범 형은 누구에게 술법을 배웠소?"

원숭이 취한 눈으로 범평을 보며 불쑥 물었다.

"별것 아닌 작은 문파요. 거론할 가치도 없소."

범평은 평소대로 편안한 웃음을 지었다.

"범 형이 말하기 싫거든 그만둡시다." 원숭은 하하 웃으며 이어 말했다. "품에 있는 귀공합을 꺼내보시오. 풀어주겠소."

"원 형은 정말 귀신같구려. 귀공합이 내 품에 있는 걸 벌써 알았소?" 범평이 쓴웃음을 지으며 말했다. "한데 지금은 대취했는데 어떻게……."

"술기운이 딱 좋게 올랐소." 원숭이 손을 내저으며 거들먹거렸다.

"어디, 내기라도 하겠소? 삼주향 안에 함을 열지 못하면 벌로 술 한 단지를 마시겠소."

범평은 그를 막을 방도가 없어서 조심조심 귀공합을 꺼내 탁자에 올려놓았다. 미처 제대로 놓기도 전에 귀공합이 원승의 손에 들어갔다. 원승은 잠깐 생각에 잠겼다가 두 손으로 함의 고리를 쉴 없이 돌리기 시작했다. 처음에는 움직임이 무척 느렸고 막힐 때마다 곧바로 방법을 바꿨지만, 나중에는 점점 속도가 붙었다.

범평은 그의 두 손이 바람같이 움직이면서 별이 총총 박힌 함에 달린 기괴한 고리를 빙글빙글 돌리는 것을 지켜봤다. 그 움직임에 따라 별자리가 이리저리 바뀌는데, 그 모습이 바둑판처럼 천변만화했다. 범평은 가슴이 조마조마해서 참다못해 그를 불렀다.

"천천히 하시오, 천천히. 원 형, 절대로 안에 든 것을 망가뜨리면 안 되오."

범평이 그처럼 초조해한 까닭은 원승이 귀공합을 망가뜨려 안에 든 녹반유가 흘러나올까봐 불안해서였다. 하지만 정신을 차려보니 귀공합은 무사히 탁자에 놓여 있었다. 더군다나 이미 열려 있었다.

"원 형은 정말 기재구려."

범평은 미친 듯이 기뻤지만, 그 기쁨의 외침은 금세 뚝 그쳤다. 함은 텅 비어 있었다.

"다른 사람이 벌써 보물지도를 가져간 거요?"

원승도 취기가 확 달아난 얼굴이었다.

"선기인가? 틀림없이 선기일 거요!" 범평은 이를 갈았다. "그 늙다리가 내 공을 망쳤소!"

원승은 쓴웃음을 지었다.

"이건 본래 선기의 물건이었소. 그러고 보니 이 함을 흠 하나 없이 그곳에 되돌려놓은 것을 보면 그는 감옥에 들어가기 전에 이미 보물지도를 꺼내 갔을 것이오."

"원 형." 범평은 도리어 침착함을 되찾고 무겁게 말했다. "어서 귀공합을 닫고 원래대로 돌려놓으시오. 귀공합의 수수께끼는 며칠 미룹시다."

앞에 있는 파리한 얼굴을 보던 원승은 문득 야위고 영기 있는 범평의 얼굴이 몹시 신비하게 느껴져 순간적으로 그 속을 꿰뚫어볼 수 없었다. 그는 별수 없이 웃으며 말했다.

"범 형은 정말 영리하오. 좋소. 이 물건은 종상 나리께서 꿈처럼 바라고 또 바라던 것이니 아름다운 꿈을 좀 더 즐기게 합시다."

껄껄 웃는 소리와 함께 그의 열 손가락이 나는 듯이 움직여 귀공합을 금세 원래대로 돌려놓았다. 함을 갈무리한 범평은 갑자기 걱정거리가 생긴 데다 술을 너무 많이 마셔 잔뜩 취한 덕분에 탁자에 쓰러져 깊은 잠에 빠졌다. 밤이 깊었기에 원승은 범평을 툭툭 치며 나지막이 웃었다.

"범 형, 푹 주무시오. 걱정할 것 없소. 아무래도 안 되면 내가 보물지도 하나를 만들어주겠소."

그는 살그머니 범평의 수혈을 짚은 뒤 안아다 침상에 눕혔다. 범평은 곧 드르렁드르렁 코를 골았다. 원승은 이불을 쌓아 두 사람이 나란히 자는 형상을 꾸며놓은 다음에야 살그머니 방을 빠져나와 문을 닫았다.

방문이 '끼익' 소리를 내며 닫히는 순간, 하늘이 떠나가라 코를 골던 범평이 반짝 눈을 떴다. 그의 얼굴에 울적한 웃음이 떠올랐다.

밤. 마침내 끝 간 데 없는 밤이 덮쳐왔다. 푸른 장포를 입은 원승은 이미 폐허가 된 어느 선평방 저택 앞에 와 있었다. 자신을 감시하던 범평이 밤새 잠에 빠지리란 것을 확인한 그는 살그머니 이곳으로 달려왔다. 계산에 따르면 그가 조사해야 할 지점은 바로 이곳이었다. 원락의 담장을 자세히 들여다보니, 자못 조잡하고 초라한 것이 마치 뒤늦게 대충 쌓아올린 듯했다.

머리 위에 드문드문 떠오른 별이 깜빡깜빡했다. 하늘 가운데 솟은 둥근 달은 영롱하게 빛나는 원반 같았다. 또다시 보름날 밤이었다. 어떻게 된 셈인지 원승의 눈동자를 비추는 둥근 달이 다소 요사해 보였다.

사방에는 사람 한 명 없이 고요했다. 원승은 몸을 훌쩍 날려 담장을 넘어 들어갔다. 원락 안은 썰렁했다. 정원은 우거진 잡초로 뒤덮였지만, 그 가운데 높이 솟은 전각 세 채는 여전히 지난날의 비범함을 드러내고 있었다.

원승은 이곳이 폐허가 된 사당임을 확인한 뒤 시선을 모아 주 전각의 편액을 살폈다. '수관사(水官祠)'라는 세 글자가 보였다. 도가에는 '천관은 복을 내리고 죄를 사하며, 수관은 재앙을 푼다'는 말이 있는데, 이곳 장안은 특히 물길 여덟 개가 에워싼 곳이어서 수신과 용왕을 깊이 숭배했다. 주 전각 담장에 새겨진 여러 개의 용신 조각을 보자, 원승은 이곳이 한때 수신에게 제를 올리던 사당임을 알아차렸다.

원승은 문득 눈을 찌푸렸다. 있는 듯 없는 듯 희미한 기운을 예민하게 감지한 탓이었다. 비록 희미하지만 몹시 험악한 기운이었다. 이는 강기를 입신의 경지까지 수련해야만 얻을 수 있는, 모든 것을 소멸시키는 강력한 숨은 힘이었다.

잠깐 사이 원승의 심장이 부르르 떨렸다. 강하고 사나운 기운 몇 줄기가 허공을 가르며 덮쳐왔다. 어째서 이 깊은 밤에 종사급 고수 여럿이 이곳을 찾아왔을까?

깊이 생각할 겨를이 없었다. 그는 황급히 망가진 신상 뒤에 몸을 숨겼다. 희미한 달빛 아래로 그림자 하나가 연기처럼 날아들었다. 원승은 눈을 크게 뜨고서야 희미하면서도 재빠른 그 그림자를 따라잡을 수 있었다. 놀랍게도 그는 실종된 지 오래인 선기 국사였다.

선기는 어깨에 누군가를 둘러메고 있었는데, 달빛이 너무 어두워서 그 사람의 얼굴이 잘 보이지 않았다. 한때 대당나라 제일 국사였던 그는 최근 들어 내내 고수의 포위 공격을 받아왔지만 아직도 태산처럼 멀쩡했다. 그는 전각문 앞으로 날아왔다. 뭘 어떻게 했는지 모르지만, 꼭 닫혀 있던 전각문이 알아서 스르르 열렸다. 어둠 속에서 보면 꼭 괴물이 갑작스럽게 시커먼 입을 쩍 벌린 것 같았다.

하지만 선기는 들어가지 않고 홱 돌아서 차갑게 내뱉었다.

"친구들, 끝장을 내고 싶으면 시원시원하게 모습을 드러내시지!"

그림자 몇 개가 강력한 기운을 쏟으며 날아왔다. 앞장선 사람은 눈썹을 길게 늘어뜨리고 눈매가 고운 사람으로, 널따란 소매를 바람에 펄럭이고 있었다. 놀랍게도 다름 아닌 천월 종사였다. 그 곁에 선 옷매무새가 엉망인 노인은 단운자였다. 천월 종사와 단운자 뒤로 그림자 두 개가 여유만만하게 정원으로 들어왔다. 한 사람은 촌스런 동영 검객이고, 다른 한 사람은 괴상한 분위기를 풍기는 천축 환술사였다.

"단운자, 당당한 검선문 종주가 천월의 꽁무니나 쫓아다니며 그

부림을 받다니! 쯧, 늙었군, 늙었어!"

선기의 칼날같이 차가운 눈빛이 기세등등한 천월을 뛰어넘어 단운자의 얼굴에 먼저 꽂혔다.

"그러는 너는 늙은이가 아니냐?"

단운자는 아무렇지 않게 웃으며 말했다. 선기는 콧방귀를 뀌고는 어깨에 멘 사람을 바닥에 내려놓았다. 달빛이 맑고도 밝게 그 사람의 얼굴을 비추는 순간, 원승은 심장이 확 죄어들었다. 그 사람은 바로 대기였다. 벌떡 일어나 달려나가고 싶었지만, 안간힘을 다해 억눌렀다. 겨우 정신을 추스르고 보니, 대기의 안색은 평소와 다름없었고 몸에 핏자국도 없었다. 다만 선기가 수혈을 짚었는지 두 눈을 꼭 감고 있었다.

"선기 늙은이, 너도 당당한 대종사가 아니더냐." 단운자가 차갑게 콧방귀를 뀌며 말했다. "어찌 여자를 인질로 삼느냐?"

선기가 간악한 웃음을 지었다.

"인질이 아니다. 원한에는 그 대상이 있고 빚에는 그 빚쟁이가 있는 법이지. 이 호희의 연인인 원승이 계략을 꾸며 나를 해쳤으니 내가 그놈의 심장을 갈기갈기 찢는 것도 당연한 일이다."

단운자는 한숨을 쉬었다.

"이놈, 선가야, 네가 제일 국사 자리에서 떨어졌다고는 하나, 천하의 도사들은 아직도 너를 대종사로 떠받들고 있다. 배짱이 있거든 원승을 잡아다 죽이건 껍질을 벗기건 네 실력대로 하면 될 일, 일개 여자를 괴롭힐 까닭이 무엇이냐?"

선기는 참지 못하고 분노를 터뜨렸다.

"내 도호가 선기자일 뿐 성이 선가는 아니다!"

단운자는 그래도 분노한 소리로 외쳤다.

"선가 네놈이 그 여자에게 손가락 하나라도 까딱하면, 천하의 도사들이 네놈의 십팔대 조상까지 욕을 퍼부을 게다!"

선기는 화가 나다 못해 도리어 웃음이 터졌다.

"마음대로 하시지. 나는 탈옥하던 순간부터 속인들이 뭐라고 지껄이든 관심을 끊었다. 오로지 나만을 위해 움직이며, 은혜와 원수를 분명하게 갚으며 통쾌하게 살겠다!"

"선기 도형, 어찌 이러시오!" 천월 종사가 나지막이 탄식했다. "어쨌거나 도형은 이미 패했소. 조정에서도, 강호에서도, 현문에서도, 여지없이 패해 옳게 된 것이라곤 하나도 없소. 국사의 자리는 사라졌고, 문파는 무너졌소. 모든 것이 가루가 됐소. 도형 자신마저 붙잡혀 죽으면 묻힐 곳조차 없으니, 혼백 또한 십팔층 지옥으로 떨어질 것이오."

그의 목소리는 낮고 무거웠으며, 무궁한 연민과 안타까움을 담고 있었다. 이 말을 들은 원승도 마음이 서글퍼져 견디지 못하고 대성통곡하고 싶어졌다.

"에잇!" 별안간 선기가 천둥처럼 와락 소리를 질렀다. "감히 내 앞에서 잡귀 같은 귀역혹심술을 쓰다니!"

선기는 느릿느릿 마른 우물 앞으로 걸어가 느긋하게 앉았다. 그가 혼절한 대기를 우물 옆에 내려놓는 것을 보자 원승은 애가 타 죽을 지경이었다.

"천월, 너도 뭔가 알고 있는 모양이군. 그렇지 않고서야 이 황폐한 곳을 신경 쓸 리 없지. 도대체 뭘 알고 있느냐?"

선기는 천월에게 말을 건네면서도 우물 가장자리를 두드리며 생각에 잠긴 얼굴로 우물을 바라다봤다.

"당연히 아는 것은 있소만 도형에게 명확히 말해줄 상황이 아니오. 내가 말할 수 있는 것은……." 천월은 여유롭게 방긋 웃어 보였다. "도형이 이곳을 찾아온 것은 스스로 그물에 뛰어든 형국이라는 것뿐이오."

원승은 천월의 속뜻을 알아차렸다. 이곳은 지부 입구이고, 요룡군기 탈취 사건의 진범이자 비문의 고수인 천월은 당연히 지부의 지살 발동 비법을 알았다. 천월이 저렇게 의기양양하게 웃는 것을 보면 지살을 발동해 적을 묶어놓으려는 것이 분명했다.

"아아, 그물이라, 이제 보니 내 발로 그물에 뛰어들었군."

선기도 웃었다. 하지만 다소 음산한 웃음이었다.

갈수록 쩌렁쩌렁해지는 선기의 웃음소리에, 천월의 마음속에서도 별안간 불길한 예감이 솟아났다. 우두머리가 되어 고되게 선기를 추적한 지 오래지만, 옛 숙적의 손아귀에 놀아나 장안과 종남산을 몇 바퀴나 빙빙 돌며 수동적으로 움직이기만 했다. 그러다가 며칠 전에야 겨우 비밀 보고를 들었는데, 바로 선기가 사흘 연속 매일 밤 술시 삼각에 이곳에 나타났다는 정보였다. 이는 천금의 값어치가 있는 기밀 정보였다.

술법이 고강한 선기가 임기응변으로 포위를 뚫을 것을 대비해, 천월은 긴급하게 단운자 및 수수께끼의 인물 혜범에게 연락을 취했다. 혜범은 선기를 추격하는 일에 상당히 관심이 많았다. 하지만 그 교활한 늙은이는 직접 오지 않고 부하 둘만 보냈다. 다행히 도력이 제법 강한 부하들이었다. 그물은 쳤고 언제든 몰아칠 준비도 됐다. 모든 것이 더없이 완벽해 보였다.

그런데 지금, 선기의 음산한 웃음을 본 천월은 느닷없이 자신감이 떨어졌다. 한순간, 사냥감을 잡으려고 그물을 펼친 자가 자신이 아니라 선기인 듯한 착각마저 들었다.

"쳐라!"

이제 천월도 깊이 생각할 겨를이 없었다. 그의 외침에 따라 지살이 발동했다. 별안간 원락 안에 음산한 바람이 휘몰아치면서 음울한 느낌을 주는 괴이한 힘이 사방팔방에서 밀려들었다. 그와 동시에 동영 검객도 출수했다. 칼이 쏟아지는 폭포처럼 거침없는 강기를 싣고서 선기의 목을 향해 똑바로 날아들었다. 천축 환술사의 몸도 휙 사라졌다. 대신 느닷없이 굵기가 물통만 한 뱀 서너 마리가 정원에 나타나 꿈틀꿈틀 선기에게 다가갔다.

하지만 단운자가 그들보다 더 빨랐다. 검선문의 종사는 번개같이 소매를 휘둘러 비검을 날렸다. 형태가 있는 법기를 사용하는 일이 극히 드문 그이지만, 세간에서 손꼽는 선기 같은 인물을 상대하게 되자 결국 지난날 천하에 이름을 떨친 철검을 쓰고야 말았다.

동시에 사대 고수의 합동 공격을 받고서도 선기는 차분하게 앉아 움직이지 않았다. 그뿐 아니라 계속해서 미친 듯이 웃고 있었다. 그 무엇에도 아랑곳하지 않는 것처럼 그저 웃기만 했다. 그 미치광이 같은 웃음이 퍼져가는 가운데, 별안간 그가 손바닥을 쳐들어 힘차게 우물 가장자리를 내리쳤다. 이미 바짝 말라붙은 우물에서 물줄기가 치솟았다.

단운자의 비검은 그대로 물기둥을 베었다. 놀랍게도 강력한 검기에 물기둥이 양쪽으로 쩍 갈라졌다. 하지만 갈라졌던 물기둥은 금세 다시 합쳐지더니, 마치 보이지 않는 거대한 힘을 지닌 것처럼 검선문 종주의 명검을 단단히 가로막았다.

선기가 다시 손바닥을 휘두르자 우물에서 솟아오른 물줄기는 어느덧 용솟음치는 성난 파도로 변했다. 그 기세가 마치 황하의 물길을 빌려온 것 같았다.

"저럴 수가?"

천월은 놀라 두 눈을 부릅뜨며, 양손을 바람같이 휘둘러 이곳에 있는 지살을 모두 불러 모으려 애썼다. 하지만 모조리 헛수고였다. 이곳의 주인은 선기였다. 출렁이는 지살의 힘은 용솟음치는 파도 앞에서는 너무나도 보잘것없어서 잠시도 버티지 못했다.

"어서! 모두 전력을 다해 공격해라!"

단운자가 크게 꾸짖었다. 수염과 머리카락이 비쭉비쭉 뻗친 채 다리에 힘을 주고 우뚝 선 그의 옷자락이 펄럭펄럭 부풀어올랐다. 비검이 보랏빛 광채를 줄기줄기 뿜으면서 허공을 가르고 선기를 베어갔다.

그와 동시에 동영 검객의 긴 칼, 천축 환술사의 뱀, 천월 종사의 검도 움직였다. 셀 수 없이 많은 예리한 강기가 가로로 세로로 춤을 추며 일제히 선기를 공격했다.

"꺼져라!"

선기가 냉혹한 눈빛을 번뜩이며 느닷없이 발로 땅을 쿵 밟았다. 그러자 단운자와 천월 종사 등의 발밑이 쑥 꺼지는 이변이 벌어졌다. 원락 바닥 전체가 뜨거운 햇볕을 쬔 빙판처럼 쩍쩍 갈라지고 땅 밑에서 기묘한 물보라가 솟구쳤다. 사람들은 잇따라 비명을 지르며 우르르 땅 밑으로 꺼졌다.

"부디 지옥에 가서 서로 만나시길!"

선기가 교활하게 웃더니 몸을 훌쩍 날려 우물로 뛰어들었다.

바로 그때 검은 그림자 하나가 번개같이 날아들어 혼절해 우물가에 쓰러진 대기를 번쩍 안아 올린 다음 살쾡이같이 옆으로 굴렀다. 휙 뛰쳐나가 빙글 구르는 동작은 달아나는 토끼처럼 날랠 뿐 아니라 미처 예상 못한 것이기도 해서, 거의 성공을 눈앞에 두고 있었다. 단 하나, 선기의 손만 아니었다면.

선기는 우물 속에 거의 빠진 상태였지만 그래도 살쾡이처럼 뛰어나오는 원승을 봤고, 바쁜 와중에도 한 손을 뻗어 대기의 팔을 움켜쥐었다. 선기가 한 셈은 아주 정확했다. 만약 원승을 잡는다면 원승이 대기를 멀리 밀어낼 가능성이 크니 대기를 잡아야 했다.

이렇게 되자 원승도 필사적으로 대기를 잡는 수밖에 없었다. 거대한 힘이 밀려들면서 두 사람 다 선기에게 이끌려 우물 속에 빠졌다. 거의 동시에 갑자기 우물물이 하늘까지 치솟는 거대한 파도로 변했다. 파도에 담긴 강력한 흡인력이 가장 가까이 있던 천월 종사와 가장 공력이 뒤떨어지는 동영 검객, 천축 환술사를 휘말아 우물로 빨아들였다.

남들보다 일찍 상황을 파악한 사람은 단운자뿐이었다. 그는 밟고 선 지면이 갈라지는 순간, 즉시 환상임을 깨달았다. 가장 무시무시한 것은 바로 우물에서 솟아오르는, 강력한 흡인력을 지닌 거대한 파도였다. 위기의 순간, 그는 사력을 다해 어검술을 펼쳤다. 그의 몸은 호광을 그리며 우물에서 쏟아지는 파도 사이를 빠져나갔다.

원승은 대기의 손을 꼭 잡고서 아래로 추락했다. 분명히 바싹 마른 우물이었는데, 선기가 무슨 금제를 풀었는지 우물은 기세 좋게 물을 뿜어낼 뿐만 아니라 끝을 알 수 없을 만큼 깊었다. 원승은 몸이 자꾸만 물속으로 가라앉는 것을 느꼈다. 이 우물물에는 부력도 없는 것일까. 외려 아래쪽에서 강하게 빨아당기는 힘이 생겨나 끊임없이 그들을 아래로, 또 아래로 끌어당겼다.

원승은 눈을 뜨려고 애썼다. 우물물 안은 희부예서 애초에 또렷하게 보이는 것이 없었다. 하지만 그는 빠르게 가라앉으면서도 빛무리 하나를 봤다. 귀신처럼 너울거리는 하얀 빛 속에는 놀랍게도 괴상한 생물이 둥둥 떠 있었다.

원승에게는 더없이 낯익은 모습이었다. 바로 용이었다. 비늘과 발톱을 모두 갖추고, 꼬리를 사납게 흔드는 용. 단지, 머리가 없었다. 깊고도 깊은 우물 속에 머리 없는 용이 날아든 것이다. 그것도 하얀 빛 무리에 온몸을 감싼 채.

순간, 원승은 자신이 깊은 악몽에 빠졌노라 생각했다. 다행스럽게도 아직은 대기를 꼭 붙잡고 있었다. 출렁이는 물속에서 흔들리는 여인의 긴 머리카락이 그를 일깨웠다. 지금 그들은 위험 깊숙이 들어와 있으며, 이는 그 어떤 악몽보다 더 험난한 위험이었다.

물밑의 흡인력이 급격하게 강해졌다. 보이지 않는 커다란 손이 원승의 몸을 와락 낚아채 아래로 힘껏 던지는 것 같았다. 용솟음치는 격류가 두 사람을 기괴한 공간 속으로 내던졌다. 음습한 동굴이었다. 아스라한 달빛이 동굴 입구 갈라진 바위틈으로 새어 들어와 동굴 속에 거꾸로 매달린 종유석을 비추자 차디찬 빛이 반짝였다. 동굴 바닥은 대부분 물에 잠겨 있었다.

돌연 풍덩, 풍덩 하는 커다란 소리가 차례차례 들리더니 천월과 동영 검객, 천축 환술사가 물에 빠졌다. 세 사람 다 몰골이 말이 아니었고 연신 쿨럭쿨럭 기침하며 물을 토했다. 대기가 왁 재채기를 하면서 서서히 정신을 차렸다. 원숭은 매우 기뻐하며 여인의 등을 두드려 물을 뱉어내게 도왔다. 내내 혼절한 덕택에 물을 많이 마시지는 않은 상태였다.

"여긴 어디죠?"

대기가 어리둥절해하며 눈을 떴다. 원숭을 본 순간, 그녀는 놀라고 기쁜 나머지 그의 손을 꽉 붙잡고 연신 외쳤다.

"대랑, 당신이에요? 또…… 또 날 두고 가면 안 돼요!"

"나요. 걱정하지 마시오. 다시는 당신과 떨어지지 않을 거요!"

원숭도 감격에 젖어 보드라운 그녀의 손을 맞잡고서 가만히 위로했다.

"네 말대로다. 너희가 다시 떨어질 일은 없겠지. 다 같이 지옥에서 긴 잠을 자게 될 테니!"

음산한 웃음소리와 함께 선기가 느릿느릿 몸을 일으켰다. 거의 맨 먼저 떨어졌지만 준비하고 뛰어내린 덕에 전혀 낭패한 몰골이 아니었다.

"천월 네놈도, 그리고…… 너희 둘도!"

선기가 차갑게 나머지 세 사람을 가리켰다.

"쳐 죽일 놈!"

동영 검객이 분노를 터뜨리면서 양손으로 칼을 부르쥐고 재빨리 베어갔다. 선기는 코웃음 치며 성가신 듯이 주먹을 휘둘렀다. 강기 두 줄기가 거칠게 충돌하는 순간, 동영 검객의 몸이 바위벽에 우당탕 부딪혔다. 고통을 이기지 못한 그가 참혹한 비명을 질렀다.

"모두 멈추게!"

천월이 버럭 소리를 질러 움직이려던 천축 환술사를 제지한 뒤 무겁게 말했다.

"선기, 온갖 궁리로 우리를 이곳까지 유인하다니 대관절 무슨 음모를 꾸미는 것이오? 대체 이곳은 어디요?"

대종사로서의 경륜을 갖춘 데다 진법에도 정통한 천월은 가장 먼저 위험을 감지했다. 말로는 설명할 수 없고 묘사하기도 어렵지만, 그 위험은 그의 영혼 깊숙한 곳에서부터 이름 모를 전율을 일으켰다.

"물이 많고 기괴한 동굴인 것을 보면 아마 곡강 기슭일 겁니다." 동영 검객이 앞장서서 외쳤다. "이상하군요. 어떻게 이렇게 멀리까지 밀려왔을까요?"

"아니, 곡강 기슭도 아니고 동굴은 더더욱 아니오." 원승이 주위를 둘러보며 천천히 말을 이었다. "우리는 아직 수관사 우물 속에 있소."

동영 검객을 비롯한 모두가 흠칫 놀랐다. 천축 환술사는 숫제 주위의 바위벽을 힘껏 두드려보고 외쳤다.

"그럴 리 없소. 여긴 분명히 동굴이오! 이건 바위란 말이오!"

천월이 무거운 목소리로 말했다.

"원 장군 말은, 이 바위와 우물물, 격류가 전부 환상이라는 뜻인가? 우리가 아직도 환상에 빠져 있다고?"

원승은 천천히 고개를 끄덕였다.

"확실히 이상한 데는 있지만, 이곳은 우물 바닥이 분명합니다. 이상하리만큼 넓을 뿐이지요. 선기 국사께 물어봐야겠군요. 국사께서는 아마도 귀 문파의 신물인 그림에서 실마리를 얻으셨나보군요?"

선기가 한 줄기 냉소를 흘렸다.

"정말 많이도 알고 있구나. 우리 사문의 신물까지 알다니."

천월이 물었다.

"자전문의 신물 그림이라니?"

"자전문에는 대대로 전해지는 그림이 있습니다. 실제로는 비문 사람들이 애타게 찾아다니던, 지기자가 남긴 보물이 숨겨진 지도지요. 하지만 선기 국사는 놀라운 재주로 그 그림의 내력을 간파했고, 심지어 그 속의 수수께끼까지 풀어 실마리를 따라 이곳을 찾아낸 겁니다."

원승은 그렇게 말하며 바위벽을 툭 쳤다.

"그 그림은 지기자가 그렸을 겁니다. 지기자가 어떤 사람입니까? 그에게 진짜 보물이란 금은보화 같은 것이 아니라 바로…… 천마입니다!"

마지막 구절의 '천마'라는 단어는 지극히 가볍게 입 밖으로 나왔지만, 마치 무시무시한 천둥처럼 깊고도 기묘한 이 우물 속을 쩌렁쩌렁 울렸다.

천월마저 온몸을 부르르 떨었다. 그랬다. 지기자의 눈에는 천마가 숨어 있는 곳이야말로 진정한 보물창고였다. 정말로 그렇다면, 이곳에, 바로 이곳에 천마가 있는 것일까? 순간적으로 셀 수 없는 의문이 천월의 마음속을 가득 채웠다.

하지만 자세히 묻기도 전에 난데없이 들려온 소리가 그 모든 의문을 연기처럼 흩어냈다. 거칠고 무거운 숨소리. 백여 마리 들소가 동시에 울어대는 것처럼 길고 거칠면서도 들짐승다운 분노와 불만이 담긴 소리였다.

모두가 그 자리에 굳었다. 심지어 선기마저도. 대기도 그제야 정신을 차리고 빙글 돌아서 원숭 뒤로 숨었다.

"역시 천마가 이곳에 있었군. 안 그렇소?"

천월이 선기를 바라봤다.

"당연히 여기 있지." 선기의 눈동자에 어린 표정은 복잡미묘했다. "본래는 내 원수를 유인할 생각이었는데 고작 네놈들만 올 줄은 몰랐다. 혜범, 그 늙은 미꾸라지는 오지도 않았고 단운자는 떨어지지도 않다니……."

"선기, 미친 짓 하지 마시오. 천마가 나타나면 당신도 죽은 목숨이오. 어서 갑시다. 당장 떠나잔 말이오. 아직 살아날 기회가 있소."

천월은 거의 애원하다시피 했다. 거칠고 커다란 숨소리는 점점 더 빼곡해지고 있었다.

"늦었다!"

선기가 냉소를 터뜨렸다.

"맞습니다. 늦었지요." 원숭은 나지막이 탄식했다. "천마의 궁극적인 비밀은 줄곧 지기자 손에 있었습니다. 조정과 원천강에 대항하고자, 그는 천마살이라는 극단적인 진을 이용해 천마를 깨우려고 시도했지요. 애석하게도 그 움직임은 원천강에게 발각됐고, 원천강은 장안 칠성 법진을 펼쳐 천마를 제압했습니다. 하지만 지금은 장안 칠성 법진이 여기저기 망가져 제압하는 힘이 점점 약해지고 있습니다. 심지어 능연각에서는 천마가 진청류의 몸에 부활할 뻔했는데, 이제는 선기 국사의 조작이 더해졌으니 어쩌면 정말로 곧 부활할지도 모릅니다."

"선기, 이…… 이 미치광이 같은 악마 놈!"

결국 참다못한 천월이 욕을 퍼부었다. 동영 검객과 천축 환술사가 재빨리 그의 곁에 다가서며 무기를 곧추세우고 호시탐탐 선기를 노려봤다. 선기는 여전히 웃고 있었지만, 그 웃음에는 말로는 설명할 수 없는 애달픔이 담겨 있었다.

천경궁 법회가 열리기 전부터 선기는 이미 사문에 내려오는 그림에서 지살 암호를 일부 풀어냈고 세 차례나 이곳에 와서 위험을 겪었다. 비록 결국 헛수고로 돌아갔지만, 그 위험에서 빠져나올 때마다 자신이 이 위험천만한 지살을 다스릴 수 있다는 생각이 들었다. 천월과 단운자 같은 대종사에게 쫓기면서 당하는 상황이 딱히 기분 좋은 것은 아니었다. 그래서 그는 이곳으로 적을 유인해 함정에 빠뜨리고 그들을 몰살하기로 결심했다. 비록 교활한 단운자와 혜범은 어망을 빠져나갔지만, 오늘 밤만 무사히 넘기면 그 자신도 살길을 열 수 있었다.

마침내 선기가 길게 한숨을 내쉬며 말했다.

"서두르지 마라. 이제 곧…… 놈이 올 것이다."

그 말이 떨어지기 무섭게 우물 안에 폭풍우가 몰아치기 시작했다. 큰 파도가 밀려들 것처럼 발밑에서 물이 출렁였다. 대기는 비명을 지르는 것도 모자라 높이 튀어나온 돌부리를 밟고 몇 발짝 올라섰다. 물론 그녀는 이곳이 우물 바닥이며, 애초에 비가 내리거나 파도가 칠 수 없다는 것을 훤히 알고 있었지만, 소용없었다.

억수로 쏟아지는 장대비 속에서 희미하고 하얀빛 하나가 저 멀리서 둥실둥실 날아왔다. 빛 가운데에는 키 크고 야윈 술사가 앉아 있었다. 수염을 가슴께까지 기르고 검을 거꾸로 들었는데 뭐라 설명할 수 없을 만큼 멋들어진 자태였다. 무엇보다 이상한 것은 그의 두 눈, 바다처럼 깊고 모든 것을 깔보는 듯한 두 눈이었다.

그 술사의 관자놀이에 불꽃같이 빨간 머리카락이 한 줌 나 있는 것을 본 천월이 이를 딱딱 부딪치며 떨리는 소리로 중얼거렸다.

"지기…… 지기자!"

동영 검객도 지기자의 이름을 들어봤는지, 결국 참지 못하고 으르렁댔다.

"천월 선생, 정신 차리십시오! 지기자 종사는 몇십 년 전에 돌아가시지 않았습니까?"

"아닐세, 정말 지기자일세! 저 관자놀이의 빨간 머리카락은 본래부터 있던 게 아니라 삼매진화를 절정까지 익힌 이의 상징이야. 그리고 저 눈…… 생각해보게. 이 세상에서 지기자를 빼면, 저렇게 하늘을 꿰뚫어보는 눈빛을 가진 자가 또 어디 있겠나?"

별안간 천월이 바닥에 넙죽 엎드리며 큰 소리로 외쳤다.

"지기자 선배님께서는 과연 신통하십니다! 돌아가신 게 아니었군요. 소생이 선배님께……."

그의 말이 끝나기도 전에 지기자의 몸을 둘러싼 하얀빛이 눈부실 정도로 환해졌다. 이어서 그의 몸이 느닷없이 펑 터졌다. 지기자는 이리저리 흩날리는 핏덩이로 변했고, 그 핏덩이는 내던져진 뱀떼처럼 눈 깜짝할 사이 사람들을 덮쳤다. 사람들은 미처 방비하지 못한 채 몸과 얼굴에 핏덩이를 맞았다. 원승은 끔찍한 장면을 목격했다. 새빨간 뱀 같은 핏덩이가 그대로 사람들의 몸을 꿰뚫고 계속해서 저 멀리 날아가는 것이었다.

"어…… 어떻게 된 거예요?"

대기가 놀라 비명을 질렀다.

지기자는 죽었다. 불세출의 도사는 사람들 앞에서 느닷없이 폭발해 수천수만 개 핏덩이로 변했다.

"봐요! 저 사람…… 저 사람 또 살아났어요."

대기가 떨리는 손가락으로 어딘가를 가리켰다. 저 멀리, 산처럼 높이 솟아오른 파도 꼭대기에 또다시 지기자의 모습이 나타나 소맷자락을 펄럭이며 바람을 타고 다가오고 있었다.

"환술…… 설마 환술인가?"

천축 환술사는 긴장한 얼굴로 좌우를 돌아보며 환술의 허점을 찾으려 했다.

"아니, 저건 진짜다. 진짜 지기자." 선기가 무겁게 한숨을 쉬었다. "하지만 수십 년 전의 모습이지."

"수십 년 전?"

대기는 깜짝 놀랐다.

"그랬군. 수십 년 전에 지기자는 홀로 칠성 법진에 뛰어들었고, 이 부근에서 법진에 상처를 입어 스스로 진원을 터뜨려 죽었소. 우리가 본 것은 바로 지기자가 자폭해 죽은 순간이오! 이곳의 독특한 지살이 그 장면을 기록해둔 것이오. 지기자는 어느 수신묘에서 숨이 끊어졌다는 소문이 있었는데, 아무래도 이곳인 모양이오."

원승이 이제 알았다는 듯이 말했다.

여기까지 들은 천축 환술사와 동영 검객이 절로 옷깃을 여몄다. 지기자가 산산조각 나는 순간, 놀랍게도 그들 역시 온몸에 자리한 혈관과 근육이 폭발하는 것 같은 고통을 느꼈다.

"그 끔찍한 광경을 기록한 것은 지살이 아니라 그놈이다. 천마!"

선기의 목소리는 뼈를 에일 듯이 차디찼다.

"지난날 칠성 법진에 제압된 천마는 힘이 약해져 지기자가 자폭해 죽는 모습을 속절없이 보고 있어야만 했지. 놈이 얼마나 고통스러웠을지 나는 안다. 그래서 속으로 자꾸만 그 고통스런 장면을 재연하는 것이다."

천월이 참다못해 바락 소리를 질렀다.

"그래서 그놈이 곧 온단 말이군, 그런 것이냐?"

전설에 나오는 천마가 이제 곧 나타날 것이다. 천마는 도대체 어떤 모습일까?

"곧이라고? 아니, 놈은 벌써 여기 있다!"

선기의 나지막한 탄식과 함께 사람들의 눈앞이 희미해졌다. 곧이어 빛이 일렁이는 저 앞에서 거대한 금빛 용이 서서히 몸을 폈다. 처음에는 큼직한 나무 같은 꼬리를 펴고, 이어서 비늘이 반짝이는 금빛 몸, 예리하게 빛나는 발톱을 드러냈다. 그리고 마침내 금빛 용 한 마리가 사람들을 정면으로 마주했다. 모두 입을 떡 벌리고 눈을 휘둥그레 떴다. 위풍당당한 금빛 용은 뜻밖에도 머리가 없었다.

머리가 없는 거대한 용!

대기가 맨 처음 비명을 질렀다. 동영 검객은 아예 으악 소리를 지르며 털썩 엎드렸다.

원승의 두 눈에서 온기가 싹 가셨다. 문득 그가 외쳤다.

"경하 용왕! 설마 머리 없는 경하 용왕인가?"

대기의 두 눈동자도 다시 빛나기 시작했다. 오랫동안 거리에서 설화인의 이야기를 들어온 그녀는 당연히 위징이 꿈에서 경하 용왕을 참수한 이야기를 들은 적이 있었다. 그 이야기에는 또 하나 중요한 인물이 나오는데, 바로 당태종 이세민이었다.

당시 위징은 꿈에서 경하 용왕을 쫓고 있었지만 따라잡지 못해 땀을 뻘뻘 흘리며 초조해했다. 재주 많은 신하가 잠든 상태로 땀을 흘리는 것을 본 이세민은 땀을 식혀주려고 부채를 세 번 부쳐줬다. 꿈속에 있던 위징은 그 세 줄기 시원한 바람의 도움으로, 바람을 타고 번개처럼 용왕을 뒤쫓아 검으로 그 목을 베었다.

대당나라에서는 집집이 아는 이야기였다. 그 후 용왕이 머리를 찾으려고 태종의 꿈속에 들어가 밤잠을 설치게 했고, 그로 인해 진경과 울지공이 수문신이 되어 밤을 지키는 전설이 탄생했기 때문이다. 하지만 지금, 신비롭기 짝이 없는 천마가 마침내 드러낸 모습이 머리를 잃은 경하 용왕일 줄은 그 누구도 생각지 못했다.

천월은 한숨을 쉬었다.

"그렇군. 모두 명심하게. 이곳은 수관사로 본시 수신에게 제를 올리던 곳이네. 그리고 주 전각 앞의 부조에는 거대한 용 여덟 마리가 새겨져 있었지. 바로 '장안을 에워싼 여덟 줄기 물'을 대표하는 여덟 용왕이네. 폐허가 되기 전에 이곳은 속칭 '여덟 용왕묘'라고 불렸지. 그러니 본디 경하 용왕이 깃든 곳일세."

그 말을 들은 대기가 중얼거렸다.

"그런데 천마는 '머리 아홉 달린 천마'라고 불리니까 머리가 아홉 개여야 하잖아요. 지난번 능연각에서 진청류의 몸을 빌렸을 때도 마지막 머리 하나가 모자라 부활하지 못했어요. 그런데 지금은 왜 머리가 하나도 없는 용인 거죠?"

선기가 나지막이 탄식하며 말했다.

"그래, 그날 밤 놈은 마지막 머리 하나가 부족해 부활하지 못했다. 하나가 모자라든 아홉이 모자라든, 놈에게는 어차피 똑같은 고통이지."

원숭이 흠칫하며 말했다.

"저건 천마의 본모습이 아니라 화신일 뿐이오. 천마는 우리가 모두 알아볼 수 있는 모습을 쓴 거요. 경하 용왕은 머리가 없어서 놈과 비슷한 고통을 가졌고, 또 그 이야기가 널리 퍼져 있기에 저런 모습으로 변한 거요. 하긴, 몹시 고통스럽겠지."

사람들은 두 사람의 으스스한 대화에 뼛속까지 서늘해지는 기분이었다. 곧이어 말로 설명할 수 없는 고통이 온몸으로 퍼졌다.

"내 머리…… 내 머리는 어디 있느냐?"

머리 없는 천마가 느릿느릿 사람들에게 접근했다. 우물 안에는 공포에 젖은 울부짖음이 끊임없이 메아리쳤다. 별안간 동굴의 벽 전체가 기괴한 용의 몸뚱이로 변하더니 수많은 용이 층층이 똬리를 틀고 꿈틀대기 시작했다. 하나같이 머리가 없는데도 놈들은 소리를 지르며 반복해서 똑같이 외쳐댔다.

"내 머리…… 내 머리는 어디 있느냐!"

이어서 수많은 용머리가 벽에서 쑥쑥 튀어나왔다. 피처럼 시뻘건 눈동자가 벽 사이사이로 껌벅껌벅하며 흩어졌다 모이기를 반복했다. 그 눈동자에는 흉측한 핏발이 가득했고, 분노와 악독함이 철철 넘쳤다. 동굴 안에 다시금 폭풍우가 몰아쳤다. 이번에 허공에 휘날리는 것은 피였다.

"요괴 놈!"

동영 검객이 가장 먼저 괴성을 터뜨리며 칼을 휘둘러 벽을 내리쳤다. 칼을 쓰자마자 피가 더욱 세차게 쏟아졌다. 뜨거운 피로 이뤄진 폭포가 터진 듯 끈적끈적한 피가 사방으로 튀자 그는 온몸에 피를 홀딱 뒤집어쓰고 말았다.

"조심하게. 정신을 집중하고 함부로 움직이지 말게!"

천월이 다급히 일깨웠다.

하지만 늦었다. 그 순간, 사방에서 귀신 그림자가 일렁이고 꿈틀거리는 핏빛 벽에서 송곳니와 발톱을 휘두르는 흉악한 괴물들이 튀어나왔다. 실로 기괴하게 생긴 괴물이었다. 호랑이나 표범 같은 맹수도 있고, 코와 입에서 불을 뿜는 말도 있고, 긴 머리카락을 땅에질질 끄는 강시 여자도 있고, 머리에 뿔이 달린 수인도 있었다.

상고의 전설에 나오는 괴물들이 울부짖고 펄쩍펄쩍 뛰면서 조수처럼 밀려왔다. 다행히 괴물들은 원숭 일행에게 덤비지 않고 둘로나뉘어 서로 죽기로 싸우기 시작했다. 가장 눈에 띄는 것은 팔 넷에소머리를 한 거인이었다. 수인의 대장 같은 그는 천둥같이 고함을치면서 단번에 적 여러 명을 산 채로 찢어발겼다.

"치우! 설마 이건…… 탁록 들판에서 황제와 치우가 치른 첫 번째 도와 마의 싸움!" 천월이 당황한 목소리로 외쳤다. "이것이 다환상이란 말인가?"

그의 외침은 금세 괴물들의 화난 외침에 묻혀버렸다. 양 갈래 괴물들이 기세등등하게 사방에서 충돌하자 곧 일행에게도 영향을 끼쳤다.

"이건 모두 환술이다! 환술일 뿐이다!"

천축 환술사는 치우니 황제니 도와 마의 싸움이니 하는 말을 들어본 적 없지만, 환술에 정통한 제 능력을 믿고서 몸을 곧추세운 채노도처럼 밀려오는 괴물을 무시하려 했다.

우당탕 쿵 하는 굉음이 들려왔다. 천축 환술사가 키가 두 장을 훌쩍 넘는 거인에게 부딪혀 바닥에 나동그라지는 소리였다. 곧바로 치우가 거인을 향해 달려왔다. 두 거인이 맞싸우는 곳에 벌렁 쓰러진 천축 환술사는 천신과도 같은 둘에게 이리저리 짓밟혔다.

원승과 천월 등은 이 광경을 보고 간담이 서늘해졌다. 그들은 재빨리 한데 모여 가장자리로 피했다. 천축 환술사도 일어나려고 안간힘을 썼지만 어찌 된 영문인지 온몸이 딱딱해지고 바싹 말라갔다. 몇 번 발버둥질했지만 마치 온몸이 딱딱한 바위로 변한 양 움직일 수가 없었다.

두 거인은 아직도 격렬하게 싸우는 중이었다. 별안간 쾅 소리가 나면서 돌처럼 굳은 천축 환술사가 치우에게 부딪혔다. 그 순간 그의 몸은 산산이 조각나 돌 부스러기처럼 사방으로 날아갔다.

천월은 화들짝 놀라 목이 터지도록 외쳤다.

"이럴 수는 없다! 설마 이 모두가 환상이 아니라 진짜란 말이냐? 아니면, 진짜이면서도 환상인가?"

"환상입니다! 순수한 환상!" 원승이 기를 북돋아 큰 소리로 외쳤다. "저 천축인은 허세를 부렸지만, 실제로는 본심을 지키지 못했기 때문에 환상에 동화된 것입니다."

원승과 대기는 각자 한쪽 손을 내밀어 서로 손가락을 얽었다. 두 사람의 원신이 감응했다. 이는 둘의 영력이 하나가 된 것이나 다름없었다. 그렇다고 해도 괴물들이 혼전을 벌이는 환상이 노도처럼 밀어닥치자 정신이 마구 뒤흔들렸다.

"움직이고 있어요!" 대기가 외쳤다. "괴력이 우릴 빨아들이는 걸까요?"

그 말대로 모두가 천천히 움직이고 있었다. 처음에는 혼전을 벌이는 괴물들에게서 멀어지는 줄 알았는데, 대기의 외침을 듣고 보니 등 뒤에서 소리 없이 들끓는 강력한 흡인력을 느낄 수 있었다.

"그 요사한 용이구나!"

천월이 소리 질렀다.

과연, 천마가 변한 머리 없는 용이 어느새 그들 뒤에 도사리고 있었다. 놀랍게도 놈은 앞발로 큼직한 제 머리를 들고 있었다. 용머리에 박힌 텅 빈 눈 두 개가 목석처럼 그들을 주시했고, 반쯤 열린 거대한 입은 쉼 없이 숨을 들이마셨다. 힘차고 사나운 흡인력이 그 입을 향해 슬금슬금 사람들을 끌어당겼다.

천월이 외침을 터뜨리자 어느새 검이 그의 손을 떠났다. 검광이 번쩍이는 곳마다 용의 몸에 거대한 금이 쩍쩍 갔다. 하지만 상처에서 피가 흐르지도 않았고, 검이 되돌아온 후에는 언제 그랬느냐는 듯이 아물었다. 마치 칼로 물을 베는 것처럼 아무 소용이 없었다.

사람들은 보면 볼수록 기겁했다. 괴물들은 아직도 소리소리 지르며 싸워대고 공중에는 피가 비처럼 흩날렸다. 이제 그들의 앞에 남은 길은 둘뿐인 듯했다. 천축 환술사처럼 괴물의 환상에 동화되거나, 등 뒤에 있는 신비한 천마의 용에게 잡아먹히거나…….

"실체가 없는 놈일세. 법보나 무기로는 털끝 하나 해칠 수 없을 것 같군."

놀람과 분노에 휩싸인 천월은 내내 수수방관하며 냉소를 짓고 있는 선기를 보자 더욱 노기가 치밀어 대뜸 욕을 퍼부었다.

"선기 이 멍청한 놈! 이젠 네놈도 잡아먹혀 혼백이 소멸할 처지다. 그래, 이제 만족스러우냐?"

"잡아먹혀?" 선기가 기이한 눈빛을 쏘더니 문득 콧방귀를 뀌었다. "나를 너무 과소평가했군. 내가 이곳에 온 것은 단순히 적을 가 뒤 복수하기 위해서가 아니다. 그보다는 천마를 무찌르고 굴복시키고 이겨내…… 놈을 갖는 것이지!"

'갖다'라는 말에 원숭도 짚이는 데가 있어 참지 못하고 외쳤다.

"보름밤! 선기, 당신도 진청류처럼 일부러 보름밤을 선택했군. 보름날 밤은 천마가 부활을 추구하는 순간이자, 가장 허약해지는 순간이오. 이제 보니…… 당신도 천마의 힘을 갖고자 했군!"

"원숭, 역시 제법이구나!"

선기가 껄껄 웃었다.

"천월, 너는 평생토록 천하제일 국사가 되려는 꿈을 꿨다. 하지만 너 정도 기백으로는 음모술수나 부리는 게 고작이다. 이제 내가 보여주마. 천하제일 국사의 기백이 어떤 것인지! 천마, 네 머리가 왔다!"

커다란 외침과 동시에 선기는 동영 검객의 목을 움켜쥐고 허공으로 번쩍 쳐들었다가 머리 없는 용에게 집어던졌다. 흡사 산봉우리가 무너져 내리듯 급작스런 움직임이었다. 선수를 뺏긴 동영 검객은 피할 힘조차 없었다. 뒷덜미 요혈을 틀어 잡히는 바람에 강기마저 제압당한 그는 지푸라기처럼 맥없이 훌훌 날아갔다.

동영 검객이 용 앞에 툭 떨어지자 머리 없는 용이 몸을 쑥 내밀어 단단히 휘감았다. 동영 검객의 몸이 휙 사라졌다. 마치 용이 산채로 꿀꺽 삼켜버린 것 같았다. 눈앞이 아른아른하더니 동영 검객의 머리가 용의 목 위로 쑥 튀어나왔다. 머리 없는 용에게 마침내 머리가 생겼지만, 그것은 동영 검객의 머리였다.

게다가 어딘지 괴상했다. 용 같기도 하고 사람 같기도 한 데다 얼굴에는 걸쭉한 액체가 줄줄 흐르고 있었다. 동영 검객의 머리는 용의 목에 안주하는 게 싫은지 계속 필사적으로 발악했다. 텅 비어버린 두 눈이 보기만 해도 지독히 끔찍했다. 대기는 더는 볼 수가 없어 두 눈을 질끈 감았다.

"저 천마는 왜 자꾸 머리를 찾는 것일까?"

문득 원승이 중얼거렸다.

"무슨 말인가?"

천월이 흠칫하며 물었다. 원승의 말에 깊은 뜻이 담겨 있는 것 같아서였다.

"머리는 그저 상징일 뿐입니다. 자아를 대표하는."

원승은 동영 검객과 함께 발버둥 치는 용의 몸을 똑바로 응시하며 천천히 말을 이었다.

"내가 오랫동안 관찰했지만 저것은 절대 용이 아닙니다. 물론 요괴도, 악마도 아니지요. 저건 자의식을 가진…… 세계입니다."

"저게…… 세계라고?"

"세계. 세는 곧 시간이고 계는 공간이지요. 생각해보십시오. 이곳은 본래 좁고 작은 우물 바닥이었는데 어째서 이렇게 넓어지고 폭풍우가 쏟아졌겠습니까? 바로 이곳이 독특한 자아세계이기 때문입니다. 이곳에서는 시간과 공간이 왜곡됩니다! 그래서 수천 년 전에 있었던 도와 마의 싸움을 볼 수 있고, 수십 년 전 지기자가 자폭해 죽던 광경을 볼 수 있는 것입니다. 어쩌면 천마라는 것도 이곳에 있는 기묘한 지살인지도 모릅니다. 무섭게도 이곳 지살은 갑자기 자아의식을 갖게 됐지요. 이른바 천마의 부활이란, 의식이 생겨난 지살이 계속해서 제 자아를 확인해줄 사람을 찾아다니는 것을 말합니다. 그래서 자꾸만 찾아 헤매고 자꾸만 집어삼키고 또 자꾸만 분열하는 것입니다."

"자꾸 분열한다고?"

"그렇습니다. 집어삼키는 것과 분열하는 것은 한가지지요. 삼켜서 하나가 된 것이 있으면 반드시 분열하는 것이 있기 마련입니다. 저 지살은 머리 아홉 개를 원합니다. 아홉이란 완벽한 숫자이니 그 다음에는 분열할 것입니다. 첫 번째 도와 마의 싸움에서 나타난 천마들을 생각해보십시오. 그때 천마는 우사였고 또 한발이었지요. 스스로 무수한 자아분열을 하는 것입니다."

대기가 떨리는 소리로 말했다.

"그 본질이 집어삼키는 거라면, 우리도 결국……."

원숭은 무슨 말로 그녀를 위로해야 할지 몰라 가만히 한숨을 쉬었다.

"그렇소. 저 지살은 끊임없이 집어삼킬 거요. 어쩌면 집어삼킨 다음에 오는 것이 천마가 원하는 모든 것일지도 모르오. 천마가 되고자 하는 진정한 세계 말이오."

"그렇다면 놈도 권력 싸움을 하는 중이군! 단지 탐하는 권력이 우리보다 훨씬 클 뿐이지."

천월은 무겁게 숨을 골랐지만 눈동자에서는 광채가 반짝였다. 그는 느릿느릿 몇 걸음 앞으로 나아가 조용히 말했다.

"천마, 네가 바라는 권력, 내가 얻어줄 수 있을지도 모른다. 물론 네가 먼저 내게 지고무상의 권력을 줘야겠지만!"

그의 눈동자에서 타오르는 광채가 갈수록 왕성해졌다. 어렴풋하게나마 그는 고금을 통틀어 비할 데 없이 강력한 기회를 발견했다.

전설에 나오는 천마의 힘!

지금 천월은 가슴이 벅차오르고 있었으나 아무래도 망설여지기는 했다. 진청류, 그리고 동영 검객의 전철이 흥분으로 격앙된 와중에도 함부로 경거망동하지 못하게 그를 가로막았다.

그런데 잠시 정신이 흐트러진 그 찰나의 순간, 강력한 힘이 맹렬하게 짓쳐왔다. 선기의 발이 천월의 등에 꽂혔다. 일대 종사인 선기가 이렇게 기습할 줄은 생각지도 못한 일이었다. 발길질 한 번에 천월의 강기가 마구 요동치고 오장육부가 뒤집힌 것처럼 아우성쳤다. 천월은 처절한 비명과 함께 허공을 가르며 날아가 사람 머리를 단용에게 부딪혔다.

선기의 공격은 사냥감을 낚아챈 매처럼 날래고 연속성도 훌륭했다. 천월을 걷어찬 다음, 그는 질풍처럼 몸을 돌려 대기의 목을 움켜쥐고서 허둥지둥 막으려는 원승에게 소리쳤다.

"멈춰라!"

그의 거친 손아귀에 목을 틀어 잡힌 대기를 보자 원승은 하얗게 질렸다. 그는 가만있는 수밖에 없었다.

"선기, 이 천인공노할 놈……."

저쪽에서는 천월의 비명이 들려왔다. 그 몸은 이미 용에게 꽁꽁 휘감긴 상태였다. 강력한 강기가 마구 충돌하면서 우물 전체가 뒤흔들렸다. 마치 거대한 산봉우리가 바다에 빠지고 성난 파도가 하늘까지 치솟는 것 같았다. 천월은 공력이 심후한 대종사였다. 비록 기습당하고 용에게 붙잡혔어도 급한 와중에 강기를 전부 끌어올려 목숨 걸고 반격에 나섰다.

하지만 동영 검객보다 고작 잠깐 더 버텼을 뿐, 결국 용에게 통째로 먹히고 말았다. 다음 순간, 그의 머리가 용의 목 위로 쑥 솟아났다. 걸쭉한 액체를 줄줄 흘리는 괴상한 얼굴이며 텅 빈 눈동자는 동영 검객과 똑같았다. 하지만 그것도 잠시, 곧 천월의 머리가 쑥 들어가고 동영 검객의 머리가 다시 튀어나왔다.

잠깐 사이 천월과 동영 검객의 머리가 교대로 나왔다 들어갔다 했다. 나올 때마다 칼 빛이 번쩍번쩍한 걸 보면 천월과 동영 검객이 용의 몸속에서 필사적으로 싸우는 것이 분명했다. 그와 함께 거대한 용의 몸도 자꾸만 이리저리 뒹굴었고, 그 바람에 우물 전체가 진동하면서 빛이 흔들렸다.

천월과 동영 검객이라는 기운 센 몸을 예고 없이 삼킨 탓인지, 천마의 세계가 격렬하게 요동쳤다. 별안간, 앞서 나타나서 어지러이 싸워대던 양 갈래 괴물들이 모조리 와사삭 부서지더니 곧바로 희미한 빛으로 변해 차츰차츰 흐려졌다.

"선기, 대체 어쩔 셈이오?"

원승은 천천히 검을 뽑았다. 왼손에는 검, 오른손에는 붓을 들고 선기와 전력을 다해 싸울 준비가 되어 있었다.

"저 천마를 봐라. 네 말대로 특이한 지살의 세계지. 하지만 지금은 도와 마의 싸움 환영조차 사라졌다. 그 말인즉 저 지살의 세계에 큰 문제가 생겼다는 뜻이다."

선기는 흉측한 웃음을 지었다.

"알겠느냐? 천마는 먹을수록 배가 부르고 그럴수록 약해진다. 그러면 이 어르신에게 기회가 생기는 게지. 이제 저리 꺼져라."

"원승, 안 돼……."

대기는 안간힘을 써서 외쳤지만 선기가 목을 꽉 틀어쥐자 더는 아무 소리도 내지 못했다.

"꺼져라!" 선기가 힘줘 외쳤다. "그렇지 않으면 이 여자를 던지 겠다! 흐흐흐, 이 호희는 원신이 아주 강력하니 분명히 천마도 좋아 하겠지."

시위라도 하듯 그가 손에 힘을 주자 대기는 숨이 제대로 이어지지 않아 얼굴이 새빨개졌다.

천월이 동영 검객과의 싸움에서 우위를 점했는지, 한동안 그의 머리가 용의 목을 차지했다. 액체에 잔뜩 덮인 눈동자가 멍하니 선기를 바라봤고, 심지어 똑같은 액체를 줄줄 흘리는 입을 쩍 벌리고 미치광이처럼 웃어대기까지 했다.

그 음산한 웃음소리에 이어 우물 안에 강하고 맹렬한 광풍이 휘몰아쳤다. 바람을 따라 강력한 흡인력이 일어나면서, 용의 몸 전체에 음산하고 희미한 빛이 나기 시작했다.

"찰나의 순간 또는 살고 또는 죽으리니!"

갑자기 원승이 한숨을 내쉬더니 그 희미한 빛을 향해 천천히 걸어갔다.

"원승, 안 돼!"

이미 말을 할 수 없게 된 대기는 그저 마음속으로만 소리 없이 부르짖을 뿐이었다.

"곡신(谷神)은 영원불멸이니, 이를 현빈(玄牝)이라 한다."

원승이 낭랑하게 외쳤다.

"선기, 알겠소? 저것은 현빈의 문, 곧 천지의 근원이오."

'곡신은 영원불멸이니 이를 현빈이라 하며, 현빈의 문은 곧 천지의 근원이니라.' 도가의 첫 번째 경전인 《노자》에 나오는 이 구절은 손꼽히는 신비로운 격언 중 하나였다. 천년이 넘는 세월 동안 도가의 수많은 대종사와 수련자가 이 격언을 끊임없이 해석해왔지만, 이른바 '곡신'이 무엇이며 어째서 영원불멸인지, '현빈의 문'은 무엇이고 '천지의 근원'은 대관절 무엇을 가리키는지는 수만 가지 주장이 생겨나고 의견이 분분해 영원한 수수께끼로 남았다.

생사를 가름 짓는 지금, 원숭은 어째서 그 두 구절을 읊었을까? 설마 뭔가 깨달은 것일까?

선기는 당황해서 저도 모르게 두 눈을 부릅떴다. 동굴 안을 채운 끝도 없고 형체도 없는 광풍과 사나운 흡인력 때문에 선기도 똑바로 서 있기가 어려울 지경이었다. 희미하던 빛은 갈수록 환해지고 있었다. 원숭은 그 맹렬한 흡인력을 마주하며 한 걸음 한 걸음 빛을 향해 다가갔다. 다음 순간, 천월이 그랬듯이 원숭도 그 휘황찬란한 빛 속으로 사라졌다.

"원숭!"

대기는 마음이 찢어질 듯한 고통에 그대로 혼절할 뻔했다. 부릅 뜬 선기의 두 눈도 터질 것 같았다. 뭔가 달랐다. 천월과 동영 검객이 용의 몸에 부딪혔을 때는 그처럼 격렬하게 뒤흔들리더니, 원숭이 천마에게 다가갔을 때는 뜻밖에도 너무 평온했다. 원숭은 무척이나 자연스럽게 걸어갔다. 마치 제집 뒤뜰의 사립문을 밀어 열고 정원으로 들어가는 사람처럼.

느닷없이 용의 몸에서 거대한 광채가 치솟았다. 앞서 음산하고 눈 따갑던 차가운 빛과 달리, 이번에 솟아난 빛은 부드럽고 순했다. 마치 따뜻한 봄이 찾아와 꽃이 활짝 피고 향기로운 복숭아가 나뭇가지에 주렁주렁 열린 것 같았다. 푸른 바다 위로 하늘이 펼쳐지고 따스한 바람이 불어오는 것도 같았다. 그 밝음은 셀 수도 없이 많은 아름다움과 따스함을 머금고 있었다.

한순간 선기는 눈앞이 어질어질해지는 바람에 그만 대기의 목을 틀어쥔 손가락에도 힘을 빼고 말았다. 그 순간 그는 짙은 녹음 아래 놓인 고금과 굽이굽이 흐르는 맑은 샘을 보고, 난새와 봉황의 노래와 새 떼의 울음소리를 들은 것 같았다. 가슴 가득 그윽한 꽃향기가 차오르는 것을 느끼고, 심지어 어린 시절 가장 순수하고 가장 아름답던 기억이 유수처럼 눈앞을 스쳐갔다.

"알겠소? 모든 것이 좋아졌소. 그렇지 않소?"

뒤에서 부드러운 목소리가 들려오며 누군가 선기의 어깨를 가볍게 두드렸다.

선기는 화들짝 놀라 고개를 돌리고 입을 떡 벌린 채 뒤에 선 원승을 바라봤다. 목소리가 덜덜 떨렸다.

"네, 네가…… 어떻게…… 화, 환상인가?"

문득 손이 가벼워지는가 싶더니 어느새 대기가 원승에게 끌려가 있었다. 이어서 선기는 뒷덜미가 뻐근해지는 것을 느꼈다. 원승에게 요혈을 제압당한 것이다.

"천마는 이미 사라졌소. 느껴지지 않소?"

원승의 얼굴 위로 기묘한 빛이 은은하게 어른거렸다.

"어…… 어떻게 한 거냐?"

선기는 믿을 수 없는 눈길로 그를 노려봤다. 심지어 제가 붙잡혔다는 사실도 잊은 채였다.

"노자 왈, 현빈의 문은 곧 천지의 근본이라 했소! 도가의 이 수련 구절은 수천 년간 수많은 이가 연구해왔지만 만족스런 답이 나온 적은 없소. 나도 조금 전에야 문득 깨달았소. 곡신은 영원불멸이며, 현빈의 문은 천지의 근본이라는 말은 모두 저것, 또는 저 지살의 세계를 이름이었소. 노자도 지난날 천마의 세계를 느낀 적이 있는 게 분명하오. 그 속에 들어가는 순간 나는 문득 알게 됐소. 수천 년간 모두가 천마를 굴복시키고 제압하고 가지려 했으나 단 한 번도 천마를…… 이해하려 한 적이 없었소!"

"이해라니, 무슨 이해?"

"천마는 오랫동안 세계를 재건하려고 했소. 어떤 가능성을 다시 만들어보려 했지. 하지만 사실은 줄곧 자신을 속여온 것이오. 그는 각종 가능성을 만듦으로써 그 가능성이 하나같이 허황한 것임을 깨달았소. 그래서 끝없는 순환에 빠졌으나 그 순환 또한 모두 막다른 길이었소. 이것이 바로 천마의 비밀이오. '마'란 바로 끊임없이 잘못을 저지르며 자신을 학대하는 것이오. 방금 내가 그 속으로 들어가 그를 이해하고 알려주기 전까지는!"

"그…… 그렇게 간단하게?" 선기의 얼굴이 실룩이기 시작했다. "그렇게 쉽게 널 놓아줬단 말이냐?"

"그는 수천 년에 걸친 악순환을 깨뜨렸소. 그래서 떠나갔고, 나도 이렇게 나온 것이오."

원숭이 다시 선기의 어깨를 두드렸다.

"말했잖소. 그 세계에서는 시공이 왜곡된다고. 그래서 나도 당신 뒤에 나타난 것이오."

선기의 얼굴은 죽은 사람 같았다. 지금도 그는 그윽한 향기를 맡을 수 있었다. 마치 이 우물 안에 기화요초가 잔뜩 핀 것 같았지만, 애석하게도 요혈을 제압당해 꼼짝할 수 없었다.

"이만 가겠소. 나는 원한을 덕으로 갚는 사람이 못 되지만 그래도 당신들에게 공평한 기회를 줄 생각이오."

원승의 얼굴에는 여전히 담담한 미소가 떠올라 있었다. 그는 대기의 손을 잡고 점점 희미해지는 빛을 넘어갔다.

"공평한 기회?"

선기는 의아했지만, 채 묻기도 전에 원승이 고개를 돌리고 멀리서 손을 세 번 흔들었다. 강기 세 줄기가 밀어닥치자 선기는 맨 먼저 가슴이 탁 트이면서 굳은 몸을 움직일 수 있게 됐다. 홱 고개를 돌려보니, 바닥에 앉아 숨을 고르고 있는 두 사람이 보였다. 바로 천월과 동영 검객이었다.

천마가 홀연히 사라진 순간, 원승은 저 두 사람도 요혈을 제압해 이곳으로 데려왔다. 그리고 지금 장법으로 두 사람의 요혈을 풀어 준 것이다. 요행히 살아 나온 두 사람은 핏발이 가득 선 눈으로 선기를 노려봤다. 지난 원한이 풀리지도 않았는데 새로운 원한이 더해진 형국이었다.

"선기, 이 천인공노할 놈!"

먼저 천월이 미친 듯이 소리치며 분노와 함께 그를 덮쳐왔다. 동영 검객은 일언반구도 없이 연신 칼을 휘둘렀다. 칼은 번개처럼 빨랐고 하나같이 목숨을 돌보지 않는 공격 일변도의 초식이었다.

"이게 바로 공평한 기회구나!"

선기는 비스듬히 몸을 날려 광풍 폭우처럼 몰아치는 칼을 피했다. 바쁜 와중에도 곁눈질로 살펴보니 원승과 대기는 이미 나란히 빛 속으로 걸어 들어간 뒤였다.

빛은 점점 엷어지고 있었다. 두 사람의 모습도 희미한 빛 속에 녹아 사라졌다.

11장
·······

엎치락뒤치락

밤이 깊었지만 태평공주부의 회의실 여의당에는 등불이 환했다. 태평공주는 책상 뒤에 엄숙하게 앉았고, 변장하고 찾아온 이융기와 육충은 그 맞은편에 숙연한 얼굴로 서 있었다. 어젯밤 이융기의 늦은 방문 이후로 고모와 조카의 심도 있는 담화는 이번이 벌써 두 번째였다.

사실 상왕의 다섯 아들 가운데 태평공주가 가장 눈여겨보는 사람은 세자 이성기로, 은근히 그를 잠재적인 적수로 여겨 탄압하고 있었다. 그런데 가장 속을 알 수 없는 사람은 공교롭게도 방탕하기로 소문난 셋째 조카 이융기였다. 연인의 죽음을 겪은 뒤로 심지어 그녀마저도 이융기가 철저히 무너졌다고 생각했다. 그렇기에 '못 쓰게 된 조카'를 안심하고 퇴마사 수장에 앉힐 수 있었다. 그녀는 그 일이 앞을 내다본 묘수라고 자부했다. 상왕의 다섯 아들을 갈라놓고 이간질할 묘수.

그런데 나중에 보니 이상했다. 이융기는 방탕해 보여도 실제로는 예봉을 감추고 있었다. 게다가 그 예봉은, 무측천을 가장 닮았다는 대당나라 공주를 다소 두렵게 만들 정도였다. 이 정도까지 본모습을 숨기고 때를 기다려온 사람이라면, 대체 얼마나 무시무시한 심계를 품고 있을 것인가?

바로 어제, 뜻밖에도 그녀를 두렵게 만든 이 조카가 한밤중에 방문해서 이씨파가 위기에 처했다는 끔찍한 논지를 펼쳤다. 태평공주는 신중하고 세심한 성품으로, 이처럼 큰일을 들으면 오라버니인 상왕처럼 무턱대고 물리치지 않았다. 물론 듣자마자 믿지도 않았다. 대신 하루 동안 가진 힘을 모두 동원해 상세히 조사하고 수소문했다.

"애석하지만 철당에서 최신 소식이 들어왔다. 임소가 죽었다는구나!"

마침내 태평공주가 입을 열었다.

"원승의 춘추필검에 당한 상처 같다고 했다. 그렇게 생긴 상처는 세상에 둘도 없지!"

이융기는 경악해서 다급히 물었다.

"철당의 소식은 정확한 겁니까? 심복을 시켜 임소의 시신을 살펴보셨습니까?"

"종초객 쪽에 심어놓은 첩자에게서 나온 소식일 뿐이다. 임소의 시신은 볼 기회가 없었다."

태평공주는 별 방도가 없는 얼굴로 고개를 저었다. 이 방에 있는 태평공주와 이융기, 육충은, 임소가 죽었고 그 상처가 춘추필검과 일치한다는 정보가 다름 아닌 종초객이 일부러 퍼뜨린 것임을 전혀 생각지 못했다. 이 역시 원승이 물러날 길을 끊고자 하는 종초객의 잔혹한 수였다. 하지만 임소의 시신은 몰래 숨겨놓았다. 그래야 원승이 막다른 길에 처해서도 물증이 없어서 죄를 벗기 어려워지기 때문이었다. 이것이 바로 종초객의 놀라운 술책이었다.

태평공주가 연이어 한숨을 쉬었다.

"임소가 실종된 지 벌써 만 하루째다. 그자는 내내 원승을 추적 중이었지. 원승은 탈옥했고 이제는 임소를 죽였다는 혐의를 받고 있다. 이는 원승이 모반했다는 증거로 쓰일 가능성이 크고, 한 발 나아가 이씨파에도 무궁한 골칫거리를 안겨줄 것이다. 심지어 나도 의심스럽구나. 원승은 도대체 어느 쪽 사람이냐? 대관절 뭘 하기에 제 아비 목숨마저 돌아보지 않는단 말이냐?"

태평공주의 목소리는 약간 낮았지만 눈동자는 아무도 피할 수 없을 만큼 예리했다.

"삼랑, 나는 네가 아주 마음에 든다. 이처럼 커다란 위기를 예견했을 때 밤을 무릅쓰고 나를 찾아왔으니, 네 안목과 담력이 어떤지 충분히 알 수 있지. 하지만 하루 동안 조사한 결과, 지금으로서는 나도 모험할 이유가 없다."

초조해진 육충은 저도 모르게 검을 움켜쥐었다. 그의 다섯 손가락이 검 자루에 닿기 무섭게 병풍 뒤에서 강력한 기운이 날아들었다. 흡사 먹구름이 잔뜩 꼈지만 비는 오지 않는 하늘 같은 그 기운은 숨이 턱턱 막힐 만큼 그를 짓눌렀다.

"공주 전하, 빈승, 올리고 싶은 말씀이 있습니다."

금박을 입힌 정교한 자단목 병풍 뒤에서 한숨 소리가 들리더니, 뜻밖에도 호승 혜범이 싱글싱글 웃으며 나왔다.

"그러잖아도 대사의 고견을 들으려던 참이오!"

예상과 달리 태평공주도 눈썹을 펴며 침착하게 웃어 보였다.

육충과 이융기는 눈이 휘둥그레졌다. 저 늙은 호승은 늘 조정에서도 수수께끼 같은 인물이었다. 그는 재물에 밝으며, 위 태후 곁에서 떠오르는 총아였다. 그런 그가 태평공주에게 저토록 신임 받고 있을 줄은 꿈에서도 생각지 못한 일이었다. 이 야심한 밤에 태평공주부에 몸을 숨긴 채 절대 기밀을 엿들을 정도라니.

"공주 전하, 빈승은 임치군왕의 말이 일리가 있다 사료됩니다."

태평공주의 목소리가 무거워졌다.

"자세히 말씀해보시오, 대사."

"비상시기에는 비상한 도리가 필요합니다."

"어째서 지금이 비상시기라 하시오?"

"원승 때문이지요! 빈승은 원승을 너무나도 잘 압니다. 만부득이한 경우가 아니면 절대로 사람을 죽일 인물이 아닙니다."

혜범의 목소리는 평화로우나 번쩍번쩍 빛을 발하는 두 눈은 전쟁터를 지휘하는 노련한 장수 같았다.

"상왕 쪽은 독단적으로 느닷없이 같은 갈래인 퇴마사를 공격했습니다. 그 일은 공주 전하께서도 그리 찬성하지 않으셨지요. 상왕이 갑자기 손을 쓰게 된 첫 번째 계기는 원승과 육충 등을 보호하기 위함이라 들었습니다. 하나 애석하게도 상왕의 계획은 다른 이에게 이용당하고 말았습니다. 원승은 죄가 가중되어 부득불 탈옥해 도망자 신세가 될 수밖에 없었지요. 그런데도 저는 아직도 원승이 사람을 죽였으리라곤 생각지 않습니다. 임소의 죽음이 사실이라면, 빈승이 추측건대 원승이 사람을 죽여야만 했던 상황은 단 하나뿐입니다. 바로 극단적으로 엄청난 일, 지극히 위험한 일이 일어났기 때문이지요. 그래서 부득불 조정 관리를 죽인 것입니다. 이로 볼 때 이미 몹시 화급한 상황입니다! 따라서 빈승은 임치군왕의 판단에 일리가 있다 생각합니다."

이용기와 육충은 저도 모르게 서로를 바라보며 속으로 놀라움을 금치 못했다. 저 늙고 요사한 승려는 음모술수에 능하며 평소 원승을 극도로 적대시해왔다. 심지어 명령을 받아 원승을 암살하려 한 적도 있고, 설무쌍과 합심해 이용기를 가둔 적도 있는 자였다. 하지만 지금 한 말에는 확실히 남다른 식견이 담겨 있었다.

태평공주는 혜범을 무척 중시하는 게 분명했으나 그래도 결단을 내리지 못하고 눈을 찡그렸다.

"그렇다면 우리가 어찌해야 한다 생각하오?"

"임치군왕과 상왕 중 한쪽이라면, 빈승은 임치군왕을 선택하시기를 권합니다."

혜범의 늙은 눈에서 깊이를 헤아릴 수 없는 희미한 빛이 반짝였다. 그가 갑자기 이용기를 향해 깊이 읍하며 말했다.

"임치군왕, 지난날 빈승은 옥환아가 군왕께 일편단심인 것을 믿었고 또 설무쌍에게 속아 눈이 흐려지는 바람에 미처 군왕의 귀한 몸을 알아보지 못하고 폐사에서 며칠간 괴로움을 겪게 했습니다. 실로 죽어 마땅한 죄이나 부디 넓은 아량을 베풀어주십시오."

이용기는 그가 교묘한 말로 지난날 설무쌍과 합심해 자신을 가둔 못된 행적을 싹 지워내려는 것을 보자 속이 뒤집혔다. 하지만 겉으로는 온화하면서도 감격스런 웃음을 띠며 말했다.

"대사, 무슨 말씀이오. 티끌만도 못한 그런 사소한 일은 구태여 마음에 둘 필요 없소. 도리어 탁월한 식견으로 이 몸을 위해 열변을 토해주시니 감격할 따름이오."

그럴 때 가까이 부리는 시녀가 부랴부랴 달려와 보고했다.

"보고드립니다, 공주 전하. 상왕 세자께서 뵙기를 청합니다!"

안에 있던 모두가 움찔 놀랐다. 이융기는 저도 모르게 한숨을 쉬었다.

"큰형님께서 아주 급하셨군. 날 찾기 위해 예의범절조차 무시하고 달려오다니."

곧이어 시녀가 이융기의 간담을 서늘하게 만들 소식을 하나 더 전했다. 세자가 단운자와 함께 왔다는 것이다. 육충은 속으로 비명을 질렀다. 어젯밤에는 그들을 보내주더니 오늘은 언제 그랬느냐는 듯이 돌아서서 밀고하다니, 존사는 정말이지 교활했다.

"이제 어찌해야겠소?"

태평공주는 약간 초조해하며 일어나 혜범을 바라봤다.

"임치군왕을 세자에게 넘기시지요."

혜범의 늙은 눈이 번쩍였다.

"뭐라고?"

태평공주를 비롯한 세 사람이 동시에 외쳤다.

"보아하니 공주께서도 내키지 않으시는 것 같군요."

혜범이 교활하게 웃으며 말했다.

"군왕을 내놓아 이씨파 내부의 평화를 유지하는 것은 하책입니다! 하나 상책은 공주께서 받아들이지 않으시겠지요. 빈승은 임치군왕의 의견에 찬동합니다. 서둘러 전력을 쏟아부어 번개같이 공격하는 것입니다!"

그의 말대로 태평공주는 한숨을 쉬었다.

"중책도 있겠지?"

"중책은 세자를 쫓아내고, 사방에 철당을 풀어 계속 원승의 행방을 찾는 것입니다. 그와 동시에 원승은 누명을 썼을 뿐 어사대가 억지 자백을 강요했다는 소문을 퍼뜨리고, 모든 입을 동원해 원승의 사건을 뒤집으십시오. 또, 힘을 모아 언제 벌어질지 모르는 싸움도 준비해야 합니다."

태평공주는 방 안을 서성거렸다. 상황이 평소와는 달랐지만 그녀의 표정은 극히 차분했다. 잠시 침묵하던 그녀가 곧고 긴 눈썹을 들어올리며 차갑게 말했다.

"우선 중책으로 합시다. 내가 가서 성기를 상대하겠소."

빛은 깡그리 타버린 불꽃처럼 마침내 마지막으로 휘황찬란함을 쏟아낸 다음 적막으로 되돌아갔다. 원승과 대기가 그 빛을 넘어가자 눈앞에 갈림길이 나타났다. 그중 한 길에는 아득히 먼 곳에 반짝이는 빛이 보였다.

"저쪽이 출구예요!"

대기는 무의식적으로 원승을 잡아끌고 그 빛을 향해 달려가려 했다.

"아니, 나갈 수 없소."

원승은 그녀를 붙잡아 세우며 다른 길을 가리켰다.

"내가 이곳에 온 건 바로 저 길을 찾기 위해서였소. 저 우물은 사실 장안 지부에서 몹시 중요한 곳이오. 내 추측대로라면 비문의 역천단이 바로 저기 있을 것이오!"

"역천단은 또 뭐예요?"

"나는 지부에 총 세 번 다녀왔소. 범평은 내가 맹파탕을 마신 뒤 지각을 잃었으리라 생각했지, 마비산을 개조해 만든 그런 유의 미약에 이미 방비가 되어 있다는 것은 몰랐을 것이오. 덕분에 매번 가는 길을 몰래 외웠고, 기관을 조작하는 고양이 요괴 인형이 어느 신비한 곳에서 왔다는 것도 알았소. 의식의 날 종초객이 단상에 오르기 전에 비문의 도사들이 역천단을 언급했소. 종초객이 출몰한 길을 헤아려볼 때 고양이 요괴 인형이 마지막으로 출몰한 곳과 일치할 것이오."

대기는 깜짝 놀랐다.

"당신이 이 밤에 이곳에 온 게 역천단을 찾기 위해서였다고요?"

"그렇소. 내 계산에 따르면 지부에서 역천단으로 가는 길은 둘이오. 하나는 처음에 범평이 나를 데려간 흔한 길인데 기관이 많소. 고양이 요괴 인형이 겹겹이 지킬 뿐 아니라 비문의 고수도 수없이 잠복해 있소. 그러니 돌아갈 수밖에 없었소. 한참 계산한 끝에 나는 이곳 수관사 쪽 길을 골랐소. 하지만 이곳이 장안 지부 전체에서 가장 위험한 곳인 줄은 정말 몰랐소. 오랫동안 전설로 전해지던 천마가 이곳에 묻혀 있을 줄이야. 온갖 어려움을 겪었지만 마침내 안전해져서 다행이오."

그는 그녀의 어깨를 살며시 두드렸다.

"그리고 당신도 찾아냈으니까. 어쩌다 선기에게 잡혔소?"

"당신이 또 말도 없이 사라져서 불안해 견딜 수가 있어야죠. 나가서 당신이 남긴 정보라도 찾아볼까 했는데 갑자기 대장로가 나를 찾아냈어요."

그녀는 아랫입술을 살짝 깨물고 그를 노려봤다.

"당신 예상대로 대장로는 내가 드디어 생각을 바꿔 당신을 팔아넘겼다고 여기고 있었어요. 하지만 아직 완벽하게 팔아치우진 못했다고 생각했죠. 대장로와 큰 소리로 말다툼을 했는데, 마침 그때 선기 그놈이 대체 무슨 술수를 썼는지 불쑥 나타나지 뭐예요. 그에게 맞은 대장로는 피를 토하며 쓰러졌고 나는 납치당했어요."

"알았소. 앞으로 다시는 위험한 일을 하거나 함부로 다니지 마시오. 내가 허락하지 않겠소."

원숭은 뒤늦게 두려움이 밀려와 저도 모르게 그녀의 손을 꼭 잡았다.

"아뇨, 난 기어코 위험한 일을 하고 함부로 다닐 거예요. 그러게 누가 날 두고 가래요? 당신 혼자 이리저리 돌아다니는 건 위험한 게 아니란 말이에요?"

여인은 긴 눈썹을 깜빡거리며 잔뜩 토라진 눈빛을 지었다.

원숭은 하는 수 없이 웃으며 말했다.

"알았소, 알았소. 앞으로는 나도 그렇고 우리 마나님도 그렇고 함부로 다니지 맙시다. 됐소? 자, 이제 장안 지부의 핵심 비밀에 거의 다 왔소. 비문이 천하를 좌우할 수 있게 해준다는 역천지보가 대체 뭔지 어디 봅시다."

그가 선택한 길은 길지 않았다. 굽이 하나만 돌았는데 눈앞에 봉쇄된 철문이 나타났다. 철문 위에 새겨진 기묘한 별자리를 본 원숭은 가만히 한숨을 내쉬었다.

"바로 이곳이오. 이곳이 역천단 후문일 것이오."

그는 정신을 집중해서 잠시 살피며 안에 사람이 없는 것을 확인한 다음에야 별자리 부조를 만지고 당기고 두드렸다. 얼마 후 어떤 순서에 따라 지도리가 끽끽 부딪치는 소리가 나더니 철문이 빠끔 열렸다.

빛이 눈부시게 쏟아졌다. 놀랍게도 역천단 안에는 등불이 환했다. 두 사람이 안으로 들어가자마자 검은 것이 휙 날아들었다. 사람 키 반만 한 큼직한 검은 고양이가 어느새 원숭 앞에 나타났다. 고양이 요괴의 출현은 몹시 갑작스러워서 마치 땅에서 쑥 솟아난 것 같았다. 무엇보다 이상한 일은 고양이가 웃는지 아닌지 알 수 없는 눈으로 더없이 기괴하게 그들을 응시하고 있다는 것이었다.

두 사람은 즉시 걸음을 멈췄다. 섣불리 무슨 말을 할 수도 없고, 어떻게 대응해야 할지도 알 수 없었다. 원숭은 고개를 들었다. 그 순간 머리가죽이 쭈뼛했다. 강기를 써서 조사했을 때에는 안에 아무도 없었는데, 지금 보니 비록 사람은 없지만 요괴는 있었다. 고양이 요괴!

눈앞에 있는 큼직한 고양이뿐 아니라, 저 앞 빛이 반짝이는 곳에서도 날카로운 고양이 눈동자가 차례차례 빛을 냈다. 열 마리, 스무 마리…… 적어도 백여 마리는 됨직한 고양이 요괴가 그들을 향해 등을 구부리고 있었다. 털 색깔은 가지각색이고, 개 정도 크기의 작은 것이 있는가 하면 표범같이 커다란 것도 있었다.

괴상하게 생긴 수많은 고양이 요괴가 소리도 없이 한곳에 모여 있는 광경이 느닷없이 눈앞에 펼쳐지자 대기는 하마터면 비명을 지를 뻔했다.

바로 앞의 검은 고양이 요괴는 여전히 조용히 그들을 노려보고 있었다. 그 잠깐 사이 고양이의 눈이 날카롭고 음산하게 변했다. 녀석은 앞발로 땅을 할퀴며 안달을 냈다. 그와 동시에 옆에 웅크려 있던 백여 마리 고양이 요괴가 그들을 덮칠 준비를 했다. 봉쇄된 공간에서 미친 듯이 달려드는 고양이 요괴의 공격을 받는 것은 너무도 끔찍한 일이었다.

위기일발의 순간, 원승은 갑자기 좋은 생각이 나서 품에서 가면 하나를 꺼내 검은 고양이 요괴 눈앞에 살랑살랑 흔들었다. 고양이 요괴의 눈이 은빛으로 반짝이는 가면에 이끌렸다. 녀석은 주인을 만난 것처럼 천천히 배를 땅에 붙이더니 더는 움직이지 않았다.

녀석이 사람 귀에는 들리지 않는 어떤 정보를 전파한 것인지, 바로 그 순간 방에 있던 고양이 요괴 모두가 얌전해졌다. 그리고 재빨리 양쪽으로 미끄러지듯 물러나 몸을 웅크리고 포복하더니, 잠시 후에는 뻣뻣한 인형 모습으로 돌아갔다.

"하늘이시여, 감사합니다. 만능하신 마즈다여, 감사합니다!"

대기는 놀란 나머지 벌써 온몸이 녹지근해졌다.

"그게 무슨 가면이에요?"

"천월의 품에서 가져왔소."

원승도 아직 두려움이 가시지 않은 상태였다. 그는 가면을 얼굴에 쓰며 말했다.

"지부에는 온갖 가면을 극히 중시하는 규칙이 있소. 조금 전에 천월을 구할 때 그 품에서 가면이 만져지기에 자연스럽게 꺼내왔소. 그는 일찌감치 종초객에게 투신했고, 또 요룡 군기 탈취 사건의 진범이니 비문에서 첫손꼽는 군사(軍師)일 가능성이 크오."

대기는 그제야 알았다는 듯이 말했다.

"저 고양이 요괴들은 사실 인형에 기관술을 결합해 만든 괴물이군요. 반쯤 살고 반쯤 죽은 상태로 창조자의 조종을 받기 때문에 천월의 가면을 알아본 거고요."

원승은 고개를 끄덕였다.

"생각해보시오. 우리가 처음 진청류의 천마살을 깨뜨렸을 때 비문은 아직 지부의 규칙을 알아내지 못한 상태였소. 그런데 어떻게 해서 갑자기 장안 지부를 통째로 장악했겠소? 바로 종초객이 천월의 도움을 받았기 때문이오. 나는 저 고양이 요괴들도 대부분 천월의 작품이라 확신하오."

대기는 뻣뻣하게 굳어 움직이지 않는 고양이 요괴들을 흘끗 보다가 괜히 섬뜩해서 콧방귀를 뀌었다.

"천월이란 사람, 역시 선기 말대로 음모술수에 뛰어나군요. 그 늙은이는 진법에도 능통하니 비문과 종초객을 도와 지부의 비밀을 파헤친 것도 하등 이상할 게 없어요. 하지만 그토록 머리를 쓰고도 이 수관사 밑에 천마가 있다는 건 몰랐군요. 지금쯤이면 선기와 너 죽고 나 죽자며 싸우고 있겠죠?"

원승은 그곳을 떠나기 전에 마지막으로 했던 '공평한 기회'라는 말을 떠올리고 기분 좋게 웃었다. 하지만 그 웃음은 금세 굳었다. 고양이 요괴가 물러난 뒤 방에 커다란 공터가 생기자 그는 그제야 방 안의 배치를 똑똑히 볼 수 있었다. 이 방은 수십 명이 들어갈 수 있는 방대한 곳이었다. 사방에 겹겹이 숨어 있는 고양이 요괴를 빼고 가장 눈에 띄는 것은 놀랍게도 한가운데 놓인 칠흑같이 새까만 관이었다.

뜻밖에도 관은 아직 뚜껑을 덮지 않은 상태였다. 그곳으로 시선을 던진 원승은 관에 누운 사람을 발견했다. 온몸에 밝은 노란색 자수 황포(皇袍)를 입은 사람이었다.

원승의 호흡이 빨라졌다. 그는 황급히 관으로 다가가 자세히 들여다봤다. 그랬다. 관에 누운 사람은 바로 대행 황제 이현이었다. 온몸이 격렬하게 떨려왔다. 비록 이 역천단에 비문의 최대 비밀이 있으리라 예상했지만, 이처럼 놀라운 비밀일 줄은 생각지도 못했다.

그가 몸을 굽혀 가까이에서 살피려는 순간, 관에 있던 이현이 눈을 번쩍 떴다. 대행 황제의 두 눈은 푸르스름하고 희미한 빛을 뿌리고 있었다. 너무나 괴이한 상황이라 원승도 하마터면 정신이 나갈 뻔했다. 대기는 숫제 놀라서 비명을 질렀다. 다행히 원승이 쓴 가면이 환한 광채를 뿜어내자, 이현의 눈에 어린 빛은 그 환한 광채에 부딪혀 금세 스러졌다.

원승은 참지 못하고 소리 질렀다.

"이건 대행 황제의 시신이 아니라…… 고양이 요괴와 똑같이 인형술로 만든 괴물이오."

문득 무슨 생각이 났는지, 그는 고개를 돌리고 관 옆에 웅크려 앉은 고양이 요괴를 바라봤다. 고양이 요괴 등에는 큼직한 글 한 줄이 예서체로 새겨져 있었다.

태평유상(太平有相), 이 씨 당나라가 만대에 이어지리.

(천하가 태평하고 대길하다는 의미지만 이씨파의 수장 '태평'과 '상왕'을 뜻하기도 함)

그는 심장이 싸늘해지는 것을 느꼈다. 조금 전에 검은 고양이가 나타났을 때는 너무 놀란 나머지 자세히 살필 틈이 없었다. 그저 그 고양이가 조금 이상하다는 것만 어렴풋이 느낄 뿐이었다. 이제 와서 자세히 살펴보니, 과연 고양이 요괴 모두의 몸에 똑같은 글이 쓰여 있었다.

원승은 온몸이 순식간에 식은땀으로 흠뻑 젖었다. 가슴속에 무시무시한 생각이 솟구쳤다. 만약 정말 그런 음모를 꾸몄다면 그 결과는 십중팔구…… 장안을 피로 물들이리라!

스르륵 하는 소리와 함께 역천단의 다른 쪽 대문이 활짝 열리고 냉혹한 그림자 하나가 나타났다.

"원승, 네가 비문에 투신한 순간부터 나는 널 믿지 않았다. 역시 예상대로 네놈은 다른 꿍꿍이가 있었구나!"

차가운 웃음소리와 함께 설청산이 천천히 걸어 들어왔다. 종상부의 제일 검객이자 검선문에서 가장 유명하지만, 사문을 배반한 대제자는 모습을 드러내자마자 강력한 검기를 뿜어냈다.

원승은 저도 모르게 두 눈을 가늘게 떴다. 설청산 옆에 낯익은 그림자가 보였다. 범평. 누구보다 볼품없고 누구보다 앞길이 어두운 우어사대의 고려승은 여전히 온화한 얼굴이었지만 아무런 표정도 없었다.

"범평, 잘했다." 설청산이 범평의 어깨를 두드렸다. "원승이 저녁나절 한동안 사라졌지만, 다행히도 네가 원승의 움직임을 파악하고 즉시 보고했으니 큰 공을 세운 셈이다."

범평의 얼굴에 여느 때와 같이 겸손한 미소가 떠올랐다.

"잘못을 알고 고치면 그보다 좋을 수 없지요. 제가 제때 말씀드려 큰일을 그르치지 않아 다행입니다. 게다가……." 그의 눈동자에서 흥분의 빛이 반짝였다. "아무에게도 들키지 않고 살그머니 와서 첩자이자 역적인 원승을 잡았으니 설 형께서 그 공을 독차지하실 수도 있지요! 부디 나중에 종상께 이 몸에 대해 좋은 말을 좀 해주십시오."

"원승은 네가 끌어들인 자다. 그래봤자 소 잃고 외양간 고치는 격이지!"

설청산이 거만하게 콧방귀를 뀌었다.

"당신들은 비문과 종초객이 무슨 짓을 하려는지 아시오?"

원승이 무거운 목소리로 외쳤다.

"보아하니 뭐라도 발견하신 모양이군?"

설청산이 차갑게 대꾸했다.

"종초객과 혜범 등은 위 태후를 도와 천사책이라는 기괴한 책략을 세웠다고 들었소. 나는 그것이 이씨파를 없애는 계획이라고 생각했지만 지금 보니 그렇지 않소. 저 고양이 요괴, 인형술과 기관술로 만든 저 흡혈 괴물을 모조리 풀면 장안성 전체가 피바다가 될 것이오!"

원승이 소리치자, 설청산이 풋 하고 웃음을 터뜨렸다.

"큰 어지러움 다음에야 큰 다스림이 생겨나는 법. 자고로 큰일을 이룬 사람 중에 여자같이 좁은 도량을 가진 이가 어디 있더냐."

원승이 매섭게 질책했다.

"종초객은 저만을 위해 장안을 피로 씻으려 하오. 그런 자가 무슨 큰일을 도모한단 말이오?"

범평은 얼굴을 실룩였지만 그래도 흐흐 웃었다.

"원 장군은 참 눈도 좋구려. 저 조그만 고양이들을 보시오. 얼마나 예쁘고 사랑스럽소? 하지만 인형술로 만든 괴물은 하나같이 피를 아주 좋아해서 장안을 피로 물들이게 될 테니 정말 흥미진진하지 않소?"

"긴말할 것 없다!" 설청산이 콧방귀를 뀌며 천천히 검을 뽑았다. "범평, 저 호희는 어딘가 이상하다. 네게 맡길 테니 조심히 상대해라."

범평은 다시 공손하게 허리를 숙였다.

"결단코 사명을 완수하겠습니다."

그런 다음 그는 천천히 허리를 펴고 품에서 일월쌍참을 꺼내더니 대기를 향해 쓴웃음을 지어 보였다.

"대기 낭자, 미안하게 됐소!"

그 온화한 얼굴을 노려보는 대기는 속에서 말로 할 수 없는 혐오와 분노가 치솟았다. 지금 이 순간까지도 범평은 여전히 진실하고 무력한 얼굴을 하고 있었다. 마치 자신이 한 모든 일이 부득이했고 본래 그래야만 했다는 듯이.

"대기 낭자의 영력이 대단한 건 알고 있소. 아쉽게도 난 기회를 주지 않을 거요."

범평은 어쩔 수 없다는 듯 웃더니 갑자기 허공으로 휙 날아올랐다. 일월쌍참이 날카로운 빛을 뿌리며 대기의 머리로 떨어졌다. 범평이 싸우는 것을 본 적 있는 원숭은 그가 소박하고 온화해 보이지만 싸울 때는 모질고 날렵하며 번개같이 빠르다는 것을 알고 있었다. 대기가 제대로 상대하지 못할까 겁이 난 그는 재빨리 검을 비스듬히 휘둘렀다. 검광이 비처럼 퍼지며 범평의 공세를 가로막았다.

"원숭, 무연수의 후원에서 있었던 일로 내내 복수를 생각하지 않았더냐!"

설청산이 코웃음 치며 검으로 가슴 쪽을 찔러왔다. 육충과 알고 지내는 동안 원숭도 자연히 검선문의 검법에 익숙해졌다. 검선문에 전해지는 어검술은 천하무적으로, 한번 손을 떠난 비검은 번개처럼 빠르고 하늘과 땅을 제멋대로 종횡하므로 피하고 싶어도 피할 데가 없었다. 하지만 지금, 검선문에서 가장 유명한 대제자가 펼친 검법은 딱히 남다른 데가 없었다. 심지어 어검술의 일반적인 이치에서 크게 벗어나, 다소 느리고 또 소박했다.

그러나 검을 발출하자 방 안의 공기가 전부 검에 빨려들어간 듯했다. 심지어 그 검이 겨누는 원승 자신은 살고자 하는 욕망과 생각마저 모조리 빼앗기는 것 같았다. 원승은 눈이 약간 깔깔해졌고, 몸속의 피는 저 느릿느릿한 검을 따라 흐름을 멈추는 듯 느껴졌다. 설사 검선문 장문인인 단운자가 이 자리에 있었더라도 설청산의 저 검에 탁자를 두드리며 갈채를 보냈으리라. 이번 일검은 보기에는 흔해빠졌지만 사실은 본디의 순수함으로 돌아가 새로운 경지를 열고 있었다.

원승은 서둘러 엄일검을 휘둘렀다. 가느다란 검 끝이 찬란하게 반짝이자 마치 봄날의 해가 쇠로 만든 방 안에 불쑥 나타난 것 같았다. 설청산의 검기가 겨울처럼 스산하다면, 원승의 검광은 봄날의 왕성한 생기를 품고 있었다. 동시에 춘추필도 뻗어 나갔다. 붓의 기운이 공중에서 나는 듯이 움직이자 신비한 별자리 그림이 셀 수 없이 많이 나타났다가 사라졌다.

서로 전혀 다른 두 줄기 검기가 와락 부딪쳤다. 그 즉시 먹구름이 꼈다 사라지고 뜨거운 해가 솟았다 가라앉는 등 방 안에서 복잡하고 격렬한 음과 양의 싸움이 벌어졌다.

"제법이군!"

설청산의 검은 여전히 느릿느릿 그에게 접근했다. 그와 함께 죽음의 기운이 산처럼 무겁게 짓눌러왔다.

저쪽에서는 대기가 원승의 검 덕분에 선기를 점했다. 그녀는 즉시 몸을 뒤집으며 양 팔꿈치를 날래게 뻗어 잇따라 범평의 가슴을 때렸다. 그 후 소매에서 날카로운 빛이 번쩍하더니 페르시아 만도가 찬 빛을 흩뿌리며 범평의 목을 찔러갔다. 팔꿈치 가격과 칼 공격은 모두 영혜여인 비전의 호신 기술로, 긴급한 상황에서 펼치면 거의 백발백중이었다.

'퍽퍽' 하는 힘찬 소리가 들려왔다. 뜻밖에도 범평이 강대강으로 막아낸 것이다. 당황한 와중에도 그는 두 번 강다짐을 한 다음 몸으로 우아한 곡선을 그리며 만도의 날카로운 일격을 피했다.

"대단하오!" 범평이 경악한 얼굴로 말했다. "대기 낭자, 이럴 것까지 있소? 하마터면 날 죽일 뻔했잖소."

시작부터 절초를 쓴 대기는 벌써 지쳐 쌕쌕 숨을 몰아쉬었다. 그런데 적이 이처럼 여유롭게 나오니 마음속이 서늘했다.

원승의 검에서 솟아난 강기는 묵직한 죽음의 기운에 점차 눌리고 있었으나, 오른손에 쥔 붓은 왕성한 기운을 뿜냈다. 별자리가 하나둘 허공에 나타났다 사라짐에 따라 신비로운 강기가 줄기줄기 힘차게 솟아올랐다.

무엇보다 신비한 것은, 엄일검은 마치 천 번 만 번 휘두른 것처럼 휘황찬란한 햇살을 무수히 쏟아내는 데 반해, 춘추필은 상당히 여유롭게 움직인다는 것이었다. 마치 서예가가 온 정신을 기울여 붓을 놀릴 때처럼 침착하고 힘 있는 동작이었다. 하지만 묵직하고 느릿하던 춘추필이 눈 깜짝할 사이 설청산의 검기를 깨뜨리고 나는 듯이 그 목을 찔러갔다. 느림에서 빠름으로 변화하는 그 속도는 보통 사람으로서는 전혀 인식할 수 없었다. 보통 사람 눈에는 원승의 춘추필이 또 다른 세상에서 쑥 튀어나온 것처럼 보였다.

"느린 듯하나 실제로는 빠르다. 훌륭한 술법이다!"

설청산도 절로 눈썹을 추키며 놀란 소리로 외쳤다. 검이 재빨리 되돌아와 교묘하게 춘추필을 제압했다.

원승도 속으로 깜짝 놀랐다. 속도를 뒤바꾸는 이 술법은 바로 조금 전 그가 천마의 작은 세계에서 깨우친 것이었다. 하지만 아무리 절세의 기재라 해도, 상황이 너무 다급하다보니 생사를 내던진 끝에 얻은 기우로 어렵사리 깨우친 시공왜곡술의 힘도 약할 수밖에 없었다.

설청산은 재빨리 검을 뒤집어 찔렀다. 이번 검은 성난 파도처럼 무거웠고, 어렴풋한 기운 몇 줄기가 담겨 있어서 춘추필과 엄일검을 한꺼번에 휘감았다. 원승은 붓과 검이 만 겹 소용돌이 속에 빠진 듯한 느낌을 받았다. 엄일검에 맺힌 햇살과 검기, 춘추필에 맺힌 별의 기운 모두 끝없이 이어지는 소용돌이에 휘말렸다.

"너는 자질이 빼어나지만 애석하게도 경험이 너무 얕다!"

설청산이 흉악한 웃음을 띠며 말했다. 검 두 자루와 붓 한 자루가 격렬하게 겨루는 사이, 그의 목 뒤에서 빛이 번쩍이기 시작했다. 곧이어 검 모양을 한 빛이 서서히 그의 뒤로 솟아올랐다. 솟아오르는 속도는 지독히도 느렸지만 그 속에는 천하에 군림하는 강력한 위압감이 담겨 있었다. 마치 신의 법기가 강림해 온 짐승이 숨을 죽이는 것만 같았다. 심지어 방 안에 있는 고양이 요괴들마저 바들바들 떨기 시작했다.

"기검술!"

원승의 심장이 부르르 떨렸다. 검선문 어검술 중에서 가장 뛰어난 것이 기검술로, 육충조차 연성하지 못했다. 기검이 한 번 나오면 세상 만물이 놀라 달아난다고 했으나, 이처럼 철로 만든 방에서는 피하기가 요원했다.

설청산은 무척 영리했다. 이런 중요한 순간에서 원승과 복잡한 술법이나 초식을 겨루지 않고, 단번에 강력한 강기로 정면 대결하는 쪽을 선택한 것이다. 이렇게 꽉 막힌 공간에서 공력으로 맞대결하면 공력이 깊은 쪽의 승리였다. 원승은 다급히 전력을 모아 붓과 검을 거두려 했지만, 설청산의 검에서 나오는 흡인력이 점점 강해지면서 그 무시무시한 소용돌이가 그의 두 법기를 모조리 집어삼킬 것 같았다.

바로 그때, 철로 만든 방 안에 천둥 같은 외침이 쩌렁쩌렁 울렸다. 칼 빛이 번쩍번쩍하고 피가 튀었다. 방 안에 있던 네 사람은 일제히 움직임을 멈췄다. 대기가 맨 처음 비명을 질렀다. 눈앞에 펼쳐진 광경을 믿을 수가 없었다.

설청산은 천천히 고개를 숙여 가슴 앞으로 튀어나온 칼끝을 멍한 눈으로 내려다봤다. 그의 뒤에서, 범평이 몸을 숙이고서 양손으로 단단히 칼을 붙잡고 있었다. 예리하면서도 좁고 긴 월참은 이미 자루만 남기고 설청산의 등을 깊숙이 찔러 들어간 상태였다. 원승도 놀라고 당황했지만, 온 힘을 다해 춘추필과 엄일검을 지켜내며 설청산의 검이 되돌아가 범평을 공격하지 못하게 막았다.

"어째서냐?"

설청산은 여전히 고개를 숙이고 핏방울이 떨어지는 칼끝을 바라보면서도, 등 뒤에 선 범평에게 물었다.

"우리로서는 당신을 종초객 곁에 남겨둘 수 없기 때문이오. 당신은 너무 탐욕스럽고 자만심이 강하오. '천월을 억누를 만한 커다란 공을 세울 수 있다'는 말로 당신을 여기까지 유인할 수 있었던 것만 해도 당신은 반드시 죽어야 할 몸이오. 죽어야 할 운명이오!"

범평의 목소리는 여전히 차분했다. 그가 쓰는 칼처럼 차분했다. 그 말을 끝낸 뒤 그는 힘껏 칼을 뽑았다.

선혈이 분수처럼 쏟아지고 설청산의 몸에 격렬한 경련이 일어났다. 그의 얼굴에는 아직도 불신이 가득했다. 그는 돌아서서 검을 휘두르고 싶었지만, 범평의 모질고 치명적인 칼질은 그가 가진 생기를 모조리 절단 냈다. 설청산은 마침내 서서히 나부라졌다. 그의 목 뒤에서 반쯤 솟아올랐던 검 모양의 광염은 천 조각 만 조각 별빛으로 변해 눈 깜짝할 사이 흩어졌다.

대기가 후다닥 원승 뒤로 달려가 놀라고 의심스런 눈길로 맞은 편의 범평을 노려봤다.

"이봐요, 범평, 당신은…… 대체 어느 쪽이죠?"

그녀가 떨리는 소리로 물었다.

"원 장군은 내 마음을 이해하리라 믿소. 나는 원 장군이 큰일을 할 사람이라는 걸 알았지만, 설청산은 내내 원 장군을 의심했소. 저 자가 사라지지 않으면 큰일을 이루기 어렵다오. 해서 별수 없이 헛바닥을 써서 이리로 유인했소."

범평은 동문서답하며 쓴웃음을 지었다. 그 얼굴은 여전히 온화하면서도 아무 표정이 없었다. 심지어 종상부 제일 고수 설청산을 찔러 죽이고도 그 얼굴에는 그 어떤 기쁨도 자랑스러움도 떠오르지 않았다.

"나도 알 수가 없군. 범 형은 도대체 어느 편이오?"

원승은 예의 바르지만 단호하게 그의 말을 끊었다.

"그게 무슨 상관이오?" 범평이 손을 탁탁 털었다. "이 범평은 원형의 친구요, 절대 적이 되지 않는다는 것만 알아주면 되오. 이제 내겐 두 가지 길이 있소. 하나는 원 형을 따라가 새로이 밝은 주인을 얻어 넓은 세상으로 나가는 것이오! 다른 하나는 여기 남는 것이오. 원 형이 큰일을 하러 가면 나는 원 형을 대신해 이곳을 정리하고 종초객을 진정시키겠소. 원 형은 내가 어느 길을 가면 좋겠소?"

"좋소, 범 형은 면밀하게 헤아려놨구려." 원승은 천천히 두 손을 모아 올렸다. "그렇다면 수고스럽지만 이곳에 남아주시오!"

"원 형은 역시 기백이 대단하오. 내가 밀고할까 두렵지 않소?"

원승은 바닥에 쓰러진 시체에 흘낏 눈길을 준 뒤 빙긋 웃었다.

"단칼에 설청산을 참살했는데 더 의심할 게 무엇이오?"

범평은 숨기는 게 많고 살벌하고 과감하므로 실로 무서운 인물인데, 도대체 어느 편인지 알 수 없어 애석했다.

"보아하니 범 형은 큰일을 도모하는 모양이구려. 범 형에게 운이 따르기를 축원하겠소. 그럼 이만."

"이 몸은 어디에 있어도 겨우 목숨이나 부지할 정도의 인물인데 무슨 용기가 있어서 큰일을 도모하겠소? 그저 그때그때 맞춰 살아가는 것뿐이오."

범평은 여전히 겸손하게 웃으며 가면 한 장을 건넸다.

"문을 나가면 달리 중요한 인물이 감시하고 있지는 않소. 그들이 아는 건 가면뿐이니 대기 낭자가 내 것을 쓰시오. 이곳 일은 내게 맡겨주시오."

과연 범평의 말대로였다. 그가 설청산에게 뭐라고 했는지 몰라도, 오늘 밤 역천단으로 통하는 길에는 정말 지키는 고수가 없었다. 원승과 대기는 가면을 쓰고 순조롭게 길을 통과해 마침내 기나긴 지부의 동굴을 벗어나 잘 은폐된 어느 저택의 오래된 우물로 빠져나왔다.

두 사람은 지체하지 않고 짙은 어둠을 틈타 육충 등과 만나기로 한 비밀 저택으로 서둘러 달려갔다. 비밀 저택은 청룡방에 있었다. 애초에 두 사람이 힘을 합쳐 괴뢰고를 깨뜨렸을 때 이곳에 숨은 적이 있는데, 퇴마사에서 단둘밖에 없는 원락 중 하나였다.

저택 뜰에 발을 들여놓는 순간, 동쪽 하늘에 동이 텄다. 하늘 전체는 아직 황혼의 빛깔이었지만 옅은 금빛을 띤 아침 해는 생기발랄하면서도 힘차게 솟아올랐다.

아침 햇살을 바라보던 대기가 갑자기 무릎을 꿇으며 탄식했다.

"세상은 본래 이처럼 아름다운데 어째서 사람들은 온갖 고생을 해가며 천마의 힘인지 뭔지를 얻으러 다니고, 지부의 비밀인지 뭔지를 찾으러 다니는 걸까요?"

"어쩌면 모두 심마의 부름일지도 모르오."

원승은 그녀를 부축해 일으켰다.

"이 세상에서 가장 무서운 것은 천마나 요물이 아니라 모두의 마음속에 봉인된 고양이 요괴요! 그 심마는 권력일 수도 있고 재물일 수도 있소. 일단 속에서 튀어나오면 모든 것을 집어삼키지."

대기는 고개를 외로 꼬아 그를 바라보더니 불쑥 말했다.

"그 많은 암투, 그 많은 음모술수, 퇴마사에서 겪은 일들, 난 다 마음에 안 들어요."

원승은 아직 서쪽 하늘에 남아 있는 짙디짙은 어둠을 응시하며 무겁게 한숨을 쉬었다.

"퇴마란 마물을 물리친다는 뜻이오. 하지만 퇴마의 마지막 길에서 나는 비로소 깨달았소. 그 누구보다 강한 마물은 사실, 조정에서 대권을 쥔 사람이라는 걸 말이오. 생사여탈권이 한 사람에게 집중되어 있으니…… 하지만 나라고 해도 그 마물이 제멋대로 비바람을 일으키는 것을 두 손 놓고 바라볼 뿐 제거할 방도가 없소!"

대기는 당황한 얼굴로 가만히 탄식했다.

"그게 싫으면서 왜 계속 거기서 비비적대고 있어요? 당신이 나더러 읽으라고 했던 〈귀거래사〉가 생각나요. 지금 우리도 그 글에 나오는 것처럼 '정신이 육신의 노예가 된' 상황이잖아요? '돌아가자, 전원이 황폐하려 하는데 어찌 돌아가지 않는가.' 이제 생각나요. 내가 가장 즐거웠던 때는 서역의 여러 나라를 돌며 환술공연하던 시절이었어요. 그곳 사람들은 훨씬 단순하고 행복해요. 이따금 그 밝고 깨끗한 햇살과 끝없이 아득한 사막이 그리워요. 그곳은 바람마저 막힌 곳 없이 자유롭죠."

"드넓은 사막, 이역의 풍경." 원승은 저도 모르게 한숨을 쉬었다. "언젠가 당신과 함께 갈 수 있으면 좋겠소."

"정말이에요?"

그녀의 눈에 햇살 같은 기쁨이 차올랐다.

원승은 고개를 끄덕였다.

"정말이고말고! 난 강남에도 가보고 싶소. 그 너르고 푸른 물결과 맑고 고요한 숲과 샘을 둘러보고 싶소. 당신도 함께 가겠소?"

"물론이죠. 약속했으니까 어기면 멍청이가 되는 거예요! 아냐, 두 배로 쳐서 멍청멍청이가 되기로 해요!"

그녀는 아이처럼 손을 내밀고 원승에게 손바닥을 마주치게 했다.

"좋소! 멍청멍청이로 합시다!"

원승은 크게 웃으면서 대기와 손바닥을 마주쳤다.

"흥, 맘에도 없는 말. 지금 마음속에선 나랑 서역에 유람 가거나 강남을 돌아볼 생각은 요만큼도 없을걸요."

여인은 고운 눈을 흡뜨더니 별안간 우물가에서 네모진 벽돌 하나를 주워 들었다.

"분명히 지금 육충이 무슨 암호를 남겼나 보고 싶어 안달이 나 있겠죠!"

"이제는 필요 없소!" 원승이 문밖을 바라보며 대답했다. "소십구가 돌아왔소."

지극히 가벼운 발소리가 울리더니, 문밖에서 고검풍의 웃음소리가 들렸다.

"열일곱째 사형, 이렇게 조심했는데도 사형께 들켰네요."

상왕 세자 이성기는 밤을 무릅쓰고 달려왔으나 완곡한 거절을 당했다. 태평공주는 한참 미적거린 끝에, 자다가 일어나 졸린 표정으로 나타나서 차갑게 그를 바라봤다. 이성기가 셋째동생 이융기를 찾아왔다는 뜻을 밝히자 태평공주는 아예 얼굴을 확 굳히더니, 고모로서 형제는 한마음이 되어 서로 의심하지 말아야 한다는 둥 크나큰 도리를 들먹이며 한바탕 훈계한 뒤 예의를 갖춰 축객령을 내려 일을 마무리했다. 답답한 심정으로 걸어나온 이성기는 문을 넘어선 뒤 단운자에게 몇 마디 속삭였다.

단운자는 수관사에서 허둥지둥 물러나온 터라 아직도 다소 낭패한 모습이었다. 다행히 대역죄인 선기를 추적해 죽이는 일이라면 천월이 첫 번째 책임자였다. 게다가 검선문의 종주는 무리를 이끌고 가놓고도 이기지 못한 일을 심히 수치스럽게 여겨 크게 떠들지 않았다. 왕부로 돌아온 그는 이성기에게 붙잡혀 그날 밤으로 태평공주부로 달려왔지만 아직도 기분이 몹시 울적했다. 그는 별수 없이 하품하며 대답했다.

"좋소이다, 이 늙은이가 해보겠소. 하지만 오기 전에 말했다시피 날 밝을 때까지만 여기 있겠소."

"비상시라 부득불 선생께 수고를 끼치게 됐습니다."

단운자를 태평공주부에 들여보내 몰래 감시하게 한 이성기는 그제야 다소 마음이 놓였다. 그는 두 손 모아 인사한 다음에야 마차에 올라탔다. 단운자가 연기처럼 홀쩍 날아 태평공주부로 들어가자 그는 시무룩하게 고개를 저었다. 저런 대종사에게 고작 감시를 맡긴 것은 실로 어쩔 도리가 없기 때문이었다.

이성기는 마차 앞쪽 하단의 발판을 힘껏 찼다. 명령을 받은 마부가 채찍을 휘둘러 말을 재촉했다. 마차가 덜컹덜컹 움직이는 순간, 그는 어두운 마차 안에서 사람 그림자 하나가 쓱 나타난 것을 목격했다. 어디에 숨어 있었는지는 몰라도 쥐도 새도 모르게 잠입하는 솜씨가 정말이지 귀신같았다.

"선생이십니까?"

이성기는 단운자가 귀찮아서 마음을 바꿔먹은 줄 알고 속으로 상당히 불쾌했다.

"선생의 제자 육충이 세자께 인사드리러 왔습니다."

"육충, 자네가 어쩐 일인가?"

이성기는 놀라고 의아했다.

"별일 아닙니다." 육충은 나른하게 대꾸했다. "태평공주 쪽도 떠봤는데, 청영에게 손을 댄 자는 절대로 그쪽은 아니더군요."

"무슨 말인가?"

이성기는 더욱 놀랐다. 육충은 대답하지 않고 와락 팔을 뻗어 이성기의 손을 틀어쥐더니 가라앉은 소리로 말했다.

"이제 와서 아닌 척은 그만두시지, 노당!"

그는 이성기의 가운뎃손가락을 더듬었다. 그 손가락에 하얀 옥반지가 끼여 있었다. 육충이 느닷없이 손가락을 퉁겨서 그 둥글둥글한 백옥 반지를 뒤집어 반대편을 확인했다. 희미한 쪽빛 광채는 어두운 마차 안에서도 여전히 눈부셨다.

"설사 노당이 아니더라도 철당을 다스리는 상왕부 쪽 수뇌시긴 하겠지!"

이성기는 대경실색해서 힘껏 손을 비틀었지만, 달걀로 바위 치기나 마찬가지여서 별수 없이 화만 냈다.

"육충, 철당을 배반할 셈인가?"

"배반은 안 해." 육충은 쌀쌀맞게 웃음을 터뜨렸다. "하지만 함께 죽을 수는 있지."

"셋째의 부하들은 역시 법도라곤 없는 어중이떠중이로구나."

이성기는 놀라고 화가 나면서도, 속으로는 어쩌자고 단운자를 곁에서 떼놓았느냐며 자신을 타박했다. 오늘 외출은 반드시 비밀에 부쳐야 했기에 단운자를 제외하고 데려온 사람은 앞에 탄 마부뿐이었다. 그 마부는 숫제 소리도 지르지 못하고 있었다. 육충 앞에서는 한주먹감도 못 되니 소리를 지르며 추태를 부리면 나약해 보이기나

하지 득 될 일은 하나도 없었다.

"말 잘했어. 우린 법도라곤 없는 놈들이야!"

육충이 느닷없이 그의 입을 잡아 열고 환약 한 알을 던져 넣었다. 짙은 비린내가 목을 타고 내려가자 이성기는 놀라고 화난 목소리로 꾸짖었다.

"이게 무엇이냐? 컥컥, 대…… 대체 어쩔 생각이지?"

"이 어르신이 어쩌려는 건지 알 텐데." 마침내 육충이 그의 손을 놓으며 한 자 한 자 힘줘 말했다. "청영을 내놔. 털끝 하나 다치지 않고 소같이 튼튼한 모습으로! 물론 이 어르신이 당한 고의 해약도 필요해."

"청영이 고에 당했다는 것은 기억하고 있나보군?"

이성기는 차갑게 웃음 지었다. 하지만 그의 웃음은 금세 뚝 그쳤다. 아랫배에서 오장육부가 뒤틀리는 격심한 통증이 퍼지면서 그의 몸이 후들후들 경련하기 시작했다.

"대…… 대체 뭘 먹인 것이냐?"

"구천십지무적고!" 육충이 흐흐 하고 웃었다. "세자가 청영에게 먹인 것만큼 성가시진 않지만, 아주 포악하다는 게 특징이지. 발작도 빨라서 금세 오장육부를 수백 조각으로 찢어발길 수 있어. 그렇게 보지 마. 좀 더 정확히 말해줄게. 독이 마지막으로 발작하면 고충 수백 마리가 환약을 깨부수고 나와 오장육부를 마구 물어뜯어 구멍을 숭숭 낼 거야. 그런 다음 그 안으로 들어가 위장을 따라 올라가겠지. 그렇게 죽을 둥 살 둥 물어뜯고 죽을 둥 살 둥 파고들다가 마지막에는 눈, 귀, 코로 기어나와 날아오르는 거야! 물론 그때쯤 세자의 오장육부며 눈과 귀는 온통 뜯겨 피떡이 되어 있겠지만."

이성기는 머리털이 쭈뼛해져 화난 소리를 질렀다.

"허튼소리! 으윽…….."

아랫배가 지독하게 뒤틀리는 통에 그는 위세를 부릴 수도 없었다. 그는 어쩔 수 없이 애원했다.

"육충, 무슨 일이든 찬찬히 의논하자. 독이 벌써 발작한 게냐?"

"말했잖아. 그 고는 포악한 것이 특징이라고! 지금은 발작의 징조만 나타났을 뿐이야. 고충이 이제 막 깨어나 오장육부를 산책하고 있으니 잠시 후면 물어대겠지. 어쩔 거지? 날 청영에게 데려가면 당장 해약을 주겠어."

"좋다, 약속하마. 지금은……."

이성기의 이마는 벌써 콩알만 한 땀방울로 가득했다. 그는 자신을 무척 중요하게 생각해서, 일개 강호 여자 때문에 제 목숨을 내놓는 일을 할 리 없었다. 지금으로선 승낙할 수밖에 없으니 터져나오는 분노와 욕설을 꾹꾹 삼켜야 했다.

"좋아. 세자는 역시 과감하고 영명하며 전략을 세워 먼 곳의 승리를 점지해줄 줄도 아는군. 대단하군, 대단해. 자, 해약!"

육충이 우악스럽게 그의 입을 벌리고 환약을 쑤셔 넣었다. 또 비릿한 맛이 목구멍으로 들어가자 이성기는 참지 못하고 신음했다.

"정말 해약이냐?"

"물론이지, 독문해약. 세상에 단 하나뿐인 데다 치료 효과도 으뜸이고 먹자마자 효과를 보는 약이야!"

이내 뱃속이 따뜻해지면서 비틀어 짜는 통증이 대번에 사라지는 것을 느낀 이성기는 저도 몰래 안도의 숨을 내쉬었다.

"과연…… 좋아졌군."

그는 천천히 허리를 펴고 육충을 힐끗 쳐다봤다.

"육충, 너와 네 스승은 우리 철당의 든든한 기둥이라 할 수 있고, 원승과는 완전히 다르다. 구태여 작은 것 때문에 큰 것을 잃으며 고집을 부릴 이유가 없지 않으냐? 지금은 낭떠러지 끝에 선 형국이지만 아직 늦지 않았다."

차갑고, 숫제 비웃음까지 띤 육충의 눈빛을 보자 그는 별수 없이 눈치 있게 말을 바꿨다.

"좋다. 약속대로 널 데려가 청영을 만나게 해주…… 윽!"

이성기가 또다시 아랫배를 움켜쥐고 헐떡였다.

"왜…… 왜 또 아픈 거지?"

"정상이야. 구천십지무적고를 두 알이나 먹었으니까!"

육충은 솔직한 웃음을 터뜨렸다.

"이…… 이 무뢰배!"

이성기의 두 눈에서는 불길이라도 쏟아질 기세였다. 하지만 양심 따윈 없는 육충의 웃음소리 앞에서는 아무런 방도가 없었다.

"대체…… 어쩔 생각이냐?"

"첫째, 이 어르신은 청영을 만나게 해달라는 게 아니라 구해놓으라는 거야! 청영은 지금도 무사하고 앞으로 영원히 문제가 없어야 해! 둘째, 이 어르신이 준 두 번째 약은 확실히 해약이 맞아. 한 가지 이상한 부분이 있는데, 바로 첫 번째 환약과 약성이 상반된다는 거지. 서로 억제하는 힘이 있어서 배와 오장육부가 잠깐 참을 만해진 거야. 하지만 조제량이 부족해서 그걸로는 고를 전부 억제하긴 힘들지. 그래서 또다시 오장육부가 뒤틀리는 거고. 그러니 세자에겐 시간이 많지 않아. 어서 팔팔하게 살아 있는 청영을 순순히 돌려주시지. 그럼 해약을 하나 더 주겠어. 물론 그것도 조제량이 충분하진 않지만. 이 어르신은 우선 청영과 내가 해약을 먹고 무탈한지 확인해야겠어. 그렇지 않으면 다 같이 죽지 뭐. 장담하는데, 세자 나리께서는 우리 앞에서 죽어갈 거야. 차마 눈 뜨고는 보지 못할 정도로 참혹한 꼴로!"

이성기는 화가 나기도 하고 아프기도 해서 말을 할 수조차 없었다. 그저 마부에게 서둘러 가라고 재촉하는 것이 고작이었다.

마차가 돌아서서 떠나는 순간, 때마침 고검풍이 원승과 대기를 데리고 태평공주부로 달려왔다.

"상왕부의 마차?"

원승은 이성기의 마차가 쌩쌩 소리를 내며 멀어지는 것을 보면서 저도 모르게 눈살을 찌푸렸다.

고검풍이 콧방귀를 뀌었다.

"육충 형님께 들어보니 저들이 내내 거머리처럼 따라붙었대요. 이럴 때 저들에게 관심 둬서 뭐 하겠어요! 그나저나 공주부엔 어떻게 들어가죠?"

원승은 생각에 잠긴 얼굴로 말했다.

"찾아온 걸 알리고 들어가자니 너무 번거롭고 행여 이목을 끌지도 모르니, 그냥 담을 넘어 들어가자!"

12장
....
마지막 천사책

대당나라에서 가장 큰 권력을 가진 공주다보니 태평공주부는 매우 화려했다. 길잡이 고검풍이 없었다면 원숭은 방향을 잃고 한참 헤맸을지도 몰랐다. 하늘이 희끄무레하게 밝아올 무렵이지만 태평공주부의 회의실 여의당은 등불을 환히 켜놓아 눈에 확 띄었다.

여의당 앞에 당도하자마자 안에서 이융기의 초조한 목소리가 흘러나왔다.

"고모님, 제가 이미 원숭을 찾아보라고 사람을 보냈지만 지금 보니 상황이 몹시 다급합니다."

원숭은 걸음을 멈추고 여의당 뒤편에 자리한 늙은 측백나무 앞에 어른거리는 그림자를 돌아보며 나지막이 탄식했다.

"단운자 선배님이십니까? 긴급한 상황이니 들어오셔서 함께 들으셔도 좋습니다."

굵고 거친 웃음소리가 울려 퍼졌다.

"원숭, 솔직히 이 늙은이도 참 궁금해지는구나. 너란 사람도 그렇고, 네가 알아낸 소식은 더욱더 그렇고!"

여의당 문이 벌컥 열리고 혜범이 한달음에 달려나왔다. 음울하고 날카로운 눈빛이 곧바로 쏘아져 세상만사 관심 없는 사람처럼 한가로운 단운자의 시선과 딱 부딪쳤다.

"원 대랑, 틀림없이 올 줄 알았네."

이융기도 잰걸음으로 나와 껄껄 웃었다.

"원 장군, 잘 왔다. 어서 들어와서 이야기하지!"

태평공주의 목소리도 묵직하게 전해져왔다.

원승을 따라 여의당 안으로 들어간 순간, 대기는 문득 기분이 이
상했다. 영원한 친구도 없고 영원한 적도 없다더니! 방 안에 앉은
사람들을 둘러보면 그 말이 꼭 맞았다. 태평공주는 늘 원승을 사지
에 몰아넣으려 했고 심지어 이융기도 죽일 뻔했다. 신비막측한 호
승 혜범은 태평공주보다 더 심하게 원승을 철천지원수처럼 여겼다.
이융기는 어떤가? 원승의 친구이자 상사지만, 며칠 전만 해도 직접
계략을 꾸미며 원승을 모함한 주모자로 의심받았다. 그리고 어두운
얼굴을 한 단운자, 육충의 사부. 사실 저 노인도 꽤 교활했다. 상왕
과 이융기 쪽의 열혈 추종자 같지만, 태평공주는 어쩔 수 없이 그를
밀담에 참여시켜야 했다. 저 교활한 노인을 붙잡아둘 유일한 방법
이기 때문이었다. 하지만 그는 대체 어느 편에 설 것인가?

"종초객은 지대한 음모를 꾸미고 있습니다!"

마침내 원승은 모든 이야기를 끝내고 사람들을 천천히 둘러보며
무거운 소리로 말했다.

"천상이 사특하니 천상을 바꿔야 하리. 그렇습니다. 바르지 않은
하늘, 이른바 '천사책'의 진정한 기획자로서 종초객은 천상, 즉 하
늘을 바꾸려 합니다!"

"원 장군, 그 판단을 좀 더 상세히 설명해보라."

태평공주는 최대한 목소리를 진정시켰지만 그래도 말이 떨려 나

왔다.

"종초객의 비문 고수들은 인형술과 기관술을 결합한 고양이 요괴 인형을 만들었습니다. 그 인형은 갖가지 사악한 약물과 맞물려 사람을 홀리는 데 큰 효과를 발휘합니다. 저는 태극궁과 안락공주부에 고양이 요괴가 나타난 것을 알고 있었지만, 비문 지부 역천단 안에 고양이 요괴가 수도 없이 숨어 있는 줄은 몰랐습니다. 대행 황제의 시신을 본뜬 인형이 모든 것을 말해줍니다. 종초객 일당은 대행 황제의 장례식 때 고양이 요괴 인형을 풀어 막대한 혼란을 조장할 생각입니다. 거짓을 진실로 바꿔놓을 수 있는 그 시신 인형은 위태후가 종초객에게 밀명을 내려 준비했을 테지요. 대혼란 때 대행 황제의 시신에 문제가 생기는 것을 피하기 위해서입니다. 처음 계획을 세운 이는 위 태후와 종초객이 분명합니다. 고양이 요괴 인형 몸에는 '태평유상, 이 씨 당나라가 만대에 이어지리'라는 글귀가 새겨져 있었습니다. 태평공주 전하와 상왕 전하를 암시하는 것이지요. 그리되면 대혼란을 일으킨 죄는 틀림없이 이씨파 차지가 됩니다. 혼란이 가신 뒤 그들은 모반했다는 명목으로 상왕 전하와 공주 전하를 공격하겠지요."

방 안은 쥐 죽은 듯 고요하고 무서우리만큼 썰렁했다.

잠깐 생각에 잠겼던 태평공주가 비로소 천천히 고개를 끄덕였다.

"장례식이라면, 대체 어느 의식 때 움직일 것이라 보느냐?"

원승은 낭랑하게 대답했다.

"우리 대당나라는 '천자는 일곱 달 만에 장사를 지낸다'라는 〈주례〉를 따르니, 반년 뒤 제릉이 완공된 후에 매장하는 것이 일반적입니다. 대행 황제께서 붕어하신 지는 겨우 스무 날 남짓밖에 되지 않왔고 아직 영구 안치 기간입니다. 며칠 전 새 황제께서 '성복(成服, 초상이 나서 처음으로 상복을 입음)'과 '소상(小祥)'을 치르셨고, 앞으로 열흘 후에는 '대상(大祥)'과 '제사'를 치르실 것입니다."

의식에 훤한 태평공주는 대당나라 황제의 제례가 몹시 복잡한 것을 알고 있었다. 대행 황제의 시신은 벌써 납관했고 새 황제가 백관을 이끌고 가서 성복하고 울며 제를 지냈다. 성복한 지 13일 후에 소상을 치르고, 25일 후에는 대상을 치렀다. 대상은 비교적 성대한 의식으로, 새 황제, 즉 어린 황제 이중무가 대상복을 입고 울며 제를 지내면, 백관이 열을 지어 태극문 밖에서 새 황제를 위로하며 환궁을 권하게 되어 있었다.

"소장이 방금 들려드린 이야기 중에, 종초객이 신황제 전생절의 단상에서 했던 말을 아직 기억하십니까?"

원승은 한 자 한 자 힘줘 말했다.

"비문은 대상하리라, 만사가 대상하리라?"

태평공주가 두 눈을 반짝 빛내며 탁자를 내리치고 일어섰다.

"어쩐지 그 말이 이상하다 싶더라니. 종초객은 대상 의식 때 손을 쓰려는 것이구나!"

원승이 천천히 말했다.

"그렇습니다. 대상 때 갑자기 고양이 요괴가 나타나 대행 황제의 재궁을 놀라게 하면 백관이 혼란에 빠지고 태후는 경악하고 새 황제는 겁에 질릴 것입니다. 심지어 인형으로 만든 대행 황제의 옥체도 예기치 못한 화를 입겠지요. 그때 '태평유상, 이 씨 당나라가 만대에 이어지리'라는 글을 평계 삼아 그 어마어마한 죄를 상왕과 공주께 씌우고, 나아가 이씨파 전부를 돌이킬 수 없는 지경으로 밀어

넣을 것입니다."

"날짜를 헤아려보니……." 이융기가 섬뜩한 얼굴로 말했다. "대상을 치를 날이 고작 열흘 정도밖에 남지 않았습니다. 상황이 시위에 얹힌 화살이나 다름없습니다. 고모님, 어서 결단을 내려주십시오."

그런데 태평공주는 되레 느릿느릿 다시 앉으며 습관적으로 혜범을 바라보고 말했다.

"대사는 어찌 생각하시오?"

내내 표정 없이 듣고 있던 혜범이 비로소 담담한 목소리로 말을 꺼냈다.

"초조해하실 것 없습니다. 원 장군은 방금 종초객이 지대한 음모를 꾸몄다고 했으나 필시 아직 말하지 않은 중요한 이야기가 더 많을 겁니다."

원승과 혜범은 서로를 흘낏 보며 회심의 미소를 지었다.

"그렇습니다!" 원승이 무겁게 말했다. "종초객은 비문이 곧 만대에 이어질 패업의 길로 들어서리라 했습니다. 그의 야심은 위 태후의 힘을 빌려 이씨파를 숙청하는 것에 그치지 않습니다. 그는…… 매미를 잡아먹는 사마귀를 노리는 참새가 되고자 합니다! 대상 의식에서 돌발 사고가 벌어지면 종초객은 틀림없이 반격하겠지요. 먼저 어린 황제 이중무를 수중에 넣은 다음, 반대로 위 태후와 위씨파를 주살할 것입니다!"

태평공주는 참지 못하고 물었다.

"종초객의 야심이 크다는 건 알겠다. 하지만 그자가 잠시도 지체하지 않고 손을 쓰리라고 어찌 그리 확신하지? 대상 제례에서 이씨와 위 씨를 한꺼번에 공격하는 건 보통 위험한 일이 아니다!"

혜범이 웃으며 나섰다.

"그때가 절호의 기회이기 때문이지요! 위 태후와 종초객의 실력으로 무방비 상태인 공주와 상왕 일파를 기습 공격하면 승리는 거의 떼놓은 당상입니다. 그리고 그때는 위 태후도 우리와 똑같이 종초객에게는 무방비 상태겠지요."

"확실히 모험해볼 만한 절호의 기회지요."

원승은 고개를 끄덕이며 여전히 망설이는 태평공주를 바라봤다.

"가장 큰 증거는 역천단 안에 숨긴 수백 마리 고양이 요괴입니다. 피에 굶주린 그 괴물들이 한꺼번에 풀려나면 장안이 피로 물들고 국도에 요괴가 횡행하는 거대한 혼란을 조장하기에 충분합니다. 그래야만 '천상이 사특하니 천상을 바꿔야 하리'라는 구호에 맞아떨어지지요."

이융기가 찬 숨을 길게 들이켰다.

"게다가 난리 통에 위 태후를 참살하고 그 모든 난리의 책임을 우리에게 뒤집어씌울 수도 있겠군요. 절묘한 기회이자 완벽한 살인 계획입니다!"

"천사책이라는 기묘한 책략에서 그에 속한 모두는 각자 다른 해결책을 갖고 있습니다."

혜범이 늙수그레한 눈을 가늘게 좁히며 유유히 말했다.

"심지어 자신이야말로 그 책략의 입안자라고 생각할 뿐, 자신마저 다른 이가 꾸민 계획의 바둑돌이라는 사실은 모르지요. 종초객의 천사책은 이 씨와 위 씨를 한꺼번에 공격하고 완벽한 종씨의 천하를 만들려는 것입니다. 그자야말로 진정으로 하늘을 바꾸는 자입니다!"

방 안에는 또다시 침묵이 흘렀다. 늙은 호승의 말이 여러 사람의 마음을 흔들어놓은 게 분명했다.

그때껏 말이 없던 단운자가 마침내 한숨을 내쉬었다.

"지금 보니 군기 탈취 사건에서부터 종초객은 이미 계획을 실행하고 있었군. 천월에게 명해 갑옷과 쇠뇌를 훔치게 함으로써 위 씨와 이 씨가 서로를 의심하게 만들었으니까. 빌어먹을 노친네, 날마다 위 태후와 안락공주 앞에서 설설 기며 향락만 즐기는 무사안일한 재상 노릇을 잘도 해냈군!"

"멀리는 군기 탈취 사건, 가까이는 두 마리 고양이 요괴 사건이 있었습니다."

원승은 어쩔 수 없는 듯이 웃으며 말했다.

"한 마리는 위 태후를 홀렸고, 다른 한 마리는 안락공주를 공략했습니다. 따라서 고양이 요괴 배후 조종자가 비문과 종초객이라는 것을 알고 나자 저는 몹시 놀랐습니다. 안락공주의 부마 무연수도 비문 사람이니까요. 종초객은 어째서 비문에 속한 무연수 쪽 사람에게도 손을 썼을까요?"

대기가 움찔하더니 참지 못하고 물었다.

"그러니까, 종초객이 그때 벌써 당신을 함정에 빠뜨린 건가요?"

원승은 천천히 고개를 끄덕였다.

"종초객은 공격하기 전에 무연수에게는 고양이 요괴를 처리할 능력이 없다고 판단했을 겁니다. 더욱이 안락공주에게 십분 의존하고 순종하는 무연수가 속수무책인 상황에서 반드시 제게 도움을 청할 것이며, 나아가 제가 지난 악연에도 아랑곳없이 도우러 나서리라는 것까지 짐작했습니다. 마지막으로 그는 상왕 세자가 제게 손을 쓸 것도 예상했습니다. 아니면, 세자가 그렇게 하도록 만들었을 지도 모르지요!"

"종초객이 이성기를 움직일 수 있다고?" 단운자는 경악했다. "자네 말은, 세자 곁에 종초객이 심은 첩자가 있다는 겐가?"

"그 밖에는 달리 설명할 방법이 없습니다!" 원승은 냉정하게 말했다. "단운자 선배님께서는 세자의 절대적인 심복이십니다. 한데 세자께서 임치군왕을 피해 제게 모진 공격을 퍼부은 것이 퍽 갑작스럽다고 생각지 않으셨습니까?"

단운자는 갈팡질팡하는 낯빛으로 중얼거리듯 대답했다.

"이상하긴 했지. 반드시 자네부터 억눌러둬야 한다고 무척 서두르며 말했으니까. 안절부절못하던 모습이 꼭…… 무슨 소식을 들은 사람 같았네."

그가 놀란 얼굴로 고개를 번쩍 들었다.

"설마 정말 누군가에게 미혹당한 건가?"

이융기는 힘껏 발을 구르고 이를 갈았다.

"형님이 약간 냉정한 데는 있지만 성품은 공평무사하고 굳셉니다. 하지만 이번에는 성품에 완전히 어긋나는 위험하고 모진 수를 썼지요."

원승이 담담하게 말했다.

"기실 철당은 이제 막 만들어진 데 반해 비문은 벌써 수십 년간 세상을 횡행했으니 조정에도, 문무백관 중에도, 백성들 사이에도, 틈만 있으면 파고드는 경지에 이르렀을 겁니다. 유일하게 혜안을 가진 종초객에게는 이씨파 내 온건파와 급진파의 싸움이 불 보듯 뻔했을 겁니다. 그가 하려는 일은 적시에 불씨를 댕겨 두 파가 필사적으로 싸우다가 무너지게 만드는 것뿐이었지요!"

"원 장군 말이 옳다. 종초객이 그 불씨를 댕기기만 하면 우리 쪽에도 순순히 미끼를 물 사람이 나타났겠지."

태평공주는 이성기와 상왕이 자신에게 상의하지도 않고 이융기 등에게 손을 쓴 것이 몹시 불만스러워, 차가운 눈길로 단운자를 흘끗 쏘아봤다. 단운자는 울적한 얼굴이었지만 할 말이 없었다.

"이랑, 거기 있느냐!"

갑자기 태평공주가 손바닥을 가볍게 마주쳤다. 키가 훌쩍 큰 청년이 그 소리를 듣고 나와 태평공주와 방 안의 다른 이들에게 인사를 올렸다. 바로 태평공주가 가장 아끼는 둘째아들 설승간이었다. 태평공주의 둘째아들은 새파란 나이에 연국공에 봉해졌는데, 재기가 남달라 어머니에게 크게 쓰이고 있었다. 이융기와는 나이가 엇비슷해서 배짱이 잘 맞았고 교분도 자못 깊었다.

태평공주는 소매에서 황금빛으로 번쩍번쩍 빛나는 호부를 꺼내 정중하게 이융기에게 건넨 뒤 천천히 말했다.

"철당의 정예는 둘이다. 그 하나는 결사대고 다른 하나는 첩보대지. 이제 철당에서 내가 가진 힘을 전부 네게 맡기겠다. 우리 이랑이 각처의 사람을 잘 아니 전력을 다해 너를 보좌할 것이다."

호부를 받은 이융기가 무거운 소리로 말했다.

"반드시 사명을 완수하겠습니다!"

그런 다음 설승간을 향해 돌아섰다. 두 청년은 힘차게 두 손을 맞잡았다.

"언제 움직여야겠는가?"

태평공주의 시선이 장내를 훑었다. 이 순간, 그녀의 기백은 침착하기 이를 데 없었고, 표정은 냉엄하면서도 강인했다.

설숭간이 생각에 잠긴 듯 말했다.

"어머니께서는 병가에선 빠름이 으뜸이라고 생각하시지요? 소자가 즉시 인마를 소집해 전력을 다해 준비하면 열흘은 넘지 않을……."

"너무 늦다." 태평공주는 고개를 저었다. "이레 안에 움직여 번개같이 들이쳐야 한다!"

원승은 심장이 철렁했다. 태평공주는 '움직인다'고 했지 '계획한다'고 하지 않았다. 대당나라에서 권력이 가장 큰 공주로서, 그녀는 결단코 나약한 오라버니같이 안전만을 추구하며 참고 또 참지 않았다. 서두르면서도 혼란해하거나 위축되지 않는 저 눈빛을 볼 때, 태평공주 역시 종초객처럼 벌써 원대한 계획을 세워뒀음을 알 수 있었다.

종초객을 떠올리자 원승은 자연스레 혜범을 쳐다볼 수밖에 없었다. 뜻밖에 혜범도 음침한 눈길로 그를 보며 웃고 있었다. 두 사람의 눈빛이 마주치자 원승의 머릿속에 번개처럼 어떤 생각이 떠올랐다. 태평공주는 무측천이 자신을 가장 닮았다고 평한 적 있는 딸이었다. 그 야심은 결코 종초객 못지않을 것이다. 게다가 그 곁에 음모술수에 뛰어난 늙은 여우가 붙어 있으니, 공주 역시 일찍부터 준비했음이 당연했다. 심지어 혜범이 제공한 강력한 재력 기반까지 있으니 태평공주가 준비한 계획은 더욱더 독하고 모질 터였다.

그때 이융기가 고개를 저으며 무겁게 말했다.

"제 생각에는 사흘 안에 움직이는 것이 좋고, 가능하다면 열두 시진 안으로 단축해야 합니다!"

태평공주가 몸을 움찔했다.

"삼랑, 어째서 그리 말하느냐? 대상까지 아직 열흘 남짓 남아 있는데, 설마하니 지금 당장 위험하다는 것이냐?"

"임치군왕께선 과연 견식이 뛰어나시군요!" 혜범은 자연스레 한숨을 쉬었다. "설청산이 죽었습니다. 제아무리 범평이 비문에 남아 전력을 쏟아 감춘다 한들 종초객 곁에서 그처럼 중요한 인물이 실종된 일을 언제까지 숨길 수 있겠습니까? 종초객이 그 일을 조사해 독하고 과감한 방식으로 또 우리를 공격하면 어찌시겠습니까?"

"바로 그겁니다!" 이융기가 눈썹을 치켜떴다. "범평으로는 부족합니다. 어쩌면 정말 열두 시진밖에 없을지도 모릅니다!"

"삼랑의 곤붕맹에 와호장룡이 많은 모양이군. 이렇게 어려움에서 풀려났으니 벌써 각 방면에서 주도면밀하게 준비해뒀겠지?"

태평공주는 웃을 듯 말 듯한 얼굴로 영기 넘치는 조카를 바라봤다. 철당이 최근 보고한 소식에서 이융기가 남몰래 곤붕맹을 조직했다는 이야기를 떠올린 태평공주는 심장 저 깊은 곳에서 한기가 솟구쳤다. 귀신도 모르게 실권을 쥔 중하급 군관을 대거 끌어들일 만큼 심기가 깊은 것을 볼 때 이 조카는 시일이 지나면 반드시 큰 그릇이 될 것이다.

"그저 이 씨 당나라의 강산이 대대손손 이어지기를 바라는 마음에 미력을 다했을 뿐입니다."

이융기는 표정을 드러내지 않은 채 몸을 숙여 예를 취했다.

"그렇다면 어디부터 손을 써야겠느냐?"

태평공주의 냉엄한 눈빛이 다시금 좌중을 훑었다.

이융기는 이번에는 말없이 탁자에서 정교한 표향지를 한 장 꺼내 붓을 들고 글을 써내려갔다. 마음이 통했는지 원승과 혜범, 태평공주도 종이를 펼치고 묵묵히 붓을 움직였다. 단운자만이 팔짱 끼고 옆에 말없이 앉아 있을 뿐이었다. 하지만 지금 그의 얼굴은 무척 숙연했고 여느 때의 한가롭고 무관심한 표정은 찾아볼 수 없었다.

종이 석 장이 이내 태평공주 앞에 놓였다. 필체는 달랐지만 모두 똑같이 세 글자가 적혀 있었다.

현무문.

태평공주도 천천히 자신의 종이를 펼쳤다. 역시 '현무문'이라 쓰여 있었다.

방 안은 또다시 바늘 떨어지는 소리마저 들릴 만큼 고요해졌다. 줄기줄기 예리하게 벼린 살기가 눈처럼 하얀 종이 넉 장에서 스멀스멀 피어오르는 듯했다.

"가보시오, 여러분!" 태평공주는 천천히 한숨을 토했다. "우리에게는 성공만 있을 뿐, 실패란 없소!"

6월의 해가 다시 세상에서 가장 큰 성시, 이곳 장안성을 비췄다. 곡강의 아득한 푸른 물결이 붉은 해에 비쳐 비취처럼 영롱하게 반짝이며, 출렁출렁 나지막한 노래와 끝없는 생기를 싣고서 유유히 동으로 흘렀다. 곡강 기슭 커다란 격구장에는 벌써 핏빛 아침노을에 물든 사내 십여 명이 우뚝 서 있었다.

원승과 육충은 이융기 옆에 있었다. 이융기가 낭랑하게 훈시를 베푸는 동안, 원승은 간밤에 거의 실종되었던 육충이란 작자가 시시때때로 신비로운 웃음을 짓는 것을 알아차리고 참다못해 물었다.

"무슨 좋은 일이라도 있나?"

육충이 신나서 말했다.

"청영이 돌아왔어. 기분은 썩 좋지 않지만 무사해."

원승은 즉시 마음이 놓여 진심으로 축하했다.

이융기의 훈시가 끝나자 유유구가 손뼉을 치며 어서 달려가고 싶어 안달복달하는 형제들을 한바탕 격려한 다음 마지막으로 우렁차게 말했다.

"형제들, 성패가 이번 행동에 달려 있다. 대당나라 사직이 결사의 각오를 다진 우리가 전력을 다해 쏟아붓는 일격에 달려 있다!"

원승이 무거운 소리로 덧붙였다.

"여러분, 대당나라 사직뿐만 아니라 이 장안의 무수한 사람들의 생사와 안위 또한 우리 손에 달려 있습니다!"

"겁먹은 자가 있는 것 같군!"

이융기의 예리한 눈빛이 장내를 훑다가 마지막으로 키가 훤칠한 어느 사내의 얼굴에 내려앉았다. 그가 웃으며 말했다.

"왕모중, 네 얼굴은 평강방의 여자들보다 더 희구나."

기실 왕모중은 이융기의 가노로, 어려서부터 시종으로서 이융기를 따랐다. 이융기는 곤붕맹을 만들기 위해 특수한 신분인 왕모중을 궁성을 지키는 황실 정예 금군에 잠입시켜 사나운 용사들을 끌어들이게 했다. 종욱 같은 군관들이 바로 왕모중이 끌어들인 사람이었다. 그런데 지금 이 위급한 순간, 가장 충성스럽던 왕모중의 얼굴은 두려움으로 움츠러들어 있었다. 다행히 이융기의 우스개에 장내에 낄낄거리는 웃음이 퍼지며 왕모중의 얼굴에서 두려운 표정이 적잖이 가셨다.

이융기가 얼굴을 굳히며 낮게 외쳤다.

"상대방은 벌써 시위를 얹었다. 저들의 피 묻은 손이 당장 우리를 내리찍을 것이다. 우리가 얌전하게 토막 나기를 기다리며 식탁에 누운 생선이 될 것인지 아니면 대당나라 강산을 위해, 장안의 백성을 위해 죽기 살기로 싸울 것인지는 오늘 밤에 달렸다."

지금은 일반적인 상황이 아니므로 기운을 북돋우면 북돋웠지 꺾어서는 안 된다는 것을 아는 원승도 낭랑하게 말했다.

"여러분, 우리 쪽 승산이 큽니다. 비록 저들보다 하루 이틀 일찍 움직일 뿐이나 병가는 빠름을 중요시하는 법입니다. 병가에서는 하루 이틀이 곧 생사와 성패를 결정합니다!"

"원 장군 말이 백 번 천 번 옳다. 내가 여러분에게 경천동지할 사실을 알려주겠다!"

이융기는 사기를 올리고자 하는 원승의 뜻을 짐작했다. 사기를 올리는 가장 좋은 방법은 행동에 정정당당한 평계를 부여하는 것이었다. 그는 두어 번 마른기침을 한 다음 천천히 말을 꺼냈다.

"선제께서 어떻게 붕어하셨는지 아느냐?"

그 한마디에 장내가 쥐 죽은 듯 고요해졌다. 이융기는 한참 사람들을 둘러보다가 무겁게 말했다.

"선제께서는 춘추 한창이시고 붕어하시기 이틀 전에는 어화원에서 부왕과 한담을 나누기도 하셨다. 그러니 결코 병환으로 붕어하셨을 리 없다. 야심만만하고 악랄한 위 태후가 독살한 것이다!"

경천동지할 만큼 놀라운 말이었다. 황제 이현이 급작스럽게 세상을 뜨는 바람에 항간에는 일찍부터 여러 가지 뜬소문이 나돌았으나, 황제 조카라는 높은 신분인 이융기가 이 '놀라운 사실'을 입 밖에 내자 그야말로 하늘에서 벼락이 떨어지는 것 같았다. 이이덕, 왕모중을 비롯한 모두가 놀라고 분노해 두 주먹을 부르쥐었다.

"그래서 오늘 밤 우리가 곧장 내원을 들이쳐 위 씨를 모조리 주멸하는 것은 사실상 선제의 복수요, 백성을 위해 악을 제거하는 의거다. 이제 와서 두려워도 소용없다. 우리가 아무것도 하지 않아도 종초객과 위 태후 일당이 트집을 잡아 우리에게 죽음을 내리려 할 것이다. 목숨 걸고 싸운다면 새로운 하늘을 열고 엄청난 부귀를 얻을지 모른다!"

'엄청난 부귀'라는 말에 사람들 표정에 흥분이 고조됐다. 왕모중조차 얼굴이 빨갛게 달아올랐다. 금군 제압의 중요성은 누구나 알고 있었다. 위 태후는 어리석고 무능한 사촌을 금군의 고관으로 세웠으나 그 겉만 얻었을 뿐이다. 실제로는 곤붕맹의 열혈 청년들 가운데 종욱이 내원을 관장하는 총감이고, 진현례는 만기좌영의 총수이며, 심지어 이이덕은 현무문을 지키는 금군의 우두머리였다. 이들이야말로 북문 금군의 실권자였다. 이융기는 남다른 혜안으로, 아주 일찍부터 금군에서 가장 위험한 힘을 자기 휘하로 끌어들였다.

임치군왕은 날 때부터 담력이 크고 호방했다. 대행 황제가 붕어한 뒤로 그는 이씨파 내에서 온건파에 속하는 부왕이 몸소 명령을 내려 자신을 가두기 전까지 심복인 유유구 등과 함께 며칠 밤낮 비밀리에 논의를 거듭하며 계획을 세워뒀다.

오늘은, 이융기와 유유구든 태평공주와 설숭간이든, 이미 정해진 계획을 '수행'하는 것뿐이었다.

"무슨 일이든 임치군왕을 따르겠습니다!"

육충이 벌게진 눈으로 쉰 소리로 외쳤다.

"큰 공을 세우고 큰 부귀를 얻자! 결사 항쟁! 절대 뒤돌아보지 마라! 어기는 자는 이 바위처럼 될 것이다!"

육충이 소매를 떨치자 날카로운 빛이 허공을 가르며 날아올랐다. 한 길 밖에 있는 청석 바위가 검광에 맞자마자 폭발해 돌 부스러기로 변했다. 놀랄 만한 그 검술을 보고 흥분으로 피가 끓어오른 사람들은 입을 모아 으르렁대듯 외쳤다.

"결사 항쟁! 절대 뒤돌아보지 말자!"

대당나라 당륭 원년 6월 20일의 깊은 밤, 태극궁 안 현무문 부근에서 난데없이 하늘을 찌르는 함성과 북소리가 터졌다. 현무문은 지세가 높은 편이어서 그 문루에 오르면 태극궁 궁성 전체를 굽어볼 수 있었다. 그래서 이 현무문에서는 피비린내 나는 무력 정변이 앞서 두 차례나 벌어졌고, 오늘 밤이 세 번째였다.

첫 번째가 가장 유명하고 또 가장 단순했다. 그때 아직 진왕이던 이세민은 울지공 등 천책부(天策府, 이세민이 왕세충을 대파하고 천책상장이 되면서 만들어진 관청으로, 이세민이 수장이었음) 정예를 이끌고 현무문 바깥에서 아무 준비도 되어 있지 않은 태자 이건성과 제왕 이원길을 습격해 죽이고 일거에 권력 탈취에 성공했다.

두 번째는 바로 몇 년 전이었다. 대행 황제 이현의 태자인 이중준이 위 태후의 핍박에 물러날 곳이 없자 분을 이기지 못해 정변을 일으켰다. 난군을 이끈 이중준은 당시 대권을 쥐고 있던 무삼사 부자를 순조롭게 참살하고, 기세도 흉흉하게 현무문 아래까지 달려왔으나 결국 현무문 문루에서 막히는 바람에 부하들이 창을 거꾸로 들고 배신하자 비로소 싸움에서 지고 피살됐다. 거의 준비도 없이 창졸간에 일으킨 정변이었으나 이중준은 성공할 뻔했다. 위 태후를 죽이겠다는 그의 목표가 고작 한 걸음 앞에 있었다.

그리고 이번에는 이융기, 태평공주 등이 며칠간 공모한 군사정변이었다. 이날 철당과 곤붕맹이 힘을 합쳐 들이쳤는데, 그 신중함, 무자비함, 신속함은 이중준 때를 훨씬 능가했다. 하늘을 놀라게 한 이 변고는 한 발 앞서 움직인 덕분에 예상보다 더 순조로웠다. 이융기가 맞닥뜨린 유일한 골치는, 뜻밖에도 곤붕맹의 재주 많은 수하인 내원 총감 종욱에게 있었다. 큰 변고가 시작될 때 종욱은 두려움과 망설임에 사로잡혀 차마 문을 열어젖히고 이융기 등을 내원에 들여놓을 용기를 내지 못했다. 하지만 종국에는 그 아내가 정의롭고 당당하게 설득한 끝에 결연히 무리를 이끌고 이융기를 따랐다.

사서에는, 그날 밤 임치군왕 이융기가 태평공주의 도움을 받아 심복 군관 무리를 이끌고 내원에 잠입해, 내원 총감 종욱의 도움으로 금군 가운데 인심을 얻지 못한 위선, 위파 등 권력을 쥔 위 씨 고관을 참살하고, 군중 앞에서 '위 씨가 선제를 독살하고 사직을 위험에 빠뜨렸다'는 죄를 선포한 뒤 '오늘 밤 다 함께 위 씨를 주멸하고 상왕을 황제로 세워 천하를 안정시키자'고 목청 높여 제창했다고 기록됐다.

위선 등 고관들이 피살당하자 구중궁궐 내원에서 위 태후의 심복은 사라졌다. 이융기는 병사를 이끌고 현무문에 돌입하는 동안 장애물은 거의 만나지 못했다. 당황하고 아무런 준비가 되어 있지 않은 위 태후가 가장 먼저 난군에 피살당했다. 그날 밤에는 하필이면 안락공주도 공주부로 돌아가지 않고 궁에 남아 있었다. 그녀의 남편 무연수도 함께 있었다. 병사의 함성이 터지자 무연수는 황급히 숙장문으로 달려가 적을 막았다. 애석하게도 비록 궁술에서 따를 자가 없는 부마 나리도 이이덕을 위시한 호랑이나 늑대 같은 장병 앞에서는 마차 앞을 가로막은 사마귀에 불과해 얼마 못 버티고 온몸이 난도질당했다.

전각 바깥에서 들리는 하늘을 뒤흔드는 고함에 안락공주는 너무 놀라 고운 얼굴마저 사색이 된 채 자꾸만 설안에게 상황이 어떠냐고 캐물었다. 그렇게 허둥거리고 있을 때, 별안간 전각문이 열리고 낯익은 그림자가 안으로 들어왔다.

"원승, 당신! 정말 당신이에요?"

안락공주는 자신의 눈이 멀지 않았나 생각했다. 눈앞의 모든 것이 꼭 갑작스레 찾아온 악몽 같았다. 하지만 다행스럽게도 그가 왔다. 이 세상에서 그녀를 이 악몽에서 벗어나게 해줄 유일한 사람이.

"접니다." 원승은 한숨을 쉬었다. "상황이 긴박합니다. 이미 변란이 일어났고 아무것도 돌이킬 수 없습니다. 공주께서는 속히 옷을 갈아입고 변장하십시오. 어쩌면 제가 이곳에서 빼내드릴 수 있을지 모릅니다."

안락공주는 이것저것 따지지 않고 원승의 양손을 움켜쥐었다. 이 악몽 같은 밤, 다시금 이 따뜻하고 큰 손을 힘줘 잡자, 안락공주는 저도 모르게 긴 속눈썹을 촉촉이 적시며 비 맞은 배꽃처럼 눈물을 흘렸다. 모두가 그녀를 버리고 떠날 때, 오로지 원승만이 아무것도 따지지 않고 달려왔다. 그가 얼마나 큰 위험을 무릅쓰고 왔는지, 그녀도 잘 알았다.

그는 가만히 그녀를 바라봤다. 그의 눈빛은 고요했지만 마음속에서는 거친 파도가 들끓고 있었다. 그녀는 그의 첫 번째 꿈이었다. 시간이 지난 뒤 그 꿈이 너무도 허무맹랑해지고 심지어 처음처럼 아름답지도 않게 되자 그도 더는 꿈을 좇지 않았다. 문득, 지난번 능연각에서 수은처럼 밝디밝은 광휘 속에 단아하게 서서 휘황찬란하게 반짝이던 그녀가 눈앞에 떠올랐다. 그때 그녀는 그를 보며 생글생글 웃었다. 반짝이는 두 눈동자는 하늘에 뜬 보름달보다 더 눈부셨다. 하지만 그날 밤은 그녀의 성혼 전날이었다. 그리고 그날 밤, 마침내 그도 그녀가 닿을 수 없이 먼 꿈일 뿐임을 똑똑히 깨달았다.

하지만 지금 이 순간, 그는 여전히 자신이 처음 꾸었던 아름다운 꿈이 남의 손에 박살 나거나 짓밟히는 것을 원치 않았다. 그는 진작 알고 있었다. 조정에 몸담은 사람으로서 이런 행동은 지극히 비이성적이고 성숙하지 못하다는 것을. 어쩌면 앞으로 그의 삶을 피비린내로 물들일 끝도 없는 성가심을 안겨줄지도 모른다는 것을. 하지만 그래도 위험을 무릅쓰고 시도해야 했다.

"공주 전하, 상황이 좋지 않습니다." 설안이 산발한 채 달려 들어왔다. "부마께서 힘껏 싸우다 돌아가셨고 반군은 황성에서 태후와 전하를 찾고 있습니다. 태후께서…… 이미 해를 당하셨다고 하는 사람도 있었습니다."

부마의 죽음. 특히 태산처럼 든든한 의지처인 어머니도 반군에 해를 당했다는 소식에 안락은 온몸이 싸늘하게 식었고, 양 다리마저 말을 듣지 않는 것 같았다.

"공주 전하, 어쩌자고 멍하니 계십니까! 원 장군께서 구하러 오셨으니 어서 가세요!"

설안이 목멘 소리로 부르짖었다. 그녀는 재빨리 시녀 옷을 벗어

던지고 궤짝을 마구 헤집어 안락의 옷을 찾아 몸에 걸쳤다.

안락은 멍하니 앉아 있다가 설안을 와락 붙잡으며 떨리는 소리로 말했다.

"잠깐만……." 그녀는 고개를 돌려 원승을 바라봤다. "이렇게 달아나면, 그다음엔 난 어디로 가죠?"

"이름을 숨기고 평생 조용히 사십시오."

원승은 한숨을 내쉬며 처량한 마음으로 생각했다.

'이 삼랑이 위 태후가 선제를 독살했다 공표했으니, 안락에게도 공모한 죄를 묻겠지. 상왕께서 아무리 인자하시다 한들 그처럼 크나큰 죄를 지었으니 부득불 이분을 죽일 수밖에 없을 거야.'

"평생 조용히…… 평생…… 조용히?"

안락이 중얼거리더니 갑자기 이를 악물고 고개를 들며 웃었다.

"아니, 난 조용히 살고 싶지 않아! 난 빛나게 살 거야! 천년만년 평범하고 조용히 사느니 차라리 한순간이라도 환하게 빛나겠어! 난 빛나야 해. 그게 바로 이 안락이야."

그녀의 낯빛은 눈처럼 희디희었다. 진주 같은 눈물방울을 매달고 처연하게 웃는 절세 미모의 얼굴에서 무궁무진한 슬픔과 사랑스러움, 처량함이 솟아나 마치 찬바람 속에 갑작스럽게 활짝 핀 하얀 동백꽃 같았다.

하지만 원승의 마음속에서는 불길한 예감이 치솟았다. 황급히 그녀의 양손을 잡은 원승은 그제야 그녀가 소매 속에 숨긴 왼손이 이미 심장 부근에 바짝 닿아 있다는 사실을 깨달았다. 그 희디흰 다섯 손가락에는 비수 한 자루가 들려 있었다. 바깥에서 난군의 함성을 들었을 때부터 이미 비수를 쥐고 있다가, 모후와 남편이 모두 떠났고 자신도 갈 곳이 모호하다는 말을 듣자 살 마음이 사라져 가만히 칼을 휘두른 것이리라.

"과아, 왜 이렇게까지?"

원승은 그녀의 어깨를 와락 감싸 안으며 그녀의 손가락을 떼어 내려 했다. 뜻밖에도 안락은 완전히 죽을 결심을 했는지, 빈 오른손으로 다시 결연하게 비수를 밀어 넣었다. 그녀가 쓰는 물건은 언제나 호화롭기 짝이 없었다. 가까이 숨겨놓은 비수 역시 쇠를 진흙처럼 베는 귀한 물건이라 순식간에 자루만 남기고 쑥 들어갔다.

"승, 당신은 좋은 사람이에요."

선혈이 삽시간에 그녀의 앞자락과 옷깃을 물들였다. 안락은 원승의 얼굴을 가만히 쓰다듬으며 말했다.

"당신이 좋아서…… 심지어 모든 걸 포기하고 당신하고만 함께 할까 하는 생각도 했어요! 하지만 당신도 알죠. 난 그러지 못했어요. 우리 둘 다 그러지 못했어. 하지만 오늘 밤 당신이 와줘서, 당신 품에서 죽게 해줘서…… 참 마음이 놓여요. 그때도 그랬죠. 당신 손만 잡으면 난 마음 편히 잠들 수 있었어요. 이제야 마침내 다시 당신 손을 잡게 됐군요. 좋아요. 이제 날 편히 잠들게 해줘요. 이 모든 게 마치…… 번잡하고 화려한 꿈같아…….."

그녀의 손이 툭 떨어졌다.

"과아!"

원승은 비통하게 소리쳤다. 심장 저 깊은 곳을 마구 쥐어짜듯 말로 표현할 수 없는 고통이 밀려들었다. 그녀는 그의 품안에 가로누웠다. 완화유수금으로 만든 사의(紗衣, 얇고 성기게 짠 옷)에는 그녀가 가장 좋아하는 흐드러지게 핀 온갖 꽃이 수놓여 있었다. 다만, 가장 아리따운 모란에는 눈을 찌르는 핏빛이 묻어 있었다. 길고 긴 그녀의 속눈썹이 꼭 닫혔다. 마침내 그녀는 마음 편히 잠에 빠졌다. 영원한 잠에.

"공주 전하……."

설안은 바보처럼 멍해 있다가 그제야 달려와 가슴이 찢어지는 듯 목 놓아 울었다.

"안락공주가 여기 있다! 놓아주지 마라!"

외침 소리와 함께 대문이 우당탕 소리를 내며 열리고 이이덕과 육충이 나란히 뛰어들었다. 침울하고 숙연하게 서 있는 원승을 보자 두 사람 다 당황해서, 뒤에서 미친 듯이 외쳐대는 병사들을 향해 손을 휘저었다.

이는 당륭 원년이자 경룡 4년에 일어난 정변이었다. 맹렬하고 거친 파도 같던 이 정변에서 위 태후와 안락공주 모두 유명을 달리했고, 부마 무연수는 피살됐다. 위 태후와 한패였던 여성 권력자 상관완아도 피살됐다.

하늘이 희끄무레하게 밝을 무렵, 이융기는 신속하게 정변의 마무리 작업을 펼쳤다. 스무 날가량 황위에 있던 어린 황제 이중무는 병사들의 '청'으로 불려나와 신룡전에 연금됐다. 위 씨 일파 전면 숙청 작업 역시 순조로웠다. 위 태후의 당형이자 장안 안팎의 병마를 총괄하던 재상 위온은 허둥지둥 저택에서 달아났으나 추격병 손에 참살되고, 또 다른 재상이자 이미 여든 살이 된 노신 위거원도 저택 입구에서 비기 손에 죽었다.

태극전에 들어가 주둔한 이융기는 속속 날아드는 승전보에도 눈

섭을 잔뜩 찡그리고 있었다. 진정한 강적인 종초객이 실종됐기 때문이었다.

사실 삼경에 위 태후를 참살하고 대국이 이미 결정됐을 때, 이융기는 종상부로 병사를 보내 종초객을 죽이게 했다. 그런데 금세 돌아온 철당 결사대의 답변에 따르면, 종상부는 문을 닫아걸고 결사 항전했으며 문을 돌파해 들어갔는데도 종초객은 이미 그림자조차 보이지 않았다고 했다. 이융기는 놀라고 분노해, 즉시 대장 진현례에게 몸소 정예 한 갈래를 이끌고 출궁해서 장안성을 샅샅이 뒤져 종초객을 체포하라고 명령했다.

어느새 오경(五更, 새벽 3시~5시)이 지나고 이어서 하늘이 환히 밝았지만, 종초객은 강물에 녹아든 물방울처럼 흔적도 없이 사라졌다. 비문의 신임 진종이라는 종초객의 신분을 생각하면, 이융기는 심장이 서늘했다. 세상에 두루 조력자를 둔 데다 음모에도 뛰어난 인물이 이대로 달아나는 것은 실로 무궁무진한 후환이었다.

원승도 상황이 심각한 줄 알고, 부득불 슬픔을 억누르고 이융기를 찾아가 출진을 청한 뒤 육충 등 퇴마사 영웅들을 데리고 출궁해 수색에 나섰다. 지금의 원승은 이미 어제와는 완전히 딴판이었다. 이번 정변 이후로 상왕부는 조정 세력을 모두 장악하다시피 해서 원승이 동원할 수 있는 힘도 놀라울 만큼 컸다. 하지만 그가 철당과 퇴마사, 금오위 등 여러 부대를 움직여 사방팔방 수색한 결과 또한 아무 소득이 없었다.

해가 점점 높이 떠오름에 따라 원승의 눈썹은 점점 더 일그러졌다. 종초객 곁에는 결사를 다짐한 고수가 매우 많았고 그들은 지부의 비밀 통로에도 익숙했다. 만약 비밀 통로를 전전하며 달아난다면 바다에 들어간 물고기처럼 종적을 찾기 어려울 터였다.

그는 별수 없이 잇달아 급한 명령을 내렸다. 장안성 성문을 모두 봉쇄하고 임치군왕의 친필 명령서 없이는 아무도 드나들지 못하게 할 것. 그리고 속히 퇴마사 정예를 보내 대군과 협력하는 한편, 고검풍과 오육랑이 대오를 이끌고 각지의 지부 비밀 통로와 그 출구를 서둘러 수색할 것.

오시가 가까워서야 마침내 고검풍과 오육랑이 급히 달려와 보고했다. 종초객을 찾았다는 소식이었다!

알고 보니 그 교활한 노인은 심복 결사대 두 명을 데리고 객상으로 변장해 통화문을 지나 장안에서 달아나려고 했다. 하지만 짐 보따리에 금은보화를 불룩하게 넣는 바람에 금군에게 덜미를 잡혀 조사를 받았다. 한바탕 혼전이 벌어진 후 주인과 하인 세 사람은 통화문 아래 죽어 쓰러졌다.

"왜 죽였나!"

원승은 씩씩거리며 발을 구르다가 황급히 사람들을 이끌고 통화문으로 달려갔다.

통화문 앞은 일대 혼란이었다. 거리에 피가 낭자해서 방금 얼마나 격렬한 혈전이 있었는지 알 만했다. 원승은 빠른 걸음으로 종초객 시신 앞으로 가서 몸을 숙이고 잠깐 살핀 뒤 침울한 얼굴로 일어나 고개를 저었다.

"아니네. 생김새는 종초객과 꼭 닮았지만, 역용을 하지도 않은 채 단순히 얼굴에 숯 검댕만 바르고서 무거운 보물을 숨기고 보란 듯이 거리를 활보하는 것은 평소 종초객의 행실이 아니잖은가?"

얼마 지나지 않아 빠른 말 두 필이 거의 동시에 통화문 아래 도착했다. 달려온 퇴마사 암탐 둘은 각자 놀라운 소식을 전했다. 안화문에서 격전이 벌어졌는데, 장사 세 명이 노인 한 명을 보호하는 행실이 몹시 의심스러워 불러다 조사하겠다고 했더니 장사들이 칼을 뽑아 강행돌파하려다가 결국 난전에 목숨을 잃었다는 소식이 하나였다. 듣기로 그 노인의 외모가 종초객과 흡사하다고 했다.

개원문에도 장례 행렬이 억지로 성문을 통과하려다 싸움이 벌어졌고 행렬 가운데 일고여덟 명이 피살되거나 자결했는데, 망자로 변장한 사람 역시 종초객과 흡사하다고 했다. 애석하게도 그 '가짜 시신' 또한 혼전 중에 병사의 칼에 죽었다.

원승의 안색이 싸늘하게 식었다. 안화문은 장안성 남쪽, 개원문은 장안성 서북쪽에 있고, 여기 통화문은 동쪽이었다. 여기서 안화문에 갔다가 다시 개원문으로 가려면 장안성을 반 바퀴나 빙 돌아야 했다.

"갈 것 없소. 모두 종초객의 교란책이오!"

원승은 고개를 들고 해를 올려다봤다. 해는 어느덧 서쪽으로 기울고 있었다. 원승은 종초객이 저 허공 속에서 자신을 향해 냉소 짓는 듯한 기분에 사로잡혔다. 그 노인이 갑자기 여러 방향에서 교란책을 벌이는 것은 혹시 그들을 유인한 뒤 다른 곳으로 달아나려는 술책일까?

그가 망설이는 사이, 술집 점원 복장을 한 사람이 잰걸음으로 성문 앞으로 다가와 원승에게 예를 올렸다.

"나리께서 원 장군이십니까? 범 씨라고 하는 선생께서 장군의 오랜 벗이라 하시며 소인더러 심부름 값을 줄 테니 이 서찰을 전해달라 하셨습니다."

"범 씨?"

원승은 정신이 번쩍 들어 점원이 건넨 서찰을 뺏다시피 받아 들었다. 거친 삼종이에는 지명 하나가 휘갈겨 쓰여 있었지만, 낙관만큼은 깔끔하고 단정한 서체로 '평'이라 되어 있었다.

범평. 여태 비문에 잠복해 있던 그 신비한 자가 마침내 움직였다. 그리고 그가 보낸 서찰에 적힌 지명은 원승에게 수많은 상상을 불러일으켰다. 문득 원승이 점원에게 물었다.

"내가 여기 있는 것을 어떻게 알았나?"

점원은 미소 띤 얼굴로 말했다.

"범 선생이 그리 말씀하셨습니다. 지금쯤 통화문 앞에 있을 것이라고요. 소인이 와서 물어보니 정말로……."

"육충, 소십구, 가자! 오육랑, 자넨 부대를 이끌고 따라오게!"

원승은 차갑게 점원의 말을 끊고 앞장서서 말을 몰아 달려갔다.

짤막한 삼종이에 적힌 곳은 회덕방 안에 있는 배화교 사원 소광명사였다. 소광명사는 혜범의 소굴 중 하나인 서운사만큼 유명하지도 않고, 심지어 장안에서 배화교를 믿는 호인들 사이에서도 있어도 그만 없어도 그만인 소규모 사원이었다. 하지만 범평이 서신을 보내 그 신비한 사원을 지목하자, 원승은 도리어 눈앞이 환해지는 듯했다.

회덕방은 서시 바로 옆에 있어 호인이 많이 모였다. 종초객의 성품이라면, 모두가 전력을 다해 성문을 돌파해 달아날 것으로 짐작하고 있을 때 도리어 반대로 행동해 각처에서 교란책을 써 자신이 죽은 것처럼 조작하는 한편, 살그머니 눈에 띄지 않는 호인 사찰에 숨어들 가능성이 컸다. 지기자도 한때 호승으로 변장했듯이 비문에 호인 고수가 많은 것은 당연했다. 종초객이 호인 사찰에 숨어드는 것은 사실상 아무도 예상 못할 훌륭한 술수였다. 세 사람은 바람처럼 말을 몰아 통화문에서 서남쪽으로 꺾은 뒤 한참을 내달렸고, 마침내 회덕방 소광명사에 당도했다.

다시금 소광명사에 오자 고검풍의 심장이 절로 빠르게 뛰었다. 지난날 둘째 사형은 바로 이곳으로 그를 데려왔고, 그는 신비하고 낡은 거울을 통해 존사를 뵈었다. 존사는 당신이 산 것도 죽은 것도 아니라고 했다. 그 후 둘째 사형이 괴이한 일을 하다 죽자 혼자서 여러 번 이곳을 찾았지만 다시는 존사의 종적을 발견할 수 없었다. 어째서 이곳일까? 소십구는 속에서 온갖 의심이 무럭무럭 솟아올랐다.

벌써 황혼녘이어서 배화교 사찰 안은 고요하면서도 음산했다. 맞은편에는 높고 커다란 전각이 서 있는데 반쯤 열린 문 안은 어두컴컴했다.

"피비린내가 지독하군." 육충이 코를 문지르며 투덜거렸다. "대체 안에 뭐가 있는 거야?"

"조심하는 게 우선일세!"

원승이 무겁게 말했다. 무엇 때문인지 깊고 신비한 이 전각이 그에게 지대한 압박을 가하는 바람에, 순간적으로 천당환경에 있던 그 이름 없는 배화교 사찰 속의 신비한 원한의 진이 떠올랐다. 그곳에도 비슷하게 생긴 대전이 있었는데, 그 안에 끔찍한 원한의 진이 펼쳐져 있어서 하마터면 그와 대기 모두 그곳에 갇혀 죽을 뻔했다.

육충은 콧방귀를 뀌더니, 소매를 떨쳐 묵직한 유성추 두 자루를 꺼내 반쯤 열린 문을 내리쳤다. 그 즉시 세 사람 다 그곳에 얼어붙었다. 전각 안은 온통 죽은 사람으로 가득했다. 입은 옷을 보아 객상이나 호인인데 죄다 난전을 맞아 전각 안이 피투성이였다.

"매복 공격이 있었나본데!"

육충이 성큼성큼 전각으로 들어가 좌우를 둘러봤다.

"유인당해 이곳에 들어왔는데 갑자기 진법이 발동했을 거야. 포위를 뚫을 수도 없는데 밖에서 화살이 쏟아졌겠지. 무엇보다 끔찍한 건 그 뒤 누군가 뛰어들어 이들 모두에게 몇 번씩 칼질을 했어."

"칼질한 사람은 범평일 걸세."

원승은 시선을 움직여 두어 사람의 몸에 난 상처를 보며 낭랑하게 말했다.

"범평 형, 그만 나오시오."

"축하하오, 원 장군. 종초객을 찾았으니 또 큰 공을 세웠구려."

범평이 싱글거리며 쪽문으로 들어왔다.

"종초객은 어딨어?"

육충은 바닥에 너부러진 시신 속에서 초조하게 종초객의 흔적을 찾아다녔다.

"운이 좋으면 아직 살아 있을 거요."

범평은 방 가운데를 가리켰다. 그곳에는 시신 몇 구가 착착 쌓여 있어서 보기만 해도 몹시 괴상했다. 육충이 달려가 맨 위의 시신 두 구를 치웠다. 과연 아래쪽에서 미세한 신음이 들리며, 야위고 훤칠한 몸 하나가 느릿느릿 기어나왔다. 몸에는 상처가 별로 없고 등에 맞은 화살 한 대가 전부였다.

조금 전 난사 때 비록 화살을 한 대 맞았지만, 이내 따르던 결사대들이 단단히 에워싸 인간 방패가 돼준 게 분명했다. 결사대들은 충성심이 대단해서 난전에 맞아 죽는 순간조차 종초객의 몸을 덮쳐 화살을 막아주려 했다.

"원승." 그자가 고통스럽게 몸을 뒤집으며 숨을 헐떡였다. "천하 대사와 영웅이 모두…… 풋내기 손에 죽었구나."

원승은 천천히 몸을 굽혀 매 같은 그의 눈을 응시하다가 무거운 소리로 말했다.

"애석하지만 종초객 당신은 영웅이 아니오."

"방자한 놈! 감히……."

종초객의 눈동자가 귀신처럼 흉악한 빛을 뿌렸으나 곧 움찔 굳었다가 스르르 풀렸다. 그의 몸도 한차례 발버둥을 쳤지만 끝내 조용해졌다. 원승은 그의 얼굴에서 얇은 인피면구를 벗겨내 음울하고 분노에 찬 얼굴을 드러내게 했다.

"범평 형." 원승이 한숨을 쉬며 일어나 말했다. "언제나 나를 놀라게 하는구려."

범평의 곱상한 얼굴에는 여전히 겸손한 웃음이 가득했다.

"종초객 일당을 이곳으로 유인하는 건 그리 힘들지 않았소. 어쨌거나 높디높은 자리에서 호령하는 게 습관이 된 자들이니 갑자기 나락에 떨어지면 혼이 쏙 빠지기 마련이잖소. 내 때맞춰 책략을 올렸지. 이곳은 호인 사찰이고, 싸움에서는 속임수를 써서 상대의 예측을 벗어나는 것이 일반적이니 역용해서 이곳에 숨자는 간단한 말로 충분했소."

"가장 중요한 건 말하지 않았구려." 원승은 낯익으면서도 낯선 그의 얼굴을 바라봤다. "당신이 혜범 사람일 줄은 몰랐소."

범평은 아무 문제 없는 양 한 걸음 물러서서 담담하게 말했다.

"늘 하던 말이지만, 가장 중요한 건 이거요. 이 몸은 원 장군의 친구이며 절대로 적이 되지 않는다는 것만 알아주면 되오."

"지당한 이야기지."

이어서 쌀쌀한 웃음소리와 함께 혜범이 유유자적 전각으로 들어섰다.

"원 장군은 천서가 선택한 사람, 우리가 어찌 원 장군과 적이 되겠습니까?"

그는 품에서 눈에 익은 오래된 족자를 느릿느릿 꺼냈다. 신비한 천서 그림도 이제 얼마 남지 않았다. 붉은 유리로 만든 축이 유난히 눈부셨다. 혜범은 길고 야윈 손가락으로 그림 한 장을 잡아당겨 천천히 떼어냈다. 그림에는 검은 고양이 한 마리가 있었다. 담장 위에 우뚝 서서, 고개를 들고 하늘에 뜬 황금빛 둥근 달을 오만하게 바라보는 모습이었다. 그림의 필법은 간결하고 생생하면서도 뭐라 설명할 수 없이 이상한 기운이 담겨 있었다. 그 그림을 응시하노라니 원승은 뼛속 깊이 찬 기운이 스미는 것 같아 속으로 비명을 질렀다.

'그럴 리 없어. 저자는 신선도 아닌데 어떻게 이렇게 한참 뒤까지 예견할 수 있지? 설마 고양이 요괴 존재를 알고 있었고, 심지어 지부와 종초객의 패배까지 내다본 걸까?'

"그렇군." 갑자기 눈앞이 환히 밝아지는 것 같아 원승은 쓴웃음을 지으며 말했다. "귀하의 그림은 모두 나중에 덧붙인 것이오. 행차 뒤에 나팔 부는 일이 무슨 대수로울 일이오?"

"마음대로 생각하시지요."

혜범은 희미하게 웃으며 손가락을 탁 퉁겼다. 휭 날아간 불꽃 한 점이 고양이 요괴 그림에 붙어 까만 구멍을 냈다. 불이 점점 타오르면서 까만 구멍도 빠른 속도로 커졌다. 그림 전체가 새빨간 불꽃 속에 구겨지고 신비한 검은 고양이도 불길 속에서 팔딱팔딱 뛰다가 마침내 검은 연기로 변해갔다.

깊이 모를 혜범의 웃음을 보자 원승은 별안간 가슴이 허해졌다. 어쩌면 저 그림은 정말로 혜범이 미리 그려둔 것일지도 몰랐다. 또, 어쩌면, 저 그림은 정말 혜범이 말한 대로 천서인지도 몰랐다.

"축하하오, 혜범 장로." 원승은 가볍게 한숨을 쉬었다. "신기묘산으로 마침내 창업에 크나큰 공을 세웠구려."

"원 장군 역시 창업 공신 아니겠습니까?" 혜범의 늙은 눈동자가 번쩍번쩍 빛났다. "이 천하는 곧 이 삼랑의 것이니까요!"

원승은 콧방귀를 뀌면서도 그제야 더욱더 끔찍한 현실을 깨달았다. 지난날 지옥변 벽화 사건 때 혜범은 겉으로는 태평공주에게 돈을 벌어다 주는 늙은 호승이었으나, 나중에 보니 위 황후를 위해 전력을 다해 대현원관의 살인 사건을 꾸민 자였다. 그때부터 이 늙은 호승은 태평공주와 위 황후, 심지어 안락공주 등 대당나라에서 가장 권력 있는 세 여자의 재물을 늘려주는 일에 힘썼다. 원승이 볼 때 당시 혜범은 그저 양다리 걸친 교활한 늙은이에 불과했다.

하지만 괴뢰고 사건이 시작되면서 경악스런 사실을 깨달았다. 그제야 혜범이 태평공주에게 목숨을 바쳤다는 사실을 서서히 드러낸 것이다. 나태하고 눈치 빨라 보이는 이 늙은 호승은 심지어 여러 커다란 세력의 향방을 하나하나 헤아렸다. 그가 태평공주를 고른 것을 보면 남들과 다른 안목을 가졌음을 알 수 있고, 태평공주가 그를 고른 것을 보면 역시 혜안을 갖췄음을 알 수 있었다. 이제 대국은 정해졌고, 혜범은 또 한 번 이기는 데 걸었다.

"비문에 심어둔 '보이지 않는 화살' 범평은 틀림없이 귀하의 걸작이겠구려. 그러니 귀하야말로 진짜 노당이오!"

지금까지 철당 세력은 상왕이 관장하는 결사대와 태평공주가 관장하는 첩보대로 나뉘어 있었다. 하지만 상왕 세자 이성기가 이끄는 결사대는 태평공주 쪽 첩보대만큼 효율이 높지도, 예리하지도 못했다. 그렇기에 첩보대의 수뇌야말로 모두가 말하는 진짜 노당이었다. 애석하게도 그 '노당'은 지금껏 신룡처럼 신출귀몰했다. 지금에 와서야 원승은 범평이 혜범을 바라보는 공손한 눈빛을 실마리로 삼아 진짜 노당을 간파할 수 있었다.

"사명을 욕보이지 않아 다행이지요."

혜범은 득의만만하게 웃었다.

"하지만……." 원승은 혜범이 천천히 마는 족자를 노려봤다. 분명히 붉은 유리 축 안에는 아직 그림이 남아 있었다. "그 천사책이라는 천서는 아직 끝나지 않은 것 같군?"

"천기를 누설할 수는 없지요!"

혜범이 교활하게 웃었다.

"비문!"

원승은 움찔했다. 그의 시선이 태연한 범평의 얼굴을 쓸어갔다.

"오랜 기간 비문에 잠입해 있었고 심지어 종초객 일당을 이곳까지 유인할 정도니, 범 형은 비문이 가진 비밀을 꽤 많이 알겠구려."

마음속에서 느껴지는 한기가 점점 강해졌다. 수십 년간 이리저리 뒤엉켜 자라난 비문의 세력은 방대하면서도 복잡했다. 종초객이 손아귀에 넣은 강력한 갈래 외에, 어의 진청류도 스스로 비문 청사라고 했다. 그리고 저 늙은 호승 혜범은 남들은 모르는 비문의 기밀 정보를 훨씬 더 많이 알고 있을 터였다. 그 신비하던 쇄마원의 머리 아홉 달린 천마 환상을 생각해보면, 혜범이 다년간 어렵사리 비문의 정보를 찾아 헤맸음을 알 수 있었다.

그리고 이제 종초객 쪽 비문 정예가 모조리 주살당했으니, 그 일파가 쥐고 있던 여러 기밀은 범평의 손에 들어갔다가 전부 혜범에게 넘어갔을 가능성이 컸다.

"비문은 영원히 사라지지 않습니다. 어둠의 세력이 그렇듯, 그들은 언제나 우주 균형을 맞추는 음양의 일부지요."

혜범의 웃는 얼굴이 갑자기 쓸쓸해졌다.

"원 장군, 모든 것은 아직 끝나지 않았습니다. 그렇지요?"

어느새 유유히 몸을 돌린 그는 전각을 가로질러 나갔다. 범평은 싱글싱글 웃으며 원승에게 고개를 끄덕여 보인 뒤 재빨리 그를 따라갔다.

"저 늙은이를 저렇게 보낼 건가?"

육충이 속이 터지는 듯 검집을 두드렸다. 장검이 윙 하고 울부짖었다.

"서두를 게 무엇인가." 원승도 태연하게 웃어 보였다. "저자 말이 맞네. 아직 끝이 한참 멀었어. 모든 것이 아직 끝나지 않았네."

그는 눈을 들어 먼 곳을 내다봤다. 혜범은 시종하는 범평과 함께 오솔길이 난 대나무 숲으로 걸어가고 있었다. 짙은 보라색 저녁놀도 벌써 흩어져, 누각의 대나무가 희부옇고 북슬북슬한 그림자를 드리우고 밤새 몇 마리만이 지친 듯 나뭇가지 끝으로 날아들었다. 혜범의 마르고 긴 그림자는 장안의 황혼에 마지막으로 흐르는 빛을 따라 희뿌연 아득함 속으로 희미하게 흐려졌다.

잠룡의 변신

하

1장
......
혼인

대당나라 선천(先天) 2년 여름, 장안에 떠들썩한 경사 두 건이 있었다. 모두 퇴마사와 관련된 일이었다.

하나는 원승이 곧 태상황으로부터 사혼(賜婚, 군주가 특정인의 혼인을 명하는 것)을 받게 된 것이었다. 혼인 대상은 바로 태평공주의 딸 영화현주 무묘묘(武妙妙)라는 소문이 있었다. 지난날 태평공주는 성양공주의 둘째아들 설소에게 시집가서 설숭간을 비롯한 이남이녀를 낳았다. 설소가 죽은 뒤에는 다시 정왕 무유기에게 시집가 또 이남이녀를 낳았는데, 무묘묘는 그중 막내딸이었다.

천자의 촉망을 받는 원승이 곧 태평공주의 사위가 되는 이번 일에는 조야 여러 세력의 지극한 관심이 쏟아졌고 빠른 속도로 장안의 화젯거리가 됐다.

하지만 젊은 인재와 어여쁜 여인의 미담은 뭐니 뭐니 해도 아직은 소문 단계였다. 그에 비해 한층 떠들썩한 사건이 있었는데 바로 퇴마사의 이인자인 대검객 육충이 곧 혼례를 올리기로 한 일이었다.

남아의 제위와 북문 사군, 특히 퇴마사와 금오위에 몸담았던 사람이라면 누구나 육 검객 어르신과 청영 사이의 재밌는 이야기를 알고 있었다. 두 사람은 손발이 척척 맞으면서도 끊임없이 말다툼

해서 미운 정 고운 정 다 든 오랜 연인이라기에 부족함이 없었다. 그런데 몇 년째 서로 사랑하고 싸운 끝에 마침내 육충이 혼례를 치르기로 했으나, 그 상대는 청영이 아니었다. 청영은 실종된 지 벌써 일 년이 훌쩍 넘었다.

그해, 이융기와 그 고모인 태평공주는 서로 손잡고 '당륭정변'을 일으켜 위 태후와 안락공주, 재상 종초객, 재상 위온 등을 주살하고 일거에 위씨파를 섬멸했다. 그 후 상왕 이단을 옹립해 황위에 올리니, 이융기는 황태자가 됐다.

하지만 이씨파가 큰 승리를 거둔 그 정변이 끝나고 일 년 후, 마땅히 승리자 측에 속해야 할 퇴마사의 주요 구성원 청영이 실종됐다. 아무도 그녀가 어디로 갔는지 몰랐다. 심지어 살았는지 죽었는지도 몰랐다.

그리고 순식간에 다시 일 년이 흘렀다. 그사이 대당나라 정세는 정상 궤도에 올라선 것처럼 보였으나 사실상 여전히 암류가 요동치고 있었다.

위 태후 일파는 쓸려나갔지만, 이 씨 황실에 다시금 공을 세운 태평공주 세력은 더욱 강해졌다. 거기에 더해 황위에 오른 이단이 누이동생을 심히 신뢰하자 태평공주의 권세는 전에 없이 강대해졌고 작금의 재상 가운데 다섯이 그 문하에서 나왔다.

하늘을 찌르는 권세를 지닌 태평공주에게 가장 성가신 인물은 바로 태자 이융기였다. 그녀는 평범하고 유약한 이가 황위를 잇기를 원했다. 그래야 그녀가 가진 권세를 위협하지 못할 테니까. 그런데 유독 이융기는 속마음을 헤아릴 수 없으며 마음 편히 밤잠을 이루지 못할 만큼 강력했다.

그래서 공주인 고모와 태자인 조카 사이에는 음으로 양으로 새로운 싸움이 시작됐다. 태평공주는 재상 요숭, 이부상서 송경 등 이융기의 심복을 잇달아 경성에서 내쫓았다. 심지어 천문 현상 같은 것을 빌미로, 태자를 바꾸라며 오라버니인 이단을 꼬드기기도 했다. 하지만 결과는 뜻밖이었다. 일찌감치 권력 싸움에 진절머리가 난 황제 이단이 황위를 태자 이융기에게 넘겨버린 것이다.

대당나라의 연호는 '선천'으로 바뀌었다. 갓 황위에 오른 이융기는 지금까지 그랬듯 태평공주에게 무조건 참고 양보했다. 조정 일곱 재상 중에 위지고 등 세 사람만 황제파이기 때문만은 아니었다. 그보다는 중대한 정사와 삼품 이상 고관 임명 같은 일은 여전히 태상황이 결정했기 때문이다. 기실 이융기는 반쪽짜리 황제에 불과했다. 이런 탓에, 대당나라 정세는 겉으로는 평온해도 실제로는 저변에 암류가 용솟음치고 있었다.

위씨파를 섬멸한 대공신인 원승과 육충은 비록 겉으로는 대단한 상을 받지 못했으나 그들이 속한 퇴마사의 실권이 크게 늘었다. 이 신비한 관청은 대리시와 어깨를 나란히 할 정도로 강한 기구가 됐다. 퇴마사는 대리시처럼 공문서를 열람하고 사건을 검토할 수 있게 됐고, 그와 동시에 고유한 암탐 체계도 보유할 수 있었다.

대리시보다 더 나은 점이라면, 퇴마사 직속상관이 여전히 이융기이며, 지금의 이융기는 이미 천자가 됐다는 것이다. 다시 말해 퇴마사는 천자가 직접 움직이는 비밀 기구가 된 것이다.

퇴마사가 이처럼 황제 이융기의 중용을 받는 까닭에 태상황의 마음이 움직였다는 이야기가 돌았다. 천자와 태평공주의 싸움이 활활 불타오르는 지금, 가장 견디기 어려운 사람은 바로 높디높은 자리에 있는 태상황 이단이었다. 한쪽은 가장 믿고 사랑하는 아들이요, 한쪽은 가장 의지하고 신임하는 누이동생이었다. 그 사이에 낀 이단은 누구에게도 미움 살 생각이 없어서 내내 쌍방을 중재하려 노력했다.

그러다보니 누군지 모를 고명한 인물이 태상황에게 귀띔을 했다. 태평공주의 막내딸 영화현주 무묘묘는 이팔청춘에 자색이 빼어난 데다 아직 맺어진 짝이 없었다. 그리고 원승은 천자의 직속부하이면서 개인적인 교분도 돈독했다. 게다가 이 퇴마사 수장은 그간 한마음으로 도를 닦느라 아내를 맞아들이지도 않았다. 그 두 사람을 짝지으면 쌍방의 충돌을 완화하는 데 큰 도움이 될 것이며, 나아가 원승이 가진 지혜라면 뛰어난 중간 조정자가 될 수 있을지도 몰랐다.

태상황은 이 의견을 듣자 몹시 흔쾌히 여겼고, 심지어 사사로이 이융기와 태평공주를 불러 의논까지 마쳤다. 요 며칠 그는 혼인 어명을 내릴 기회를 찾고 있었다.

태상황으로부터 혼인을 명받아 조정에서 첫손꼽는 공주의 귀한 사위가 되는 일이란, 남들이 꿈에서도 바라 마지않는 기쁜 일이었다. 하지만 원승은 크게 반감을 품었고, 나아가 울적해하고 괴로워했다.

그간 두루 어려움을 겪으며 마침내 위 태후 일당을 척결했다. 퇴마사 영웅들은 그 일에 큰 힘이 됐고, 특히 대기는 무시할 수 없는 공을 세웠다. 하지만 원승의 아버지 원회옥은 여전히 그녀를 썩 마음에 들어 하지 않았다. 유학자 출신의 아버지는 흔한 대당나라 관리나 백성보다 훨씬 고집이 세고 융통성이 없었다. 당당한 서생 가문의 아들이요 천자의 중신이 호희를 아내로 맞다니, 어림도 없는 소리였다.

효자인 원승은 끝내 아버지를 설득하지 못했다. 위 태후 일당을 무너뜨린 최후의 결전에서, 죄도 없이 투옥당해 지대한 고초를 겪은 원회옥이 내내 중병에 시달리자 더욱더 방도가 없었다. 원승은 아버지가 하옥되어 고초를 겪고, 나아가 쉽사리 병이 낫지 않자 몹시 자책했다. 그는 병마가 가시지 않는 늙은 아버지를 차마 거역할 수 없었고, 뜨겁고 깊은 정을 나눈 대기를 저버리고 싶지도 않아서 줄곧 아무와도 혼인하지 않은 채 시간만 끌었다. 이렇게 해서 종신대사는 이 년 넘게 지체됐다.

물론 대기는 원승의 고충을 이해했다. 평범한 중원 여자들은 일찍감치 적절한 사람을 구해 평생을 의탁하는 것이 통념이지만, 그와 달리 페르시아의 여인은 마음에 둔 사람과 혼인하는 것을 최선으로 생각했고, 그럴 수 없으면 지금처럼 긴 세월 서로 의지하며 사는 것도 나쁘지 않게 여겼다. '나쁘지 않다'는 건 자기 위로에 가까워서, 때로는 그녀도 기분이 울적했다.

최근에는 태상황이 원승에게 혼례를 명한다는 소식을 듣고 완전히 넋이 빠졌다. 그녀는 마침내 깨달았다. 자신이야말로 가장 멍청하고, 가장 괴로운 사람이라는 것을. 마치 여태껏 물가에서 물속에 비친 달을 바라보며 좋아하다가 손을 뻗어 건져내려는 순간 달이 조각조각 난 기분이었다. 그녀는 그 아름다운 달이 손바닥 위에서 부서지고 흘러나가는 것을 하릴없이 지켜볼 수밖에 없었다.

어쩔 수 없기는 원승도 마찬가지였다. 그저 온 힘을 다해 대기를 달랬지만 평소 백발백중하는 솜씨는 어디로 갔는지 그때마다 두 사람 다 기분이 상한 채 헤어졌다.

당황해서 어쩔 줄 모르는 원승과 대기와 비교하면, 육충은 거의 미칠 지경이었다. 청영이 실종된 일 년여 간 그와 원승은 퇴마사 및 금오위 암탐을 모두 동원해 오랫동안 샅샅이 수색했으나 그녀는 여전히 일말의 소식도 없었다.

"죽진 않았을 거라고 봐. 장안을 떠나지도 않았고. 그냥 태평이란 할망구 때문에 숨어버린 거지. 반드시 찾아낼 거야. 오래 걸리지 않아, 오래 걸리지 않을 거야."

초반에 육충은 종종 이렇게 신경질적으로 되풀이했다. 저런 말은 통상 술에 취했을 때 더 심해졌다. 그는 벌겋게 핏발 선 눈을 부릅뜨고 마주 앉은 술벗에게 말했다.

"반드시 청영을 찾아낼 거야. 왜냐? 난 청영이 멀리 가지 않았다는 걸 느낄 수 있거든. 청영은 내 곁에 있어. 하루 이틀쯤 지나면 날 보러 올 거야. 그렇지?"

그 술벗이 원승이나 고검풍이라면, 그저 수동적으로 고개를 끄덕이면서 속으로 한숨을 쉴 따름이었다. 두 사람 중 누구도 감히 술 취한 육 검객을 건드리는 만행을 저지를 수 없었다. 오로지 대기만이 이런 상황에 맞닥뜨리면 눈시울을 빨갛게 물들이고 고개를 저으며 한마디 했다.

"정신 차려요, 육충. 바보같이 굴지 말라고요."

나중에는 눈치 빠른 오육랑이 정 때문에 미쳐가는 육충을 더는 보고 싶지 않아서 몇 차례 평강방에 데려가기도 했다. 퇴마사에서 가장 경험이 풍부한 오육랑은 장안의 풍류 사회에 관해서도 모르는 것이 없었다. 마음의 병은 마음으로 다스려야 하며, 사랑하는 반려를 잃은 육충의 고통에 가장 좋은 방법은 새로운 반려를 찾게 해주는 것임이 그의 생각이었다.

뜻밖에도 그 방법이 주효했다. 오육랑이 육충을 고급 가루(歌樓)로 데려간 뒤 육 검객 어르신은 마치 갑자기 눈이 뜨인 것 같았다. 그는 우연히 평강방에서 별로 규모가 크지 않은 어느 가루에 들어갔다가 의홍(倚虹)이라 불리는 여자아이의 노래 한 곡을 듣고 그녀에게 홀딱 반했다. 그 후 조정 일만 없으면 늘 몰래 의홍을 만나러 갔다.

순정남 육충이 의외로 성격이 변해 절색의 가희를 좋아하게 됐다는 소문이 쫙 퍼졌고, 장안의 화제가 됐다. 듣자니 그 덕에 의홍이 받는 전두(纏頭, 손님이 가무를 선보인 사람에게 주는 돈)가 부쩍 늘었다고 했다. 육 검객이 진심일 거라곤 아무도 생각지 못했다. 그런데 바로 두 달 전, 그는 느닷없이 의홍의 몸값을 치르고 정식으로 아내로 맞이하겠다고 제안했다.

그때껏 의홍을 맡아온 손 할멈은 그 자리에서 값을 올리며 굳은 얼굴로 육충에게 훈계했다.

"의홍은 못 파오. 높으신 우리 육 장군께서 잘 모르시는 모양인데, 의홍은 흔한 가희가 아니라오. 기예만 팔지 몸은 팔지 않는 아이고, 기실 예전에는 곡예단 영하사 양대 주연 중 하나였소. 춤 하면 강매아(江梅兒), 노래 하면 의홍. 이들 '매홍쌍매' 이름이 평강방 전체에 쩌렁쩌렁하게 퍼져 있단 말이오."

"춤 하면 강매아, 노래 하면 의홍이라. 아니, 그런데 나는 왜 강매아를 한 번도 못 본 거요?"

육충은 이 말을 뱉기 무섭게 손 할멈의 늙은 얼굴이 더욱 차가워진 것을 깨달았다. 하지만 그가 기억하기로, 이 할망구는 한 번도 그를 좋게 대한 적이 없었다. 손 할멈은 콧방귀를 뀌었다.

"의홍도 장군이 독차지한 지가 한참인데, 강매아에게까지 장군이 달라붙으면 영하사는 뭘 먹고 살라고?"

"헛소리 말고 값이나 말해보슈."

육충도 아예 얼굴을 굳히고 거들먹거리며 손을 휘저었다.

"명심할 것은 기회는 한 번뿐이라는 거요. 너무 높이 부를 생각은 접어두시오. 물론 값을 안 불러도 되오. 하지만 그랬다간 이 어르신께서 사흘 안에 당신네 가루를 봉쇄해버릴 거요. 영하사인가 뭔가 하는 곳도 역시……."

손 할멈은 화가 나 미칠 것 같았지만 어쩔 수 없었다. 육충이 관리인 데다 육부 관할에 들어 있지도 않기 때문이었다. 듣자니 퇴마사는 천자 직속이라고 했다. 평강방의 가루가 제아무리 강한들 그런 일로 천자에게 고자질할 수 있을까?

다행히 결국에는 육충도 손 할멈을 난처하게 만들지 않았다. 그는 당시 시가에 맞춰 의홍의 몸값을 내고 곧바로 버젓이 혼인 준비를 시작했다.

대당나라 선천 2년 6월 28일. 길일. 퇴마사 부지휘사 육충이 정식으로 의홍과 '혼인'하는 날이었다.

"다시 한 번 말하는데, 이건 혼인이 아니야!"

술 취해 떠들어대는 군 소속 친구들을 잠시 대청에 몰아넣은 다음, 경사스런 빨간 옷을 입은 육충이 원승을 난각으로 불러 엄숙하게 말했다.

"원 대장은 모를 거야. 내 정처 자리는 청영을 위해 남겨둬야 해. 의홍은 측실일 뿐이야. 그래, 우리 대당나라 율법에 따르면 악적인 의홍의 신분이 아직 그대로니, 당장은 희첩(姬妾, 가장 지위가 낮은 첩) 이 될 수도 없어. 하지만 그게 무슨 상관이야, 중요한 건……."

"중요한 건 이런 방법이라도 써서 억지로 청영을 끌어내리려는 게 아닌가?" 원승의 얼굴도 엄숙했다. "하지만 이게 의홍에게 공평하다고 생각하나?"

육충은 움찔하더니 넋이 나간 얼굴이 됐다.

원승은 저도 모르게 며칠 전 육충이 의홍을 데려와 소개하던 장면을 떠올렸다. 그 아리따운 여인이 육충을 바라보는 눈빛에는 집착이 가득했다. 그는 절로 한숨이 났다.

"사실 의홍은 자네에게 푹 빠졌네. 내 눈에 보여. 적어도 자네가 치른 몸값 중에 그녀가 전두에서 보탠 것도 많지 않나?"

"조금 보태긴 했어."

육충은 갑자기 몹시 우울해졌다. 잘라낼 수 없이 어지럽게 뒤엉킨 가느다란 실이 몸을 꽁꽁 휘감는 기분이었다. 그 실은 때로는 의홍의 눈길 같기도 하고, 또 때로는 청영의 눈빛 같기도 했다. 오랜 골칫거리를 해결하려다 새로운 골칫거리에 깊이 빠졌다는 것을, 왜 처음엔 생각지 못했을까?

육충은 별수 없이 힘껏 손을 내저으며 말했다.

"원 대장, 이럴 때 그런 말 해서 뭐 해? 오육랑이 형제들을 데리고 벌써 준비를 끝냈다고. 이 저택 주변에 우리 암탐들이 쫙 깔렸으니…… 예정에 없던 사람이 나타나면 바로…… 흥!"

"청영이 오지 않으면? 혹, 애초에 장안에 없다면?"

원승은 한마디로 육충의 정곡을 찔렀다. 그는 신랑의 어깨를 툭툭 치며 말했다.

"사실 난 이렇게 말해주고 싶었네. 눈앞에 있는 사람을 귀히 여기게."

육충은 탁자에 놓인 술 주전자를 낚아채 몇 모금 입에 부어 넣은 뒤 심사가 뒤틀린 듯이 한숨을 쉬었다.

"난 그것까진 몰라, 관심 없어. 청영, 이 망할 여자 같으니. 내가 반드시 당신을 찾아낼 테야. 반드시! 반드시! 누구냐?"

난각문이 열리고 얼음장 같은 손 할멈의 얼굴이 나타났다.

"이보시오, 육 나리, 비록 의홍이 정식으로 맞은 정처는 아니지만 누가 뭐래도 우리 집 규수는 당신에게 평생을 맡겼소. 저 앞청에 있는 군관들이 쉬지도 않고 웃고 떠들어대는 걸 보시오. 납채도 했겠다, 이제 신부를 불러 친구들에게 술이라도 올리게 해야 저 군관들이 조용해질 게요."

경삿날인데도 손 할멈은 여전히 육충을 곱게 대하지 않았다.

"좋아, 좋아. 그놈들 참, 내 의홍을 데려가서 술을 올리게 하지."

육충은 비틀거리며 일어났다.

당대의 혼인 풍습에 따르면 날이 환히 밝을 때 혼인 의식을 치르는데, 지금처럼 신부가 정처가 아닐 때는 좀 더 편히 할 수 있었다. 하지만 육충에게는 온갖 부류의 친구가 많았기에 정오부터 연회가 벌어져 술이 오갔고, 이제 해가 기울었는데도 여전히 시끌벅적했다. 손 할멈의 말을 들은 육충은 별수 없이 신부를 데려가 친구들에게 술을 대접하는 수밖에 없었다.

그때 오육랑이 바삐 들어와 나지막하게 말했다.

"원 대장, 왕거가 왔습니다. 사람 몇을 데리고 흉악한 얼굴로 앞청에 앉아서 술을 마시는 중입니다."

"왕거라니, 그놈이 뭐 하러 왔어?"

육충이 벌떡 일어나 손 할멈에게 손을 휘저었다.

"먼저 가서 의홍을 보살피고 있으쇼."

원승의 안색도 굳었다. 왕거는 천자 이융기의 꾀주머니로, 술법과 현학에 정통할 뿐 아니라 궁술도 빼어나 그야말로 문무를 겸비한 기재였다. 이융기가 태자일 때 의탁한 뒤로 총애를 받았고 지금은 중서시랑이 됐다. 천자의 또 다른 꾀주머니 유유구가 멀리 쫓겨난 뒤로 왕거는 더한층 이융기의 중시를 받았고, 심지어 비공식 재상이라는 의미의 '내재상(內宰相)'이라 불리기까지 했다.

본디 왕거는 원승, 육충처럼 태평공주와 맞서 싸우는 이융기의 양팔로서 퍽 좋은 관계였다. 그런데 두세 달 전, 원승은 왕거 역시 인마를 풀어 비밀리에 청영을 찾고 있다는 것을 알아냈다.

소식을 들은 육충은 무척 이상하게 여겼다. 내 여자를 왜 네가 몰래 찾아? 이런 생각에 그는 왕거를 찾아가 상세히 물었다. 하지만 평소에도 심계가 깊은 왕거는 공손한 척하면서 실질적인 말은 하나도 털어놓지 않았고, 덕분에 육충은 몹시 답답하고 화가 났다. 쌍방이 드러내놓고 싸우지는 않았지만, 속에는 응어리가 맺힌 상황이었다. 그런데 육 검객의 경삿날에 초청하지도 않은 왕거가 찾아온 것이다. 게다가 암탐들을 이끌고 방어진까지 쳤다.

오육랑은 씩씩거리며 나가려는 육충을 다급히 잡아 말렸다.

"그래도 축하 선물은 가져왔더군요. 어쨌거나 손님은 손님이니 신중하게 응대하는 게 좋죠. 흥분하지 말고요."

원승도 고개를 끄덕이고 오육랑에게 말했다.

"자네가 가서 왕거와 인사를 나누게. 예의를 잃지 말고, 너무 몰아대지도 말게. 왕거 일행이 하고 싶은 대로 하게 두되, 몰래 관찰하면서 뭘 하는지 지켜보게."

육충은 오육랑이 빠른 걸음으로 나간 뒤에야 답답한 듯 한숨을 쉬었다.

"좌우간 왕거나 우리나 같은 황제파인데 왜 이렇게 끈질기게 날 물어뜯는 거야? 정말 알 수가 없어. 어쩌다가 시국이 이런 꼬락서니가 됐담. 역시 고려승이니 뭐니 하던 범평이 보는 눈이 있어. 일찌감치 양주로 달아나 한적하게 숨었잖아."

범평의 이름을 듣자 원승은 저도 모르게 실소를 흘렸다.

"하긴, 바로 며칠 전에 송별주를 마셨으니 지금쯤 가는 중이겠군."

범평은 아무도 속을 꿰뚫어볼 수 없는 사람이며, 원승조차 두려워할 정도로 심계가 깊었다. 하지만 공교롭게도 그 얼굴만큼은 늘 정직하고 온화했다.

위 태후 일당을 격살한 당륭정변 때, 깊이 숨어 있던 범평이 마지막 순간에 반격을 가해 종초객 휘하에서 사납기로 유명한 설청산을 죽였으니 큰 공이라 할 만했다. 그 후 그는 뜻밖에도 다시 조정으로 돌아와 예부에 들어갔고, 혜범과 태평공주의 도움을 받아 줄곧 탄탄대로를 걸었다. 생김새가 온화하고 아부에 능한 그는 어느 곳 어느 인물에게도 미움을 사지 않았고, 심지어 당시 태자였던 이융기와도 제법 잘 어울려 함께 격구를 한 적도 몇 번 있었다.

그런데 그 같은 팔방미인이 갑자기 지방관이 되고자 청했고, 태평공주는 친히 나서서 부유한 양주의 지방관 자리를 골라줬다. 범평의 송별연은 무척 성대했다. 우어사대 출신인 그는 여러 사람을 초청했다. 원승과 육충같이 생사고락을 함께한 벗들도 당연히 끌려갔다. 범평은 술을 꽤 많이 마셨고, 나아가 울적하게 왕발의 시 한 구절을 읊어 분위기를 매우 감상적으로 만들었다.

"우리네 심사는 떠돌이요, 우리네 생애는 고달프오. 가든 오든 모두가 꿈속의 몸이리니."

지금 돌이켜보니, 원승도 범평의 결정이 어쩌면 또 한 번 소용돌이에서 벗어나는 절묘한 수일지 모른다는 생각이 들었다. 그자는 매번 예상을 뛰어넘었다.

육충이 다시 씩씩거렸다.

"위 태후 그 망할 놈의 할망구를 죽이고 태상황을 옹립했다가 또 지금 황제로 바뀌었지만, 결과는 어땠지? 태상황은 뭐만 하면 못된 누이동생 편이나 들고, 삼랑의 심복인 요원지는 신주 자사, 송경은 초주 자사로 강등되고, 유유구는 아예 목이 날아갈 뻔했다가 겨우 살아나 영남으로 귀양 갔어. 이제는 왕거 저 음흉 맞은 놈이 찰싹 달라붙어 있으니, 정말 짜증나 죽겠군!"

원승도 내심 마음이 무거웠다. 육충이 입에 담은 이들은 모두 그와 사이가 좋았다. 특히 유유구는 이융기가 위 태후 일당을 소탕할 때 큰 공을 세운 심복이자 주요 책사였고, 원승, 육충 등과도 환난을 함께한 사이나 마찬가지였다. 이단이 등극한 후 그는 재상이 됐고, 서국공에 봉해져 철권(鐵卷, 황제가 공신을 제후나 왕으로 봉할 때 내리던 증거물)을 받았다. 이융기가 등극한 후 태평공주가 조야에 권력을 휘두르자 유유구는 태평공주를 습격해 죽일 계획을 세웠으나 엄밀히 방비하지 못한 탓에 소문이 새어나가 태상황 이단의 명으로 옥에 갇혔다. 이융기가 사정사정한 끝에 목숨은 구했지만 멀리 영남으로 귀양을 떠나야 했다.

"혜범 그 늙은 호승도 삼품 관직에 올랐잖아. 무슨 이런 세상이 다 있어!"

육충의 말에 원숭도 쓴웃음만 지었다. 태평공주의 추천으로, 호승 혜범은 이미 어명으로 정한 삼품의 성선사 주지가 됐고 동시에 공(公)으로 봉해졌다.

"그리고 자네, 원 대장."

술을 진탕 마신 육충은 뱃속에 불만이 가득해져 원숭을 똑바로 노려보며 말했다.

"자네와 대기는 정말 불운한 한 쌍이야. 나와 청영보다 더 불운하고 팔자가 사납지! 태상황 쪽에서 생각을 바꾸거나 할까?"

원숭의 눈빛이 삽시간에 어두워졌다. 그는 묵묵히 고개를 저으며 한참 동안 침묵을 지키다가 비로소 울적한 목소리로 말했다.

"성인께서 사사로이 태상황에 청하셨다가 도리어 꾸지람을 들으셨네. 듣자니 이번 혼인 건은 태평공주가 먼저 태상황께 제안했다는군."

육충은 경악해서 벌어진 입을 다물지 못했다. 태평공주가 먼저 원숭을 끌어들일 생각을 했을 줄이야. 육충은 그 일을 핑계로 야유를 던져볼까 했지만 입만 몇 번 달싹거릴 뿐 아무 말도 할 수가 없었다.

원숭은 힘닿지 않는 일들을 모조리 털어내려는 것처럼 힘껏 머리를 흔들고 말했다.

"유유구 말이네만, 사실 나는 청영의 실종이 그와 크나큰 관계가 있다고 생각해왔네."

"어째서?"

육충은 다시 한 번 놀랐다.

"유유구는 약 일 년 전에 태평공주를 공격할 계획을 세웠네. 일이 실패하고 붙잡히기 전에 그가 마지막으로 만난 사람이 바로 청영일세."

원승은 동정어린 눈으로 육충을 바라봤다.

"날 원망하지 말게. 나도 막 알아낸 일이니까. 두 사람이 한차례 밀담을 나눈 뒤 유유구는 기꺼이 감옥에 들어가 죄를 시인했고, 청영은 갑작스레 사라졌지."

"유유구 그놈이 대체 청영에게 무슨 말을 한 거야?"

육충이 천천히 두 주먹을 부르쥐었다.

유유구와 왕거는 사실 닮은 구석이 많았다. 둘 다 말주변이 좋고 기묘한 계략에 능한 모사였다. 왕거는 문무를 겸비해서 현학도 잘 알고 비술도 익혔다. 그리고 청년 시절, 권신 무삼사를 모살하려다가 계획이 누설되어 천하를 망명하느라 거사다운 기질이 강했다. 반면 유유구는 진사 출신으로 서생 티가 강하지만, 전술을 세우는 솜씨며 살벌하고 과감하기로는 왕거를 훨씬 앞섰다.

이런 모략가가 붙잡히기 전날 퇴마사 주요 인물인 청영과 밀담을 했다면, 결코 사소한 이야기가 아닐 터였다. 두 사람에게는 공동의 적, 태평공주가 있기 때문이었다.

"오늘은 자네와 의홍의 경삿날이니 자넨 안심하고 술이나 대접하게!" 원승은 육충의 널찍한 어깨를 가볍게 두드렸다. "왕거는 내가 맡겠네."

육충은 곧 얼이 빠졌다. 그랬다. 오늘 밤은 그와 의홍의 경삿날이었다. 그가 이런 일을 한 까닭도 청영 때문이 아닌가? 하지만 청영은 이미 멀리 달아나버렸는데 그 자신은 의홍을 맞아들여야 하는 상황이었다. 기쁨을 잔뜩 머금은 의홍의 고운 얼굴이 눈앞에 떠올랐다. 그의 무딘 심장도 그제야 아프게 죄어들었다. 그는 더는 아무 말 않고 묵묵히 돌아서서 앞청을 향해 성큼성큼 걸어갔다.

앞청은 벌써 떠들썩했다. 서시에서 불러온 연주자 열두 명이 두 줄로 나눠 앉아 일제히 비파, 쟁, 퉁소를 불었다. 가수는 곡예단의 유명 가희가 아니라 축가를 전문으로 하는 열일고여덟 살 난 소년이었다. 소년은 목을 쭉 빼고 높은 소리로 축가를 불렀다. 대청 안에는 곡예단에서 온 어릿광대도 몇 명 있어서, 축가에 맞춰 탁자 앞에서 몸을 비틀며 춤을 춰 손님들이 배꼽을 잡게 했다.

육충은 그 웃음소리 속에 의홍을 데리고 여기저기 왔다 갔다 하며 술을 대접했다. 그는 본디 주량이 어마어마했지만, 무슨 까닭인지 오늘 밤은 거의 마시지 않았는데도 얼근히 취한 기분이었다.

"이보게 육충, 공도 세우고 이름도 날렸는데, 이제 이렇게 어여쁜 색시까지 얻었구먼! 자자, 오늘은 기쁜 날이니 모두에게 자네 검술을 좀 보여주게!"

"육 장군, 신부가 호선무를 그렇게 잘 춘다던데 우리 형제들도 한번 구경합시다."

"이런 경삿날에 신부가 춤추고 노래할 수야 있나? 하지만 말일세, 신부 피리 솜씨에 당할 자가 없다고 하니 피리 한 곡조 들려주는 건 괜찮을 거야."

사방에서 시끌벅적한 소리가 끊이지 않자 육충은 거만하게 소리를 치며 막았다. 지금 그는 약간 얼이 빠져서 숙취에서 막 깨어난 것처럼 몽롱했다. 마치 자신의 생명에서 뭔가를, 무척 중요하지만 보이지도 않고 잡을 수도 없는 뭔가를 막 잃어버린 기분이었다.

갑자기 머릿속에 한마디가 떠올랐다.

"내 우리 집 규수를 장군에게 줬으니 잘 대해주시오."

손 할멈의 말이었다. 방금 육충이 의홍을 데리고 나와 술을 대접하려 할 때, 늘 쌀쌀한 얼굴이던 그 노파가 갑자기 육충을 향해 진지하게 그렇게 말했다. 그때만 해도 육충은 무척 우습게 생각했다. 돈만 주면 눈이 번쩍 뜨이고 이익을 꼼꼼하게 따지는 주제에 연기는 또 어쩜 저렇게 잘하는지.

"손 할멈은 어딨지?"

그가 옆에 선 의홍을 돌아보며 물었다.

"방금 떠났어요."

의홍은 비취빛 가느다란 비녀를 꽂고 예복을 입어 경사스런 분위기가 풀풀 풍겼다. 지금 그녀는 사방에서 떠들어대는 손님들의 성화에 못 이겨 하녀에게 피리를 가져오게 한 참이었다.

"떠나?" 육충은 갑자기 멍해졌다. "이럴 때 왜 떠난 거야?"

눈앞에 손 할멈의 눈빛이 번쩍 스쳤다 사라지면서 심장이 격렬하게 죄어들었다. 다시 시선을 들었을 때 그의 눈에 텅 빈 좌석이 들어왔다. 탁자에 절반쯤 먹고 남은 안주 접시 몇 개가 덩그러니 놓여 있었지만 손님은 없었다.

"여긴 누구 좌석이지?"

육충은 옆 탁자에 있는 오육랑에게 황급히 물었다.

"왕거 일행입니다. 조금 전에 급히 흩어지더군요." 오육랑이 대답했다. "원 대장에게 보고했고, 소십구가 몰래 쫓아갔습니다."

왕거가 떠났다. 그녀도 방금 떠났다!

육충은 심장이 덜컥했다. 소매 속에 있던 손이 저절로 제 허벅지를 힘껏 꼬집어 시퍼런 멍을 만들었다. 그는 속으로 소리를 질렀다.

'이 멍청한 놈아, 그녀가 줄곧 눈앞에 있었는데 깨닫지도 못해!'

그는 천천히 고개를 들었다. 뜨거운 햇볕이 그의 이마 위를 횡하니 내달렸다.

"내 우리 집 규수를 장군에게 줬으니 잘 대해주시오."

손 할멈으로 분장한 청영은 어른거리는 햇살 속에 서서 몹시 정중하게 그를 바라봤다. 그 목소리는 연기처럼 가벼워 눈 깜짝할 사이 햇살 속으로 흩어졌다. 지금, 느닷없이 그 말이 다시 육충의 귓속에 울렸다. 그때의 연기, 그때의 햇살, 모두 더할 나위 없이 눈부셨다.

'청영.'

그의 심장은 고통스러우리만큼 죄어들었다.

'세상 저 끝까지라도 가서 당신을 찾아낼 거야. 난 묻고 싶어. 내가 이렇게까지 고심하고 고심해서 당신을 찾아다니는데도 왜 내게 이러는 거야? 왜 날 이렇게 대하는 거야?'

그는 더는 말하지 않고 신랑의 새빨간 장포를 든 채 돌아서서 묵묵히 밖으로 나갔다. 그의 뒤로 길고 구성진 의홍의 피리 소리가 울리기 시작했다. 그녀의 시선은 내내 그의 뒷모습을 쫓았다.

왕거는 서두르지도 느긋하지도 않게 말을 몰아 달렸다. 그물을 펼친 지도 오래, 이제 모든 것이 손바닥 안에 들어왔으니 당연히 급할 게 없었다. 앞서갔던 정탐꾼이 서둘러 돌아와 보고했다.

"손 할멈의 마차가 앞에 있는 갈림길에 멈췄습니다. 똑같이 꾸민 노파 너덧 명이 일제히 마차에서 내려 각기 세 갈래 길로 나눠서 갔습니다."

"세 길 모두 쫓아가서 모조리 잡아들여라."

왕거는 냉소를 흘렸다.

잠시 후, 정탐꾼이 다시 와 보고했다. 가짜 손 할멈 둘을 붙잡았지만, 진짜는 이미 명덕문으로 달아났다고 했다.

곁에 있던 암탐이 황급히 물었다.

"경고가 곧 울릴 겁니다. 움직임을 보니 성문을 나가 성남으로 달아날 모양인데, 성을 나가게 두실 겁니까?"

"그럴 순 없지! 성남은 넓고 인적이 드물며 산길이 구불구불하다. 당장 막아라! 다만!"

마음 한구석에서 어렴풋하게 한 줄기 근심이 솟아나자 왕거는 잠시 생각에 잠겼다가 말했다.

"당당한 청영 여협께서 길을 나눠 상대를 교란하는 잔재주만 썼을 리 없다. 모두 조심해라."

양쪽 인마가 쫓고 쫓기다가 해가 서쪽으로 기울 때쯤 어느덧 장안성 남쪽 명덕문에 이르렀다. 이제 곧 경고가 울릴 때였다. 당륭정변 이후 장안성 야간 통금 정책은 더욱 엄해져서 어기는 이는 무조건 죽인다 해도 이상하지 않았다. 따라서 지금 거리를 지나는 사람은 극히 드물었다.

왕거는 진작 마차에서 내려 가까이 부리는 고수 일곱 명을 이끌고 기를 써서 뒤쫓는 중이었다. 닭 한 마리 죽일 힘도 없는 대부분 서생들과는 달리 그는 어려서부터 현학을 좋아했다. 게다가 재주와 지능도 뛰어나 수련한 도술 또한 남들보다 수준이 높았다. 지금도 수년간 열심히 익힌 신행술을 펼치니 술법 고수들 속에서도 안정적으로 선두를 차지할 정도였다. 거리 모퉁이를 돌자 기울어진 햇빛 속에서 빠르게 질주하는 두 사람의 모습이 똑똑히 보였다. 하나는 손 할멈으로 변장한 청영이고, 다른 하나는 작고 야윈 일개 심부름꾼이었다.

손 할멈이 갑자기 걸음을 멈추고 천천히 돌아서서 태연하게 말을 건넸다.

"왕 대인이시구려. 그처럼 애를 써서 이 늙은이를 쫓아오다니, 그래, 무슨 일이오?"

"국도에서 명성을 떨치는 청영 부사. 퇴마사의 삼인자이자 지모가 뛰어나고 역용술에 능한 당신이 어쩌다 일개 노파로 변했소?"

왕거가 웃으면서 손을 휘젓자, 술사 일곱 명이 민첩하게 흩어져 은근히 두 사람을 포위했다.

"당당한 중서시랑이 공동문의 도술 고수인 줄은 몰랐군. 좋소!"

손 할멈은 유유히 한숨을 내쉰 뒤 늙수그레한 가면을 천천히 벗었다. 꽃처럼 아리따우면서도 영기를 품은 얼굴이 드러났다.

"난 청영이오. 내가 무슨 죄를 지었고 무슨 율법을 어겼기에 왕 시랑이 고수와 비밀 포졸 여럿을 거느리고 날 잡으러 온 거요?"

"청영 부사가 율법을 어겼다고 누가 그랬소?" 왕거는 유유히 뒷짐을 지며 웃었다. "본 관은 그저 청영 부사의 명성을 익히 들었기에 술 한잔 대접하면서 한담이나 나눌까 했을 뿐이오."

"한담이라면 됐소."

청영은 냉소를 지으며 돌아섰다.

"아마 뜻대로는 안 될 듯싶소."

왕거가 살짝 손을 젓자 일곱 술사가 일제히 다가섰다. 개중 두 명은 성질이 급해서 이미 단검을 뽑았는데, 검에서 빛이 번쩍번쩍하고 줄기줄기 검기가 솟아나 청영에게 날아들었다.

청영은 걸음을 멈췄다. 쌩 하고 날아든 검기에 그녀의 긴 머리카락이 사방으로 흩날렸다. 하지만 그녀는 꼼짝하기는커녕 입꼬리에 희미한 웃음까지 떠올렸다.

그 웃음을 본 왕거는 무슨 이유에선지 가슴이 서늘했다. 막다른 곳에 몰린 그녀가 어째서 저렇게 태연자약할까? 설마 숨겨둔 다른 계책이라도 있는 것일까?

바로 그때였다. 느닷없는 호금 소리가 사람들 귀를 파고들었다. 호금 소리는 몹시도 길게 이어졌다. 이 정도면 곡을 연주한다기보다 그저 낮고 묵직한 소리만 길게 뽑아내려는 것 같았다. 평범한 악곡에서 저음은 오래 지속하기 어려울 때가 많았다. 하지만 이 호금 소리는 낮고 울적하면서도 끝없이 이어졌다.

왕거 일행은 보이지 않는 힘에 심장이 사로잡힌 듯 호금 소리를 따라 점점 가라앉는 느낌을 받았다. 영원히 멈추지 않을 것 같은 추락이었다. 가슴이 답답해지고 자칫하면 숨조차 제대로 쉴 수 없을 것 같았다. 왝 하는 소리와 함께 가장 가까이 있던 술사 두 명이 입에서 피를 토하더니 바닥에 쓰러질 뻔한 것을 겨우 버텼다. 왕거도 머리가 어지럽고 터질 것 같아 황급히 양손으로 수인을 맺으며 전력을 다해 사문의 주술을 외쳤다.

"임병투자, 열진재전!"

주술의 힘 덕에 잠깐 머리가 맑아진 사이, 왕거는 애써 고개를 들었다. 아득한 저녁 빛 속에 키 크고 마른 그림자 하나가 천천히 다가오는 것이 보였다. 노인인데 손에는 괴상하게 생긴 서역의 호금을 들고 있었다. 노인은 몹시 야위었고 걸음도 매우 느려서 밤바람에 실려 날아가도 이상하지 않을 마른 잎 같았다.

그 모습이 시야에 들어오자 왕거는 강력한 압박을 느꼈다. 마치 저 노인이 저 깊은 지옥에서 솟아난 마왕이라도 되는 양. 왕거는 저 노인이 진정 마왕과 다름없는 종사급 대술사라는 것을 알았다. 길고도 긴 호금 소리가 아직도 계속되고 있기 때문이었다.

고작 손짓 하나였다. 야위고 늙수그레한 손은 호금에 달린 현을 안정적으로 잡아당기기만 했다. 동작이 비할 데 없이 느려서, 마치 잡아당기는 현이 당기는 대로 자꾸자꾸 늘어나는 것 같았다. 그 나지막하고 묵직한 소리도 영원토록 멈출 것 같지 않았다.

소리를 실같이 만들어 곧장 적의 귀로 쏟아부음으로써 사람 마음을 조종하는 이런 기묘한 술법은 왕거도 들어본 적이 있었다. 하지만 전설에 불과하다고 여겼지, 오늘 이렇게 몸소 겪게 될 줄은 예상조차 하지 못했다. 어쩐지 청영이 전혀 초조해하지 않더라니. 지모가 뛰어나고 박학다식한 것으로 유명한 퇴마사의 고수는 과연 명불허전이었다. 저런 절정의 대술사를 매복해뒀을 줄이야.

노인 뒤에서 비치는 석양 덕분에 그 모습이 다소 어두컴컴하면서 신비롭게 비쳤다. 왕거는 억지로 두 눈을 크게 떠서야 겨우 노인을 똑똑히 볼 수 있었다. 노인의 얼굴은 흉터투성이였고, 개중 두 개는 이마에서부터 턱까지 이어져 있었다. 왼쪽 귀도 보이지 않았고 귀가 있던 자리에는 두툼한 흉터가 차지하고 있었다. 마치 악독한 짐승에게 물어뜯긴 것 같았다.

저 무시무시한 노인은 도대체 누구일까?

쿵, 쿵 하면서 왕거 곁에 있던 술사 두 명이 또 바닥에 쓰러졌다.

"청영 부사." 왕거는 전력을 다해 소리쳤다. "유유구요! 그자가…… 그자가 나더러 당신을 찾으라 했소."

"뭘 보고 널 믿지?"

청영의 눈동자가 엄하게 번뜩였다.

"유유구 말로는, 자신이 남긴 계책은 당신 혼자서는 할 수 없다고……."

왕거 역시 마지막 글자를 내뱉기 무섭게 픽 쓰러졌다.

청영이 손을 내젓자 낮고 묵직하게 사람의 마음을 흔들어대던 호금 소리도 마침내 그쳤다. 흉터투성이 노인은 천천히 몸을 돌려 느린 걸음으로 저녁 빛이 깊이 물든 곳으로 걸어갔다. 그의 걸음은 몹시 느렸지만 고작 몇 걸음에 모습을 감췄다. 마치 순식간에 다른 공간으로 들어가버린 것 같았다.

왕거가 느끼던 압력도 순식간에 가셨다. 하지만 몸은 이미 식은 땀으로 축축하게 젖어 있었다. 그제야 그는 노인이 시종일관 자신을 똑바로 바라보지 않았다는 것을 떠올렸다.

"청영 부사께서는 이름을 숨긴 채 나라를 위해 큰일을 도모하시는구려. 그 기행과 의거, 고독한 충성과 크나큰 용기라니. 지난날의 어진 이들과 검객의 풍모를 갖추셨소. 이 몸은 진심으로 감탄했소.

부디 술 한잔 올리는 것을 허락해주시오."

길모퉁이 조그마한 술집에서, 왕거는 몸소 청영의 잔에 술을 가득 따랐다. 죽다 살아난 뒤 그는 눈치 빠르게 제 호칭을 '본 관'에서 강호 식인 '이 몸'으로 바꿨다.

이 작은 술집은 무척 외진 곳이어서 주인과 점원 한 명이 전부였다. 지금은 두 사람 다 인사불성이었다. 고수 둘이 함께 술법을 베풀었으니 두 사람은 깨어난 뒤에도 오늘 무슨 일이 있었는지 기억하지 못할 것이다. 왕거가 데려온 일곱 고수는 술집 주위에 흩어져 경비를 서느라 지금 술집 안에는 왕거와 청영 두 사람뿐이었다. 신비한 흉터투성이 노인은 어디로 갔는지 알 수 없었다.

"말씀이 과하오, 왕 시랑. 내가 한 일은 가족의 복수를 위해서지 충의와는 무관하오." 청영은 술잔을 받으며 태연하게 웃었다. "하지만 오늘 밤은 통쾌하게 마시고 싶군."

"좋소."

왕거는 그녀가 잔을 들어 호쾌하게 입에 털어 넣은 뒤 다시 내려놓았을 때 눈가에 눈물방울이 반짝이는 것을 보고 저도 모르게 미소를 지었다.

"청영 부사는 과연 호기가 남자 못지않구려. 이런 사람과 통쾌하게 술 석 잔을 마실 수 있는 것도 이 몸의 행운이오."

청영도 더는 말하지 않고 술잔이 채워질 때마다 비우며 그와 함께 연신 석 잔을 마셨다. 큰 잔으로 석 잔의 이화소가 뱃속에 들어가자 왕거마저 얼굴이 벌게지고 배가 부글부글 끓는데, 청영은 낯빛도 그대로고 뺨에 홍조조차 떠오르지 않았다. 이를 본 왕거는 속에서 절로 찬탄이 나왔다.

"유유구는 모략에 능하고 나와는 막역지우였소. 붙잡히기 전날 밤, 그는 딱 두 사람을 만났소. 처음 만난 이가 바로 청영 부사 당신이고, 그다음에 만난 이는 바로 나요."

청영이 솔직하고 에둘러 말하지 않는 것을 진작 알고 있던 왕거는 곧바로 주제를 꺼냈다.

"청영 부사가 태평공주에게 강렬한 적의를 품고 있는 것을 유유구가 어떻게 알아냈는지는 모르지만, 그는 곧바로 세 치 혀를 놀려 부사에게 계략을 일러줬소. 부사는 퇴마사에서 사라진 뒤 유유구가 남긴 숨겨진 힘을 이어받았소. 그들도 부사가 퇴마사를 피할 수 있도록 뒤처리를 도왔지. 그리고 이제……."

왕거는 소리를 죽이고 한 자 한 자 힘줘 말했다.

"부사는 다시 태평공주부에 잠입할 생각일 거요."

청영은 아미를 살짝 세우고 아무 말 하지 않았다.

"내 생각에 부사가 모욕을 참고 중책을 짊어진 것이 결단코 태평공주 암살 같은 단순한 일 때문은 아니었을 거요. 단칼에 목숨을 끊어주기보다는 몸도 명성도 망치고 패가망신하게 만드는 편이 낫지 않겠소?"

왕거는 다시 그녀의 잔을 채웠다.

"그 말, 유유구도 내게 했소."

청영은 다시 잔을 비웠다. 이번에는 마시는 속도가 느렸다. 무엇 때문인지 그녀의 얼굴에 쌀쌀한 웃음이 떠올랐다.

"부사는 견식이 넓으니 지금 형국을 불 보듯 훤히 알고 있을 것이오. 성인과 태평공주는 이미 공존할 수 없는 상황에 왔소. 하지만 태상황이 자꾸만 남매간의 정에 매달리니, 성인께서는 태상황을 향한 효심이 깊은 나머지 먼저 나서서 손을 쓰지 못하고 계시오."

청영이 웃음을 터뜨렸다.

"그래서 당신들은 태평공주를 꼬드겨 먼저 움직이게 할 수밖에 없겠지. 그러려면 남몰래 쏠 화살이 필요했을 테고. 태평공주부에 쏘아 넣을 화살 말이오. 그 최적의 인물이 바로 나겠지! 나는 이미 유유구가 남긴 계략대로 퇴마사에서 실종된 지 오래고. 육충조차 날 찾아내지 못했다는 것을 장안 사람 모두가 아니까! 태평공주 쪽 사람이 아무리 추측해도 성인의 심복 중에 나 같은 사람이 있을 줄은 생각지 못할 거요."

왕거는 흠칫했지만 웃으며 말했다.

"유유구는 역시 빈틈이 없군. 그럼 이런 말도 했소? 어떻게 태평공주부에 들어갈 수 있는지?"

"때가 오기를 기다리라고만 했소. 설마 왕 시랑은 벌써 계책을 마련했소?"

"그렇소. 이제 때가 왔소. 준비가 됐소?"

왕거의 눈빛이 번쩍번쩍 빛났다.

"되긴 뭐가 돼!"

그때 밖에서 커다란 외침이 들렸다. 들려온 쪽은 지붕이었다. 언제부터 술집 지붕에 누군가 숨어 있었는지 모를 일이었다.

"누구…… 으악!"

술집 바깥에서 비명이 몇 번 들려왔다. 왕거가 밖을 지키라고 보낸 고수들이 그제야 불청객을 발견했지만, 참혹한 비명이 이어지는 걸 보면 불청객이 여러 방향에서 기습 공격을 하는 게 분명했다. 술법 고수 두 명이 벌써 그자의 번개 같은 공격에 맞아 쓰러졌다.

방문이 벌컥 열리고 그자가 바람처럼 들어왔다. 눈에 확 띄는 새빨간 신랑 예복을 입은 사람, 바로 육충이었다. 왕거의 암탐과 호위가 우르르 달려왔지만 예리한 검기 두 줄기에 가로막혀 물러나야 했다. 고검풍과 원승이 나란히 안으로 들어섰다.

"아니, 육 장군과 원 장군이구려. 됐다. 한집안 사람이니 너희는 물러가거라."

왕거는 당황했지만 곧 멋쩍은 듯 하하 웃었다. 이들 삼대 고수 앞에서는 자신이 데려온 호위는 한주먹감도 못 되는 것을 잘 아니, 차라리 대범하게 물리는 편이 나았다.

"어째서야?" 육충은 방으로 들어오자마자 청영을 뚫어지게 노려봤다. "이유를 말해줘. 갑자기 소리 소문 없이 떠나 돌아오지 않은 게 유유구 그 개자식이 한 말 때문이었어? 그 말 때문에 이 어르신과 단호하게 갈라서서 소식 한 자락도 보내지 않은 거야?"

조용히 그를 바라보는 청영의 눈빛에 복잡한 감정이 섞여들었다. 그가 한참 동안 호된 질책을 쏟아붓고 나서야 비로소 그녀가 가만히 한숨을 쉬며 말했다.

"충, 날 잊어줘. 내겐 다른 선택이 없어."

"복수 때문에?" 원승이 가볍게 한숨을 쉬었다. "청영, 세상에는 복수만 있는 게 아니오."

"알아요. 나도 모두 안다고요."

갑자기 청영이 무력해진 표정으로 천천히 고개를 숙였다. 하지만 다시 고개를 들었을 때 그 표정은 이미 굳은 다짐으로 바뀌어 있었다.

"왕 시랑, 계속 말해보시오. 어떻게 해야 태평공주부에 무사히 들어갈 수 있소?"

왕거는 기세등등한 육충을 흘끔거리며 다소 민망해하면서도 미소를 지으며 말했다.

"태평공주가 절세미녀를 두루 찾고 있다 하오. 만에 하나 날까 말까 한 국색을 찾아 폐하께 바치고, 고모와 조카 사이의 팽팽한 긴장 관계를 누그러뜨리려 한다는 거요. 내 방법을 모색해 당신이 선발되도록 보장해주겠소."

"방법을 모색해?" 청영은 다시 웃음을 지었다. "그렇게 성가시게 할 필요가…… 잠시 기다리시오."

그녀는 느릿느릿 몸을 일으켜 늘 가지고 다니는 짐 보따리를 들고 좁은 술집 안방으로 들어갔다. 그녀의 아리따운 뒷모습을 멍하니 바라보는 육충은 기가 막혀 말조차 나오지 않았다. 방 안에서 바스락바스락 소리가 들리더니 잠시 후 청영이 사뿐사뿐 걸어나왔다. 술집에 있던 왕거, 원승, 육충 모두 놀라 그 자리에 얼어붙었다.

"옥환아?"

육충이 신음하다시피 그 이름을 뱉어냈다.

옥환아. 당금 황제 이융기가 한때 마음 깊이 새겼던 안타까운 소녀. 이융기가 괴뢰고에 당했을 때 옥환아는 이융기를 구하기 위해 자결했다. 그녀가 죽은 뒤로 이융기는 시종일관 그녀를 잊지 못했다. 그 짧은 시간 동안 청영은 이미 옥환아의 모습으로 변했고, 원승이나 육충같이 역용에 능한 이들조차 변장한 흔적을 찾아낼 수 없었다.

"이제 보니 폐하께서 오매불망 잊지 못하시는 옥환아였구려. 이런 모습이었다니, 과연 천하절색이오. 사람 마음을 흔들어놓을 만하구려."

왕거는 옥환아를 본 적이 없지만 육충의 말을 듣고 곧 청영의 뜻을 알아차렸다. 지난날 이융기와 옥환아의 사랑은 장안을 진동시켰으니, 태평공주도 당연히 그 일을 알고 있었다. 장안에 옥환아를 쏙 빼닮은 여자가 불쑥 나타난다면 태평공주가 가만히 있을까?

"무슨 역용술이기에 이렇게 진짜 같소?"

계략이 정해지자 왕거는 청영이 쓴 역용술의 수준에 더욱 관심을 보였다. 역용술이 들통나면 계획은 물거품으로 돌아갈 것이다. 하지만 청영의 얼굴을 꼼꼼히 뜯어보니 뺨은 눈처럼 희디희고 눈은 별처럼 반짝여 흠이라곤 전혀 없었다.

"그간 어렵게 익힌 서역 고술의 일종이오. 지난날 괴뢰고와 비슷한데, 역용할 때 쓰는 재료가 밀가루나 기름 같은 흔한 물품이 아닌 해괴한 고의 실이오."

청영은 곱고 부드러운 제 뺨을 톡톡 치며 말했지만 웃는 얼굴은 어딘지 힘이 없어 보였다.

"고의 실은 물에 씻기지도 않으며, 만지면 따뜻하고 부드러워서 진짜 피부와 거의 다르지 않소."

"그야말로 천의무봉이군. 훌륭하오! 탄복했소!"

왕거는 박식해서 역용술에도 일가견이 있지만 지금은 감탄을 금할 수가 없었다.

"탄복은 무슨!" 갑자기 육충이 버럭 소리 질렀다. "청영, 내가 허락할 것 같아? 거긴 용담호혈이야. 마왕의 소굴이라고! 당신같이 연약한 여자는 죽으러 가는 거나 마찬가지야. 이 어르신은 동의 못해. 절대 못 보내."

"이봐, 육 대인, 당신이 뭐야?" 여인은 고운 눈을 치켜뜨고 쌀쌀맞게 그를 바라봤다. "이 청영이 무슨 이유로 당신 허락을 받아야 하지?"

육충은 그녀의 질문에 입이 떡 벌어졌다. 원승이 눈썹을 찌푸리고 한 걸음 다가서며 뭐라고 말하려는데 갑자기 왕거가 나섰다.

"육 장군, 원 장군, 본 관이 충고 한마디 하겠소. 절대 폐하의 대사를 그르치지 마시오. 두 분도 알겠지만, 이번 일은 청영 부사 스스로 원한 거요. 결코 본 관이 강요한 적 없소."

적시에 끼어든 이 말에 원승도 말문이 막혔다.

"아무리 복수라지만 꼭 이렇게 해야 하오?"

원승은 그저 힘없이 청영을 바라볼 뿐이었다.

"꼭!" 여인은 유유히 숨을 내쉬었다. "원 대장, 더 말할 것 없어요. 내가 선택한 길이에요. 그리고 충, 오늘은 당신의 경삿날이야. 어떻게 새 신부를 집에 팽개치고 올 수가 있지? 그만 돌아가."

육충은 그 자리에 얼어붙었다. 바로 눈앞에 사랑하는 사람이 서 있지만 그녀는 이미 옥환아로 변한 상태였다. 그의 심정은 뭐라 할 수 없이 괴로웠다. 그녀를 찾으려고 온갖 심혈을 기울였고 거의 모든 것을 포기할 정도였다. 하지만 그녀 역시 복수를 하려고 온갖 심혈을 기울였고, 역시 거의 모든 것을 포기했다. 육충을 포함해서. 그녀는 여전히 쌀쌀맞았고, 심지어 쓸모없는 사람이라도 되는 것처럼 그를 제대로 쳐다보지도 않았다.

육충은 갑자기 고개를 숙여 자신이 입은 붉디붉은 신랑 예복을 내려다봤다. 순간 온몸이 서늘해졌다. 며칠 동안 발버둥 치며 열심히 준비해온 것이 아무 의미 없어진 기분이었다. 지금 그의 머릿속에는 오로지 이런 생각만 떠올랐다.

'그래, 난 쓸모없는 놈이야. 본래부터 그랬어. 청영의 마음속엔 복수하고자 하는 희망이 더 커. 난 그냥 구색 맞추기용일 뿐이야.'

"육 장군." 왕거가 흥미로운 눈길로 신랑 차림의 그를 바라보며 말했다. "스스로 선택한 길이라고 하니 부디 청영 부사의 일을 그르치지 말아주시오."

하지만 육충은 그 말을 듣지 못했다. 그는 천천히 돌아서서 술집을 나갔다. 고생 또 고생하며 찾아다니던 사람이 눈앞에 있었다. 그녀를 찾기 위해 가진 힘과 정신을 거의 전부 쏟아부었다. 그리고 마침내 그녀를 만났건만, 그는 더는 아무 말도 하고 싶지 않았다. 잔혹한 진실을 알았으니 무슨 말을 한들 쓸데없는 짓이었다. 그저 떠날 수밖에 없었다.

"육충……."

원승은 유감스런 목소리로 육충을 불렀지만 그 역시 무력한 기분이었다. 할 수 있는 것이라곤, 고검풍에게 손짓해 어서 가서 육충 곁에 있으라고 하는 것뿐이었다. 쓸쓸히 고개를 돌리던 원승은 청영이 육충의 뒷모습을 뚫어지게 바라보는 것을 알아차렸다. 그녀는 앵두 같은 입술을 꽉 깨물고 소리 지르지 않으려 애썼다. 깨문 입술에 빨간 핏자국이 생겨났다.

"자, 자." 왕거가 돌아서서 술집 문을 닫은 뒤 무겁게 말했다. "무관한 이들은 사라졌소. 앞으로 할 일은 폐하의 대사일 뿐만 아니라 청영 부사의 생사와도 관계가 크오. 원 장군은 지모가 뛰어나니 남은 김에 함께 상세히 논의해봅시다."

2장

몰래 쏜 화살

"때려라. 힘껏 때리래도. 그래야 길이길이 기억할 게 아니냐."

태평공주는 감주 한 그릇을 천천히 들이켰다. 목소리는 차갑지만 그릇을 든 손은 살며시 떨리고 있었다. 그녀가 때리라고 명한 사람은 둘째아들 설숭간이었다. 태평공주부의 둘째 공자인 그는 이융기와 사촌 간으로 어려서부터 사이가 무척 좋았다. 이융기가 천자가 된 뒤로 설숭간은 더욱더 그를 숭배하며 경모했고, 어머니가 사사건건 천자와 대적하는 것을 보자 울적한 심정에 자주 어머니를 설득하려 했다. 일할 때면 아낌없이 재주를 드러내는 태평공주가 아들의 말을 들을 리 없었다. 도리어 아들이 다 컸다고 어머니를 거스르고 도전한다고 여겼다.

그래서 설 둘째 공자의 설득은 매번 어머니 태평공주를 상당히 불쾌하게 만들었고, 때로는 집안의 규율에 따라 벌을 받기도 했다. 이번에 설숭간은 어머니가 요란스레 천자에게 바칠 '비'를 고르는 것을 보고, 곧 그 목적을 깨달아 열심히 말렸다. 마침 큰일을 꾸미는 중이던 태평공주는 아들이 자신과 대립하는 쪽에 서자 분노가 치밀어 곤장 서른 대를 선사했다.

여전히 호화찬란한 여의당에는 중서령 겸 이부상서인 소지충, 좌어사대부요 중서문하 삼품에 있는 두회정, 좌우림 대장군 상원해, 지우림장군 이자, 좌금오장군 이흠 등 주요 인물 다섯이 모여 있었다. 이들 중 둘은 재상이고 셋은 병권을 쥔 무장으로, 사실상 태평공주의 좌우 양 날개였다. 그들 모두 둘째 공자가 어머니에게 벌 받는 모습을 보는 것이 처음은 아니었다. 재상 둘은 눈썹을 잔뜩 찡그린 채 진심 반 거짓 반으로 몇 마디 중재했다.

"좋소. 저 불효자 때문에 중요한 일을 그르치지 맙시다."

태평공주는 끓어오르는 울분을 힘껏 억누르며 손을 내저어 설숭간을 끌어내게 했다.

"최근 간택비 일은 어찌 됐소?"

"경하드립니다, 공주 전하. 소관이 절세미녀를 찾아냈습니다."

두회정이 싱글벙글 웃으며 두 손을 모았다.

"평강방 사람 말로는 그 여자는 마치 옥환아가 환생한 것 같다고 합니다."

"뭐라고! 옥환아의 환생?"

태평공주는 하마터면 벌떡 일어날 뻔했다. 그녀의 눈빛이 골수 당여들의 얼굴을 빠르게 훑었다.

"옥환아를 본 적이 있소?"

소지충은 고인 물 같은 얼굴로 흔들림 없이 단정하게 앉아 있기만 했다. 그는 관직이 가장 높은 데다 진중하고 영리해서 절대로 이런 화제를 입에 담지 않았다. 상원해는 고개를 저었으나 반대로 좌금오장군 이흠은 한껏 감탄하는 표정을 떠올리며 흐흐 웃었다.

"전 봤습니다. 그 여자는 지난날 장안에서 미모로 이름이 쫙 퍼졌었지요."

"나도 봤소."

태평공주가 천천히 말을 내뱉었다.

지난날 설무쌍은 그녀 휘하의 비밀 결사대로서 괴뢰고 사건을 꾸몄는데, 그때 제자인 옥환아를 데리고 공주부에 와서 인사시킨 적이 있었다. 천당환경에서 만국 제일 미녀를 뽑던 날 밤, 태평공주는 혜범의 계획대로 몸소 가서 옥환아가 만국 제일 미녀 자리를 손에 넣는 전 과정을 구경했다.

"좋소. 그녀를 데려오시오." 태평공주는 가볍게 탁자를 두드렸다. "운소각에 가서 다 함께 옥환아의 환생이라는 그 미녀를 봅시다!"

운소각은 태평공주가 손님에게 가무를 접대하는 곳으로, 무려 팔십만 관을 들여 지은 누각이었다. 누각 안의 장식은 눈부실 만큼 호화로웠으며, 단향목 병풍으로 가려놓아 시끌벅적 즐길 수도 있고 사사로운 비밀을 지킬 수도 있었다. 뜨거운 바람과 타는 듯한 햇볕을 견뎌야 하는 7월 초에도, 누각 바깥을 두른 큼직한 연못에서 시원한 바람이 서서히 불어와 답답한 더위를 흩어주는 곳이었다.

지금 태평공주는 믿고 부리는 다섯 사람을 이끌고 단향목 병풍 뒤에 앉아서 검무를 선보이는 아름다운 가희를 뚫어지게 바라보고 있었다.

"진짜군요. 정말 옥환아입니다."

좌금오장군 이흠은 죽은 물고기 같은 눈을 어찌나 크게 부릅떴는지 자칫하면 눈알이 튀어나올 것 같았다.

"약간 다르오." 태평공주가 가만히 한숨을 쉬었다. "옥환아는 훨씬 부드럽고 나긋했지. 저 여자도 곱긴 하나 좀 더 씩씩하군. 저 의젓한 검무에 아름다움까지 갖춘 여인은 이 장안성에서 둘도 없을 게요."

문득 소지충이 입을 열었다.

"이름이 뭐라던가? 내력을 조사해봤나? 저토록 춤을 잘 추고 절색인 여자가 어째서 지금까지 알려지지 않았지?"

"류청청이라고 하는데 올해 열아홉이고 양주 소금 굴에서 막 장안에 왔다 합니다. 제반 절차는 모두 완비했지요."

사실 두회정은 아랫사람 대하듯 하는 소지충의 말투가 짜증스러웠다. 하지만 태평공주도 눈으로 같은 말을 묻고 있기에 성질을 참고 설명하는 수밖에 없었다.

"듣자니 검무를 가르친 스승은 낙양과 장안에서 자못 이름 있는 묘의라는 자였습니다. 저희가 묘의를 상세히 조사해봤지만 문제없다는 결론이었습니다."

"절세 가희인 묘의 하나만 조사해서는 한참 부족하네. 양주로 사람을 보내 상세히 조사하게."

소지충이 못을 박듯 단호하게 말했다. 두회정은 체면이 깎인 기분이어서 아무 말도 하지 않았다.

병풍 밖에서는 류청청으로 변장한 청영이 검광을 흩뿌리고 있었다. 검무 한 편이 거의 막바지에 이르렀다. 특수 처리한 검을 이리저리 뒤집을 때마다 호광이 하나둘 그녀 주변을 맴돌아 마치 별이 달을 쫓고 무지개가 해를 관통하는 것 같았다. 그에 따라 청영은 점점 더 빨리 돌았다. 긴 치마, 옷자락, 고운 머리카락이 빠르게 선회하면서 호광도 점점 많아지고 빽빽해져, 구경하는 이들의 눈이 어질어질해질 정도로 빛났다.

"보통이 아니구나. 저 출신입화의 검무만으로도 보통이 아닌 재주야. 회정, 큰 공을 세웠소!"

태평공주는 가만히 웃음을 지었다.

"우리가 원하는 것은 미녀 첩자가 아니라 단순한 미녀요! 대사, 어찌 보시오?"

그녀가 다른 쪽 병풍을 돌아봤다. 소지충 등 문무대신들도 엄숙하게 그쪽으로 고개를 돌렸다. 호승 혜범이 천천히 걸어나왔다. 음모 궤계를 논하자면 눈앞에 있는 이 늙은 호승이야말로 최고 권위자임을, 그들 모두가 알고 있었다.

"공주 전하께서는 혜안이 대단하십니다. 기실 저희에게는 이융기가 푹 빠질 미녀 한 사람이면 족하지요."

혜범의 하얀 얼굴 위로 그의 상징 같은 나른한 웃음이 떠올랐다.

"그리고 저 류청청은 우리가 원하는 모든 것을 갖췄습니다. 실로 하늘이 도운 게지요! 물론, 그 이유로 소홀해서는 안 됩니다. 저 미녀를 조사하는 일은 빈승에게 맡겨주십시오."

그때 공주부의 집사가 부랴부랴 달려와 아뢰었다.

"종 소첨이 공주 전하를 뵙기를 청합니다."

"종욱." 두회정이 으스대며 말했다. "그자가 무슨 일로?"

하지만 소지충은 두 눈을 빛내며 미소 지었다.

"공주 전하께서는 참으로 고명하십니다. 마침내 종 총감을 끌어들이셨군요!"

태평공주는 역시 소지충이 보는 눈이 있다며 속으로 탄식한 뒤 웃으며 고개를 끄덕였다.

"종욱은 당륭정변 때 서인 위 씨를 소탕한 공신 중 한 명이오. 하나 이 삼랑은 금기를 어기고 공신을 후대하지 않았지. 종욱은 소첨사(少詹事, 동궁 안팎의 사무를 담당하는 관직)라는 한직에 머물렀고, 심지어 요숭, 왕거 같은 이융기의 새로운 총신들과 사이가 나빠 빈번히 이 삼랑에게 배척당했소. 하지만 그는 여전히 내원 총감이오. 그를 끌어들이는 것은 우리에게 큰 이득이오."

"하지만 이융기가 아직도 내원같이 중요한 곳을 그자에게 맡기고 있으니, 천자의 총애를 완전히 잃은 것은 아니지 않습니까?"

두회정이 그래도 고민스런 듯 변명했다.

소지충이 콧방귀를 뀌었다.

"그러니 공주 전하께서 고명하시다 하지 않는가. 천자 쪽에서 종욱은 지금 십분 곤혹스런 처지일세. 나아가자니 승진할 길은 없고 물러나자니 쓰러질까 두려워 남은 것은 뱃속 가득한 불평불만뿐일세. 하지만 그 불만은 천자와 왕거 같은 이들을 더욱 멀어지게 할 뿐이지. 이럴 때 공주 전하께서 손을 내밀지 않았나. 애써 끌어들일 것도 없이 몇 번 청해 연회나 베풀어주면 여론을 조성할 수 있네."

"훌륭한 이론이오, 소 재상. 이처럼 미묘한 시기에는 근거 없는 소문 몇 마디로도 누군가의 갈 곳을 좌지우지할 수 있지!"

태평공주는 환하게 웃었다.

"그렇소. 내 친히 종욱을 초청했소. 이번이 벌써 다섯 번째요. 종욱을 들여보내 함께 춤 구경을 하자 전해라."

지우림장군 이자는 깜짝 놀랐다.

"종욱 그자를 이곳에 들였다가 비밀이 새어나가면 어찌합니까?"

혜범이 신비한 웃음을 지으며 말했다.

"공주 전하께서 천자의 비를 고르는 일이 어찌 비밀이겠습니까?

소문이 날수록 좋지요. 더욱이 소 재상같이 공주 전하의 고굉지신들이 있는 자리에 청하면 종욱은 과분한 총애에 어쩔 줄 모를 것입니다. 절세 무희의 일도 그자 입을 빌려 퍼져나가겠지요."

태평공주가 껄껄 웃었다.

"그만, 그만, 늙은 호승이 참 잔소리도 많구려."

누각 안에는 검광이 번쩍번쩍하고, 병풍 뒤에서는 간간이 웃음소리가 났다. 누각 밖 통로에는 저벅저벅 발소리와 함께 집사와 동행한 종욱이 생각에 잠긴 얼굴로 걸어오고 있었다.

모두를 놀라게 한 검무가 끝나고 청영이 마주한 것은 죽을 만큼 복잡한 의식이었다. 늙은 궁녀 둘이 다가와 몸소 그녀의 온몸을 검사했다. 허리, 피부, 몸매, 심지어 땀 냄새까지도 세세히 관찰했다. 그런 다음엔 목욕이었다. 청영은 평생 이렇게 오래 씻어본 적이 없었다. 목욕물에 한 번 들어간 뒤 세 번이나 씻었는데, 그때마다 거대한 목욕통 가득 향기 나는 물을 갈아야 했다.

모락모락 피어오르는 수증기 속에서 청영은 부자연스러움을 분명하게 느꼈다. 얼굴에 붙인 고의 실이 수증기를 쐬어 늘어지지 않도록 신경 써야 할 뿐 아니라 주변 환경도 살펴야 했다. 여자의 직감이 병풍 뒤에 있는 눈이 자신을 응시하고 있다는 것을, 그것이 늙은 남자의 눈이라는 것을 알려줬다. 그녀는 지독한 혐오감을 느꼈다. 심지어 피부를 문지르는 손마저 바르르 떨렸지만, 지금은 무슨 일이 있어도 참아야 한다는 것을 알고 있었다.

'종욱이 태평공주에게 붙을 줄이야.'

그녀는 눈을 감은 채 늙은 눈은 생각지 말고 오늘 검무 때 본 놀라운 풍경만 떠올리려 애썼다. 당륭정변의 원훈 종욱이 태평공주의 초청을 받아 나타났고, 나아가 그 자리에 있던 소지충 등은 그와 담소를 나누며 포섭하려 했다. 그렇다면 그 소문이 다 사실이었을까?

그녀가 의혹에 잠겨 있을 때, 문득 멀지 않은 곳에서 느릿한 퉁소 소리가 들려왔다. 퉁소 소리는 올바르면서도 평화로웠다. 맑은 샘물이 고요한 골짜기를 통과해 흐르듯, 퉁소 소리는 유유히 청영의 귓속으로 들어와 순식간에 긴장을 탁 풀게 했다.

'청심곡?'

한층 더 커다란 의문이 마음속 깊은 곳으로 불쑥 스며들었다. 청영은 눈을 반짝 떴다.

청영은 육충과 함께 성인을 뵈러 입궁했다가 이융기가 울적하게 후원에 앉아 피리를 부는 것을 본 적이 있었다. 그녀는 그 평화로운 곡조를 기억하고 있었다. 바로 지금 들리는 〈청심곡〉이었다. 당시 육충이 감개무량한 목소리로 말했다. 저 〈청심곡〉은 지난날 천자가 홍안지기였던 옥환아와 함께 있을 때 종종 불던 곡이라고. 청영은 육충을 비웃으면서 대당나라 젊은 천자가 얼마나 지고지순한지 잘 보라고, 당신보다 백배는 훌륭하다고 말해줬는데, 돌아온 것은 육충의 지독한 푸념이었다. 그 말다툼 덕분에 그녀는 저 곡을 머리에 깊이 아로새겼다.

듣자니 사실 저 곡에는 신비한 내력이 있었다. 이융기가 원승에게서 배운 도가의 청심 비술이라는 것이었다. 지금 이곳은 태평공주부인데, 어째서 저 신비한 곡을 부는 사람이 있는 걸까?

그녀가 온통 의심에 사로잡혀 있을 때 늙은 궁녀 하나가 마침내 희소식을 가져왔다.

"공주 전하께서 널 보자신다!"

이튿날 오후, 기밀 정보 하나가 천자 이융기의 책상에 올라왔다. 비밀 회의여서, 전각 안에는 이융기와 왕거, 원승, 그리고 황제의 심복 환관인 고력사 넷뿐이었다.

"역시 종욱이 태평 고모의 귀빈이 됐나?"

이융기는 특제 비법으로 처리한 가늘고 조그마한 삼종이를 주워 들며 크게 한숨을 내쉬었다.

"하지만 청영 부사는 기대를 저버리지 않았군. 몰래 쏜 화살이 제대로 박혀든 모양이네!"

"한데 너무 급히 소식을 보낸 듯싶습니다."

왕거는 밀서를 받아 들고 천천히 고개를 저었다. 그와 청영이 사전에 약속하기로, 긴급히 전할 소식이 있으면 글을 쓴 가느다란 종이를 특별히 지정한 앞뜰 화단 몇 개 중 하나에 끼워 넣기로 했다. 왕 시랑은 어마어마한 심혈을 쏟아부었지만, 암탐 둘을 태평공주부 하급 하인으로 집어넣는 게 고작이었다. 그들 둘은 심지어 후원 같은 중요한 곳에 들어가지도 못했지만, 청영이 전하는 소식은 제때 전달할 수 있었다.

"왕 시랑 말씀이 옳습니다." 원승도 잔뜩 걱정스런 표정이었다. "청영은 아직 안전하게 공주부에 뿌리 내리지 못했습니다. 사방에 감시하는 눈길이 있을 텐데 이렇게까지 모험할 필요는 없었지요."

이융기는 고개를 끄덕이며 다시 생각에 잠긴 듯 말했다.

"하지만 이 밀서에서 더욱 이상한 점은 이 부분일세. 공주부의 누군가 〈청심곡〉을 불었다지 않은가."

천자의 묻는 눈길에 원승은 고개를 저으며 무겁게 말했다.

"〈청심곡〉은 본 문의 비술이라 거의 밖으로 전해지지 않았습니다. 수수께끼 인물인 혜범을 제외하면…… 하지만 그자가 대체 왜 그랬을까요?"

의문 한 무더기가 이내 네 사람을 덮쳤다.

천자는 잠시 생각하다가 곧 탁자를 내리치며 결단했다.

"청영에게 소식을 전하게. 무슨 일이 있어도 신중하게 행동할 것이며, 앞으로는 대역죄같이 아주 화급한 일이 아니면 서둘러 보고할 필요 없다고."

"종욱이란 자는 폐하께서 어찌 처리하시든 골칫거립니다."

평소 종욱과 사이가 나빴던 왕거는 당연히 그 숙적을 압박할 기회를 놓치지 않고 시험 삼아 말을 던져봤다.

"하지만 지금은 종욱을 처리할 때가 아니지요."

원승이 차갑게 그 말을 받았다.

"지금은 당연히 종욱을 건드릴 수 없소. 그가 공주부로 들어가는 것을 본 사람은 태평공주의 심복들 외에 청영밖에 없소. 만약 우리가 지금 종욱에게 손을 대면 청영은 곧 위험에 빠질 거요."

"사소한 문제일 뿐일세."

이융기는 태연하게 웃으며 조그맣게 말린 삼종이를 탁자 옆 장명등에 가져가 태웠다.

"물론 종욱은 건드리면 안 되지. 저들은 그저 종욱을 이용해 떠보는 것일 뿐일세."

그는 말을 이었다.

"항간에는 태평 고모께서는 지난날 측천성후와 아주 많이 닮았다는 소문이 떠돌더군. 솔직히 일처리가 과감하고 민첩해서 실로 내 예상 밖이야."

젊은 천자는 팔딱이는 불꽃을 노려보며 다시금 근심스런 표정을 떠올렸다.

"오늘 조회가 끝난 뒤 고모님께서 또 부황을 찾아가 무슨 말을 했는지, 조금 전에 부황께서 부르시더니 몹시 흥이 난 얼굴로 황실에 집안 연회를 두 번 열기로 했다고 말씀하셨네. 내일은 태평공주부에서 연회를 열게 할 것이며, 다음 날에는 부황께서 몸소 태극궁에서 두 번째 집안 연회를 준비하시겠다고 말일세. 나와 태평 고모, 그리고 중요한 자리에 있는 종친이 모두 참석할 걸세."

"당장 내일 태평공주부에서 연회를 여신다고요?" 왕거는 잠시 생각에 잠겼다가 퍼뜩 떠오른 듯 말했다. "태상황께서 친히 나서서 폐하와 태평공주 사이를 중재하시려나보군요."

작금의 시국은 특수한 편이었다. 퇴위하고 태상황이 된 후에도 이단은 여전히 대권을 쥐고 있었다. 그리고 태상황 이단은 쓸쓸히 목숨을 잃은 형 이현이 그랬듯, 지난날 무측천에게 총애를 받던 태평공주가 다방면으로 계략을 세워 보호해준 덕분에 겨우 목숨을 건진 인물이었다. 그 때문에 그는 막내 누이동생을 보통보다 더 과하게 의지하고 아꼈다.

이러니 이단의 가장 큰 바람은 바로 황제인 아들 이융기와 누이동생인 태평공주가 화목하게 지내는 것이었다. 최근 들어 두 사람이 음으로 양으로 벌이는 싸움이 점점 격렬해지자 부득불 친히 나서서 중재할 수밖에 없었다.

"또 황실 가족 연회라니요!"

원승은 저도 모르게 쓴웃음이 났다.

중종 황제 이현이 붕어하기 전에 열려고 한 그 유명한 황실 가족 연회가 떠올랐다. 당시 위 씨와 이 씨 역시 물과 불처럼 어우러질 수 없는 사이였는데, 중종 황제는 가족 연회를 베풀어 쌍방을 화해 시키려 했다. 애석하게도 위 태후가 그 가족 연회를 연 목적은 사실 이씨파를 일망타진하기 위해서였다. 그리고 그 연회에서 돌발적인 변고가 벌어졌다. 선기 국사가 어찌어찌하다가 역모를 꾸민 대역죄 인이 됐고, 본디 숨만 겨우 붙어 있던 중종 이현도 그날 밤 세상을 떠난 것이다.

이융기도 한숨을 쉬며 고개를 살짝 끄덕였다.

"고모는 이미 함정을 팠소. 여봐란듯이 내 비를 간택해주겠다고 떠드니, 그 소식을 들은 부황께서는 착한 누이동생이 정말로 화해 의 손길을 내밀었다고 여겨 몹시 기뻐하셨지. 내일 가족 연회에서 태평 고모가 깜짝 놀랄 만한 '보물'을 내게 선물한다더군. 보아하니 그 연회에서 공식적으로 청영을 내게 바칠 모양이네."

"이렇게 빨리 말입니까?" 왕거는 깜짝 놀랐다. "이제 막 청영을 얻었으니 이치대로라면 우선 청영의 내력부터 샅샅이 조사하고 한 동안 특별 훈련을 시킨 연후에나 공식적으로 폐하께 바쳐야 마땅합 니다. 베갯머리송사를 할 첩자나 미녀 살수로서 말이지요. 하나 그 러려면 시간이 필요한데 어째서 이렇게 빨리 내보내는 걸까요?"

전각 안이 조용해졌다. 왕거가 한 말은 모두의 마음속을 차지하 는 가장 큰 의문이었지만 애석하게도 답이 없었다.

옆에 시립했던 고력사가 고개를 저으며 두 손을 모으고 말했다.

"소인 생각에는 태평공주부에서 있을 연회는 홍문연(자객을 숨기고 손님을 암살하기 위한 연회. 항우와 유방의 고사에서 비롯됨)일 겁니다. 아무래도 폐하께서는 핑계를 대고 참석하지 않으시는 편이 좋을 듯합니다."

원승과 왕거 모두 눈을 찌푸린 채 말이 없었다. 그들 모두 알고 있었다. 태상황이 직접 꺼낸 제안인데 이융기가 무슨 수로 거절할 것인가? 태평공주가 당당하게 초청했는데 천자인 이융기가 핑계를 대고 가지 않으면 도리어 제 입으로 켕기는 데가 있다고 떠드는 꼴이었다.

"반드시 가야 한다. 홍문연이라는 것을 뻔히 안다 해도!" 이융기가 폭소를 터뜨렸다. "'윗사람을 치기는 어려우나 아랫사람을 붙잡기는 쉽다' 했다. 천자인 내가 태평을 겁낼 이유가 어디 있느냐?"

젊은 천자의 얼굴 위로 다시금 영기가 빛났다. 고력사 등 오랫동안 그를 따른 사람들은 그 표정만 보고도 그의 마음이 정해진 것을 알 수 있었다.

문득 원승이 물었다.

"내일 태평공주부 가족 연회 때 태상황께서도 납시는지요?"

이융기는 고개를 저었다.

"아닐세. 부황께서는 내일 저녁 연회에 안 계실 걸세. 나와 고모가 단둘이 시간을 보내길 바라시니까. 부황께서는 절치부심으로 우리가 사이좋게 지내기를 바라시네."

왕거는 곧 원승의 뜻을 헤아리고 고개를 끄덕였다.

"태상황께서 태평공주부에 납시지 않는 것이 타당합니다. 만약 태평이 세상의 이목을 무시하고 제집에서 손을 쓴다면 태상황의 강력한 세력을 건드릴 수밖에 없지요. 하나 지금 그녀가 가진 힘으로는 동시에 태상황까지 칠 여력이 없습니다."

"폐하, 청영은 어찌 대하시겠습니까?"

원승의 눈빛은 다소 울적했다.

이융기도 참지 못하고 눈썹을 바르르 떨며 잠시 침묵하다가 한숨을 쉬면서 입을 열었다.

"옥환아와 꼭 닮은 청영을 보면 당연히 놀라고 기뻐하고 또……
보물을 얻은 것 같겠지."

그는 말을 끝맺지 않고 소리 없이 쓴웃음만 지었다. 황실 내 젊은 자제들의 풍류 놀음에는 그도 당연히 익숙했다. 하지만 앞으로 마주할 사람은 다름 아닌 자신의 신하였다. 그리고 그 신하는 자신에게 충성스러우며 재주가 뛰어난 육충이 아직 혼례를 올리지 못한 아내였다.

"《관자》에서 말하기를, 소심한 자는 큰 공을 세울 수 없다고 했습니다!"

황제의 민망한 마음을 알아챈 왕거가 대신 해명하고 나섰다.

"태평은 폐하께서 기꺼이 고모의 성의를 받아들일 것이며, 술을 마신 뒤에는 당연히 류청청과 운우를 나누고 궁으로 데려가리라 생각할 겁니다. 하지만 그렇게 하면 우리가 고생 끝에 태평공주부에 몰래 쏘아 넣은 화살이 쓸모없게 됩니다. 신이 생각하기에는 그 계책을 역이용해야 합니다. 폐하께서는 방에서 청영과 한담을 나누며 이른바 승은을 입힌 다음, 갓 등극한 황제가 미색에 홀리면 안 된다는 핑계로 잠시 데려가지 않으시는 겁니다. 그렇게 하면 청영은 엄연히 태평공주부에 머무는 천자의 비로서 고귀한 신분이 될 테니 소식을 정탐하기도 훨씬 쉽겠지요."

원승은 왕거를 흘낏 본 뒤 무거운 소리로 말했다.

"신은 아무래도 태평공주가 이렇게 서둘러 연회를 베푸는 것이 이상하게 느껴집니다. 특히 이렇게 급하게 청영을 내보내려는 이유가 무엇일지요?"

한번 나온 질문을 다시 제기한 것이지만, 전각 안의 누구도 잔소리로 여기지 않았다. 모두의 얼굴이 다소 심각해졌다. 나를 알고 적을 알면 백 번 싸워도 위태롭지 않다고 했다. 지금은 조정 암투에 있어 중요한 시기인데, 아군이 상대방의 의도를 명확히 꿰뚫어보지 못하고 있으니 걱정하지 않을 수 없었다.

다소 갑갑한 침묵 속에서 비로소 왕거가 원승을 응시하며 네 글자를 뱉었다.

"밀착방어!"

어차피 황제가 공주부에 행차해야 한다면, 할 수 있는 일은 전력을 쏟아 보호하는 것뿐이었다. 사람들의 눈빛이 곧 원승에게 쏠렸다. 원승도 천천히 입을 열었다.

"밀착방어!"

"급한 일이 하나 더 있소이다. 태평공주부 후문 쪽에 작은 꽃집이 있는데 내가 손을 써서 인수했소."

왕거가 아부하듯 원승을 바라봤다.

"퇴마사 청영 부사 쪽에도 공주부 밖을 지키다가 소식을 전할 사람이 필요하다지 않았소?"

청영이 용담호혈인 태평공주부에 들어간 후에는 왕거가 집어넣은 정원사 둘이 정해진 시간에 그녀가 화단에 숨겨놓은 밀서를 받아가기로 되어 있었다. 하지만 퇴마사 쪽에서도 청영과 연락하기 좋은 고정적인 장소를 마련하는 것이 본래의 계획이었다.

원승은 홍도방에 있는 공주부 뒷문 밖 거리에 딱히 장사가 잘 안 되는 조그만 꽃집이 있다는 것을 눈여겨 봐뒀다. 이제 왕거가 마침 내 그 꽃집을 손에 넣었다.

원승은 속으로 그 꽃집에 꼭 맞는 여주인은 대기라고 생각했다. 그녀는 퇴마사의 일원이고 역용술에 정통하며 임기응변에도 능했 다. 또 청영과도 사이가 무척 좋아서 말하지 않아도 마음이 통할 정 도였다. 그 꽃집을 지키며 청영과 연락하기에 그녀보다 더 좋은 사 람은 없었다.

하지만 요즘은 대기를 떠올리기만 하면 그는 예전처럼 마음이 편치 않았다. 심지어 다소 심란하기까지 했다. 퇴마사로 돌아가는 길에 그는 문득 길모퉁이에서 꽃을 파는 마르고 피부가 어두운 소 녀를 발견했다. 비스듬히 팔에 건 꽃바구니에는 오색찬란한 옥란화 가 수북이 담겨 있었다.

주로 봄에 왕성하게 피는 꽃이지만 꽃 파는 이들에게는 여름에 도 다시 한 번 피어나게 하는 비법이 있었다. 그는 마음이 동해 그 쪽으로 다가가 옥란화 두 송이를 샀다. 하나는 옥처럼 새하얗고 다 른 하나는 금처럼 샛노란데, 둘 다 활짝 피었고 향기도 진했다.

옥란화의 향기를 맡노라니 대기의 웃는 얼굴이 떠올라 그의 발 걸음도 가벼워졌다. 그가 퇴마사에 돌아왔을 때 대기는 탁자에 머 리를 묻고 하얀 서한지에 뭔가 쓰고 있었다. 쓰는 속도는 몹시 느렸 지만 무척 결연했다.

그가 이 시간에 돌아오자 약간 뜻밖이었는지, 그녀는 울적하게 붓을 내려놓았다. 그녀의 안색을 본 원숭은 마음이 무거웠다. 향기를 먹인 하얀 서한지에는 앳되지만 우아한 그녀의 글씨가 쓰여 있었다.

난 떠나요. 날 찾지 말아요.

"어딜 가려는 거요? 또 무슨 허튼 생각을 하고 있소?"

원숭은 다소 화가 났다. 요즘 들어 두 사람은 말다툼하는 일이 잦았고 그의 성질도 점점 조급해졌다.

대기는 안색이 몹시 창백했지만 표정은 이상하리만큼 평온했다. 그녀는 천천히 고개를 저으며 말했다.

"떠날 때가 됐어요. 더는 나 자신을 속일 수 없어요."

원숭은 심장이 덜컥 내려앉았다. 날카로운 것이 천천히, 깊숙이 찔러 들어오는 것 같았다. 그는 하는 수 없이 대기를 달랬다.

"그날, 함께 천하를 주유하자던 약속, 아직 기억하오? 난 시종일관 잊지 않았소. 남아주시오. 도저히 안 되겠다면 우리 함께 강호를 유람할 수도 있소."

대기는 가만히 그를 바라보다가 단호하게 고개를 저었다.

"거짓말. 당신은 나 때문에 떠날 리 없어요. 그렇죠?"

페르시아 여인의 말투는 중원 여자들처럼 완곡하고 부드럽지 않았지만, 정곡을 찔렀다.

원숭은 입을 다물었다. 그녀의 두 눈에는 적잖이 핏발이 서 있어서, 여러 날 밤 푹 자지 못한 게 분명했다. 하지만 원숭은 그 눈이 맑고 깨끗한 호수처럼 자신의 가식과 나약함을 환히 비추는 것만 같왔다.

그는 육충이 자신을 나무라며 했던 말을 떠올렸다. 언제나 빈틈 없고 세상만사 무관심한 모습이지만 사실은 두꺼운 가면을 쓰고 있다던. 그 두꺼운 가면이 그를 진짜 사람 같지 않을 만큼 차분하게 만들고, 그가 가진 모든 감정마저 묻어버린 것 같았다.

귓가에는 그칠 줄 모르는 아버지의 기침 소리와 느리고 쉰 목소리가 다시 울렸다.

"호희를 아내로 맞겠다고? 지금 네 어깨에 진 짐이 얼마나 무거운지 아느냐? 당금 조정은 사람이 필요하다. 정국이 안정되지 않아 일촉즉발의 상황이고, 성인께서 너를 얼마나 의지하시는지, 얼마나 많은 눈이 너를 보고 있는지, 콜록콜록…… 한데 너는 앞으로 나아갈 생각은 않고 온종일 그 호희에게만 마음을 쓰고 있으니. 선비는 도량이 넓고 굳세야 하는 법. 네 포부는 어디로 갔느냐? 네 굳셈은 어디로 갔느냐? 네 충심은 또 어디로 갔느냐?"

그때 자신이 속으로 외쳐댄 말을 원숭은 기억하고 있었다.

"저는 선비가 아니고, 대장부처럼 굳세고 충성스럽게 살고 싶지도 않습니다. 저는 도가 사람입니다. 오로지 하늘과 땅에 부끄럽지 않고 자유롭게 살기를 바랄 뿐입니다."

하지만 그 말은 결국, 심장을 두드리는 아버지의 기침 소리에 묻혀버렸다. 그랬다. 그 자신도 어쩔 수 없었다. 더군다나 끝내 그 한 걸음을 내딛지도 못할 것이다. 두 입술이 달싹였지만 아무 말도 나오지 않았다.

그때 그는 문득 깨달았다. 무슨 말을 한들 빛이 바래고 무력하다는 것을. 어떤 고백도 자신의 무력함, 심지어 나약함을 되비칠 뿐이라는 것을.

"내 말이 맞았어. 그렇죠?"

그녀가 그를 바라봤다. 맑고 깨끗한 호수 물은 겉으로는 평온해 보이지만, 그 아래에서는 격한 파도가 출렁였다. 하지만 그 모든 파도는 겉으로 드러난 평온함에 덮여 가려졌다. 그 표정이 두려울 정도로 단호했다.

"당신은 조정 일을 잘 모르오. 성인과 태평공주는 이미 서로 죽고 죽이는 싸움에 이르렀으니 내 혼사로 인해 화해할 일은 없소. 그러니 나와 무묘묘가 혼인하지는 않을 거요."

다소 무기력한 말이었다. 사실상 태상황이 혼인을 명하면 그와 현주 무묘묘는 반드시 혼례를 올려야 했다. 게다가 그 혼사는 결단코 천자와 태평공주의 싸움에 아무런 변화도 주지 못할 것이다. 물론 결국 태평공주가 패하면 무묘묘는 끔찍한 처지가 될 터였다.

"내일 태평공주부에서 황실 가족 연회가 있고, 다음 날 태상황께서 몸소 가족 연회를 베푸신다죠. 그때 태상황께서 혼인을 명하겠죠. 그럼 당신은 그 고양이를 맞이해야 해요."

대기가 콧방귀를 뀌었다.

"고양이?"

"이름이 무묘묘라면서요?"

여인의 맑고 고운 얼굴에는 멸시가 가득했다.

원승은 저도 모르게 쓴웃음이 났다.

"알았소. 만약 태상황께서 혼인을 명하시면 내가 사양하겠소."

그는 활짝 핀 옥란화 두 송이를 그녀에게 내밀었다.

"내일은 확실히 공주부에서 연회가 있소. 청영도 압박이 몹시 클 거요. 우리가 홍도방 공주부 뒷문 쪽에 있는 꽃집을 손에 넣었으니, 오늘 밤부터 당신이 그곳에 가서 지켜주시오."

대기는 신선한 꽃을 받아 고개를 숙이고 향기를 들이마셨다. 마침내 그녀의 얼굴에도 웃음이 피어났지만, 그 웃음은 금방 얼어붙었다. 그녀는 고개를 들고 한 자 한 자 강조하듯 말했다.

"당신이 고사할 리 없어요. 당신 아버지가 허락하지 않을 테니."

그녀의 얼굴에 걸린 웃음은 손에 든 황금빛, 백옥빛 꽃과 어우러져 별안간 한층 더 처량해졌다.

원승은 심장을 때리는 둔중한 통증이 다시 깊어지는 것을 느끼며 이렇게 말했다.

"퇴마사를 떠나지 말아주시오. 그 작은 꽃집에서 날 기다려줄 수 없겠소, 응?"

애원에 가까운 말이었다. 대기는 멍해졌다가 갑자기 길게 한숨을 내쉬며 옥란화 두 송이를 살며시 흔들었다. 꽃 두 송이가 바르르 떨리며 극히 미묘한 음률을 자아내더니 곧 어지러이 잎을 흩뿌렸다. 하얀 꽃잎은 표표히 떨어지는 눈부신 백설 같으면서도 한편으로는 오르락내리락 나는 하얀 비둘기 떼 같기도 했고, 노란 꽃잎은 경쾌하게 날아오르는 황금빛 나비 같았다.

원승은 어리둥절했다. 책상이 사라졌다. 벽도 사라졌다. 심지어 퇴마사도 사라졌다. 그의 세상에는 오직 춤을 추며 주위를 맴도는, 타오르는 눈송이 같은, 금싸라기 같은 꽃잎만 있을 뿐이었다. 아름답고 처량한 꽃비 속에서 그는 깊은 정을 담뿍 담은 그녀의 눈동자가 자신을 응시하는 것을 봤다. 그녀의 아리따운 몸매가 그를 향해 활짝 피어났다. 그녀의 포옹은 불길처럼 뜨겁고 그녀의 깊은 입맞

춤은 시처럼 달콤했다.

"원 대장, 왜 그러세요?"

얼마나 됐을까, 고검풍이 방으로 달려와 그를 불러 깨웠다. 원승의 몸이 흔들리자, 하늘을 뒤덮은 꽃비가 흔적도 없이 사라졌다. 대기 역시 학처럼 자취를 감췄다. 꿈에서도 생각지 못한 일이었다. 마지막 순간, 고집쟁이 그녀가 자신에게 아낌없이 원신 공격을 퍼붓다니. 물론 그 원신 공격은 더없이 부드러웠고 심지어 달콤하기까지 했다. 노랫가락처럼 향기롭고 따스한 꽃비 속에서 그는 두 사람이 함께한 아름다운 장면을 수없이 봤다.

원승은 책상 앞에 놓인 서역식 의자에 힘없이 앉으면서 슬픈 사실을 뼈저리게 느꼈다. 이번에는 정말 그녀가 떠났다. 그 아름답던 나날이 앞으로 또 있을까?

"무슨 일이냐?"

원승은 다소 멍한 얼굴로 소십구에게 물었다.

"열일곱째 사형, 아세요?" 고검풍의 얼굴에는 놀람과 기쁨이 가득했다. "대사형이 그러셨는데 존사께서 현신하셨대요."

"뭐라고?"

"벌써 연속 사흘째예요. 영허문에서 능염자 대사형을 포함해 많은 사람이 꿈에서 존사님을 만났대요. 바로 그저께 밤에는 대사형과 일곱째 사형이 동시에 진원정 앞에서 존사님의 존안을 목격했대요. 존사께선 생전 모습 그대로 우물 앞에 단정히 앉아 옥피리를 불고 계셨는데, 몸에서 금빛이 번쩍번쩍했대요. 두 사람이 놀라고 기뻐하며 달려가 예를 올리려는데 갑자기 눈앞이 황홀해지며 존사님 모습이 사라졌대요. 하지만 정원에서 코를 찌르는 기묘한 향이 나고 한참 동안 사라지지 않았대요."

"존사께서 현신을…… 대사형과 일곱째 사형이 모두 보셨다고?"

원승은 눈썹을 살짝 찌푸렸다.

"물론이죠. 제가 상세히 여쭸는데 두 분이 함께 봤으니 절대 환각이 아니에요. 그 기묘한 향도 여러 사람이 맡았어요."

고검풍은 자못 흥분했는지 신이 나서 말했다.

"대사형 말씀으로는, 어젯밤엔 대사형과 여섯째 사형이 동시에 꿈을 꿨고 두 분 다 꿈에서 존사님을 뵈었대요. 존사께서는 부활하려 하신다 했어요. 그것도 육신을 가지고 부활하신다고요. 이제 영허문은 크게 흥성할 거예요."

"존사께서 부활하신다고? 그것도 육신을 갖고?"

원승은 의심이 뭉게뭉게 솟았지만 무슨 말을 해야 좋을지 몰랐다. 흥분으로 가득한 소십구의 앳된 얼굴 앞에서는 그저 한숨 섞인 소리로 천천히 이렇게 말할 수밖에 없었다.

"소십구, 죽은 사람은 다시 살아날 수 없다. 솔직히 말하면 무척 수상쩍은 일이구나. 큰일이 마무리되면 내가 직접 가서 대사형과 상세히 이야기해보마."

사형에게 이런 말을 듣자 고검풍은 다소 망연자실해서 낙담한 얼굴로 고개를 끄덕였다.

3장
......
공주부의 성대한 연회

　태평공주는 국도 장안에 저택 세 곳을 뒀는데 각기 흥도방, 흥녕방, 예천방에 있었다. 그리고 장안 동남쪽 승평방 내 지세가 다소높은 낙유원에도 호화롭고 널찍한 개인 원림을 갖고 있었다. 이번가족 연회는 태평공주가 주로 거주하는 흥도방 저택에서 열렸다.황성에서 주작대로만 건너면 있는 곳이었다.

　가족 연회는 정오에 시작되는데, 그때는 고모와 조카 두 사람 다마음껏 마시고 즐길 수 있었다. 천자가 술에 취해도 걱정 없었다.주흥이 다하면 공주부에서 한숨 자다가 경고가 울리기 전에 사람들을 이끌고 회궁하면 됐다.

　오늘 조회는 일찍 끝났다. 이융기는 고모에게 존중을 표하고자정오보다 반 시진이나 일찍 움직여 공주부에 행차했다. 사람들이깜짝 놀란 것은 천자가 고작 천우위(千牛衛, 당나라 때 황제의 근신 호위병) 이백 명만 딸려 왔다는 사실이었다.

　밤낮 천자를 지키고 따르는 천우위는 모두 훤칠하고 준수한 장안의 고관 자제들로, 색실로 수놓은 옷을 멋들어지게 차려입었다.하지만 비록 번쩍번쩍 빛나는 갑옷과 투구를 걸친 천우위 기사들이 늠름하긴 해도, 의장대가 짧아도 너무 짧아서 주작대가 양쪽에서 천자의 근위병을 구경하는 장안 백성들은 영 만족스럽지 못했다. 고모와 조카의 싸움 내막을 훤히 아는 신료들만이 역시 젊은 천자는 기백이 대단하다며 속으로 감탄했다.

사실 왕거가 몸소 마련한 황제 호위 대책은 전혀 소홀한 데가 없었다. 근위병을 이끄는 장수는 담력 크고 세심한 천우위 장군 진현례였고, 만기(萬騎, 당나라 금군 중 하나)의 수뇌 좌용무장군 왕모중과 또 다른 천우위 장군 이이덕이 더 많은 병사를 이끌고 흥도방 사방을 감시하고 있었다. 천자를 '밀착방어'하는 중책은 당연히 퇴마사에 돌아갔다. 원승은 황제 뒤를 바짝 따랐고, 육충은 고검풍, 오육랑, 정예 암탐 몇 명을 데리고 천자의 의장 주변에 흩어져 살폈다.

비록 황제가 참석했으나, 어쨌든 명목이 황실 가족 연회다보니 초청받은 신하는 많지 않았다. 운 좋게 초청받은 신하들은 모두 매우 중요한 신분이었다. 태평공주 쪽은 문무의 적통인 다섯 중신이 참석했고, 이융기 쪽은 왕거 및 늙은 재상 위지고 같은 중신 몇 명이 참석했다.

대당나라 조정의 전통에 따르면, 비공식적으로 너 죽고 나 죽자 싸우던 사이건 조정에서 얼굴을 붉히며 다투던 사이건, 연회에서 술을 주거니 받거니 하는 데에는 아무 장애도 되지 않았다. 물론 술을 주고받을 때 서로 비웃고 비아냥대는 것은 어쩔 수 없었지만. 하지만 두 차례에 걸친 이번 황실 가족 연회는 태상황이 친히 제안했으며, 그 목적이 천자와 태평공주를 화해시키는 것임은 모두가 알고 있었다. 그래서 누구도 감히 지나치게 굴지 못했다. 눈이 머리 꼭대기에 붙은 소지충이든, 따를 자가 없는 말솜씨를 지닌 왕거든 부득불 예봉을 숨겨야 했다.

더군다나 아무래도 가족 연회이니 조정 중신들 외에 황제와 태평공주의 가족도 있었다. 이융기의 큰형, 지난날 상왕 세자였던 이성기는 송왕이 되어 둘째 아우인 신왕 이성의 및 다른 두 동생 기왕 이융범과 설왕 이융업을 데리고 와서 태평공주 쪽의 설숭간을 비롯한 사촌 형제 세 사람과 이야기꽃을 피웠다.

잠시 후 연회가 시작되고 화려한 가무가 펼쳐졌다. 손님과 주인, 고모와 조카, 군주와 신하, 형제, 그리고 신료 모두 너나 할 것 없이 즐겁고 친근하게 행동했다.

특히 상석 탁자 앞에 높이 앉은 이융기와 태평공주는 정답게 일상 이야기를 주고받았다. 태평공주는 시종일관 황제 칭찬을 늘어놓았다. 고의인지 아닌지 목청을 드높인 덕분에 가까운 자리에 있는 손님 모두 들을 수 있었다.

"지금은 말할 것도 없고 지난날 측천성후 때만 해도 그랬소. 한번은 조당에 제사가 있었는데, 그때 우리 천자께서는 고작 일곱 살 나이에도 씩씩하게 말수레를 끌고 오다가 금오 대장군 무의종과 딱 마주치지 않았겠소? 무의종이란 자는 모후의 친조카라는 것밖에 내세울 것이 없었소. 의장이 가지런하고 위엄 넘치는 삼랑을 보자 그자는 샘이 나서 아무 이유 없이 호위병을 꾸짖었소. 그때 모후께서는 무 씨 집안을 총애하시어 우리 같은 이 씨들은 무슨 일에서 건 울분을 삼켜야 했지. 그런데 우리 어린 천자께서는 당하고만 계시지 않고, 마차에서 무의종을 삿대질하며 큰 소리로 호통치셨다오. '여기는 우리 이 씨의 조당인데 네가 무슨 상관이냐? 네가 무엇이라고 감히 내 시종을 핍박하느냐!' 겨우 일곱 살 먹은 어린아이였소. 한데 그런 아이가 허리에 손을 척 올리고 호기롭게 호통을 쳐서, 당당하신 금오 대장군이 찍소리 못하고 물러가게 만들었다오."

태평공주는 목청 좋고 감정도 풍부하게 말한 뒤, 허리에 손을 얹고 일곱 살 아이가 호통치는 모습을 흉내 내고는 손뼉 치며 웃었다.

"어디 말해보시오. 이러니 우리 천자께서 어릴 적부터 강산을 삼킬 기세를 품으셨다 할 수 있지 않겠소? 그 일이 있고 나서 내가 모후께 말씀드렸더니, 측천성후께서는 도리어 몹시 기뻐하며 '그 아이가 참으로 기백이 있구나. 우리 집안의 태평천자로다' 하며 칭찬을 아끼지 않으셨소."

이융기가 일곱 살 때 무측천의 조정에서 안하무인이던 금오 대장군 무의종을 호통친 이야기는 항간에 떠돈 지 오래였다. 하지만 그이야기가 진짜 당사자인 태평공주 입에서 나오자 효과가 남달랐다.

"모두 전 조정에서 있었던 옛일입니다. 그때 우리 이 씨 종친들은 상황이 무척 어려웠는데, 고모께서 성후 앞에서 전력을 다해 보호해주신 덕을 많이 봤습니다."

이융기는 그렇게 말하며 감격에 젖은 표정을 지었다.

"당시 고모께서 베풀어주신 관심과 큰 은혜, 우리 형제는 영원히 기억할 겁니다."

기실 그의 말은 모두 사실이었다. 무측천이 대권을 쥐었을 때 이씨 황자들의 목숨은 바람 앞의 등불이었다. 작금의 태상황 이단이나 선제인 중종 이현 모두 무측천의 압박으로 목숨이 위태위태했다. 반면 태평공주는 여자였기 때문에 모후의 사랑을 독차지했고, 종종 오라버니들을 위해 통사정해서 몇 차례 위기에서 구해줬다. 황제가 이렇게 말하자, 송왕 이성기가 재빨리 세 아우를 이끌고 일어나 이융기와 함께 고모에게 술을 올렸다.

태평공주는 흔쾌히 잔을 비우고 비로소 이융기를 바라보며 자애롭게 웃었다.

"이 고모가 어디 지금은 관심을 안 보인답니까? 폐하께서 종일 국사로 노고가 많으시니, 오늘 이 고모가 마음을 다독여드려야겠군요. 자, 보세요. 평강방에서 '춤 하면 강매아, 노래 하면 의홍'이라 불리는 이들 중 강매아입니다. 저 아이는 얼굴도 고운데 재주까지 많아서 경홍무라는 춤을 만들었지요. 그 춤사위가 얼마나 어여쁘고 부드러운지 마치 기러기가 파도를 타고 봉황이 나는 듯하답니다."

곧이어 그녀가 가볍게 손뼉 치자 춤곡이 싹 바뀌고 주렴이 갈라지면서 늘씬하고 아름다운 묘령의 호희 열두 명이 사뿐사뿐 걸어나왔다. 대청 정중앙에 이른 호희들이 쫙 갈라지자 그들 가운데로 분홍빛 사의를 입은 절세가인이 나타났다. 가인의 머리카락은 폭포수 같고 눈빛은 촉촉한 물 같아서 곁눈질할 때면 장내에 있는 모두가 넋이 쏙 빠졌다. 그녀가 바로 '매홍쌍매' 가운데 강매아였다.

이융기 뒤에 선 육충은 갑자기 심장이 극심하게 아팠다. 매홍쌍매의 다른 한 명 의홍이 떠올라서였다. 이제 와서 생각해보면 의홍은 청영이 그를 위해 준비한 짝이었다. 청영, 이 바보 같은 청영. 당신이 정말 모든 것을 완벽하게 준비했다고 생각하는 거야?

북소리가 급박해지자 미녀 강매아가 곡에 맞춰 춤추기 시작했다. 바로 자신이 만든 경홍무였다. 놀란 기러기가 이리저리 날아오르는 모습을 모방한 춤인데, 그녀의 움직임은 마치 바람에 날리는 눈발처럼 경쾌했고, 빠른 춤사위 속에서 매혹적인 몸의 굴곡과 유연한 허리, 길고 가는 다리가 언뜻언뜻 보이며 매력을 발산했다. 그야말로 '우아하기는 푸르른 난꽃 같고, 부드럽기는 헤엄치는 용 같다'

는 말(당나라 때 이군옥의 시 〈장사에서 아흐레 동루에 올라 춤을 보다〉에 나오는 구절로, 우아하고 자유로운 춤을 칭찬하는 말) 그대로였다. 그녀를 에워싸고 하늘하늘 춤추는 호희 열두 명이 어우러지자, 춤은 화려하고도 눈에 확 띄는 아름다움을 뽐냈다.

대청에 있는 신료며 귀족 자제들의 시선이 모조리 강매아에게 이끌렸고, 작열하는 눈빛 하나하나가 밝고 아리따운 그림자를 바짝 쫓았다. 대청 안에서는 갈채가 끊일 줄 몰랐다. 이융기만이 담담한 웃음을 머금은 채 춤추는 미녀를 몇 번 바라보면서도, 고모가 이미 청영을 골라놓았다더니 왜 강매아로 바꿨을까 하는 생각에 잠겼다.

태평공주는 젊은 천자의 정신이 딴 데 팔렸다는 것을 금세 알아차렸다. 확실히 그런 모양이었다. 예전만 해도 미녀들 틈에 파묻혀 지내던 방탕한 왕이었으니 제아무리 절색을 데려온들 쉽게 그 마음을 움직일 수 없으리라. 다행히 아직 남은 한 수가 있었다.

잠시 후 북소리가 점점 그치면서 강매아가 고난도 회전을 멈추자 장내에 요란하게 박수가 터졌다. 호희들은 꽃 사이를 가르는 나비처럼 물러났다. 재빨리 정중앙에 앉은 천자를 흘낏 본 강매아는 그가 자신에게 딱히 관심이 없는 것을 알아차렸다. 수긍하긴 싫었지만 그래도 그녀는 시원하게 물러났다.

"앞서 보여드린 경홍무는 입맛을 돋우는 전채요리에 불과합니다. 진짜 요리는 이쪽이지요."

태평공주가 웃으며 손을 내저었다.

과연 악곡이 더욱 고조되면서 궁장을 입은 묘령의 여자들이 두 줄로 쪼르르 들어왔다. 미녀들은 대청 가운데에서 갑자기 옆으로 갈라서며 가운데 선 절륜한 미모의 여인을 보여줬다. 곱디고운 얼굴을 한 그녀는 웃는 것 같기도 하고 토라진 것 같기도 한 눈빛을 하고 있었다. 가장 특이한 점은 은빛으로 반짝이는 단검을 들고 있다는 것이었다. 물 위를 걷듯 사뿐사뿐 대청 가운데로 나온 그녀는 먼저 이융기와 태평공주에게 정성 들여 예를 올렸다.

"아, 아니 저건…… 옥환아?"

이융기는 아리따운 청영을 뚫어지게 보며 혼잣말처럼 외쳤다. 비록 이 모든 것이 심복이 준비한 계략이고 그 역시 미리 상세한 보고를 들었지만, 옥환아와 흡사한 청영을 보는 순간 정신이 황홀해지는 것은 막을 수 없었다. 진짜 옥환아는 아니지만 진짜 같았다. 그의 마음속 깊은 곳에 자리한, 그 어느 곳보다 연약해서 함부로 건드릴 수 없는 그림자.

태평공주는 홀린 듯한 이융기를 보며 입가에 의미심장한 미소를 떠올렸다. 곡이 갑자기 빨라졌다. 청영은 어느새 쌍검을 양손에 나눠 쥐고 옷자락을 나풀나풀 흩날리며 검무를 추기 시작했다. 그녀의 춤사위는 때로는 씩씩하고 때로는 나긋나긋했으며, 검의 기세 또한 강함과 부드러움을 겸비하고 있었다.

악곡이 점점 급박해지면서 청영의 검무도 갈수록 빨라졌다. 나중에는 겹겹이 은빛 광채가 그녀의 몸을 완전히 휘감은 것만 보일 정도였다. 빠른 춤을 따라 특별히 제작한 물처럼 늘어지는 치마도 만개한 홍련처럼 활짝 펼쳐져, 가만 보면 흰 무지개 수 가닥이 어여쁜 붉은 노을 주위를 빙빙 맴도는 것 같았다.

장내에 있던 황실 종친과 조정 중신은 모두 보고 들은 것이 많은 사람들인데도 박수갈채를 금치 못했다.

"이 고모가 폐하를 대신해 분명하게 알아봤지요. 저 아이는 류청청이라고 하는데 어려서부터 교방에 들어가 기예를 배웠고 아직 순결한 몸입니다. 폐하께서는 종일 정무에 시달리시니 긴장을 풀고 즐기는 것도 필요하답니다. 저 아이가 마음에 드시면 궁에 받아들여 가까이에서 시중들게 하시지요."

이융기는 그제야 거짓과 진실이 뒤섞인 황홀함에서 화들짝 깨어나 과분한 대우에 놀란 듯이 사양했다. 하지만 오늘 이 황실 가족 연회의 목적은 바로 고모와 조카를 화해시키는 것이고, 고모인 공주가 미녀를 바치며 먼저 손을 내민 지금 당연히 이융기도 고집스레 거절할 수는 없었다. 상징적인 의미로 두어 번 사양한 그는 곧 기꺼운 얼굴로 고모의 호의를 받아들였다.

검무의 악곡이 차차 사그라지면서 청영도 가볍게 움직임을 멈췄다. 반짝이는 그녀의 추수 같은 눈길이 이융기를 훑고 태평공주와 원숭 같은 중신들을 훑은 뒤 이융기 뒤에 선 외로운 그림자 위에 멈췄다.

그 그림자는 육충이었다. 오늘 그는 어쩔 수 없이 와야 했고, 그녀의 검무도 어쩔 수 없이 봐야 했다. 심사가 울적했지만 탁자에 놓인 술은 한 방울도 마실 수 없었다. 그 역시 멍청하게 그녀를 응시했다. 놀란 기러기 같은 그녀의 시선과 마주하자 육충은 갑자기 온몸이 전율하는 것 같아서 소리를 지를 것처럼 입술을 열었다. 그의 추태를 깨달은 청영은 애써 시선을 돌리고는 정성껏 예를 올린 뒤 사뿐사뿐 물러났다.

이어서 동서 교방에 속한 묘령의 가기들과 서시에서 선발해온 여러 곡예단 고수들이 잇달아 등장했다. 하지만 주연의 흥이 절정에 올랐다가 떨어진 뒤의 여흥일 뿐이었다. 이융기는 무심하게 술을 마시다가 이따금 청영이 물러간 방향을 보며 생각에 잠겼다. 태평공주는 이를 뻔히 보고서도 모르는 척 술을 권했다.

마침내 이융기가 얼근하게 취하자, 태평공주는 비로소 나지막이 말을 꺼냈다.

"폐하, 술기운이 오르신 것 같군요. 숭간이 안내할 테니 안채로 가셔서 잠시 쉬시지요. 청청이 기다리고 있답니다."

이렇게 고모와 조카가 서로 의미심장한 웃음을 주고받은 뒤, 이융기는 비틀거리며 일어났다. 뒤에 있던 원숭과 육충이 같이 그를 부축했다. 태평공주의 둘째 공자 설숭간이 성큼성큼 다가와 그를 부축하더니, 빙긋 웃으며 사촌 형인 황제를 안채로 이끌었다.

장내에는 여전히 가무와 악곡이 흥겹게 이어지고 있었다. 천자인 이융기는 측간에만 가더라도 뒤따르는 사람이 한 무리였다. 다행히 태평공주가 교묘하게 그들 모두를 가로막았다.

이융기는 설숭간이 자신을 붙잡는 것을 보자 고모는 정말 세심하기 짝이 없다며 속으로 감탄했다. 태평공주부 전체에서 그가 신임하는 유일한 사람이 바로 이 착실한 사촌 아우였다. 이융기도 설숭간이 몇 번이나 어머니를 설득하려다 꾸지람 들은 일을 똑똑히 알고 있었다.

"어머니는 폐하를 목단각으로 모시라 했습니다. 류청청이 그곳에서 어가를 기다리고 있지요."

설숭간은 이융기를 붙잡고 소리를 낮춰 물었다.

"폐하께서는 주량이 크신데 많이 마시지는 않으셨지요?"

"괜찮다!" 이융기는 사촌 아우의 손을 두드렸다. "목단각 쪽은 문제없겠지?"

"신이 살펴봤는데 다 정상입니다."

두 사람은 서로 마주 봤다. 설숭간의 눈빛은 굳세고 고집스러웠다. 그 눈빛이 이융기를 안심시켰다. 이야기를 나누면서 설숭간이 한쪽을 가리켰다. 정교하게 지어 올린 건물 하나가 저 앞에 보였다.

태평공주는 뭘 하든 호화스러워서 공주부 전체가 무척 화려하고 넓으며, 각종 건물도 각기 독특한 매력이 있었다. 예를 들면, 접객용 운소각은 휘황찬란한 금빛이고, 회의용 여의당은 널찍하고 엄숙하면서도 여러 곳에 난각을 두어 회의의 은밀함을 보장했다. 그리고 이 목단각은 연못에 반쯤 접해 있고 정교하고 독특해서, 물결 위에 비친 미인의 그림자같이 고운 분위기를 아낌없이 드러냈다.

원숭이 진작 사람들을 데리고 와서 목단각 주변 지형을 샅샅이 살폈는데, 저 멀리 공손하게 꿇어앉아 귀빈을 맞이하는 시녀 몇 명을 빼면 안에 딴 사람은 없었다.

육충이 유성처럼 쌩하니 맨 마지막 침실로 들어갔다. 침실에 그윽한 향기가 가득했다. 그때 청영은 이미 노란색 사의 궁장으로 갈아입고 거울 앞에 조용히 앉아 있었다. 육충은 심장 밑바닥에서 출렁이는 파도를 억지로 누르며 낮은 소리로 말했다.

"황실 연회가 모두 끝나면 나랑 가자!"

청영은 가만히 그를 보며 고개를 끄덕이다가 다시 저으며 나지막이 탄식했다.

"가장 힘든 이 시기를 견뎌내면 당신에게 모든 걸 말해줄게!"

그의 심장이 또다시 격렬하게 죄어들었다. 그래, 그랬구나. 그녀 마음속에는 지금도 말할 수 없는 이야기가 많구나. 힘든 시기를 견

더낸다는 말은 당연히 거의 성공 가능성이 없는 임무를 완수한다는 의미였다. 태평공주를 쓰러뜨리는 임무. 그렇다면 그녀가 말해주겠다는 비밀은 무엇일까? 저 부드럽고 아름다운 몸 혼자 얼마나 큰 압력에 버텨낼 수 있을까?

육충의 눈앞에 두 사람이 동고동락하던 광경이 하나둘 스쳐갔다. 괴뢰고 사건 때 그녀가 자신을 구하려고 전력을 다해 달려오던 장면도 떠올랐다. 깊고도 깊던 그날 밤 달빛 아래 휘날리던 그녀의 기다란 머리카락. 그 천 가닥 만 가닥 머리카락이 천 자루 만 자루 날카로운 검이 되어 그의 심장 깊숙이 박혀들었다.

육충은 다시금 무력한 기분을 느끼며, 묵묵히 돌아서서 방을 나올 수밖에 없었다. 마음이 공허했다. 그는 말없이 연못가로 걸어가 조용히 앉아서 머리를 숙였다. 그리고 수면에 비친, 똑같이 구레나룻을 잔뜩 기른 채 울적한 얼굴을 한 자신을 넋 놓고 바라봤다.

원승은 이융기 뒤를 바짝 따라 희미한 향기가 나는 침실 밖까지 갔다가 갑자기 어색해졌다. 상식대로라면 퇴마사는 천자에게서 한 걸음도 떨어지지 말아야 하지만, 지금 이융기는 태평공주가 바친 미녀에게 '승은'을 입힐 예정이니 당연히 침실 안까지 들어갈 수는 없었다. 그래서 그는 이융기에게 웃음을 지어 보인 뒤 침실 바깥에서 걸음을 멈췄다. 다행스럽게도 방금 명확히 조사를 끝냈고, 방 안에 있는 사람은 퇴마사의 일원인 청영이 분명했다.

이융기는 마지막으로 설숭간을 향해 젊은 귀족 자제들 사이에서 말하지 않아도 잘 통하는 웃음을 던지고는 기분 좋게 침실로 들어갔다. 당연히 설숭간은 들어가지 않고 입구까지만 공손히 안내했다. 그리고 원승에게 미소를 지은 뒤 뒷짐 지고 혼자 연못가로 느릿느릿 걸어갔다.

"소녀 류청청, 폐하께 인사 올립니다."

방에서 나오는 청영의 떨리는 목소리가 공교롭게도 안팎에 있던 모두에게 들렸다. 그녀의 격앙된 어투마저 바깥에 있는 사람들이 알아챌 수 있을 정도였다.

"일어나라!"

다소 경박한 목소리로 말한 이융기는 아무렇지 않게 문을 닫았다. 문이 닫히는 순간, 청영은 다소 민망했지만 곧 마음을 가라앉히고 나지막이 보고했다.

"이곳은 몹시 조용합니다. 신이 자세히 살폈는데 매복한 이는 없고 엿듣는 이도 없습니다. 부디 심려하지 마십시오."

"수고했네!"

청영을 보는 이융기의 눈빛은 약간 복잡했다. 옛 부하지만 아무래도 지난날 그가 마음에 품었던 모습으로 변장하고 있어서였다. 살짝 정신을 가다듬은 뒤 그는 다시 쓴웃음을 지었다.

"오늘 밤은 자네가 마음에 쏙 든 척해야 하네. 하지만…… 이 누각에서 나간 뒤에는 여색에 빠질 수 없는 젊고 영명한 군주인 척하며, 그 핑계로 자네를 당장 데려가지 않을 걸세. 그렇게 하면 자네가 계속 이곳에 잠복할 수 있네."

"신, 잘 알겠습니다!" 청영은 잠시 망설이다가 생각에 잠긴 투로 말했다. "다만 조금 의심이 듭니다. 태평이 이처럼 심혈을 기울이는 것은 대체 무슨 목적 때문일까요? 심지어 이번 가족 연회에는 마치 온 힘을 다해 호의를 보이려는 것뿐인 듯한데, 혹시…… 뭔가 숨기려는 것일까요?"

이융기는 두 눈썹을 잔뜩 찡그렸다. 누각 바깥에서 사죽 소리와 노랫소리, 웃음소리가 어렴풋이 들렸지만, 이융기는 침묵에 빠져들었다. 지금은 흡사 양군이 대치하는데 한쪽이 깃발을 높이고 북을 치며 허장성세를 부리는 상황이었다. 그렇다면 다른 속셈이 있는 것이 분명했다.

"〈청심곡〉은 누가 불었는지 알아냈는가?"

이융기는 다시 그 문제를 떠올렸다. 청영은 고개를 저었다.

"딱 한 번 그 곡을 들었고 그 뒤로는 듣지 못했습니다."

"〈청심곡〉이 확실했나?"

"네, 확실합니다."

청영은 그 곡 때문에 육충과 말다툼을 한 적이 있어서 당연히 머릿속 깊이 기억하고 있었다.

공교롭게도 이융기는 당장 떠날 수 없었다. 이곳에서 헤어나오지 못하는 척하려면 아무래도 시간을 조금 끌어야 했다. 두 사람은 그 틈을 타 열심히 생각해봤지만 여전히 결론은 없었다. 젊은 천자는 완벽하게 침묵에 잠긴 채 창 앞에 서서 두툼한 창호지 틈으로 바깥을 내다봤다.

청영도 한껏 우울한 그의 얼굴을 보면서 역시 아무 말 하지 않았다. 확실히 민망한 순간이었다. 앞서 태평공주와의 암투에 관해 각종 방책을 궁리할 때는 차분하게 이야기를 나눴지만, 침묵이 내려 앉은 지금은 다소 어색해졌다.

그때 원승은 방 바깥을 배회하는 중이었다. 그의 시선은 시종일관 경계를 늦추지 않고 사방을 훑었다. 이유는 몰라도, 자꾸만 이곳

목단각이 어딘지 이상하게 느껴졌다. 특히 누각 문 바깥에 자리한 정교한 회랑 부근에는 늘 보일락 말락 하는 기괴한 기운이 감돌았다. 다만 바쁜 와중에 조사해 알아내기가 어려워서, 고검풍과 오육랑에게 각기 회랑 양쪽을 엄히 지키며 하인 등 잡인의 출입을 막으라는 밀명을 내리는 것이 고작이었다.

'대기가 있었으면 좋았을 텐데. 그녀는 세심하고 영력도 훨씬 뛰어나니 틀림없이 즉각 문제점을 밝혀냈겠지.'

그는 쓸쓸히 생각하며 저도 모르게 멀리 연못가에 조용히 앉은 육충과 엄숙히 선 설승간을 바라봤다. 설승간은 무척 단순한 인물이라 절대로 어머니의 깊은 속마음을 꿰뚫어볼 수 없었다. 그러니 설령 그가 이 목단각에 아무 문제가 없다고 했더라도 정말로 무사하지 않을 수도 있었다. 육충은 누가 봐도 다소 혼이 빠진 모습이어서 오늘은 그에게 크게 기대할 수 없을 것 같았다.

바로 그때 공주부 집사 한 명이 총총히 원승에게 다가와 뻔뻔하게 웃으며 말했다.

"원 장군, 공주 전하께서 청하십니다. 사사로이 상의할 일이 있으시답니다."

원승은 절로 눈을 찡그렸다. 무묘묘 이야기가 소문났기 때문에 혼자서 태평공주를 만나는 것이 무척 두려웠다. 특히 지금은 천자가 홀로 방에 있으니 실제로도 자리를 비울 수 없었다.

"보십시오, 장군. 공주 전하께서 벌써 오셨습니다."

집사는 멀지 않은 곳의 높다란 정자를 가리켰다. 과연 태평공주가 나는 제비 형상을 한 정교한 팔각정 안에 단정히 앉아 원승에게 손을 흔들고 있었다. 그 정자는 목단각과 멀리서 마주 보는 형태이고, 천자가 있는 곳에서도 멀지 않았다. 원승은 속으로 태평공주는 정말 사람 마음을 훤히 안다며 탄식했다. 이제는 그도 가는 수밖에 없었다.

"원 장군, 폐하를 모시고 이 공주부에 손님으로 온 사람이 어째서 큰 적을 만난 것처럼 행동하는가?"

팔각정 안, 태평공주는 자신을 향해 엄숙하게 예를 올리는 원승을 보며 먼저 우스개를 건넨 다음 곧이어 좌우 심복들을 정자 밖으로 내보냈다.

"농이 과하십니다, 공주 전하. 공주부는 천하에서 가장 안전한 곳이지요. 소장은 다만 천자의 안위를 책임지고 있어 관례에 따라 직책을 다한 것뿐입니다."

원승의 대답은 비굴하지도, 거만하지도 않았다. 태평공주는 말이 없었다. 그저 가만히 그를 바라보기만 했는데 그 눈빛이 복잡했다. 바로 그 잠깐의 경직된 틈으로 길게 늘어지는 금 소리가 유유히 파고들었다. 원승은 그 곡이 바로 〈고산유수〉라는 것을 알았다. 다만, 자유분방함 속에 초조함이 담긴 금 소리로 미뤄볼 때 연주자가 금에 능숙하긴 하나 금 타는 사람다운 침착하고 온화한 기운은 부족하다는 것을 분명히 알 수 있었다.

저도 모르게 고개를 든 그는 정자 서쪽에 아름다운 가산이 있는 것을 봤다. 들쑥날쑥 쌓인 돌이며 푸릇푸릇한 산 앞에는 별도로 정교하고 작은 대나무 정자가 서 있는데, 그곳에 묘령의 소녀가 단정히 앉아 금을 타고 있었다. 소녀가 입은 옷은 화려하고 아름다웠다. 희미하게 보이는 얼굴은 보름달 같고 양 눈썹은 치켜 올라갔으며 고운 얼굴에서는 숨기기 힘든 도도한 기질이 드러났다.

"내 막내딸 묘묘라네." 태평공주는 가볍게 웃으며 말을 꺼냈다. "원 장군이 문무를 겸비하고 금기서화에 모두 정통하다는 말을 많이 들었는데, 묘묘도 금을 좋아해서 장군에게 한두 개 가르침을 받고 싶어 했지."

역시 소문대로 혼인 건은 정말 태평공주가 꺼낸 것이었다. 대당나라 제일가는 공주가 체면 떨어지는 것도 아랑곳하지 않고 그와 제 딸이 만날 기회를 마련해주고 있었다.

그는 생각을 정한 다음 천천히 말했다.

"공주 전하의 두터운 은혜에 감사드립니다. 현주의 금 솜씨가 비범하나 애석하게도 소장은 서화만 알 뿐 금이나 악곡에 관해서는 잘 모릅니다. 어찌 감히 현주를 가르칠 수 있겠습니까?"

태평공주는 눈빛이 확 차가워졌지만 태연하게 웃으며 말했다.

"장군은 한때 안락에게 미혹되었지. 하나 그 천박한 계집을 어찌 우리 묘묘와 비할 수 있겠나? 흥, 여우같은 고 얼굴만 빼면, 안락이 가졌던 모든 것을 묘묘도 가질 수 있네. 진정 조금이라도 가르침을 줄 생각이 없는가?"

원승의 심장이 와락 죄어들었다. 태평공주가 이렇게 직설적으로 나올 줄은, 그것도 마지막 순간에 속내를 드러낼 줄은 정말 예상하지 못했다. 안락이 가진 것은 묘묘도 가질 수 있다니. 안락은 대당나라 첫손꼽는 공주였고, 무묘묘는 고작 현주에 불과했다. 그 어머니가 여황제가 되지 않는 한!

금 소리는 아직 물 흐르듯 조용히 울리고 있었지만, 원승의 귀에는 좀 더 초조하게 들렸다. 그는 끝내 고개를 젓고 다시 깊이 읍한 뒤 말했다.

"소장은 음률을 모르는데 무슨 용기로 공자 앞에서 문자를 쓰겠습니까?"

멀리 목단각 안에서 갑자기 둔탁한 소리가 들렸다. 누군가 문을 힘껏 닫는 소리 같았다. 황제가 벌써 나온 것일까?

"돌아가서 폐하를 호위해야 합니다. 소장이 책임을 맡은 이상 소홀히 할 수 없으니 이만 물러가겠습니다."

정신이 약간 혼란했던 그는 태평공주의 대답을 기다리지 않고 돌아서서 팔각정을 나섰다. 발치에 물이 넘실대고 머리 위에는 푸른 그림자가 우거지고 귓가에는 아직도 그 조밀한 금 소리가 나부꼈다. 하지만 원승은 멈추지 않고 성큼성큼 회랑으로 향했다. 뒤에서 쌍칼 같은 눈동자가 자신의 뒷모습을 죽일 듯이 노려보고 있는 것이 느껴졌다. 태평공주의 눈동자였다.

"시간이 다 됐군. 짐은 돌아가야겠네." 난각 안에서 이융기가 한숨을 쉬며 말했다. "청영, 자네가 이 씨 당나라의 대업을 위해 위험을 감수해준 일은 기억해두겠네. 혼란이 안정되면 짐이 친히 육충과의 혼인을 명하지!"

"신, 고개 숙여 감사드립니다!" 청영은 곱게 절한 뒤 고개를 들고 불쑥 말했다. "폐하, 조금 더 자비를 베풀어 원승과 대기의 혼인도 명해주십시오."

이융기는 당황했고, 심장도 무겁게 가라앉았다. 태상황이 원승에게 혼인 어명을 내리려는 판국인데 무슨 수로 그 혼사를 취소할 수 있을까? 살짝 심장이 죄어왔다. 육충과 원승, 가까운 심복인 그들 둘은 그를 위해 생각지도 못한 짐을 너무 많이 짊어져야 했다. 청영에게든 대기에게든, 지극히 불공평한 일이었다. 하지만 지금 이 순간, 이름만 대당나라 천자인 이융기 자신은 그 모든 일을 돌이킬 힘이 전혀 없었다.

"새겨두겠네!" 그는 모호하게 미소 지으며 다시 그녀를 똑바로 쳐다봤다. "청영, 스스로 잘 지키게. 이곳은 아무래도 위험하니까!"

청영은 엄숙히 허리를 숙였다.

"알겠습니다."

"왕거가 사탕을 좀 준 모양인데, 만부득이한 상황이 아니면 절대로 쓰지 말게."

왕거가 그녀에게 준 것은 당연히 사탕이 아니라 입술에 닿기만 해도 죽음에 이르는 극독이 든 환약이었다. 그녀는 자신이 태평공주부에 잠입한 첩자임을 잘 알고 있었다. 만약 신분이 들통나면 무슨 일이 있어도 황제까지 끌어들일 수 없었다.

'안심하시지요, 폐하. 중요한 순간이 오면, 저는 뒤도 돌아보지 않고 떠날 테니까요.'

여인은 웃었다. 처음에는 마음속으로 소리 없이 쓴웃음을 짓다가 나중에는 갑자기 고개를 들고 깔깔 웃음을 터뜨렸다. 그녀의 웃음소리가 점점 커졌다. 마치 또르르 구르는 은방울 같은 그 소리에는 흥분 약간, 그리고 만족감 조금이 담겨 있었다.

이융기는 당황했지만, 곧 그녀가 바깥에 있는 사람들에게 들려주려고 웃는 것임을 알아차렸다. 이곳이 천자의 밀회 장소니 규칙상으로는 아무도 가까이 와서 엿들을 수 없다지만, 오랫동안 감시의 눈이 전혀 없는 것도 상식적인 일은 아니었다. 문제는 청영의 웃음소리가 조금 커서 그에게는 다소 귀 따갑게 느껴지는 것이었다.

"가야겠네!"

이융기는 잠시 망설이다가 손가락에 낀 벽옥 반지를 빼 건넸다.

"자네에게 승은을 입혔으니 정표를 줘야겠지. 내가 늘 끼고 다니는 반지라 문무백관이 다 알고 있네. 이걸 끼면 태평도 자연히 믿겠지."

"감사합니다, 폐하."

조심스레 반지를 받은 청영은 잠시 망설였지만 결국 손에 꼈다.

난각 바깥, 정교한 회랑을 배회하던 고검풍은 웃음소리를 듣고 눈을 찌푸렸다. 육충이 근처에 없어서 정말 다행이었다. 그는 고개를 돌려 멀지 않은 연못가에 있는 육충과 설승간을 바라봤다. 뒷짐 지고 선 설승간의 뒷모습은 우뚝한 창 같았고, 묵묵히 앉은 육충의 뒷모습은 널따란 산 같았다. 산처럼 흔들림 하나 없는 그 뒷모습을 보노라니 방 안의 웃음소리가 더욱 귀에 거슬렸다. 청영 입장도 어쩔 수 없다는 것을 알지만 심장이 뾰족한 것에 찔린 기분이었다. 소십구는 돌아서서 회랑 바깥으로 몇 발짝 나갔다.

"검풍, 원숭은 어디 있나?"

갑자기 뒤에서 부르는 소리를 듣고 홱 돌아보니 젊은 천자가 방에서 나와 멀지 않은 곳에서 손을 흔들고 있었다. 그가 급히 돌아서서 빠른 걸음으로 다가갔지만, 이융기는 벌써 큰 걸음으로 회랑에서 나왔다.

방 안에 있는 청영은 금빛으로 번쩍이는 봉황 비녀 하나를 소매에서 꺼내 들고 낮게 말했다.

"이건 태평공주가 준비한 겁니다. 폐하께 정표로 바치라고요. 아무래도 이상해 보이니 부디 자세히 살펴보십시오."

자고로 남녀 간에 정분이 났을 때 서로 정표를 주고받는 것은 아주 정상적인 일이었다. 태평공주는 당연히 그 점을 고려해뒀다. 하지만 이융기는 그 봉황 비녀를 보는 순간 안색이 싹 어두워졌다.

순금으로 만든 정교하고 아름다운 비녀였다. 봉황의 몸통에는 다양한 색을 띤 진귀한 보석을 박아 넣었고, 양쪽 눈알은 보기 드문 홍보석으로 만들어 광채가 어른거렸다. 다만, 봉황이 조그마한 옥고리 한 쌍을 입에 물고 있는 것이 문제였다. 진귀한 흰 우전옥을 깎아 만든 옥고리는 크기가 손가락만 한데, 금빛 나는 봉황 입에 물려 있으니 그 찬란한 빛깔이 눈에 확 띄었다.

옥고리. 옥환. 옥환아! 그 뜻은 더없이 분명했다. 태평공주가 옥환아와 발음이 같은 단어로 이융기를 일깨운 것이다. 하지만 이융기는 눈을 가늘게 뜨고 우울하고 상심하고 고통스런 표정을 짓더니 마침내 천천히 고개를 저었다.

"고모님께서 전에 없이 심혈을 기울이셨군. 하지만…… 이는 지나치게 보기 괴로운 물건일세. 짐은 가질 수 없으니, 고모님께서 묻거든 너무 흥분해서 주는 것을 깜빡했다고 하게."

그는 천천히 돌아서서 느린 걸음으로 누각 밖으로 나갔다. 청영도 일어나 배웅했다. 하지만 이융기는 손을 내저으며 낮게 말했다.

"자네는 아직은 좀 더 침상에 누워 있는 편이 좋겠군."

청영의 눈동자에 부끄러움이 스쳤다. 지금 그녀는 막 승은을 입어 배웅을 나가지도 못하는 사람을 연기해야 했으니, 별수 없이 살짝 허리만 숙이며 말했다.

"조심히 가십시오, 폐하."

난각문이 닫히는 순간, 이융기는 기분이 아직도 흐리멍덩했다. 옥고리 봉황 비녀가 그를 지나치게 슬프게 만들었는지도 몰랐다.

그는 회랑으로 들어섰다. 회랑은 고요했다. 놀랍게도 원승과 고검풍 등도 없었다. 누각문 밖에는 노란 옷을 입은 어린 하녀 한 명만 있다가 이융기가 나오는 것을 보자 황급히 허리를 굽혀 예를 올렸다.

마침 기분이 울적하던 이융기는 하녀를 신경 쓰지 않고 걸음을 옮겼다. 몇 발짝 걷다보니 문득 이상한 생각이 들었다. 회랑은 길고도 길어서 영원히 끝나지 않을 것 같았다. 이상을 깨닫고 걸음을 멈추려는데 별안간 괴상한 힘이 밀려들었다. 난데없이 천지가 뱅뱅 돌더니, 곧이어 발밑이 푹 꺼지면서 그의 몸은 아래로 쑥 떨어지고 말았다.

"폐하께서 왜 저리 급히 걸으시지?"

원승은 저 멀리 선 이융기를 보며 걸음을 빨리해서 다가갔다. 문득 회랑이 어딘지 색다르게 느껴졌다. 앞서 여러 차례 조사했지만 이상한 점을 발견하지 못했는데, 지금은 이상한 기운이 스멀스멀 솟아오르고 있었다. 그는 그 기운이 왜 이상한지 자세히 살필 겨를이 없었다. 벌써 그보다 더 이상한 일이 벌어졌기 때문이다. 이융기가 사라졌다.

"폐하!"

원승이 목청껏 소리를 질렀지만 응답이 없었다. 그는 황급히 고검풍을 불렀다.

"폐하를 봤느냐?"

소십구, 그리고 소리를 듣고 달려온 오육랑 모두 초조한 얼굴로 입을 모아 말했다.

"방금까지 계셨는데 그사이 어디로 가신 걸까요?"

"거기서 뭘 하고 있나?"

돌연 이융기가 회랑 다른 쪽 끝에 나타나 멀리서 그들을 향해 나지막이 소리쳤다.

"천만다행입니다!"

원승과 고검풍, 오육랑은 환성을 지르며 허겁지겁 달려가 그를 에워쌌다.

"폐하, 회랑이 조금 이상합니다." 원승은 아직도 심장이 떨렸다. "이곳에 아직 발동하지 않은 법진이 있는 것 같습니다. 신이 조사하면서 놓쳤는데 폐하의 홍복에 힘입어 큰 문제 없었으니 다행입니다."

"뭘 그리 긴장하나?" 이융기는 태연하게 웃으며 회랑 난간을 두드렸다. "고모님이 딴마음을 품은 지 오래니, 당연히 저택 안에 금제를 겹겹이 걸어놨겠지. 이곳은 비밀 전각이라 이리로 통하는 회랑에 법진을 설치한 것은 정상적인 일일세. 자네들이 사방을 엄히 지켰고 안팎으로 우리 정예 병사와 뛰어난 장군들이 있는데 저들이 무슨 일을 벌일 수 있겠나?"

지존하신 천자가 이렇게 말하자 원승 일행은 길게 안도의 숨을 내쉬었다.

"아차, 짐이 청영에게 줄 것이 있네." 이융기가 다시 생각난 듯 무거운 소리로 말했다. "자네들은 함부로 이곳을 벗어나지 말고 밖에서 기다리게."

돌아선 그는 다급히 다시 난각문을 밀어 열었다.

"폐하……."

방 안에 있던 청영은 이융기가 다시 돌아오자 다소 의아한 얼굴이었다. 이융기는 그녀 손에 끼워져 있는 벽옥 반지를 응시하며 고개를 저었다.

"짐이 경솔했군. 자네에게 주는 정표라고 해도 그 반지는 짐에게 몹시 중요한 물건이니 도리어 고모님의 의심을 살 수 있네. 대신 이걸 주지."

그가 품에서 옥패 하나를 꺼내 건넸다. 아름다운 우전옥으로 만든 옥패로, 예스런 분위기가 물씬 풍기는 구름 속의 용과 날아오르는 봉황이 새겨져 있었다. 옥은 곱고 조각 솜씨는 세밀했다. 물론 척 보기만 해도 귀한 황실의 물건임을 알 수 있으나, 깊은 연못 같은 녹색을 띠는 벽옥 반지에 비하면 확실히 훨씬 평범했다.

청영은 이융기의 말에 일리가 있다 여기고 정중하게 옥패를 받은 뒤 손가락에서 반지를 빼 바쳤다. 이융기는 재빨리 반지를 낀 다음, 탁자에 놓인 봉황 비녀를 흘끗 보며 무겁게 말했다.

"저건……."

"방금 받지 않겠다고 하시지 않았습니까?"

"받는 것이 좋겠군. 짐의 훌륭하신 고모께서 나중에 자네를 귀찮게 하면 안 되니까."

그는 탄식하며 옥고리 봉황 비녀를 들어 품에 넣고는 하늘빛을 살피면서 무겁게 말했다.

"몸조심하게."

어딘가 이상한 것 같은데 청영은 무엇이 이상한지 퍼뜩 잡히지 않았다. 잠시 멍하니 있던 그녀가 재빨리 창가로 다가가 두툼한 창 가리개 한쪽을 걷고 밖을 내다보니, 이용기가 원숭 일행에게 둘러싸여 웃으며 걸어가는 것이 보였다. 그제야 그녀도 안도했다. 비록 마음속에는 아직도 의문이 남아 있었지만, 지금 신분으로는 무슨 일인지 파헤칠 방도가 없었다. 그녀는 별수 없이 침울하게 침상을 바라보며 가만히 기다렸다.

4장

가짜가 진짜가 되면 진짜도 가짜

참 이상한 느낌이었다. 고작 잠깐 지난 것 같으면서, 또 온종일이 지난 것 같기도 했다. 이융기는 마침내 그 이상한 느낌에서 벗어났다. 온 힘을 다해 눈을 떴다. 사방이 소름 끼칠 만큼 새까맣고, 밝은 것이라고는 머리 위로 새어드는 희미한 빛뿐이었다. 그는 어리둥절한 끝에 깨달았다. 기관에 빠졌다. 그 회랑에 펼쳐진 기묘한 금제가 느닷없이 발동했고, 그는 그 금제를 밟아 곧장 추락했다. 이곳은 지하 굴 같았다. 바닥이 뒤집어지기 전에 그는 이미 정신이 나갔을 수도 있었다. 그렇지 않았다면 소리소리 질렀을 테니까.

"누구 없느냐! 원승, 거기 없느냐!"

그는 초조해서 외쳐봤다. 하지만 목구멍이 그르렁거리기만 할 뿐 소리 내기조차 어려웠다. 내가 벙어리가 됐나? 이융기는 놀라고 화가 났다. 이내 다리도 힘이 빠져 솜처럼 흐느적거리는 것을 깨달았다. 지대한 두려움과 의심이 파도처럼 밀려왔다. 고모가 정말 손을 썼구나. 하지만 이렇게 적나라한 공격을 하다니, 진현례나 왕모중 등 밖을 지키는 기세등등한 대군이 두렵지 않단 말인가?

이융기는 힘껏 입술을 깨물어 그 아픔을 빌려 재빨리 마음을 가다듬었다. 그러자 양팔이 자유롭고 다리에도 약간 힘이 남은 것을 알 수 있었다. 다만 바깥의 소리가 들리지 않았다. 이곳 방음이 지나치게 잘된 탓인지, 아니면 제 귀가 먹었는지 판가름할 수 없었다.

그는 손을 더듬어 몸에서 물건 두 개를 꺼냈다. 무슨 위험이 닥칠지 모르는 태평공주부에 오면서, 이융기와 왕거 등은 최악의 상황을 예상하고 최고의 준비를 해뒀다. 그 덕에 이융기의 품속에는 철을 진흙처럼 베는 비수가 들어 있었고, 왼쪽 다리 안쪽에는 최신형 소형 쇠뇌도 숨겨져 있었다.

그는 품속의 비수부터 꺼냈다. 어둠 속에 번쩍이는 칼날을 보자 다소 배짱이 생겼다. 갑자기 머리 위의 빛이 환해졌다. 이융기는 누군가 기관을 열고 아래를 들여다보고 있음을 알았다. 기관을 연 사람이 원승 등 그의 심복인지, 아니면 공주부 사람인지 섣불리 예단할 수는 없었다. 그는 재빨리 엎드려 꼼짝도 하지 않았다. 다행히 어두컴컴한 지하 굴 밑바닥이어서, 위에 있는 사람은 그의 상황을 전혀 볼 수 없었다. 사람 그림자 하나가 한들한들 떨어졌다. 곁눈질로 그 사람의 생김새를 본 이융기는 심장이 싸늘해졌다. 청의를 입은 낯선 하인은 공주부 사람이었다. 고모가 단번에 뿌리를 뽑아버리려는 게 분명했다.

갑자기 환한 빛이 내리쬐었다. 하인이 촛불을 켠 것이다. 이융기는 그래도 꼼짝하지 않았다. 심장이 쿵쿵, 어지럽게 달음박질쳤다. 하인은 그를 잠시 응시하는가 싶더니, 곧 냉소를 지으며 한 손으로 그의 목덜미를 잡아 들어올리고 다른 손으로는 빛나는 단도를 쳐들었다. 이융기가 급작스럽게 칼을 휘둘렀다. 그는 장안에서 알아주는 풍류 방탕한 왕으로, 가무와 음악, 격구, 씨름 등 못하는 게 없었다. 퇴마사를 맡은 후에는 원승, 육충에게서 최악의 상황은 면할 수 있는 독한 절기를 몇 개 배우기도 했다.

이번은 그의 인생에서 가장 중요한 칼질이었다. 비수가 번개처럼 하인의 목을 베어갔다. 하지만 그래도 약간 늦었다. 하인은 이융기가 혼절하지 않은 줄은 몰랐으나, 그래도 술법과 무공을 겸비한 고수였기에 위험천만한 순간 칼을 거둬 간신히 비수를 막았다. 이 순간만 버티면 이어서 몇 번 강력한 공격을 할 수 있었다. 심지어 무릎과 다리만으로도 이융기의 근육과 뼈를 모조리 부러뜨릴 수 있었다.

그런데 썩둑 하는 맑은 소리가 들리면서, 이융기가 온 힘을 실어 휘두른 예리하기 짝이 없는 비수가 대나무를 쪼개듯 시원하게 칼을 부러뜨리고 질풍같이 그의 목을 찔렀다. 하인의 얼굴은 불신으로 물들었다. 팔꿈치 가격, 무릎 가격, 눈 찌르기 등 그가 숨겨둔 이어지는 공격은 전부 허공에 딱딱하게 얼어붙고 말았다. 이융기는 이를 악물고 깔끔하고 노련하게 그 목을 후빈 뒤 시신을 바닥에 메다꽂았다. 기민한 움직임으로 적을 처리했지만 아무래도 돌발 사태에 기겁한 이융기는 지쳐 숨을 헐떡였다.

그때 갑자기 윙 하는 소리가 들렸다. 청력이 약간 회복된 모양이었다. 이융기도 차츰 마음이 가라앉았다. 비밀 통로 위쪽에서는 더는 아무 소리도 들리지 않았다. 짐작건대 저 하인은 가장 먼저 온 자일 것이고, 앞으로 다른 이들도 속속 도착할지 몰랐다.

원승 일행은 여전히 종적이 묘연했다. 그렇다면 가능성은 둘뿐이었다. 태평공주가 계략을 써서 그들을 유인한 것이 하나고, 그보다 더 가능성 높은 다른 하나는 그들 역시 적의 기습 공격에 당한 것이었다.

이융기는 재빨리 판단을 내리고 눈에 띄는 황금색 장포를 벗은 다음 하인이 입은 푸른색 겉옷을 대충 걸쳤다. 그리고 지하 굴 위쪽 공간을 훑으며 가늠해본 뒤, 하인의 시신을 밟고 힘껏 몸을 날렸다. 마침내 지하 굴 위쪽 벽을 움켜쥐자 그는 손발을 열심히 움직여 어렵게 기어올랐다.

머리를 내밀어보니 그가 나온 쪽은 청영과 '밀회'를 가진 비밀 누각 비스듬히 뒤쪽에 있는 장소였다. 관목 사이에 진귀한 난꽃이 가득 피어 향기가 짙게 났다. 지금쯤 청영이 아직 누각 안에 있으리라 생각한 그는 본능적으로 방으로 뛰어들어 도움을 요청하려 했다. 하지만 생각을 달리해보니 심장 한구석이 서늘해지기 시작했다. 청영은 이번 일에서 완전히 결백할까?

갑자기 큰 어려움에 부닥친 천자는 더는 아무도 믿지 않는 쪽을 선택했다. 잠깐 망설이는 사이 회랑 다른 쪽에서 발소리가 들렸다. 호리호리한 기녀 둘이 살랑살랑 걸어와 청영이 있는 방 바깥에서 문을 똑똑 두드렸다.

청영이 결백하건 아니건, 이제 그녀는 이미 공주부 안에서 뭇사람이 주목하는 대상이 되어 있었다. 이융기는 더욱더 청영을 찾아갈 수 없었다. 그는 무성하게 핀 꽃 사이에 몸을 숨긴 채 살그머니 누각에서 멀어지는 방향으로 움직인 다음 힘껏 달려서 높고 커다란 가산 뒤로 숨었다.

바삐 몸을 숨기고 나자 다시 의심이 들었다. 저택을 감싼 평화로움으로 보아 도무지 격전이 벌어진 것 같지 않았다. 가장 이상한 것은 비밀 누각에서 멀지 않은 이곳 분위기였다. 상식대로라면 이 주변에 시위들이 빽빽하게 늘어서 있어야 하는데, 어째서 방어가 해

제되고 주변에 사람 한 명 보이지 않는 것일까?

가산 밑으로 흐르는 맑은 샘물을 보자 이융기는 서둘러 자신의 옷차림을 샅샅이 살폈다. 다행히 하인을 죽일 때 동작이 재빨라서 앞섶에만 핏방울이 튀었을 뿐이다. 그는 수건을 꺼내 차가운 샘물을 적셔서 핏방울을 대충 닦아낸 다음 다시 물에 모습을 비춰봤다. 순간, 움찔 놀랐다.

물에 비친 당황한 얼굴에서 가장 끔찍한 점은 왼쪽 뺨에 찍힌 검은 자국이었다. 대략 손가락 세 개 너비만 한 자국이 얼굴 반쪽을 몹시 괴상하게 가리고 있었다. 황급히 물을 적셔 닦아봤지만, 마치 태어날 때부터 있던 모반처럼 피부에 깊이 찍힌 듯 지우기가 여간 어려운 게 아니었다.

도대체 어떻게 된 일일까? 그는 힘껏 눈을 비비고 다시 물속을 들여다봤다. 정말 나인가?

분노가 치밀어오르는 순간, 멀리서 왁자한 소리가 들려왔다. 수많은 사람이 별이 달을 쫓듯 두 사람을 에워싼 채 나오고 있었다. 이융기는 온몸이 뻣뻣해진 채 믿을 수 없는 눈으로 그들을 바라봤다. 그들 가운데 의젓하고 귀티가 나며 눈빛이 매서운 사람은 당연히 그의 고모인 태평공주였다. 그리고 다른 사람은 놀랍게도…… 그 자신이었다! 그랬다. 태평공주가 공손하게 배웅하는 사람은 바로 대당나라 천자 이융기였다.

그 사람의 옷차림은 이융기와 완벽히 똑같았다. 밝은 황금색 바탕에 날아오르는 용을 희미하게 수놓은 교령 장포에, 금칠한 봉황 날개 익선관까지 전부 똑같았다. 심지어 키도 똑같고 생김새와 거동도 똑같고 목소리와 웃는 얼굴까지 똑같았다.

그랬다. 저 사람은 완벽한 그 자신이었다.

"고모님, 그만 들어가시지요." 천자가 우아하게 태평공주를 향해 손을 저으며 작별을 고했다. "오늘 연회는 참으로 흥겨웠습니다. 고모님의 노고와 관심을 깊이 마음에 새기겠습니다."

이융기는 약간 멀리 있어서 당연히 그 천자의 말소리를 똑똑히 들을 수 없었다. 하지만 손짓하며 말할 때의 멋들어진 자태를 보자 점점 더 얼떨떨해졌다. 동작 하나하나가 그 자신과 빈틈없이 똑같아서, 아예 그의 그림자라고 해도 될 정도였다.

그는 흐드러지게 핀 꽃밭에 숨어 그 그림자가 비틀비틀 걸음을 옮기는 것을 멀거니 바라봤다. 그 그림자는 술을 많이 마셔서 그런지, 올 때 탄 말에 오르는 대신 싱글거리는 얼굴로 미리 준비한 가마를 탔다.

이융기의 온몸이 얼음장처럼 차갑게 식었다. 이제야 태평공주가 꾸민 계략이 대강 짐작이 갔다. 그녀는 일찍부터 몰래 저 '이융기'를 준비해뒀다. 저자는 진짜 이융기와 생김새와 목소리만 비슷한 게 아니라 특수 훈련을 받아 말투와 표정까지 똑같이 흉내 낼 수 있었다.

그랬다. 〈청심곡〉은 분명히 저자가 한가할 때 부른 것이리라. 저자는 그의 모든 취미를 손바닥 들여다보듯 훤히 알고 있을 터였다. 이어서 그들은 보란 듯이 청영, 즉 옥환아와 흡사한 류청청을 찾아냈다. 태평공주가 몸소 태상황을 찾아가 설득하면 이융기 자신은 틀림없이 공주부의 가족 연회에 참석할 테고, 류청청을 보면 태평공주에게 믿음을 표하기 위해 틀림없이 목단각으로 들어갈 터였다.

그리고 그 목단각 바깥 회랑에는 기묘한 법진이 펼쳐져 있었다.

법진은 수준이 높고 절묘해서, 발동하지 않을 때는 진학의 고수인 원승마저 속였다. 그리고 이융기 자신이 안으로 들어가 청영을 만나는 동안 법진이 슬그머니 발동했다. 그는 목단각 침소에서 나올 때 법진에 공격당해 아래쪽 지하 굴로 떨어졌다.

하지만 원승은 어떻게 된 것일까? 그러는 동안 원승은 어디로 갔을까? 어째서 그가 나왔을 때 원승은 보이지 않았을까?

잠시 생각해보니 알 것 같았다. 아마 그가 방에서 나오기 전에 한참 동안 숨어 있던 가짜 천자가 나타나 원승 일행을 데려갔으리라. '밀착방어'라는 중책을 맡은 퇴마사의 뭇 영웅을 데려갈 권한이 있는 이는 황제뿐이었다. 그가 덫에 빠져 지하 굴로 떨어진 뒤 가짜 천자는 공주부 안에서 당당하게 그를 대신할 수 있었다. 그런 다음 태평공주는 남몰래 푸른 옷 입은 하인을 보내 그를 죽이게 했다. 어쩌면 태평공주 일행의 마음속에서 그는 이미 죽은 사람인지도 몰랐다.

그리고 지금 이른바 대당나라 천자는 이미 태평공주부 사람으로 바뀌어 있었다. 바꿔치기라니! 고모가 펼친 계략은 과연 고명하기 짝이 없었고, 대담하기도 이를 데 없었다. 이융기는 충격받고, 분노하고, 후회했다. 뒤늦게 찾아온 두려움이 한데 엉겨 갑자기 온몸이 덜덜 떨리기 시작했다. 그 절망의 순간, 갑자기 그의 눈앞이 환하게 밝아왔다. 어가 앞에 선 원승과 육충을 본 덕분이었다. 두 사람은 매서운 눈길로 사방을 훑어보고 있었다.

원승의 눈빛이 이쪽으로 날아들었다. 그는 뛸 듯이 기뻤지만 지금은 목소리를 낼 수 없으니 외쳐 부르기가 어려웠다. 다행히 좋은 생각이 떠올랐다. 그는 재빨리 품에서 옥피리를 꺼내 원승을 향해 계속 흔들었다. 두 사람의 거리는 제법 멀었고 이융기 자신은 하인 차림을 하고 있으니, 설령 손짓한다 해도 원숭의 시선을 끌 수 없을지도 몰랐다. 그저 원숭이 이 옥피리를 봐주기를 바랄 뿐이었다. 하지만 애석하게도 원숭은 잠깐 시선을 멈추는가 싶더니 곧 눈길을 돌렸다.

이융기는 계속 옥피리를 흔들고 싶었지만, 태평공주 뒤에 우뚝 선 공주부의 시위가 눈에 띄었다. 그들은 등에 쇠뇌를 메고 있었다. 행여 저 시위들이나 태평공주가 보기라도 할까봐 이융기는 어쩔 수 없이 옥피리를 거뒀다. 아직 말을 할 수 없으니, 이럴 때 적의 눈에 띄거나 무작정 뛰어들었다가는 태평공주의 명령에 따라 그 자리에서 맞아 죽는 길밖에 없었다.

심지어 그가 고슴도치처럼 화살을 맞고 정원에 너부러지는 순간에도, 원숭과 육충은 무슨 일이 벌어졌는지 모를 수도 있었다. 퇴마사의 임무는 천자를 안전하게 호위하는 것이었다. 말도 못하고, 얼굴에 검은 반점이 있고, 하인 차림을 한 자가 와락 달려들다가 화살비에 심장을 꿰뚫려 즉사한다 해도 그들이 나서서 도울 리 없었다.

지금은 무슨 일이 있어도 경거망동할 수 없다! 이융기는 속으로 끊임없이 자신을 타일렀다. 고개를 들어보니 어느새 석양이 느릿느릿 서쪽으로 떨어지고 있었다. 날은 이미 황혼에 가까웠다. 그는 별수 없이 온 힘을 다해 몸을 바짝 낮추고 가산 사이로 들어갔다. 멀지 않은 곳에서는 가짜 대당나라 천자가 무수한 호위와 신하에게 둘러싸인 채 태평공주가 점잖게 배웅하는 가운데 어가에 올라 점점 멀어지고 있었다.

별안간 이융기의 심장이 마구잡이로 날뛰기 시작했다. 지금, 유일하게 그가 우세한 점은 태평공주가 아직 자신이 죽지 않았다는 사실을 모른다는 것이었다. 기필코 모두가 가짜 천자를 배웅하느라 정신없는 틈을 타 재빨리 공주부를 떠나야 했다. 즉각 결단을 내린 그는 황급히 몸을 돌려 가산에서 나갔다. 이 정원이 몹시 호화롭고 넓다는 것은 그도 알고 있었다. 아무리 하인 차림을 하고 걷는다 해도 어느 원락에 들어가기만 하면 이런저런 심문을 피하기 어려웠다. 주저주저하는 사이, 갑자기 어지러운 외침이 들려왔다.

"서둘러. 경고가 울리기 전에 등 상서부에 도착해야 해!"

"모두 빨리빨리 움직여. 어서 춤옷을 챙겨! 수레도 빨리……."

이융기가 고개를 내밀어보니, 형형색색의 옷을 입은 남녀 예인들이 바삐 운소각 뒷문으로 나와 짐마차를 정리하고 고함을 치며 속속 떠나고 있었다. 성대한 연회를 준비하느라 태평공주부는 자체소속 예인뿐 아니라 서시와 평강방에서 기악에 이름난 무리도 여럿 불렀다. 이제 연회가 끝났으니 그 극단들도 때맞춰 흩어져야 했다.

이융기는 몇 걸음 떨어진 곳에 선 짐마차를 보고 기뻤다. 춤출 때 입는 알록달록한 옷을 느긋하게 운반하는 호희들을 보자 그는 이를 악물고 재빨리 짐마차로 뛰어들었다. 공연할 때 입는 옷이나 도구를 싣는 짐마차인데 안이 제법 넓고 사람도 없었다. 앞에는 서역식 의자가 하나, 뒤에는 거대한 양문 궤짝이 놓여 있고 그 안에는 각양각색 춤옷이 가득했다. 이융기는 얼른 궤짝으로 들어가 춤옷으로 단단히 제 몸을 가렸다.

"서두르라니까. 공주부는 규칙이 엄해. 모두 서둘러!"

마차 밖에서 반수의 목소리가 쩌렁쩌렁 울렸다.

"뭉그적거리지 마! 오늘 밤에 등 상서 저택에서 칠순 연회가 있다잖아. 그만한 연회를 맡는 게 쉬운 줄 알어!"

연신 이어지는 재촉 속에, 궤짝 문 바로 앞에서 여자의 푸념 소리
가 들려왔다. 여자 둘이 짐마차에 오른 모양이었다. 얼마 지나지 않
아 짐마차가 흔들흔들하더니 마침내 출발했다.

덜컹덜컹하는 소리 속에 이융기는 궤짝과 함께 이리저리 흔들렸
다. 마차 바깥에서 온갖 소란스런 소리가 들려왔지만 그의 눈앞은
끝없는 어둠뿐이었다.

천자의 환궁 행렬도 천천히 움직여, 마치 기다란 용처럼 공주부
문밖으로 나갔다. 원승은 이융기의 어가 옆에 바짝 붙은 채 생각에
잠겼다. 어쩐지 내내 마음이 불안했다. 목단각에 있던 기괴한 법진
이 아직도 눈앞에 어른거렸다. 그 일이 시종일관 머리에서 흩어지
지 않았고, 심지어 조금 전에 천자와 함께 운소각으로 되돌아가 연
회를 즐길 때도 자꾸만 생각났다. 운소각을 나온 뒤로는 그 불안한
느낌이 더욱 강해졌다. 뭔가 목격한 것 같으면서도 뭔가 놓친 것 같
았다.

"왜 그래? 걱정이 태산인 모양인데?"

육충이 원승을 툭 쳤다. 사실은 육 검객 어르신도 기분이 썩 좋지
않았다. 아직 청영이 저 무시무시한 곳에 첩자로 남아 있다고 생각
하면, 뾰족한 것이 심장을 콕콕 찌르는 기분이었다.

원승은 대답하지 않았다. 참다못한 육충이 휘파람을 불었다. 답
답함을 털어내기 위한 휘파람이었다. 하지만 그 소리가 마치 천둥
처럼 원승의 귀를 파고들었다. 그는 무엇을 놓쳤는지 퍼뜩 생각났
다. 바로 조금 전에 본 듯한 기괴한 장면이었다. 푸른 옷을 입은 하

인 한 명이 멀리서 그를 향해 뭔가를 흔들던 장면. 하지만 그때 그는 온통 그 신비한 회랑에 정신이 쏠려 있어서 별로 주의하지 못했다. 지금에야 퍼뜩 돌이켜보니, 그 하인이 흔든 것은 옥피리 같았다.

원승은 황급히 말머리를 돌려 어가 앞으로 달려갔다. 가마 창에 드리워진 주렴을 통해 안을 들여다보니, 천자는 태연하게 가마에 기댄 채 오른손으로 넓적다리를 가볍게 두드리고 있었다. 그는 이 융기의 성정을 속속들이 알았다. 기분이 안 좋을 때면 습관적으로 하는 동작인데, 다섯 손가락을 퉁길 때도 있지만 옥피리로 두드릴 때가 더 많았다. 하지만 지금 황제의 손에는 옥피리가 없었다.

그의 시선이 여유롭게 다리를 두드리는 황제의 손을 훑다가 손가락에 낀 벽옥 반지에 고정됐다. 반지는 푸르스름한 광채를 냈지만 무슨 까닭인지 다소 이상해 보였다. 원승은 자연스럽게 한마디 물었다.

"폐하, 옥피리는 어찌하셨습니까?"

황제는 멈칫하더니 몸을 이리저리 뒤적이다가 빙긋 웃었다.

"아마 깜빡하고 궁에 두고 온 모양일세. 아, 아니지."

의혹에 젖은 원승의 눈빛을 보자 그는 이마를 탁 치며 말했다.

"고모님 댁에 놓고 왔나보군."

"신이 바로 가서 찾아보겠습니다."

"서두를 것 없네. 이따가 고모님께서 보면 사람을 시켜 보내주시겠지."

옥피리가 어디 있는지 당연히 아는 그는 속으로 태평공주 쪽의 둔한 움직임을 원망했다. 그토록 중요한 물건은 계획에 따라 진작 귀신도 모르게 그의 손에 들어왔어야 했다.

"그래, 자네가 가서 찾아보게."

이융기에게 옥피리가 얼마나 중요한지를 떠올린 황제는 곧 손을 내저으며 당부했다.

"너무 눈에 띄게 움직이지는 말고."

허락을 받은 원승은 육충에게 따로 분부를 내린 뒤 조용히 의장대 뒤쪽으로 달려갔다. 그는 곧 남몰래 태평공주부로 돌아갔다. 몸을 날려 가산으로 돌아가보니 하녀 몇 명이 가산 앞을 바삐 청소하고 있었지만, 푸른 옷을 입은 하인은 어디로 갔는지 보이지 않았다.

의심이 무럭무럭 솟은 그는 다시 목단각 회랑 앞을 찾아갔다. 여기서는 이융기가 청영과 밀회한 난각을 볼 수 있었다. 하지만 청영의 지금 신분은 절세 무희 류청청이니, 아무리 부하라 해도 안으로 들어가 물어볼 수는 없었다. 그는 회랑 앞을 서성였다. 법진의 기운은 전보다 훨씬 옅어져 거의 감지하기 힘들 정도였다. 하지만 그의 마음속에서는 여전히 먹구름이 가시지 않았다.

"원 장군 아니십니까? 무슨 일로 다시 돌아오셨습니까?"

돌연, 등 뒤에서 부드러운 웃음소리가 들려왔다.

태평공주는 보란 듯이 가짜 천자를 배웅한 뒤 회의실인 여의당으로 돌아갔다가 부하가 전한 급보를 받았다. 이융기가 죽지 않았을 수도 있다!

득의양양하던 태평공주는 머리끝에서부터 찬물을 뒤집어쓴 것처럼 얼어붙었다가 곧바로 노발대발했다. 가짜 천자가 목단각에서 나온 순간부터, 그녀는 두 사람 사이에 특별히 정한 암호로 서로의 신분을 확인했다. 그때 그녀 앞에 나타난 대당나라의 젊은 천자는 이미 그녀 쪽 사람으로 바뀌어 있었다. 공주부에서 그를 부르는 비밀 호칭은 천병(天丙)이었다.

그다음 중요한 임무는 바로 붙잡힌 진짜 천자 이융기를 처치하는 일이었다. 독하고 모진 태평공주는 가장 간단하면서 가장 완벽한 처치법을 선택했다. 당장 베어 죽여 영원히 후환을 없애는 것. 모든 것이 계획대로였다.

이융기를 혼절시킨 법진 지하 굴 안에는 사악한 고(蠱)가 감춰져 있어서 평범한 고수는 쉽게 들어갈 수 없었다. 명을 받고 간 푸른 옷의 하인은 고유라고 했는데, 바로 그 법진을 설치한 전문가 중 하나였다. 비록 무공과 술법은 육충같이 용맹한 고수에 비할 바 못 되지만, 혼절한 이융기를 상대하는 것쯤이야 소 잡는 칼로 닭 잡기처럼 쉬웠다.

"어찌 된 일이냐? 어떻게 그런 실수를 해? 이융기는 회랑으로 들어서자마자 고에 당해 혼절했고, 지하 굴에 떨어지지 않았더냐?"

태평공주는 자단목으로 만든 커다란 탁자를 힘껏 내리쳤다.

"그런데 무슨 수로 사라진단 말이냐! 게다가 고유까지 죽여?"

회의실 안에는 태평공주 일파에서 가장 중요한 인물들이 모여 있었지만, 지금은 아무도 감히 대답하지 못했다. 모두의 시선이 눈을 꼭 감고 깊이 생각에 잠긴 혜범에게 쏠렸다. 하늘도 놀랄 이 기묘한 계책은 혜범의 걸작이었다. 전체 구상부터 법진 설치, 고 배치는 물론이고 사전에 가짜 천자를 고르고 훈련하는 일도 당연히 그가 맡았다.

"노여움을 푸십시오, 공주 전하. 빈승이 한 가지를 놓쳤습니다."

마침내 혜범이 늙수그레한 눈을 떴다.

"이융기를 공격하기 위해 법진에 숨긴 것은 '혼돈'이라 불리는 고입니다. 무색무취이며 눈과 귀, 코, 혀, 몸과 정신을 신속하게 봉쇄해 당한 자를 혼돈에 빠진 바보로 만들 수 있지요. 하지만 고술에는 항상 결점이 있습니다. 바로 작은 것으로는 큰 것을 억누르지 못한다는 점이지요. 이융기는 지난날 설무쌍에게 잡혀 괴뢰고에 당한 적이 있습니다. 그 후 고의 주인인 옥환아가 자결해 비로소 그의 고를 풀어줬지요."

"그러니까⋯⋯." 태평공주는 놀란 소리로 말했다. "그가 전에 당한 괴뢰고 때문에 자연스레 혼돈고에 맞서는 힘이 생겼단 말인가?"

"그렇게밖에는 설명할 수 없습니다."

혜범은 고개를 끄덕이며 장탄식했다.

"또한 이 계획에서 유일하게 존재할 수 있는 허점이지요. 아시다시피 시간이 빠듯했습니다. 법진 사이 공간에 잠복해 있던 천병은 전력을 다해 누각 안에 있는 이융기의 동정을 지켜봐야 했지요. 그래야 이융기가 방을 나서는 순간 한 걸음 먼저 움직여 원승 일행을 유인할 수 있으니까요. 그와 동시에 법진을 발동시켜 혼돈고로 이융기를 공격하고 법진에 빠뜨려야 했습니다. 고유 역시 천금같이 귀한 순간에 지하 굴로 들어가 이융기를 죽여야 했고요. 하지만 그때 회랑 부근에는 여전히 이융기의 심복들이 포진해 있었습니다. 특히 원승은 세심하기 짝이 없는 자라 도저히 사람을 많이 딸려보낼 수 없었지요. 물론 이융기가 용이나 범 같은 자라 해도 고유가 나서면 일격에 숨이 끊어지는 최후를 맞이할 수밖에 없습니다. 다만⋯⋯."

혜범은 급히 찬 숨을 들이켰다.

"이융기가 지하 굴에서 미리 깨어났다면 상황이 다릅니다. 방금 빈승이 지하 굴에 가서 자세히 살펴보니 흔적이 명확하게 남아 있었습니다. 지하 굴 안에서의 싸움은 간단했습니다. 필시 먼저 깨어난 이융기가 죽은 척하고 있다가 고유를 기습했을 것입니다."

모두가 침묵에 빠졌다. 정말 그렇다면 이융기는 심지가 단단해서 어려움 속에서도 혼란에 빠지지 않을뿐더러 운도 제법 좋다고 할 수밖에 없었다.

소지충은 모두의 마음속에서 피어나는 놀람과 근심을 알아차리고 재빨리 헛기침하며 말했다.

"여러분, 혜범 대사의 계획은 천의무봉하오. 비록 조그마한 허점은 있었으나, 대세는 완전히 우리 손아귀에 있소. 지금 이 순간 궁에 계신 분은 이미 우리 사람으로 바뀌었소. 천병은 황제요. 언제든 우리의 지령을 따르는 황제 말이오. 달아난 이융기는 혼자고, 더욱이 지금은 이 넓고 깊은 공주부에서 벗어나지 못했소!"

과연 그 말이 사람들의 사기를 북돋웠다. 태평공주는 당장 명령을 내렸다. 저택의 호위를 전부 움직여 푸른 옷을 입고 황제와 꼭 닮은 불청객을 전면 수색하라는 명령이었다.

혜범은 고개를 끄덕이며 미소 지었다.

"혼돈이 발작하면 귀가 먹고 말을 할 수 없고 눈도 어두워집니다. 괴뢰고 덕에 당장 혼절하지 않았더라도 혼돈이 몸에 들어가면 귀가 먹거나 눈이 머는 것은 피할 수 없지요. 설령 요행히 공주부에서 달아났다 해도 혼자인 데다 심지어 말도 못하고 볼 수도 없으니 자신이 천자라는 것을 무슨 수로 증명하겠습니까? 더욱이 이제 우리 쪽은 그 쓸모없는 두 놈을 버릴 수도 있습니다."

'쓸모없는 두 놈'이라는 말에 태평공주의 눈이 환해졌다. 이융기와 꼭 닮은 사람을 구하기 위해 태평공주 일행은 무진 애를 썼고 마침내 세 사람을 찾아냈다. 그들은 각기 천갑, 천을, 천병이라 불렀다. 결국 천부적인 재능을 지닌 천병이 두각을 드러내며 자발적으로 진짜 천자의 대역이 됐다. 앞서 오랫동안 훈련받은 천갑과 천을은 비밀리에 보호 중이었다.

"좋소. 천갑부터 불러오시오."

태평공주는 즉시 혜범의 말을 알아들었다.

잠시 후 키 크고 야윈 청년이 안내를 받아 회의실로 들어왔다. 용모가 이융기와 십중팔구 닮은 데다 표정마저 오만하고 존귀했다.

"천갑, 천 일 동안 병사를 기르는 것은 하루를 쓰기 위해서라고 했다. 이제 네가 나서서 나라를 위해 힘을 쏟을 때다."

태평공주가 손을 휘저었다.

"호걸이 출마하는데 당연히 술로 환송해야겠지. 인삼탕 한 그릇을 내려라."

약 냄새가 폴폴 나는 인삼탕 한 그릇이 천갑의 뱃속으로 들어갔다. 순간, 천갑은 얼굴이 누레지더니 바닥을 데굴데굴 굴렀다. 애원하듯 흐느껴봤지만 입에서는 단 한 글자도 나오지 않았다.

혜범이 다가가 입을 잡고 들여다보더니 고개를 끄덕였다.

"벙어리가 됐습니다."

방 안에 있던 거물들은 그 뜻을 알아듣고 만족한 얼굴로 고개를 끄덕였다. 천갑은 용모가 이융기와 무척 닮았지만 안타깝게도 글을 몰랐다. 그래서 처음부터 가장 말석에 앉혀놓고 급할 때 쓸 예비용으로 남겨뒀다.

마침내 그를 쓸 때가 왔다. 정확하게 말하면 그 '목숨'을 쓸 때가.

"좋다." 태평공주가 냉소를 지으며 말했다. "위 서인의 잔당이 폐하로 분장하고 망령되게 세상을 어지럽히려 했으니 속히 어사대 감옥에 처넣겠다. 더불어 각부 관아에 알려라. 위 씨의 잔당이 다시 준동해, 대담하게도 비밀리에 훈련한 가짜 황제 셋을 만들어내 국도를 혼란에 빠뜨리려 했으니 반드시 전력을 다해 성 전체를 수색하라고."

'위 서인'은 바로 지난날의 위 태후로, 죽음당한 후 폐위되어 서인이 됐다. 위 태후 및 그 일파가 주멸된 지 벌써 이삼 년이 흘렀으나 태평공주에게 필요하게 된 지금, 그들은 '다시 준동'해야 했다. 태평공주가 과감하고 적절하게 처리하는 것을 본 무리는 열심히 고개를 끄덕이며 찬양했다.

소지충이 곧바로 고개를 들고 수염을 쓰다듬으면서 특유의 어투로 미소 지으며 말했다.

"노신이 감히 청하건대 한마디 보태주십시오, 공주 전하. 그 대역무도한 자 셋은 모두 정신이 나갔고 고에 당했으므로 마주치는 자는 이유 불문하고 죽여 없애야 할 것입니다. 그러면 나중에 큰 상을 받게 될 것이나 감히 숨겨주고 보고하지 않는 이는 같은 역모죄로 다스려야겠지요!"

혜범도 음침하게 웃었다.

"가짜로 진짜를 어지럽히면 비록 진짜라 한들 역시 가짜인 셈이지요!"

잠시 후, 공주부를 수색하던 이들에게서 속속 소식이 왔다. 모두 아무 소득이 없었다. 이융기는 마치 허공으로 쏙 사라진 것 같았다. 태평공주는 굳은 얼굴로 방 한쪽 구석에 있는 백면서생을 바라보며 천천히 물었다.

"경진, 네가 나설 때다!"

서생은 시종일관 단정히 앉아서 한마디도 하지 않았다. 태평공주가 말하지 않았더라면 심지어 방 안의 누구도 그의 존재를 알아차리지 못할 정도였다. '경진'이라는 이름을 듣자 상원해 등 무장 세 사람은 화들짝 놀랐다. 이제 보니 저자는 바로 지난날 제일 국사인 선기 문하에서 가장 재능이 뛰어난 제자로 불리던 냉경진이었다!

조야가 모두 알다시피 냉경진은 선기가 투옥된 후 가장 먼저 스승을 배신하고 반격했으며, 나아가 상세한 '증거'까지 제출해 선기가 상황을 뒤집기 어렵게 만들었다. 그 직후, 강호와 현문을 모두 놀라게 한 냉경진은 철저히 모습을 감췄다. 항간에는, 냉경진이 실상 태평공주에게 투신했고 심지어 그 호방한 공주의 남총이 됐다는 소문이 돌았다. 태평공주의 저 다정한 눈빛을 보니 과연 그런 것 같았다.

"명을 받들겠습니다." 백면서생은 몸을 일으키고 두 손을 모았다. "하지만 저는 일개 전군이라 직책이 낮고 권한이 많지 않으니 그저 최선을 다할 수밖에 없지요."

국도 전체를 깜짝 놀라게 한 선기 문하의 반역자는 몸집이 훤칠했고, 감청색 교령 장포에 허리띠를 단단히 조여 맨 차림이었다. 외모를 보면 갓 서른을 넘긴 듯했는데, 비록 피부는 옥같이 하얘도 목이 지나치게 길고 두 눈은 매같이 예리해서 사납고 차가운 인상을 췄다.

지금 그는 공주부에서 전군을 맡고 있었다. 전군은 친왕이나 공주부에 설치하는 무관 직책으로 직급이 오품이니 낮다고 할 수는 없지만, 각부 소속 교위만 통솔할 수 있어서 공주부 밖에서 각지의 인마를 지휘할 권한이 없었다.

"그야 당연한 일이다. 네 재능이라면 적어도 금오위 중랑장 자리 쯤은 거뜬하지."

태평공주는 좌금오장군 이흠을 바라보며 빙그레 웃었다.

"장안성에서 주요 범죄자를 체포하는 일은 금오위 책무이니, 이 장군은 속히 용맹한 자들을 떼어 경진에게 넘기고 믿을 만한 장수를 보내 돕게 하시오."

이흠은 냉경진의 뾰족한 말을 들을 때부터 태평공주와 '친밀한 관계'라는 것을 알아차리고 냉큼 정색하며 허리 숙여 명을 받았다.

"급한 일이 생기면 상황에 따라 임기응변해야 하는 법. 오늘 밤은 우선 이렇게 정하겠소."

이렇게 말한 태평공주가 문득 빙그레 웃으며 덧붙였다.

"참, 황제가 이미 우리 사람이라는 것을 잊지 마시오. 잠시 후 비밀리에 소식을 보내 이틀 후 천자가 친히 경진을 관직에 임명하도록 하시오. 우리 천병의 위력을 시험해봐야지."

대당나라에서 관리를 임명할 때는 이부의 주의(注擬. 시험에 합격한 이를 재능에 따라 적당한 관직에 올리는 것)를 거치게 되어 있고, 오품 이상 관직은 황제가 몸소 임명해야 했다. 냉경진은 현임 공주부 전군이므로 오품이고, 사품 금오위 중랑장으로 승진하려면 당연히 황제의 임명이 필요했다.

전각 안에 있는 모두가 웃음을 터뜨렸다. 홀가분한 웃음이었다. 지금 대당나라 천자는 이미 실 달린 꼭두각시였다. 그리고 그 꼭두각시를 조종하는 실은 바로 이 자리에 있는 사람들 손에 있었다. 그래서 모두 득의만만했다.

"감사합니다, 공주 전하." 하지만 냉경진은 웃지 않았다. "아직 세 가지 급선무가 있습니다. 만약 이융기가 요행히 달아났다면, 틀림없이 가까운 신하를 찾아 도움을 청할 것입니다. 따라서 첫 번째 급선무는 속히 천병에게 알려 왕모중, 진현례, 왕거 등을 회의 명목으로 불러들여 궁에 억류하는 것입니다. 두 번째 급선무는 위 서인의 잔당을 소탕한다는 이름으로 이융기 심복의 저택 앞에 암탐을 빽빽이 배치하고 의심스런 자를 모조리 잡아들이는 것입니다. 세 번째 급선무는 천을을 풀었다가 거리에서 붙잡고, 금오위에 명해 위 서인 일파가 비밀리에 가짜 황제를 만든 일을 여러 대신 저택에 전달함으로써 철저하게 퇴로를 막는 것입니다."

그가 조목조목 천천히 말을 끝내자 그 신중하고 세심한 판단을 들은 사람들은 본래의 얕보던 마음을 거뒀다. 특히 태평공주는 힘껏 고개를 끄덕이며 부드럽게 말했다.

"그리고 네 번째가 이융기를 추적하는 것이겠지?"

"그렇습니다." 냉경진의 눈동자가 날카롭게 번뜩였다. "그렇게 하시면 앞에는 호랑이 굴이요 뒤에는 용감한 병사가 막고 선 격이니 이융기는 절대 달아나지 못합니다!"

태평공주는 소매에서 빛이 반짝반짝 나는 도금한 공주부의 영패를 꺼내 건넸다.

"이 장군이 보내줄 금오위 병사뿐만 아니라 공주부의 호위와 결사대도 모두 네게 맡기마."

잠시 후 명령을 받고 나온 냉경진은 소식을 보고하는 공주부 집사를 단독으로 불러 상황을 세세히 물었다.

"그사이 저택을 빠져나간 마차가 있느냐?"

집사가 대답했다.

"세 악단이 마차를 가져왔는데 방금 떠났습니다."

냉경진은 고개를 돌려 호위 통령에게 분부했다.

"서둘러 세 악단의 마차가 간 곳을 알아내 즉시 억류하고 샅샅이 조사해라."

호위 통령이 명령을 받고 바삐 사라지자 집사가 싱글싱글 웃으며 다가와 두 손을 모으고 말했다.

"냉 전군께 기쁜 소식을 전해드리지요. 방금 소인이 어떤 자를 쫓아냈습니다."

"누구 말이냐?"

"원숭입니다! 그놈이 무엇 때문인지 다시 돌아왔더군요."

집사는 만면에 웃음을 띠고 말했다. 눈앞에 있는 이 건장한 청년이 태평공주의 호감을 듬뿍 얻고 있음을 알기에 특별히 잘 보이려는 속셈이었다.

"원숭이 다시 돌아왔다고?" 뜻밖에도 냉경진은 뛸 듯이 놀랐다. "뭘 하고 있었느냐? 똑똑히 말해라."

"그…… 그게 천자가 막 출발하시고 의장대가 떠났을 때 무슨 이유에선지 그놈이 살그머니 다시 와서 혼자 목단각 뒤쪽 가산 부근에 있더군요. 그 모습이 이상해서 소인이 가서 무슨 일이냐고 물었습니다. 그랬더니 그놈이 의심쩍은 얼굴로 폐하께서 옥피리를 잃어버리신 것 같다지 뭡니까? 좀도둑 같은 그놈이 회랑 앞의 법진 부근을 맴돌기에, 계속 놔뒀다간 법진의 비밀이 들통날까 싶어 소인이 얼굴을 굳히고 귀하의 책임은 폐하를 호위하는 것이지 공주부를 수색하는 것은 아니지 않으냐고 따졌지요. 그랬더니 그놈은 멋쩍은 표정을 지으며 꽁무니를 뺐습니다."

"그래서? 그자가 떠나는 것을 봤느냐?"

"물론이지요. 그놈이 기가 죽어 나가는 것을 소인이 직접 지켜봤습니다."

"멍청한 놈!" 냉경진은 분노하며 발을 힘껏 굴렀다. "원승이 어떤 사람이냐! 그자가 의심스러워하면 당당하게 목단각으로 데려가 구경시켜줬어야지! 네가 쫓아내려 하면 할수록 의심을 살 뿐이고, 나중에 더 귀찮아진다!"

불길한 예감이 냉경진의 머릿속을 엄습했다. 만약 원승이 정말 의심한다면 그자의 재주로 미뤄볼 때 얼마나 귀찮은 일이 벌어질지 모를 일이었다. 생각하면 할수록 화가 나서 그는 웃음마저 굳어버린 집사를 그 자리에 내버려두고 소매를 떨치며 가버렸다.

5장
......

놀란 기러기의 춤, 좁은 길을 잇다

이융기는 춤옷 마차에 몸을 숨긴 채 순조롭게 태평공주부를 떠났다. 반수인 굴십이는 경고가 울리기 전에 숭현방에 있는 등 상서부에 도착하려고 사람들을 재촉했다.

춤옷 궤짝에 몸을 웅크린 이융기는 이제 어디로 가야 할지 골똘히 생각했다. 고모가 펼친 '바꿔치기' 수법은 정말이지 생각지도 못한 기발한 책략이었다. 하지만 그 책략은 반만 성공했다. 주인공인 그가 죽지 않았으니까.

지금 상황이 어떤지는 이미 낱낱이 드러났다. 무슨 일이 있어도 왕모중, 진현례같이 병권을 쥔 심복들을 당장 만나야 했다. 문제는, 병권을 쥔 심복들이 지금 가짜 천자를 호위하고 있으며, 진짜 천자인 자신이 달아났다는 것을 태평공주가 알면 다급히 가짜 천자에게 알릴 것이 분명하다는 사실이었다.

그렇게 되면 그들이 취할 길은 단 하나. 왕모중, 진현례 등을 궁궐 안에 억류하는 것이었다. 물론 억류는 비교적 온건한 방법이었다. 어쩌면 더 잔인한 수법, 이융기에게 충성을 바친 능력 있는 신하를 모조리 주살하는 방식을 쓸 수도 있었다. 여기까지 생각하자 이융기의 이마에 식은땀이 송송 맺혔다.

흔들리는 마차 안에서 그는 말없이 차가운 옥피리를 만지작거리며 침착하려 무진 애를 썼고, 태평공주가 어떻게 나올지 필사적으로 헤아렸다. 가장 흔한 방법은 당연히 성 전체를 뒤져 그를 찾는 것이었다. 하지만 이 방법은 바다에서 바늘 하나 찾기처럼 느렸다. 가장 빠른 방법은 즉각 그의 심복 저택 앞에 매복하고 그가 허둥거리며 그물 안으로 뛰어들기를 기다리는 것이었다. 무슨 일이 있어도 왕모중, 왕거 같은 심복의 저택에 갈 수는 없었다. 가장 좋은 곳은 오히려 태평공주가 별로 주의하지 않는 중간급 인물의 집이었다. 이를테면 등 상서 같은.

이 악단이 마침 예부상서 등일용의 저택으로 가는 중이라는 생각을 하자 이융기는 절로 눈앞이 환해졌다. 비록 경솔하게 굴다가 이런 처지가 됐지만 그렇게 운이 나쁘진 않은 모양이었다. 찬바람이 몰아치는데도 마차를 탄 여자는 창문을 열어놓았다. 이융기가 오색찬란한 춤옷 틈으로 바깥을 내다보니, 내내 남쪽으로 가던 마차가 서쪽으로 방향을 틀었다. 벌써 숭덕방에 당도한 것 같았다. 여기서 조금 더 가면 등일용의 저택이 있는 숭현방이었다.

그가 생각에 잠겨 있는데 별안간 한 여자가 날카롭게 비명을 질렀다.

"꺅, 귀신이다!"

짐마차는 그 자리에 멈췄다. 다음 순간, 푸른 하인 복장을 한 이융기는 민망한 얼굴로 길옆에 서 있었다. 가희 일고여덟 명과 환술사 두 명이 그를 에워쌌다. 반수 굴십이가 씩씩거리며 소리쳤다.

"너, 너는 누구냐! 똑똑히 말해라! 말 안 하면 못 갈 줄 알아!"

쏟아지는 질문 세례를 받고서도 목소리가 나오지 않는 이융기는 당연히 아무 말도 못했다. 그가 아는 것은, 지금은 섣불리 달아나선 안 된다는 것이었다. 그랬다간 더 성가셔질 뿐이었다. 하는 수 없이 그는 어느 호희가 허리에 달아놓은 피리를 보고 퍼뜩 생각이 떠올라, 황급히 품에 있던 제 옥피리를 꺼내 불었다.

피리 소리는 맑고 구성져서, 초반 몇 마디를 불었을 뿐인데도 구름을 뚫고 솟은 봉우리처럼 기개 넘치면서 짙은 안개를 흩어내는 산들바람처럼 시원한 느낌을 선사했다. 그를 에워싸고 구경하던 악단 사람들과 굴십이는 모두 전문가여서, 그의 피리 연주를 듣자 눈앞이 환해지는 기분이었다.

"이제 보니 악사였구먼."

굴십이는 고개를 외로 꼬고 이융기를 보다가, 그가 제 목을 가리키며 연신 웅얼거리자 알았다는 듯이 말했다.

"아니, 벙어리였나? 왜 우리 마차에 숨어 있었어?"

이융기는 고개를 끄덕이는 한편 만면에 웃음을 띠고 열심히 손짓했다. 이를 본 굴십이는 알쏭달쏭한 얼굴로 중얼거렸다.

"그러니까, 우리 영하사에 들어오고 싶다?"

이융기는 비로소 이 악단의 이름이 '영하사'인 것을 알고 연신 고개를 끄덕였다. 굴십이는 껄껄 웃었다.

"피리를 좀 분다만, 우리 영하사에 들어오려면 아직 한참 멀었으니 꿈 깨! 우리 영하사가 서시에서 어떤 위치에 있는지 알아? 갖은 방법을 동원해 들어오려고 줄 선 사람이 부지기수야. 그런데 뭐 하러 너같이 내력도 불분명한 놈을 받겠어? 게다가 벙어리를?"

"굴 대장, 저 사람 피리 연주는 색다른 데가 있어요."

날씬한 그림자 하나가 사람들을 비집고 나왔다. 바로 강매아였다. 이용기는 강매아를 보자 이 미녀가 영하사 대표 무희라는 것을 기억해냈다. 지금의 그는 용모가 싹 바뀐 데다 낭패한 몰골이라 그녀라고 해도 그가 천자라는 것을 절대 알아보지 못할 터였다. 이렇게 생각한 그는 곧 강매아를 향해 연신 읍했다.

"내게 부탁할 거 없어. 영하사는 능력으로 밥벌이하는 곳이니까. 방금 당신이 분 게 〈임강곡〉이지? 보통 사람은 섣불리 시작도 못하는 곡이니 솜씨는 충분히 알 만해."

여인이 그를 돌아봤다. 별처럼 반짝이는 눈동자에 장난기가 배어 나왔다.

"하지만 참 교활했어. 뒤에 나오는 절정 부분은 불지 않았잖아. 거기까지 불 수 있다면 내가 굴 대장 대신 받아줄게."

이용기는 잠시 생각하다가 피리를 들어 불었다. 피리 소리는 편안하고 여유로웠다가 맑고 빨라졌고, 맑고 빠르다가 다시 높아지고, 높아지다가 우렁차게 퍼졌다. 그런 다음 구름을 찌를 듯이 힘차게 솟아오르면서, 마치 강가로 날아온 기러기가 물을 차올리며 하늘로 높이 솟아오르는 모습을 연상시켰다.

사람들은 기우는 해가 빨간빛을 뿜어 강 반쪽을 물들이고 홀연히 나타난 배 한 척이 둥실둥실 파도를 가르며 기슭으로 다가와 보랏빛 강물과 뒤섞이는 풍경이 눈앞에 펼쳐지는 느낌을 받았다. 피리 소리가 잦아들면서 마음도 따라서 시원하고 후련해졌다.

"정말 훌륭한 솜씨야!"

강매아가 가볍게 탄식하며 반수를 돌아봤다.

"굴 대장, 나도 방금은 저 사람이 어딘지 낯익어서 나섰는데, 막상 솜씨를 듣고 보니 서시에 저만한 사람은 없겠는걸요?"

굴십이도 재주는 아는 사람이라 망설이지 않을 수 없었다. 여인 몇 명이 강매아를 놀려댔다.

"낯이 익다고? 어디서 몰래 만난 사이겠지! 저 사람은 널 따라서 살그머니 우리 마차를 탄 거야."

까르르 하는 고운 웃음소리 속에서 굴십이가 한숨을 푹 쉬었다.

"매아야, 너는 온종일 자비를 베풀고 다녀서 문제야. 지난번에 데려온 그 못생긴 노제 일도 아직 못 따졌어!"

"굴 대장, 말은 똑바로 해야죠. 노제는 손 할멈이 받아준 거고, 난 그냥 몇 마디 거든 것뿐이에요. 흥, 내가 자비를 베풀고 다닌다고요?"

강매아는 호방하게 이융기의 어깨를 툭 쳤다.

"이 마나님께서 결정했어요! 이 벙어리는 내가 받아주기로."

굴십이는 하는 수 없이 고개를 들고 날빛을 살피며 말했다.

"알았다, 알았어. 그렇게 하지. 대신 다음번엔 없는 줄 알아! 자, 서둘러라. 경고가 울리면 방문이 닫힌다!"

여인들이 일제히 떠들어댔다. 득의양양하게 이융기의 어깨를 툭툭 치던 강매아는 그가 갑자기 춤옷 마차로 돌아가려 하자 참지 못하고 불렀다.

"이봐, 마차 타는 게 습관이 됐나봐?"

이융기는 재빨리 미소를 지으면서 손가락으로 자기 배를 가리키며 굶어서 힘이 없다고 주장했다. 사실이 그랬다. 방금 너무 힘줘 피리를 분 탓인지 갑자기 뱃속에서 이상야릇한 기운이 치솟고 두 다리가 다시 흐느적거렸다.

설마 지하 굴에서 당한 그 괴상한 독이 또 발작한 것일까?

그런 생각이 들자마자 오장육부가 뒤틀리는 듯한 통증이 엄습했다. 그는 비틀거리다가 마차 앞에 털썩 쓰러지고 말았다.

"잠깐, 건드리지 마."

경험이 풍부한 굴십이는 이 이상한 광경을 보자 소란을 떠는 여자들을 황급히 불러 세웠다. 그가 허리를 숙여 얼굴이 시퍼레진 이융기를 자세히 살피더니 중얼거렸다.

"설마…… 고에 당한 거야? 이봐, 넌 대체 누구냐? 대체 얼마나 대단한 사람 눈 밖에 났기에 고에 중독됐어?"

이융기는 쓴웃음을 띤 채 고개를 저었지만, 속으로는 역시 고였구나 하는 생각을 했다. 그 회랑 앞에 감돌던 기묘한 기운이 바로 고를 발동시킨 모양이었다. 그는 힘껏 버티며 일어나려 했지만 양팔에 힘이 달려 아무리 바동거려도 몸을 일으킬 수가 없었다.

"어이 마냐님, 이자는 못 받아."

굴십이가 고개를 들고 강매아에게 말했다. 표정이 단호했다.

"내력도 불분명한 데다 괴상한 고에 당했잖아. 영하사가 얼마나 어렵게 여기까지 왔는데, 벙어리 하나 때문에 큰일을 망쳐야겠어?"

지금 이융기의 얼굴에는 푸른 기운이 피어올라 누가 봐도 이상하다는 것을 알 수 있었다. 굴십이의 말에 여자들이 조용해졌다.

"먼저들 가요. 난 남겠어요."

마침내 강매아가 천천히 말을 뱉어냈다.

이융기는 다소 놀란 얼굴로 고개를 들고 그녀를 바라봤다. 강매아는 허리에 손을 척 올리고 서 있었다. 등 뒤로 지는 석양이 그녀의 아리따운 몸매를 더욱 가녀려 보이게 했지만, 그녀의 얼굴은 그늘에 가려 표정을 똑똑히 볼 수 없었다.

"뭐 하려고?" 굴십이가 화를 냈다. "이 멍청아, 꼭 소란을 피워야 겠어? 저자는 네 가족도 아니고 친구도 아니야. 정신이 나갔어?"

"그래요, 가족도 아니고 친구도 아니죠. 그렇다고 해도 눈앞에서 사람이 죽어가는 걸 볼 순 없어요. 먼저 등 상서부로 가세요. 아직 시간에 댈 수 있어요. 난 이 사람을 길모퉁이 의관에 데려다주고 곧바로 쫓아갈게요."

굴십이가 그래도 얼굴을 펴지 않자 강매아도 화를 냈다.

"왜요? 날 못 믿어요? 저 앞이 바로 방문이잖아요. 경고 전에 못 지나면 기어서라도 들어갈게요."

간판 무희의 성질을 잘 아는 굴십이는 별수 없이 짜증난 얼굴로 손을 내저으며 외쳤다.

"가자. 모두 서둘러 방문을 통과해!"

여인들은 감히 반수를 거스를 수 없어 강매아에게 서두르라고 당부한 뒤 속속 굴십이를 따라나섰다. 일행의 마차는 먼지를 일으키며 달려갔다.

강매아는 이융기를 부축해 일으키며 속삭였다.

"조금만 더 참다가 마차에 오른 다음 쓰러지지 그랬어? 하지만 이 마나님은 한다면 하는 사람이니까 저 앞 의관에 데려다줄게. 멋진 피리 연주를 들은 보답으로…… 아이고, 무거워라. 이봐요, 노제! 어서 와서 좀 도와줘요!"

여인이 손을 흔들어 불렀다.

이제 보니 예인들은 이미 멀리 사라졌지만, 한 노인만은 맨 뒤로 처졌다가 그 말을 듣고 느긋하게 그리로 다가왔다. 이융기를 본 그는 '어' 하고 의아해하더니 천천히 몸을 숙였다. 노인의 얼굴을 본 이융기도 화들짝 놀랐다. 그 얼굴은 온통 흉터투성이였고 심지어 개중 두 개는 이마에서부터 턱까지 이어져 있었다. 더욱이 왼쪽 귀도 없어서 몹시 흉악하고 괴상해 보였다. 이융기는 별안간 극심한 고통을 느꼈다. 뜻밖에도 노제가 그의 목을 움켜쥐었다.

"노제! 당신 뭐 하는 거예요?"

강매아는 깜짝 놀랐다.

"고에 당했다. 아주 심각하다!"

노제의 목소리는 몹시 듣기 흉해서 흡사 딱딱한 물건으로 쇠를 문지르는 것 같았다. 더욱이 말하는 내용도 쇠를 자르듯 단호했다.

"맞아. 당신, 고를 아는 모양인데 치료할 수 있어요?"

강매아의 감정이 놀람에서 기쁨으로 바뀌었다.

"시험해보는 수밖에."

그러면서도 노제의 손은 내내 이융기의 목을 누르고 있었고, 손에 가하는 힘도 점점 강해졌다. 이융기는 숨을 쉴 수가 없어 저도 모르게 오관을 심하게 일그러뜨렸다. 무엇보다 끔찍한 것은, 노제의 손에서 묵직한 기운이 흘러들면서 입과 코가 전부 틀어막혀 공기 한 줌조차 마실 수 없다는 사실이었다.

숨 막혀 죽기 직전, 갑자기 노제가 손을 탁 놓고 손가락을 세워 그의 정수리를 꾹 눌렀다. 강력한 강기가 흘러들자 이융기는 입을 쩍 벌리고 왝 하면서 시꺼먼 피를 토했다. 피가 나오는 순간, 갑자기 보이지 않던 족쇄를 벗어던진 것처럼 사지에 힘이 돌아와 벌떡 일어났다.

강매아가 기쁜 얼굴로 말했다.

"노제, 정말 대단해요! 이제 치료된 거예요?"

노제는 고개를 끄덕이다가 다시 저었다.

"고는 아주 골치 아픈 것이다. 이 늙은이의 강기로는 하루 이틀 버티게 할 수밖에 없다. 그사이 해약을 찾거나 진짜 전문가를 찾아 고를 빼내는 게 좋다."

이융기는 그 심각한 말투를 듣자 마음이 약간 무거워졌다. 그 말대로 몸속에서 뜨거운 기운이 사방팔방 요동치고 있었고, 심지어 몇 번은 목까지 올라와 누르는 통에 목구멍에서 그르렁 소리가 났다. 그는 황급히 노인을 향해 정성껏 손을 모으고 감사했다. 빛이 번뜩이는 노제의 두 눈을 보던 이융기는 문득 이 못난이가 방금 굴십이가 말했던 사람, 강매아와 손 할멈이 받아준 사람임을 알아차렸다. 왕거와 원승에게 보고를 들어 손 할멈이 본디 청영이었다는 것을 아는 그는 저도 모르게 다시 마음이 흔들렸다. 이 악단도 청영과 무슨 관계가 있을까?

"음, 얼굴에서 푸른 기가 많이 사라졌어. 훨씬 좋아 보이네."

강매아는 노제의 말에 담긴 은근한 걱정을 알아듣지 못하고 이융기를 살피며 고개를 끄덕였다.

"좋아, 이제 굴 대장도 당신을 쫓아낼 핑계가 없어졌어. 어서 등 상서부로 가자."

이융기는 고개를 끄덕였다. 이제 다리에 힘이 생긴 그는 서둘러 강매아를 따라 발걸음을 빨리했다.

"노제, 당신도 빨리 와요."

강매아는 여전히 그 자리에 선 노제를 돌아보며 초조해 말했다.

"먼저 가라. 나는 좀 더 기다리겠다."

흉터투성이 노제는 의혹에 찬 얼굴로 네거리를 돌아봤다. 마치 그곳에서 귀신이 엿보고 있기라도 한 듯이.

느리고 묵직한 북소리가 울리기 시작했다. 경고였다. 경고가 백여덟 번씩 세 차례 울리고 나면 방문이 닫히게 되어 있었다. 강매아는 더는 머무를 수 없어 이융기를 끌고 급히 달렸다. 그가 갑자기 그녀의 손을 움켜쥐더니 나는 듯이 숭현방 방문으로 달려갔다. 그의 손은 무척 따뜻했고 동작도 매우 자연스러웠다. 강매아는 깜짝 놀랐지만 반감은 들지 않았다.

고개를 돌려 그를 바라보니 그가 그녀 자신보다 더 초조해했다. 무엇 때문인지 몰라도 이 남자는 그녀에게 이상한 느낌을 줬다. 비록 하인 복장을 했고 말도 못하지만, 이목구비가 반듯하며, 특히 콧대가 오뚝하고 눈이 바닥 모를 호수처럼 맑고 깊어서 온몸에서 말로 형용할 수 없는 분위기를 풍겼다. 하늘이 무너져도 쉽사리 쓰러지지 않을 것처럼 강인하고 듬직한 분위기였다.

두 사람은 서로 손을 잡고 석양 아래를 내달렸다. 그들 뒤로, 노제가 여전히 고독한 모습으로 조용히 길목에 서 있었다. 저녁 바람이 스산하게 불어와 그의 옷자락이 펄럭펄럭 춤을 췄다.

그때 노인의 앞쪽으로 백여 걸음 떨어진 곳에서 사나운 인마가 질풍처럼 달려왔다. 쉰 걸음쯤 떨어진 곳에 이르자 그들 한가운데 있던 냉경진은 강렬한 기운을 감지했다. 비할 데 없이 사납고 강한 위압감인데, 그보다 중요한 것은 지극히 익숙하다는 사실이었다. 너무 익숙해서 모골이 송연할 정도였다.

"멈춰라!"

냉경진이 소리쳐 대오를 세웠다. 그는 저녁 빛 속에 서 있는 저 앞의 노인을 발견했다.

일흔이면 이미 관리도 사직하고 고향으로 돌아갈 나이였다. 하지만 대당나라 조정은 늙은 신하를 무겁게 쓰는 전통이 있었다. 예부상서 등일용은 덕망이 높은 데다 유학 경전에 정통해서 대당나라 유학의 대종사라 할 수 있었다. 또, 학술적으로 조예가 깊기 때문에 조정에서 당파를 지은 적이 없어서, 도리어 수년간 이어진 당파 싸움에서도 쓰러지지 않고 버틸 수 있었다.

등 상서의 명망과 영향력은 소지충 같은 재상 못지않았다. 다만 예부상서라는 직책이 아무래도 재상보다 한 단계 낮기에 정오의 황실 가족 연회에는 초청받지 못했다. 하지만 오늘은 그가 칠순이 되는 날이었다. 오늘 밤 칠순 잔치는 여간 중요한 자리가 아니어서 축하하러 온 손님도 적지 않았다. 오전에 태평공주부 연회에 참석했던 재상들도 모두 선물과 축서를 보내왔다. 이융기도 몸소 '남산동수(南山同壽, 남산처럼 오래오래 장수하라는 의미)'라는 가로 폭 서화를 써서 내리고, 옥여의 같은 선물까지 하사했다.

등 상서부에 들어가기는 쉬웠다. 축하하러 온 각처의 손님들이 워낙 많았고, 굴십이가 미리 사람을 시켜 문 앞에서 강매아를 기다리게 한 덕분이었다.

"우리 마나님, 드디어 왔네. 자자, 어서 가. 당장 춤이 시작돼."

예인들은 다짜고짜 강매아를 저택 안으로 이끌었다. 이융기는 자연스레 그들을 따라 후원으로 갔다. 강매아는 영하사의 대들보여서, 들어가자마자 굴십이가 보낸 사람들에게 이끌려 옷을 갈아입고 단장해야 했다. 예인들이 이리저리 바삐 움직이는 사이 이융기는 여유가 생겨 살금살금 예인의 춤옷 한 벌을 꺼내 입고서 한가롭게 앞청으로 향했다.

어디로 가서 등 상서를 찾아야 할까 고민하는데, 갑자기 소란스런 소리가 들리더니 금오위 관리 하나가 성큼성큼 들어왔다. 그는 두 손을 모으고 씩씩하게 "등 상서의 생신을 축하드립니다" 하고 외친 다음 서둘러 공문서를 펼쳐 낭독했다. 중서성에서 막 발행한 긴급 문건으로, 최단 시간 안에 장안성 내 주요 관료 저택을 비롯해 금오위 관할 각지 무후포(당나라 때 장안성 거리 치안과 소방 작업을 담당하던 곳)와 방을 지키는 병졸들에게 전달하게 한 것이었다.

　문서 내용은 간단하면서도 놀라웠다. 돌궐의 도적 두목이 국도에 잠복한 위 서인의 잔당과 손잡고, 고를 이용해 당금 천자와 똑같은 모습으로 역용한 자들을 풀어 대역무도하게도 국도에 혼란을 조장하려 한다는 것이었다. 각 관아 및 방은 힘을 합쳐 전력을 다해 그들을 체포해야 할 것이며, 푸른색 하인 차림을 하고 얼굴에 푸른 기운이 있는 내력 불명의 키 크고 호리호리한 청년을 보면 엄히 조사하라는 명령도 있었다. 문서는 그 대역무도한 이들이 고를 지니고 있어서 위험천만하니 급해지면 그 자리에서 때려죽여도 무방하며, 그렇게 하면 나중에 큰 상을 내릴 것이나 반대로 감히 숨기고 보고하지 않는 자는 똑같은 역모죄로 다스리겠다고 엄포를 놓았다. 낙관에는 중서령 겸 이부상서인 소지충과 진국태평공주의 인장이 나란히 찍혀 있었다.

　연회장을 가득 채운 빈객들은 정원에 모여 공문서 내용을 들은 뒤 매우 놀랐다. 태평공주는 조정에서 우러름 받는 지위에 있어서 '진국태평공주'라고 높여 불렸고, 태상황마저도 무슨 일을 결정할 때마다 '태평공주는 아느냐?'고 묻곤 했다. 그녀가 평소답지 않게 몸소 공문서에 낙관을 찍은 것으로 미뤄볼 때 십분 화급하고 중요한 일임을 알 수 있었다.

더욱 이상한 것은 문서의 내용이었다. 위 태후 일파가 전멸한 지 벌써 삼 년째인데 어떻게 다시 일어났으며, 또 어떻게 돌궐까지 끌어들여 국도를 어지럽히려 했을까? 게다가 당금 황제와 똑같이 꾸민 사람을 풀었다니, 혼란을 조장하는 방식도 상상 이상이었다.

금오위 관리는 통보를 완료한 뒤 곧바로 다른 곳에 전갈하러 가야 했지만, 하인에게 붙잡혀 후청으로 들어가 차를 마시게 됐다. 빈객들은 분분히 의견을 나누며 하나같이 의아한 얼굴을 한 채 대청으로 돌아가 술을 마셨다.

사람들 틈에 섞여 있던 이융기는 저도 모르게 고개를 숙였다. 온몸에서 한기가 스멀스멀 피어올랐다. 태평공주의 공격은 과연 민첩하고 악랄했다. 다행히 이곳에는 빈객들만 모여 있고 영하사 예인들은 공연 준비로 바빴기 때문에 통보를 듣지 못했다. 그렇지 않았다면 아무리 사소한 것이라도 신중하게 짚고 넘어가는 굴십이의 성격상 틀림없이 내력 불명인 그를 고발했을 것이다.

그는 속으로 예인이 입는 알록달록한 옷을 하나 꺼내 입은 것을 다행이라 여기며 황급히 눈에 띄지 않는 곳으로 물러나 오늘 연회의 주인공인 등일용을 이리저리 찾아다녔다.

그때 강매아가 치맛자락을 팔랑팔랑 나부끼며 아리따운 호희들 틈에 빼곡히 둘러싸인 채 앞청으로 걸어나오는 것이 보였다. 그 유명한 '춤 하면 강매아', 주인공의 등장이었다.

이융기는 무슨 생각을 했는지 시선으로 강매아를 바짝 쫓으며 대청 안의 상황을 샅샅이 살폈다. 저녁 빛이 차츰차츰 내려앉으면서 대청에도 등불을 환하게 밝혔다. 칠순 잔치의 주 대청에 높이 걸린 가로 폭 서화가 가장 먼저 눈에 들어왔다. 바로 그가 몸소 써서 하사한 것이었다. 그때쯤 빈객과 주인도 각기 인사를 나누고 자리에 앉았다. 적잖은 이들이 조금 전에 전해진 놀라운 중서성 문건에 대해 소리 죽여 이야기하느라 바빴지만, 영하사 간판 무희의 솜씨는 과연 남달랐다.

북소리가 울리는 순간, 사람들의 시선은 곧 마음을 흔들어놓는 강매아의 춤사위에 빨려들었다. 곡조가 빨라지고 알록달록 치마가 빙빙 돌며 날아오르자, 강매아의 경홍무는 즉시 모두의 입을 딱 벌어지게 했다. 대청 안에서는 박수갈채가 그칠 줄 몰랐다. 백발에 허연 수염을 기른 노인이 주인석으로 돌아와 앉더니 연신 고개를 끄덕이며 미소 지었다. 이융기의 두 눈이 그리로 쏠렸다. 그 노인이 바로 예부상서 등일용이었다.

등일용은 고종과 무 씨의 주나라, 중종 그리고 다시 제위에 오른 예종을 모셨으니 지금까지 벌써 다섯 조정을 모신 원로 중신이었다. 황실의 두터운 은혜를 입은 지 무척 오래되어, 무 씨 주나라 때 일흔한 살에 병으로 임관 중에 세상을 떠난 명재상 적인걸을 바짝 따를 정도였다. 등일용은 조정에서 오뚝이 같은 역할을 하고 있다 보니 서로 싸우는 당파 사람들도 그를 끌어들이려 하지 않았다.

그리고 바로 그 때문에 태평공주도 이 늙은 신하에게는 주의를 기울이지 않았다. 그녀의 눈에 등 상서는 유학의 태산북두라는 상징적인 의미일 뿐, 유명무실하고 실권도 세력도 없는 자였다. 하지만 이융기의 눈에 등일용은 오히려 단 하나뿐인 희망이었다. 그는 악사들 뒤에 몸을 웅크리고 등일용의 일거수일투족을 놓칠세라 지켜봤다.

공교롭게도 곡이 그치고 강매아의 춤이 끝나자 저택의 하인 한 명이 쪼르르 달려와 등일용의 귀에 뭐라고 속삭였다. 등일용은 굳은 얼굴로 일어나 느릿느릿 후원으로 돌아갔다. 이융기는 내심 기뻐하며 살그머니 뒤를 좇았다. 그곳은 필시 등일용의 서재일 터였다. 학식이 풍부한 등일용은 서재의 구조에 관해 연구를 많이 했음을 알 수 있었다. 서재는 극히 넓고 높았고 사방에 꽃나무를 심어 몹시 고요했다.

저 멀리 반쯤 열린 화창을 통해 등 상서가 환한 촛불을 높이 매단 방 안에서 한 손님과 인사를 나누는 모습이 보였다. 눈에 띄는 금오위 차림을 한 그 손님은 바로 조금 전에 와서 공문서를 낭독한 관리였다. 등일용은 성품이 신중하고 세심해서 이처럼 큰 사건을 듣자 당연히 먼저 상세한 내막을 꼬치꼬치 캐물었다.

"너는 누구냐? 어쩌다 여기까지 왔지?"

술 깨는 탕을 들고 오던 시녀가 낯선 이융기를 발견하고 대뜸 꾸짖었다. 이융기는 얼굴이 살짝 굳어서 쓴웃음을 지었지만, 당연히 말은 할 수 없었다.

"차림새를 보니 이번에 불려온 예인 같은데? 어쩌다 마음대로 여기까지 왔어?"

시녀는 이 저택에서 제법 지위도 있고 듣고 본 것도 많아서 이융기가 말이 없자 절로 의심이 들었다.

"정말 예인이냐? 왜 말이 없어? 계속 말하지 않으면 사람을 부르겠다."

놀라고 의심스러워하는 시녀의 표정에 이융기는 이마에 식은땀이 마구 솟았다. 이 여자가 함부로 소리를 지르면 서재에 있는 등 상서와 금오위 관리가 듣고 쫓아나올 것이고, 그때는 등 상서라 해도 그를 보호할 수 없었다.

그 긴박한 순간, 맑은 목소리가 들려왔다.

"또 길을 잃었구나! 한참 찾았잖아! 곧 있으면 당신이 나갈 차례란 말이야!"

강매아가 사뿐사뿐 다가왔다. 조금 전에 춤으로 한바탕 사람들을 놀라게 한 덕분에 시녀도 그녀를 알아보고 안도의 숨을 쉬었다.

"영하사 사람이군요. 저자는 왜 이렇게 제멋대로죠? 잘 좀 관리해요, 언니."

강매아는 그런 시녀에게 웃어 보인 뒤 이융기를 잡아당겨 나지막이 푸념했다.

"조용한 곳에 가서 새 곡을 연습하라고 했더니 어쩌다 남의 집 후원까지 온 거야."

이 말을 들은 하녀는 의심이 싹 가셔 탕을 들고 천천히 서재로 들어갔다. 강매아는 그래도 서재 쪽을 뚫어지게 응시하는 이융기를 보고 골을 냈다.

"어서 가지 못해? 지금까지 소란 피운 걸로도 모자라?"

갑자기 이융기가 그녀의 손을 잡아끌고 가산 뒤로 몸을 피했다. 그의 손은 따뜻하고 힘이 있어서 강매아는 저도 모르게 심장이 콩콩 뛰었다. 뿌리치려는데 이융기가 조용히 하라며 손짓하는 것이 보였다. 그의 눈빛은 굳건하고 차분했고, 피로가 가득한 얼굴에는 말로 할 수 없는 귀티가 흘렀다. 그녀는 갑자기 심장이 멈추는 것 같았다. 그 기묘한 느낌이 다시금 엄습해왔다. 이 남자가 무엇을 해도 마음이 든든해지는 느낌이었다.

그때 서재 안에서 작별 인사가 들려왔다. 금오위 관리는 서둘러 다른 곳에 알리러 가야 했기에 등일용도 미소를 지으며 배웅했다. 두 사람의 직책이 워낙 차이가 커서, 등일용은 서재 입구까지만 배웅하고 가까이 부리는 시녀를 시켜 금오위 관리를 밖으로 안내하게 했다. 그런 다음 등일용은 의혹에 찬 얼굴로 책상 앞으로 돌아가 묵묵히 붓을 집어 들었다. 하지만 금오위 관리 노금이 방금 전해준 기괴한 소식을 떠올리자 심경이 복잡해져 붓을 쥔 채로 멍하니 넋을 놓았다.

그때 별안간 눈앞이 어른어른하더니, 어디선가 나타난 키 크고 호리호리한 그림자가 천천히 맞은편에 앉았다. 등일용은 움찔했다. 고개를 들어 얼굴이 파리한 청년 악사를 본 그는 즉시 꾸짖으려 했으나, 문득 그 악사의 생김새가 어딘지 낯익었다.

"다…… 당신은……."

등 상서는 금오위 노금이 방금 했던 말을 떠올리고 본능적으로 소리를 지를 뻔했다. 하지만 맞은편 청년의 차분한 눈빛을 보는 순간 그 소리는 목구멍에 턱 막혔다. 그는 저 눈빛과 표정을 너무도 잘 알고 있었고, 이 세상에 저토록 신묘한 역용술이 있다고는 믿을 수 없었다. 그가 망설이며 말했다.

"당신은…… 대체 누구요?"

이융기는 대답하지 않고 붓 통에서 가장 굵은 황모필을 꺼내 천천히 먹을 적셔 붓끝을 정리했다.

이융기에게 이끌려 서재로 들어온 강매아는 몹시 실례라는 생각에 죄를 고하고 떠나려 했으나, 이융기가 태연자약하게 붓에 먹을 묻히는 것을 보고 더럭 의심이 들었다.

'이자는 도대체 뭐 하는 사람이지? 고관이신 등 대인은 왜 저렇게 존경하고 두려워하는 눈빛으로 이 사람을 보는 걸까?'

이융기는 이미 붓을 움직여 글을 쓰고 있었다. 중후하고 힘 있는 필체가 우아하고 아름다운 예서체 네 글자를 종이에 생생하게 써내려갔다.

남산동수.

등일용이 벌떡 일어나 떨리는 소리로 말했다.

"설마…… 설마 정말로 폐하십니까? 노신의 눈이 멀었나봅니다. 부디 한마디 옥음을 내려주십시오."

'남산동수'라는 네 글자는 바로 당금 천자 이융기가 친히 써서 그에게 하사한 글이었다. 보통 사람으로서는 그 필체나 기세를 절대 흉내 낼 수 없었다.

이융기는 그래도 말하지 않고 이번에는 가느다란 계거필(털 길이가 짧은 붓)로 바꿔 새하얀 익주산 삼종이를 펼쳐놓고 썼다.

경은 지난달에 '유교의 성인을 높이고 불교를 억압하자'고 간하며, '근검절약을 실천하여 백성에게 은혜를 베풀라'고 했던 태종 때의 재상 마주의 말을 인용해 이 모두가 나라를 위한 이론이라 했소. 애석하게도 그 책략은 힘이 들고 너무 급했소. 작금의 형세가 어수선해 그처럼 위험하고 급박한 책략은 적절치 않았기에 짐이 미뤄놓고 응답하지 않았소.

등일용의 새하얀 수염이 바르르 떨리고 호흡이 빨라졌다.

"예, 예, 이제 보니 그러셨군요."

이융기는 다시 삼종이 한 장을 꺼내 썼다.

근자에 들으니 경의 노환이 깊다 하여 심히 걱정하였소. 중화환이 비장과 위에 좋으니 짐이 어의에게 명해 정성껏 만들라 하였소. 그 약은 매일 먹어야 좋고 끊으면 약효가 이어지지 않으니 거듭 부탁하건대 끊지 마시오.

"예…… 그렇지요. 신도 기억하고 있습니다."

등일용의 눈에 눈물이 왈칵 솟았다.

유학의 태산북두인 이 늙은 신하는 지난날 황제에게 글을 올려, 금상과 태상황이 불교를 지나치게 숭상하나 치국의 도리는 응당 유학을 귀하게 여기며 공정하고 부드러운 길을 따라야 한다고 직언했다. 또 최근 조정에서 사치를 부리는 기풍이 줄지 않고 있다고 비평하며, 정관 시기의 명신 마주가 《진시정류》에서 언급한 '근검절약을 실천하여 백성에게 은혜를 베풀라'는 말을 따르라고 건의했다. 하지만 애석하게도 고심 끝에 올린 이 커다란 책략은 내내 황제의 답을 받지 못했다.

지금 이융기가 쓴 첫 번째 글은 바로 그 간언에 대한 답이었다. 직언하고 건의한 것은 좋으나 분쟁이 커지는 지금 상황에서 이처럼 강력한 책략은 섣불리 쓸 수가 없었다. 자칫하면 태상황 등 여러 귀족의 영리를 해칠 수도 있었다.

이융기가 쓴 두 번째 글은 보름 전 등일용이 올린 사직서의 마지막 부분에 그가 친히 비답한 내용이었다. 그는 부드러운 말로 아직

나라를 위해 힘써야 한다며 등일용을 위로하고 비장과 위가 약한 고질병은 하사한 중화환으로 보살피라고 했다. 이 두 글은 모두 군주와 신하 사이에 내밀하게 오간 서신으로 제삼자는 절대로 알 수 없었다.

"폐하, 신이 나이를 먹어 시비를 가리지 못한 것을 용서하십시오."

등일용도 더는 의심하지 않고 털썩 소리를 내며 바닥에 엎드려 목멘 소리로 말했다. 그러면서 쿵쿵 소리가 나도록 머리를 찧었다.

이융기는 조용히 앉아서 노인이 세 번 머리를 조아릴 때까지 기다렸다가 비로소 손을 내밀어 부축했다.

옆에 있던 강매아는 완전히 넋이 빠졌다. 온몸의 피가 싹 굳는 느낌이었고, 곧이어 자신이 미쳤거나 아니면 저 노인이 미쳤거나 둘 중 하나라는 생각이 들었다. 말도 못하는 저 남자가 황제라니!

"짐은…… 중독…… 말…… 못하오."

갑자기 이융기가 어렵사리 몇 마디를 끄집어냈다. 조금 전에 흉터투성이 노제에게 치료를 받을 때 묵직한 강기가 뱃속으로 들어왔다가 곧바로 목구멍으로 올라와 조금은 말을 할 수 있었다.

"누굽니까? 누가 이처럼 대역무도하게 폐하께 독을 썼습니까?"

막 이융기의 부축을 받고 일어난 등일용이 씩씩거리며 분노를 토했다.

"태평!"

이융기가 쉰 목소리로 대답하며 쓴웃음을 지었다.

등일용의 늙수그레한 눈이 번쩍 빛났다. 조금 전 그 화급한 문서에 찍힌 신비한 낙관을 떠올리자 이내 대강을 짐작할 수 있었다. 고모와 조카의 싸움에서 고모인 태평공주가 선수를 쳐 독을 쓴 게 분명했다. 그런데 어떻게 새로운 황제를 이 지경까지 만들었을까?

"태평은 실로 용서할 수 없는 죄를 저질렀습니다! 만 번 죽어도 갚지 못할 죄입니다!"

등일용은 분노에 차서 말했다.

"방금 금오위의 노금이란 자가 와서 말하기를, 황실 가족 연회가 끝나고 폐하께서 태평공주부를 떠나 환궁하시는 것을 두 눈으로 똑똑히 봤다고 했습니다. 고력사도 곁에 있었다고 하더군요. 이제 보니 환궁한 사람이 바로……."

"가짜!"

"그랬군요. 세상에 어찌 이런 불가사의한 일이 있단 말입니까!"

등일용은 놀라고 분노했다.

"지금 장안성에는 비바람이 몰아치고 기마병이 사방을 돌아다니고 있습니다. 특히 진현례와 왕모중 같은 폐하의 심복들 저택 앞에는 암탐이 빽빽이 늘어섰습니다. 명목은 폐하로 역용한 자를 체포하는 것이라 했습니다. 노금에게 들으니 진현례 일행은 곧장 폐하의 부름을 받아 내원으로 들어갔는데, 천자께서 흥이 나시어 함께 술을 마시자 청하셨다 합니다."

이융기의 마음이 착 가라앉았다. 과연 그가 추측한 대로였다. 태평공주는 그가 달아났다는 소식을 듣자마자 그가 아끼는 장수들을 연금했다. 그들을 만나려 했다면 아마도 몹시 끔찍한 결과를 맞았으리라.

여기까지 생각하자 온몸이 텅 빈 듯 괴롭고 손에는 식은땀이 났다. 방금 몇 마디 했더니 목이 바늘로 찌르는 듯 따가워서 이제는 글을 쓸 수밖에 없었다.

강풍이 불어야 억센 풀을 알 수 있고, 추운 시절이 와야 시험을 할 수 있는 법!

이 글을 보자 등일용의 늙은 얼굴에 절로 홍조가 피어났다. 수년간의 당파 싸움에서 그는 어디에도 들지 않았지만, 아무래도 유학의 대종사이다보니 유학자는 군주에 충성해야 한다는 개념이 뼛속 깊이 박혀 있어서 이런 상황에도 어려움을 두려워하기보다는 오히려 큰 영광으로 여겼다.

그는 늙은 눈가에 뜨거운 눈물을 글썽이며 흔쾌히 말했다.

"폐하의 위엄과 홍복이 천지를 감동시켜 보우를 받으시니 위험한 길도 평탄히 지나실 것입니다. 신은 늙고 재주 하나 없으나 반드시 이 뜨거운 피와 충의로써 폐하께 보답하겠습니다. 폐하께서는 얼마든지 신의 집에 머물며 변화를 지켜보셔도 무방합니다. 신은 바로 가서 소식을 알아보겠습니다. 폐하께서는 저희가 어찌해야 한다고 생각하십니까?"

등일용은 늙은 학자이고 예부를 맡고 있어 모략이나 임기응변에 능하지 못했다. 그는 생각에 잠겼다가 말했다.

"신이 직접 가서 진현례 등 폐하의 심복에게 알리겠습니다. 그들의 병사만 도착하면 손가락만 튕겨도 만사가 해결됩니다."

이융기는 고개를 저었다. 믿을 만한 그의 심복들은 지금쯤 궁에 억류됐을 터였다. 제 몸도 지키기 힘들 터인데 섣불리 연락했다가는 태평공주가 보낸 암탐에게 잡히기 십상이었다.

그는 이번에는 붓을 쓰지 않고 가까스로 여섯 글자를 토해냈다.

"태상황! 퇴마사!"

등일용은 흠칫했지만 곧 천자의 속뜻을 이해했다. 제아무리 잘 위장한다 해도 세상에 제 아들을 몰라보는 아비가 어디 있단 말인가. 하물며 태상황은 아직 천하의 절반이 넘는 권력을 쥐고 있었다. 그는 황급히 고개를 끄덕였다.

"알겠습니다. 작금에는 태상황의 높으신 위엄을 빌려 상황을 되돌리는 수밖에 없지요. 폐하께서 퇴마사를 언급하심은 의당 퇴마사 통령 원승을 말씀하신 것이겠지요?"

이융기는 무겁게 고개를 끄덕였다. 병권을 쥔 진현례 같은 장군들에 비교할 때 원승은 오히려 태평공주의 감시를 피하기 쉬웠다. 더욱이 퇴마사 영웅들은 제각각 남다른 재능을 갖고 있으니 어쩌면 예상치 못한 기습 부대가 될 수도 있었다.

게다가 아직 이상한 느낌이 남아 있었다. 태평공주부에서 원승에게 옥피리를 흔들었을 때 원승은 아주 잠깐 반응을 보였다. 비록 확신할 수는 없지만 그는 여전히 기적이 일어나기를 기대했다.

"안심하십시오, 폐하. 폐하께서는 재능을 타고나시어 영명하고 용맹하시며 종적도 묘연하니 하루 이틀쯤은 태평공주도 절대 폐하께서 가신 곳을 찾아내지 못할 것입니다. 신은 속히 믿을 만한 자를 보내 원승을 찾아보겠습니다. 그리고 직접 태상황께……."

돌연 거의 들리지도 않을 만큼 미세한 바람 소리가 그의 말을 뚝 끊었다. 단단한 강철 침 하나가 그의 미간에 정확하게 박혔다. 등상서는 입을 떡 벌리고 컥컥 소리를 내더니 끝내 두 눈을 뒤집으며 스르르 바닥으로 무너져 내렸다.

강매아가 비명을 터뜨리기 직전, 이융기가 빠르게 반응했다. 그는 어느새 그녀의 팔목을 잡아채 창가에서 멀찍이 물러났고, 동시에 발로 책상을 넘어뜨려 앞을 막았다. 탁, 탁 소리와 함께 또다시 침 두 개가 방금 강매아가 서 있던 곳을 지나 뒤집힌 책상에 힘차게 박혔다. 창이 활짝 열리고 냉경진이 그림자처럼 날아들었다.

강매아는 화들짝 놀란 눈으로 감청색 장포를 걸친 곱상한 서생을 바라봤다. 그자는 생김새는 준수한데 말로 표현하기 힘든 어둠과 흉악함을 풍기고 있었다. 특히 저 두 눈. 너무 차가워서 사람 같은 분위기라곤 요만큼도 느껴지지 않는 눈이었다.

"누구냐?"

이융기가 힘을 짜내 외쳤다. 보고 들은 것이 많은 그는 저자가 몹시 위력적인 술법 고수임을 금방 알 수 있었다. 그런데 무엇 때문인지 몰라도 입고 있는 감청색 교령 장포의 옷깃이 반쯤 벌어졌고 행색도 약간 엉망이었다. 방금 누군가에게 옷을 잡아뜯긴 것 같았다.

"태평공주부 전군 냉경진, 폐하께 인사 올립니다. 폐하께서는 저를 모르실 겁니다!"

냉경진은 손가락에 강철 침 하나를 끼우고 있었다. 처음에는 도망자 신세인 천자를 침 하나로 끝장내고 싶었으나, 이융기의 얼굴에 희미하게 어린 푸른 기운을 보자 생각이 바뀌었다. 눈앞에 있는 젊은 천자는 상갓집 개, 그것도 숨만 겨우 붙어 곧 죽을 개였다. 그렇다면 산 채로 잡아가 소지충 같은 노인네들 앞에서 의기양양하게 세를 과시하는 쪽이 나았다. 그는 빙그레 웃었다.

"폐하께서 요행히 혼돈고의 공격에서 달아나셨지만 글자 하나 내뱉기 힘드실 겁니다. 혀뿌리가 굳은 것을 보니 벌써 혼돈고가 발작했군요. 앞으로 눈과 귀, 코, 혀, 몸, 정신도 차례차례 굳어, 오래지 않아 보지도 못하고 말도 못하고 듣지도 못하는, 지각을 모두 잃은 고깃덩이가 되시겠지요. 저를 만나서 다행입니다. 자, 저와 함께 가시지요. 산송장이 되는 그 고통을 제가 없애드릴…… 어?"

그가 갑자기 말을 멈췄다. 이융기가 갑자기 신음하더니 고통스럽게 바닥에 나뒹굴면서 허연 거품을 내뱉기 시작한 탓이었다.

"이봐, 당신, 왜 그래요?"

강매아는 화들짝 놀라 또 소리를 질렀다. 냉경진이 조금씩 다가오자 그녀는 마음 독하게 먹고 양팔을 쫙 벌려 이융기 앞을 가로막으며 외쳤다.

"지금 뭐 하는지나 알아? 이 대역무도한 역적, 추잡한 도적, 지옥에나 떨어질 놈아! 너 하나 때문에 네 구족이 모두 죽어도 좋아?"

이융기는 바닥에 벌렁 쓰러져서 계속 경련하고 있었지만 여인의 뒷모습은 똑똑히 볼 수 있었다. 그 뒷모습은 아리따우면서도 몹시 강인하고 고집스러웠다.

눈앞에 선 절색의 여인을 보고 있자니 냉경진도 참지 못하고 웃음이 터졌다.

"폐하, 국도 제일의 풍류 왕이라던 지난날의 우아한 별호가 참으로 아깝지 않습니다. 도망 다니는 와중에도 홍안지기를 끌어들이시다니요. 탄복했습니다!"

그의 웃음이 갑자기 딱딱해졌다. 여인의 허리 옆에서 시꺼먼 것이 튀어나왔기 때문이다. 맑고 날카로운 소리와 함께 검은 빛을 내는 기운이 힘차게 날아들었다.

이융기는 방금 가짜로 경련을 일으켰을 뿐, 사실은 약점을 드러냄으로써 냉경진이 경계를 푸는 순간을 기다리고 있었다. 그의 품에 감춰진 쇠뇌는 대당나라 군대에서 최근에 연구해낸 소형 쇠뇌였다. 영기노라는 이름의 이 쇠뇌는 휴대하기 편리하며 정교하고 날카롭기 그지없었다. 느닷없이 발사된 화살의 속도는 그야말로 번개 같았다.

냉경진은 휙 소리가 나도록 몸을 비스듬히 돌리면서 순간적으로 온몸의 술법을 최대로 끌어올렸다. 애석한 일이지만, 아무리 그의 도력이 선기 문하에서 최고라 해도 거리가 너무 가까웠다. 쇠뇌는 한 번에 짧은 살 여섯 개를 쏠 수 있는 데다 기세도 맹렬했다.

냉경진은 가까스로 네 대를 쳐서 떨어뜨렸지만, 하나가 머리에 쓴 복두에 꽂히고 다른 하나는 아랫배를 찔러 들어왔다. 냉경진의 몸이 비틀비틀 뒤로 물러났다. 위급한 순간이었지만 그는 강기를 발동시켜 화살이 깊이 파고드는 것을 억지로 막았다. 그렇다고 해도 배에서 선혈이 주르륵 흘렀다. 그보다 더 무서운 사실은 단전의 경맥에 손상이 갔는지 입에서도 피가 왈칵 쏟아진 것이다.

강력한 쇠뇌를 쏜 이융기는 강매아의 손을 붙잡고 서재 안방으로 물러나면서 바닥에 쓰러진 책상을 걷어차 냉경진에게 날렸다. 안방에 뛰어들기 무섭게 힘찬 바람이 얼굴을 덮쳤다. 날아가던 책상이 강기에 와장창 부서지고 냉경진이 미친 마귀처럼 달려들었다.

"죽어라!"

이융기는 냉소를 지었다. 시꺼먼 쇠뇌가 톱밥을 흩날리며 냉경진의 가슴팍을 겨눴다. 지난번 원승과 신포 임소는 종초객이 보낸 고수 부대가 쏘는 강력한 쇠뇌에 완벽하게 제압당했다. 그로 인해 두 원수는 평생 단 한 번 서로 힘을 합쳐 적에게 대항했다. 지금 냉경진도 같은 처지였다. 이 좁은 방에서는 그 어떤 술법이나 무공도 갑옷까지 꿰뚫는 쇠뇌를 막아내기 어렵다는 것을 그도 알고 있었다.

소스라치게 놀란 그는 어쩔 수 없이 뒤로 몸을 뒤집었다.

이용기는 그 틈을 놓치지 않고 방문을 닫았다. 몇 번 빠르게 움직였더니 고에 당한 몸은 벌써 지쳐서 땀을 뻘뻘 쏟아냈다. 이 쇠뇌가 연속 발사할 수 없다는 것은 오직 그만이 알고 있었다. 방금은 허장성세에 불과했다. 그제야 틈이 난 그는 서둘러 기관을 만지작거렸다. 그런데 쇠뇌 통을 들여다본 순간 가슴이 철렁했다. 통에는 짧은 살이 여섯 개밖에 없었다. 딱 한 번만 발사할 수 있는 양이었다.

강매아도 숨을 쌕쌕 몰아쉬다가 그가 몸을 부르르 떠는 것을 보고 물었다.

"이봐, 괜찮아?"

곧이어 괴성이 터지면서 냉경진이 일장으로 방문을 내리쳐 커다란 구멍을 냈다. 두 사람이 깜짝 놀라는 순간, 별안간 한 줄기 호금 소리가 들려왔다. 낮고 묵직하고 거칠지만 말로 설명할 수 없는 위압감이 담긴 소리였다.

안방 안팎에 있던 세 사람 모두 당황했다. 흉터투성이 얼굴을 한 노제가 느릿느릿 서재 안으로 걸어 들어왔다. 노제를 본 냉경진은 심장 밑바닥이 서늘해졌다. 약간 넋이 나간 듯한 노제의 눈빛이 냉경진을 똑바로 쏘아봤다. 쉰 목소리가 들렸다.

"참 오래됐다. 지금껏 내가 누군지 몰랐는데 너는 알고 있는 모양이군. 그런데 방금 길목에서는 왜 나를 공격했지?"

갑자기 냉경진의 몸이 후들후들 떨렸다. 마치 지옥에서 솟아난 악마를 본 듯했다. 방금 길목에서 노제를 본 순간, 그는 저 종사급의 기도와 낯익은 강기만으로 상대방의 신분을 짐작했다. 노인은 그가 평생 가장 두려워한 사람, 그의 존사, 한때 대당나라 제일 국사이던 선기 진인이었다. 소문에 따르면, 선기 국사는 몇 년 전 천월 진인이 이끄는 고수들의 공격을 받아 장안 지부 비밀 통로에서 목숨을 잃었다. 그런데 이렇게 살아 있을 줄이야.

다행히 그는 정신에 손상을 입었는지 약간 멍한 상태였기에 냉경진은 추호도 망설이지 않고 부하들을 시켜 그에게 기습 공격을 가했다. 어떻게 된 셈인지, 이미 노제로 변한 선기는 비록 정신은 없어도 냉경진에게서 남다른 기분을 느끼고 곧바로 그에게 달려들었다. 한차례 엎치락뒤치락한 뒤, 냉경진은 결국 강력한 공주부 시위들의 도움으로 요행히 몸을 뺐고, 한 발 앞서 영하사의 다음 공연이 펼쳐지는 등 상서부에 도착해 이융기의 종적을 찾아냈다.

그런데 존사인 선기가 지옥에서 온 원귀처럼 여기까지 쫓아온 것이다. 냉경진은 피가 철철 흐르는 아랫배 상처를 꾹 누르고 한 발 한 발 다가오는 선기를 뚫어지게 응시했다. 사냥감이 손에 들어오기 직전인데 운명의 천적을 만나자, 나아가야 할지 물러나야 할지 당장 알 수가 없었다.

"말해라, 내가 누구냐?"

선기가 쉰 소리로 외치더니 급작스럽게 냉경진의 목을 움켜쥐었다. 전혀 신비할 것도 없는 흔해빠진 동작이었지만, 손아귀에 담긴 힘은 방 안의 공간 전체를 덮어 누를 만큼 어마어마했다. 냉경진의 동공이 와락 작아졌다. 이제는 나아가고 물러날 길조차 이 손 하나에 가로막혔다는 것이 느껴졌다.

냉경진은 재빨리 머리를 굴려 큰 소리로 외쳤다.

"너는 천월 진인이다!"

선기의 머릿속이 웅 하고 울렸다. 천월이라는 이름은 몹시 귀에 익었지만, 무엇 때문인지 마음속 깊은 곳에서 강렬한 혐오감이 솟구쳤다. 퍽 소리와 함께 선기의 단단한 주먹이 떨어졌다. 탁자 위에 있던, 상아로 눈금을 그은 자단목 바둑판이 구슬픈 비명을 내지르며 마구 흔들렸다.

존사의 심기가 흐트러진 순간을 틈타, 냉경진은 신행술을 최대로 끌어올려 비스듬히 몸을 날리며 번개처럼 맞은편 창문으로 빠져나갔다. 어찌나 날렵한지 반쯤 열린 창문을 건드리지도 않았다.

"천월은 누구냐? 나는 천월이 아니다. 천월이 아니야!"

선기는 분노를 터뜨렸다. 눈 깜짝할 사이 냉경진의 종적이 사라지자 그는 몹시 괴로워하며 외쳤다.

"이봐…… 어디로 갔느냐! 돌아와라!"

그의 몸이 번뜩이며 냉경진의 뒤를 쫓았다.

방문에 난 커다란 구멍을 통해 이융기와 강매아는 서재 바깥마루에서 일어난 변고를 똑똑히 볼 수 있었다. 강적이 갑작스럽게 가버리자 강매아는 비로소 안도의 숨을 내쉬며 고개를 돌렸다. 이융기가 바닥에 늘어져 있는 것을 본 그녀는 저도 모르게 깜짝 놀랐다.

"이봐요, 당신, 또 일부러 그러는 거야, 아니면 정말 아픈 거야?"

이융기는 쓴웃음을 지으며 고개를 저었다. 이미 말을 못하게 됐고 이마에는 콩알만 한 땀방울이 솟았다. 방금의 싸움에서 냉경진이 강력한 강기로 짓누르는 바람에 힘을 많이 소모해서 지금은 두 다리도 말을 듣지 않았다. 강매아는 재빨리 그를 부축해 바깥으로 나갔다.

"잠깐!"

바깥마루에 이르렀을 때 갑자기 이융기가 그녀를 불러 세웠다. 그는 울적하게 손을 뻗어 바닥에 누운 채 숨이 끊어진 등 상서의 두 눈을 감겨줬다. 그리고 무슨 생각을 했는지 갑자기 반쯤 열린 창문을 닫았다. 강매아는 어리둥절했지만 곧 깨달았다. 이렇게 하면 밖에서 창을 통해 안을 들여다볼 수 없었다. 그녀는 속으로 참 주도면밀한 사람이라며 감탄했다.

갑자기 멀지 않은 곳에서 시끌시끌한 소리가 들려왔다. 조금 전 등일용은 서재로 돌아가 금오위 관리와 밀담을 나누기 위해 하인들에게 함부로 방해하지 말라고 명했기 때문에 가까이에서 시중드는 시녀가 술 깨는 탕을 가져온 뒤로는 아무도 오지 않았다. 하지만 이곳에서 잇달아 싸움이 벌어졌으니 제아무리 짧은 싸움이었다 해도 소리가 새어나갈 수밖에 없었다. 그 소리를 듣고 하인들이 무슨 일인가 하고 달려온 것이다.

이융기는 더는 버틸 힘이 없어 바닥에 너부러졌다. 놀라고 초조해 어쩔 줄 모르던 강매아는 결국 이를 악물고 몸을 숙여 그를 등에 업고서 재빨리 돌아서서 나갔다. 그녀는 어려서부터 춤을 배웠고 나이 들어서는 방어용으로 무예를 익혔기에 허리와 다리 힘이 좋았다. 덕분에 이융기같이 건장한 남자를 등에 업고도 그리 힘들지 않았다.

막 서재를 돌아 나갈 때, 저 앞에서 발소리와 말소리가 점점 크게 들려왔다. 강매아는 초조해서 가슴이 콩닥콩닥 뛰고 어쩔 줄 몰랐다. 그때 등 뒤에서 이융기의 목소리가 속삭였다.

"서재 문을 닫고 가산 뒤로 숨어 상황을 지켜보시오."

쉬고 착 가라앉은 그 목소리를 듣자 강매아도 마음이 진정됐다. 그녀는 재빨리 시킨 대로 방문을 닫고 이융기를 업은 채 가산 뒤로 들어갔다. 과연 조금 전에 만난 시녀가 하인 둘을 데리고 바쁘게 서재 앞으로 달려왔다. 등 상서는 엄한 규칙을 세워 지켰기에, 시녀도 문과 창문이 꼭 닫힌 것을 보자 함부로 뛰어들지 못하고 문을 두드리며 조용히 부르기만 했다.

"갑시다!"

이융기가 다시 나지막이 말했다.

강매아는 서둘러 가산을 따라 달렸다. 과원을 지나면 곧 시끌벅적한 앞청이었다. 강매아는 그를 부축한 채 절뚝거리면서 예인들이 묵는 작은 곁뜰로 숨어들었다. 멀리서 굴십이가 예인들을 지휘해 짐을 싸고 떠날 준비를 하는 게 보였다. 낯익은 이들을 보자 강매아는 마음이 혼란스러워졌다.

갑자기 이융기가 낮게 외쳤다.

"멈추지 말고 어서 가시오!"

무엇 때문인지, 평소에는 자존심 강하고 오만하던 강매아도 이융기의 목소리가 들리면 제아무리 가벼운 소리라 해도 거절하기 힘들었다. 그녀는 시키는 대로 그를 부축해 쪽문으로 돌아갔다.

바로 그때 멀리서 귀를 때리는 날카로운 비명이 들렸다.

"대인! 이게 무슨! 거기…… 거기 누구 없느냐!"

강매아는 심장이 목구멍으로 넘어올 만큼 놀랐다. 그녀는 발을 재게 놀려 이융기를 부축한 채 후원 쪽문을 넘어갔다.

거리에는 밤빛이 깊이 내려앉았다. 장안성은 이미 집집이 등불을 밝히고 있었다.

6장
......

의심

태극궁 안에도 등불이 환히 켜져 있었다. 천병이라는 이름의 가짜 황제는 근신들의 호위를 받으며 침궁으로 돌아갔다. 그는 평소 이융기가 타던 명마 조야설사자가 자신을 몰라볼까봐 아예 취한 척하며 가마를 타고 환궁했다. 취한 척하면 당연히 그 밖에도 이점이 많았다. 이를테면 행여 평소와 다른 행동을 하더라도 술에 취해 예의범절을 생각지 못한 탓으로 돌릴 수 있었다.

태평공주의 계획과 자신의 지난 노력 덕분에, 그는 이융기가 연회에서 어떻게 행동하는지 자세히 관찰할 기회가 여러 번 있었고 이제는 흠잡을 데 없이 완벽히 흉내 내게 됐다. 고력사, 진현례 등 가까운 신하들마저 단 하나도 허점을 발견하지 못했다.

갑자기 태평공주부로 돌아간 원승이 아직 귀환하지 않았기에 육충이 퇴마사 정예를 이끌고 신중에 신중을 거듭해 황궁까지 그를 호위했다.

퇴위해서 태상황이 된 이단은 여전히 대권을 쥔 채 태극궁 태극전에서 일을 보고 있었다. 그래서 이융기는 억울하게도 내내 무덕전에서 정무를 처리해야 했다. 이단은 대명궁으로 물러나겠다는 뜻을 표한 적이 있으나, 아들인 이융기로서는 부황께 문안 올리기 쉽도록 태극궁에 머무르며 대국을 주재하라고 간곡히 청한 것이 당연한 일이었다. 그래도 이단은 조용한 것을 좋아해서 종종 대명궁에 가서 한가롭게 지냈다. 그곳은 지세가 높으며 전각도 높고 웅장한 데다 풍경이 아름다운 태액지도 있었다.

오늘 태상황 이단은 조회가 파한 뒤 대명궁으로 갔고, 이융기는 태평공주부에 행차하기 전에 규칙대로 태상황에게 문안드리러 갔다. 그래서 천병은 태상황이 불러들일까봐 걱정하지 않아도 됐다. 비록 감쪽같이 위장했다 자부하지만, 이융기의 아버지를 속이는 것은 아무래도 쉬운 일이 아니었다.

방금 그는 태평공주가 보낸 끄나풀에게서 무서운 소식을 들었다. 이융기가 죽지 않았고 달아나기까지 했다는 것이다. 천병은 속으로 그 멍청이들에게 고래고래 욕을 퍼부었지만, 계속해서 태평공주가 지시한 새로운 계획을 진행할 수밖에 없었다. 환궁하자마자 연회를 열어 황제파의 정예들을 불러 모으고, 술자리에서 상황에 따라 움직이면서 일단 그들을 연금하는 것이 먼저였다.

그래서 침궁으로 돌아온 천병은 흥이 난 척하며 진현례 등 가까운 신하를 붙잡아놓고 취할 때까지 마시자고 제안했다. 천자가 이처럼 흥겨워하는 일이 흔치 않았기에 신하들은 그 흥을 깨뜨릴 수 없었다. 잠시 후 술자리가 펼쳐지고 술잔이 왔다 갔다 했다. 태평공주부에서는 내내 신경이 곤두섰던 신하들도 이제야 홀가분해졌다.

술자리에 주흥이 번지자 왕거가 부득불 나서서 태평공주에게 딴뜻이 있는 것 같으니 절대로 가벼이 생각지 마시라고 황제에게 권했다. 문하성 장관이라는 재상 자리에 있는 위지고는 노련하고 신중했다. 그 역시 태평공주가 오늘 한 행동을 헤아리기 어려우니 결단코 등한시하면 안 된다고 생각했다.

천병은 소탈하게 술잔을 내려놓고 이융기와 똑같은 장안 말씨로 웃으며 말했다.

"짐의 고모이신 태평공주는 당연히 이대로 굴복하지 않을 거요. 고모가 그리 나오면 나올수록 더 무시무시하지. 생각해보시오. 근자에 갑자기 내원 총감 종욱과 밀접하게 왕래하는 것을 보면 그 속이 어떤지 이미 훤하오."

그러면서 기세도 드높게 손을 휘저었다. 이융기는 늘 이렇게 사람들을 놀래는 말을 잘했다. 게다가 흥이 나면 호방한 손짓까지 곁들였다. 천병은 그 동작의 겉만 아니라 속까지도 똑같이 익혀뒀다.

위지고가 콧방귀를 뀌었다.

"종욱이란 자가 참 대담합니다. 내일 신이 표를 올려 그자를 다른 직위로 옮기라고 건의하겠습니다."

천병은 계속 기세도 당당하게 손을 내저었다.

"됐소. 종욱이 비록 소첨사라는 직책에 머물러 있으나 역당 위씨를 토벌한 원훈이오. 그자를 해임하거나 임명하면 필시 태상황께서 놀라실 것이오. 그렇게 되면 풀을 건드려 뱀을 놀라게 하는 형국이니 도리어 좋지 않소. 더욱이 우리가 공주부에 쏘아 넣은 화살도 행적이 드러나고……."

청영이 태평공주부에 들어간 첫날, 계교에 능한 혜범은 이미 그 신분을 파악했다. 하지만 계획을 준비한 지 오래인 마당에 알아서 뛰어든 청영은 적의 계략을 역이용할 절호의 기회였기에, 혜범과 태평공주 모두 곧바로 그녀의 실체를 폭로하지 않았다. 청영이 전한 소식은 이미 태평공주 쪽도 알고 있었다. 심지어 그녀와 이융기의 대화마저 특별 제작한 사이 공간에 숨어 있던 천병이 똑똑히 들었다.

"하지만 짐이 보기에 태평도 사흘 안에는 절대 움직이지 않을 것이오."

천병은 다시 호방한 손짓을 해 보였다.

"태평이 태상황께서 개최하시는 가족 연회가 끝난 다음 움직일 거라는 말씀이십니까?"

왕거가 생각에 잠긴 목소리로 물었다.

천병은 속을 헤아릴 수 없는 웃음을 지으며 대답하지 않았다. 그는 높은 자리에 있는 사람은 적당히 신비로움을 유지해야 한다는 것을 잘 알았다. 신하들이 묻는 말에 곧이곧대로 대답해서는 안 되며 더욱이 신하들의 청에 반드시 응해서도 안 됐다. 그는 흥미진진한 듯 은근하게 술을 권했고, 왕거를 비롯한 신하들은 당연하게도 계속 곁에 남을 수밖에 없었다.

천병의 손이 슬그머니 소매 속의 주머니를 만지작거렸다. 그 안에는 신비한 고의 환약이 한 자루 들어 있었다. 계획에 따르면 때를 봐서 환약을 잘 으깨 술에 섞어야 했다. 혜범이 오랫동안 연구해 만든 고인데, 아무 맛이 없고 발작도 무척 느렸다. 이융기의 심복들은 오늘 밤 만취해서 저택으로 돌아간 다음에야 갑자기 독이 발작해 사망할 것이다.

천병은 몇 차례 주머니를 만졌지만 끝내 환약을 꺼내지 않았다. 벌써 술을 많이 마셨지만 취한 것은 아니었다. 그는 자신과 지금 눈앞에 있는 자들의 관계를 분명히 알고 있었다. 저들은 자신을 이융기로 알고 있고, 그래서 충성을 바쳤다. 하지만 자신은 태평공주가 보낸 첩자이며 계획에 따라 저들 전부를 독살해야 했다. 그렇게 하면 금군의 제어권은 완전히 태평공주 손에 떨어질 것이다. 그 후, 태평공주가 병란을 일으켜 대권을 빼앗을 계획이었다. 어쩌면 그는 한동안 황위에 앉아 꼭두각시 황제 노릇을 하게 될지도 몰랐다. 하지만 꼭두각시 황제가 좋은 결말을 맞이한 적이 없다는 것을 너무나 잘 알았다. 따라서 태평공주를 위해 천하에 둘도 없는 큰 공을 세운 자신은 반드시 죽어야만 했다. 그것도 소리 소문 없이.

태극궁으로 돌아온 지 얼마 안 되어 그는 태평공주 끄나풀인 환관과 접선했다. 그 결과는 처참했다. 이융기가 아직도 소식이 없었다. 하지만 혜범의 분석에 따르면, 이융기는 분명히 혼돈고에 당했고 혼자 달아나는 중이었다.

태평공주가 끄나풀로 삼은 환관 화춘은 내부국(內府局, 수당 때 황실 창고 출납 등을 담당하던 내시성 소속 관청)에서 등촉을 담당하는 소환관에 불과했으나 갑자기 황제의 부름을 받았다. 그야말로 직위가 수직 상승한 것이나 마찬가지였다. 다른 궁인들이 볼 때는 조상님 무덤에 꽃이 필 만큼의 행운이었다. 화춘도 흥분했다. 물론 자신이 이렇게 된 이유는 오로지 진짜 주인인 태평공주의 힘 덕분임을 알고 있었다. 그래서 얼른 황제에게 태평공주의 최신 비밀 명령을 보고해 올렸다. 서둘러 손을 쓰십시오!

"말을 전해라. 짐이 상황을 보며 움직여 반드시 적절하게 처리하겠다고!"

천병의 낯빛이 까매졌다. 그는 속사정을 잘 모르는 화춘을 노려보며 차갑게 말했다.

"고모님께서 너를 보내셨으나 네 모든 것은 짐의 손에 달렸다는 것을 명심해야 할 것이다."

천병은 지금 자신이 진퇴양난 선택의 기로에 서 있다는 것을 깨달았다. 이용기가 언제 그물에 걸려들지 모르는데, 그자가 걸려들기 전에 황제파 정예들을 모조리 죽여야 할 것인가?

천병은 다소 한기를 느꼈다. 그는 눈을 가늘게 뜨고 불나방 한 마리가 높다란 초의 불꽃 주위를 맴도는 것을 멀거니 바라봤다. 저 불나방이 꼭 자기 자신 같았다.

뭇 신하가 흥이 다하도록 술을 마셨지만 왕거만은 어느 정도 맑은 정신을 유지하고 있었다. 이용기가 생각에 잠겨 말이 없는 것을 보자 그가 참지 못하고 물었다.

"폐하, 무엇을 심려하십니까?"

"불에 뛰어드는 것은 불나방의 본능이지."

천병은 몸을 일으키더니 갑자기 창문을 열고 소매를 살짝 휘둘러 불나방을 쫓아냈다. 그리고 미소를 지으며 말했다.

"하지만 만약에 불나방 한 마리가 퍼뜩 정신이 들어, 불에 뛰어드는 대신 끝 간 데 없는 밤하늘로 날아간다면 얼마나 재미있겠소!"

왕거를 포함한 신하들은 황제의 말에 깊은 뜻이 담겼다고 느꼈다. 덕분에 그들은 숭배에 찬 눈빛으로 앞에 선 이용기를 바라봤다. 이 짧은 순간, 자신들 모두가 죽음의 길목에서 아슬아슬하게 살아났다는 사실은 아무도 알지 못했다. 창을 열고 불나방을 쫓아 보내던 찰나에 천병이 갑자기 그들을 죽이지 않기로 결심했기 때문이다. 저들은 이용기에게 충성할 뿐이며, 만에 하나 자신이 가짜라는 사실을 알면 틀림없이 칼 세례를 퍼부을 것을 잘 알고 있었다.

하지만 만약 저들이 계속해서 자신을 이융기로 생각한다면?

비록 이융기는 달아났지만, 계획대로라면 진짜인 그가 가짜가 될 것이고 가짜인 자신이야말로 진정한 이융기가 될 것이다. 그렇다면 계속해서 이융기 노릇을 하지 않을 까닭이 있을까?

그의 손이 자연스레 허리로 향했다. 거기에는 특별 제작한 독문 무기 용봉쌍참이 끼워져 있었다. 태평공주가 혜범의 계획에 따라 사람을 시켜 다시 만들어준 무기였다. 옛 지인이더라도 이 무기가 한때 범평이 쓰던 일월쌍참이라는 것은 알아보지 못할 터였다.

그랬다. 범평은 이미 죽었다. 명령을 받고 국도를 떠나던 날에 죽었다. 그 후 그는 '천병'이라는 기괴한 이름을 써야 했다. 그리고 이제는 이융기였다. 앞으로 조금 더 지나면 진정한 대당나라 천자 이융기가 되리라. 이융기가 할 수 있는 일은 그도 할 수 있었다. 태평공주를 참살한 후 천하를 독차지하고 대당나라 조정의 기강을 중흥하는 일까지도.

그는 곧 태연한 얼굴로 돌아서서 술자리를 둘러보다가 옆에 있는 환관 화춘에게 조용히 명했다.

"속히 가서 병부상서 곽원진에게 비밀 회의가 있으니 입궁하라 일러라. 전중소감 강교에게도 그리 이르고……."

그가 불러들인 이는 모두 이융기의 절대적인 심복이었다. 그들만 궁에 연금하면 이융기가 갈 곳을 틀어막는 것과 다름없었다.

"참, 원승은?"

범평은 갑자기 그 중요한 얼굴이 떠올랐다.

"그가 어디에 있든 뭘 하고 있든, 속히 입궁해서 짐에게 오라고 전하라!"

화춘은 황제의 단호한 말투에 다소 경악했으나, 차마 머뭇거리지 못하고 냉큼 소식을 전하러 달려갔다.

'목숨 걸고 싸워보자!'

넓디넓은 밤하늘을 향해 춤추며 날아오르는 불나방을 바라보면서 범평은 마음속으로 자신을 향해 묵묵히 소리 질렀다.

등 상서가 자신의 칠순 잔치에서 피살당했다는 소식은 시녀의 발작적인 비명을 따라 신속하게 저택 전체로 퍼져나갔고, 대청을 가득 채운 가족과 벗과 빈객들을 깜짝 놀라게 했다.

"어서 관아에 고해라, 어서!"

"순찰하는 금오위를 찾아보게. 저 길목에 무후포가 있네!"

저택의 빈객 가운데 관직에 있는 인물이 많은 것은 당연했다. 하지만 대부분 문관이라 이 상황을 보자 아무도 감히 나서지 못한 채 오직 형부나 금오위 같은 관아에서 나와 조사하기만을 바랐다.

그 소란스런 외침 속에 가장 먼저 도착한 사건 조사 관련 관아 사람은 놀랍게도 원숭이었다. 조금 전 태평공주부에서 집사에게 음으로 양으로 핍박을 당한 그는 어쩔 수 없이 묵묵히 그곳을 떠났다. 하지만 멀리 가지는 않았다. 그때 이미 목단각과 회랑, 가산에서 의심스런 점을 충분히 발견했기 때문이다.

태평공주에게 불려가 밀담을 나눴던 그는 공주부의 길에 익숙해서, 틈을 보아 몰래 비밀 회의가 열리는 여의당 앞까지 숨어들었다. 차마 너무 가까이 가지는 못하고 예리한 눈에만 의지해 살펴보니, 등불이 환한 난각 안에 낯익은 얼굴들이 보였다. 뜻밖에도 태평공주와 혜범 등이 모여 중요한 일을 논의하고 있었다.

곧이어 안에서 누군가 급히 달려나왔다. 그를 본 원숭은 화들짝 놀랐다. 냉경진. 선기 문하에서 가장 재능이 빼어난 제자. 그가 태평공주에게 투신했다니 뜻밖이었다. 이어서 그는 냉경진이 집사를 꾸짖는 소리를 들었다. 심지어 자신의 이름을 중얼거리는 것도 들었다. 그런 다음 제법 많은 시위가 냉경진의 지휘를 받고 움직였다. 큰일을 조사하고 있음이 분명했다. 지금까지 원숭이 품은 의심이 단순히 얇은 종이에 찍힌 조그만 점이었다면, 이제 그 점은 이미 뻥 뚫린 큼직한 구멍이 되어 있었다.

그는 환궁해서 보고하겠다는 생각을 재빨리 고쳐먹었다. 공주부와 각처의 시위, 고수가 점점 더 많이 모여드는 것을 보자 원숭은 서둘러 공주부에서 빠져나와 문밖에서 냉경진의 움직임을 주시했다. 냉경진이 어찌나 보란 듯이 움직이는지 쫓기가 어렵지 않았다. 원숭은 이내 그가 뒤쫓으려는 것이 공주부를 떠난 악단이라는 사실을 알아냈다. 아마 누군가 예인들 속에 섞여 달아난 모양이었다. 도대체 누구이기에 저토록 긴장하는 것일까? 혹시 청영일까?

뱃속에 의심을 가득 품은 원숭은 곧 길모퉁이에서 기괴한 대치 장면을 목격했다. 그가 본 것은 흉터투성이 얼굴을 한 노인이었다. 그런 다음 냉경진이 늦가을 매미처럼 찍소리도 내지 못하는 광경을 봤고, 곧이어 무시무시한 이름을 떠올렸다. 선기 국사! 그가 살아 있었다니!

흉터투성이 노인으로 변한 선기와 냉경진 사이에 벌어진 싸움은 지극히도 단순했다. 비록 선기는 다소 정신이 나간 듯했지만 냉경진은 존사를 너무도 두려워하고 있어서 금세 꽁무니를 뺐다. 하지만 냉경진은 달아날 때도 교묘해서, 사나운 부하를 시켜 선기를 유인하게 만든 뒤 혼자 살그머니 내뺐다.

다른 쪽에서는, 갑자기 모습을 드러낸 선기를 알아본 원승이 혼란에 빠지는 통에 냉경진의 부하에게 덜미를 잡히고 말았다. 아직 자신의 신분을 노출하고 싶지 않았던 원승은 멀리 피할 수밖에 없었다. 그의 능력으로 공주부 시위 몇 사람 따돌리는 것은 일도 아니었다. 그런데 길목 하나를 돌아간 그는 기괴한 광경을 목격했다.

공주부 시위 몇 명이 기세등등하게 누군가를 압송해 장안현 현아로 데려가고 있었다. 놀랍게도 그 죄인은 당금 천자 이융기와 똑같은 얼굴을 하고 있었다. 원승은 한참 동안 어리벙벙한 얼굴로 바라보다가 비로소 가짜라는 데 생각이 미쳤다. 게다가 그자는 말도 못하는 벙어리였다.

호송하는 시위들이 계속해서 욕설을 쏟아냈다.

"고분고분 굴지 못해! 이 천하의 역적 놈. 간덩이도 크게 감히 천자 흉내를 내!"

"벙어리인 척은 작작 하시지. 너 같은 돌궐의 개나 위 서인의 잔당은 이따가 사형수 감옥에 들어가면 알아서 설설 길걸."

시위들의 과장된 외침을 들은 원승은 태평공주부 측에서 돌궐과 위 태후 잔당이 결탁해 만들어낸 가짜 천자를 잡아들였다는 것을 알았다. 심지어 그 대역무도한 미치광이들이 만든 가짜 황제가 한 명에 그치지 않는다고 했다.

원승은 곧바로 의심이 들었다. 위 태후 일파는 몰살된 지 오래인데 어떻게 다시 일어났단 말인가? 더욱이 어떻게 머나먼 천 리 밖에 있는 돌궐과 결탁했단 말인가? 가짜 천자라는 저 역도를 보면 생김새가 진짜 천자와 흡사해서 큰 공을 들였음을 알 수 있었다.

저 놀랄 만한 가짜는 도대체 누구 솜씨일까?

공주부 쪽이 일부러 일을 떠들썩하게 만드는 데는 틀림없이 그만한 연유가 있을 터였다. 하지만 지금 더 중요한 것은 냉경진을 쫓는 일이었기에 뭉게뭉게 피어오르는 의심을 억지로 가라앉혔다. 우여곡절 끝에 원승은 쫓아오는 시위를 따돌렸지만 냉경진과 선기의 종적도 완전히 놓쳤다. 다행히 초반에 냉경진이 서둘러서 숭현방으로 향하던 것을 기억하고 있어서 곧 그리로 달려가 살폈다. 조사하면서 찾아가다보니 마침 등불이 환히 밝혀진 등 상서부에 이르렀고, 안에서 흘러나오는 곡성과 소란을 들었다.

"경거망동하지 마십시오!"

서재 밖까지 달려간 원승은 현장을 보고 크게 외쳤다. 대청에 가득 들어찬 사람들의 놀랍고 의심스런 눈빛을 보자 그는 즉시 신분을 밝혔다.

"이 몸은 퇴마사 원승입니다."

당황하고 비통해하던 가족과 벗, 빈객들은 원승의 이름을 듣자 구세주라도 본 듯 우르르 달려와 어서 빨리 범인을 잡아달라고 애원했다. 등일용의 정실은 일찍이 세상을 떴고 첩실 다섯과 자녀 십여 명이 남아 있었다. 그들이 모두 나와서 원승에게 신통력을 발휘해 사건을 해결하고 범인을 붙잡아달라며 슬피 울부짖었다.

덕망이 높은 예부상서가 칠순 잔치에서 피살당했으니 원승도 몹시 놀랐다. 그는 재빨리 관련 없는 이들을 멀리 물리고 현장부터 자세히 살폈다.

등일용의 얼굴에는 미간에서 턱까지 흘러내린 핏자국이 남아 보기만 해도 끔찍했다. 원승은 몸을 숙여 미간에 박힌 강철 침을 꼼꼼히 살펴보고 고개를 갸웃했다. 흔하디흔한 강철 침이었다. 너무 흔해서 원승마저 어느 문파의 고수가 쓰는 암기인지 짐작할 수 없을 정도였다. 사방을 둘러보다 뒤집힌 책상과 흩어진 책들, 이리저리 흩날린 톱밥을 발견하자 그의 놀람은 점점 더 강렬해졌다.

등일용은 방 안에서 누군가와 밀담을 나누다가 갑자기 피살됐을 것이다. 살인자는 동작이 매우 빨라 노인은 예상조차 못한 채 당했다. 찢어진 데 하나 없는 옷가지와 여전히 평온한 얼굴을 보면 이를 알 수 있었다. 그 후 방에서는 한 번 또는 두 번의 격전이 벌어졌다. 방 입구 바닥에 핏자국이 있는데 분명히 등일용의 것은 아니었다.

원승의 손이 무심코 탁자에 놓인 자단목 바둑판에 닿았다. 바사삭 소리가 나더니, 튼튼한 자단목 바둑판이 별안간 가루가 되어 흩어졌다. 원승은 여전히 바둑판의 형태를 유지하고 있는 가루를 응시하며 길게 찬 숨을 들이켰다. 종사급의 인물만이 반석처럼 단단한 자단목 바둑판을 부수고도 본모습을 유지할 수 있었다. 혹시 아직 정신이 돌아오지 않은 선기일까?

원승은 속으로 빠르게 추측해나갔다.

바닥에 이리저리 부서져 나뒹구는 책상 잔해는 그 싸움이 자못 격렬했음을 말해줬다. 선기와 이렇게 오랫동안 대치할 수 있는 사람은 없는 게 분명했다. 선기가 도착했을 때 벌어진 것이 두 번째 싸움이 아니라면. 선기는 계속 냉경진을 쫓았으니, 첫 번째 싸움은 냉경진과 다른 사람 사이에 벌어졌을 것이다. 그 후 냉경진의 부하에게 유인당한 선기가 등 상서부에 도착했다.

등 상서를 쏘아 죽인 강철 침을 볼 때, 힘차고 빠르고 예리해서 뼛속 깊이 파고들었으니 공격한 자의 공력이 무척 깊다는 것을 알 수 있었다. 심지어 원숭보다 못하지 않을 것이다. 그만한 사람이라면 냉경진일 가능성이 컸다. 그렇다면 첫 번째 싸움에서 냉경진과 격전을 벌인 이는 도대체 누구일까?

흩어진 톱밥을 뒤지다가 그는 곧 반짝이는 화살 몇 대를 찾아냈다. 짧고 날카로워 몹시 독특한 화살은 놀랍게도 영기노에 쓰는 것이었다. 지금 대당나라 국도에서 이 최신형 쇠뇌를 쓸 수 있는 사람은 얼마 되지 않았다. 원숭은 곧 생각해냈다. 바로 어젯밤, 그가 직접 이융기에게 권해 만일에 대비해 영기노를 비단 속바지에 매달아 놓게 했다.

갑자기 심장이 부르르 떨리면서 더는 생각할 용기가 나지 않았다. 설마 정말로 폐하인가? 하지만 당치도 않은 이야기였다.

원숭은 몸을 숙이고 계속 살피다가 마침내 흩어진 종이 몇 장을 발견했다. 격전이 벌어지면서 일어난 바람에 이리저리 날린 데다 여기저기 먹물이 묻어 있어서 이제야 눈에 들어온 것이다.

맨 처음 본 종이에는 이렇게 쓰여 있었다.

경은 지난달에 '유교의 성인을 높이고 불교를 억압하자'고 간하며, '근검절약을 실천하여 백성에게 은혜를 베풀라'고 했던 태종 때의 재상 마주의 말을 인용해 이 모두가 나라를 위한 이론이라 했소. 애석하게도 그 책략은 힘이 들고 너무 급했소. 작금의 형세가 어수선해 그처럼 위험하고 급박한 책략은 적절치 않았기에 짐이 미뤄놓고 응답하지 않았소.

원숭은 움찔했다. 서화의 명가인 그는 이것이 틀림없는 이융기의 필체임을 한눈에 알아봤다. 어투로 미뤄볼 때 필시 황제가 등 상서의 상주문에 답한 내용일 터였다. 하지만 어째서 상주문에 비답을 달지 않고 삼종이에 아무렇게나 썼을까?

그다음 본 것은 '중화환'과 '남산동수'가 적힌 종이였다. 종이는 흔히 볼 수 있는 익주산 삼종이였다. 익주 삼종이는 '봄날 얼음처럼 매끈하고 누에처럼 빽빽하다'는 호평을 듣고 있지만, 분류와 규격이 다양했다. 대당나라 궁정에서 공문을 쓸 때 사용하는 익주 삼종이는 반드시 좀벌레 방지제를 넣은 밝은 노란색 금화 삼종이나 빛깔이 고운 '십색전'으로 규정되어 있었다.

그는 이융기의 성격을 잘 알았다. 소탈하고 시원시원한 젊은 천자는 십색전 중에서도 연회색과 파란색 종이로 신하에게 답신하는 것을 좋아했다. 사소한 것도 중요하게 여기는 이융기가 절대로 이렇게 단순한 흰 종이에 글을 쓸 리 없었다. 너무 장중해 보이는 것을 피하기 위해서였다.

반면 등일용 같은 늙은 학자는 평소 이렇게 하얀 종이에 붓끝을 놀리는 것을 좋아했다. 다시 눈을 들자 벼루 옆에 두툼한 익주 삼종이가 쌓여 있는 것이 보였다. 원승은 절로 머리가 띵해졌다.

그렇다면 벌어질 수 있는 상황은 하나뿐이었다. 당시 이융기가 이 방에 있었고 책상에 놓인 하얀 종이를 한 장 한 장 뽑아 글을 썼다는 것이다.

원승은 '남산동수'라고 적힌 종이를 집어 들었다. 두 손이 저도 모르게 후들후들 떨렸다. 방금 급히 들어오기는 했지만, 그래도 앞 청에 높이 걸린 황제의 친필을 봤다. 천자의 친필을 거는 것은 무한한 영광이어서, 등 상서부는 당연히 그 글을 가장 눈에 띄는 곳에 걸어놓았다.

그리고 지금, 이 서재 안에 두 번째 글이 나타났다. 원승은 가슴 깊은 곳에서 용솟음치는 천 가닥 만 가닥 파도를 있는 힘껏 억누르며 그 필체를 자세히 살폈다.

　　대당나라 황제들은 하나같이 서예에 깊이 빠졌다. 태종 이세민이 바로 대서예가였고, 이융기도 다재다능해서 예서와 행서에 능했다. 그의 서법은 풍부하고 아름다우며 풍격이 뛰어나 증조부 이세민을 따라잡을 정도였다. 당세에서 글과 그림에 모두 빼어난 젊은 인재인 원승은 오랫동안 이융기와 알고 지내며 종종 서법을 교류했고, 당금 천자의 서법에 관해서는 누구보다 잘 알았다.

　　눈앞에 있는 이 '남산동수'라는 글은 예서체로, 비록 서두른 흔적이 있어서 글쓴이가 손 닿는 대로 다급히 썼다는 것을 알 수 있지만, 필법이 풍성하고 수려하며 두툼하고 웅장한 기도가 담겨 아무나 흉내 낼 수 없었다. 필적을 자세히 보니 급하게 써서 먹이 진하게 묻은 곳이 군데군데 있었다. 그 부분은 아직 축축해서 글을 쓴 지 오래되지 않은 것 같았다.

　　설마 정말로 폐하가 방금 이 서재에 행차하셨다는 말인가? 설마 등일용과 밀담을 나눈 이가 폐하란 말인가? 그 후 냉경진이 도착해 등 상서를 기습해 죽이고 폐하와 격전을 벌였단 말인가?

　　원승은 가능한 한 힘을 다해 정신을 가다듬고 재빨리 종이를 감아 조심조심 품에 넣었다. 그런 다음 돌아서서 사건이 발생한 서재에 맨 처음 들어온 시녀를 불러 자세히 캐물었다.

　　시녀는 아직도 마음이 가라앉지 않았는지 말을 하다 말고 자꾸만 울음을 터뜨렸다.

　　"금오위 관리께서 소식을 전하러 오셨는데 대인께서 서재로 안내하라 하셨습니다. 이야기를 나누신 다음 저더러 문밖으로 안내하라 하셨고요. 문을 나서면서 보니 대인께서는 어두운 얼굴로 서 계셨습니다. 무척 기분이 좋지 않으신 것 같았어요. 대인께서 서재에 계실 때면 규칙을 엄히 따지시고 함부로 방해하지 못하게 하십니다. 앞청에서 풍악이 워낙 크게 울리다보니 나중에야 이곳에서 시끄러운 소리를 들었는데, 규칙 때문에 망설이다가 결국 참지 못하고 달려왔습니다. 그랬더니…….'

"금오위 관리 노금 외에 달리 의심스런 사람은 보지 못했느냐?"

"없었…… 아, 있습니다!" 그녀가 갑자기 무릎을 탁 치며 외쳤다. "예인들이었습니다. 실수로 이 서재까지 들어왔다고 했지요. 남자는 키가 크고 훤칠했는데 제가 아무리 물어도 입을 꾹 다물고 아무 말 하지 않았습니다."

"그 남자의 나이는 몇이고 어찌 생겼느냐?"

"스무 살가량이었을 겁니다. 오만한 얼굴이고 사람을 볼 때 늘 이렇게 내려다보더군요. 웃을 때도 그런 식이었습니다. 콧대도 높고 눈이 커서 무척 준수한 편이었는데 안타깝게도 벙어리였습니다. 벙어리가 그처럼 오만하다니 이상하지 않습니까?"

"벙어리? 어째서 벙어리라고 하느냐?"

"제가 왜 여기까지 왔느냐고 몇 번을 물었는데 죽어라 말을 하지 않았습니다. 그래서 사람을 부르려고 했더니 초조한 기색이면서도 여전히 말이 없었습니다. 그러니 벙어리가 아니겠습니까? 그때 여자 예인이 나타났는데 바로 경홍무를 춘 강매아였습니다. 그녀는 그 남자가 길을 잘못 들었다고 투덜거리며 데리고 갔습니다."

강매아라는 이름을 듣자 원승은 입을 다물었다. 태평공주부를 떠난 영하사가 이곳에 와서 공연한 모양이었다. 그리고 냉경진이 필사적으로 쫓던 것도 바로 영하사를 포함한 세 극단이었다. 냉경진의 진짜 목표는 도대체 무엇일까?

"원 장군, 그 벙어리가 흉수라고 생각하시나요?"

시녀는 울어서 빨개진 눈을 동그랗게 떴다.

원승은 말없이 고개를 젓고는, 이어서 서재 주변 원락에서 일하는 하인들을 불러 물었다. 마침내 눈치 빠른 심부름꾼 하나가 전전긍긍하면서 아주 유용한 정보를 알려줬다.

"귀신을 봤습니다. 감청색 옷을 입은 귀신이었어요. 대인도 그 귀신에 당하셨을 겁니다."

"무슨 말이냐. 상세히 말해보아라."

"장 집사가 소인더러 향로에 넣을 향약을 좀 가져가라고 했는데, 서재로 가는 길에 파닥파닥하는 이상한 소리가 들렸습니다. 소리 나는 쪽을 보니 거무스름한 것이 서재에서 화살처럼 튀어나오지 뭡니까? 날이 너무 어두웠지만 소인은 눈이 좋아서 똑똑히 봤습니다. 감청색 옷을 입은 사람…… 아니, 사람이라고 할 순 없겠지요. 그건 감청색 그림자였습니다. 사람이 그렇게 빠를 리가 없어요."

그때 본 것을 설명하는 심부름꾼의 목소리가 떨려 나왔다.

"그 감청색 귀신 뒤에는 또 빛이 하나 있었습니다. 그 빛은 더 빨라서 소인은 그게 어떻게 생겼는지, 어떤 색인지 전혀 보지 못했습니다. 다만 어렴풋이 이상한 소리를 들었습니다. 마치 금 소리 같은…… 하지만 그러는 사이 빛은 금세 사라졌지요. 대인, 소인이 귀신에 씐 걸까요?"

원승은 그저 천천히 고개를 끄덕이며 한마디 했다.

"환상이나 환청일지도 모른다. 그 말은 속에만 묻어두고 남들에게는 하지 마라."

심부름꾼을 보내고 사람들의 진술을 하나로 이어보니, 원숭의 마음속에서는 다시금 격한 파도가 일었다.

금오위 관리 노금이 달려와 십분 화급한 문건을 전했는데, 이는 태평공주와 중서성이 나란히 서명한 것으로 돌궐이 천자와 생김새가 흡사한 가짜를 여럿 만들어 장안성에 잠입시켰으니 이를 본 자는 이유 불문 격살하라는 내용을 담고 있었다.

중서성이 정말 그처럼 긴급한 정보를 얻었다면 어째서 폐하나 태상황께 아뢰지 않았을까? 사태가 급박해 즉시 문건을 발행해야 했다면 어째서 태평공주가 기세등등하게 함께 이름을 올렸을까?

별안간 문밖에서 시끄러운 소리가 들리더니 서재 문이 벌컥 열리며 낯익고 차가운 얼굴을 한 두 사람이 나타났다. 바로 형부육위 중 첫째인 청풍위 소목과 셋째인 지기위 조경효였다. 위 태후가 주살된 후 조정에서는 대규모 숙청이 진행됐다. 각부 상서와 시랑 등 여러 거물이 바뀌었으나 형부육위같이 말단 관직에 있는 자들은 도리어 관직을 지킬 수 있었다. 특히 소목은 둘째 리명소의 건의에 따라 더욱더 태평공주에게 붙었다.

태평공주는 마침 사람이 필요하던 차였다. 소 신포가 죽은 뒤 어사대에 제대로 쓸 만한 이가 부족한 것을 보자 그녀는 육위 가운데 상대적으로 기민한 첫째 소목과 셋째 조경효를 어사대에 배치했다. 이제 그 둘은 어사대 순사 자리를 맡게 됐고, 관직이 한 단계 올라 기분이 제법 괜찮은 참이었다. 형부육위 가운데 가장 잘 적응한 사람은 바로 둘째인 판기위 리명소였다. 자못 계략에 뛰어난 그는 태평공주 눈에 띄어 곧바로 공주부로 들어갔다.

"아니, 원 장군이시군. 참 빨리도 오셨소!"

조경효는 원승을 보고 깜짝 놀랐다. 당륭정변 이후 원승은 천자를 가까이 모시는 총신이 됐으니 소목이나 조경효도 부득이 웃는 얼굴로 대할 수밖에 없었다.

"두 분도 빨리 오셨구려."

"와야지 어쩌겠소. 거리 사건은 금오위 일이고 민간 저택 사건은 당연히 우리 어사대 순가사 일 아니오."

말주변 좋은 조경효가 웃으며 말했다.

"한데 원 장군은 천자 직속 퇴마사 통령으로서 사악하고 수상한 사건을 맡고 있으니, 이런 일에 나설 차례가 아니지 않소?"

원승이 차갑게 말했다.

"이번 일은 천자의 안위에 관계된 대사건이오. 어사대는 끼어들 권한이 없소."

소목은 감히 그와 다투지 못하고 아양 떨듯 손을 비비며 웃었다.

"설사 우리가 끼어들 데가 아니라 해도, 원 장군 역시 오늘 밤은 끼어들지 못할 거요. 방금 오는 길에 퇴마사 관아를 지나쳤는데 내시 환 공공이 원 장군을 찾지 못해 울상을 짓고 서 있었소. 폐하께서 다급히 원 장군을 만나고자 하시니 속히 입궁하라는 말을 전하러 왔다고 했소. 십분 급하다고 하더구려."

어느새 밤이 내렸다. 등 상서부의 뒤쪽 쪽문은 좁디좁은 골목과 이어져 있었는데 주변에 인적은 없었다. 이융기는 온몸에 힘이 빠져 강매아의 부축을 받아야만 가까스로 걸을 수 있었다. 강매아는 그제야 자신이 얼빠지게 그를 따라 도망쳐 나온 사실을 떠올렸다. 부축해서 가면 너무 느려서 그녀는 아예 다시 그를 업었다.

"그 사람 말로는 당신이 혼돈고인가 뭔가에 당했다던데 사실인가 봐. 어쩌지? 이봐, 당신 정말 황제야? 등 대인까지 당신을 폐하라고 부르던데? 당신이 진짜 황제면 나가서 밝히면 되잖아. 당신이 황제고 못된 도적들이 소란을 피운다고 말이야. 그럼 만사형통인데……"

재잘재잘 늘어놓는 그녀의 질문에 이융기는 뭐라고 설명해야 할지 알 수가 없었다. 지금 그는 목소리를 내기가 힘들어서 간단하게 몇 마디만 토해냈다.

"난…… 위험하오."

"하지만 난 영하사로 돌아가야 해!"

"못 가오. 저들이 곧 등 상서가 죽은 것을 알게 될 것이고 우리둘 다 수배될 거요. 영하사도 조사를 받겠지."

"설마 궁중 암투?"

이융기와 등일용의 대화를 떠올린 강매아는 머리가 복잡해졌다. 알 듯 말 듯한 대화였지만, 역당이 크나큰 음모를 꾸미며 당금 황제를 이 지경에 빠뜨렸다는 것은 어렴풋이 알 수 있었다.

강매아는 꿈을 꾸는 기분이었다. 황제와 함께하게 된 데다 그 황제란 사람이 도망 중이니, 틀림없이 세상에서 가장 괴상하고 미친 꿈이었다.

"그럼 이제 어디로 가?"

비록 그녀가 무공을 익혀 힘이 좋다지만, 이렇게 오래 이융기를 업고 다니다보니 지쳐서 숨이 가빠졌다.

"묵을 곳. 외진 곳일수록 좋소. 객잔에 갈 수는 없소. 이 방 내에 친구가 있소? 의지할 만한."

어렵사리 여기까지 말한 이융기는 문득 소리 없이 쓴웃음을 지었다. 이 천하는 그의 것이고, 이곳 장안성은 더욱더 그의 것이었다. 하지만 그는 강매아 같은 백성만큼 이곳에 관해 잘 알지 못했다.

"그럼 잠시 쉴 곳을 찾아볼게."

강매아는 그의 뜻을 알아차리고 정신을 가다듬었다.

"소하에게 가지 뭐."

날은 이미 캄캄해져 있었다. 그녀는 힘을 내 이융기를 좀 더 끌어올린 뒤 골목을 돌아갔다.

이융기는 그녀의 부드러운 등과 가녀린 허리를 느낄 수 있었다. 그 부드러움과 가녀림 속에는 말로 표현하기 힘든 강인함이 배어 있었다. 그는 무력하게 그녀의 등에 기대 짙은 머리카락과 하얗고 보드라운 목덜미에서 나는 희미한 향기를 맡았다. 밤은 정말이지 컴컴했다. 이 먹물 같은 어둠 속에 난꽃같이 그윽한 향기가 있어 다행이었다.

그런데 갑자기 그 향기가 간데없이 사라졌다. 이융기는 마치 악몽에서 발버둥 치며 빠져나온 것처럼 흠칫 놀랐다. 그제야 자신이 여전히 미녀의 등에 엎드려 있으며, 밤은 여전히 컴컴하고 짙다는 것을 알았다. 다만 더는 아무런 냄새도 맡을 수가 없었다.

퍼뜩 냉경진이 한 말이 떠올랐다. 눈과 귀, 코, 혀, 몸, 그리고 의식. 여섯 가지가 차례차례 굳을 것이라던. 비록 추악하게 생긴 금악사에게 이상한 치료를 받아 잠시 말을 할 수 있었지만, 지금 보니 단순히 상태 악화를 늦춘 것뿐이었다. 이제 코가 막혔고, 어쩌면 조금 뒤에는 입도 다시는 쓸 수 없게 될지 몰랐다. 그런 다음 눈, 그리고 머리…… 머리가 윙윙 울렸다. 이융기는 이를 악물고 고집스럽게 앞을 응시했다.

갑자기 머리 위 하늘에서 우르릉 하는 뇌성이 들려왔다. 짙고 깜깜한 밤빛이 언뜻언뜻 내리꽂는 번갯불에 토막토막 갈라졌다. 곧 비가 올 것 같았다. 골목은 무척 좁았다. 강매아는 이런 좁은 골목을 고를 수밖에 없었다. 아직 밤 순라를 도는 무리와 마주치지 않았지만, 큰길에서는 시시때때로 외침 소리가 울려댔다. 특히 다급한 말발굽 소리가 그녀를 더욱 초조하게 만들었다.

다행히 얼마 후 비가 내렸다. 장안의 여름비는 물을 퍼붓듯이 세차서 큰길에서 들리는 외침이 훨씬 잦아들었다. 흠뻑 젖은 두 사람은 마침내 어둡고 좁은 골목에 들어섰다. 이융기는 약간 힘이 나서 억지로 내려와 그녀의 어깨를 짚고 비틀비틀 걸었다. 눈앞에 보이는 것은 놀랍게도 진흙을 바르고 띠를 얹은 볼품없는 집들이었다. 게다가 그 사이사이로 더욱 볼품없는, 얇은 널빤지로 만든 판잣집이 즐비하게 늘어서 있었다. 그중 꽤 많은 곳에 아직 등불이 켜져 있었고 간간이 도박꾼들의 시끄러운 소리며 취객과 헤픈 여자들의 웃음소리가 들려왔다.

"이곳은 어디요?"

이융기가 힘겹게 물었다.

"미혼당이라는 곳이야. 집값이 싸고 주변에 널따란 농지가 있어서 일 없는 서민이나 부랑자가 섞여 사는 곳이지. 부지는 넓지 않은데 크고 작은 띠집이나 판잣집이 복잡하게 늘어서서 외부인이 들어오면 늘 방향을 잃어."

이용기는 속으로 안심했다. 서시의 수많은 유동 인구는 그곳에서 일하는 이들일 뿐이었다. 서시에 가까운 회원방, 숭덕방 같은 곳은 요충지여서 집값이 무척 높아, 일 없는 자나 가난한 백성은 회원방 동남쪽의 숭현방으로 밀려들었는데 이는 그곳 집값이 제법 싸기 때문이었다. 그렇게 해서 이곳은 자연스럽게 그들만의 작은 세상이 됐다.

대당나라 고관과 귀인들은 황성 남쪽에 있는 홍도방이나 무본방 같은 곳에 거주했다. 등일용은 명성이 무척 높으나 평생 청렴하게 살아온 탓에 귀족들이 모여 사는 장안성 동북 지역에서 멀리 떨어진 곳에 집이 있었고, 덕분에 이용기는 더할 나위 없는 이 좋은 쉼터에 숨을 수 있었다.

"소하, 소하, 안에 있니? 나야!"

마침내 강매아가 어느 사립문 앞에 걸음을 멈추고 힘껏 문을 두드렸다. 강매아는 이용기에게 지금 그들이 찾아온 소하는 지난날 자신과 무척 사이좋게 지낸 자매라고 알려줬다. 소하는 기예에 빼어나지 못해 반수에게 늘 꾸지람을 들었는데, 그때마다 강매아가 막아줬다. 나중에 반수는 음악과 춤에 재주가 없는 소하를 아예 포기하고, 세력깨나 있는 늙은 하급 관리의 시중을 들라고 보냈다. 오기가 난 소하는 차라리 달아나서 유민들이 뒤섞여 사는 이 뒷골목에 자리 잡았다.

삐걱 소리를 내며 문이 빠끔 열렸다. 문틈 뒤로 나타난 여자의 눈동자가 빛났다.

"매아 언니?"

소하는 의아해하면서도 기뻐하며 얼른 문을 열어 두 사람을 들어오게 했다. 크지 않은 판잣집은 얄팍한 나무로 간단하게 안팎을 구분해놓았는데, 바깥쪽은 초라한 방구들이 절반을 차지했지만 그 래도 정갈했다. 소하는 흠뻑 젖은 두 사람을 보고 놀란 얼굴이었다.

"동생, 그게 말이야, 이 사람 때문에…… 반수랑 싸웠어."

강매아의 얼굴에는 억울함이 가득했고 수줍은 듯 발그레 홍조가 떠올라 있었다. 그 홍조는 대부분 진심이었다.

"이 사람 때문에 굴십이와 싸웠다고?" 소하는 하하 웃음을 터뜨 리더니 이융기를 흘겼다. "흠, 제법 잘생기긴 했네."

소하는 잽싸게 두 사람에게 씻을 물을 부어줬다. 강매아의 얼굴 은 더욱더 빨개졌다. 그녀가 입술을 깨물며 말했다.

"도망쳐 나온 거야. 이번 생에서는 죽어도 이 사람에게 시집갈 거야. 굴십이가 어떤 사람인지 너도 알잖아. 돈이 부족하면 날 놔주 지 않을 거라고. 가격을 흥정하던 중이었는데 굴십이가 사람을 보 내 이 사람을 때렸지 뭐야."

이융기는 이야기를 지어내는 강매아의 솜씨에 다소 경악했다. 그 녀의 이야기에는 허점이 전혀 없는 데다 그의 낭패한 몰골과도 딱 맞아떨어졌다.

소하는 연신 고개를 끄덕이더니 동정하고 분노한 얼굴로 가슴을 탕탕 치면서 며칠 숨어 있게 해주겠다고 했다.

"매아 언니, 걱정하지 마. 여긴 법도 안 통하는 곳이잖아. 굴십이 가 제아무리 머리를 쥐어짜봐야 여기까지 찾아내진 못할 거야. 좁 은 게 문제인데 그것만 싫지 않으면 돼."

"이곳이 좁아서 싫으면 이 어르신 집은 어때? 아주 넓은데!"

콰당 소리와 함께 얄따란 문이 누군가의 발에 걸어차여 활짝 열렸다. 바람이 뜨거운 비를 몰아치며 들이닥쳤다. 웃통을 벗어던진 사내 하나가 기세등등하게 문가에 나타나 눈을 부릅뜨고 강매아와 이융기를 응시했다.

"일남일녀, 수상한 행색. 남자는 키가 크고 여자는 예쁘다. 하하하, 이제 난 부자구나. 이 어르신이 부자가 됐어. 네놈들을 내놓기만 하면 큰돈을 벌 수 있단 말이지."

사내의 말을 들은 이융기는 가슴이 철렁해서 무의식적으로 허리에 찬 쇠뇌를 만졌다. 하지만 사내 뒤로 두 명이 더 따라온 것을 보자 쇠뇌로 공격하겠다는 생각을 포기할 수밖에 없었다. 소형 쇠뇌는 아무래도 위력이 약해서 동시에 세 사람을 처리할 수 없었다.

"소사자, 너 미쳤어?" 소하가 강매아 앞을 막으며 화를 냈다. "이 사람은 강 언니야. 내 은인이라고."

"은인은 무슨. 너 앞뒤 분간이 안 가는 모양인데, 이 어르신의 돈 길은 막지 마."

사내가 손을 뻗어 소하를 옆으로 밀어내며 외쳤다.

"방금 무후포 노인네들이 최신 소식을 전해왔어. 젊은 남녀 한 쌍을 급히 찾는데, 그 생김새가 두 사람과 딱 맞아떨어져. 얼마나 화급한 일인지 흑도와 백도 양쪽에서 동시에 현상금을 걸었지. 알고도 보고하지 않으면 죄가 세 단계 가중된다고 했어. 모반죄란 말이야, 재산을 빼앗기고 목이 뎅강 날아가는 거라고! 몇 번이나 말해? 조정의 중대사에 관심 좀 가지라고 말이야. 알아들어?"

'조정의 중대사에 관심을 가지라'는 말을 듣자 이융기의 눈이 반짝 빛났다. 흔들리는 촛불에 의지해 가만히 보니, 웃통을 벗어젖힌 사내의 어깻죽지에 흉악한 사자가, 가슴팍에는 '살아서는 경조윤이 두렵지 않고 죽어서는 염라대왕이 두렵지 않으리'라는 글이 문신되어 있었다. 바로 지난날 그가 몸소 장안 지부를 조사할 때 만난 적 있는 손 소사자였다. 그때 제법 악명을 떨치던 화자방 수령이 공교롭게도 소하와 한 무리가 되어 있다니, 정말 뜻밖이었다.

"손 소사자, 감히 내기하겠느냐?"

이용기가 차가운 목소리로 입을 열었다.

"어쭈, 이 어르신의 이름을 아는군. 무슨 내기?"

"우리를 내놓으면 상금을 얼마나 받을 것 같으냐? 도적이나 잡는 관청에서 스무 관이나 서른 관쯤 주면 잘 주는 셈이겠지."

늙은 금 연주자 선기가 그의 몸속에 넣어준 기운은 아직 가슴과 배에서 소용돌이치고 있었다. 다만 말하는 게 조금 힘들 뿐이었다.

"기세가 보통이 아닌데? 서른 관이면 숭현방에 세 무(토지 면적 단위로, 한 무는 약 667제곱미터 정도)짜리 조그만 집 하나를 살 수 있어. 네 눈엔 그게 돈도 아닌가봐?"

"네가 정말 살아서는 경조윤이 두렵지 않고 죽어서는 염라대왕이 두렵지 않다면 내기를 하자. 나를 이틀간 머물게 해주면 나중에 누군가 이만큼 돈을 줄 것이다!"

이용기가 말하며 다섯 손가락을 펼쳐 보였다.

"쉰 관?"

손 소사자가 가소로운 듯이 되물었다.

"오백 관!"

오백 관이면 오십만 전, 즉 예천방같이 비싼 방에서 십 무짜리 대 저택도 쉽게 살 수 있는 돈이었다. 이용기는 오천 관을 부르고 싶은 충동을 힘껏 억눌렀다. 큰돈을 구경하지 못한 이런 자들에게는 너무 높이 부를수록 역효과를 낼 수 있었다.

방 안에 폭소가 터졌다. 손 소사자는 이융기를 손가락질하며 뒤에 있던 사내 둘을 향해 껄껄 웃었다.

"저놈 아주 재미있잖아? 나오는 대로 지껄이는군! 오백 관? 이 어르신이 자신 있게 말하는데, 저놈은 오백 관이 어떻게 생겨먹었는지 평생 본 적도 없을걸!"

"이게 증표다."

이융기는 허리춤에서 옥패 하나를 꺼내 내밀며 잠시 생각하다가 덧붙였다.

"나를 믿지 않아도 좋고 물건을 보는 눈이 없어도 좋다. 하지만 오육랑은 알겠지. 그가 내 친구다. 그것을 가지고 그를 찾아가라. 이리 데려올 수 있다면 가장 좋고."

대당나라 천자는 지난날 육충이, 퇴마사의 무골호인 오육랑은 몇년간 암탐 노릇을 해온 덕에 장안 흑도에서 제법 이름이 있다고 한 말을 떠올렸다. 그래서 평소 가장 눈에 띄지 않던 신하의 이름을 급히 내세웠다.

'오육랑'이라는 말을 듣자 손 소사자는 마침내 웃음을 뚝 그치고 의심스럽게 옥패를 받아 쥐었다. 한때 장안 지부의 귀방에서 창매회를 연 적이 있는 그는 보물 보는 눈이 제법 있었다. 그래서 광택이 자르르하고 투명한 이 옥패를 보자마자 평생 가도 보기 힘든 진귀한 보물임을 알고 안색이 싹 변했다. 손 소사자는 이를 악물고 잠시 생각에 잠겼다가 갑자기 허벅지를 탁 때리며 말했다.

"이 어르신은 내기를 가장 좋아하지! 좋아, 이틀을 걸어보겠어. 그동안 너희는 여기서 고분고분하게 날 기다려. 아무 데도 못 가."

천자가 긴급히 찾는다고 하니 원승은 즉시 황궁으로 달려갈 수밖에 없었다. 하물며 그도 속으로는 즉시 천자를 뵐 수 있기를 바랐다. 어쩌면 천자를 만나고 나면 모든 의심이 풀릴지도 몰랐다.

하지만 수다쟁이 소목이 한껏 혀를 놀리는 바람에 시간이 다소 지체됐다. 그는 먼저 퇴마사 관아로 돌아갔는데 들은 대로 어명을 전하러 온 소환관이 있었다. 소환관은 그를 보자마자 무거운 짐을 내려놓은 얼굴이었다.

두 사람은 말을 타고 즉시 궁성으로 달려갔다. 가는 길에 원승은 소환관에게서 황제가 환궁한 뒤 가까운 신하들과 내내 술을 마셨다는 이야기를 들었다. 어쩌면 술을 마시면서 긴요한 일에 관해 의견을 나눴을 수도 있었다.

하지만 원승은 그 행동이 평상시와 크게 다르다고 생각했다. 이융기는 이런 깊은 밤에 급작스레 심복을 불러들여 회의하는 일이 극히 적었다. 설사 있다 해도 몹시 긴요한 이야기가 있을 때였고, 그럴 때는 절대 술을 마시지 않았다.

"폐하께서 어째서 회의를 하면서 술을 드셨나?"

소환관은 쓴웃음을 지었다.

"소인이 어찌 알겠습니까? 듣기로 폐하와 여러 대인께서 술을 꽤 많이 드셨고, 고력사 대인께서는 숫제 곤드레만드레 취하셨다고 합니다."

"고력사가 취해?"

원승은 더욱 놀랐다. 신중하고 세심한 고력사라면 큰일을 논할 때 체통 없이 먼저 취해 쓰러질 리가 없었다. 그가 참지 못하고 물었다.

"네게 나를 찾아 급히 궁으로 불러들이라고 한 이가 누구냐?"

"화춘입니다. 본디 내부국에서 등촉을 관리하던 소환관인데 오늘 밤 갑자기 폐하께서 내시성 내시 환관으로 발탁하셨습니다."

원승은 더욱더 이해할 수 없었다. 앞쪽에 있는 큰 길목을 돌아갈 때 맞은편에서 금오위 한 무리가 나는 듯이 달려왔다. 대장인 군관이 큰 소리로 외쳤다.

"그 앞에 누구냐? 누구기에 감히 한밤중에 통금을 어기느냐?"

"퇴마사 원승이오!" 원승이 재빨리 요패를 내보였다. "급한 일로 어명을 받고 폐하를 알현하러 입궁하는 중이오."

"아아, 원 장군이셨군요. 소장도 방금 소식을 들었습니다." 군관은 마른 웃음을 지으며 말했다. "저 앞에서 돌궐의 잔당을 엄히 조사하느라 큰길이 막혔습니다. 동쪽 작은 길로 돌아가십시오."

원승이 이끄는 퇴마사는 한때 금오위 소속이어서 금오위 장수들을 제법 알고 있었다. 하지만 맞은편의 군관을 살펴보니 영 낯선 얼굴이었다. 그의 뒤로는 병졸 여럿이 횃불을 들고 바삐 움직이느라 소란스러웠다. 원승은 자연스레 눈을 찡그렸지만 시키는 대로 소환관과 함께 동쪽으로 말머리를 돌렸다.

골목은 무척 좁아 한 번에 말 한 마리만 지나갈 수 있었다. 다행히 골목을 지나자 널찍한 네거리가 나타났다. 길 어귀 높은 곳에 삼층짜리 주루가 서 있는데, 한밤중이라 이미 문이 닫힌 상태였다. 높이 매달린 홍등이 비추는 누각 앞 빈터는 사람도 없고 무척 넓었다.

소환관은 초조하게 말을 재촉해 달려갔다. 그런데 갑자기 말이 히힝 울부짖으며 바닥으로 고꾸라졌다. 소환관도 말에서 굴러 떨어져 얼굴이 흙투성이가 되고 말았다. 감각이 예민한 원승은 재빨리

고삐를 당겨 시키면 말잡이용 밧줄을 아슬아슬하게 피했다.

획획 하고 바람을 가르는 소리와 함께 빽빽한 화살이 우수수 날아들었다. 원숭은 몸을 굴려 말 옆으로 숨은 뒤 다시 말 배 아래쪽으로 굴러 들어갔다. 그가 탔던 백마는 세찬 비처럼 쏟아진 화살에 맞아 구슬피 울음을 터뜨렸다.

"백마를 다시 쏴라!"

주루 삼층 난간에서 낮고 냉혹한 목소리가 떨어졌다. 두 번째 화살 비가 다시 쏟아졌다. 이번에는 전부 원숭과 그가 탔던 백마를 노리고 있었다. 백마는 다시 비명을 지르지도 못한 채 피투성이 고슴도치가 되고 말았다.

빼곡한 화살 비가 마침내 그치고 주루 아래로 흑의를 입은 사내가 몇 명 나타났다. 그들은 서늘한 빛이 번뜩이는 무기를 제각각 손에 들고 쓰러진 백마를 향해 직진했다. 가까이 다가가서 보니 죽은 백마 옆에 있어야 할 원숭이 보이지 않았다.

"저기다!"

냉혹한 목소리가 다시 한 번 울리면서 힘찬 화살이 날아올랐다. 불화살이었다. 기름칠한 화살대에서 불길이 활활 타오르는 화살이 쉭 하고 길모퉁이의 어느 집 지붕 처마에 박혔다. 타오르는 불길이 처마 아래에 선 야윈 그림자를 비췄다.

조금 전 원숭은 허장성세로 말 밑으로 피했을 뿐 이내 어둠을 틈타 길모퉁이 처마 아래로 숨어들었다. 신행술을 최대로 끌어올려 그림자처럼 경쾌하고 빠르게 움직였지만 그래도 그자에게 발각되고 말았다.

번갯불 한 줄기가 허공을 날며 어두컴컴한 밤하늘을 갈랐다. 맞은편 주루 위로 시선을 던진 원승은 차갑고 오만한 얼굴과 마주쳤다. 냉경진이었다. 냉경진은 일부러 숨지 않고, 어둡고 차가운 눈동자로 불빛 아래에 선 상대방을 오만하게 내려다봤다.

그가 이 매복을 준비한 것은 상당히 갑작스러웠고, 심지어 월권이기도 했다. 하지만 어쩔 수 없었다. 그는 어마어마한 힘을 들여서 기억을 잃은 존사를 가까스로 따돌렸다. 그 후 살금살금 등 상서부로 돌아가보니 원승이 먼저 도착해 있었다. 사건 현장에 있던 가장 중요한 정보는 십중팔구 세심하기 짝이 없는 저자 손에 들어갔음이 분명했다.

냉경진은 놀라고 화가 나고, 또 약간 두려워졌다. 선기 문하 모두의 숙적인 원승은 그가 본래부터 깊이 꺼리던 대상이었다. 만약 저자가 계속 조사하게 놓아둔다면 결과는 상상할 수도 없었다. 더욱이 시간이 촉박해서 태평공주에게 보고할 틈도 없었다.

다행히 그와 함께 바삐 수색에 나섰던, 똑같은 태평공주파인 소목이 소식을 듣고 부랴부랴 달려왔다. 소목에게서 '궁에 계신 황제'가 급히 원승을 찾는다는 이야기를 듣자 냉경진은 과감하게 결단을 내리고 최단 시간 내에 살인 계획을 세웠다.

오늘 밤거리를 순찰하는 금오위는 모두 좌금오장군 이흠의 병사들이었다. 태평공주의 밀명을 받은 뒤 이흠은 금오위 정예를 골라 모두 냉경진의 지휘에 맡겼다. 냉경진은 가능한 한 빨리 원승을 죽이기를 바랐다. 그자는 살상력이 너무 컸다. 그런 자가 의심이 든 상태로 입궁했다가는 무슨 혼란을 불러일으킬지 몰랐다.

하늘에서 우르릉 뇌성이 들리고 콩알만 한 빗방울이 후두두 떨어졌다. 검은 그림자 몇 줄기가 뇌성과 하나가 된 것처럼 원승 가까이 달려들었다. 원숭은 검을 뽑았다. 검에서 쏟아져 나오는 강기에 화살을 태우던 불이 모조리 꺼졌다.

밝아졌다 어두워졌다 하는 하늘이 달려드는 검은 그림자의 시야를 몽롱하게 흐렸다. 원숭은 그 틈을 타 공격했다. 춘추필은 세로로 눕혀 가슴을 가렸고, 왼손에 쥔 검은 예리한 빛을 뿌리며 노도와도 같이 허공을 가로질러 검은 그림자를 덮쳤다.

검광이 번뜩이는 곳에서 검은 그림자 하나가 고통에 찬 신음을 흘리며 쓰러졌다. 다른 네 사람은 각기 독특한 무기를 휘둘렀다. 한 사람은 희미하게 푸른빛이 나는 쌍환을 쥐었고, 한 사람은 거북이 모양 쌍조를 춤추듯 휘둘렀고, 한 사람은 솥 같기도 하고 아닌 것 같기도 한 이상한 물건을 들었으며, 남은 한 사람은 양손에 누르스름한 동척을 각기 하나씩 쥐고 휘두르고 있었다. 네 사람은 다가섰다 물러섰다 하며 원숭이 쏟아내는 검의 파도를 착착 막아냈다.

"삼재여의권, 구배쌍조!"

원숭은 한눈에 앞선 두 사람의 법기를 알아봤고, 곧이어 금빛 동척이 원양량천척이라는 것도 알아차렸다. 셋 모두 지극히 강력한 법기였다. 삼재여의권과 원양량천척에는 부적이 그려져 있는데, 빼어난 부적술로 정련한 적이 있다는 뜻이므로 그 효용이 무궁무진했다. 구배쌍조는 영험한 거북이처럼 수비가 훌륭하기로 유명했다.

귀를 뒤흔드는 뇌성 속에 쌍방은 몹시 빠르게 몇 초를 주고받았다. 네 사람은 지키기만 할 뿐 공격하지 않았다. 훈련을 잘 받은 데다 네 가지 독특한 법기 역시 서로 잘 보완되어 물샐 틈조차 없었다. 급박한 충돌이 계속되면서 원숭은 내심 초조해졌다. 그가 가진 가장 강한 술법인 화룡술은 붓을 움직일 시간이 필요했다. 천하의 술법이란 곧 균형과 공평이었다. 지나치게 빨리 펼치려면 진원을 크게 소모해야 했다.

"우왕신정! 천라문의 장문인이셨군!"

그때쯤 원승은 마침내 마지막 법기를 알아봤다. 놀랍게도 강호에서 오래전에 흔적이 끊긴 우왕신정, 각종 법기를 상쇄하고 막는 법기였다. 저런 수비 전문 법기를 제련하는 술법은 바로 천라문의 비전이었다. 천라문에서 가장 유명한 세 장로를 '천라삼로'라고 불렀는데, 지난번 무연수의 후원에서도 한번 겨룬 적이 있었다. 천라문마저 태평공주가 찾아내 휘하에 넣었으리라고 생각지도 못했다.

우왕신정은 바로 천라문의 보물로, 항상 장문인 봉구곡이 지니고 다녔다. 지금 원승에게 매복공격을 펼친 이는 필시 천라삼로 못지않은 실력자인 봉 장문인과 그 사형제들일 터였다. 원승이 격한 충격에 휩싸였을 때 우왕신정을 휘두르던 괴인 봉구곡이 갑자기 강기를 일으켰다. 조그만 솥에서 괴상한 기운이 솟아나 그대로 원승의 검을 빨아들이려 했다.

바로 그때 하늘에서 번개가 번쩍하더니 난폭한 푸른빛이 비스듬히 떨어져 내렸다. 빛은 흡사 풀숲에서 놀라 튀어나온 뱀처럼 원승의 왼쪽 옆구리를 물었다. 창이었다. 창을 쓴 사람은 냉경진이었다. 냉경진은 일찌감치 누각에서 내려와 시종일관 뱀처럼 구석을 지키다가 원승의 검세가 우왕신정에 갈라지는 순간 비로소 창을 찔렀다. 냉경진은 줄곧 원승과 고하를 겨루려 한 임소가 아니었다. 사사건건 원승을 뛰어넘으려던 막신기는 더더욱 아니었다. 냉경진이 보기에 그건 너무나 유치한 생각이었다.

그는 오직 성공을 바랐다. 최단 시간 안에 성공하길 바랐다. 선기의 문하에서 냉경진은 항상 기재라는 존재였다. 그의 천부적인 자질에 존사인 선기도 경탄했다. 하지만 그는 너무 열심히 하는 것이 싫었다. 심지어 수련할 법기를 고를 때도 그랬다. 창은 무기의 왕이지만 길어서 번거로운 탓에 자유로움을 좋아하는 수도자들에게 사랑받지 못했다. 하지만 냉경진은 신경 쓰지 않았다. 창의 위력이 검보다 높다면 창을 수련하자는 생각이었다.

그가 가장 중요하게 여기는 것은 시기였다. 올바른 시기에 올바른 일을 하면 모든 것이 옳았다. 그래서 그는 중요한 순간에 태평공주 그 늙은 여자 앞에 몸을 바칠 수 있었고, 가장 먼저 선기를 배신할 수도 있었다. 지금 찌른 창도 그랬다. 가장 중요한 순간에 쓴 창은 일격에 적을 죽일 수 있었다. 그의 청염창은 본디 극히 날카로운 법기인 데다, 지금은 선기 문하에서 제일가는 냉경진의 공력이 전부 담겨 있었다. 창 위로 시퍼런 광염이 솟아났다. 짙은 죽음의 빛이었다. 시기와 각도, 힘, 어느 하나 흠잡을 데가 없으니 반드시 명중이었다.

하지만 내내 붓을 세로로 쥐고 가슴 앞을 가리고 있던 원승의 오른손이 마침내 움직였다. 춘추필이 신룡이 꼬리를 드러내듯 날쌔게 떨어져 내렸다. 사실 그는 계속 냉경진을 예의주시하고 있었다. 냉경진이 살그머니 누각에서 내려와 어둠 속에 녹아들 때부터 매순간 그 사소한 동작 하나하나가 원승의 마음속에 있었다.

본디 두 사람은 공력이 엇비슷했다. 창은 길어서 먼 곳을 공격할 수 있으니 짧은 붓을 이길 수 있다지만, 창과 붓이 마주치자 춘추필에서 흘러나온 강력한 강기는 뜻밖에도 청염창을 멀리 퉁겨냈다. 냉경진은 오늘 이융기에게 쇠뇌를 맞았고 종사급 고수인 선기에게 바짝 쫓기느라 강기가 많이 상한 상태였다.

하지만 냉경진의 최대 장기인 시기를 따지는 재주가 지금 효과를 발휘했다. 창을 내질렀을 때 그는 이미 모든 시기를 완벽하게 헤아린 뒤였다. 창이 튕겨 나오는 순간 하늘에서 번개가 번쩍하고 곧이어 천둥이 우르르 울렸다. 갑작스런 천둥소리와 함께 냉경진의 창에서 검은 불꽃이 튀어나와 흉악한 이무기처럼 허공을 가르고 원승에게 날아들었다. 냉경진은 선기 문하에서 가장 걸출한 제자인만큼 사문의 뛰어난 기술을 이어받은 것은 당연했다. 선기의 절학, 뇌법.

다시 창을 찔렀을 때, 그 창끝은 마침 우레의 위력을 빌려 배로 강해져 있었다. 같은 순간, 봉구곡 등 네 사람이 각기 법기를 휘두르며 일제히 공격해왔다. 중과부적인 원승은 둔탁한 신음을 흘렸다. 왼쪽 옆구리에 극심한 통증이 느껴지고, 작렬하는 힘이 사납게 그의 몸을 뚫고 들어왔다. 온몸의 경맥이 격렬하게 뒤흔들렸다. 그는 와락 고함을 터뜨리며 붓과 검을 동시에 내질러 기세도 드높은 청염창을 억지로 떨쳐냈다. 춘추필이 용처럼 허공을 이리저리 긋자 무시무시하게 생긴 검은 용이 구름을 뚫고 나타나 노기등등하게 냉경진 등을 휘말아갔다.

"화룡술이다. 당황하지 마라!"

냉경진의 미친 듯한 외침 속에서 청염창이 바람과 우레를 몰아 검은 용을 찔렀다. 하지만 용은 너무 컸다. 용꼬리가 질풍같이 날아들어 그와 네 술사를 모조리 휘감았다.

냉경진은 이 거대한 용이 강력한 힘을 발휘하지만 사실은 허장성세라는 것을 알아차렸다. 그래서 다시 매섭게 소리를 지르며 창에 맺힌 뇌전의 위력을 최대한으로 쏟아냈다. 하늘이 무너질 듯 우르릉 쾅쾅 하는 뇌성이 울리는 순간, 검은 용이 갑자기 천 갈래 만 갈래로 쪼개졌다. 하지만 용의 그림자가 쪼개진 뒤 장대비가 쏴쏴 쏟아지는 거리에서 원숭의 종적은 어느새 사라지고 없었다.

"찾아라! 놈은 중상을 입어 멀리 달아나지 못한다!"

냉경진이 미친 듯이 고래고래 소리쳤다. 병졸들이 사방으로 흩어졌고 잠시 후 누군가 큰 소리로 외쳤다.

"여깁니다. 물속으로 뛰어들었습니다!"

불화살과 공명등이 그 사람이 가리키는 쪽으로 날아갔다. 과연 영안거 강물로 사람 하나가 떠올랐다 가라앉았다 하는 것이 보였다. 벌써 멀리 헤엄쳐간 뒤였다. 냉경진이 신행술을 펼쳐 가장 먼저 쫓아갔고, 심복 시위와 병졸들도 횃불과 등롱을 들고 나는 듯이 뒤따랐다. 그림자는 움직임이 무척 빨랐다. 번쩍이는 횃불에 비춰보니 그자는 한 번 머리를 내민 뒤 단번에 몇 장이나 헤엄쳐갔다.

"원숭이다. 활을 쏴라!"

냉경진이 외쳤다. 난전이 쌩쌩 날아올랐다. 물속에 있던 사람은 화살 몇 대를 맞은 뒤 눈에 띄게 느려졌다. 병졸 몇 명이 우르르 물속으로 뛰어들어 그 사람을 에워싸 붙잡았다. 냉경진이 황급히 무리를 이끌고 달려갔지만 뜻밖에도 강기슭이 웅성웅성했다.

"나무토막! 나무토막이잖아!"

"이상한데? 내가 건져냈을 때만 해도 중상을 입고 다 죽어가는 사람이었는데……."

그들 말대로 나무토막에 화살이 그득 박혀 있었다.

"장안법이다!" 냉경진은 온몸이 차갑게 식는 기분을 느끼며 속으로 중얼거렸다. "대단하군. 이런 순간에도 장안법을 쓰다니!"

고개를 들어보니 폭우를 맞이한 영안거는 시커메서 그 끝이 보이지 않았다. 영안거는 여러 방으로 통해 있었다. 원승이 물을 이용하는 수둔술 같은 비술을 펼치면 황궁까지도 쉽사리 헤엄쳐갈 수 있었다. 무더위에 내린 밤비에는 숨 막히게 하는 낮의 숨결이 담겨 있었다. 하지만 퍼붓는 빗속에 굳은 듯이 서 있는 냉경진은 온몸이 차갑기만 했다.

7장
......

솟아오르는 잠룡

    성동격서 방식 장안법을 이용해, 원승은 진작 반대 방향으로 물길을 타고 달아났다. 다만 이를 위해 참담한 대가를 치러야 했다. 냉경진의 청염창과 뇌법에 경맥을 심하게 다친 그는 부득불 최단 시간에 화룡술을 펼쳐야 했고, 진원 강기를 대량 소모했다.

    서늘한 강물은 도리어 원승의 정신을 맑게 깨웠다. 황제가 등 상서부에 출현했고, 또 다른 황제는 밤새 술을 마시고 있었다. 어명을 내린 사람 역시 고력사가 아니라 등촉을 관리하다가 갓 승진한 소환관이며, 밖에서는 놀랍게도 냉경진이 금오위를 움직이고 있었다. 무수한 의문이 성난 파도처럼 밀어닥쳤다. 잠깐 사이 원승은 중대한 결정을 내렸다. 절대로 입궁할 수 없다.

    물에 흠뻑 젖은 채 기슭으로 기어올랐을 때 그의 몸은 아프지 않은 데가 하나도 없었다. 마침내 폭우가 약해졌지만 여전히 빗줄기는 빽빽했고 하늘과 땅은 온통 컴컴했다. 한여름 장안의 무더위도 갑자기 찾아온 폭우에 씻겨나가 조금 싸늘하기까지 했다. 다행히도 그는 마침내 따스하고 조그마한 불빛을 하나 발견했다.

    바로 그 꽃집이었다. 청영과 연락하기 위해서 오육랑은 저 꽃집에 심복을 배치하고 밤새워 지키게 했다. 어둠 속에 나타난 한 줄기

빛을 보자 원숭의 마음은 오히려 찌르는 듯 아팠다. 본래라면 저 등불 아래에 있을 사람은 대기였다. 하지만 그녀는 떠났다. 그렇게도 결연하게. 앞으로 그 어여쁜 웃는 얼굴을 다시 볼 수 있을까?

원숭은 억지로 몸을 버티며 꽃집 문을 두드렸다. 빗장이 스르르 열리고 환한 빛이 흘러나왔다. 어른거리는 등불 앞에 선 이는 놀랍게도 낯익은 모습이었다. 키 크고 날씬하고 긴 머리카락을 찰랑찰랑 늘어뜨린 사람. 순간 원숭은 정신이 멍해져 아무 생각도 할 수 없었다. 그 익숙한 목소리를 듣기 전까지.

"당신…… 어떻게 된 거예요?"

그녀였다. 정말 그녀였다.

그녀가 떠나지 않았다. 게다가 여기서 그를 기다리고 있었다. 손에 작은 등잔을 들고 연노랑 촛불 빛 속에 서 있는 그녀는 마치 선녀 같았다.

이 비 내리는 밤, 원숭은 살아평생 가장 큰 의혹과 곤경에 빠졌고, 나아가 갑작스런 기습을 당해 물에 뛰어들어 달아나야 했다. 사방 천지는 온통 칠흑 같은 물과 칠흑 같은 밤, 영원히 끝나지 않을 물과 밤뿐이었다.

그런데 지금, 저 조그만 등잔에서 흘러나오는 빛이 갑자기 그의 온 세상을 환히 밝혔다. 원숭은 자신의 심장이 저 따스한 빛에 부딪혀 순식간에 녹아내리는 것을 느꼈다. 그는 천천히 대기의 품속으로 쓰러졌다.

황제의 어명을 받은 근신들이 밤을 가리지 않고 하나둘 입궁했다. 침전 안에서 열린 간소한 연회에 참석한 손님은 어느새 열다섯 명으로 불러났다. 대신들은 황제에게 예를 올린 뒤 주어진 자리로 가서 술을 마셨다. 쏟아지는 비를 뚫고 입궁한 대신들은 모두 의아해하면서도 영광으로 여겼다. 폐하가 한밤중에 신하를 불러들이는 일 자체가 크나큰 영광이었다.

왔다 갔다 하는 술잔과 각기 의혹에 찬 중신들을 보면서, 범평은 무척 만족스러웠다. 하루도 되지 않았건만, 이제 그는 처음 황제를 연기할 때의 전전긍긍하며 낯설어하던 자신이 아니었다. 심지어 황제가 된 즐거움마저 누리기 시작했다.

다시 한차례 술잔을 주고받은 뒤, 범평은 비로소 중신들을 둘러보며 무겁게 말했다.

"깊은 밤에 아끼는 경들을 입궁시킨 것은 실로 일이 긴급하기 때문이오. 짐이 방금 들으니 장안에 짐을 사칭하는 대역무도한 무리가 시정을 어지럽히고 있다 하오. 무서운 것은 그 미치광이들이 짐과 똑같이 꾸몄다는구려. 태평공주부에서 한 명을 붙잡아 벌써 어사대로 보냈소. 짐이 방금 하문했더니, 어사대에서 보고하기로 가짜 천자는 누군가가 약을 먹여 이미 벙어리가 됐는데 공교롭게도 글자를 몰라 소통이 되지 않고 미친 듯이 울부짖기만 한다고 했소."

천자가 갑자기 이 무시무시한 소식을 던지자, 중신들은 하나같이 놀라고 분노했다. 누군가는 죽어도 용서받지 못할 죄인이라고 욕했고, 또 누군가는 역적이 무슨 흉계를 꾸미는지 모르겠다며 의아해했다.

참다못한 왕거가 놀란 목소리로 물었다.

"폐하, 실로 중대한 사건입니다. 폐하께서 말씀하신 대로 어사대쪽은 돌궐과 위 서인의 잔당이 손을 잡고 벌인 짓으로 단정한 것 같은데, 위 서인 일파는 벌써 몇 년 전에 소탕됐습니다. 그들이 다시 움직였다니 너무 허황한 이야기가 아닙니까?"

"허황하다뿐이겠소. 아주 눈 가리고 아웅 하는 격이지!" 범평은 술잔을 탁 내려놓았다. "위 서인 일파는 진작 깨끗이 흩어졌고, 돌궐은 미개한 무리요. 이 세상에서 짐의 훌륭한 고모를 빼놓고, 이처럼 하늘이 놀랄 만한 사건을 터뜨릴 사람이 또 누가 있겠소?"

그 담담한 한마디에 담긴 청천벽력 같은 의미에, 술자리에 있던 중신들은 깜짝 놀라 술이 확 깼다. 천자와 태평공주의 불화를 모두가 알고 있지만, 오늘 낮만 해도 고모와 조카가 정답게 연회를 즐겼고, 심지어 막 환궁한 천자는 태평공주를 연신 칭찬하기까지 했다. 그런데 지금은 왜 갑자기 태도가 바뀌었을까?

"여러분, 낮에 있었던 연회는 태평이 태상황에게 보여주려고 펼친 연극에 불과하오. 짐이 심복을 보내 오랫동안 비밀리에 조사한 터라, 부득이 황혼녘에 몸소 가짜 천자를 내놓을 수밖에 없었던 것이오."

범평은 허리를 곧게 펴고 모호한 이유를 들어 서로 모순되는 말을 슬그머니 감춘 뒤 무겁게 말했다.

"가짜 황제라는 지독한 방법까지 쓰다니, 태평의 음흉한 속셈이 마침내 드러났소. 우리에게는 물러날 곳이 전혀 없소. 병가는 신속함을 으뜸으로 치니 선수를 치는 자가 승리를 차지할 것이오!"

그는 이융기의 말투와 기백을 감쪽같이 흉내 내, 기분이 고조될수록 침착하고 느리게 말을 이었다. 하지만 이 침착하고 느린 한마디가 끓는 기름에 불꽃을 던져 넣은 양 연회장 분위기가 즉시 활활 타올랐다.

취기가 잔뜩 오른 왕모중은 탁자를 내리치며 소리 질렀다.

"영명하십니다, 폐하. 진작 그랬어야 합니다! 폐하와 태평은 이제 전쟁을 시작한 형국입니다. 반드시 선수를 쳐야 합니다."

진현례도 낭랑하게 말했다.

"폐하께서 참으로 멀리 내다보셨습니다. 이런 비상시국에는 먼저 움직여야 이 천하가 여전히 폐하의 것이 됩니다. 늦게 움직이면 우리가 바로 위 서인이 되는 겁니다!"

두 사람은 모두 이융기를 따라 당륭정변에 참가한 심복 장군으로 오랫동안 참아온 게 분명했다. 그들의 말은 과장되긴 했으나 중요한 곳을 정확히 찔렀다. 두 대장군의 발언에 곧 찬동하는 소리가 따라붙었다.

육충은 관직이 낮은 편이지만 이융기의 절대적인 심복이기 때문에 자리를 받아 함께 술을 마시고 있다가 참지 못하고 큰 소리로 말했다.

"이 육충은 폐하께서 그 말씀을 하시기만 오랫동안 기다려왔습니다. 명령만 하시면 제가 선봉에 서겠습니다."

그의 곁에 있던 건장한 장군이 육충의 어깨를 치며 소리쳤다.

"육 장군, 나와 공을 다툴 것 없네. 폐하께서 지시만 하시면 이 이이덕이 오늘 밤 안에 태평 그 할망구의 머리를 베겠네."

이 건장한 장군은 바로 유성추를 잘 쓰는 이이덕이었다. 왕모중과 마찬가지로 그도 이융기가 임치군왕일 때부터 따른 골수 심복이었다. 그는 용감무쌍하지만 머리가 단순해서 같은 무인 출신이나 세심한 왕모중에 훨씬 미치지 못했고, 그래서 관직도 그리 높지 못했다. 하지만 이융기는 이런 단순함을 중요하게 여겨 그에게 궁내

숙위를 맡겼다.

거친 무부인 이이덕의 말에 전각 안에 폭소가 터졌다. 방 안 가득한 웃음 속에서 범평은 득의만만하게 고개를 끄덕였다. 자신은 여러 방면에서 이융기에 미치지 못하지만, 태평공주와의 싸움에서는 유리했다. 비밀을 많이 아는 데다 이융기보다 훨씬 모질며 꺼릴 것이 없어서였다.

하지만 지금껏 먼저 움직여야 유리하다고 주장해온 왕거만은 황제의 갑작스런 변화 앞에서 오히려 신중해졌다. 그가 나지막이 깨우쳤다.

"폐하, 태상황께는 어찌 말씀드릴지 생각해두셔야 합니다."

"대사가 마무리되면 짐이 태상황을 뵙고 몸소 해명하겠소." 범평은 또 호기롭게 손짓을 했다. "짐은 태평이 짐과 태상황을 동시에 공격하지는 못할 것이라 했소. 하지만 지금 보니 우리가 태평의 야심과 잔혹함을 얕본 것 같소."

왕거는 고개를 끄덕였다. 사실 천자의 지금 논리는 내내 그가 꾸준히 주입해온 책론이었다. 그는 정색하고 손을 모았다.

"폐하가 보시기에는 우리가 언제 움직여야겠습니까?"

범평은 다소 기괴한 웃음을 지었다.

"경이 말한 것처럼 태평은 내일 저녁 태상황의 연회까지 기다릴 것이오. 그렇다면 짐도 결코 불효자라는 말을 들을 수는 없지. 가족 연회가 끝나고 사흘 뒤 움직입시다. 다만 준비를 잘해야 하오."

그는 다시 침착하고 느린 말투로 평소 천 리 밖에서 전략을 짜는 '내재상' 왕거의 기세를 억누른 다음, 주위를 둘러보며 극히 중요한 여러 가지 계획을 하나하나 천천히 설명했다.

"명심하시오. 선수를 쳐야 하지만 비밀이 새어나가선 안 되오."

밤은 이미 깊었다. 취기가 돌면서도 잔뜩 흥분한 신하들을 바라보는 범평은 속으로 무겁게 한숨을 내쉬었다. 모든 것이 훌륭했다. 열정적인 연설이 저 믿음직한 신하들로 하여금 그의 계획에 심히 탄복하게 했다. 다음 할 일은 돌발적으로 다시 손을 써서 공격 시기를 두 번째 가족 연회로 앞당기는 것이었다. 이제 만사가 완비됐으나 오직 동풍만 빠진 격이었다. 마지막으로 진짜 이융기를 죽여 없앨 일만 남은 것이다.

"경들은 그만 돌아가시오. 각자 집에서 푹 쉬고 내일 조회에서 그 어떤 것도 드러내지 마시오."

범평은 마지막으로 제대로 서 있지도 못하는 왕모중과 진현례에게 시선을 던지며 그 마음 잘 안다는 듯이 말했다.

"두 장군은 돌아가실 것 없소. 오늘 밤은 이곳에서 쉬시오. 음, 고력사도 취했군. 세 사람 다 함께 묵으시오."

실로 세심한 수법이었다. 오늘은 병권을 쥔 대장군 둘만 남기면 충분했다. 나머지는 돌아가서 푹 잠들 테니 다시 손님을 만날 정신은 없을 테고 내일 아침 일어나면 서둘러 조회에 참석해야 했다. 조회가 끝나면 그가 다시 핑계를 대 붙잡아둘 생각이었다.

사람들은 감사 인사를 하고 물러갔다.

"육충, 자네가 남아 당직을 서게. 자네가 있어야 짐도 마음 편히 잘 수 있네."

범평이 자연스럽게 말했다. 육충은 남을 수밖에 없었다.

문득 왕거가 두어 걸음 다가와 나지막이 말했다.

"폐하, 오늘 밤 회의에 꼭 필요한 원승이 빠졌습니다. 그에게 무슨 일이 있는 것은 아닌지 걱정되는군요. 당장 육충과 함께 찾아가 볼까 합니다. 이 같은 비상시국에 원승이 태평공주 손에 들어가면 절대 안 됩니다."

제법 일리 있는 말이라 여긴 범평도 즉시 윤허했다. 왕거가 절을 올린 뒤 서둘러 육충을 끌고 멀어지자, 범평은 비로소 냉소를 지으며 마지막에 나가는 천우위 장군 이이덕에게 말했다.

"이 경, 잠시 기다리게."

황제에게 재차 부름을 받자 이이덕은 과분한 은혜에 어쩔 줄 몰라 하며 엄숙하게 몸을 숙였다.

"이덕, 관직으로 따지면 자네가 왕모중이나 진현례보다 한 단계 낮지만, 짐의 마음속에는 자네야말로 가장 충성스런 사람일세."

범평은 술잔을 들어 몸소 이이덕에게 건넸다. 오늘 밤 술자리에서 그는 특별 제작한 미약을 살그머니 술에 풀었다. 잠시 후 미약이 발작하면 이융기의 직계 심복들은 깊은 잠에 빠질 것이다. 하지만 이이덕에게는 맡겨야 할 중요한 일이 있어서 지금 건넨 술잔에 몰래 해약을 넣었다.

오늘 밤 연회에 참석한 이융기의 삼대 심복 무장 가운데 왕모중이 가장 관직이 높아, 좌용무장군으로서 좌만기를 통솔했다. 진현례와 이이덕은 모두 천자 숙위군인 천우위 내에서 이융기에게 가장 신임 받는 실권자였다. 하지만 이이덕은 용맹지만 경솔한 데가 있어서 신중한 진현례가 이융기에게 좀 더 무겁게 쓰였다.

이런 말을 들은 이이덕은 감격해서 눈물이라도 쏟을 것 같은 얼굴로 황급히 한쪽 무릎을 꿇었다. 그리고 양손으로 술잔을 받은 뒤 감개에 차서 말했다.

"폐하께서 소장의 충심을 깊이 새겨두신 것을 이미 알고 있었습니다. 이제 중요한 때가 왔습니다. 폐하께서 분부만 하시면 소장은 섶을 지고 불구덩이에 뛰어들라 해도 마다하지 않겠습니다!"

범평은 만족스럽게 그의 어깨를 두드렸다. 범평이 일부러 이이덕을 남긴 것은 바로 그의 십분 경솔한 성품 때문이었다. 일단 명령을 받으면 그는 이유 불문하고 악착같이 수행해나갈 사람이었다.

"방금 그토록 중요한 이야기를 나누면서 짐이 왜 경들에게 술을 대접했는지 아는가? 좋은 술이 목으로 넘어가면 속마음을 숨기지 못하는 이가 많기 때문일세."

이이덕은 알 듯 말 듯한 말에 어리둥절하면서도 숭배하는 표정을 지었다.

"덕분에 짐은 여러 사람의 속마음을 봤지. 그들은 본디 짐에게 충성했으나 큰 어려움이 닥치자 적잖은 이가 겁을 먹었네. 왕모중이나 진현례도 그 속에 있었지. 참으로 실망스러웠네. 기실 짐은 이미 속으로 손쓸 시기를 정해뒀네. 지금은 자네만 알고 있게."

이이덕은 심장이 뜨겁게 달아오르는 것을 느끼며 떨리는 소리로 말했다.

"폐하께서 한마디만 하시면 소장은 반드시 불구덩이에 뛰어들겠습니다."

"불구덩이에 뛰어들 것까지는 없네. 내일 연회에서 천우위를 전부 자네가 이끌도록 하게. 사전에 궁노수를 매복해둬야 하네."

범평은 온화하게 이이덕을 부축해 일으키고는 한 자 한 자 힘줘 말했다.

"명심하게. 연회가 열린 후 짐이 적당한 때 옷을 갈아입으러 나갈 걸세. 그때 자네는 짐의 명에 따라 일제히 화살을 난사해 태평을 죽이게."

"내일 저녁…… 난사……."

이이덕도 처음에는 자신이 동료인 왕모중과 진현례마저 제치고 천자의 신임을 받았다는 사실에 놀라고 기뻤다. 그렇지만 곧 이 과감한 천자가 벌써 결단을 내렸고, 공격 시기를 바로 내일 저녁 황실 가족 연회로 잡았다는 것을 깨닫고 깜짝 놀랐다. 이토록 모진 방식이라니, 정말이지 예상 밖이었다. 갑자기 관자놀이가 쿡쿡 쑤시는 기분을 느끼던 그가 퍼뜩 생각난 듯 말했다.

"폐하, 화살을 난사하면…… 태상황께서는 어찌합니까?"

범평은 눈을 살짝 찡그리더니 곧 싱긋 웃었다.

"안심하게. 부황 곁은 역용을 하고 들어간 종사급의 고수가 지킬 걸세. 짐의 밀명이 떨어지면 자네는 안에 누가 있든 신경 쓸 필요 없네."

그는 이이덕의 어깨를 툭툭 두드렸다.

"방금 짐이 떠봤는데 모두 겁을 먹고 움츠러들더군. 풋내기들과는 큰일을 논할 수 없지! 이 기밀은 절대 새어나가서는 안 되네. 알아듣겠나?"

이이덕은 놀라고 기뻤다. 황제가 이처럼 경천동지할 큰일을 자신에게만 말해줬다는 사실에 감격한 그는 황급히 머리를 조아리며 마음을 표했다.

"일어나게, 이 경."

범평은 친절하게 그의 어깨를 두드리면서 왕거가 사라진 방향을 바라봤다.

"이제 짐이 십분 화급한 임무를 하나 내리겠네. 오늘 밤 연회에 참석한 이들 가운데 짐을 배반한 이가 있네."

"손 소사자." 강매아는 콧방귀를 뀌었다. "옥패를 받았으니 며칠 있으면 큰 부자가 될 거야. 그러니까 당장 이 마나님께 제대로 된 방을 준비해줘."

"이곳이 가장 제대로 된 방이야. 자, 우린 그만 물러날 테니 오늘 밤 둘이 오붓하게 동방화촉을 밝혀보라고."

손 소사자가 흐흐 웃으며 곁에 있는 장한들에게 외쳤다.

"아무도 두 사람을 방해하지 마. 이 나리의 돈줄이니까."

무뢰배 두 사람이 이상야릇한 웃음을 터뜨렸다.

"그럼요, 그럼요. 큰돈 버신 것을 축하드립니다, 손 나리."

"너희 둘 다 입을 단단히 꿰매둬. 이야기가 새어나갔다간 이 나리가 네놈들 대를 끊어놓을 테니까."

무뢰배들을 을러댄 후, 손 소사자는 옥패를 흔들며 말했다.

"난 내기를 아주 좋아한단 말이지. 하룻밤에 오백 관이라면 해볼 만한 내기야. 날이 밝는 대로 육랑 나리를 찾아가지. 두 사람, 신혼이라지만 밤일하는 소리를 너무 크게 내진 마. 이 나리가 옆방에 있으니 일이 있으면 부르고."

커다란 웃음소리와 함께 손 소사자는 무뢰배들을 데리고 옆방으로 건너갔다.

소하가 미안한 얼굴로 황급히 밥상을 차려줬다. 이런 조악한 곳에서 급히 준비한 음식이다보니 호병(胡餠) 몇 개가 전부였다. 강매아가 몹시 까다로운 여자라는 걸 아는 소하는 더욱더 미안해했다.

하지만 강매아는 신경 쓰지 않고 그녀의 손을 잡으며 감사를 표하고, 몇 마디 근황을 물은 뒤 내보냈다.

판자로 된 방 안이 마침내 조용해졌다. 지치고 배고픈 두 사람은 서둘러 얼굴을 씻고 뜨거운 물과 함께 호병을 먹기 시작했다. 두 사람은 한참 먹다가 거의 동시에 고개를 들어 서로를 쳐다봤다. 흔들리는 유등 불빛 속에 네 눈동자가 교차하는 순간, 갑자기 둘 다 참지 못하고 웃음을 터뜨렸다.

"역시 당신이었어!"

강매아는 눈을 동그랗게 뜨고 외치다가 재빨리 입을 가리고 속삭였다.

"당신 정말 그때 그…… 대당나라 천자군요? 낮에 연회석에 앉아 있다가 웃을 때 딱 그 표정이었어요. 하지만 그땐 날 똑바로 바라보지도 않았어요."

"그때 당신이 나를 유심히 보지 않게 해서 다행이었소. 안 그랬다면 날 보자마자 소리소리 질렀을 테니까."

이융기는 쓴웃음을 지었다.

"하지만 그래도 믿을 수가 없어요. 당신이 진짜 황제라니요."

강매아는 고개를 옆으로 돌려 그를 살폈다. 심장박동이 빨라지고 피가 굳는 느낌이 또다시 엄습했다. 쭈뼛쭈뼛 일어난 그녀는 지금 천자에게 큰절을 해야 할지 말지 망설였다.

"잠시 아니라고 생각하시오." 그녀가 예를 올리려는 것을 눈치 챈 이융기가 손을 뻗어 만류했다. "지금은 아무도 없으니 편히 부릅시다. 다른 사람이 있을 때는 더 그렇고."

이 말이 강매아의 마음을 편하게 해준 것 같았다. 그녀는 아득한 눈으로 그를 바라보며 가볍게 말했다.

"당신이 황제든 아니든 간에 당신에겐…… 분위기가 있어요."

"무슨 분위기?"

"기개도 있고 생각도 깊고 무슨 일이 있어도 굴하지 않는 분위기요. 하늘이 무너져도 당신에겐 떠받칠 방법이 있을 것 같아요."

아리땁게 웃는 그 얼굴을 보자 이융기의 마음속에서도 부드러움이 솟구쳤다. 등극 후 무수한 칭송을 들어왔지만, 그 무엇보다 단순하고 직설적인 이 젊은 여인의 칭송이 그를 감동하게 했다. 그래, 이제 하늘이 무너졌다. 내가 떠받칠 수 있을까?

하지만 그는 머뭇거리는 표정이라곤 없이 태연하게 고개를 끄덕였다.

"그렇소. 하늘이 무너져도 내가 떠받치겠소."

"그런데 어쩌다 이런 지경이…… 됐어요?"

여인은 다시 목소리를 죽이고 했던 질문을 반복했다. 이융기는 이것이 참 대답하기 어려운 질문임을 깨달았다. 더욱이 그 자신도 태평공주가 꾸민 기묘한 함정을 완전히 파악하지 못한 상황이었다. 그런데 문득, 강매아가 서시에서 유명한 예인이라는 데 생각이 미쳐 서시의 설화인 말투로 이야기를 꺼냈다.

"간신이 나타났도다! 간신의 권력이 하늘을 찌르는구나. 평소에는 충신으로 위장하는 데 어찌나 능한지……."

주르르 이어지는 비유를 듣고 나자 강매아는 마침내 어려움에 빠진 천자의 상황을 대략 알 수 있었다. 이 준수한 남자가 억지로 지은 미소 밑에 자리한, 숨길 수 없는 피로와 병색을 본 그녀는 금세 의혹이 가시고 걱정이 솟아나 참지 못하고 물었다.

"좀 괜찮아요?"

"심해졌소."

이융기는 고개를 저었다. 남은 호병을 근근이 입에 넣어 뜨거운 물과 함께 삼키면서 그는 속으로 묵묵히 궁리했다. 고가 문제였다. 정말 냉경진 말대로라면 고가 그의 지각을 전부 막을 때까지 얼마나 걸릴까? 손 소사자가 운이 좋으면 오육랑을 찾아낼 수도 있겠지만 만약 찾지 못한다면?

강매아도 소리 죽여 물었다.

"내일 손 소사자가 오육랑이라는 사람을 데려올 수 있을까요?"

"내일까지 미룰 수 없소!"

이융기가 단호하게 고개를 저었다. 결코 자신의 운명을 일개 무뢰배 손에 맡길 수는 없었다.

"그럼 무슨 방법이라도 있어요?"

별안간 이융기가 강매아를 와락 끌어안았다. 강매아는 놀라고 부끄러웠다. 비록 서시에서 먹고살지만 빼어난 춤 솜씨 덕분에 늘 사람들에게 존중받아온 그녀였다.

"지금 무슨……."

비명을 채 반도 지르기 전에 두 입술이 이융기의 입에 막혔다. 강렬한 남성미가 밀어닥치자 강매아는 순식간에 정신이 아찔해졌다. 발버둥 치려고 했지만 하필이면 온몸에 힘이 하나도 없었다. 그녀는 이융기의 난폭함에 다소 화가 났고, 자신에게도 화가 났다. 어째서 이런 순간에 팔다리가 녹진녹진해져 움직일 수 없는 것인지.

가장 얄미운 것은 그의 손이었다. 커다란 손이 힘차게 그녀의 허리를 더듬고 어깨를 더듬고 등을 더듬었다. 그 손이 닿는 곳마다 불꽃이 몸으로 퍼져나가는 것 같았다. 그의 손이 너무 강해서 그녀는 이 느낌이 아픔인지 가려움인지 깨닫지도 못한 채 참지 못하고 교성을 질렀다.

"저들을 홀려야 하오. 손 소사자 일행이 옆방에 있잖소."

이용기가 그녀의 귓가에 속삭였다.

강매아는 얼굴이 새빨갛게 달아오르고 가슴속에서 새끼사슴 몇 마리가 맘껏 뛰어노는 것처럼 심장이 콩닥콩닥해서 얼떨떨하게 고개를 끄덕였다. 하지만 속에서는 이름 모를 원망이 솟구쳤다. 이용기의 손은 멈추지 않았고 강매아의 목소리도 계속해서 목구멍으로 흘러나왔다.

"들었소? 무뢰배 두 사람이 떠났소. 옆방에는 손 소사자와 소하 둘뿐이오."

이용기의 목소리는 너무 냉정해서 마치 딴 사람 같았다.

"지금쯤 소하는 옷을 갖춰 입지 못했을 거요. 저 판자를 두드리고 내가 죽을 것 같다며 소사자를 부르시오."

그가 느닷없이 힘껏 강매아의 팔을 꼬집자 그녀는 과연 꺅 하고 비명을 질렀다. 그녀는 속으로 그를 욕하고 저주했지만 어쩔 수 없이 판자를 두드리며 소리쳤다.

"소하, 손 소사자! 어서 와봐! 어서! 그이가…… 죽을 것 같아!"

이용기는 몸을 돌려 문 뒤로 숨은 뒤, 오른손에 쇠뇌를 쥐고 왼손에 빗장을 들어 단단히 채비했다. 과연 옆방에서 기척이 들리더니 손 소사자가 욕지거리를 내뱉으며 달려왔다. 쾅 하고 얄따란 문이 열리는 순간 이용기가 픽 쓰러졌다. 쇠뇌를 쏠 틈도 없었고, 빗장을 휘두를 틈도 없었다. 그는 그대로 뻣뻣하게 쓰러져 격렬하게 몸을 비틀기 시작했다. 모든 것은 때와 운이라더니!

이용기는 강매아가 입을 크게 벌리는 것을 봤고, 손 소사자도 재빨리 입을 벌리는 것을 봤다. 하지만 아무것도 들을 수 없었다. 하필이면 지금 이때 몸속에 있던 고가 발작한 것이다. 이제 몸은 더는 말을 듣지 않았고, 귀도 완전히 막혀버렸다. 하늘이 그를 버렸다. 하늘이 이용기를 망하게 하려는 것이다!

"아아, 만능하신 마즈다여, 당신 대체…… 어떻게 된 거예요?"

대기는 쓰러지는 원승을 부둥켜안았다. 죽을 만큼 사랑하고, 또 죽을 만큼 미워한 남자가 중상을 입고 피투성이가 된 모습으로 느닷없이 나타나자, 그녀의 마음속에 자리한 측은한 심정이 가느다랗고 빽빽한 밤비처럼 쏴아아 쏟아져 내렸다.

대기의 품속에 쓰러질 때 원승은 마치 화려하고 눈부신 꽃비를 본 것 같아서, 자신이 또다시 기괴한 꿈속에 떨어진 줄 알았다. 다행히도 그녀의 초조한 외침 소리를 들을 수 있었고, 그녀의 부드러움과 향기로움을 느낄 수 있었다. 모든 것이 너무도 익숙하고 너무도 진짜 같았다.

그녀는 황급히 문을 닫은 후, 재빨리 그를 부축해 조그만 침상에 눕혔다. 금창약을 바르고 단약을 먹였지만, 그는 여전히 피를 토했다. 그녀는 초조해서 울음이 터질 지경이었다.

"무슨 일이 있었던 거예요? 왜 이렇게 다친 거예요?"

벌써 세 번째 물음이었다. 다시 시꺼먼 피를 토한 뒤 원승은 마침내 숨을 돌리고 말했다.

"천지신명이시여, 감사합니다. 당신이 돌아오다니."

"당신 때문이 아니에요! 오늘 황제 폐하가 공주부에 왕림하신다기에 청영에게 무슨 일이라도 생길까봐 온 거라고요."

그가 멈칫하더니 갑자기 그녀를 단단히 껴안고 온몸을 덜덜 떨며 말했다.

"대기, 정말 무슨 일이라도 생기면 난…… 난 천고의 대죄를 짓게 될 거요! 내가 바로 대당나라 천고의 죄인이오!"

대기도 무의식적으로 그를 꼭 안았다. 처음부터 지금까지 쭉 그녀가 본 이 남자는 언제나 듬직한 산처럼 차분하게 앉아서 모든 것을 헤아렸다. 그 산 같은 침착함에 심지어 그녀마저도, 이 남자가 주눅들 일도 없고, 걱정도 없고, 두려움도 없는 사람이라고 착각했다. 하지만 비 내리는 이 밤, 계속해서 떨리는 그의 몸은 이 남자가 너무도 진실하고 사랑할 만한 가치가 있다고 느끼게 했다.

"그렇지 않아요. 당신이 말했잖아요, 모든 것은 운이라고요. 대당나라의 국운이 다하지 않았고 폐하의 운도 다하지 않았어요."

그에게서 대강의 이야기를 들은 뒤 대기도 심장이 불안하게 떨렸지만 힘을 다해 그를 위로했다. 두 사람은 꼭 껴안고 서로를 바라봤다. 원승의 두 눈에는 불타는 듯 벌건 핏발이 서 있었지만, 그녀의 두 눈은 여전히 물결처럼 맑디맑았다.

"대기." 문득 그가 그녀의 하얗고 매끈한 목덜미에 머리를 깊이 파묻으며 천천히 말했다. "날 떠나지 마시오. 나하고 혼인해주시오."

그녀의 가녀린 허리가 바르르 떨렸다. 바깥에는 아직도 빗소리가 빽빽이 이어지고 있었지만 그녀는 듣지 못한 것 같았다. 그녀의 귀에는 오로지 그의 숨소리만 들렸다. 뜨겁고, 또 진실한. 그 순간 원승은 뺨이 촉촉해지는 것을 느꼈다. 고개를 들어보니 그녀가 뜨거운 눈물을 쏟고 있었다.

"아무것도 아니에요." 그녀는 눈물을 닦을 생각도 하지 않고 말했다. "아버지가 늘 하시던 말씀이 떠올랐어요. 모두 지나갈 것이다, 모두 다 좋아질 것이다."

"맞소. 모두 다 좋아질 거요." 원승도 심장 밑바닥이 따뜻해졌다. "이 어려움을 이겨내고 나면 함께 배를 타고 오호를 유람합시다. 당신, 아직 대답하지 않았소. 떠나지 말고 나와 혼인해주시오!"

그가 전에 없이 아이처럼 졸라대는 것을 보자 대기는 참지 못하고 웃음을 터뜨렸다. 눈물방울이 채 마르지 않았지만 그녀는 눈물을 흘리면서 웃고, 또 고개를 끄덕였다.

창밖에는 밤비가 내리고 방 안에는 촛불이 따사롭게 내리쬐었다. 참 평화롭고 아름다운 순간이었다.

얼마나 지났을까, 쾅쾅 하고 문 두드리는 소리가 울렸다. 두 사람은 화들짝 놀랐다. 원승은 그 독특한 박자에 귀를 기울이다가 저도 모르게 눈을 빛내며 말했다.

"육충이오?"

육충을 따라 들어온 사람은 놀랍게도 왕거였다. 두 사람은 몸이든 얼굴이든 지치고 낭패해 있었다.

"큰일이 생긴 것 같아." 육 검객 어르신은 팔뚝에 묻은 핏방울을 털어내고 의자에 사지를 쭉 뻗고 털썩 앉으며 외쳤다. "우리 퇴마사말이야, 모두 지명수배됐어. 이번에 우릴 공격한 쪽은 이이덕이 이끄는 천우위야. 썩을 놈의 자식, 며칠 전만 해도 같이 술 마셔놓고."

"이이덕을 움직일 수 있는 사람은 폐하뿐이오. 오늘 밤 폐하께서 좀 이상하셨소!"

왕거가 울적하게 말했다. 범평이 술에 탄 미약은 양이 적었기에, 술자리에 있던 이들 중 술법에 정통한 그들 두 사람만 요행히 미약을 이겨낼 수 있었다. 왕거는 옷매무새가 엉망진창이어서 볼썽사나웠지만 육충만큼 많이 다치지는 않았다. 두 사람이 습격을 당했을 때 육충이 그를 대신해 공격 태반을 막아줬다. 그런 다음 현학과 법진에 능한 내재상께서 때맞춰 법진으로 적을 속인 다음 육충을 데리고 낭패한 몰골로 이곳까지 달아났다.

"그렇소." 원승이 착 가라앉은 소리로 말했다. "궁에 있는 천자는 가짜일 가능성이 아주 크오."

원승이 황혼녘에 겪은 이야기를 하자 방 안은 순식간에 조용해졌다. 한동안 창을 때리는 빗소리만 울려 퍼졌다.

육충은 한참 동안 넋이 나갔다가 가까스로 바보같이 물었다.

"그게 정말이야?"

"지금은 마지막 확인이 필요하오."

왕거와 눈을 마주친 원승은 이 대담한 추측이 지모가 뛰어난 내재상의 의견과도 대략 일치한다는 것을 알아차리고 저도 모르게 한숨을 쉬었다.

"두 사람을 찾아야 하오. 하나는 청영이오. 그녀라면 필시 실마리를 찾아낼 것이오. 그리고 다른 하나는 의홍이오. 당장 의홍을 만나야겠소."

"……의홍을?"

육충은 제 귀를 의심했다.

"왜 날 구했나?"

이융기는 느릿느릿 사지를 편하게 뻗으면서 복잡한 눈빛으로 손 소사자를 바라봤다. 초라한 침상 밑에는 머리 없는 하얀 수탉이 굳은 채 너부러져 있었다. 닭의 목에는 고충이 잔뜩 매달려 있었다. 고충은 실처럼 가느다랬으며 길이는 한 치 정도였다. 저 실 같은 벌레들이 자신의 코, 귀, 입에서 기어나왔다고 생각하자 이융기는 위가 뒤틀렸다.

조금 전 이융기는 손 소사자를 습격하려던 순간 고가 발작하는 바람에 꼼짝도 할 수 없었다. 손 소사자가 그가 고에 당한 것을 알아본 것은 물론 나아가 해독법까지 알고 있으리라곤 이 젊은 천자도 전혀 예상하지 못한 일이었다. 무뢰배는 선심을 발휘해 온몸이 새하얀 수탉 한 마리를 이용해 고를 해독했다.

아마도 개방에서 비밀리에 전해지는 고의 해독법일 것이다. 손 소사자의 방법은 괴상하고 또 강렬했다. 그는 한 손으로 살아서 팔딱거리는 큰 수탉을 잡아 누르고 다른 손으로 칼을 휘둘러 피를 철철 흘리는 닭 심장을 도려냈다. 그런 다음 심장을 이융기의 입에 쑤셔 넣고 웅황주를 끊임없이 들이부었다. 그리고 다시 칼을 휘둘러 수탉의 목을 싹둑 벤 후 몸이 굳어가는 이융기 앞에 툭 던졌다.

이융기는 즉시 토하기 시작했다. 그가 토해낸 닭 심장에는 가느다란 실 같은 괴상한 벌레가 우글우글 붙어 있었다. 그 후 이융기의 코와 귀에서도 실벌레가 기어나오더니 앞다퉈 닭 머리로 몰려가 물어뜯어댔다. 손 소사자는 다시 이융기의 머리를 붙잡고 계속해서 웅황주를 들이부었다. 다섯 그릇째 부었을 때 마침내 이융기가 소리를 질렀다.

"그만! 배 터져 죽겠다!"

그 말이 나오는 순간 팔다리도 움직였다.

이융기는 그제야 깨달았다. 태평공주는 필시 그가 먹은 술안주에 귀신도 알아채지 못할 고를 탔을 것이다. 고가 발작하려면 추가적인 촉매가 있어야 한다는 이야기를 원승에게 들은 적이 있었다. 예를 들어, 괴뢰고는 양초 타는 냄새가 고충의 발작을 유도했다. 술안주를 통해 고충을 먹은 뒤 목단각에 들어가 회랑에 피운 특별한 향약을 맡고 느닷없이 발동한 법진에 빠지면서 고충이 발작했을 가능성이 컸다. 고모의 수법은 정말이지 막으려야 막을 수 없었다.

"근질거리는군! 자랑하고 싶어 몸이 근질거려! 내가 왜 당신을 구했겠어?"

손 소사자는 지쳐서 온몸에서 땀을 뻘뻘 흘리며 의기양양하게 침상을 내려다봤다. 이융기를 똑바로 응시하는 그 눈빛은 마치 석공이 제 손으로 열심히 조각한 석상을 바라보는 듯했다.

"첫째, 우연히도 난 고를 해독할 줄 알거든. 물론 썩 잘하진 못하지만. 거지라면 누구나 뱀을 가지고 놀고 독을 풀 줄도 알지. 그것도 기술이니까. 그 기술 중에서 가장 어려운 게 고를 푸는 거야. 말하자면 고급 기술이라 할 수 있지. 안타깝게도 난 그 고급 기술을 써본 지가 한참 됐어. 오래전에 어느 늙은 거지에게 백 번 넘게 머리를 조아린 끝에 겨우 배운 건데 말이야. 오늘 당신 모습을 딱 보는 순간 배운 솜씨를 발휘하고 싶어서 온몸이 근질거리더군. 사흘 굶은 사람이 산해진미를 봤을 때 느끼는 간질간질하고 참기 힘든 그런 기분 있잖아, 왜. 둘째는, 방금 당신 손가락에서 하얀 자국을 봤기 때문이야. 늘 반지를 끼고 있단 말인데 그건 부자들이나 하는 거잖아. 게다가 하얀 자국이 널찍한 걸 보면 반지가 아주 컸다는 뜻이지. 덕분에 나한테 준 옥패도 틀림없이 당신 거라는 확신이 들었지. 그 옥패는 삼색 동옥이었어. 노란 부분은 황금 같고 하얀 부분은 윤이 나고 투명했어. 그렇게 때깔이 고운 옥패는 서시에 가져가면 일만 금은 받을 수 있다고…….”

“그건 정통 삼색 우전 양지옥이다. 일만 금으로는 옥에 미안한 일이지.”

이융기가 웃음을 터뜨렸다. 물론 그 옥패의 진짜 가치는 말하지 않았지만, 어쨌거나 재야에는 기인이사가 많다는 생각이 절로 들었다. 손 소사자가 이처럼 눈이 매섭고 헤아림이 세심할 줄이야. 과연 장안성에서 조정의 중대사에 가장 관심이 많은 거지다웠다.

손 소사자는 고개를 끄덕이며 진지하게 말했다.

“그러니까 당신은 육랑 나리와 아는 사이일 가능성이 아주 커. 물론 당신을 팔아서 상금 이삼십 관을 받을 수도 있지만, 그랬다간 나중에 육랑 나리가 날 찢어발길지도 모르지. 그래서 이 어르신도 어디 도박을 해보자, 했던 거야. 당신이 정말 돈 많고 귀하신 분이고, 정말 오백 관을 줄 수 있다는 데 건 거지! 거지 두목 노릇을 칠팔 년 정도 하다보니 질려 죽겠다고.”

이융기는 그런 그를 바라보다가 별안간 큰 소리로 웃음을 터뜨렸다.

“암, 부자가 되고 싶거든 용감하게 한 방 걸어봐야지. 손 소사자, 넌 역시 담력이 크구나. 사실 우리는 만난 적이 있다. 몇 년 전 내가 퇴마사의 암탐 한 명을 데리고 장안 지부를 비밀리에 조사할 때도 네게 오육랑을 거론한 적이 있지.”

그의 입에서 장안 지부에서 창매회를 하던 지난 이야기가 나오자 손 소사자는 새삼 옛 생각이 나서 소하에게 외쳤다.

"내 방에 가서 익힌 소고기 한 접시 가져와. 소도주 한 단지도. 이분 나리께서 이제 막 고를 풀었으니 독한 술로 장을 좀 달궈야 해. 내가 몇 잔 함께 마셔주지."

이융기가 비범한 사람임을 확인한 손 소사자는 호칭까지 '나리'로 바꿔 불렀다.

잠시 후, 당금 천자 이융기는 장안의 거지 두목 손 소사자와 한 탁자에 둘러앉아 술잔을 주고받기 시작했다. 이융기는 자신의 신분이 퇴마사의 비밀 암탐 대장이며, 오육랑은 자신과 함께 일하는 짝이라고 말을 지어냈다. 지난번에 장안 지부를 조사하다가 종초객의 역모를 뒤집는 데 큰 공을 세웠고, 지금도 변장하고 사건을 조사 중이라고도 했다. 하지만 이번에 만난 고수가 아주 강한 데다 심지어 관청 사람과 내통해서 그를 포위 공격하는 바람에 고를 당했는데, 다행히 위기일발의 순간 옛 정인인 강매아를 찾아내 도움을 받았다는 이야기였다.

비록 빈틈이 약간 있었지만 손 소사자가 알아차릴 리 없었다. 강매아의 명성을 익히 들은 그는 그녀가 장안 서시에서 받는 전두가 얼마인지 알고 있었다. 그래서 이분 나리께서 한때 강매아를 고이고이 숨겨놓고 예뻐해줬다면 틀림없이 돈 많은 귀인이리라 여겼다.

"날이 밝는 대로 떠나겠다. 사건이 워낙 크고 상대 세력이 강해서 오래 머물면 너도 연루될 수 있다."

천하를 발아래로 보는 제왕의 기도를 되찾자 이융기의 말투도 이미 높은 곳에 군림하던 때처럼 명령조로 돌아갔다.

"그 옥패가 내 증표다. 하나 오육랑이 믿지 않을 수도 있으니 글을 한 장 써주지. 붓과 먹을 가져오너라."

이 사소한 요구가 손 소사자를 난처하게 만들었다. 거지가 사는 곳에 문방사우 같은 게 어디 있단 말인가. 다행히 영리한 소하는 그가 몰래 도박을 했던 장부를 찾아 종이 한 장을 찢어내고, 장부 기재용으로 쓰던 뭉툭하게 닳은 붓과 쓰고 남은 먹을 가져왔다.

이렇게 해서 이융기는 살면서 가장 초라하고 빈약한 글을 쓰게 됐다.

태상의 도를 받으니 마땅히 정성을 다해 마음을 깨끗이 할지니.

이번에는 날렵하고 작은 해서체로 썼는데, 뭉툭한 붓을 사용했더니 도리어 매서운 분위기가 한층 강해졌다. 강매아가 글을 읽어주자 손 소사자는 다소 얼이 빠졌다.

"그…… 그게 무슨 뜻이야? 꽤 오묘한 뜻 같은데 시인가?"

"시는 아니다. 내용을 이해할 필요는 없다. 오육랑도 이해하지 못할지도 모른다. 그에게는 내가 오육랑의 상사인 원승에게 주는 글이라고 해라."

손 소사자는 연신 고개를 끄덕이며 '원승'이라는 이름을 깊이 새겼다.

이융기는 마지막으로 잔을 들며 다소 지친 웃음을 지었다.

"나는 네 인질인 셈인데 그래도 놓아주는구나. 이를 두 번째 도박이라고 생각하지. 해볼 용기가 있느냐?"

"당신이 내 인질이라고 누가 그래? 당신이 날 인정하든 말든, 날

멸시하든 말든, 누가 뭐래도 난 당신 목숨을 살려준 은인이라고. 그러니 당연히 도박을 해봐야지. 물론 용기도 있고 말이야. 도박을 하려면 한 방 크게 하는 거야!"

손 소사자는 다시 그를 돌아보며 득의양양하게 웃었다.

"당신은 내가 피를 토할 만큼 지쳐가면서 살려준 사람이야. 뻣뻣한 송장을 다시 팔팔하게 움직이고 술도 벌컥벌컥 마시고 글도 척척 써내는 산 사람으로 만들어놨잖아. 당신은 이 손 소사자가 평생 가장 자랑스러워하는 환자라고. 물론, 험험."

그는 다소 겸연쩍은 표정을 지었다.

"물론 고를 아주 완벽하게 치료한 건 아니지만 말이야. 거의 완벽한데 아주 조금 남아 있어. 그걸 어떻게 해독해야 할지 모르겠어."

"이미 충분히 잘했다."

이융기는 다시 독한 술을 벌컥벌컥 마셨다. 눈동자에서 그윽한 빛이 반짝였다.

"나는 천명에 순응하는 사람이다. 하지만 천명은 언제까지나 내게 있다고 생각한다."

손 소사자는 그의 기도에 다소 넋이 빠져, 한 시진 전만 해도 자신이 저 남자에게 위세를 부린 사실마저 잊어버렸다.

"하지만." 이융기는 다시 생각에 잠긴 소리로 말했다. "지금은 네가 좀 더 안전한 곳을 찾아 우릴 숨겨줘야겠다. 내 적이 곧 수색해 올 것이다."

손 소사자는 흐흐 웃었다.

"이 손 소사자는 불법 도박장을 운영하는 놈이야. 도망자를 숨겨주는 일이라면 이 장안성에서 내가 제일이지. 게다가 장안 지부에 관해서도 누구보다 잘 안다고."

"장안 지부?" 이융기는 움찔했다. "거긴 이미 봉쇄되지 않았느냐?"

"완전히 다 봉쇄된 건 아냐. 적어도 이 미혼당 안에는 아직 조그만 입구가 남아 있어."

그는 퍼뜩 중요한 것이 생각난 듯 물었다.

"참, 나리, 나리를 어떻게 불러야 하지?"

"그냥…… 삼랑이라고 불러라."

이융기는 강매아를 돌아봤다.

"너와 소하의 관계, 그리고 소하가 이곳에 살고 있다는 것을 아는 사람이 영하사에 또 누가 있느냐?"

"소하는 옛날에 반수인 굴십이에게 큰 죄를 지어서 도망쳤으니 소하가 이곳에 있는 건 영하사 사람 누구도 몰라요. 아 참!"

강매아는 갑자기 생각난 듯 말했다.

"한 사람 있어요. 오직 그 사람만 알고 있죠."

8장
......

창을 거꾸로

태평공주부에 숨어 있던 청영은 그날 오후 내내 마음이 불안했다. 이치를 따져보자면, 성공적으로 황제를 '유혹'했고 정표도 받았으니 그녀 자신은 태평공주에게 몹시 중요한 사람이어야 했다. 태평공주는 그런 그녀를 불러 소상히 캐묻고 나아가 고된 훈련도 시켜야 마땅했다. 그럴 때를 대비해 청영은 여러 가지 변명까지 만들어놓았다.

그런데 이상한 일이었다. 황제를 배웅한 뒤 태평공주가 그녀를 부르긴 했으나 건성으로 몇 마디 묻고는 '고생했다'며 바로 돌려보냈다. 어영부영 대충대충 하는 품이 완전히 형식적이었다. 태평공주가 자신을 이렇게 무성의하게 형식적으로 대해서는 안 된다는 것을 청영은 알고 있었다.

그녀는 태평공주가 몹시 바쁘다는 것을 감지했다. 여의당 안에는 밤새도록 등불이 환했고 많은 사람이 그곳을 들락날락했다. 태평공주가 처리해야 할 중요한 일이 꽤 많은 것 같았다. 하지만 유독 새로이 황제의 총애를 받은 그녀에게는 더는 관심을 두지 않았다.

참 이상한 일이었다. 대체 어디에 실수가 있었을까?

청영은 곧 자신이 감시받고 있다는 것을 알았다. 감시자는 시중을 들라는 명을 받고 온 하녀 춘정이었다. 경험이 풍부한 퇴마사의 여자 제갈량은 잔재주를 쓸 수밖에 없었다. 그녀는 함께 술을 마시자고 춘정을 부른 뒤 신발 속에 숨겨둔 미약으로 누가 봐도 풋내기 감시자인 춘정을 재웠다.

막 날이 저물기 시작했으나 아직 비가 내리기 전, 청영은 춘정을 침상으로 옮기고 이불을 꼭꼭 덮은 뒤, 어두운 색을 띤 깔끔한 춤옷으로 갈아입고 침실을 빠져나와 어둠을 틈타 살그머니 목단각으로 달려갔다. 이 모든 문제는 목단각, 저 아름답고 신비한 건물에서 비롯됐다는 생각이 들었다. 공기 속에 촉촉한 기운이 느껴졌다. 뜻밖에도 목단각 쪽은 불이 환했다. 키 크고 야윈 술사 두 명이 수많은 호위병을 이끌고 이리저리 움직이며 살피고 있었다.

그늘에 숨은 청영은 마침내 침소 앞 회랑 안쪽에 궤짝 모양의 커다란 구멍이 뚫린 것을 목격했다. 구멍 옆에 선 태평공주는 말이 없었다. 흔들리는 횃불에 비친 호위병들의 모습은 흡사 귀신같았고 분위기는 숨도 내쉬기 어려울 만큼 살벌했다. 늙은 호승 혜범은 사람들을 움직여 구멍으로 들여보내느라 바빴다.

이어서 누군가 그 구멍에서 시체 한 구를 운반해 나왔다. 그다음 밝은 노란색 장포가 나왔다. 청영의 동공이 확 줄어들었다. 저건 황포였다. 이융기가 입고 있어야 할.

"법진 함정에 떨어지고도 달아나다니."

마침내 입을 연 태평공주의 목소리는 겨울 물처럼 음침했다.

"모든 게 운명인가보구나. 우리 착한 조카가 이곳에서 죽어서는 안 됐던 게야. 하지만 반드시 죽어야 한다! 그 또한 운명이야!"

청영은 저도 모르게 몸을 부르르 떨었다. 저게 무슨 말이지? 황제가 기관에 떨어졌다가 또 달아났다고? 황제가 원숭 일행에게 둘러싸여 멀어지는 모습을 창을 통해 똑똑히 봤는데, 그건 어떻게 된 거야? 이제 보니 그것이 문제의 시작이었다. 그렇다면 그녀 자신은 어떤 실수를 했을까?

마침내 그녀는 이융기가 나갔다가 다시 돌아왔을 때를 떠올렸다. 그때 그는 왜 반지를 돌려달라고 했을까? 그보다 더 이상한 점도 있었다. 그는 왜 한번 거부했던 봉황 비녀를 가져갔을까?

번개 같은 생각이 청영의 머리를 스쳤다. 이융기라면 절대로 옥고리 봉황 비녀를 가져가지 않아야 했다!

최초 입안자인 태평공주는 강한 여자였다. 그런 그녀가 아는 정이란, 당연히 상대에게 자신을 영원히 기억하게 만드는 것이고, 그래서 옥환아의 이름을 연상할 수 있는 옥고리 비녀를 만들었다. 이융기가 그 물건을 보면 옛 연인을 그리워하며 반드시 가져갈 것이라는 게 그녀의 생각이었다. 하지만 아쉽게도 태평은 남자가 아니었다. 그녀 곁에 있는 혜범도 혼인하고 아이를 낳아본 일반적인 남자가 아니었다.

남자와 여자가 '정'이라는 글자를 보고 느끼는 감정은 완전히 달랐다. 적어도 청영은, 당시 이융기가 그 물건을 보며 옛 연인을 그리워하기보다는 차라리 조심스레 달아나고 싶어 하는 것을 알 수 있었다. 그녀는 비녀를 본 이융기의 풍부하면서도 의미 깊은 표정을 분명히 기억했다.

하지만 나중에는 왜 그랬을까? 왜 그렇게 마음이 싹 바뀌었을까? 그는 아주 신바람이 난 양 비녀를 가져갔다. 어디가 문제였을까?

설마, 이융기가 둘?

여기까지 생각이 미치자 그녀는 또다시 부르르 떨었다. 구멍에서 건져낸 밝은 노란색 장포와 태평공주가 한 말을 돌이켜보면, 진짜 이융기는 요행히 저 신비한 함정에서 달아난 것이 분명했다.

그때 몸집 큰 호위병 한 명이 부리나케 달려와 태평공주에게 보고했다.

"냉 전군이 소식을 보내왔습니다. 이 삼랑은 필시 영하사 틈에 섞여 이곳을 떠났을 것이라 합니다. 지금 함께 있는 사람은 아마 무희 강매아일 것입니다. 하지만 이미 경고가 울렸으니 그들은 등 상서부가 있는 숭현방을 빠져나가지 못했을 겁니다."

"수색해라. 숭현방 땅을 파 뒤집어서라도 그 더러운 연놈을 찾아내라."

태평공주는 분노에 휩싸여 발을 굴렀다.

"냉 전군에게 서두르라고 해라. 좀 더 서두르라고."

문득 혜범이 빙그레 웃으며 말했다.

"노여움을 푸십시오, 공주 전하. 기실, 그보다 중요한 것은 내일 저녁 태상황께서 주최하실 가족 연회입니다. 천병 쪽에서 보낸 최신 소식에 따르면, 원승이 아직 궁으로 돌아가지 않았다지요. 아마 뭔가 눈치를 챈 것 같습니다."

"원승!"

오늘 오후, 가산 앞에서 금을 타던 딸의 암울한 실패를 떠올리자 태평공주의 심장은 수치심과 노여움에 더욱더 싸늘하게 식어갔다.

"절대 원승을 얕봐서는 안 된다! 우리에겐 잡아놓은 새가 있지 않으냐? 내일 그 아이를 내보내 원승을 유인하고 일망타진해라. 대사의 말씀이 옳소. 태상황이 베푸는 연회가 가장 중요하지. 준비는 어떻소?"

"안심하셔도 됩니다. 만사가 완벽합니다." 혜범은 태연자약하게 말했다. "태상황이 여는 가족 연회에서 모든 것이 해결될 것입니다."

혜범의 이 오만한 말에 응답하듯, 느닷없이 하늘에서 우레가 치고 콩알만 한 빗방울이 거세게 쏟아졌다.

다음 날 오전, 신기하게도 청영은 반나절 동안 자유를 얻었다. 그녀는 춘정을 동반한 가운데 거리를 거닐었고 심지어 서시도 돌아볼 수 있었다. 이제 청영은 자신이 바로 태평공주가 말한 '잡아놓은 새'라는 것을 확인했다. 상대는 그녀의 신분을 진작 알고 있었다. 그녀는 끝내 늙은 여우 혜범을 속이지 못했다. 심장이 서늘했지만, 생각은 도리어 조밀해졌다.

어젯밤 폭우가 쏟아지기 전에 때맞춰 방으로 돌아온 뒤 청영은 춘정을 불러 깨웠다. 춘정은 태평공주의 특훈을 받은 게 분명했지만, 퇴마사에서도 가장 주도면밀한 청영이 해약과 원신 공격을 뒤섞어 조몰락거리는 상황에서는 여전히 너무 여렸다. 그래서 청영은 춘정을 별로 걱정하지 않았다.

그녀는 대범하게 춘정을 데리고 서시로 달려가서, 봉황 비녀는 아무래도 여자 물건이니 폐하께서 쓰실 수 있는 독특한 머리 꽂개를 직접 고르겠다고 했다. 그녀는 수레를 쪽문으로 돌아 나가게 했다. 수레가 조그만 꽃집을 지나칠 때 청영은 일부러 소리 내 웃었다. 흘끗 들여다본 꽃집 안에서 넋이 나간 눈빛이 보였다. 놀랍게도 육충이 그곳에 있었다.

그녀는 그의 얼굴에 잠시도 시선을 멈추지 않고, 즐겁게 웃으면서 손가락으로 재빨리 수레 창문을 살짝 두드렸다. 아무 뜻 없어 보이는 동작이지만, 사실은 육충에게 자신이 감시당하고 있다는 것을 알려주는 암호였다. 그녀는 난화지를 하고 빠르게 창을 두드렸다. 긴급, 위급이라는 의미였다!

서시에 도착해 구경한 지 얼마 안 되어 춘정이 핑계를 대고 떠났고, 청영은 혼자 길을 거닐었다. 춘정은 사라졌지만, 감시의 눈길은 더 많아졌을 것이 확실했다. 앞의 비관적인 추측이 갈수록 사실로 증명됐다. 청영의 심장을 덮은 한기가 더욱 왕성해졌지만, 그녀는 딱히 자책하거나 슬퍼하지 않았다. 확신할 수 있는 것은, 설사 자신이 공주부에 들어가지 않았더라도 태평공주와 혜범은 여전히 같은 수법으로 이융기를 함정에 빠뜨렸으리라는 것이었다. 다행스럽게도 그녀는 천신만고 끝에 더 큰 기밀을 알아냈다. 폐하가 가짜로 바뀌었다는 것 말고도 오늘 밤 태상황의 연회에 살기가 만연하리라는 것까지!

어린 거지 한 무리가 깔깔거리며 청영에게 달려왔다. 청영도 마주 다가가 동전을 던져주면서 더 많은 거지를 끌어모았다. 청영은 서두르지 않고 사탕이며 떡을 여기저기 찔러줬다. 모두 방금 산 것들이었다. 그녀 때문에 거리가 소란스러워졌다.

그때 호금을 든 추하게 생긴 노인이 그녀를 향해 느릿느릿 걸어왔다. 두 사람이 스쳐 지나는 순간, 청영은 그에게 서신 한 장을 쥐여줬다. 비교적 은밀한 움직임이지만 뒤를 밟는 자들이 보기에는 충분했다.

추하게 생긴 호금 연주자가 별안간 고함을 질렀다. 거리를 시끌 시끌하게 하던 어린 거지들이 화들짝 놀라 일제히 비명을 질러대며 사방으로 달아났다. 옆에서 따르던 공주부 시위들도 당황해서 모두 안색이 변했다. 그들은 별수 없이 사방으로 길을 나눠 쫓아갔다. 심지어 걸음걸이가 몹시 빠른 호금 연주자 쪽에도 추격자를 한 갈래 보냈다.

결국, 청영 곁에는 냉경진만 남아 거머리처럼 계속 쫓았다. 하지만 청영은 모른 척하며 연지분과 치마, 머리장식 같은 것을 산 다음 느긋하게 태평공주부로 돌아갔다. 그녀는 냉경진이 예상한 것처럼 줄행랑을 놓는 대신 당당하게 공주부로 돌아가는 쪽을 선택했다. 그녀에게 줄을 달아놓고 그 줄을 따라서 목표를 술술 찾아가려던 냉경진의 노림수를 철저히 망가뜨리는 행동이었다.

청영은 태평공주가 오늘 밤 가장 중요한 태상황의 연회 때도 자신을 쓸 곳이 있으리라 확신했다.

청영과 공주부의 추격병이 지모와 담력을 다투는 사이, 작은 꽃집 안에 있던 퇴마사 정예들은 진작 두 갈래로 나뉘어 떠났다. 한 갈래는 육충과 고검풍으로 청영의 소식을 추적하러 갔고, 한 갈래는 원승과 오육랑, 대기로 이융기의 행방을 찾으러 떠났다.

원승 일행은 상인으로 변장한 뒤 일단 대기가 직접 가서 의홍을 데려오게 했다. 의홍에게 상세히 물어보니, 숭현방에 강매아의 가까운 친구가 있다고 했다. 의홍의 안내를 받은 원승 일행은 별 우여곡절 없이 숭현방 미혼당에 있는 소하를 찾아냈다.

"삼랑이라는 사람을 찾는 거 아뇨? 날이 밝자마자 강매아를 데리고 떠났소."

손 소사자도 오육랑 앞에서는 고분고분했다.

"하지만 삼랑은 상태가 위중했소. 고에 당했거든. 아주 무서운 고에……."

그는 침을 튀겨가며 제 공을 자랑했다. 속이 타들어가다 못한 오육랑이 그의 멱살을 와락 틀어쥐었다.

"어서 말해. 폐…… 아니, 삼랑은 어디 있어? 어쩌다 고를 당한 거야?"

손 소사자는 퇴마사의 오랜 암탐인 그에게 목 졸려 죽을 것 같아 허둥지둥 외쳤다.

"어이, 육랑 나리! 의리 좀 챙기쇼! 저 닭이랑 고충을 보라고. 이어르신이 겨우 그자를 살려냈는데……."

원승은 아직도 고충이 꿈틀거리는 수탉의 머리를 유심히 살폈다. 손 소사자의 말이 믿을 만하긴 해도 심장이 죄어들었다.

"참, 삼랑이 이 서신을 남겼소. 육랑 나리에게 주되 당신이 못 알아보면 당신 상사인 원승에게 주라나."

마침내 손 소사자가 기괴한 글이 적힌 삼종이를 바쳤다.

"그분 필체군. 맞네, 분명해."

뭉툭한 붓으로 쓴 조그마한 해서체는 단단하고 힘이 있으면서 중후하고 풍성해 보였다. 원승은 한눈에 이 글씨가 틀림없는 이융기의 친필임을 알아차렸다.

"고맙네!" 원승은 삼종이를 받았다. "이제 우리를 그 지부 비밀 통로로 안내해주게."

잠시 후, 손 소사자는 그들을 데리고 아직 봉쇄되지 않은 지하 굴 입구로 갔다.

"삼랑과 강매아는 이곳으로 갔소. 이 조그만 동굴은 우리가 빚쟁이를 피해 숨을 때 최고의 장소지."

손 소사자는 소리를 죽인 채 손가락을 뻗었다.

"조정에서 강력히 봉쇄하는 바람에 비밀 통로에 있던 괴상한 진이 망가진 것은 좋은데, 안 좋은 점도 있소. 그 많던 갈림길이 다 틀어막히고 지금은 딱 이 길만 남았다는 거요. 고작 열 장 정도나 될까 말까 하지. 하지만 이 길은 마침 방문을 넘어 연강방에 출구가 나 있소."

원승은 컴컴한 동굴을 바라보다가 다시 고개를 들어 해거름을 살폈다. 벌써 해가 높이 떠 있었다.

"이보쇼, 나리." 손 소사자는 원승이 지위가 높은 것을 알아차리고 용기 내어 물었다. "나리가 원승 아니오? 이번 일이 성공하면 내게 오백 관을 주겠다고 삼랑이 약속했소. 어젯밤부터 지금까지 방정들이 금오위니 우림군이니 데려와서 몇 번이나 수색을 해댔는지⋯⋯ 이 어르신은 이 일에 집안과 목숨을 걸었단 말이오."

"옳게 걸었군!"

오육랑은 냉소를 지으며 원승에게 묻는 눈길을 보냈다. 원승은 그의 속내를 알아차렸다. 폐하든 퇴마사의 구성원이든, 모두가 태평공주 휘하 대군에게 추적당하는 극도의 위험에 놓여 있었다. 이 거지 두목이 이융기가 간 곳을 알고 있으니, 이대로 놓아주면 말이 새어나가지 않는다고 보장할 수 없었다. 천자의 안위와 국운의 향방이 달린 일에 위선적인 자비를 베풀 수는 없었다. 오육랑은 이미 언제든 달려들어 손 소사자를 죽일 준비가 되어 있었다.

"그렇지, 잘 걸었네."

원승은 오육랑의 말을 반복했지만, 그 말투는 전연 달랐다.

"하지만 이왕 시작했으니 끝까지 해야겠지. 더 큰 도박을 해볼 용기가 있나? 우리 퇴마사에 들어오는 것 말일세."

원승의 말에 오육랑과 대기는 깜짝 놀랐지만 곧 그의 고심을 이해했다. 원 대장은 사람을 죽이고 싶지도 않고 손 소사자를 보내주고 싶지도 않은 것이다. 그렇다면 가장 좋은 방법은 바로 그를 데려가는 것이었다. 퇴마사에는 부사 다섯 명 외에 정예 암탐도 많이 있었다. 손 소사자같이 기민한 자라면 조건 따지지 않고 인재를 거둬온 퇴마사의 기풍에 꼭 맞았다.

대기는 다소 걱정스런 눈길로 아직 제 위험한 처지를 눈치채지 못한 거지 두목을 응시했다. 저 사내가 '아니'의 '아' 자라도 입 밖에 내는 순간 그를 기다리는 결말은 몸과 머리가 분리되는 일일 가능성이 컸다.

"못할 것 없지! 정말이오? 일단 뱉은 말은 못 주워 담는 법인데 나중에 절대 딴말하지 마쇼."

손 소사자는 추호도 망설이지 않고 결연하게 가슴을 탁탁 치며 받아들였다. 숫제 기뻐 날뛰기까지 했다.

"좋았어, 이 손 소사자가 이번에는 정말 제대로 열매를 따는군. 조상님 덕분인가, 명성 쟁쟁한 퇴마사에 다 들어가고!"

"그럼 함께 가지!"

원승은 의미심장하게 오육랑에게 눈짓하고는 돌아서서 비밀 통로로 들어섰다.

어두컴컴한 비밀 통로에 들어가자 오육랑은 비로소 생각난 듯 소리 죽여 말했다.

"원 대장, 정말 그분 필체가 맞습니까? 이상야릇한 구절이던데 도대체 뭐라고 하신 겁니까?"

"태상의 도를 받으니 마땅히 정성을 다해 마음을 깨끗이 할지니. 《영비경》에 나오는 구절일세."

원승의 눈빛이 아득해졌다. 비밀 통로는 숭현방을 지나 연강방으로 이어졌다. 천자 이융기가 아침 일찍 이 통로를 이용해 연강방으로 간 것은 지극히 중요한 인물을 만나기 위해서임이 분명했다. 연강방에 이융기가 찾아가볼 만한 고관은 단 한 명밖에 없었다. 원승의 눈앞에 낯익은 두 사람의 모습이 떠올랐다.

어느 평온하던 오후, 태자이던 이융기는 시간이 나서 심복 겸 서화를 교류하는 벗인 원승을 데리고 연강방의 고요한 별원을 찾아갔다. 이융기, 원승, 그리고 별원의 주인에게는 공통점이 하나 있었다. 모두 서예를 좋아한다는 것이었다. 세 사람 중에서 서예에 가장 뛰어난 사람은 놀랍게도 그 별원 주인이었다. 원승은 이융기가 별원 주인의 서예를 칭찬했을 뿐 아니라 놀리기도 했던 것을 똑똑히 기억했다.

그 저택을 별원이라고 부른 것을 보면 애지중지하는 연인을 숨겨둔 곳이 분명했다. 태자의 자극에 넘어간 별원 주인은 외첩을 불러 귀빈에게 인사시켰다. 그녀는 묘령의 여인이었다. 장안 귀족 자제들이 숨겨두는 온갖 아름다운 희첩들과는 전연 딴판이게도, 그녀에게서는 담백한 학자 티가 났다. 학자 티 나는 여인은 흔한 가기들처럼 노래나 춤을 선보이지 않고, 계거필을 쥐고 하얀 비단에 조그만 해서체로 《영비경》을 써내려갔다.

종이 한 장을 채운 붓글씨의 먹이 채 마르기도 전에 방 안은 이미 소리 없이 고요해졌다. 이융기와 원승은 그 아리땁고 자유로우며 기품 넘치는 조그만 해서체에 놀라 할 말을 잃었다.

저택을 떠나 돌아오는 길에도 이융기는 오랫동안 말이 없었다. 그러다가 불쑥, 원승에게 푸념 반 의심 반으로 말했다.

"그 같은 가인을 어째서 당당하게 본가로 맞이하지 않고 별원에 놔두는 것인지, 참. 지난 당륭정변 때도 저 사람은 워낙 급박한 상황에 두려움을 느끼고 차마 내원의 문을 열지 못했네. 지금 보니 아직도 박력이 부족한 모양이야."

'박력이 부족하다'는 것이 그 별원 주인의 성품에 대한 정설인 듯했다. 그날 이후 이융기가 다시 그곳에 가는 일은 없었다. 심지어 별원 주인마저 은근히 소원하게 대했다.

원승은 이융기가 남긴 글 너머에 담긴 이중 의미를 이해했다. 원승에게 연강방 별원 주인을 떠올리도록 하는 것이 그 하나이며, '태상의 도'라는 구절로 태상황을 연상시키는 것이 그 둘일 가능성이 컸다.

확실히 이융기는 오늘, 날이 밝아오기 무섭게 강매아를 데리고 손 소사자의 안내를 받아 좁고 긴 비밀 통로로 살그머니 들어갔다. 길을 상세히 알려준 손 소사자는 이융기의 어깨를 툭툭 친 다음 바로 떠났다. 이융기는 어두컴컴한 동굴 안에 서서 말없이 한참 동안 손 소사자의 뒷모습을 응시했다. 그 건장한 몸이 완전히 사라지자 그제야 유유히 숨을 토한 뒤 소매 안에 숨긴 쇠뇌를 꽉 움켜쥔 오른손에 힘을 뺐다.

다소 긴 이 차갑고 적막한 분위기에 강매아는 약간 겁이 났다. 그녀가 참다못해 물었다.

"이봐요, 왜 그래요?"

폐하, 또는 성인이라 부를까 생각하기도 했지만, 아무리 생각해도 괴상망측해서 계속 평범한 호칭을 썼다.

"아무것도 아니오." 이융기는 빙긋 웃고는 촛불을 들며 강매아의 손을 잡아끌었다. "갑시다!"

저 건장한 사내가 돌아서는 순간, 이융기는 거의 쇠뇌를 쏠 뻔했다. 저 사내를 남겨두는 것은 그 자신에게 너무 위험한 일이었다. 하지만 마지막 순간에 결국 포기했다. 발사 장치에서 손을 떼는 순간, 그는 제 온몸이 식은 듯이 차갑다는 것을 깨달았다.

'보내주자. 공연히 문제를 일으키지 말자.'

자신의 행적을 누설할 수 있는 은인을 죽여 없애야 하는가 하는 고민은 냉경진과의 치열한 싸움보다 더 그를 견디기 힘들게 했다. 마지막으로 자신을 설득시킨 이유는 '공연히 문제를 일으키지 말자'였다.

그에게 손을 잡힌 강매아는 이 남자의 손이 식은땀에 젖어 있는 것을 느꼈다. 그녀는 내심 긴장해 억지웃음을 지으며 물었다.

"당신은 높고도 높으신 황제잖아요. 그런데도 두려워요?"

그는 저도 모르게 웃었다.

"황제에겐 걱정하고 두려워할 일이 더 많소. 지금도 보시오. 나뿐만 아니라 당신까지 걱정해야 하잖소. 하늘이 무너지든 땅이 꺼지든, 나는 틀림없이 우리 매아가 털끝 하나 다치지 않게 할 거요."

"다, 당신 지금 뭐라고…… 무슨…… 매아요?"

어둠 속에서 그녀의 얼굴이 홧홧 달아오르고 심장은 빠르게 달음박질쳤다. 어젯밤 저 못된 남자가 자신에게 했던 방탕한 짓을 생각하자 당황하고 혼란스러워 손을 빼고 싶어졌다.

하지만 그가 손에 더욱 힘을 주며 천천히 말했다.

"몇 년 전, 나는 옥환이라는 여자와 가까이 지낸 적이 있소. 그때는 그저 그녀가 마음에 든다고만 생각했소. 당시만 해도 나는 아직 방탕한 군왕이어서 누군가를 사랑하게 될 거라고는 절대로 생각지 않았소. 그녀가 나 때문에 죽은 다음에야 그녀를 사랑했다는 것을 깨달았소. 뼛속까지 깊이……."

기나긴 어둠 속에서 강매아는 조용히 귀를 기울였다. 어렴풋이 빛을 발하는 촛불만이 남자의 높은 콧대와 준수한 이목을 좀 더 강하고 재기 넘쳐 보이게 했다. 그가 이야기하는 사람은 그녀와는 전연 상관없는 여자였다. 하지만 그녀는 넋을 놓고 들었다.

"옥환이가 떠난 뒤로 다시는 다른 여자를 사랑하지 못하리라 생각했소. 당신을 만나기 전까지는……."

다시 그의 손에 조금 더 힘이 가해졌고, 그녀의 심장도 조금 더 뜨거워졌다. 그가 갑작스레 걸음을 멈췄다. 어두운 동굴 저 앞쪽에 하늘빛이 비치고 있었다.

"나가면 연강방이오."

이융기는 앞쪽에서 쏟아지는 환한 빛을 노려봤다.

"하지만 저곳은 위험하오. 내가 지금도 황제라고는 생각지 마시오. 나를 따라온다면 걸음마다 목숨을 걸어야 하고 예측할 수 없는 위험을 맞이해야 하오."

그는 천천히 그녀의 손을 놓았다.

"이제 당신에겐 선택권이 있소. 남을 수도 있고, 안전한 곳으로 달아날 수도 있소."

"겁 안 나요." 그녀가 그의 손을 꽉 잡았다. "우…… 우리 영원히 함께해요."

어둠 속에 자리한 그녀의 눈동자가 반짝반짝 빛났다. 그의 두 눈도 뜨겁게 타오르기 시작했다. 그가 그녀를 와락 힘차게 껴안았다.

연강방 구중항, 그 평범한 골목에 있는 평범한 저택에는 푸른 버드나무가 그늘을 드리우고 매미 소리가 요란스레 울렸다.

종욱은 마음이 답답하고 혼란스러울 때마다 이곳을 찾았다. 이이덕, 진현례같이 창칼만 휘두르는 보통 무장들과 달리 종욱은 본래 큰 명성을 누린 대서예가로, 집안 대대로 내려온 학문이 깊으며 특히 작은 해서체에 능했다.

삼 년 전, 장안에 경천동지할 대사건이 일어났다. 이융기와 태평공주가 손잡고 당륭정변을 일으켜 위 태후 일파를 토벌한 일이었다. 그 정변에서 내원 총감으로 있던 종욱은 중요한 역할을 했다. 내원을 관장하는 그는 이융기 및 그 결사대가 궁으로 쳐들어오는 중요한 돌파구가 됐다.

하지만 다소 떳떳하지 못한 행동을 했다. 싸움을 앞두고 움츠러든 왕모중처럼 종욱 역시 정변 전날 갑자기 망설였다. 당시 그는 방 안에 틀어박혀 창백한 얼굴로 꼼짝하지 않았다. 이융기와 그 심복들이 쩌렁쩌렁 울리도록 문을 두드려대는데도 감히 문을 열어주지 못했다.

결정적인 순간에 종욱의 정처 허 씨가 나섰다. 그녀는 전전긍긍하는 남편에게 격앙된 말투로 일렀다.

"대장부가 나라를 위해 몸을 바치면 반드시 천지신명의 도움을 받는 법입니다. 하물며 당신은 줄곧 임치군왕 일행과 어울려 대사를 꾸몄으니 설령 오늘 밤 물러서더라도 무슨 수로 완전히 발을 뺄 수 있겠습니까?"

허 씨의 그 말이 마침내 종욱을 승리자 편으로 밀어냈다. 그는 일어나서 문을 열고 이융기를 맞이했고, 나아가 재빨리 내원의 정원사와 일꾼 이백 명을 불러들여 이융기의 대오에 섰다. 마침내 위태후가 무너지자 이융기와 그 아버지 상왕이 최대 수혜자가 됐다. 그 후 공신을 봉할 때, 종욱 또한 위대한 공을 인정받아 중서령에 제수되고 월국공에 봉해졌다. 오품 말단 관직에서 단번에 재상 자리로 뛰어올라 하루아침에 천하의 주목을 받게 된 것이다.

하지만 아무래도 자질이 너무 얕고 능력이 부족한 데다, 일시적으로 평상심을 잃는 바람에 연신 탄핵을 당하고 태평공주마저 살짝 부추기자 결국 정치의 핵심에서 밀려나고 말았다. 처음에는 호부상서가 됐다가 한동안 지방관을 맡기도 하면서 삼 년간 부침을 심하게 겪던 그는 마침내 반년 전에 부름을 받고 국도로 돌아와 소첨사가 됐다.

종욱이 국도에 돌아온 뒤, 이융기는 그 오랜 벗을 불러들여 단독으로 한차례 만나본 뒤 소첨사로 삼았고, 그 후 다시 옛 직책인 내원 총감을 겸하게 했다. 소첨사는 동궁의 관직으로, 정사품이라 직위는 높으나 실권이 없어서 보통 퇴임을 앞둔 대신을 앉혔다. 그리고 내원 총감은 사농시에 속했다. 아무 연관도 없는 두 직위가 뜻밖에도 한 사람 차지가 된 것이다. 그때는 이융기와 태평공주의 싸움이 한창 불붙은 때여서, 이융기의 이 '한가로운 바둑 한 수'도 자못 의미심장했다.

하지만 언제부터인지 국도에는 종욱이 급박한 상황에서 위축되며, 결정적인 순간에는 아내가 정색하고 야단쳐야만 완전히 깨우친다는 소문이 돌았다. 바로 그때부터 종욱은 여자의 그림자에 가려 살았다. 아내를 볼 때마다 늘 마음이 켕기고, 심지어 열등감까지 느꼈다. 그래서 그는 본가에 머물기 싫어졌다. 차라리 이 별원에 조용히 앉아서 차를 감상하고 붓을 놀리는 것이 더 좋았다.

지금 그를 시중드는 사람은 바로 그 학자 티 나는 온순하고 부드러운 여인이었다. 그녀의 눈빛은 언제나 차분하고 따스했다. 그녀를 볼 때는 그도 열등감을 느끼지 않았다. 이곳은 무척 평온했고, 가까운 친구 중에도 이곳을 아는 이가 몇 없었다. 그래서 마음 편히 글을 쓸 수 있었다. 하지만 오늘은 어쩐지 마음이 편치 않았다. 몇 장 글을 써봤지만 마음은 점점 더 초조해졌다.

"부군께서는 왜 그리 근심하시는지요?"

여인이 물같이 따스한 눈빛을 머금고 조용히 물었다.

"큰일이 일어날 것 같소."

종욱은 한숨을 길게 내쉬었다. 오늘 밤 태상황이 여는 가족 연회에 겹겹이 함정이 숨겨져 있음을 느꼈지만, 그는 그녀에게 너무 많은 말을 할 생각이 없어 이렇게만 말했다.

"오늘 점심은 조금 일찍 먹읍시다. 곧 내원으로 가봐야겠소. 궁에 일이 많아서 오늘 밤은 돌아오지 못할 거요."

여인은 아무 말 없이 살짝 고개를 끄덕인 뒤 일어나서 그를 위해 조용히 먹을 갈았다.

그가 봄날 얼음처럼 매끈매끈한 익주산 삼종이를 한 장 더 펼치려 할 때, 적막하던 뜰에서 가벼운 탄식이 들려왔다.

"종 장군, 평안하십니까? 폐하께서 나를 보내 안부를 물으라 하셨습니다."

검은 천으로 얼굴을 가린 이융기가 창밖에 모습을 드러냈다. 독이 이제 막 풀린 터라 아직도 말소리가 불명확했다. 그는 강매아를 데리고 후원을 가로질러 방향을 가늠한 뒤, 사방에 아무도 없는지 살핀 다음에야 담장을 넘어 들어왔다.

"귀하는 누구시오?"

종욱은 깜짝 놀랐다. 종욱이 외첩을 숨겨둔 이 별원은 비교적 외진 곳이었다. 게다가 눈에 띄는 것을 원치 않아서 어린 하녀와 나이든 어멈 몇 사람만 들여 시중들게 했기에 아무래도 방비가 소홀했다. 이런 곳에 불청객이 올 줄은 전혀 예상하지 못했다.

이융기가 낮은 소리로 말했다.

"저는 퇴마사의 오육랑입니다. 특별히 폐하의 명을 받들어 몇 가지 일을 논의드리러 왔습니다."

이렇게 말하는 동안 이융기는 속으로 가만히 한숨을 쉬면서, 이번 일을 잘 넘기면 반드시 오육랑을 그럴듯한 관직으로 승진시키리라 다짐했다.

앞을 내다볼 줄 아는 그는 태평공주의 계략을 무너뜨리는 유일한 방법은 가능한 한 빨리 태상황을 만나는 것임을 간파했다. 태평공주가 그를 찾아내지 못한다면 일단 태상황에게 손을 뻗을 가능성이 컸다. 어떤 식으로든 저녁에 있을 태상황의 가족 연회에서 큰일이 벌어질 것이다.

그가 문득 이곳을 찾아온 까닭은, 지금껏 아무리 중용되지 못한 종욱이라지만 여전히 내원 총감이라는 직위를 맡고 있기 때문이었다. 겉으로는 보잘것없어 보이는 자리지만 실은 상당히 중요했다. 게다가 몇 년 안에 승진할 가망이 없다는 사실 때문에 오히려 태상황과 천자 이융기, 태평공주 세 세력의 각축전에서 아무도 건드리려 하지 않는 신비 인물이 될 수 있었다.

종욱은 저도 모르게 눈을 찌푸렸다. 그는 본래 문관이었다. 비록 창이나 봉을 쓸 줄 알지만 살아오는 동안 무력에 얽힌 일은 딱 한 번 해본 것이 전부였다. 바로 내원 총감으로 있을 때 이융기가 일으킨 당륭정변에 참가한 일이었다. 그러니 누군가 와서 '종 장군'이라 부르자 몹시 의미심장하게 느꼈고, 오육랑이라는 이름을 듣자 더욱더 긴장했다. 그는 저도 모르게 착 가라앉은 소리로 말했다.

"이제 보니 퇴마사 오 장군이구려. 신분을 증명할 물건은 있소? 어째서 본모습을 보이지 못하시오?"

"사태가 긴박해 폐하께서 친필 한 장만 써주셨습니다. 종 장군께서도 알아보실 겁니다. 이 저택이 한가롭기는 하나 아무래도 잡인들이 있으니 잠시 얼굴을 가렸습니다. 부디 양해해주십시오."

종욱은 어쩔 수 없이 이융기를 방으로 들였다. 그제야 이융기 뒤에 아리따운 여인이 따르는 것을 알 수 있었다.

"이쪽은 퇴마사의 청영 부사입니다."

이융기는 강매아에게 눈짓하고는 곧장 자신만만하게 그녀를 이끌며 각자 의자에 앉았다. 고요한 서재 안에서, 신분이 남다른 남녀 두 쌍은 각기 반신반의하는 눈으로 서로를 훑어봤다.

종욱은 이융기의 손에서 틀림없이 진짜인 천자의 친서를 받았다. 물론 방금 이융기가 직접 쓴 것인데, 닳은 붓에 남은 먹을 쓴 데다 종이 질도 초라했다. 종이에는 이런 내용이 적혀 있었다.

경과 헤어진 지 오래됐구려. 구중항에서 감주를 마시고 서예를 논하던
일을 추억하니 그리움을 견딜 수 없소.
조정에서는 경이 우유부단하다 말하는 자들이 있으나, 하나같이 어리석
은 견해일 뿐 비웃을 가치도 없소. 극도가 혼란스러우니 그럴수록 짐은
나라를 생각하는 경의 마음이 그립소.
오늘 큰 변고가 있기에 특별히 짐의 심복인 청영과 오육랑을 보내 경과
함께 때를 보아 움직이게 하였소. 경의 충정과 용기에 무슨 말이 더 필요
하겠소.
종욱에게 주노라.

"맞소. 확실히 폐하의 친필이오!"
대서예가인 종욱은 한눈에 황제의 필체를 알아보고 저도 모르게
손을 바르르 떨었다.

짤막한 서신의 첫 번째 줄이 말하는 것은 그들 군신만이 아는 지
난 일이었다. 그때 아직 태자이던 이융기는 원숭을 데리고 구중항
별원을 찾아와 함께 서예에 관해 담소를 나눴고, 그의 집에서 담근
감주를 마셨다. 이제는 천자가 된 그가 지난 일을 그리워하고 있다
니 뜻밖이었다.

그다음은, 누군가 천자 앞에서 종욱이 입장을 명확히 밝히지 않
고 왔다 갔다 한다며 헐뜯었지만 천자는 어리석은 의견이라 치부
했고, 혼란스런 시기일수록 공평하고 충성스럽게 나라를 위해 일한
종욱이 그립다는 내용이었다. 그래서 지금 이렇게 심복인 청영과

오육랑을 보내 함께 때를 기다려 움직이게 한 것이다.

이융기가 소리 죽여 말했다.

"밀서를 써주실 때 폐하께서는 황궁 밖에 계셨습니다. 당시 갑자기 종 소첨사를 떠올리시고 손 닿는 대로 종이를 꺼내 그 글을 쓰신 뒤 저희 두 사람에게 속히 달려가 만나보라 하셨습니다."

서신을 쓴 종이가 너무 격식이 없는 것이 허점인데, 이융기는 가벼운 한마디로 그 허점을 가렸다. 종욱이 듣기에는 가까운 사람에게나 할 수 있는 편안함으로 느껴졌다.

"그랬구려, 그랬어." 종욱은 연신 고개를 끄덕이고는 탄식했다. "폐하께서 우리 집 술을 여태 기억하시다니 참 쉽지 않은 일이오."

"바깥에는 종 장군께서 태평공주에게 투신했다는 말이 분분히 돌고 있습니다. 폐하께 종 장군을 헐뜯은 사람도 적지 않았지요. 하지만 폐하께서는 그 말을 들을 때마다 고개를 저으며 '그럴 리 없다, 그럴 리 없어. 종욱은 절대 그런 사람이 아니다' 하며 나지막이 탄식하셨습니다."

이융기는 점점 격양되는 종욱의 얼굴을 보며 계속 말했다.

"바로 그저께 밤에 폐하께서 긴급히 저를 부르셨을 때, 저는 그분이 혼자 전각 안을 서성이시는 것을 봤습니다. 곧 큰일이 벌어질 텐데 믿을 사람이 많지 않으나 종 경은 절대적으로 믿을 수 있다고 중얼거리시더군요. 태평공주에게 투항했느니 하는 이야기는 필시 딴마음을 품은 자들이 퍼뜨린 풍문일 뿐이라고도 하셨습니다. 당당한 한 나라의 공주가 연회를 베풀고 청하는데 일개 소첨사인 종욱이 무슨 힘이 있어 가지 않을 수 있겠느냐, 태평공주가 주는 술을 몇 번 마셨다 해서 어떻게 태평공주에게 돌아섰다고 말할 수 있겠느냐고 말입니다."

그 말을 들은 종욱은 금세 눈시울이 뜨거워졌다. 요 몇 년간 당한 무시나 억울함은 이 말 앞에서는 거론할 가치도 없는 사소한 문제였다. 눈물이 왈칵 쏟아지자 그는 황급히 고개를 숙여 얼굴을 가리며 거의 목멘 소리로 말했다.

"폐하께 그런 말씀을 들었으니 내 죽어도 여한이 없소. 이럴 때 폐하께서 오 장군을 보내신 걸 보니 필시 막중한 일이겠구려?"

"물론입니다. 오늘 밤 태상황께서 베푸시는 가족 연회에서 큰일이 벌어질 것 같습니다."

이융기는 희미하게 한숨을 쉬었다.

"그 밀서에 적힌 것처럼, 큰일이 벌어지려 할 때면 폐하께서는 곧 종 장군을 떠올리시지요."

종욱의 눈빛이 저도 모르게 흔들렸다. 그는 확실히 위험한 냄새를 맡았고, 그래서 오늘 밤 마음이 불안했다. 그가 온순한 외첩을 돌아보며 분부했다.

"어서 가서 술상을 봐주시오. 내 두 분과 할 이야기가 있소."

여인은 눈치 빠르게 두 사람에게 차를 올린 뒤 조용히 물러갔다.

이융기는 강매아를 가리키며 말했다.

"청영 부사가 오랫동안 역용하고 잠입한 끝에 마침내 태평공주부 안에서 벌어지는 다양한 음모와 비밀스런 일을 낱낱이 알아냈습니다. 태평공주의 음모는 모두 폐하 손에 들어왔습니다. 다만 아직 때가 되지 않아 일부러 약한 척하고 계시지요. 왕거, 진현례, 왕모중 등 문무의 신하들도 지금은 몸을 숨기고 있습니다. 하지만 북문 사군과 남아 제위는 완벽하게 우리 수중에 있습니다. 폐하께서 움직이지 않으면 모를까, 움직이시기만 하면 일격필살이지요. 다만, 태평공주의 음모가 오늘 밤 연회와 관련 있기에 부득불 전력을 다해 조치할 수밖에 없게 됐습니다. 이 때문에 종 장군을 친히 알현할 틈이 없어서 우리 두 사람을 보내며 따로 밀명을 내리셨습니다."

종욱은 들으면 들을수록 놀라웠다. 그는 태평공주의 각종 비밀계획을 전혀 몰랐고, 지금 이융기가 곤경에 처해 있다는 것은 더욱더 몰랐다. 단지 요 며칠 장안의 정세가 예기치 않게 이상하다는 것을 어렴풋이 느낄 따름이었다. 지금 이 말을 듣고서야 비로소 진현례 같은 천자의 직계 무장들이 일찌감치 방비 중이며, 심지어 대군을 대기해놓았다는 것을 알았다. 만약 그렇다면 의심할 바 없이 태평공주의 패배였다. 어쩌면 지금 폐하가 자신을 떠올린 것은 또 한번 하늘이 내려준 호기인지도 몰랐다.

이렇게 생각하자 그는 가만히 앉아 있을 수가 없어 벌떡 일어나 허리를 굽히며 말했다.

"그랬구려. 폐하께서 어떤 밀명을 내리셨는지 말씀해주시오."

"청영 부사가 알아낸 바로는 태평 쪽이 결사대를 동원해서 오늘 저녁 황실 가족 연회에 쳐들어가 폐하를 암살할 것이라 합니다. 폐하께서는 급히 대비책을 세워 이미 내원 안팎에 여러 갈래의 인마를 배치하셨지요. 태평공주와 그 심복들이 연회에 참석하러 입궁하면 제 발로 그물에 뛰어드는 격이 됩니다."

이 말이 아군이 강력한 힘을 쥐고 있다는 것을 밝혀 종욱의 의혹을 싹 씻어냈다. 줄곧 종욱을 응시하던 이융기는 그의 얼굴에서 의혹이 사라지자 비로소 오늘의 주목적을 천천히 꺼내놓았다.

"폐하께서는 우리 두 사람에게 종 장군의 병사로 위장한 뒤 함께 입궁해서 태상황을 보호하라고 명하셨습니다."

"어명을 받듭니다!"

종욱은 정중하고 엄숙하게 바닥까지 읍하더니 갑자기 고개를 번쩍 들고 생각에 잠긴 듯이 말했다.

"이처럼 큰 변고가 벌어졌는데, 폐하께서는 어째서 먼저 움직여 태평공주와 그 역당을 일거에 평정하지 않으시오?"

이융기는 고개를 저었다.

"상황이 너무 긴박해서 폐하께서도 급작스럽게 만전지책을 마련하기 어려우셨습니다. 더욱이 종 장군도 아시다시피 태상황께서는 늘 남매의 정에 얽매여 계시지 않습니까? 효성이 지극한 폐하께서는 태상황께서 마음을 다치시는 것을 바라지 않아, 자꾸만 주저하며 먼저 움직이려 하지 않으십니다."

"폐하의 인자함과 효심에 하늘도 감동하실 것이오."

종욱은 다시금 허리를 깊이 숙였다.

"태평공주 쪽의 결사대에는 고수가 적지 않으니 반드시 조심해야 하오."

간판 무희인 강매아도 즉흥 연기 솜씨가 빠지지 않아서 미리 정해놓은 대사를 편안하게 입 밖에 냈다. 그녀가 위장한 청영은 오육랑보다 지위가 훨씬 높아서, 마지막 순간에야 한마디 하자 도리어 상황을 결정짓는 위력이 있었다.

"알았소. 이 종욱, 목숨을 돌보지 않고 싸울 것이오."

종욱이 미소를 지으며 균자 찻잔을 들어올렸다.

"자, 청영 부사, 오 장군, 드시오."

이제 종욱에게 남은 한 가지 의문은 바로 장안성 항간에서 적잖이 이름을 날리는 오육랑이 어째서 얼굴을 가렸느냐는 것이었다. 차를 마시자는 것은 사실 그 핑계로 그의 본모습을 보기 위해서였다.

이융기는 그 속뜻을 알아차렸지만, 그에게 본모습을 보여주고 싶지 않아서 천 자락을 살짝 들치고 잔을 가져가 반 모금만 홀짝 마신 뒤 한숨을 쉬며 말했다.

"종 장군, 양해해주십시오. 저는 어젯밤에 역당의 간악한 놈들에게 습격을 당했습니다. 비록 악전고투 끝에 빠져나왔지만 얼굴에 고를 당해 용모가 끔찍하게 바뀌는 바람에 잠시 얼굴을 드러낼 수가 없습니다. 고약 같은 것을 조금 주시면 이따가 얼굴에 발라 위장을 하겠습니다."

종욱은 고개를 끄덕이며 아무 말 하지 않았다. 그때 그의 첩이 총총히 들어와 속삭였다.

"부군, 바깥에 손님이 찾아왔습니다. 자칭 태평공주가 보낸 리명소라는 분으로 급한 일로 부군을 만나고자 하십니다. 제가 일단 객청으로 모셨습니다."

"판기위 리명소?" 종욱은 인상을 쓰며 놀란 소리로 말했다. "그자는 태평공주의 직계 부하요. 교활하고 끈질긴 작자인데 확실히 객청으로 보냈소?"

갑자기 문밖에서 껄껄거리는 웃음이 들려왔다.

"종 대인, 기세가 대단하시구려. 오랜 벗이 찾아왔는데 어찌 슬슬 숨기만 하시오?"

우렁찬 웃음소리에 창살이 드르르 떨리고 앞뜰에 앉은 새들마저 놀라 파드득 날아올랐다.

이융기가 차갑게 눈을 번뜩이며 소리 죽여 말했다.

"당황하지 마십시오. 우리는 잠시 안으로 피해 있을 테니 거짓으로 따르는 척하며 서둘러 쫓아내십시오."

서예를 좋아하는 종욱의 서재는 규모가 작지 않아서, 총 세 칸으로 이뤄진 대청이었다. 이융기는 일어나서 강매아를 데리고 안방으로 들어갔다.

두 사람이 문을 닫기 무섭게 불청객이 성큼성큼 서재로 들어섰다. 바로 지난 형부육위 중에서 가장 승승장구한 둘째 판기위 리명소였다. 그는 언변에 능하고 지모도 제법 있어서 일찌감치 태평공주 눈에 띄어 공주부에 들어갔고, 그곳에서 공주부 시위 부통령에 올랐다.

"리명소, 예의범절도 모르는가?"

종욱이 꾸짖으며 얼굴을 굳혔다. 비록 지난날 중서령이라는 재상 직책에 있을 때에 비하면 지금 관직이 한참 낮지만, 그래도 소첨사는 사품 관직이고 판기위는 그저 흔한 '관리'에 불과했다. 설사 요즘 리명소가 태평공주의 총애를 받고 있으며 공주부에서 냉경진 다음가는 인물이라 해도, 관직으로는 여전히 그보다 몇 급이나 아래였다.

"비록 함부로 찾아왔으나 부디 널리 이해해주시기 바라오."

리명소는 온순한 외첩에게 흘낏 눈길을 주더니 의미심장한 웃음을 지었다.

"본가에 찾아갔더니 대인이 보이지 않으시더구려. 다행히 공주부는 소식이 빨라서 종 대인께서 이곳에 아늑한 별원을 마련해뒀다는 것을 알았소. 하하하, 공주께서 어찌나 급히 재촉하시는지, 빨리 종 대인을 찾아내지 못했다면 이 리명소의 머리가 남아나지 않았을 거요.”

종욱은 그의 정중한 말투 속에 담긴 조롱을 신경 쓸 틈이 없어 무거운 소리로 말했다.

“공주 전하께서 무슨 분부를 내리셨소?”

“별건 아니오. 오늘 밤 연회는 보통 연회가 아니므로 나더러 대인과 협조하라 하셨소. 어서 입궁하는 것이 좋을 것 같소.”

종욱이 코웃음을 쳤다.

“오늘 연회는 당연히 중대하오. 하지만 중서성 각 부서에서 직무에 따라 열심히 일하고 있지 않소? 내원 총감은 한직이고 정원사나 일꾼들만 관리할 뿐인데, 공주 전하께서 그처럼 염려하실 가치가 어디 있겠소?”

“궁궐 내원 일에 사소한 것이란 있을 수 없소. 종 대인은 내원 총감이니 사실상 내원의 중요한 출입구가 아니오? 어찌 그리 겸손을 차리시오?”

이렇게 말하던 리명소는 그제야 탁자에 놓인 찻잔 세 개를 발견하고 냉소를 지었다.

“종 대인께서는 참으로 흥도 많으시구려. 방금 손님이 있었던 것 같소만?”

종욱은 더욱더 분통이 터져 쌀쌀맞게 대꾸했다.

“아니, 이 종욱이 누구와 차를 마시건 누구와 시문을 논하건 먼저 리 대인에게 알려야 하나보구려?”

그는 일부러 ‘리 대인’이라는 세 글자를 길게 늘여 상대에게 직위의 차이를 강조했다.

리명소의 얼굴이 살짝 굳고 목소리도 얼음장이 됐다.

"공주 전하께서 밀명을 내리셨소. 어서 빨리 가서 종 대인과 함께 내원에 들어가 지키라고 말이오."

리명소는 말을 명확히 하지 않았다.

내원 총감이라는 직위는 궁궐 안의 건물과 정원 등을 총괄하는 것으로, 품계가 높지 않고 중요한 직위도 아니었다. 하지만 담당하는 내원이 태극궁의 '뒤 정원'으로 범위가 극히 넓으며, 특히 그 남쪽 끝은 궁성의 현무문과 딱 붙어 있어서 궁궐을 출입하는 이들은 모두 종욱의 손을 거쳐야 했다.

더욱 중요한 것은 내원 안에 궁궐 안전을 책임지는 금군 '만기'가 주둔하고 있다는 것이었다. 그중에 '좌만기'를 통솔하는 이는 바로 이융기가 아끼는 직속부하 왕모중이었다. 애석하게도 좌용무장군 왕모중은 범평이 술을 잔뜩 먹인 후 연금했다. 그런데도 태평공주는 여전히 금군이 염려됐는지 왕모중의 만기군을 감시하려는 목적으로 즉각 리명소를 내원에 들여보내려 했다.

"공주 전하께서 친히 분부하시기를, 잠시도 지체하지 말 것이며 대인에게서 한 발짝도 떨어지지 말라 하셨소."

리명소는 종욱이 떡하니 앉아 움직일 기미가 없자 어쩔 수 없이 자꾸만 태평공주를 들먹이며 압박했다.

"종 대인, 어서 갑시다."

종욱은 마음이 무거웠다. 오늘 정말 큰일이 벌어질 모양인데, 태평공주도 그에게 완전히 마음을 놓지 못하는 게 분명했다. 삼 년 만에 내원 총감으로서 다시 한 번 권력 투쟁의 초점이 된 것이다. 삼년 전 당륭정변 때 거사를 일으킨 두 파의 수뇌가 바로 이융기와 태평공주였다. 그 두 사람은 종욱이 앉은 자리의 중요성을 뼈저리게 알고 있었다. 하지만 지금 출발하면 리명소에게 끌려가는 것이나 마찬가지니 당연히 그럴 수는 없었다.

"여기예요! 리 장군! 날 좀 구해줘요!"

별안간 서재 안방에서 당황한 여자의 비명이 들려왔다. 리명소는 움찔했다. 안방에 사람이 있다는 것도 놀랐지만 자신의 이름까지 아는 것은 더욱 뜻밖이었다. 교활한 그는 이미 내원 총감의 태도가 매우 이상하다는 것을 느끼고 있었다. 마치 뭔가 숨기려고 애쓰는 듯이 보였다. 그런 마당에 안방에서 비명이 들려오자 곧바로 소매에 숨겨둔 단창을 꺼내 들었다.

종욱도 재빨리 머리를 굴려 방 안에 있는 퇴마사 사람들이 난데없이 비명을 지른 연유를 어렴풋이 알아차렸다. 아마 리명소를 죽이려는 것이리라!

"이보게, 아우, 잠시 멈추게. 저 안에 있는 사람은 내 오랜 친구인데 아마 술이 지나쳐서 주사를 부리는 모양일세."

종욱은 일부러 억지웃음을 지어 보였다.

"오랜 친구라면야 불러내 함께 술을 마셔도 되지 않소."

리명소가 냉소하더니 번개같이 안방으로 달려가 문을 벌컥 열었다. 신중한 그는 안에 있는 사람이 기습할 것을 대비해 문만 열고 들어가지는 않았다.

그런데 방 안의 광경이 그를 어리둥절하게 만들었다. 여자가 의자에 묶여 있고, 복면한 거한이 욕설을 퍼부으며 그녀의 얼굴을 때리는 것이 보였다. 의자에 묶인 여자는 비명을 지르며 바닥에 털썩 쓰러져 혼절해버렸다.

"멈춰라, 어떤 놈이……."

리명소가 채 외치기도 전에 거한이 손을 번쩍 쳐들었다. 거무스름한 쇠뇌에서 짧은 화살 하나가 폭사했다. 얼굴로 날아드는 화살은 번개같이 빨랐다. 대당나라 병부에서 만든 최신식 쇠뇌의 위력은 지극히도 강해, 리명소는 혼비백산한 나머지 허둥거리며 바닥에 굴렀다. 그의 술법은 냉경진에 훨씬 못 미치지만, 냉경진이 차마 낯부끄러워 쓰지 못하는 시정잡배들의 바닥 구르기 수법은 잘만 쓸 수 있었다. 그 구르기가 그의 목숨을 살렸다. 화살 다섯 대는 전부 빗나갔고, 아래로 비스듬히 날아간 한 대만 그의 왼쪽 허벅지에 콱 박혔다. 리명소는 아파서 비명을 내질렀다.

"움직이지 마라!" 이융기가 쇠뇌로 그의 머리를 겨누며 말했다. "이 쇠뇌는 스무 걸음 안에서는 세 겹짜리 소가죽도 뚫을 수 있고 한번에 여섯 발을 쏜다. 네 신법이나 술법은 전혀 쓸모없다."

사실 이 조그맣고 정교한 영기노는 한 번에 여섯 발씩 단 두 번밖에 쓸 수 없었다. 그리고 그 두 번은 이미 냉경진과 리명소에게 써버렸다. 이융기는 속으로 한숨이 났지만, 쇠뇌를 든 손은 태산처럼 묵직했고 눈빛은 차갑고 차분해서 믿는 구석이 다분한 기색이었다. 이융기는 리명소라는 자를 잘 알았다. 이자가 형부육위에 있을 때부터 하급 군관들과 즐겨 어울린 이융기는 판기위의 쌍창이 얼마나 매서운지, 그가 얼마나 교활한지 잘 알았다. 그렇기에 잠시도 경계를 늦추지 않았다.

"말로 합시다, 말로." 리명소가 억지웃음을 지으며 말했다. "우리 모두 종 대인의 친구 아니오. 아마 무슨 오해가 있었던 듯싶소."

그때 종욱은 이융기가 자신에게 눈짓하는 것을 보고 재빨리 리명소의 목을 향해 검을 휘둘렀다. 지금같이 위급한 상황에서는 악을 철저히 제거하지 않으면 안 된다는 것을 잘 알기에 종욱도 전혀 망설이지 않았다.

차가운 빛이 번쩍이자 리명소는 눈빛을 악독하게 바꾸며 냉큼 몸을 굴렸다. 방 안 공기가 한층 서늘해지는가 싶더니 그의 왼 소매에서 날카로운 법기, 빙백응설창이 나는 듯이 솟아올랐다. 창과 검이 부딪치자 종욱의 검은 강력한 힘을 견디지 못하고 지붕 위로 튕겨나갔다.

거의 동시에 종욱은 리명소에게 끌려가 고기 방패가 됐다. 리명소의 오른손에서 예리한 빛이 솟구치더니 패왕칠살창이 이융기의 목을 노리고 튀어나갔다. 동시에 허공에 있던 빙백응설창도 빙그르르 방향을 돌려 무시무시한 파공성을 내며 이융기의 아랫배로 날아들었다. 저 신비한 쇠뇌를 극히 꺼리는 리명소는 온 힘을 다해 쌍창을 모두 써서 단번에 적을 죽여 없애려 들었다.

이융기는 종욱이 붙잡히는 것을 보자 선수를 쳐 뒤로 물러나는 한편, 앞에 있던 녹나무 책상을 걷어찼다. 와자작 소리와 함께 두툼하고 무거운 책상이 리명소의 쌍창에 산산이 조각났다. 매서운 바람이 닥쳐와 이융기가 쓴 검은 면사도 갈기갈기 찢어져 수만 마리 나비가 되어 날아올랐다.

"폐하!"

고가 풀린 지금, 이융기의 얼굴을 덮은 푸른 기운은 싹 가신 상태였다. 종욱은 '퇴마사의 요원'이던 그의 얼굴을 알아보고 저도 모르게 놀라 외쳤다.

리명소도 소스라치게 놀랐다. 비록 직위는 낮지만, 그 역시 이융기를 본 적이 있었다. 특히 어젯밤 황제가 공주부에 왕림했을 때 공주부의 시위 부통령으로서 당연히 그 얼굴을 똑똑히 봤다.

공주 전하가 사방으로 찾아다니던 이융기가 이곳에 있었다니? 리명소는 놀라면서도 기뻐 눈이 휘둥그레졌다. 비록 지금 당장 진위를 판단할 수는 없지만, 이번이 승진하고 큰돈을 벌 천재일우의 기회라는 것은 알 수 있었다.

별안간 귀청이 찢어지는 듯한 노성이 터지며 종욱이 미친 사람처럼 리명소에게 달려들었다. 갑작스레 이융기의 얼굴을 본 종욱은 머리가 핑핑 돌아 무슨 일이 벌어졌는지 어렴풋이 짐작했다. 그는 본래 리명소에게 어깨를 제압당한 채 그 앞에 붙들려 있었으나, 상황이 위태로워지자 머리를 뒤로 홱 젖히고, 팔꿈치로 뒤를 가격하고, 뒷발질로 급소를 걸어차는 등 상중하 세 방향으로 일제히 반격했다. 목숨을 건 일격이었다.

리명소는 피식 웃으며 발로 종욱을 걸어찼다. 동시에 재빨리 법결을 외우자 이융기의 목을 찔러 들어가던 쌍창이 다리 쪽으로 방향을 바꿨다. 진짜든 가짜든, 일단 생포해야 했다.

그런데 불현듯 등에서 격심한 통증이 느껴졌다. 리명소는 노성을 지르며 뒤에 선 여자를 있는 힘껏 내팽개쳤다. 이융기가 미리 숨겨 둔 최후의 한 수가 마침내 효과를 발휘했다. 그는 미리 종욱과 리명소의 시야를 가린 상태로 강매아를 때려 혼절시킨 뒤 곧바로 습격을 가해 모든 주의력을 자신에게 쏠리게 했다. 리명소는 '혼절해 쓰러진' 여인에게는 아예 관심을 두지 않았다. 그 여인이 소매에 날카로운 비수를 숨기고 있을 줄은 더욱더 몰랐다.

아무래도 사람을 죽여본 적이 없는 강매아는 다급한 와중에 일어나 비수를 휘두르기는 했으나 실제로는 힘이 너무 부족했다. 그러나 손에 든 비수가 쇠도 진흙처럼 벤다는 황실의 보물이어서 금세 자루만 남기고 몸에 깊숙이 박혔다.

리명소의 입에서 연신 기침이 터져나왔다. 그는 손을 등 뒤로 가져가 비수를 뽑으려 했지만 손이 닿지 않았다. 그는 마지막 강기를 끌어올려 미친 듯이 소리를 질렀다. 잠시 허공에 멈췄던 단창 두 자루가 동시에 눈부시게 빛을 발하며 번개같이 이융기를 덮쳤다.

바로 그때 푸른 그림자 하나가 휙 날아들었다. 검이었다. 검이 질풍처럼 움직이자 쌍창은 구슬피 울부짖으며 바닥으로 툭 떨어졌다.

"폐하! 이 원승, 도착이 늦었습니다!"

마침내 이융기를 보게 된 원승은 놀람과 초조함이 교차해 목소리마저 떨렸다.

리명소와 대치하느라 신경 소모가 극심했던 이융기는 원승을 보자 비로소 피로를 느꼈다. 하지만 겨우 버티며 다가가 바닥에 쓰러진 여인을 부축해 일으켰다. 그녀가 두 눈을 꼭 감고 아무 소리도 내지 않자 놀라고 겁이 난 그는 연신 그녀를 불렀다.

"매아! 매아, 괜찮소?"

원승이 황급히 달려가 응급조치를 한 뒤 말했다.

"놀라지 마십시오, 폐하. 혼절한 것뿐입니다."

강매아는 방금 리명소의 장풍에 맞았지만 다행스럽게도 중상을 입은 리명소가 창졸간에 휘두른 것이어서 혼절하기만 했다. 원승이 강기를 주입하자 서서히 정신이 돌아온 그녀는 몽롱한 시야에 이융기의 모습이 보이자마자 그를 와락 붙잡으며 외쳤다.

"이봐요, 어서 달아나요, 어서!"

이융기의 두 눈이 촉촉이 젖었다. 그는 그녀의 손을 꼭 움켜쥐며 가만히 말했다.

"괜찮소, 걱정하지 마시오. 짐의 훌륭한 장수가 도착했고 역적은 주살됐소."

강매아는 그제야 안도의 숨을 내쉬었다. 불안감이 가신 창백하고 고운 뺨에 미소만 남았지만, 뜻밖에도 더는 아무 말도 할 수 없었다.

"폐하…… 역시 폐하셨군요!" 종욱은 머리를 조아렸다. "신이 알아보지 못한 것을 용서해주십시오."

원승이 이용기의 정수리에서 마지막 침을 뽑아냈을 때는 이미 오시가 가까워 있었다. 그동안 육충 일행도 대기가 소환술을 써서 불러들였다. 서재 안에는 육충과 왕거, 오육랑, 대기, 강매아, 그리고 종욱 부부가 서서 침술을 펼치는 원승을 조용히 바라보고 있었다. 퇴마사의 재주꾼들 가운데 소십구 고검풍만 보이지 않았다.

손 소사자는 원승의 명으로 뜰을 지키고 있었다. 장안에서 누구보다 대담하게 도박할 줄 아는 이 거지 두목은 오육랑과 원승을 직접 만났다는 사실만으로도 우쭐해했다. 만약 자신이 구한 사람이 당금 천자라는 것을 안다면 그 자리에서 기절할지도 몰랐다.

지금 손 소사자는 뜰 안에 창처럼 꼿꼿하게 서서, 오래된 버드나무 아래에서 눈을 반쯤 감고 꾸벅꾸벅 조는 늙은 금 연주자를 흘끔거리며 속으로 고개를 갸웃했다.

'저놈은 진짜 흉측하게도 생겼군. 육 검객 나리는 어쩌자고 저렇게 더럽고 흉측한 놈을 데려온 거야?'

서재 안에서는 이용기가 또다시 어혈을 토해냈다. 그가 쓴웃음을 지으며 말했다.

"원 경의 말대로라면, 짐이 혼돈고에 당하고도 이렇게 오래 버틸 수 있던 것은 지난날 당한 괴뢰고 덕분이라는 건가?"

"그렇습니다. 두 고는 성질이 비슷한데 폐하의 몸속에는 이미 그에 대항하는 힘이 있습니다. 이 또한 폐하의 홍복이 사해에 두루 미치고 조정의 사직이 보호하신 덕분이겠지요!"

원승은 은침의 색깔을 살핀 뒤 한숨 섞어 말했다.

"경하드립니다, 폐하. 고가 완전히 제거됐습니다."

"원 대랑, 자네같이 솔직한 사람도 아부하는 법을 배우는군."

이융기는 장시간 침술을 받고서도 여전히 태연자약하게 농담을 건넸다.

"짐의 홍복이 사해에 두루 미치기는 뭘 미친단 말인가. 이 장안성 안에서만 해도 강매아가 없었다면 아무것도 돌보지 못했을 걸세. 감사하려면 하늘에 있는 옥환아와 여기 있는 우리 매아에게 감사해야지!"

그가 여인의 손을 살짝 잡았다. 강매아는 고개를 숙였다. 창백한 얼굴에 홍조가 피어올랐다.

"소가." 이융기가 종욱의 자를 불렀다. "이제 자네를 속일 필요도 없겠지. 지금 짐은 외톨이일세. 그러니 지난번처럼 마음이 불안하지 않겠나?"

종욱의 관자놀이에 땀이 송골송골 맺혔다. 하지만 그는 길게 읍하더니 품에서 하얀 비단 한 장을 꺼내며 의젓하게 말했다.

"풍운이 일어나면 신은 폐하와 사직을 위해 기꺼이 목숨을 버리겠습니다! 신의 처가 방금 쓴 이 글이 신의 마음을 증명할 것입니다!"

이융기는 비단을 받아 한번 본 뒤 탁자에 펼쳐놓았다. 비단에는 아직 먹이 마르지 않은 글씨가 쓰여 있었다.

부끄럽지 않다.

그 글을 응시하던 종욱의 눈시울이 갑자기 촉촉해졌다. 이는 외첩이 일부러 써서 그에게 바친 글이었다. 부끄러움. 그간 그의 마음은 시종일관 이 단어를 품고 있었다.

부끄러웠다. 자신에게 부끄럽고, 좋은 아내에게 부끄러웠다. 심지어 조정의 신하와 군주에게도 부끄러웠다. 과연 그녀는 진정으로 그를 잘 아는 사람이었다. 그때 온순한 외첩이 서재에 있는 사람들에게 줄 차를 끓여왔다. 그녀는 맨 먼저 향기로운 차를 공손하게 이융기 앞에 올렸다.

"좋은 글이군. 글씨도 훌륭하고. 부끄럽지 않다……라!"

이융기는 차를 받아 들고 감개무량해 말했다.

"대장부라면 응당 양심에 부끄럽지 않고 천하에 부끄럽지 않아야지! 그대들이 공업을 세우면 사직에 부끄럽지 않을 것이네."

이융기가 불타는 눈으로 평소 계략에 능하다 자부하는 내재상을 바라봤다.

"시간이 됐다. 왕 시랑, 준비는 어떤가?"

모두의 표정이 어두워졌다. 아마도 지금이 대당나라의 사직이 가장 위태로울 때이리라. 비록 문무에 능한 여러 능신이 이융기 곁에 모였지만, 공교롭게도 이들은 모두 조정으로부터 지명수배를 받은 몸이었다. 진짜 황제인 이융기도 마찬가지였다.

공주부의 세력 말고도 생각이라고는 없는 천우위 장군 이이덕까지 가짜 황제의 명령을 곧이곧대로 따랐고, 여러 갈래 금군 역시 명령에 따라 미친 듯이 그들의 행방을 쫓고 있었다.

왕거는 그들이 마주한 상황을 간단명료하게 분석한 뒤 무거운 목소리로 말했다.

"다행히 청영 부사가 공주부 쪽의 최신 동향을 제때 전해왔습니다. 대역무도한 자들이 폐하를 사칭한 일 외에도 놀라운 소식이 또 있습니다. 바로 오늘 저녁에 태상황께서 베푸실 가족 연회에 살수를 숨겨놨을 가능성이 크다는 것입니다."

오늘 아침에 있었던 일련의 추적과 역추적 싸움에서 승리자는 결국 청영이었다. 그녀는 곁을 스쳐간 추악한 금 연주자인 선기에게 소식을 전했다.

그녀가 과감하게 공주부에 첩자로 들어갈 수 있었던 주요 이유 중 하나는 바로 선기와의 신비한 관계였다. 실로 다행스럽게도 선기는 그녀의 부탁을 잊지 않고 줄곧 쪽문 근처를 배회했다. 혼원종 종주 천월이 죽고 검선문 종주 단운자는 내내 태상황을 보호하고 있으며 늙은 호승 혜범 역시 한가할 틈이 없으니, 지금 이 장안성에서 선기는 무적에 가까운 존재였다. 그는 곧 추격병을 따돌리고 글에 적힌 대로 살그머니 꽃집을 찾아가 소식을 전했다.

'청영'이라는 이름을 듣자 육충의 낯빛이 유난히 어두워졌다. 육충은 청영을 첩자로 삼은 원흉인 왕거를 갈기갈기 찢어놓을 것처럼 노려봤다. 왕거는 모르는 척하고 다른 사람들을 둘러보며 천천히 말했다.

"청영 부사가 고생 끝에 전해준 소식은 때가 꼭 맞았습니다. 우리에게는 유일하게 유리한 점이지요. 태평은 우리가 이미 대비하고 있다는 것을 아직 모릅니다."

"그럼 청영은? 소식을 전한 뒤에 왜 하필 공주부로 돌아갔지?"

별안간 육충이 두 눈에서 불을 뿜으며 소리쳤다.

"그것도 네놈이 내린 밀명이냐?"

왕거는 무거운 소리로 말했다.

"아니오! 내 생각에는 그녀가 태평공주를 잡아두려는 것 같소."

"잡아두긴 개뿔!"

육충이 결국 욕설을 내뱉었다.

"청영 부사의 결정이오."

왕거는 전혀 화내지 않고 태연자약하게 말했다.

"청영은 잠깐은 무사할 걸세."

원승이 활활 불타는 눈을 한 육충을 잡아 눌렀다.

"태상황의 연회에서 그녀가 나와 춤을 춰야 할 테니까. 태평공주가 폐하께 아름다운 비를 바쳤다며 보란 듯이 떠들었는데 태상황께서는 아직 만나보지 못했으니 그 비가 아무 연고 없이 사라질 수는 없지 않겠나?"

"태평공주는 틀림없이 승산이 있다고 생각할 겁니다."

왕거가 두 눈을 반짝였다.

"이제 태평공주는 필시 두 가지를 병행하겠지요. 하나는 연회에서 돌발적으로 공격을 시도하는 것입니다. 태상황만 손에 넣으면 조정 전체를 통제할 수 있습니다. 둘째는 병권을 뺏는 것입니다. 지금 국도를 지키는 대군 열 중 일고여덟이 폐하의 직계 부하 손에 있습니다. 하지만 무지몽매한 이이덕이 가짜 천자에게 넘어갔고, 진현례와 왕모중은 미약에 당했습니다. 가짜 황제가 조서를 내리고,

그에 더해 태평이 중서령에 있는 소지충의 신분을 이용해 남아의 병권을 빼앗으면 국도 전체를 장악하고 나아가 천하를 장악하게 됩니다."

지금 국도 장안의 주요 군사력은 천자가 직접 통솔하는 '북문 사군'과 재상이 지휘권을 가진 '남아 제위'에 있었다. 그중 좌우 우림군과 좌우 만기로 이뤄진 북문 사군의 전투력이 가장 강했다. 하지만 좌만기를 통솔하는 좌용무장군 왕모중은 연금됐고, 우림군은 대부분 태평공주 휘하인 상원해와 이자 손에 있었다. 그러니 태평공주는 북문 사군이 큰 위협이 되지 못한다 생각할 터였다.

남아 제위 가운데 경성 치안을 맡은 금오위와 황성 호위를 맡은 감문위, 그리고 천자 근위대인 천우위는 모두 정예부대였다. 태평공주는 안전을 위해 상원해 등 대장군에게 남아 제위의 병권을 빼앗으라고 명령할 것이 틀림없었다.

이융기가 무겁게 말했다.

"고모가 언제 병권에 손을 뻗으리라 생각하는가?"

"병권을 빼앗을 때 가장 큰 장애물은 바로 태상황이십니다. 제 추측으로는, 태평공주는 연회에서 움직이기 시작할 것이며, 태상황을 손에 넣은 다음에야 마음 놓고 병권 탈취를 진행할 것입니다."

태평공주의 음모를 장황하게 분석한 왕거는 비로소 길게 한숨을 쉬며 덧붙였다.

"모든 것이 오늘 밤 연회에 달려 있습니다."

"그러니 우리에게도 아직 기회가 있군!"

이융기의 눈이 빛났다. 그는 내내 생각에 잠긴 듯한 원승을 보고 물었다.

"원 대랑, 무슨 생각을 하나?"

사실 원승은 줄곧 고검풍을 염려하고 있었다. 계획대로라면 소십구는 벌써 돌아와야 했다. 그런데 여태 소식이 없는 것을 보면 누군가 또는 무슨 일 때문에 발이 묶인 것이 아닐까?

이융기의 질문을 받은 그가 비로소 가만히 탄식하며 대답했다.

"태평공주가 두 가지를 병행한다면 우리 또한 두 날개를 모두 펼쳐야 합니다. 제가 지금 가장 걱정되는 이는 역시 혜범입니다."

"태평공주 휘하의 그 늙은 호승 말인가?"

이융기의 눈빛이 차가워졌다.

"지난날의 천사책을 기억하십니까? 혜범은 실제로 그 천사책의 마지막 주모자입니다. 그는 벌써 삼 년 동안 몸을 숨기고 있었습니다. 심지어 그의 최종 목적이 무엇인지도 저는 모릅니다."

원승의 눈동자에 갑자기 기괴한 빛이 반짝였다. 늙은 호승 혜범은 그 신비한 천서의 그림을 한 장 한 장 찢어 원승의 눈앞에서 불태웠다. 대관절 그자는 무엇을 하려는 것일까?

태극궁 무덕전 뒤에 있는 어화원에서, 범평은 한가롭게 쌍육을 두고 있었다. 천자의 상대는 놀랍게도 천우위 장군 이이덕이었다.

범평이 볼 때는 어젯밤 모든 일이 완벽했다. 흥겨운 밤중의 술자리까지도. 그 후 흥이 가시지 않은 그는 고력사를 보내 이융기가 한 번도 손대지 않은 후궁 화 미인에게 시침을 명하고, 이튿날 나른한 얼굴로 조회에 나갔다.

건성건성 조회를 해산한 뒤에는 궁으로 돌아와 이이덕을 불러들여 함께 쌍육을 했다. 오늘 밤 태상황의 연회에 관해서도 이 거친 무부에게 맡길 비밀 임무가 아직 많이 있었다.

이이덕은 어젯밤 천자의 명을 받고 육충과 왕거를 저지, 공격했으나 개중 한 명은 검법에 있어 비할 자가 없고 다른 한 명은 진학에 정통해서 결국 두 사람을 놓치고 말았다. 전전긍긍하던 그는 천자에게 직접 부름을 받자 자연히 놀라면서도 기뻤다.

한때 범평은 온화하고 사람 좋은 얼굴을 무기로 조정에서 순조롭게 지냈고, 심지어 이융기 가까이 섞여들어 임기응변과 다재다능함에 힘입어 몇 차례 곁을 수행할 기회도 얻었다. 그는 이융기를 깊이 관찰하고 연구했으며, 나아가 이융기가 즐겨 불던 〈청심곡〉도 종종 연습했다. 이융기가 한가할 때면 가까운 신하를 불러 쌍육을 둔다는 것도 당연히 알고 있었다. 쌍육은 그 당시의 말판 놀이였다.

범평은 쌍육을 두는 한편 소리를 죽여 이이덕에게 지령을 내렸다.

"방금 알려준 것을 잘 기억해두게."

분부가 끝나자 범평은 마침내 탁자 앞에 놓인 쌍육판을 밀어내고 나른하게 기지개를 켰다. 이이덕은 허겁지겁 일어나 예를 올리려다가 범평이 눈짓으로 만류하자 재빨리 허리를 숙이며 말했다.

"소장, 내리신 명은 절대로 더럽히지 않겠습니다. 때가 되면 오직 폐하의 지시에 따를 뿐입니다."

범평은 흡족해 고개를 끄덕였다. 그때 환관 화춘이 두 사람을 안내하며 잰걸음으로 들어왔다. 나타난 사람을 보자 범평의 안색이 급격히 굳었다. 방금 그가 쌍육을 둘 때 화춘이 들어와서, 태평공주가 연락책 두 명을 보내 알현을 청할 것이라고 이미 보고를 올렸다. 아무래도 그는 큰 변고가 일어나기 전에는 태평공주의 심사를 건드릴 생각이 없었다. 그런데 알현하러 온 사람이 음모의 수장인 혜범일 줄은 전혀 뜻밖이었다.

"존⋯⋯."

그는 튀어나오려는 말을 억지로 삼키며 이이덕에게 손을 내저었다. 그가 미처 '이 장군, 그만 물러가게'라는 말을 하기도 전에 얼음 같은 목소리가 귓속으로 파고들었다.

"계속해라. 한 판을 끝낸 다음 보내거라."

범평은 감히 그 말을 어기지 못해 어색하게 웃어 보였다. 그리고 쌍육 한 판이 끝난 다음에야 이이덕을 내보냈다. 공손하기 짝이 없는 태도로 혜범을 전각 안으로 들이고 관련 없는 자들을 내보낸 뒤, 범평은 그제야 간절한 목소리로 '존사님' 하고 부르며 예를 올리려 했다.

하지만 혜범은 부드럽게 웃으며 그를 만류했다. 호승이 된 뒤로 사실상 그는 내내 비밀리에 계략을 꾸며 자신의 세력과 조력자를 만들었다. 범평은 바로 그가 천방백계 끝에 찾아낸 '기재'였다. 범평은 자질이 무척 높은 데다 여봐란듯이 떠드는 것을 좋아하지 않았다. 더욱이 지닌 법력도 자못 기초가 튼튼해서 대종사인 그가 수년간 열심히 가르치자 마침내 태평공주의 거사에서 최후의 살인 무기가 될 수 있었다.

혜범은 관상가라도 된 양 범평의 얼굴을 요모조모 뜯어보더니 나지막이 웃으며 말했다.

"저 많고 아리따운 비빈들을 상대하려면 몸이 견뎌나겠느냐? 이 스승에게 남해에서 나는 독특한 춘약이 있으니, 다음에 올 때 조금 가져오마."

범평은 쓴웃음을 지었다.

"농이 지나치십니다, 존사님. 살얼음판에 있는 제게 그럴 여유가 어디 있겠습니까? 다행히 존사께서 친히 오셨으니 아주 마음이 놓입니다."

그렇게 말하며 고개를 든 범평은 혜범 뒤에 있는 사람을 보고 화들짝 놀랐다.

"아니, 소십구…… 고검풍?"

고검풍은 시위 복장을 하고 혜범 곁을 바짝 따르고 있었는데 표정이 약간 몽롱해 보였다. 존사께서 현령하셨다는 말을 들은 뒤로 고검풍은 다소 흥분해서 심지어 안절부절못할 정도였다. 몇 년 전에 본 신비한 거울이 떠오르고, 그 거울 속에 나타난 존사 홍강 진인의 신비한 얼굴도 떠올랐다.

오늘 아침, 육충이 시킨 대로 공주부 부근에서 소식을 탐문하던 그는 우연히 영허문 제자 한 명과 마주쳤다. 그 제자는 흥분한 얼굴로 영허문이 곧 중흥할 것이라고 말했다. 대사형이, 존사께서 새로운 육신으로 부활할 가능성이 지극히 높다고 말했다는 것이다. 그 일로 영허문은 도가의 절차에 따라 관을 열고 검사를 진행했다.

전설에 따르면 도를 닦은 사람에게는 지극히 고명한 우화등선 수법이 있다고 했다. 죽은 뒤에 유골이 완전히 사라지면 바로 그 수법으로 진짜 신선이 됐다는 표시였다. 정말 그렇다면 홍강 진인은 진정한 전설이 될 터였다.

그 말을 들은 고검풍은 놀라고 기뻤지만, 몹시 수상한 일이라던 원승의 말을 떠올리고 바쁜 일이 끝나면 반드시 대사형을 찾아가 물어봐야겠다고 생각했다. 그 제자와 헤어진 후 망설이며 서 있을 때, 누군가 그의 어깨를 툭 때렸다. 놀라 돌아보니 존사인 홍강 진인의 자상한 얼굴이 눈에 들어왔다. 존사는 웃으며 말했다.

"소십구야, 이 스승을 찾고 있었더냐?"

고검풍은 갑자기 정신이 혼미해지며 그대로 혼돈에 빠져들었다.

"그래, 그 아이지. 하나 크게 쓸모가 있다."

혜범이 고검풍의 머리를 살짝 두드리자 갑자기 그의 눈빛이 멍해지더니 느릿느릿 바닥에 앉아 입정한 늙은 승려처럼 두 눈을 감았다.

"너는 내가 서운사에서 거둔 비밀 제자다. 유일한 제자지." 혜범은 범평을 응시하며 말했다. "이 죽지도 않는 늙은이가 다시 사람이 되기란 실로 어려운 일이다."

범평은 연신 고개를 끄덕였다.

"예, 압니다. 잘 알지요."

"너는 모른다!" 혜범은 담담하게 말을 이었다. "너는 이이덕이라는 거친 자를 시켜 태평공주를 죽이려 하지만, 그다음엔 어찌하려느냐? 소지충 같은 늙은이가 네 말을 듣겠느냐?"

범평의 얼굴은 순식간에 핏기가 가셨다. 그 무엇도 늙은 여우 같은 존사를 속이지는 못할 것 같았다.

"너는 모르는 것이 많다. 천사책이 무엇인지 아느냐?" 혜범은 나지막이 웃으며 유유히 말했다. "이제 이 스승이 종국의 비밀을 알려주마. 천서의 진정한 계획을 말이다!"

9장
......

용과 봉이 비상하는 태극궁

7월 초, 장안. 날이 컴컴하게 저물고 석양이 서쪽 하늘 반쪽을 검붉은색으로 물들였다. 먼 숲에도 핏빛같이 빨간 저녁 안개와 노을이 걸렸다.

이융기는 손 소사자와 강매아를 종욱의 별원에 남기고, 왕거, 원승 등 정예만 데리고 움직였다. 그들 모두 내원 총감 종욱의 심복으로 변장했다.

종욱 곁에서 한 발짝도 떨어지지 말라는 명을 받은 리명소가 있으니, 태평공주 쪽 사람들의 의심을 사지 않기 위해 문을 나서기 전에 대기가 몸소 원승을 리명소로 변장시켰다. 두 사람 모두 키가 크고 호리호리해서, 리명소가 입던 벽옥색 관복도 원승의 몸에 잘 맞았다. 등에 난 핏자국을 급히 씻어냈지만 볕에 말릴 틈이 없어 축축한 채로 걸쳐야 했다.

이융기는 간단히 역용하고, 남장한 대기와 함께 종욱의 친위병 역할을 맡았다. 종욱이 내민 금빛 글자 내원 총감 패 덕분에 이융기 일행은 일찌감치 내원을 통과해 태극궁 북쪽 문 앞에 도착했다. 이 궁문이 바로 그 유명한 현무문이었다.

현무문 앞을 지키는 교위는 대당나라 십육위 중 하나인 감문위 소속이었다. 지금까지 종욱과 그 부하들은 감문위 교위들과 사이좋게 지냈지만, 오늘은 종욱도 요패를 들이밀며 정원사들을 보내 연희전 앞을 꾸며야 한다며 거드름을 피웠다.

하지만 감문위 교위들은 얼굴을 굳히고 고개를 저었다.

"오늘 밤은 보통 연회가 아닙니다. 반드시 폐하나 태평공주께서 비밀리에 나눠준 영패가 있어야 출입할 수 있습니다."

리명소로 변장한 원승이 제때 나서서 리명소에게서 찾아낸 자금 요패를 꺼내 보이자 비로소 순조롭게 궁문이 열렸다. 현무문의 수문 교위조차 태평공주의 밀명을 따르는 것을 보면, 태평공주 쪽 준비는 물샐 틈 없는 듯했다.

웅장한 현무문을 지나면서 이융기는 저도 모르게 속으로 한숨을 쉬었다. 삼 년 전, 바로 이곳에서 그 자신이 부하를 이끌고 당륭정변을 일으켜 위 태후 일파를 토벌했다. 지금 다시 이곳에 왔건만 눈앞에는 더욱 큰 변고가 기다리고 있었다.

이번 연회는 보통 연회가 아니었다. 그중 요성을 부각하고자 태상황은 대당나라 정권의 중추인 태극궁에서 연회를 거행하기로 했고, 그 장소가 바로 연희전이었다.

연희전은 내원의 중축을 이루는 감로전과 승향전 사이에 있었다. 전각 앞이 넓게 트이고, 북쪽으로는 금수하가 맞닿아 있으며, 서북쪽으로는 출렁이는 물이 끝없이 펼쳐지는 남해지가, 동쪽으로는 웅장하고 아름다운 능연각이 보이며, 남쪽으로 감로전과 마주한 곳이었다.

연희전 앞은 이미 규정된 최고 수준으로 꾸며져 있었다. 옥으로 된 띠 같은 기다란 회랑, 또 금수교 위에는 일찌감치 가지각색 궁

등을 밝혔고, 대전 앞의 주 전각 다섯 칸 안에도 눈부시도록 등불을 켰다. 향로 덮개에서는 그윽한 향기가 모락모락 피어오르고, 본래도 널찍하고 통풍이 잘되는 대전에는 얼음 굴에서 잘라온 얼음을 배치해, 들어서는 순간 향기로우면서도 상쾌한 기운이 뼛속까지 스며들었다.

어마어마한 대연회의 막이 오르려 하고 있었다.

육충은 이융기를 따라 입궁하지 않고 혼자 살그머니 남아로 달려갔다. 대당나라 남아 제위는 상서성 병부 관할로, 병부 관아가 황성 남부에 있기 때문에 이들을 '남아 금군'이라 불렀다.

왕거의 추론에 따르면, 태평공주가 움직인다면 틀림없이 좌우림대장군 상원해와 좌금오장군 이흠 등에게 남아 제위의 군권을 빼앗으라고 명할 터였다. 두 대장군은 의당 태평공주 휘하 재상인 소지충과 두회정의 병사 조달 공문을 가지고 있을 것이다. 어쩌면 가짜 황제가 친히 옥새를 찍은 밀지를 가지고 있을지도 몰랐다. 상원해가 급작스레 북을 쳐서 각 호위대 장수들을 소집한 후 밀지를 펼쳐 보이고 거짓으로 '태극궁에 반란이 일어나 태상황께서 위험에 처하셨다' 한마디만 하면 손쉽게 남아를 제압하고 병권을 손에 넣을 수 있었다.

병권 싸움은 몹시 중요한데 이융기 쪽에는 달리 쓸 만한 고수가 없었다. 그래서 그중대한 임무는 육충에게 떨어졌다. 밤이 점점 내려앉았다. 육충은 상원해 일행이 어느 문을 통해 황성에 들어올지 확신할 수 없어서 아예 주작대가에서 반드시 지나야 하는 가지 무성한 고목 하나를 골라 그 속에 몸을 숨겼다. 강기를 전부 거두고 나무와 혼연일체가 된 것은 물론 자화열검의 열기도 전부 감췄다.

그는 조용히 기다렸다. 상원해 곁에는 필시 군부의 고수가 구름처럼 따를 것이다. 반면 이쪽은 오직 육 검객 어르신 혼자였다. 이 싸움은 대당나라 국운에 큰 영향을 미칠 악전고투가 될 터였다.

'청영, 잘 있는 거지? 몹쓸 여자 같으니! 반드시 날 기다려줘!'

육충은 고개를 들고 무성한 가지 너머로 언뜻언뜻 비치는 어두컴컴하고 드넓은 하늘을 바라봤다. 어느새 천지가 고요해졌다. 밤하늘에 드문드문 떠오른 별들이 미약하게 눈을 깜빡이는 모습이 꼭 멀리서 힘겹게 서로를 비추는 것 같았다.

이융기 쪽 사람 중에 가장 바쁜 이는 역시 왕거였다. 그는 태극궁에 들어가자마자 간밤에 술자리가 있던 침전 부근으로 달려갔다. 그의 임무는 명확했지만 단순하진 않았다. 모든 방법을 동원해 진현례와 왕모중을 찾아내 미약에 당한 두 대장군을 구하는 것이었다.

황제 이융기 곁에서 첫손꼽는 총신인 그는 태극궁을 너무나 잘 알았다. 하지만 감히 경거망동할 수 없어, 육충처럼 날이 완전히 어두워진 후 연희전 연회가 정식으로 시작될 때까지 기다렸다.

신시에서 유시로 넘어갈 즈음에야 연희전에서 풍악이 떠들썩하게 울렸다.

천자로 변장한 범평은 시간을 꼭 맞춰 무덕전에서 출발했고, 태평공주와 거의 동시에 연희전 앞에 당도했다. 범평은 일부러 태평공주와 함께 태상황 이단 앞에 나타날 생각이었다. 태평공주가 잘 숨겨주면 가짜 아들로서 이번 난관을 헤쳐나가기 훨씬 쉬울 터였다.

예상대로 누이동생이 다정하게 아들 손을 잡고 즐겁게 웃으며 들어와 함께 예를 올리자, 태상황 이단의 늙은 얼굴에는 웃음꽃이 활짝 피었다. 상투적인 말을 좋아하는 이 사람 좋은 노인은 흥이 난 나머지 자연스레 두 사람을 격려하면서, '고모와 조카가 한마음이 되면 황금도 자를 수 있다'느니, '한마음으로 힘을 합쳐 덕을 행하면 만사가 순조로워 대당나라의 태평성세가 열린다'느니 하는 말을 쉼 없이 늘어놓았다. 태상황의 끝 모를 잔소리에도, 범평과 태평공주는 진지하게 귀를 기울이고 때때로 퍼뜩 깨달은 듯한 표정을 짓기도 했다.

태상황의 장광설이 끝나자 범평이 재빨리 허리를 숙이며 말했다.

"부황의 말씀을 들으니 인애와 성덕이 하늘에 닿을 듯합니다. 소자 깊이 마음에 새기겠습니다. 부황께서 든든하게 받쳐주신 덕에 우리 대당나라가 태평성세에 이르러 사방의 오랑캐가 고개를 숙여 배알하고 있으니, 정관의 치세와 비교해도 손색이 없습니다."

태평공주는 손뼉을 치며 웃었다.

"그럼요, 맞습니다. 폐하의 지극한 효심이 하늘을 감동하게 하고, 황형(皇兄)의 현명하심이 하늘에 닿아 그렇지 않겠습니까? 한 분은 태상황, 또 한 분은 젊은 황제로서, 부자가 마주할 때면 늘 정치와 백성 이야기가 입에서 떠날 날이 없었지요. 하지만 오늘 밤은 즐겁고 기쁜 이야기만 하시고 국사는 논의하지 마시지요."

이단은 허허 웃었다.

"아무렴, 우리 대당나라 열성조께서 길이 보우하신 덕분이 아니겠느냐. 너같이 영리하고 지모가 뛰어난 누이동생이 있어 짐이 나라의 대사에 마음 졸이지 않아도 되니……."

술자리가 성대하게 벌어지고 가무가 줄줄이 이어지자 군주와 신하 모두 화기애애하게 즐겼다.

범평은 자신의 자리가 송왕 이성기 같은 형제들과 제법 떨어져 있는 것을 알고 남몰래 다행으로 여겼다. 가까이 앉았다가 네 형제가 친밀한 질문이라도 하면 아마 제대로 대답하지 못했으리라. 그는 몰래 곁눈질을 하다가 태상황 곁에서 낯익은 그림자를 발견했다. 언제나 나태해 보이는 검선문 종주 단운자의 모습이었다. 여러 대술사 가운데 거의 유일하게 남은 단운자는 태상황과 교분이 깊어, 삼 년 전 바람대로 대당나라 국사가 됐다. 오늘은 그가 태상황을 보호하는 중임을 맡은 게 분명했다.

그리고 태평공주 쪽에는 늙은 호승 혜범이 있었다. 삼품 관직에다 국공에 오른 그는 여느 때처럼 장사치 같은 웃음을 짓고 있었다. 조금 전 혜범이 자신에게 한 말을 떠올리자 범평은 저도 모르게 가슴이 서늘해졌다. 자신이 비할 데 없이 완벽히 꾸몄다고 생각한 계획도 혜범은 한눈에 간파했다. 그 자신은 그저 존사의 손에 잡힌 바둑알에 불과하다는 생각이 들었다. 시종일관 마찬가지였다. 다만, 존사가 언제 그 바둑돌을 던져버릴지 알 수가 없었다. 속으로 뭔가 느꼈는지, 혜범의 눈길도 범평에게 향했다. 범평은 입꼬리를 움직여 한 줄기 미소를 지어 보인 뒤 교묘하게 고개를 돌려 태평공주와 나란히 부황에게 술을 올렸다.

대당나라 수뇌 세 사람이 이처럼 화기애애하니, 분위기는 지난번 공주부에서 있었던 연회보다 훨씬 부드러웠다. 비록 소지충이나 위지고 두 재상을 필두로 양쪽의 중신들이 각기 탁자를 나눠 마주 앉았지만, 태상황 앞에서는 모두 한층 온화한 얼굴이었다.

승산이 있다고 여긴 소지충은 심지어 위지고의 시 짓는 재주까지 칭찬했다. 〈현원관에서 이 선생을 찾았으나 만나지 못하다〉라는 시의 '천년 이별도 아니 하고 이레 만에 돌아온 듯하니'라는 구절이 자못 신선다움이 느껴진다는 말이었다. 위지고도 즉각 화답하며, 소지충이 쓴 '신위가 공중을 맴돌고 선가는 구름 밖을 썼노라'라는 구절이야말로 바람을 탄 듯 시원시원한 멋이 있다고 했다.

태상황이 여는 가족 연회는 당연히 규모가 남달랐다. 어린아이 팔뚝만 한 초를 높이 세우고, 유리잔에는 미주가 찰랑거리고, 황실의 동서 교방에 속한 절세 가희들이 연회석 앞에서 가무와 기예를 선보였다.

술이 세 순배 돈 뒤 우렁찬 북소리가 둥둥 울리더니, 노랗고 파란 예쁜 궁장을 입은 아리따운 여인들이 두 줄로 들어왔다. 그들이 파릇파릇한 나뭇가지처럼 좌우로 벌려 서자 가운데에 선 날씬한 청영이 나타났다. 풍성한 머리카락과 가느다란 허리가 눈부신 촛불에 반사되어 마치 파도 위에 내려선 선녀 같았다. 그녀는 양손에 각각 은빛으로 반짝이는 검을 든 채 손을 뒤로 하고 먼저 태상황과 범평을 향해 아리땁게 예를 올렸다.

"저 아이가 바로 황형께 말씀드린 그 류청청이랍니다."

태평공주가 태상황 쪽에 있는 '이융기'를 흘끗 보면서 입을 가리고 웃었다.

"폐하께서는 저 아이에게 무척 만족하셨지요. 태상황께서도 마음에 드신다면 이따가 폐하께서 저 아이에게 명분을 내리도록 해주시지요."

태상황은 껄껄 웃었다. 범평도 손발 맞춰 흥분하고 열렬한 표정을 지어 보였다.

잠시 후, 금과 비파, 생황이 일제히 울리고 북소리가 점점 힘차고 빨라졌다. 청영은 어느새 긴 치마를 팔랑팔랑 휘날리며 회전하기 시작했다. 쌍검이 그려내는 겹겹이 푸른빛은 흡사 수은이 흘러나오는 것 같았다.

검이 춤추고 풍악이 울리는 가운데 이따금 태평공주의 낭랑한 웃음소리가 섞였다. 그녀는 상당히 기분이 좋았다. 비록 이융기 그 귀신같은 놈을 아직 찾아내지 못했지만, 대국은 이미 완벽하게 자신이 생각한 대로 흘러가고 있었다. 지금 보니 자신의 교묘한 솜씨 덕분에 가짜 황제 범평도 오라버니인 이단의 흐린 눈을 잘 속여 넘긴 것 같았다.

이 중요한 때, 상원해와 이흠도 응당 순조롭게 남아 제위의 병권을 손에 넣었을 터였다. 북문 사군과 남아 제위의 병권이 모두 손아귀에 들어오면, 왕모중, 진현례 등 이융기의 골수 심복 장수들은 즉시 감금될 것이다. 위지고같이 완고하고 융통성 없는 문관들이야 큰 위협이 되지 못하니 남겨뒀다가 천천히 손봐주면 될 일이었다.

하지만 어찌 됐건 병란에는 이유와 해명이 필요했다. 사실 가장 좋은 해명은 이미 생각해놓았다. 바로 이융기가 태상황을 암살하고 권력을 빼앗고자 난을 일으켰다는 것이다. 그래야만 순조롭고 당당하게 황제 및 그 당여인 진현례 등을 참살할 수 있었다.

그녀의 구상은, 청영의 검무가 끝난 뒤 남아의 병권이 순조로이 손에 들어왔다는 소식이 들리면 곧바로 청영에게 명해 다시 한 번 춤을 추게 하는 것이었다. 그리고 그때 태평공주 자신이 나서서 청영의 진짜 신분을 폭로할 생각이었다. 이융기의 절대적인 심복이자 퇴마사의 재주 많은 부사가 역용을 하고 나타난 데에는 음흉한 꿍꿍이가 있을 것이 분명했다. 게다가 청영이 춤에 쓸 검도 남몰래 쇠로 만든 진짜 검으로 바꿔둘 참이었다. 부드럽지만, 실제로는 서역의 최고급 연철을 여러 번 정련해 만들어 쇠를 진흙처럼 벨 수 있을 만큼 날카로운 검으로.

그것이 곧 청영이 태상황을 암살하려 했다는 완벽한 증거물이었다. 사주한 자는 틀림없는 이융기였다. 그들 두 사람이 비를 선발한다는 핑계를 대고 흉계를 꾸며 세상이 놀랄 암살을 기도한 것이다. 다만 이융기의 대역인 범평도 피살될 가능성이 컸다. 그러면 어떤가. 가짜 황제는 이제 아무짝에도 쓸모가 없으니 일찌감치 죽여 없애 증거를 말살하는 편이 나았다.

대세는 이미 손아귀에 들어왔고, 이제 곧 모후 무측천의 이야기가 재연될 것이다. 태평공주의 입꼬리가 아름다운 호를 그렸다. 그녀는 전각 입구에 엄숙하게 서 있는 냉경진을 향해 묻는 눈길을 보냈다.

냉경진은 저녁 연회가 시작될 때 명을 받고 급히 달려온 참이었다. 냉경진의 마음속에서 이번 연회는 천하에 다시없을 중요한 사건이었다. 실종된 이융기는 애초에 겹겹이 장애물이 늘어선 이 연희전까지 뚫고 들어올 수도 없었다. 오늘 밤이 지나면 달아난 이융기가 열 명이라 한들 두려울 게 없었다.

오늘 밤 정변에서 냉경진은 큰 임무를 맡았다. 그는 태평공주의 정변을 성공으로 이끌 가장 직접적인 군사력이 될 공주부 결사대 오백을 우림군으로 꾸미고 황궁에 데리고 들어왔다. 태평공주의 밀명을 받은 범평이 순순히 어명을 내리자, 오늘 밤 궁궐 안 방어를 맡은 이이덕은 당연하게도 그 강력한 부대가 입궁하는 것을 막지 못했다. 그래서 냉경진은 비록 공주부의 전군이나 오늘 밤에는 거의 대내 금위군 총통이 다 되어 남몰래 연희전 주위를 세 차례나 돌며 살폈다.

물론 그에게는 더 중요한 임무도 있었다. 바로 상원해 쪽 소식을 전하는 것이었다. 애석하게도 그쪽에서는 여태껏 아무 소식이 없었다. 하지만 냉경진이 보기에는 무소식도 나쁘지 않았다. 소식이 없다는 것은 상원해가 순조롭게 상황을 장악했다는 뜻일 가능성이 컸다.

칠흑처럼 깜깜하던 긴 거리가 갑자기 밝아지더니 한 떼의 인마가 급히 달려왔다. 나무 위에 숨은 육충의 두 동공이 확 줄어들고, 온몸은 잔뜩 당긴 활시위처럼 팽팽해졌다. 평소 적과 싸울 때는 먼저 현병술을 펼쳐 적을 현혹했지만 오늘 밤은 달랐다. 오늘은 일격필살이어야 했다. 자화열검이 천천히 소매 속에서 머리를 내밀었다.

마주 달려오는 인마 속에는 놀랍게도 금오위가 앞장서서 길을 열고 있었고, 가운데에는 우림위의 건장한 기사들이 있었다. 등롱과 횃불이 거리 반을 환하게 비춘 덕에 그 가운데 선 엄숙한 표정의 두 장군을 똑똑히 볼 수 있었다. 바로 좌금오장군 이흠과 좌우림 대장군 상원해였다.

육충은 왕거에게 탄복하지 않을 수 없었다. 비록 제멋대로 술수를 부리긴 해도 그놈의 예측은 정말 정확했다. 그의 예상대로 저 두 장군이 정말 남아의 병권을 뺏으러 나타난 것이다.

문득 육충의 눈동자가 번쩍 빛났다. 인마 속에서 독특한 외모를 한 노인 셋이 눈에 띄었기 때문이다. 횃불에 비친 세 사람의 얼굴이 불그스름했다. 천라삼로! 육충은 움찔하며, 천라문의 정예가 이미 태평공주에게 투신했다던 원승의 말을 떠올렸다.

저 늙은 괴물 셋은 지난날 무연수의 일당이었는데, 종초객과 무연수가 무너진 뒤 태평공주가 데려간 모양이었다. 세 노인의 도호는 각기 원공, 용옹, 그리고 녹은이었다. 항렬은 매우 높아도 단독으로 싸울 때 딱히 뛰어난 점은 없지만, 딱 한 가지, 대천라 법진을 깊이 익혀 방어에 아주 능했다. 수장인 대머리 노인 원공은 심계가 깊고 모질어서 몹시 독한 인물이었다.

속으로 재수 옴 붙었다고 투덜거리던 육충은 별안간 몸을 부르르 떨었다. 이번에 본 것은 키 작고 몸집이 단단한 낯익은 모습이었다. 동영의 술사. 지난번에 빗속을 뚫고 태평공주의 대총관 화선객을 죽였을 때 저자의 강력한 방해를 당한 적이 있었다. 저자와 호승 혜범 곁에 있는 동영의 검객은 동문 출신으로, 똑같이 술법이 사납고 도법이 모질었다. 비록 육충 자신이 저자의 귀 반쪽을 베긴 했으나 저 작달막한 동영 술사도 그에게 상처를 입혔다.

혼자서 천라문 세 노인네와 싸우면 패배는 이미 정해진 결말이었다. 거기에 귀 반쪽만 남은 저자까지 가세하면 살아날 생각은 말아야 했다. 육충은 속으로 왕거에게 욕설을 퍼부었다. 과연 왕거가 제때 진현례와 왕모중을 구해낼 수 있을까!

그때 왕거는 묵직하게 내려앉은 어둠을 틈타 고명한 술법을 펼쳐 어젯밤 군신이 신나게 술을 마신 침전으로 살그머니 들어와 있었다. 그는 왕모중과 진현례가 휴식을 취해야 한다며 이 침전의 편전으로 안내된 것을 똑똑히 기억했다.

편전은 어두컴컴했고 심지어 촛불 하나 켜져 있지 않았다. 그런데 그 어두운 방 안에 하얀 그림자 하나가 잰걸음으로 돌아다니고 있었다. 그림자는 침상에서 한 자 정도 떨어진 곳을 맴돌며 이따금 손으로 앞을 더듬었다. 어두운 방 안을 맴도는 하얀 그림자. 몹시 괴상하고 음산해 보이는 광경이었다.

"고력사."

시력이 남다른 왕거는 저 하얀 그림자가 바로 이융기가 가장 신임하는 환관 고력사임을 한눈에 알아봤다. 무엇 때문인지 몰라도 고력사는 하얀 속옷만 입고 멍한 얼굴로 방 안을 맴돌며 입으로는 자꾸만 같은 말을 중얼거리고 있었다.

"아니야, 아니야…… 왜 나갈 수 없는 거지?"

왕거는 누군가 방 안에 사악한 법진을 펼쳐놓은 것을 알아차렸다.

"귀타장!"

고력사는 미약에서 깨어난 뒤 그 속에 깊이 빠졌고, 마치 황량한 들판에서 귀타장과 마주친 길 잃은 사람처럼 사방이 온통 벽이어서 어느 쪽으로 가도 벗어날 수 없는 처지가 된 것이다. 왕거는 몸을 날려 살그머니 안으로 들어간 뒤 부적 한 장을 꺼내 고력사의 미간에 탁 붙였다. 고력사는 몸을 부르르 떨더니 점차 정신이 들어 황홀경에서 깨어났다.

"왕 시랑! 어떻게 된 일입니까?"

고력사는 머리가 어질어질한 것을 느끼며 물었다.

"폐하의 친필을 보여줌세."

왕거는 품에서 이융기가 막 써준 짤막한 서신을 꺼내 고력사에게 보여주며 무겁게 말했다.

"이제 알겠나? 큰일이 벌어졌네. 누군가 조정에 크나큰 구멍을 뚫었어."

그런 다음 왕거는 곧바로 고력사를 잡아끌고 밖으로 뛰쳐나갔다. 두 사람이 왼쪽 끝 편전에 도착하자마자 노기등등한 진현례의 외침이 들려왔다.

"어찌 된 일이냐! 왜 술이 깨지 않느냐! 왕모중은 어쩌다…… 어쩌다가 이런 꼴이 됐느냐? 이 쳐 죽일 놈들, 왜 우리를 막는 것이냐! 어서, 어서 어의를 불러라! 폐하께서 우리 없이 계시다가 무슨 일이라도 당하면 내 너희를 산 채로 찢어 죽일 것이다!"

쩌렁쩌렁 울리는 소리에는 여전히 취기가 묻어 있어 진현례는 술이 완전히 깨지 않은 것이 분명했다. 소환관 몇 명이 검을 들고 단단히 잠긴 전각문 바깥을 지키고 있었다. 대장 격인 소환관이 차갑게 말했다.

"진 대장군, 여기서 술이 깰 때까지 쉬시라는 것이 바로 폐하의 어명이십니다. 저희는 아직 두 분을 보내드리라는 명을 받지 못했습니다. 내보내드렸다가 나중에 폐하께서 저희 얼굴을 짓이기시면 어쩝니까?"

그 말을 들은 다른 소환관들이 일제히 웃음을 터뜨렸다. 그 웃음이 그치기도 전에 키가 훌쩍 큰 사람이 휙 나타났다. 그는 단숨에 부대장 소환관의 멱살을 움켜쥐고 뺨을 철썩철썩 올려붙였다.

"이 어르신이 먼저 네놈 얼굴을 짓이겨주마. 감히 천우위 장군을 조롱해? 누가 네놈들 간덩이를 그리 뚱뚱하게 부풀려주더냐?"

달려든 사람은 바로 그 광경에 화를 참지 못한 고력사였다.

범평은 여기서 크다고도 작다고도 할 수 없는 실수를 저질렀다.

그는 긴급히 소환관 몇 명을 뽑아 침전에 가둔 왕모중과 진현례를 지켜보게 했지만, 환관인 고력사는 대수롭지 않게 여겨 약한 미약과 법진만 썼다. 하지만 고력사는 이융기에게 가장 총애 받는 환관으로 다년간 쌓아올린 위세가 있었다. 그 덕분에 그가 무섭게 호통을 치자 소환관들은 화들짝 놀라 즉시 고분고분해졌다.

"어서 문을 열어라!" 왕거가 성큼성큼 다가가 외쳤다. "어의를 부를 필요 없다. 냉수 한 바가지면 된다."

고력사는 술에 취해 연금됐을 뿐, 죄인으로 선포된 게 아니기 때문에 궁궐 안에서는 아직도 실권이 막대하고 황제에게 가장 신임받는 환관이었다. 그가 곁에 있으니 왕거도 용기가 났다. 냉수를 한 바가지 끼얹자 진현례와 왕모중 모두 술이 확 깼다.

"폐하께서 밀명을 내리셨소. 지금 당장 남아로 달려가야 하오!"

왕거는 이융기가 증표 삼아 내준 옥피리를 흔들어 보인 뒤, 글을 쓴 하얀 비단을 내밀며 무거운 소리로 말했다.

"여기 폐하의 친서가 있소."

"안 될 것 같습니다." 고력사가 비단에 적힌 글을 응시하며 생각에 잠긴 듯 말했다. "폐하의 친필은 틀림없습니다만, 애석하게도 옥새가 찍히지 않았습니다. 남아의 장군들은 알아보지 못할 테지요."

햇불로 반쯤 발갛게 물든 거리에서 별안간 검붉은 검기가 솟구쳤다. 육충이 움직였다. 아무런 망설임도 없었다. 자화열검은 의연하고 단호하게 호광을 그리며 허공을 가로질렀다. 강호를 떨쳐 울린 검선문의 어검술이었다. 더욱이 이번 공격은 지극히도 강하고 과감했다. 보랏빛 광채가 번뜩이자 좌금오장군 이흠이 비명을 지르며 말에서 떨어졌다. 목덜미에서 선혈이 솟구쳤다.

"자객이다! 진을 쳐라!"

천라삼로가 거의 동시에 외쳤다. 경험이 풍부한 세 노인은 질풍같이 상원해 옆에 모인 뒤, 손에서 각자 기괴한 붉은 광채를 뿜었다. 대천라 법진을 발동할 준비가 된 것이다.

자화열검은 또다시 날카롭게 울부짖으며 허공에서 상원해를 향해 떨어져 내렸다.

"검선문의 고수다. 모두 조심해라!"

세 노인의 목소리는 다급했으나 허둥거리지는 않았다. 세 사람의 손에서 솟아난 여섯 줄기 붉은 광채가 이리저리 교차하며 즉시 자화열검을 가로막았다.

자화열검은 마치 늪에 빠진 것처럼 나아가지도 물러나지도 못한 채 공중에 발이 묶였다. 나무 위에 숨은 육충은 가슴이 철렁했다. 가만히 법결을 외우자, 검이 갑작스레 빛을 거두고 칠흑 같은 먹구름처럼 어둠 속에 스르르 녹아들었다.

"동쪽, 저 나무 위다! 쇠뇌를 쏴라!"

돌연, 천라삼로의 우두머리 원공이 육충이 숨은 곳을 가리켰다. 그 말이 떨어지기 무섭게 빽빽한 화살 비가 육충이 몸을 숨긴 고목을 향해 누리 떼처럼 날아들었다. 하늘을 잔뜩 뒤덮은 화살과 사방으로 흩어지는 나뭇가지며 잎 속에서 난데없이 검은 그림자 하나가 튀어나와 성난 솔개처럼 소리도 기척도 없이 상원해에게 날아들었다.

동영 술사가 재빨리 앞으로 나섰다. 칼 빛이 번개처럼 떨어져 내렸다. 날아들던 검은 그림자는 미처 피할 틈이 없었는지 둔탁한 괴성을 내며 뚝뚝 끊어졌다. 천라삼로의 주의력도 모조리 그 칼질에 쏠렸다. 지켜보던 원공이 저도 모르게 눈을 부릅뜨며 외쳤다.

"역신법(易身法)!"

동영 술사도 그제야 자신이 벤 것이 굵직한 짧은 채찍일 뿐이라는 것을 알아차리고 화들짝 놀랐다.

같은 순간, 육충 역시 신음을 흘리며 입꼬리에 피를 한 줄기 흘렸다. 역신법은 사실 육충이 익힌 현병술의 극치로서, 방금 던진 짧은 채찍은 다름 아닌 그의 모습을 하고 있었다. 이는 장안법과 유사한 술법이나 천라삼로나 동영 술사를 속이기 위해서는 채찍에 그가 가진 강기를 응집해야 했다. 채찍이 끊어지면 그 자신 역시 경맥에 충격을 입었다.

하지만 육충은 멈추지 않았다. 그는 모처럼 찾아온 찰나의 기회를 놓치지 않고 살그머니 세 노인 안쪽으로 파고들었다. 검에서 보랏빛 광채가 확 솟아올라 상원해를 노리고 내리쪽었다.

끈적끈적한 힘 두 가닥이 비스듬히 밀려왔다. 천라삼로 중 녹은이 휘두른 녹각쌍겸과 용옹이 쓰는 오룡여의조였다. 캄캄한 밤, 횃불과 촛불이 비치는 가운데 튼튼한 사슴 한 마리와 둘둘 휘감긴 용한 마리가 나타나 웅장한 기세를 뽐내는 철검을 막아 세웠다.

"육충, 네가 졌다!"

원공이 흉악하게 웃으며 손바닥에서 금광을 쏟아냈다. 바로 천라문의 보물인 우왕신정이었다. 다양한 법기를 억누르는 데 특화된 이 귀중한 보물은 항상 천라문 장문인 봉구곡이 몸에 지니고 다녔다. 그런데 이번에는 남아의 군권을 손에 넣는 일이 여간 중요하지 않다 생각한 혜범이 원공을 시켜 잠시 빌려오게 했다.

우왕신정이 누르스름한 빛을 번쩍이며 자화열검의 보랏빛 광채를 집어삼켰다. 육충은 손아귀에 극심한 통증을 느꼈다. 마치 수많은 전갈에 물린 듯해서 필사적으로 움켜쥐어야만 철검을 붙들어놓을 수 있었다.

별안간 스산한 칼 빛이 느껴졌다. 동영 술사가 다시 칼을 휘두른 탓이었다. 육충이 바로 지난날 자신에게 큰 수치를 안긴 복면 자객임을 알아본 그는 이 일격에 전력을 쏟아부었다. 그 기세가 마치 산을 때리는 우레 같았다.

육충은 왼 소매를 힘껏 떨쳐 현병술을 극도로 끌어올렸다. 유성추 세 자루와 양면연순이 잇달아 날아올랐다. 우르릉 하는 진동과 함께 양면연순이 거의 동시에 칼에 갈라졌다. 하지만 동영 술사는 끝내 칼을 내지르지 못하고 재빨리 거둬 거의 얼굴에 닿다시피 한 유성추 두 자루를 쳐냈다.

"저자를 죽여라! 빠를수록 좋다!"

좌우에서 협공당해 곤경에 처한 육충을 보며 상원해는 냉소를 지었다. 거리에 죽어 나동그라진 좌금오장군 이흠에게 눈길을 준 그는 하늘이 주신 행운이라고 중얼거렸다. 저 자객이 그를 대신해 승진 길의 강력한 적을 죽여준 셈이었다.

천라삼로는 대천라 진법에다 공격 법기를 동원했고, 심지어 사문의 최고 보물까지 썼다. 옆에는 기세등등한 동영의 술사도 있었다. 육충은 철저히 목숨을 내놓고 싸워야 하는 지경에 처했다.

'청영, 다음 생에는 내게 시집올 거지?'

육충은 마음속 깊은 곳에서 무력하게 장탄식을 지었다. 그림자가 교차하면서 픽픽 둔탁한 소리가 났다. 동영 술사의 머리카락이 육충의 철검에 잘려나갔지만, 육충의 몸에도 깊숙한 상처가 생겼다.

　연희전 안에서는 연회가 한창이었다. 태상황 이현은 어느 정도 취기가 올랐다.

　모든 계획이 서 있는 태평공주와 달리 범평은 자못 긴장했다. 그는 태평공주가 모질게 뒤처리를 할 것을 어렴풋이 짐작하고 있었다. 당연히 이대로 앉아서 죽기만을 기다릴 수는 없었다. 사전에 계획한 대로 선수를 쳐서 제압해야 했다.

　다행히 이곳은 태극궁, 즉 이융기의 근거지이며, 이곳 호위를 책임지는 대장군은 바로 그에게 복종하는 이이덕이었다. 독문 미약과 혹심술을 한꺼번에 쓴 결과 이이덕은 이미 그에게 일편단심이 되어 있었다. 성대한 연회가 시작된 뒤, 이이덕은 전각 앞을 순시하는 틈을 빌려 범평과 몇 차례 눈짓을 주고받았다.

　가늘고 빡빡한 쟁 소리가 따르르 울리더니 흰 치마로 갈아입은 청영이 다시 등장했다. 벌써 두 번째 등장이었다.

　손을 쓸 때가 왔다!

　범평은 남몰래 이를 악물며 조용히 일어나 자리를 떴다. 그리고 뒤에서 시중드는 궁녀에게 옷을 갈아입겠다는 손짓을 보냈다. 이치대로라면 청영에게 푹 빠진 척하고 있으니, 청영이 검무를 추면 반드시 흥미진진하게 처음부터 끝까지 지켜봐야 했다. 하지만 그는 더 기다릴 수 없었다.

　청영의 검무는 아주 매혹적이어서 태상황을 포함해 장내의 모두가 그 춤에 깊이 홀렸다. 덕분에 범평은 자리를 뜨면서 태상황에게 미리 알릴 필요가 없었고 실례를 저지를 일도 없었다. 그는 자연스럽게 연회장에서 나왔다. 줄곧 황제의 동정을 지켜보던 이이덕이 재빨리 따라와 옷 갈아입는 곳까지 동행했다. 연희전 안은 태평공주나 지난날 종초객의 저택만큼 호화롭진 않지만 훨씬 널찍했다. 황제가 옷 갈아입고 용변을 볼 때 전용으로 쓰는 난각은 멀지도 가깝지도 않아서, 모퉁이를 돌아 회랑 하나를 통과하면 바로 있었다. 궁녀 네 명이 짙은 향이 나는 향로와 금 쟁반, 따뜻한 물 등을 들고서 대기 중이었다. 범평은 손을 휘저어 그들을 모두 물렸다.

이이덕이 물었다.

"폐하, 벌써 결심을 하셨습니까?"

범평의 눈빛이 날카로워졌다.

"준비는 됐나?"

이이덕은 짙은 눈썹을 찡그리고 말했다.

"폐하께서는 오늘 오후 친히 밀명을 내려 태평공주의 전군인 냉경진이 공주부의 호위들을 데리고 입궁하는 것을 허락하라 하셨습니다. 뜻밖에도 그 무리가 오백 명이나 됩니다. 지금 보니 실로 골칫거리입니다."

이이덕은 다소 의아한 얼굴이었다. 태평공주를 공격하기로 마음먹어놓고 어째서 호위를 데리고 입궁하는 것을 허락했을까? 그야말로 자승자박이 아닌가?

"그것이 바로 짐의 계책이네! 적을 잡으려면 먼저 풀어주라지 않던가!"

범평은 당연히 이 어리벙벙한 부하에게 자신이 존사와 태평공주의 부림을 받고 있다는 사실을 알려줄 수 없었다. 그래서 그저 냉소를 지으며 말했다.

"태평도 오늘 밤 움직이고 싶을 걸세. 계략을 꾸민 지도 오래고 상원해와 이흠은 벌써 궁 밖에 대군을 배치했네. 그러니 우리가 움직이기 전까지는 절대 적의 의심을 살 수 없었네. 알겠나?"

"잘 알겠습니다. 영명하십니다, 폐하!"

솔직히 이이덕은 전혀 알 수가 없었다. 하지만 장군인 그는 모든 걸 명확히 알 필요가 없었다. 그저 철저히 집행하기만 하면 됐다.

"그렇다면 쓸데없는 말은 필요 없네! 지금 바로 움직이게!"

"명을 받들겠습니다!"

이이덕이 힘차게 두 손을 모으자 몸을 두른 갑옷에서 쩔그럭 소리가 났다. 그런데 막 돌아서려던 그는 갑자기 뒤통수가 뻣뻣해지는 것을 느끼고 힘없이 땅에 쓰러졌다. 우뚝한 그림자 하나가 이이덕 뒤에 나타났다.

"리명소?"

그 파리한 얼굴을 본 범평은 놀라고 분노해 소매 속에 숨긴 용봉 쌍참을 와락 움켜쥐었다. 하지만 곧 눈빛을 번뜩이며 나지막이 말했다.

"아니군. 너는…… 원승!"

"이제 보니 범평 형이셨구려." 리명소로 변장한 원승이 빙그레 웃었다. "줄곧 의아했소. 천자와 똑같이 역용한 사람을 구하기는 쉬우나 나와 고력사까지 속이는 것은 어렵고도 어려운 일이오. 거짓으로 장안성을 떠나는 척한 계책이 실로 고명했다고 말하지 않을 수 없구려. 심지어 나나 왕거마저 세상에 범 형같이 놀라운 재주를 지닌 인물이 있다는 사실을 깜빡 잊었으니."

원승과 범평은 조용히 서로를 바라봤다. 두 사람의 마음속에서 파도가 요동쳤다.

"원 형." 범평은 한시름 놓으며 말했다. "원 형과 나 사이에는 일찍이 서로 목숨을 구해준 은혜가 있지 않소. 내가 원 형을 속일 필요가 어디 있겠소. 이제 이융기의 시대는 갔소. 그러니 내게 귀순하지 않겠소? 원 형과 나는 진정으로 생사고락을 함께한 형제니 어마어마한 부귀영화를 누리게 해주겠소."

"필요 없소."

원승의 대답은 쇠를 자르듯 단호했다.

"좋소." 범평은 어쩔 수 없다는 듯이 한숨을 내쉬더니 느닷없이 소리쳤다. "냉 전군, 이자를 죽여라! 이자는 원승이다!"

과연 냉경진이 귀신같이 달려왔다. 주도면밀한 그는 황제와 가까운 이이덕에게 영 경계를 풀지 못했다. 특히 그가 이끄는 오백 결사대를 비밀리에 궁에 들인 뒤로는, 불가피하게 궁궐의 방어를 책임지는 천우위 장군 이이덕과 마찰을 빚었다.

범평은 연회장을 떠나기 전에 이이덕과 남몰래 눈짓을 주고받았다. 이 단순한 눈짓은 거의 눈에 띄지 않았지만 냉경진의 눈을 피해가지는 못했다. 그는 너무 가까이 접근하지는 못해도 살금살금 그들의 뒤를 밟았고, 뜻밖에도 이이덕이 신비인에게 손쉽게 쓰러지는 것을 목격했다.

범평이 목청을 높여 눈앞에 있는 리명소가 바로 그가 애타게 찾던 원승이라는 것을 알려주자, 냉경진의 두 눈은 즉시 칼날처럼 서늘해졌다. 회랑 사이로 강력한 바람이 몰아치더니 그의 소매에서 기다랗고 눈부신 광채가 솟아났다. 법기인 창이 놀란 뱀이 수풀 속에서 튀어나오듯 모습을 드러내고 그의 손아귀에 잡혔다. 범평도 말을 끝내기 무섭게 두 손을 휘둘렀다. 용봉쌍참이 동시에 공격을 퍼부었다.

창은 온갖 무기의 조상이었다. 창 중에 긴 것이 바로 삭인데, 아주 먼 곳까지 찌를 수 있고 튼튼하기도 해서 당나라 초기에 군대에서 한 시대를 풍미했다. 냉경진의 법기는 바로 창이었다. 비록 싸움에서 약간의 이득이 있지만, 아무래도 길이가 길어서 휘두를 때 기세가 강력한 대신 조금 느렸다. 물론 극히 순간적인 차이지만, 그 잠깐 때문에 범평의 용봉쌍참과 손발을 맞춰 동시에 공격할 수는 없었다.

원승은 바로 그 순간에 움직였다. 비스듬히 쓸어올린 검이 빙그르르 회전하는 검광을 그려내며 즉시 용봉쌍참을 가로막았다. 그와 동시에 회랑의 담벼락에서 무시무시한 용의 발 하나가 튀어나와 불의에 범평의 정수리를 낚아채려 했다.

범평은 심장이 서늘해졌다. 이제 보니 원승은 그가 이곳에 올 줄 예견하고 미리 화룡술을 펼쳐놓았다. 하늘에서 내려온 용의 발톱 속에서 비바람이 거칠게 일었다. 파도가 출렁이고 천둥소리가 희미하게 울렸다. 좁디좁은 회랑에서는 이를 막을 수가 없었다. 범평은 힘껏 몸을 말고 목을 움츠리는 동시에 용봉쌍참을 되돌려 얼굴을 보호했다.

하지만 그 어떤 동작도 하늘에서 떨어지는 신룡보다 빠르지 못했다. 픽 하는 소리가 났다. 정수리의 급소는 겨우 피했지만, 얼굴이 망가졌거나 가짜 얼굴이 용 발톱에 찢겼는지도 몰랐다. 범평은 비틀비틀 물러섰다. 얼굴에 끈적끈적한 피가 흘러내리는 느낌이 났다. 더욱 끔찍하게도 너덜너덜해진 가짜 얼굴이 볼 한쪽에서 대롱

거려 낭패하기 짝이 없었다. 그는 허둥거리며 가짜 얼굴을 다시 붙이려 했지만, 손을 대는 순간 이미 가죽이 찢어졌다는 것을 알았다.

청영도 범평도, 역용에 '천사고'라고 하는 신비한 고를 사용했다. 청영이 천신만고 끝에 찾아낸 '천사고'는 오래전부터 혜범이 정통한 분야였다. 그녀가 역용하고 태평공주부에 잠입한 일이 대번에 실패한 것도 그 때문이었다. 계략에 능한 제자 범평을 안전하게 견제하기 위해, 혜범은 고의 실로 얼굴을 바꾸는 비술을 그에게 자세히 전수하지 않았다. 그래서 지금 범평은 '망가진 얼굴'을 손볼 방도가 없었다.

냉경진조차 놀라 얼어붙었다. 손에 창을 쥐고 있었지만 쓰는 것조차 잊어버렸다. 태평공주가 오늘 밤을 위해 마련한 모든 계획의 기반은 바로 이 가짜 황제였다. 이자의 얼굴이 망가졌으니 이제 곧 태평공주의 모든 음모가 백일하에 드러날 것이다.

냉경진은 순간적으로 멍해졌지만, 곧 이것저것 가리지 않고 창을 휘둘렀다. 지금으로서는 가능한 한 빨리 원숭을 해치우는 수밖에 없었다. 회랑 안은 몹시 좁았지만 냉경진의 창은 길이가 제각각인 다섯 송이 창꽃을 만들어냈다. 창꽃은 천둥 같은 강력한 기운을 담고 있어서, 심지어 회랑 안이 윙윙 울릴 정도였다.

원숭은 전에 입은 중상이 아직 낫지 않았다. 화룡술은 진원 강기를 크게 소모하는 술법이라 방금도 다급히 붓을 놀려 겨우 신룡의 발 하나만 완성했다. 이제 별수 없이 돌아서서 검과 붓을 일제히 휘두를 수밖에 없었다. 그는 양손을 모두 써서 가까스로 기세 드높은 창을 막아냈다.

냉경진이 눈을 부라리자 창끝에서 눈부신 빛이 솟아났다. 순식간에 회랑 안에 날카로운 창꽃이 수없이 피어나더니, 어느 순간 하나로 합쳐져 비할 데 없이 힘차고 빠르게 원승의 명치로 날아들었다.

만법귀일창. 냉경진이 은사인 선기에게서 배운 비전의 술법이었다. 이 술법을 펼치자 회랑 전체가 괴상하게 일그러졌다. 그런데 창을 내지르기 무섭게 냉경진의 귓가에 가느다랗지만 익숙한 탄식이 들려왔다.

"너로구나. 여기 있었느냐?"

창과 검의 울부짖음 속에서도 늙은 금 연주자의 목소리는 자연스럽게 귓속을 파고들어 냉경진의 마음을 헤집어놓았다. 그 순간 튼튼하기 짝이 없던 창마저 위력이 크게 꺾였다.

"미안하게 됐소, 범 형. 사실 방금 나를 봤을 때 크게 소리만 질렀어도 나는 겹겹이 포위를 당했을 것이오."

원승은 온 힘을 다해 냉경진을 상대하면서도 뒤에 선 범평을 향해 냉소를 지었다.

"이젠 늦었소. 이제 내가 소리 지를 차례요!"

원승은 정말로 소리를 지르려는 듯 숨을 잔뜩 들이켰다.

"냉 형, 어서 저자를 막으시오! 어서!"

범평은 대경실색해서 황급히 외쳤다. 그런 다음 반쯤 열린 난각의 창문으로 와락 몸을 날렸다. 지금 그는 오직 서둘러 이곳에서 달아날 생각뿐이었다. 존사인 혜범만 찾으면 일다경 안에 얼굴을 고칠 수 있었다. 하지만 이렇게 허둥지둥 달아나는 것이야말로 바로 원승의 함정에 빠지는 것임은 꿈에서도 생각지 못했다. 몸이 창문을 통과하는 순간, 갑자기 뒤통수가 얼얼해지며 곧바로 원승에게 제압당했다. 범평은 몸이 축 늘어지는 동시에, 여전히 차분한 원승의 목소리를 들었다.

"육랑, 속히 이이덕을 깨우게."

난각 밖과 회랑 안에서의 격전은 비록 번개처럼 신속했지만, 원승과 범평, 냉경진 세 사람 모두 각자 꺼리는 것이 있어서 차마 큰 소리를 내지 못했다. 회랑 바깥에는 다섯 걸음마다 자리를 지키며 선 궁녀 넷이 있었지만, 모두 원승이 번개같이 수혈을 짚어 잠재웠다. 그래서 싸움이 벌어졌을 때도 아무도 알아차리지 못했다.

지금 대전 안에서는 여전히 풍악이 울리고 있었다. 쟁 곡조가 고조되어 바위를 가를 듯 높은 소리를 내는 통에 사방에서 나는 모든 잡음을 가렸다.

청영의 손이 검무를 절정까지 펼치자, 빙글빙글 도는 그녀의 몸을 따라 눈처럼 하얗고 사각거리는 치마가 솜꽃처럼, 하얀 무지개처럼, 또는 흩날리는 눈송이처럼 대청 전체를 하얀 꽃 그림자로 가득 채웠다. 대청 안에서는 박수갈채가 그칠 줄 몰랐다.

빙글빙글 돌며 검무를 추는 동안 청영의 마음 역시 어지럽게 돌았다. 만약 모든 것을 돌이킬 수 없다면 오직 한 가지 방법뿐이었다. 검무를 추다가 벼락같이 공격해 일검에 태평공주를 죽이는 것. 그녀도 지금 자신이 든 검에 문제가 있다는 것을 감지했다.

너무 위험한 방법이긴 했다. 태평공주가 그녀의 신분을 간파했다면 진작 방비하고 있을 가능성이 컸다. 어쩌면 그녀 자신이 불에 뛰어드는 불나방처럼 먼저 움직이기를 기다리고 있을지도 몰랐다.

쟁 곡조는 어느새 절정으로 치달았다. 청영도 더는 기다릴 수 없다는 것을 알았다. 설사 불로 뛰어드는 짓이라 해도 해를 가르는 무지개처럼 검을 찔러야만 했다. 그녀가 힘차게 몸을 날리려는 순간, 건장한 그림자 하나가 그녀 옆에 불쑥 나타났다. 그 사람은 전투용 북을 들고서 그녀의 움직임에 맞춰 손뼉을 치고 북을 두드렸다. 전투 북이 우렁차고 드높은 소리를 냈다.

놀랍게도 그는…… 천자 이융기였다!

평범한 시위 복장을 한 그는 청영에게 살짝 고개를 끄덕여 보였다. 청영은 깜짝 놀랐다. 이융기를 자세히 뜯어보니 얼굴이 약간 초췌했으나 두 눈은 형형하게 번쩍이고 있었다.

"청영, 고생이 많았네. 진짜 짐일세."

두 사람의 춤사위가 교차하는 순간, 이융기가 그녀의 귓가에 속삭였다.

"가짜는 이미 원숭에게 붙잡혔네."

지극히도 익숙한 풍채와 분위기가 청영의 마음을 순식간에 편안하게 만들었다. 정말 폐하였다. 마침내 폐하가 돌아왔다. 원 대장도 함께 온 모양이었다. 그녀는 재빨리 전각 안을 훑어봤지만 애석하게도 육충의 모습은 보이지 않았다. 이융기가 나타나 춤을 추자 전각 안은 즉시 소란스러워졌다.

"부황, 오늘은 참으로 경사스런 날이니 소자가 융복을 입고 부황께 파진악무를 바치겠습니다!"

이융기는 낭랑하게 웃으며 태상황을 향해 북을 세 번 높이 쳐들어 예를 올렸다. 당연히 용포로 갈아입을 틈이 없었기 때문이지만 시위 차림을 하고서 융복이라고 둘러댄 솜씨는 자못 교묘했다.

하지만 태평공주는 안색이 싹 변했다. '범평'이 갑자기 무대에 올라 춤을 추고 상궤를 벗어난 행동을 하자 어렴풋이 뭔가 잘못됐다는 생각이 들었다.

오늘 밤 기분이 좋아서 벌써 얼근히 취한 이단은 웃으며 말했다.

"삼랑아, 진왕파진악무는 갑사 백여 명이 극을 들고 추는 춤이건만 어찌 단둘이 춘단 말이냐. 하하하, 천자는 혼자서도 만 명을 상대할 수 있는 모양이구나!"

지난날 이세민이 아직 진왕일 때 병사를 이끌고 유무주를 대파하자, 세상에 〈진왕파진〉이라는 곡이 유행했다고 한다. 정관 연간에는 이미 황제 자리에 오른 이세민이 널리 퍼뜨림으로써 진왕파진악무는 대당나라에서 첫손꼽는 궁중 악무가 됐다. 이는 반드시 악공 백이십팔 명이 갑옷을 걸치고 극을 든 채 전투 진형을 이루고 노래하며 춤을 춰야 하는데, 그 장면은 실로 장관이었다. 이단이 저렇게 말한 것은 다 그런 연유에서였다.

"그것은 파진이지만 짐이 추는 것은 퇴마입니다."

이용기는 손에 든 북을 휘두르면서 격앙되고 힘찬 박자로 잇따라 두드렸다.

"오늘 짐이 춤을 춰 물리치려는 것은 바로 대당나라의 마귀이자, 나라를 찬탈하는 간신배입니다!"

그가 북을 칠 때 청영은 검을 바람처럼 움직이면서 하얀 봉황같이 그의 주위를 맴돌았다. 보기에는 사뿐사뿐 춤을 추는 것 같지만 실제로는 보호하는 움직임이 다분했다.

"대당나라의 마귀를 물리치다니…… 그 무슨 말이냐?"

이단은 아들의 말에 뼈가 있는 것을 느끼고 술이 반쯤 깼다.

"태평성세에 사방의 오랑캐가 모두 복종하는 지금, 마귀와 간신배가 어디 있겠습니까?"

태평공주는 불안한 예감이 들어 웃을 듯 말 듯한 얼굴로 말했다.

"아닙니다. 마귀와 간신배가 지금도 풍파를 일으키고 있습니다! 다행히 오늘 밤 연회에서 짐이 그 간악한 이들을 밝히고 깨끗이 쓸 어내겠습니다."

이융기는 다시 북을 쳐서 크게 세 번 소리를 냈다. 전쟁용 북소리 는 전진을 뜻하니, 이 세 번의 울림 역시 사람들에게 진군을 명하는 힘이 담겨 있었다.

원승은 그 북소리에 박자를 맞추다시피 하여 성큼성큼 전각으로 들어가 한가운데 범평을 내던졌다. 전각 안이 웅성거렸다. 거의 모두가 원승이 천자를 바닥에 메다꽂았다고 착각했다. 팽개쳐진 사람의 얼굴이 이융기였기 때문이다. 하지만 애석하게도 반쪽만 그랬다. 다른 반쪽은 셀 수 없이 많은 가느다란 실이 이리저리 엉키고 턱까지 끈적끈적하게 늘어져 그 아래 창백한 얼굴을 드러냈다.

힘없이 바닥에 늘어진 범평을 보자 혜범의 두 동공이 조그마해 졌다. 그는 저도 모르게 양손으로 소매 속을 더듬었다. 그런데 갑자기 묵직한 검기가 허공을 가르며 짓눌러왔다. 움찔하며 눈을 돌린 혜범은 얼음 같은 단운자의 눈빛과 마주치자 저도 모르게 법기를 잡은 손에 힘이 빠졌다.

이융기가 껄껄 웃으며 말했다.

"부황, 그리고 경들은 자세히 보십시오. 짐은 어제 태평공주부에 갔다가 역적 무리에게 붙잡혔습니다. 그 후 저자가 짐을 사칭했고, 조금 전 연회장에서도 짐인 척했지요. 고모님, 솔직히 말씀드려서 가짜로 진짜를 만드는 계책은 실로 훌륭했습니다. 하나 안타깝게도 하늘이 대당나라를 보우하시고 천명이 짐에게 있었습니다. 이처럼 대역무도한 짓을 저지르시다니, 죽어서 무슨 낯으로 고종 황제와 대당나라 열성조를 뵈려 하십니까?"

태평공주는 얼굴이 새하얗게 변해 이를 악물었다.

"폐하, 중상모략입니다! 저는 저자를 모르고, 가짜로 진짜를 만드는 계책 같은 것은 더더욱 모릅니다."

이융기는 차갑게 코웃음 치며 다시 북을 두드렸다. 북소리가 울리자 눈앞이 어른어른하더니 궁정 악사 복장을 한 사람이 표표히 날아 들어와 또 한 사람을 바닥에 내던졌다. 모두가 처음에는 흉터투성이인 악사의 흉측한 얼굴과 신출귀몰한 신법에 놀랐지만 곧 바닥에 쓰러진 사람에게 시선을 던졌다. 냉경진이 바닥에 쓰러져 자꾸만 경련을 일으키고 있었다. 손에는 미처 거두지 못한 일곱 자짜리 창이 쥐어져 있었다.

이융기가 낭랑하게 말했다.

"저자는 본래 태평공주부의 전군 냉경진인데, 창을 들고 입궁해 불측한 짓을 하려 했습니다. 공주부의 결사 호위대를 대거 데리고 온 것 같더군요. 그 대역무도한 마음이 백일하에 드러난 셈입니다. 고모님, 아직도 하실 말씀이 있습니까?"

"태평, 누이야…… 이, 이게 대체 어찌 된 일이냐?"

이단의 목소리가 떨렸다. 몸도 따라서 부르르 떨기 시작했다. 그처럼 애를 써서 고모와 조카를 화해시키려 했건만, 끝내 누이동생이 서슴없이 독한 짓을 저지르는 결과를 낳을 줄이야.

태평공주는 심장이 철렁 내려앉았지만 낯빛을 바꾸지 않은 채 차갑게 대꾸했다.

"황형, 다시 한 번 말씀드립니다. 저는 저 가짜 황제를 모릅니다. 냉경진이라는 자는 제 사람이 맞지만, 보시다시피 지금은 제압된 상태입니다. 아마 누군가에게 붙잡혀 이곳까지 왔을지도 모르지요. 이 누이가 간청합니다. 황형께서는 부디 이 일을 낱낱이 조사해 제 결백을 밝혀주십시오."

"인정하지 않으셔도 좋습니다!" 이융기가 고개를 젖히고 껄껄 웃었다. "짐의 퇴마무는 아직 끝나지 않았으니까요."

그는 미친 듯이 북을 두드렸다. 이번 북소리는 가늘고 빨랐다. 끊임없이 이어지는 급박한 북소리가 전각 안에 있는 사람들의 마음을 긴장시켰다.

별안간 바깥에서 소란스런 소리가 들려왔다. 갑옷이 철거덕거리는 소리, 가로막는 소리, 호통치는 소리였다. 대전 정문 밖에 한 떼의 불청객이 들이닥친 듯했다. 사람들이 무슨 일인가 하고 고개를 빼고 살펴보는 사이, 정문으로 세 사람이 홀연히 뛰어들었다. 앞장선 사람은 당황해 어쩔 줄 모르는 얼굴을 한 이이덕이고, 그 뒤를 따르는 두 사람은 바로 왕거와 진현례였다.

알다시피 전각문 밖을 지키던 이는 모두 이이덕의 병사였다. 이이덕은 원승에게 제압된 뒤 회랑에 쓰러져 원승이 범평의 가짜 얼굴을 찢어내는 놀라운 순간을 직접 목격했다. 비로소 자신이 가짜 황제에게 현혹되어 하마터면 태상황 등을 무작정 죽일 뻔했음을 깨닫자 혼비백산했다. 원승이 전각으로 달려가자 오육랑은 이번 변고의 요점을 간추려 이이덕에게 들려준 뒤 그를 이끌고 궁문 밖으로 달려가 진현례 등을 맞아들였다.

지금 바삐 달려든 왕거의 손에는 자루 하나가 들려 있었다. 그가 자루를 펼치자 머리 두 개가 떼구루루 굴러 떨어졌다. 전각 안에 재차 놀란 비명이 터졌다. 두 머리는 바로 상원해와 이흠이었다.

조금 전, 왕거는 마침내 진현례와 왕모중 두 장군을 구해냈으나 고력사의 예상대로 옥새를 찍지 않은 이융기의 친필 밀서로는 무리를 굴복시키기 어려웠다. 위기일발의 순간, 왕모중이 위험을 무릅쓰고 직접 내원으로 달려가 자신이 이끄는 만기를 데려왔다. 옥새 없는 황제의 조서만으로는 대군을 움직일 수 없었기에, 만기 중에서도 자신에게 충성을 바치는 철기 오백만 골랐다.

근왕의 싸움은 맨 처음 남아 밖 거리에서 시작됐다. 육충이 거의 쓰러지기 직전에 왕모중과 왕거 등이 마침내 병사를 이끌고 돌진해 왔다. 눈이 예리한 왕거는 저 멀리에서 육충을 포위 공격하는 자들이 사나운 술법을 쓰는 것을 보자 단순히 달려들기만 해서는 단번에 문제를 해결할 수 없음을 알았다. 혼전이 벌어지면 그들이 데려온 철기 오백이 손해였다. 평민 출신의 내재상은 더도 덜도 없이 잔혹한 인물이었다. 그는 과감하게 쇠뇌를 쏠 것을 명했다.

만기의 철기 오백은 훈련이 잘되어 있고 탄 말도 서역의 준마에다 대당나라에서 가장 정교한 쇠뇌를 썼다. 어두운 밤, 수백의 섬전노가 느닷없이 폭사하자 전황은 완전히 뒤바뀌었다. 상원해 곁을 지키는 금오위와 우림위 호위는 백여 명을 넘지 않았고, 화살에 맞아 금세 진형이 어지러워졌다.

천라삼로는 전력을 다해 육충을 상대하느라 날아드는 화살을 막을 틈이 없었다. 권력을 따라 이리저리 몸을 맡긴 교활한 세 노인은 강호와 조정의 험악함을 누구보다 잘 알았다. 상황이 불리해지자 그들은 즉시 아픔을 견디며 힘을 합쳐 포위를 뚫었다. 세 사람은 무공이 높고 술법이 뛰어나며 강력한 법보를 지닌 데다 상황 파악도 빨라서, 어지러운 틈을 타 멀리멀리 달아났다.

세 사람이 달아나자 상원해의 호위병들은 곧 어지러워졌고, 꽤 많은 병졸이 잇따라 이리저리 내뺐다. 동영 술사는 황급히 상원해를 말에서 끌어내린 뒤 등에 업고 달아나려 했다. 그런데 돌연, 번갯불이 번쩍했다. 허공을 가로지른 자화열검이 흡사 천신이 법력을 쓰듯 상원해의 머리를 싹둑 베었다.

육충도 어깨에 화살을 여러 대 맞았지만 전혀 신경 쓰지 않았다. 공격이 성공하자 그는 그제야 껄껄 웃으며 픽 쓰러졌다. 머리 위에서 밤하늘이 빙빙 돌았다. 이어서 누군가 큰 소리로 그를 부르는 것이 들렸다.

"육 형! 육 형……."

육충은 사방의 모든 것이 서서히 흐려지는 것을 느꼈다. 가진 힘과 원기가 빠른 속도로 몸에서 빠져나가는 것 같았다.

연희전 안이 혼란한 와중에도 왕거는 태연하게 태상황과 이융기에게 큰절을 올리고, 품에서 피 묻은 비단 한 장을 꺼내 들고 낭랑하게 외쳤다.

"대역죄인 상원해의 몸에서 찾아낸 명령서입니다. 중서령 소 재상의 인장이 찍혀 있고, 태평공주의 친필 서명도 있습니다. 이는 태평공주와 중서령의 밀지로, 상원해와 이흠에게 남아 제위의 병권을 빼앗으라고 명령한 내용이 담겨 있습니다. 태평공주가 대역죄를 꾸민 사실이 천하에 드러났습니다!"

순간, 전각 안이 조용해졌다. 이단은 왕거가 공손하게 바친 명령서를 받아 들었다. 잠시 봤을 뿐이지만 두 손이 덜덜 떨리고 비통한 목소리가 새어나왔다.

"막내야, 네 이…… 이러고도 할 말이 있느냐?"

태평공주는 얼굴을 차갑게 굳힌 채 한마디도 하지 않았다. 본디 저 밀지에 그녀가 직접 서명할 필요는 없었다. 하지만 범평이란 놈이 입궁한 뒤부터 무슨 까닭인지 몰라도 몹시 굼뜨게 움직이는 통에 천자의 옥새를 기다리다 일을 망칠까봐 급한 와중에 진국공주의 인장을 찍은 것이다. 이제 그것이 씻어낼 수 없는 물증이 됐다.

육충이 맡은 임무가 얼마나 위험한지 잘 아는 원승은 그의 모습이 보이지 않자 초조한 마음에 허둥지둥 왕거에게 다가가 조용히 물었다.

"육충은 어찌 됐소?"

"육 장군은…… 중상이오. 우리가 달려갔을 때 이미 버티지 못하는 상태여서 필사적으로 빼내올 수밖에 없었소."

왕거는 전력을 다해 비통한 표정을 지어 보였다. 자신이 모조리 쏘아 죽이라는 차디찬 명령을 내렸다는 사실은 당연히 입 밖에 내지 못했다.

"즉각 의관으로 보내려 했는데 육 장군이 이곳에 오겠다고 고집을 피웠소. 죽더라도 청영 부사를 한번 봐야겠다면서…… 그래서 이리로 데려왔고, 지금은 전각 밖에……."

그 말을 들은 청영은 순식간에 온몸이 싸늘하게 식는 기분이었다. 그녀는 말을 끝까지 듣지도 않고 미친 듯이 달려나갔다.

업혀서 궁으로 들어온 육충은 온몸에 피를 뒤집어쓴 몰골로, 간단히 약을 바르고 상처를 싸맨 채 붉게 칠한 섬돌 앞에 조용히 누워 있었다. 함께 온 금군이 큰 적을 맞이한 양 사방으로 경비를 섰고, 그를 업고 온 금군 한 사람만 칼을 들고 곁을 지켰다.

가까이 달려간 청영은 종잇장처럼 창백한 얼굴을 하고 피에 젖은 천을 온몸에 둘둘 만 육충을 보자 순간적으로 다리에 힘이 풀려 그 앞에 털썩 쓰러졌다.

"충! 충! 이 바보! 어서 정신 차려……."

그녀의 필사적인 외침에 육충의 두 눈이 살짝 벌어졌다. 그녀를 본 그가 뜻밖에도 빙긋 웃었다.

"이 어르신은 곧 죽을 거야. 말해줘…… 왜…… 날 떠났어?"

"어쩔 수가 없었어." 청영은 눈물을 비 오듯 흘리며 목멘 소리로 말했다. "유유구는 태평공주를 암살하려다 실패하자 대세가 기울기 전에 날 찾아왔어. 나도 본래는 승낙할 생각이 없었지만 그자가 협박했어. 그날 화선객을 죽인 사람이 당신이라는 걸 이미 알고 있다며 시킨 대로 하지 않으면 퇴마사 전부 재앙을 당할 거라고 했어."

"유유구 이 더러운 자식! 이 어르신이 훗날…… 귀신이 돼서라도 네놈을 놓아주지 않겠다!"

육충은 흉측한 말을 하면서도 그녀를 향해 웃었다. 가늘고 미약한 목소리가 흘러나왔다.

"방금 그 순간, 난 그런 생각을 했어. 다음 생에는 나한테 시집올 거야?"

청영은 더는 참지 못하고 통곡을 터뜨렸다.

"이 바보, 난 이생에서도 당신한테 시집갈 거야. 당신이 반나절만 살면 반나절 동안 부부가 되고, 일각만 살면 일각 동안 부부가 될 거야! 이생에서 내 목숨은 모두 당신 거야."

육충은 웃음을 지었다. 그리고 길게 안도의 숨을 내쉬며 천천히 눈을 감았다.

"여보!"

놀라고 당황한 청영은 목이 쉬도록 울고 또 울었다. 원승이 달려 와 허겁지겁 육충의 입에 환약을 밀어 넣고 상처를 살피더니 무겁 게 말했다.

"당황할 것 없소. 피를 너무 많이 흘렸다뿐이지 죽진 않을 거요."

"당연하지, 이 어르신이 왜 죽어."

단약을 먹고 원승에게 강기를 주입 받은 육충이 다시 힘없이 눈 을 뜨며 투덜거렸다.

"소리 좀 지르지 마, 이 못된 여자야. 이따가 나랑 같이…… 동방 화촉을……."

청영은 눈물 젖은 눈으로 활짝 웃으며 연신 고개를 끄덕였지만, 무슨 말을 해야 좋을지 몰라 그저 그의 손을 힘껏 움켜쥐었다. 조금 만 손에 힘을 빼도 그가 훌쩍 떠나갈까봐 겁이 나는 사람 같았다.

10장
·······

다시 능연각에 올라

돌연, 전각 안에서 태평공주가 광소를 터뜨렸다.

"이런 난신적자들 같으니라고! 너! 너희! 그리고 너희 모두!"

그녀는 신경질적으로 울부짖으며 곁에 있는 사람들을 손가락질했다.

"저들을 잡아들여라! 모조리 잡아들이지 못할까!"

그녀는 광기에 찬 여인이 되어갔다. 아무도 그녀에게 호응하지 않았다. 심지어 소지충조차 묵묵히 고개만 숙였다. 오직 이단만이 바보처럼 누이동생을 바라보며 괴롭게 고개를 저을 뿐이었다.

태평공주는 뒤에 있는 혜범을 돌아보며 호되게 외쳤다.

"뭘 멍하니 있느냐! 어서 움직이라지 않느냐!"

말없이 숙연하게 서 있는 혜범의 깊은 눈동자에서는 도깨비불 같은 기괴한 빛이 번뜩였다. 그 늙은 눈 안에는 끝을 알 수 없는 독함이 담겨 있는 것도 같고, 한편으로는 사람을 잡아먹는 무수한 요괴가 수시로 튀어나올 것 같기도 했다.

단운자는 아차 싶어 재빨리 태상황 앞을 가로막았다. 이를 본 왕거도 허둥지둥 이융기를 보호했다. 선기는 호금을 움켜쥐고 혜범을 단단히 노려보며 생각에 잠긴 표정을 지었다.

"벙어리가 됐느냐? 아니면 죽었느냐?"

태평공주가 고래고래 소리치며 혜범의 멱살을 와락 틀어쥐고 마구 흔들었다.

"천사책은 어찌 됐지? 그 천서의 계략은?"

와르르 소리와 함께 그녀에게 잡혀 흔들리던 혜범이 썩은 나무토막처럼 산산조각 나 무너져 내렸다. 그 '혜범'의 잘게 쪼개진 몸뚱이가 이리저리 날아가 높이 타오르는 빨간 촛불 십여 개 중 절반을 꺼뜨렸다. 삽시간에 전각이 한층 어두워졌다. 사람들이 놀란 비명을 지르는 가운데, 검은 기운 한 줄기가 쪼개진 그의 몸뚱이에서 솟아나 윙윙거리며 사방으로 퍼졌다.

"조심해라! 독벌이다!"

단운자가 소리쳤다.

"어서 태상황과 폐하를 보호해라!"

그가 널따란 소매를 춤추듯 휘두르자 강풍이 몰아치며 접근하는 독벌을 때려죽였다. 혜범이 쓴 '독벌 탈각' 계책은 너무도 악독했다. 튀어나온 독벌이 너무 많고 독성도 강해서 전각 안에는 삽시간에 처절한 아우성이 쩌렁쩌렁 울려 퍼졌다. 더욱 무서운 것은 촛불이 잇달아 하나둘 꺼지면서 전각 안이 점점 어두워지고 있다는 사실이었다.

그 혼란 속에, 바닥에서 경련하던 냉경진은 갑자기 허리춤이 따뜻해지면서 강기가 스며드는 것을 느꼈다. 귓가에는 뾰족하면서도 결연한 목소리가 들렸다.

"이융기를 잡아라. 그러면 달아날 수 있다."

냉경진의 두 눈이 번쩍 빛났다. 그는 벌떡 일어나 태평공주 곁으로 달려간 뒤 민첩하게 양 소매를 휘둘렀다. 소매에서 곤선삭 두 줄이 날아올라 태평공주를 단단히 동여맸다. 그는 태평공주를 등에 매달고 돌아서서 바깥을 향해 쏜살같이 달려나갔다.

냉경진이 원한 것은 결코 달아나는 것만이 아니었다. 그는 부귀영화를 원했고, 그 모든 것은 이 여자에게 달려 있었다. 게다가 태평공주 말대로 바깥에는 아직 그녀 휘하의 결사대 오백 명이 있었다. 혜범이 사술을 부려 힘들게 특별 훈련을 시킨 강력한 군대였다. 아직 승부는 나지 않았다.

태평공주는 놀라고 기뻐하며 나지막이 외쳤다.

"오냐, 경진, 아주 잘했다. 돌진해라! 이융기를 죽일 수 있다면 더할 나위 없다!"

냉경진은 정신을 바짝 차리고 어둠을 틈타 청염창을 휘둘렀다. 거센 바람이 일어나 태상황에게 날아들었다. 깜짝 놀란 진현례가 몸을 훌쩍 날리며 검으로 막으려 했다. 그런데 뜻밖에도 냉경진의 몸이 느닷없이 옆으로 홱 꺾였다. 비록 등에 사람을 업고 있지만 여전히 번개 같은 움직임이었다. 청염창이 내뿜는 스산한 광채는 정면으로 이융기를 덮쳤다.

진현례는 냉경진에게 속아 이단 곁으로 달려갔지만, 다행히 이융기 곁에는 왕거가 남아 있었다. 이 내재상은 태상황의 생사에는 아무 관심이 없었다. 그가 보호하고자 하는 사람은 오직 이융기뿐이었다. 지금 그의 두 눈동자는 불길처럼 번뜩이며 창을 노려보고 있었다. 손에 있던 검이 가로로 날아올라 전력을 다해 창에 맞섰다.

하지만 '칠성락(七星落)'이라고 하는 이 창술에는 냉경진의 평생 공력이 전부 담겨 있었다. 칠성락은 닥쳐오는 기세는 빨라도 떨어질 때는 성긴 별처럼 드문드문했다. 어두운 전각 안에서 별빛이 흩어졌다 모였다 이리저리 방향을 트는 듯한 환상이 펼쳐지며 은근하게 하늘의 위엄을 발산했다. 복잡하게 번쩍이는 별빛을 보자 왕거는 눈앞이 어른거리고 머리가 어지러웠다. 그러는 사이 창이 힘차게 그의 어깻죽지를 꿰뚫었다. 그 창은 잠시 멈출 기미도 없이 곧바로 이융기의 아랫배로 날아들었다.

바로 그때 그림자가 번쩍하더니 검 하나가 정면을 막아섰다. 언제 나타났는지 원숭이 소리도 없이 와 있었다. 그 짧은 사이 창과 검은 몇 번이나 부딪쳤다. 거친 바람이 일면서 주위에 떨어진 독벌 사체가 사방으로 흩날렸다. 원숭은 상처가 다시 터져 온몸의 기혈이 들끓었다.

냉경진이 불을 뿜을 것 같은 눈으로 다시 창을 내질렀다. 청염창에서 보라색이 어린 푸른 광채가 솟아올랐다. 가장 매섭다는 '자미창'이었다. 하늘을 수놓은 별처럼 무수한 창 그림자가 갑작스레 하나로 모여들었다. 마치 북두칠성이 황제의 별 자미성으로 변해 천하에 군림하는 듯한 기세였다.

창과 검이 다시 마주치자 우레처럼 묵직하고 둔탁한 소리가 울렸다. 원숭이 견디지 못하고 피를 토하려 할 즈음, 그와 마주 선 냉경진이 갑자기 뻣뻣하게 굳었다. 그의 등 뒤에 있던 곤선삭 두 줄이 동시에 툭 끊어지면서 태평공주는 애처롭게 비명을 지르며 굴러 떨어졌다.

원숭은 이융기를 보호하며 한 발짝 물러났고, 냉경진은 서서히 무릎을 꿇었다. 그의 가슴팍에 한 줄기 혈흔이 나 있었다. 그 혈흔은 서서히 커져 어깨와 배, 등에서 차례차례 핏방울을 터뜨렸다. 거무죽죽한 검광 한 줄기가 비로소 반짝 빛을 내고는 사라졌다. 바로 단운자가 펼친 검선문의 최고 절기, 기검술이었다.

검은 그림자가 휙 날아들었다. 갑작스레 나타난 선기가 냉경진의 목을 움켜쥐고 목이 터져라 외쳤다.

"말해라! 어서 말해! 나는 누구냐?"

"존사님, 죄송합니다!"

냉경진이 웃음을 지었다. 이 순간이 돼서야 비로소 그간 고생스럽게 추구하던 모든 것이 아무 가치가 없다는 사실을 깨달은 그는 큰 소리로 외쳤다.

"죄송합니다, 선기 존사님……."

모든 것이 연기처럼 흩어졌지만, 그 순간 눈에 들어온 존사 선기의 흉측한 얼굴은 놀랍게도 냉경진에게 약간의 위로가 됐다. 냉경진이 남은 힘을 다해 외친 마지막 한마디와 함께 선기의 온몸이 부르르 떨렸다. 마치 벼락을 맞은 듯 무수한 기억의 파편이 별빛처럼, 또 번갯불처럼 용솟음치고 어지러이 심장으로 엄습했다. 선기는 아연한 얼굴로 그 자리에 뻣뻣이 서서 중얼거렸다.

"선기…… 존사? 설마 내가 선기인가? 선기는 또 누구지?"

"아뿔싸, 범평이 달아났다!"

원숭이 소리쳤다.

"서두르시오! 모두 당황하지 말고 서둘러 촛불을 켜시오!"

이때 전각 안은 이미 혼란의 도가니였다. 궁궐 시녀나 내시는 대부분 엉엉 울고 있었는데, 원숭의 화난 외침을 듣고서야 비로소 어린 내시 몇 명이 달려가 촛불을 켰다. 다시 촛불을 밝히자 난장 난 전각 안이 보였다. 다행히 전각문과 창문이 활짝 열려 있어서 독벌은 이리저리 날다가 대부분 창밖으로 빠져나갔다.

"혜범이 역신술을 써서 달아나며 범평까지 데려갔소!"

원승은 사방을 둘러본 뒤 놀란 목소리로 외쳤다.

"모두 조심하시오. 전각 밖에 아직 공주부의 결사대가 대기하고 있소."

이융기가 큰 소리로 외쳤다.

"이이덕은 어디 있느냐? 이 멍청한 놈, 어서 병사를 모아 연희전을 보호하지 못하겠느냐!"

이이덕은 마침내 공으로 죄를 상쇄할 기회가 왔다는 것을 깨닫고 우렁차게 대답한 다음 달려나갔다. 그는 사전에 범평의 지시에 따라 병사들에게 강한 쇠뇌를 들려 언제든지 튀어나올 수 있도록 부근에 대기시켰다. 이제 그들을 쓸 때였다. 그의 연이은 외침에 시위대 몇 무리가 바람처럼 달려나와 활과 쇠뇌를 들고 질서정연하게 연희전을 보호했다.

대전 바깥은 본디 오색등이 높이 걸려 대낮처럼 환했지만, 지금은 그 등이 다 어디로 갔는지 깜깜했다. 원승이 시선을 모아 살펴보니, 높디높은 섬돌 아래로 펼쳐진 텅 빈 광장 저 멀리에서 안개 한 자락이 피어오르는 것이 보였다. 안개는 살그머니 커지는 중이었다. 그 안개 속에, 어렴풋하지만 몇 명이나 되는지 모를 만큼 빽빽하게 들어찬 사람들이 소리도 없이 접근하고 있었다.

"모두 조심하시오." 그는 내심 긴장해 저도 모르게 크게 외쳤다. "누군가 술법을 쓰고 있소!"

육충을 지키느라 섬돌 아래에 있던 청영은 그 광경을 보고 간담이 서늘해져 황급히 육충을 안고 나는 듯이 전각 안으로 피했다. 단운자가 달려가 살핀 뒤 정순한 강기를 밀어 넣자, 창백하던 육충의 얼굴에도 마침내 혈색이 돌아왔다.

"잠시 후 큰 싸움이 벌어질 걸세. 전에 없이 위험하겠지!"

단운자가 무거운 얼굴로 청영에게 말했다.

"반드시 그 녀석을 잘 지켜주게."

"존사님, 존사님도 조심하십시오!"

육충이 허약한 웃음을 지어 보였다.

청영은 마음이 저릿했다. 그녀가 아는 단운자는 세상을 장난처럼 여기는 마음 편한 노인이었고, 육충은 그보다 더 아무 생각 없이 사는 사람이었다. 그런 스승과 제자가 이럴 때 이처럼 진지한 말을 할 줄은 꿈에서도 생각지 못한 일이었다.

그녀는 다소 의아했다. 이쪽에는 단운자가 버티고 있고, 정신이 오락가락하긴 하지만 대술사인 선기도 있었다. 하물며 원승과 수천에 이르는 금군도 있었다. 반면 상대는 늙은 호승 혜범과 결사대 오백 명뿐이었다.

설마 저들은 이미 그보다 큰 위험을 목격한 것일까?

이융기도 달려와 육충의 상태를 살피다가 그 말을 듣고 똑같이 흠칫하며 큰 소리로 외쳤다.

"이이덕, 어찌 멍하니 있느냐! 활을 쏴라!"

이이덕이 황급히 몇 걸음 나아갔다. 그가 손을 들고 명령을 내리려는 찰나, 저 멀리 안개 속에서 누군가 힘차게 외쳤다.

"내가 바로 당금 천자다. 누가 감히 대역무도하게 천자에게 활을 겨누느냐?"

하얀 안개 속에서 준마 한 필이 튀어나왔다. 말에는 눈부신 황금빛 도포를 걸친 사람이 타고 있었다. 바로 범평이었다. 하지만 다시 천자 이융기의 얼굴로 돌아간 데다, 머리에 쓴 봉황 날개 익선관마저 불빛을 받아 황금빛으로 번쩍이는 통에 천자의 풍모가 강하게 느껴졌다. 연희전 앞에 선 시위들은 황제를 보자 깜짝 놀란 나머지 손에 든 쇠뇌를 우르르 내려놓았다.

"경들은 잘 들어라. 가짜 황제는 바로 전각 안에서 태상황을 볼모로 반역을 도모하고 있다. 대역무도한 죄인이니 난전을 쏘아 주멸해야 한다. 누구든 그자를 죽이면 황금 만 냥을 내리겠다!"

범평은 손가락으로 전각을 가리키며 요목조목 설득력 있게 말했다. 이융기와 생김새며 목소리, 웃는 얼굴까지 똑같은 그의 모습에 금군이 웅성거리기 시작했다.

휘하 병졸이 명령을 듣지 않자 이이덕은 화가 나 연신 재촉하다가 결국 직접 쇠뇌를 빼앗아 고개를 젖히고 껄껄 웃는 범평을 향해 쐈다. 주장이 직접 나서자 용기가 난 심복들도 뒤를 따랐다. 이렇게 해서 더 많은 시위가 쇠뇌를 들고 집중 사격했다. 처음에는 드문드문하던 화살이 곧이어 폭우처럼 빽빽해졌다.

이이덕이 쏜 화살이 눈앞에 닥쳤는데도 범평은 오만하게 앉아 움직이지 않았다. 그의 뒤에 펼쳐진 하얀 안개 속에서 갑작스레 하얀 깃발이 두둥실 떠올랐다. 깃발이 어둠 속에서 경쾌하게 회전하자 쏟아진 화살은 괴상한 힘에 이끌려 깃발 속으로 쑥쑥 빨려들었다.

저 흰 깃발은 바로 공주부 사람들이 접어서 궁으로 가지고 온 뒤 임시로 조립한 것이었다. 그리 크지 않아서 황제가 쓰는 황라산개만 했으나, 둘레에 팔과 같은 길쭉한 띠가 아홉 개나 달려 있었다.

흰 깃발이 기묘한 운율을 이루며 빙글빙글 돌자 끝에 달린 거대한 팔 아홉 개가 서서히 펼쳐지며 천지를 뒤덮는 강력한 기세를 뿜었다. 빠르지도 느리지도 않은 깃발의 회전을 따라 화살은 모조리 그 속으로 빨려갔다. 마치 보이지 않는 커다란 입이 화살을 집어삼킨 것 같았다.

"보았느냐." 범평은 점점 더 요란하게 웃어댔다. "천명이 짐에게 있다. 어서 창을 거꾸로 들어 적을 나포하지 않고 언제까지 기다릴 셈인가?"

"저럴 수가!" 원승은 믿을 수 없는 눈으로 괴물 같은 깃발을 바라봤다. "술법은 세상의 이치를 거스를 수 없는데…… 저건 무슨 술법이지? 쇠뇌를 막아내다니!"

요룡 군기 탈취 사건 때 그가 육충에게 말했듯이 이 세상에는 세상만의 규칙이 있으므로 전장에서 쓰일 만한 도술이나 사술은 극히 드물며 술법으로 대세를 바꿔놓기란 더더욱 어려웠다. 이것이 바로 원승이나 냉경진같이 도술이 뛰어난 사람도 강력한 쇠뇌를 두려워하는 이유였다.

하지만 지금, 높이 솟아오른 저 깃발은 마치 갑작스럽게 세상에 내려온 새하얀 요괴라도 되는 양 이 세상의 규칙을 완전히 무시하고 있었다.

"저깟 요술 따위가 무엇이 두렵단 말이냐. 형제들, 쳐라! 폐하와 태상황께서 우리 뒤에서 지켜보고 계신다. 지금이 바로 조정에 보답할 때다!"

세상 두려운 줄 모르는 용기를 타고난 이이덕은 목이 터지도록 외치며 왼손에 요도를, 오른손에 유성추를 들고 앞장서서 뛰쳐나갔다. 심복 시위 수십 명도 고함을 치며 상관을 따라 달려갔다. 두 갈래 인마는 곧 섬돌에서 수십 장 떨어진 곳에서 격렬하게 부딪쳤다.

이이덕과 천우위 시위들은 소리를 지르며 돌격했다. 금군은 자신의 솜씨를 무척 자신하고 있었다. 하물며 병기나 갑옷도 상대보다 한층 훌륭했다. 과연 그들의 돌격은 이리 떼 속에 뛰어드는 호랑이처럼 용맹해서, 질풍과도 같이 상대의 진 깊이 파고들었다.

하지만 이이덕 일행은 금세 충격에 빠졌다. 공주부 결사대를 향해 수차례 칼과 검을 휘둘렀지만 마치 쇠나 돌을 때리는 것처럼 불꽃이 탁탁 튀었다. 결사대는 숫제 반격조차 하지 않은 채 침착하고 목석처럼 무뚝뚝한 걸음으로 차츰차츰 다가오기만 했다. 천우위 시위들은 그들에게 부딪혀 이리저리 나동그라졌다. 용맹하던 기세는 순식간에 충격과 놀람, 그리고 허둥거림으로 바뀌었다.

머리 위에서는 거대한 하얀 깃발이 여전히 빙빙 돌고 있었다. 아래에서 바라다보노라니 마치 하늘을 전부 뒤덮을 듯한 기세가 느껴졌다. 깃발에 가까워지자 이이덕은 비로소 진실을 볼 수 있었다. 아홉 개 띠에는 놀랍게도 해골 장식이 촘촘히 박혀 유달리 괴이한 모습이었다. 깃발이 회전함에 따라 금군 수십 명이 하나둘 쓰러졌다. 숫제 비명조차 없었다.

"업장이구나! 요술이야!"

이이덕은 미친 듯이 소리치며 유성추를 휘둘렀다. 쌍추가 흡사 달을 쫓는 유성처럼 한 장 밖에 있는 깃발로 날아들었다. 그도 이미 저 깃발이 바로 요술의 근원이라는 것을 알아봤다. 하얀 깃발에서 희미한 별빛이 솟아나는가 싶더니, 느닷없이 유성추의 연결고리가 마디마디 툭툭 끊어졌다. 거대한 추 하나는 윙윙 되돌아가 이이덕의 가슴뼈를 가격해 부러뜨렸다. 그는 입에서 선혈을 울컥 토하며, 부하들과 똑같이 비명 한 번 못 지른 채 바닥에 쓰러졌다.

"저들은…… 이미 산 사람이 아니다!"

멀리서 싸움을 지켜본 원승은 저도 모르게 탄식했다.

"그럼 저게 무엇이오?"

왕거가 놀란 목소리로 물었다.

"저들의 육체는 괴이한 살기(煞氣)를 받아들였기에 저렇게 쇠처럼 단단한 것이오. 보통 사람은 절대 저런 살기가 몸속에 들어오는 고통을 견뎌낼 수 없소. 아마도 저들은 이미 혹독한 부적술에 제련당했을 것이오. 지금 저들의 영혼은 저들 자신의 것이 아니오. 저들은…… 산송장이오!"

예리하기 짝이 없는 보랏빛 번갯불이 느닷없이 허공을 갈랐다. 이어서 그보다 굵은 푸른 광염이 허공으로 날아올랐다. 보라색과 파란색 빛줄기 두 개가 동시에 하얀 깃발로 날아들었다. 공격한 사람은 바로 단운자와 선기였다.

두 사람 모두 대종사로, 잇달아 공격하는 방식마저 완전히 똑같았다. 단운자가 날린 것은 육충의 자화열검이었고, 선기는 땅에 나뒹구는 냉경진의 청염창을 주워 던졌다. 두 사람 모두 나뭇가지도 검처럼 쓸 수 있고 기를 검으로 만들 수도 있는 실력자였다. 하지만 지금은 약속이라도 한 듯이 각 문파에서 가장 정교한 법기를 사용했다.

돌연, 거대한 풍차 같은 깃발에서 큼직한 별빛이 솟아올랐다. 곧이어 황금 채찍처럼 굵직한 줄 하나가 깃발에서 튀어나와 허공을 가르며 창과 검을 힘차게 내리쩍었다. 청염창과 자화열검이 빛을 싹 잃고 밤하늘의 길고 짧은 희미한 그림자로 변하더니 곧바로 깃발에 잡아먹혔다.

단운자와 선기는 거의 동시에 신음을 흘렸다. 단운자는 연신 뒷걸음질 쳤고, 선기는 굳은 듯이 서서 피를 토했다.

"어떻게 이럴 수가?" 단운자는 대경실색해서 쉰 목소리로 말했다. "속히 태상황과 폐하를 피신시켜야 하네. 쪽문으로 가세."

원승이 황급히 외쳤다.

"절대 함부로 전각을 벗어나서는 안 됩니다. 저들이 천천히 접근하는 것은 기실 우리를 전각에서 쫓아내기 위해서입니다. 저 거대 깃발의 진세가 아직 완전히 펼쳐지지 않았으니, 우선 허실을 살핀 뒤 다시 결정하시지요."

단운자는 움찔했으나 생각해보니 일리 있는 말이었다. 그는 어쩔 수 없이 이단과 이융기 곁에 서서 그들을 보호했다. 진현례가 빠른 걸음으로 섬돌로 내려가 전각 바깥에서 허둥거리는 시위들을 향해 외쳤다.

"어서 진을 펼쳐라! 방패진을 세우고 쇠뇌를 쏴라. 사람으로 막아야 하면 그렇게 해라!"

나란히 선 태상황과 천자 부자가 그래도 차분한 표정인 것을 보자 혼란에 빠진 전각 안의 신료들도 안정을 찾았다.

"좋다, 훌륭하구나, 혜범. 아주 훌륭해." 태평공주가 광소를 터뜨렸다. "어서 오너라. 어서 와서 저 난신적자들을 없애라."

"막내야, 네가 틀렸다." 이단이 탄식을 섞어 말했다. "아직도 네가 이용 가치가 있다고 생각하느냐? 저들은 너와, 나, 그리고 이 전각에 있는 모두를 죽일 게다. 내일 조회에서는 가짜 융기가 올라가 역적 태평공주가 태상황을 죽였으나 황제인 자신이 역적 무리를 평정했다고 선포하겠지."

태평공주의 웃음소리가 뚝 그쳤다. 낯빛도 새하얗게 질렸다. 그녀는 기민하고 영리한 사람이지만 당사자라 밝게 보지 못한 것뿐이었다. 오라버니가 정곡을 찌른 지금에서야 비로소 끝없는 실망과 소름이 밀려왔다.

"오늘 밤은 달빛이 참 밝군. 설마…… 능연각 법진인가?"

원승은 채 흩어지지 않은 희미한 채찍 그림자를 응시하다가 퍼뜩 능연각을 떠올렸다.

"이제 보니 혜범의 의도는 본래부터 어부지리를 얻는 것이었군!"

단운자가 참지 못하고 물었다.

"달이 밝은 게 뭐가 이상하다는 겐가?"

"능연각에 있는 법진의 힘은 달의 밝음과 긴밀하게 얽혀 있습니다. 그리고 혜범은 틀림없이 진 태의나 비문을 통해 법진 안에 있는 지살의 힘 비법을 얻었을 것입니다. 단운자 국사, 시간이 없습니다. 이곳에서 폐하와 태상황을 보호하는 중책은 국사께 부탁드리겠습니다."

원승은 단운자에게 고개를 끄덕여 보인 뒤 선기를 보며 물었다.

"선생, 나와 함께 진을 깨뜨리러 가시겠습니까?"

묵묵히 그를 바라보는 선기의 표정은 마른 우물처럼 아무런 동요도 없었다.

문득 청영이 선기에게 말했다.

"노제, 원 장군을 따라가서 진을 깨뜨려요. 내게 진 빚은 이걸로 청산하도록 하죠."

선기가 눈을 반짝 빛내더니 마침내 고개를 끄덕였다.

원승이 말했다.

"그곳에 선생의 철천지원수가 있소. 어쩌면 뭔가 생각날지도 모르오. 만약 그 진을 깨뜨리게 된다면 내가 반드시 선생의 기억이 돌아오도록 힘껏 돕겠소."

두 눈동자가 서서히 타오르는가 싶더니 선기가 착 가라앉은 소리로 말했다.

"좋다. 가자."

"나도! 나도 데려가요!"

대기가 원승 앞을 가로막았다. 원승은 망설임 없이 고개를 끄덕인 뒤 앞장서서 전각 뒤에 있는 쪽문으로 달려갔다.

과연 원승과 단운자가 예측한 대로, 전각 사방은 이미 결사대에 소리 없이 포위된 상태였고, 안개 역시 점점 짙어지고 있었다. 이 연희전이 이융기 측의 마지막 엄폐물이 될 모양이었다.

"저 안개에 독이 있소. 금군은 모두 저 안개에 당했소. 산송장들은 극히 강력한 살기로 몸을 보호하고 있는데, 저 하얀 깃발 쪽의 살기가 가장 짙소. 그 모든 살기의 근원은 바로 능연각이오."

원승은 그렇게 말하며 시선을 모아 먼 곳을 내다봤다. 이곳에서도 능연각 위를 덮은, 예전과는 판이하게 밝고 환한 광채를 똑똑히 볼 수 있었다.

"내가 왜 함께 가기로 했는지 알겠군. 산송장에서 나오는 살기가 어딘지 낯익게 느껴진다."

일순간 선기는 지난번 지하 동굴 깊은 곳에서 경험한 끔찍한 일을 떠올린 듯, 두 눈을 가늘게 뜨고 무거운 목소리로 말했다.

"연희전 사방과 후문 쪽에 모인 살기가 가장 짙고 서북쪽의 살기가 가장 옅다."

"그렇소. 세상에서 이 진을 뚫고 나갈 수 있는 사람은 어쩌면 당신밖에 없을지도 모르오."

그를 바라보는 원승의 눈빛이 복잡했다.

"해보겠다."

선기는 천천히 한마디를 뱉은 후 곧바로 몸을 날렸다. 원승도 급히 대기를 데리고 바짝 뒤따랐다. 세 사람은 소리 없이 창문을 통해 나간 뒤 숨을 죽이고 살기가 가장 옅은 서북쪽으로 달려갔다. 하늘에 뜬 둥근 달은 과연 무척 밝았으나, 먹구름과 안개는 무서우리만큼 짙었다. 마치 저 둥글고 환한 달은 가짜이며, 누군가 황금색 종이를 잘라 하늘에 붙여놓은 것만 같았다. 하늘 모습 전체가 괴상하고 무시무시했다.

"육식(눈, 코, 입, 귀, 몸, 정신 여섯 가지로 대상을 느끼는 것)을 닫고 칠규(눈, 코, 입, 귀 등 사람 얼굴에 있는 일곱 구멍)를 막아라."

선기가 전음으로 말했다. 그의 신법은 무척 괴상했다. 몸 주위로 희미한 안개가 피어오르는 것이 마치 주변의 짙은 안개와 하나가 된 것 같았다. 아무래도 선기는 자전문에서 오랫동안 남몰래 지살을 연구한 적이 있고, 그 후 장안 지부에서 죽다 살아난 적도 있기 때문인지 저 천마살의 힘에 관해 벌써 실마리를 찾아낸 듯했다.

선기가 피워낸 옅은 안개는 점점 영역을 넓혀 원승과 대기까지

속에 품었다. 대기는 참지 못하고 원숭을 바라봤다. 안개에 덮인 원숭의 얼굴은 도무지 진짜 같지 않았지만, 그 눈빛은 더없이 단호하게 저 멀리 안개가 가장 짙은 곳을 노려보고 있었다.

'우리 헤어지지 말아요.'

그녀는 속으로 가만히 중얼거렸다. 마음이 통했는지, 원숭의 손에서 전해지는 따스함이 점점 짙어졌다. 강력한 힘이 그녀를 데리고 나는 듯이 앞으로 달려갔다. 대기는 이내 주위가 온통 공주부에서 온 산송장들로 가득한 것을 느꼈다. 그들은 말도 없었고, 심지어 사람 같은 기척도 없었다. 흡사 귀신처럼 어른어른한 존재였다. 다행히 세 사람 다 각기 재주가 있어서, 선기의 신비한 술법이 이끄는 대로 기척을 완전히 거두고 안개 속에 몸을 숨겨, 보이지 않는 송곳처럼 짙은 안개 속 깊은 곳으로 재빨리 뚫고 들어갔다.

능연각은 텅 비었고 싸우는 소리 하나 없었다. 심지어 사람 그림자도 보이지 않았다. 순간, 대기는 원숭이 판단을 잘못했다고 생각했다. 가장 이상한 점은, 이처럼 중요한 능연각에 지키는 사람이 아무도 없다는 것이었다. 심지어 신중하고 부지런한 능연오악마저 종적이 묘연했다. 어젯밤에 범평이 황제가 된 뒤, 아무나 능연각에 접근하지 못하게 하라는 명령을 내린 게 틀림없었다. 최소한, 수십 년에 걸쳐 이곳 금지를 수호해온 능연오악은 다른 곳으로 보내버린 듯했다.

번쩍 고개를 든 대기는 달이 능연각 위를 똑바로 내리비춰 누각 전체를 희미한 푸른빛으로 물들이고 있음을 깨달았다. 빛에 휩싸인 능연각은 마치 공중에 뜬 누각처럼 신비하면서도 요사해 보였다. 다만, 이곳에도 거대한 하얀 깃발이 우뚝 서 있었다. 이곳의 하얀 깃발은 싸움터에 있는 것보다 훨씬 컸다. 게다가 이상하게도 반공중에 둥둥 떠서 능연각 삼층과 높이를 나란히 한 채 은덩이처럼 환하디환한 달빛 아래 유유히 움직이고 있었다. 말로 표현할 수 없이 음산한 광경이었다.

"정말이지 끔찍한 느낌이군요. 혜범이란 자는 도대체 비밀이 얼마나 많은 거죠?"

대기는 거대한 깃발을 올려다보며 참지 못하고 중얼거렸다.

원승도 깃발을 올려다봤다. 거대하고, 심지어 무섭기까지 한 저 힘은 하늘에서부터 내려와 끊임없이 능연각으로 빨려들어갔다가, 다시 저 거대한 깃발을 통해 싸움터에 있는 또 다른 깃발로 전해지고 있었다.

"내가 올라가겠소. 당신은 여기 남아 퇴로를 지켜주시오."

원승은 여전히 예전처럼 대기에게 명령했다.

"누각의 진이 깨지면 산송장도, 음양을 이룬 저 두 깃발도 두려워할 필요가 없소."

원승이 고개를 돌려보니 어둠 속에 있던 선기가 보이지 않았다. 마음이 살짝 무거워졌다. 그의 기억이 얼마만큼 돌아왔는지는 몰라도 점점 거동이 이상해져서 예측할 수가 없었다.

"좋아요. 기다리죠."

이번에는 여인도 함께 가겠다고 고집부리지 않고 순순히 웃었다.

"당신이 말해줬던 미생의 이야기, 아직 기억해요?"

원승은 멈칫했다. 미생 이야기는 《장자》와 《사기》에 모두 나오는데 페르시아 사람인 대기는 들은 적이 없었다. 그래서 원승이 처음 그 이야기를 들려주자 그녀는 무척 참신하다고 생각했다. 정과 민음을 중요하게 생각하는 남자 미생이 마음에 둔 여자와 다리 밑에서 만나기로 약속했는데, 여자는 오지 않고 폭우가 퍼부어 강물이 점점 불어났다. 하지만 미생은 시종일관 다리 기둥을 껴안고 마음에 둔 사람이 오기를 기다리다가 결국 물에 빠져 죽었다는 이야기였다.

당시 대기는 참신하다 여기면서도 무척 울적해했다. 미생이 너무 어리석은 것 같지만, 또 그 여자가 너무 무정하다는 생각도 들었다. 심지어 순진하게도 원승에게 그 이야기를 행복한 결말로 바꿔달라고 했다. 하지만 원승은 이미 천 년 동안 전해져 내려온 이야기라 세상 사람이 다 알고 있으니 결말을 바꿀 수 없다고 대답했다.

"물론 기억하오."

그녀가 난데없이 그 측은한 이야기를 꺼내자 그는 저도 모르게 긴장했다.

"난 이제 미생이에요. 여기서 당신을 기다릴 테니까 꼭 돌아와야 해요."

여인은 밤빛 속에 그를 바라봤다. 눈동자에 촉촉한 것이 반짝였다. 원승은 무슨 말을 하고 싶었지만 끝내 아무 말도 하지 못했다. 두 사람 다, 지금 닥쳐온 위험이 여태까지 겪은 그 어떤 것보다 험난하다는 것을 분명히 느끼고 있었다.

원승은 다시 고개를 들었다. 높디높은 능연각은 달빛 속에 더없이 우뚝하게 서 있었다. 생각해보면 참으로 황당무계한 일이었다. 퇴마사를 맡아 몇 년간 전력을 다해 마지막까지 사악한 마력과 싸워왔지만, 놀랍게도 가장 큰 마력은 도리어 대당나라의 지고한 영광과 권력을 상징하는 능연각이었다. 이곳은 대당나라 영광의 상징이자, 대당나라의 권력이 숨겨진 곳이었다. 그런데 이제는 대당나라를 짓밟는 거대한 기관으로 변해 있었다.

"내가 올 때까지 기다려주시오!"

원승은 마지막으로 나지막이 외친 뒤 곧바로 옷자락을 떨치며 누각으로 올랐다.

누각 안은 등불이 환했다. 갑자기 누각에 들어선 원승으로서는 그 불빛에 다소 눈이 따가울 정도였다. 가만히 안을 살펴본 원승은 경악을 금치 못했다.

능연각은 삼층 높이 각루로, 맨 아래층은 아주 평범하지만 이층에는 염입본이 심혈을 기울여 그린 스물네 폭 대당나라 문무공신의 거대한 초상화가 걸려 있었다. 이 두 층에는 반짝이는 촛불을 켜고 유리로 꼼꼼히 덮어놓은 덕분에 빛이 휘황찬란했다. 맨 위 삼층에는 등잔 하나 없었지만 그래도 가장 밝았다. 삼층은 온통 달빛이었다. 하늘과 땅 사이에 존재하는 달빛이 전부 이곳으로 모여든 것 같았다.

눈부신 달빛이 격자 창살을 통과하면서 신비로운 북두칠성 모양으로 쪼개진 채 이층 누각에서 가장 눈에 띄는 곳에 있는 울지공의 초상화를 내리비췄다. 기묘한 음악 소리마저 희미하게 누각 안에 번졌다. 마치 신선의 샘물이 똑똑 떨어지고, 하늘의 바람이 살랑살랑 불어오는 듯한 소리. 전설에 나오는 신선의 음악이 이런 것일까.

원승은 알고 있었다. 저 소리는 진의 눈이 발동해 중심 지살과 교류하면서 자아내는 음률이었다. 저것이야말로 장자가 말한 '천뢰(天籟, 자연의 소리)'였다. 분명했다. 지난번 진청류가 그토록 애써 훔치고자 했던 이 진의 핵심 힘이 끊임없이 저 거대한 초상화에 흡수되고, 단련되고, 전송되고 있었다.

"이곳은 원천강이 설치한 칠성진의 눈이 있는 자리요. 원천강이 심혈을 기울여 칠성진을 펼친 까닭은 본디 천마살을 억제하기 위해서였소. 하지만 우리가 천마살을 깨뜨리자 이곳은 사실상 독자적으로 장안 전체의 지살을 움직일 수 있는 신비한 중추가 됐지."

원승은 천천히 누각에 오르며 태연자약한 목소리로 말했다.

"진청류부터 종초객의 비문까지 모두가 이 진에 관해 연구했소. 이제 그 비밀이 마침내 당신, 혜범 손에 들어갔군."

누각에서 혜범의 가벼운 탄식 소리가 들려왔다.

"일리 있는 말이군요. 하지만 천마가 사라진 후 칠성진의 힘에 거대한 불균형이 생겼지요. 우주의 크나큰 원칙이 바로 균형입니다. 하여 그 힘을 가지는 것이 바로 도리지요. '하늘이 내린 것을 취하지 않으면 도리어 재앙을 입는다'고 하지 않습니까!"

막 이층으로 오르던 원승은 우뚝 걸음을 멈췄다. 울지공 화상 앞으로 그림자 하나가 서 있었다. 그 익숙한 기척으로 보아 혜범 그 늙은 여우가 틀림없었다. 하지만 그 사람이 유유히 몸을 돌렸을 때 원승은 저도 모르게 몸이 뻣뻣해졌다. 그 사람은 확실히 혜범이었다. 하지만 지금, 그의 용모와 차림새는 홍강 진인이었다.

"어찌 됐건 스승으로서 너 같은 제자를 얻어 자못 기쁘구나."

홍강 진인은 미소를 지었다. 살굿빛 고공(高功, 도교에서 의식을 행할 때 이를 주재하는 가장 높은 자리) 도포를 걸친 그의 몸은 눈부신 불빛에 오색찬란하게 물들어 신선 같은 분위기가 넘쳤다.

원승이 알기로 저 복장은 지난날 존사가 이따금 조정의 대사를 말을 때 입던 것이었다. 저 자애롭고 온화한 눈빛과 보석처럼 빛이 자르르 흐르는 얼굴은 원승에게 마치 시간을 거슬러 오른 듯한 황홀감을 선사했다.

"존사님."

그는 마음속에 일어나는 파문을 잠재우고, 심지어 존사에게 절하여 예를 올리고 싶은 충동까지 눌러 참아가며 담담하게 말했다.

"제자, 존사께 문안 올립니다."

홍강 진인이 천천히 말했다.

"아직 네 생각을 바꾸지 않았느냐?"

"잘못된 것이 없는데 어째서 바꿔야 합니까?"

"설령 네 앞길이 천 길 낭떠러지라 하여도? 그리로 떨어져 뼈와 살이 천 조각 만 조각이 된다 하여도?"

원승은 두 입술을 꼭 닫은 채 복잡한 눈빛으로 말없이 홍강 진인을 바라봤다. 그렇게 한참이 지난 후, 그는 비로소 천천히 탄식했다.

"존사께서 펼치신 계략은 실로 출중했습니다. 몸 사리지 않고 악행을 저지른 장사치 혜범은 죽고, 대당나라에 충성스런 홍강 국사가 신선처럼 되살아났으니, 태평공주의 정변이 성공하든 실패하든 존사께서는 안전하게 승리를 거머쥐시겠지요."

"이 스승이 진정 기꺼운 마음으로 태평의 아래에 머물렀다 생각했더냐?"

홍강 진인은 여전히 온화한 얼굴로 웃었다.

"이제 태평의 가치는 하나, 오늘 밤 반역의 주모자가 되는 것이다. 오늘 밤이 지나면 천하는 이융기의 것이니라. 물론, 바로 나의 이융기 말이다!"

그는 울지공의 화상을 가볍게 두드리며 찬탄했다.

"염입본의 진적답구나. 북두칠성과 달빛이라는 천문 현상을 이용해 강력한 장안 지살을 동원하고 이토록 무궁무진한 쓰임새를 만들어내다니. 하나 지난날의 화가 염입본과 이 진을 만든 원천강 또한 오늘 같은 날이 올 줄은 몰랐겠지?"

"이것이야말로 마지막 천사책이군요! 설마 이융기가 등극할 것을 미리 헤아리고 범평을 시켜 이융기 행세를 하게 하신 겁니까?"

원승은 망설이다가 퍼뜩 생각난 듯 말했다.

"참, 그렇군요. 천사고는 무엇이든 될 수 있으니 그것이 바로 성공의 열쇠군요. 물론 존사께서 찾아낸 범평이라는 자 역시 기재였고요."

"천사고는 본디 설무쌍의 절학 중 하나다. 오래전 내게 그것을 줬을 때는 그저 장난이었지."

설무쌍 이야기가 나오자 홍강 진인의 눈빛도 전에 없이 아득해졌다.

"그때는 그 장난이 나중에 이처럼 천지를 뒤흔들 큰 계획으로 바뀔 줄 아무도 몰랐느니라! 이융기가 괴뢰고에 당한 것도 설무쌍과 관련 있으며, 그로 인해 혼돈고에 대항하는 힘이 생겼으니 이 또한 하늘의 뜻이…… 헉!"

홍강 진인의 탄식이 돌연 외침으로 바뀌었다. 그가 득의만만해하는 틈을 타 원승이 소매를 살짝 흔들었고, 소매에서 솟아난 유성추 두 자루가 날렵하게 울지공의 화상으로 날아들었다. 바로 육충에게 배운 현병술이었다. 지금 날아간 유성추는 매우 갑작스러웠고 기세나 힘도 맹렬했다.

"볼품없는 재주를 부리는구나."

홍강도 차갑게 콧방귀를 뀌며 소매를 휘둘렀다. 그 소매에서 펼쳐진 것은 '수리건곤(袖里乾坤)'이라는 비술이었다. 소매에서 강력한 흡인력이 생겨나 원숭이 먼저 쏘아낸 유성추와 그다음 쏘아낸 연자창, 비조 같은 현병을 모조리 휘말아갔다.

"알았느냐? 무슨 일이 벌어져도 마지막 하늘의 뜻은 내게 있다!"

홍강이 여유롭게 웃었다.

탁탁 하는 소리가 나더니 원숭은 몸에서 강기가 전부 사라지는 느낌이 들었다. 그가 오른손으로 살며시 뽑아 든 엄일검도 바닥에 툭 떨어졌다. 동시에 홍강이 빼앗은 유성추와 연자창 같은 현병도 소매에서 떨어져 누각 바닥을 찔었다.

"칠성 법진의 거대한 힘이 진정으로 움직이기 시작했으니 모든 술법이 효력을 잃으리."

홍강은 우렁차게 웃으면서도 한 손만으로 원숭의 왼손을 단단히 잡아 눌렀다. 법진의 힘이 뚜렷하게 드러나면서 다른 술법은 모두 효력을 잃었다. 하지만 홍강은 깊고 두터운 강기를 지닌 덕에 웅장한 장력에 힘입어 원숭을 단단히 잡을 수 있었다.

누각에 퍼지는 천뢰가 점점 급박해졌다. 마치 하늘을 나는 수많은 신선이 누각 안을 선회하며 춤추고, 다 함께 신선의 곡을 연주하는 것 같았다.

"이제 법진의 힘을 되돌릴 수는 없다. 원숭, 이 배신자여."

홍강은 소리를 드높여 길게 웃었다.

"대당나라가 전부 내 것이 되는 모습을 네 눈으로 똑똑히 보게 해주마!"

돌연 그의 웃음소리가 멎었다. 번개보다 빠른 그림자 하나가 비스듬히 그를 덮치는가 싶더니 찬 빛이 번쩍하면서 검이 그의 아랫배를 찔러 들어갔다. 홍강은 신음을 흘리며 손바닥을 휘둘러 상대의 정수리를 내리쳤다. 그 사람은 바로 추한 금 연주자가 된 선기였다.

무슨 까닭인지 몰라도, 선기는 눈앞에 있는 저 늙은 도사가 몹시 혐오스러웠다. 정말 원승이 말한 것처럼 저자가 바로 자신의 철천지원수일까?

지난날 선기가 천월 및 동영 검객에게 쫓긴 끝에 수관사에서 싸움을 벌였을 때, 세 고수의 충돌로 지살이 크게 흔들렸다. 그때 선기는 비록 두 적을 죽였지만, 지살과 강력한 적 양쪽의 공격 속에서 가까스로 목숨을 건진 뒤에는 정신적으로 충격을 받아 기억을 잃었다. 공교롭게도 또 청영이 우연히 그런 그를 구해줬다. 그동안 그는 줄곧 청영을 은인으로 여겼다. 이렇게 진을 깨러 달려온 것도 청영의 부탁 때문이며, 원승이 위기에 처하자 망설임 없이 구하러 달려들었다.

선기의 움직임은 이상하리만큼 빨라서, 나타났나 싶은 순간 목표 지점에 도착했고, 손을 휘둘렀나 싶은 순간 적을 저지했다. 태어나면서부터 적이던 두 사람은 서로 마주 봤다. 두 사람 모두 눈동자에서 파도가 일렁였다.

"소십구, 언제까지 숨어 있으려느냐?"

홍강이 힘껏 외쳤다.

사람 그림자 하나가 질풍처럼 튀어나오며 검광이 번쩍였다. 고검풍이었다. 고검풍은 뒤에서부터 선기의 등을 비스듬히 찔렀다. 바람 가르는 소리를 들은 선기는 있는 힘껏 피했지만 그래도 검이 그의 어깨를 찔렀다. 고검풍의 눈빛이 경직된 것을 보자 원승은 가슴이 철렁했다. 아무래도 소십구는 우연히 혜범과 마주친 모양이었다. 저 늙은 호승은 홍강의 이름으로 소십구의 정신을 현혹해 궁 안으로 데려왔으리라.

고검풍이 쓴 것은 순수한 검법이어서 법진의 힘에 구애받지 않아 검세가 날카롭기 그지없었다. 반면, 선기는 가진 술법을 펼치기가 어려웠다. 뜻밖의 검에 깜짝 놀란 사이 홍강이 쏟아낸 물밀 듯한 장력이 덮치자, 선기는 막아내지 못하고 비틀비틀 물러난 뒤 선혈을 왈칵 토했다. 고검풍의 검이 그림자처럼 선기를 따라붙었다.

"멈춰라!"

원승이 큰 소리로 외치며 바닥에 떨어진 엄일검을 주워 가로막았다. 두 검이 충돌하자 아직 상처가 다 낫지 않은 원승의 손에서 또 검이 빠져나갔다.

"소십구! 고검풍!"

원승은 그의 뻣뻣한 두 눈을 노려보며 참지 못하고 꾸짖었다.

"아직도 모르겠느냐?"

"열일곱째 사형! 왜…… 왜 존사님을 배신하셨어요?"

고검풍의 눈빛에 망설임과 혼란이 떠올랐다. 하지만 그보다 많은 것은 고통이었다. 순간, 그의 검이 빠르게 회전하며 원승의 어깨로 날아들었다. 다급해진 원승은 어쩔 수 없이 맨손을 뻗어 그 검을 움켜쥐었다.

"이건 배신이 아니다."

손가락에서 피가 뚝뚝 흘렀지만 그는 한 자 한 자 힘줘 말했다.

"이 세상에 영원히 옳은 사람은 없다. 널 길러주신 존사님도 마찬가지다."

홍강을 바라보는 고검풍의 눈동자에 고통과 망설임이 더욱 짙어졌다. 그가 떨리는 소리로 말했다.

"모두 들었어요. 존사님, 왜 그러셨어요? 왜 존사님이 혜범이죠? 왜 죽은 척하셨어요?"

홍강은 배에 난 상처를 어루만지며 씁쓸하고 울적한 눈빛으로 무겁게 말했다.

"내 너에게 누각 아래를 지키라고 했건만 너는 여전히 원숭이 올라오도록 내버려뒀더구나. 더욱이 몰래 엿듣기까지…… 스승인 내게 줄곧 의심을 품었기 때문이더냐?"

"둘째 사형을 떠올려봐!" 원숭이 소리쳤다. "소십구, 언제까지나 다른 사람이 너 대신 생각하게 하지 마라. 너 자신이 직접 보고 생각해!"

고검풍은 고통스럽게 고개를 젓더니 갑자기 검을 내던지고 머리를 싸안으며 울부짖었다.

"존사님, 못하겠어요. 우리 모두 이러면 안……."

말이 끝나기도 전에 그의 몸이 휭 하고 높이 솟구쳤다. 허공에 매달린 그의 입에서 뜨거운 피가 마구 쏟아졌다. 아끼던 제자를 대뜸쳐서 날려버린 홍강은 순식간에 예리하고 음산해진 눈빛을 띤 채 홀쩍 몸을 날렸다. 도포를 휘날리며 어느새 거대한 울지공 화상 앞에 이른 그는 품에서 둥근 거울 하나를 꺼내 높이 들었다. 화려하고 정교한 무늬가 있는 데다 금을 입히고 옥까지 박아 넣은 저 거울은 귀한 법보가 틀림없었다.

"시간이 됐다!"

홍강이 흉악하게 웃으며 엄숙하게 거울을 가슴 앞에 걸었다. 이어서 무엇인가를 끌어안듯 양손을 가슴 앞에 둥글게 모으자, 거울에서 환한 빛이 솟아나 순식간에 누각 전체를 휘황찬란하게 채웠다. 거대한 초상화 이십여 폭이 동시에 찬연하게 반짝이고, 빛줄기 수십 가닥이 허공에서 합쳐져 뒤섞였다. 그렇게 하나가 된 웅대한 빛다발은 일제히 울지공의 초상화를 향해 쏟아졌다.

"경법(鏡法)!"

원숭은 저도 모르게 놀라 외쳤다.

경법은 '경도(鏡道)'라고도 했다. 술사들 세계에서는 구리거울을 '맑고 올발라 그림자이면서도 허상이 아닌 것'으로 여겨, 거울로 마음을 닦기도 하고 물건을 비추는 기능을 이용해 대법진의 효능을 흡수하기도 했다. 지난날 진청류가 쓴 번천인도 사실 간소화된 경법이었다. 지금 홍강이 가슴에 건 거울은 바로 영허문의 진짜 경법용 법기였다.

순간, 울지공의 초상화가 눈부시게 환해지더니 웅대한 빛다발을 다시 거울 쪽으로 쐈다. 홍강 진인은 초상화 앞에 우뚝 서 있었다. 그의 몸에서 눈부시고 드넓은 기상이 솟아났다. 웅대한 빛다발은 그가 가슴에 건 거울에 모조리 흡수됐다가 다시 공중으로 쏘아져 밤하늘에 높이 걸린 거대한 하얀 깃발을 때렸다.

하얀 깃발 위로 달, 산, 숲, 샘 같은 신비한 빛 무리가 수없이 생겨났다. 이렇게 변한 빛 무리는 마치 흐르는 물처럼 별이 가득한 하늘로 날아올랐다. 이곳에서도 저 멀리 연희전 앞 싸움터에 있는 하얀 깃발 역시 호응하듯 눈부시게 빛나는 것을 볼 수 있었다.

원승은 길게 숨을 들이쉰 후 온 힘을 다해 홍강에게 달려갔다. 고 검풍과 선기는 둘 다 중상을 입었고, 싸울 힘이 있는 사람은 오직 그뿐이었다.

"원승, 네가 막을 수 있겠느냐?"

홍강은 여유롭게 웃더니 거울의 구리 사슬을 목에 건 뒤 품에서 그림 한 장을 꺼내 펼쳤다. 또 그 낯익은 빨간 유리 축에 둘둘 말린 낡은 그림이었다. 이제 마지막 한 장만 남아 있었다.

"천서?"

원승의 목소리가 떨렸다. 돌연, 심장 저 밑바닥에서 말로 표현하기 힘든 불길한 예감이 솟았다.

"너는 천서가 선택한 사람이다. 이 마지막 그림이 무엇인지 보고 싶지 않으냐?"

목에 건 거울에서는 여전히 찬란한 빛이 쏟아지고 있었지만, 홍강은 아랑곳없이 그림이 거의 뜯겨나간 족자를 양손으로 활짝 펼쳤다.

누각 그림이었다. 능연각. 화폭은 전체적으로 어두운 색조를 띠었지만, 그림 한가운데 있는 능연각은 휘황찬란해서 마치 한밤중에 홀연히 나타난 신선의 누각 같았다. 원승이 당황한 사이 홍강이 손가락을 퉁기자 그림은 어느새 등을 놓아둔 시렁으로 날아갔다. 유리 덮개 속에 있던 기름과 불꽃이 탐욕스런 혀를 날름거리자 그림은 빠르게 타들어갔다.

불빛 속에 일그러지고 변형되는 그림을 바라보면서 원승은 다소 넋이 빠졌다. 순간적으로 수많은 그림과 선이 팔딱이는 불꽃을 따라 그의 머릿속에 용솟음쳤다. 원승은 무력하게 바닥에 꿇어앉았다.

"모든 것이 이미 천서에 운명 지어져 있으니 돌이킬 수 없느니라." 홍강의 늙수그레한 두 눈이 어두운 빛을 뿜었다. "너, 원승의 운명까지도."

원승의 심장 한쪽이 얼음처럼 차갑게 식었다. 능연각 안에서는 흔한 술법은 하나도 소용없다는 것을 알고 있었다. 하지만 모르는 것이 없는 홍강은 유일하게 제약을 받지 않는 원신 공격을 쓰고 있었다. 원승은 도저히 대항할 방도가 없다는 것을 뼈저리게 느꼈다. 부드럽고도 어둡고 차가운 홍강의 말소리 속에서 그는 이마가 덜덜 떨리는 것을 느꼈다. 온몸의 기혈이 위로 솟구치며 원신이 몸을 깨뜨리고 날아갈 것 같았다.

"대세가 내게 있건만 누가 막을쏘냐!"

홍강의 목소리는 갈수록 심오해졌다.

"오너라, 아이야. 너는 서화를 좋아하지. 이 스승이 너를 그림에 나오는 사람으로 만들어줄 테니 이제부터 그림 속에서 유유자적하며 살거라. 이제부터 생로병사도, 근심 걱정도 없게 될 것이다."

"아니야!"

누각 안에 맑은 호통 소리가 울렸다. 대기가 나는 듯이 달려와 손바닥을 원승의 등에 댔다.

"소용없다. 모든 것이 이미 정해졌느니라. 네 운명까지도."

홍강의 손이 느릿느릿 원승의 이마를 눌렀다. 그는 유유히 웃음 지으며 말을 토해냈다.

"보아라. 불 속에서 천서의 마지막 장이 재가 되어가고 있지 않으냐. 천서의 증인으로서 네 사명은 이미 완수했다. 그러니 천서와 함께 천계로 돌아가거라."

원숭의 정신이 격렬하게 흔들렸다. 어째서 혜범이 자신을 '천서의 증인'으로 선택했는지 그제야 어렴풋이 알 것 같았다. 이 세상에서 혜범의 내력을 아는 사람이 오직 그뿐이기 때문이었다. 혜범이 그의 앞에서 차례차례 천서의 그림을 불사른 것은 사실상 잇달아 펼쳐진 정신 공격이었다. 원숭 자신은 부지불식간에 천서의 그림을 머릿속에 새겼고, 그와 동시에 이런 정보도 새겼다. 모든 것은 이미 천서에 정해져 있다. 모든 것은 돌이킬 수 없다. 바닥에 꿇어앉은 원숭의 눈에 야위고 늙은 손바닥이 천천히 이마를 덮는 것이 보였다. 무력감이 온몸을 채웠다.

홍강의 헤아림은 깊고도 멀었다. 여섯 장의 '천서 그림', 연단로에서 시작해 능연각에서 끝난 그 그림은 마치 신비한 고리처럼 모든 변수를 그 안에 걸어 잠갔다. 때로는 원숭도 혜범이 모든 일이 끝난 뒤 그림을 그려 넣은 것으로 생각했다. 하지만 지금, 정력과 기력이 모두 지친 지금은 오히려 혜범이 일찍이 저 그림을 그려뒀을 것이며, 천서는 본래부터 세상에 존재한 것이라고 고집스럽게 믿으려 했다.

어쩔 도리가 없어 망연해하는 그 순간, 맑고 순수한 기운이 뒷머리에서부터 힘차게 쏟아져 들어왔다. 여인은 비록 말이 없었지만, 그는 그녀의 목소리를 또렷하게 들었다. 그 목소리가 불굴의 의지를 담아 외치는 것 같았다.

"버텨요! 굴복하면 안 돼요!"

귀 따가운 홍강의 웃음소리 속에서 여인이 보내는 영력은 끝 간 데 없는 어둠을 찢어내는 한 줄기 하늘의 빛 같았다. 원숭은 아직 활활 타오르는 그림을 노려봤다. 눈을 찌르는 듯한 화염이 마치 팔딱거리는 귀신처럼 빨간 혀를 날름거리며 그에게 말해주는 듯했다. 모든 것은 돌이킬 수 없다고.

하지만 다음 순간, 마음속에서 한 줄기 하늘의 빛이 활짝 커지더니 눈앞의 화염과 하나가 됐다. 별안간 원숭이 커다란 외침을 터뜨리며 다리로 바닥을 쓸었다. 등잔대가 와락 뒤집히면서 불꽃이 사방으로 튀었다. 등잔대는 정교하고 아름다운 쌍룡 모양으로, 용 두 마리가 여의주를 가지고 놀듯 위에 자리한 등잔을 떠받치고 있었다. 등잔에는 기름이 담기고 그 위에 유리 덮개가 덮여 있었다. 그 마지막 천서는 유리잔 안에서 타오르고 있었다. 원숭이 연이어 두 다리를 차올리자 기름과 불꽃이 순식간에 사방으로 튀었다.

"네 이놈!"

홍강이 소리치며 커다란 소매를 나는 듯이 휘둘렀지만, 지금 수리건곤 같은 술법을 쓸 수 없다는 것을 잊고 있었다. 등잔대가 기울어질 때 그 안에 든 기름이 흘러나와 천서의 화염에 닿았고, 곧 불이 활활 타올랐다.

대기가 두 눈을 반짝 빛내더니 훌쩍 몸을 날려 두 번째 등잔대로 다가갔다. 등잔대가 하나둘 쓰러지면서 기름이 사방에 튀고, 미처 막기도 전에 길디긴 밝은 노란색 휘장에 불이 붙었다. 능연각 안은 연중 내내 건조하게 유지해왔기 때문에 묵직한 휘장은 불이 닿자마자 기세 좋은 화룡으로 변했다.

"멈춰라! 이 고얀 놈들!"

홍강이 길게 부르짖으며 필사적으로 주먹을 휘둘렀다. 하지만 술법을 펼치지 못하는 몸으로는 요리조리 뛰어다니며 등잔대를 쓰러뜨리는 대기의 속도를 따라갈 수 없었다. 진숙보 초상화와 위징의 초상화에 차례로 불이 붙었다. 이어서 마침내 큰불이 활활 타오르며 울지공의 화상도 뜨거운 불길에 휩싸였다. 눈부신 빛다발도 그 즉시 화광에 삼켜졌다.

"이런 고얀! 이 요녀!"

홍강은 노발대발하며 전력을 다해 대기에게 달려갔지만, 중상을 입어 몸에 힘이 하나도 없다보니 비틀거리다가 쓰러지고 말았다.

"존사님, 불입니다. 어서 달아나세요!"

그제야 겨우 몸을 추스른 고검풍이 억지로 다가와 홍강을 부축했다. 어린 제자에게 안기고, 다시금 술법을 펼치기도 어렵게 된 홍강은 그제야 자신이 노인이라는 사실을 깨달았다. 그저 쇠약하고 힘없는 노인일 뿐이었다.

"존사님, 모두 끝났습니다!"

원승이 한 손으로 등잔대 하나를 들어 전각 밖으로 힘껏 던졌다. 화광이 허공을 가르며 날아가자 능연각 바깥에 있는 거대한 흰 깃발이 끔찍한 비명을 내질렀다. 뜨거운 화염이 솟구쳤다가 곧이어 맹렬하게 폭발해 활활 타오르는 무시무시한 불덩이로 변했다.

"안 된다⋯⋯."

홍강은 힘이 다해 쉰 목소리로 마구 외쳤지만 이제 할 수 있는 것이 없었다. 고검풍은 누각 사방에서 연기가 피어오르는 것을 보고, 황급히 존사를 안고서 창밖으로 몸을 날렸다. 그리고 원승을 돌아보며 외쳤다.

"열일곱째 사형! 어서 가세요! 불길이 너무 세요!"

하지만 원승은 이미 지치고 힘이 다했다. 몸 주위에서 불길이 미친 듯이 춤추고 연기가 이곳저곳에서 피어올랐다. 점점 시야가 흐

려졌다. 마음속은 때로는 기뻤다가 때로는 비통했다. 대대로 내려
온 세상에 둘도 없는 귀한 명화들이 그토록 그림을 좋아한 자신의
손에 불타게 될 줄이야.

별안간 입에서 피가 쏟아졌다. 원승은 눈앞이 새까매지는 것을
느끼며 혼절하고 말았다. 대기가 재빨리 달려가 그를 안아 올린 뒤
나는 듯이 창문으로 달려갔다.

종장
········

대당나라 선천 2년 7월 초엿새. 저녁 빛이 막 장안성에 내려앉았다. 어느덧 석양이 가지 끝에 걸리고, 숭현방에 들쭉날쭉 선 띠집 사이사이로 밥 짓는 연기가 퍼져나갔다.

미궁처럼 비뚤비뚤 늘어선 초라한 집 어느 방에서는 여전히 "걸어라, 열어라" 하며 도박하는 소리가 들려왔다. 칸을 나눈 판자를 터서 마련한 커다란 방 안에서 도박꾼들이 한창 도박에 빠져 있었다.

손 소사자는 웃통을 벗고 도박판 앞에 서 있었다. 손에 주사위를 들었지만 이마에 땀을 뻘뻘 흘리면서 차마 던지지 못하고 있었다.

능연각 대화재 이후 벌써 사흘째 되는 날이었다. 그날 밤, 능연각 법진에 불이 나자 지살을 흡수하고 전송하던 거대한 깃발 두 개도 잇따라 불타 무너졌다. 법진의 크나큰 효과가 사라지면서 연희전 앞을 덮은 짙은 안개는 사방으로 흩어졌고, 연희전으로 접근하던 산송장 무리도 버팀목인 지살을 잃어, 미친 듯이 달려든 금군 손에 쓸려나갔다.

상황이 불리한 것을 보자 범평은 돌아서서 달아났다. 여전히 스승에게 한 가닥 희망을 품었던 그는 능연각에서 활활 타오르는 불길을 보고서야 비로소 세가 기울었다는 것을 알았다. 왕거가 몸소 금군 고수 몇 명을 이끌고 접근하자, 범평은 달아날 수 없다는 것을 알고 잡히기 전에 독약을 먹어 자결했다.

이융기는 그 자리에서 명령을 내려 정신이 거의 무너진 태평공 주를 하옥시켰다. 태평공주의 일당인 소지충, 두회정은 난리 통에 달아나려다가 그 자리에서 주살됐다. 일찌감치 육충에게 죽은 상원 해와 이흠까지 더하면, 태평공주가 승리를 자신했던 이번 정변은 철저한 실패로 끝났다.

다음 날, 태평공주 문하에 있던 다른 두 재상 최식과 잠희, 그리 고 지우림장군 이자, 중서사인 이유, 옹주장사 신흥왕 이진 등 일당 이 차례차례 줄지어 체포됐다. 이융기는 모진 성품이라 이 같은 대 역죄인들을 엄하고 신속하게 처결했다. 그날로 피가 철철 흐르는 사람 머리가 땅에 떨어졌고, 이어서 태평공주 골수 지지들에 대한 엄격한 조사와 수색이 벌어졌다.

주범 태평공주는 사형을 받았고, 그 자녀들은 전부 붙잡혔다. 그 들을 기다리는 것은 죽음이라는 운명이었다. 오직 둘째아들 설숭간 만 채찍질을 당하면서까지 누차 어머니를 만류했기에 이융기로부 터 사면을 받았다. 이융기는 목단각을 철저히 살피지 못한 설숭간 의 '실책'을 넓은 아량으로 용서했는지, 숫제 그 사촌 아우에게 이 씨 성을 내리고 관직도 유지하게 했다.

그간 조정과 퇴마사는 눈코 뜰 새 없이 바빴고, 자연히 손 소사 자에게 신경 써주는 이는 아무도 없었다. 손 소사자는 종욱의 별원 에서 하릴없이 기다리다가 어쩔 수 없이 기죽은 채 미혼당으로 돌 아와야 했다. 퇴마사에 들어가게 됐다며 무뢰배 형제들에게 허풍을 떨었지만, 한바탕 비웃음만 샀다. 그와 가장 사납게 구역 싸움을 했던 허 패왕은 심지어 그의 어깨를 툭툭 치며 이렇게 말했다.

"이 나리야말로 진짜 대당나라 황성 내위 통령이야. 태상황의 직속이지. 네놈 퇴마사는 한참 조무래기잖아."

손 소사자는 방법이 없었다. 그는 숫제 퇴마사 관아가 어디 있는지도 몰랐다. 무엇보다 그를 우울하게 만든 것은 삼랑과 오육랑이 약속했던 오백 관을 구경조차 못했다는 사실이었다. 하필이면 그때 허 패왕이 무리를 끌고 찾아와 지난번 빚진 열다섯 관을 갚으라고 독촉했다. 손 소사자는 부끄럽고 화가 나서 별수 없이 큰 도박을 벌였다.

하지만 오늘은 영 끗발이 좋지 않아서 내리 졌고, 황혼 즈음에는 빚더미에 올라앉아 있었다. 허 패왕은 기뻐 죽을 지경이었다. 마지막 판에서 그는 아예 돈도 걸지 않았다. 손 소사자가 잃은 돈이 벌써 쉰 관에 이르렀기 때문에 그는 손 소사자에게 미혼당 구역을 양보하라고 요구했다.

손 소사자는 당연히 승낙하지 않았다. 약이 바짝 오른 그는 주사위를 내려놓고 품속을 마구 뒤적여 마침내 이융기가 준 삼색 옥패를 꺼냈다. 이걸로 도박 자금을 마련할까 해서였다. 이 옥패가 정통 삼색 우전 양지옥이라고 하자, 도박꾼들은 또다시 와하하 웃음을 터뜨렸다.

그때 싸늘한 목소리가 들려왔다.

"소사자, 그 옥패는 넣어두는 게 좋아. 네 목숨 줄이니까."

커다란 탁자 주위에 모여 있던 도박꾼들이 이리저리 밀려났다. 그 사이로 누군가 성큼성큼 나타나 단번에 옥패를 빼앗았다. 한창 신나게 도박 중이던 허 패왕은 방해꾼이 나타나자 대뜸 욕을 퍼부으려 했다.

그때 손 소사자가 큰 소리로 외쳤다.

"육랑 나리! 이제 왔소!"

그는 신이 나서 그 사람을 가리키며 소리소리 질렀다.

"허 패왕! 그 썩을 놈의 눈 똑똑히 뜨고 보시지! 이분이 바로 장안성 퇴마사의 오육랑이시다! 어때? 내가 허풍 떤 게 아니라는 걸 이제 알겠지?"

그 사람은 비췻빛 관복을 입고 허리를 꼿꼿이 세우고 있었다. 얼굴에도 관리다운 위엄이 넘치는 데다 복두마저 어찌나 단정한지, 이를 본 무뢰배들은 당장 머리를 숙여 절하고 싶은 기분이 들었다. 그가 바로 장안성 흑도에서 혁혁한 명성을 떨치는 오육랑이었다.

"아니, 정말 육랑 나리시구려."

허 패왕도 오육랑을 알아보고 재빨리 웃는 얼굴을 했다.

오육랑은 옆 사람에게는 눈길조차 주지 않고, 조심조심 옥패를 닦아서 다시 손 소사자 손에 쥐여준 뒤 말했다.

"따라와. 삼랑께서 술이 머리 꼭대기까지 찰 정도로 드시더니 널 떠올리셨다."

손 소사자는 뛸 듯이 기뻤다. 형편없이 지고 있는 마당에 높으신 나리가 와서 강제로 끌어내주는 것이 흔한 일은 아니었다. 그는 신바람이 나서 오육랑을 따라 인파를 헤집고 나갔다.

"육랑 나리." 허 패왕이 황급히 불렀다. "도박할 때는 패배를 인정하고 빚을 지면 갚는 것이 이 바닥 규칙이오. 소사자가 벌써 쉰 관이나 빚을 졌으니 어쨌거나 끝장은 봐야잖소."

"고작 쉰 관을 가지고! 퇴마사 사람은 돈을 떼먹지 않는다."

오육랑이 돌아보며 차갑게 웃었다.

"내일 아침에 사람이 와서 갚아줄 것이다."

허 패왕은 아연실색한 얼굴로 손 소사자를 손가락질했다.

"육랑 나리, 뭐라고 하셨소? 저, 저…… 저놈이 정말……."

"그래, 손 소사자는 이제 퇴마사의 부사다."

오육랑은 일어나서 눈이 휘둥그레진 무뢰배들을 내려다보며 천천히 말했다.

"그간 손 소사자는 황명을 받들어 태평공주의 역모 사건을 조사했고 큰 공을 세웠다."

그 말이 끝나자 방 안은 쥐 죽은 듯 조용해졌다. 오육랑이 두 손바닥을 가볍게 마주치자 시위 두 명이 새로 지은 비단옷을 받쳐 들고 성큼성큼 걸어오더니 다짜고짜 손 소사자에게 입혔다.

발에는 소가죽 장화를 신고, 허리에는 비단 포두를 두르고, 사귀를 쫓는 사나운 짐승 벽사의 모습을 수놓은 연녹색 관복을 몸에 걸친 뒤 허리띠까지 조이자, 손 소사자는 금세 신수가 훤해졌다. 도박꾼과 무뢰배들은 하나같이 눈이 동그래진 채 바보처럼 그를 응시하며 아무 말도 못했다. 소식을 듣고 달려온 소하는 손 소사자의 이런 모습을 보고 놀라고 기쁜 나머지 소리를 꽥 질렀다.

오육랑은 손 소사자를 끌고 성큼성큼 그곳을 나갔다. 뜰 바깥에 건장한 준마 몇 필이 서 있었다. 손 소사자는 마치 솜 길을 밟고 지나는 기분이었다. 그렇게 말 앞에 이르자 "말을 타라"는 소리가 들려 몽롱한 상태로 말에 올랐다. 평생 처음으로 이런 준마에 오른 손 소사자는 더욱더 꿈결 같았다. 그는 때깔도 좋은 관복을 쓰다듬으면서 웃음 섞어 말했다.

"육랑 나리, 나리는 정말 멋진 친구요! 이런 복장까지 챙겨와서 저놈들을 놀래주다니……."

"내가 놈들을 놀래주러 왔다고 누가 그래? 그래 내가 고작 무뢰배들을 놀래주려고 이렇게 허둥지둥 쫓아온 줄 알아?"

오육랑은 정색했다.

"소식부터 알려주지. 네게 퇴마사 부사라는 관직을 내린 것은 어명이다. 네 비록 출신은 낮지만 용감하게 나설 줄 알고 또 그만한 공도 세웠으니 응당 받아야 할 관직이지. 어서 가자. 폐하께서 아주 흥이 잔뜩 올라 널 보자고 하시니까 속히 융경지로 가야 해. 거기 도착하면 세수하고 양치하게 해주지. 폐하를 알현할 때의 예의범절도 대강 가르쳐주고."

"폐…… 폐하라고?"

손 소사자는 고삐를 질끈 당기며 떨리는 소리로 말했다.

"삼랑이 날 보자는 거 아니었소?"

"이 멍청아, 삼랑이 바로 폐하시다. 당금의 천자를 제외하고 그만큼 손이 큰 사람이 또 어디 있겠어?"

오육랑은 웃을락 말락 하는 얼굴로 그를 바라봤다.

"그동안 입만 열었다 하면 도박은 크게 해야 한다고 하지 않았냐? 축하한다, 이번엔 아주 제대로 걸었더군. 어이…… 왜 그래?"

손 소사자는 바보처럼 그 자리에 얼어붙어서 7월의 저녁 바람을 행복하게 들이마셨다. 순간, 하늘과 땅이 뱅글뱅글 돌더니 그의 몸이 그대로 말에서 픽 떨어졌다.

융경지는 장안성 동쪽에 있었다. 넓이 수십 경에 이르는 이 드넓은 못은 국도 안에서 보기 드문 물 풍경을 자랑했다. 이융기 등 다섯 형제가 군왕이던 시절에 이 못가에 '오왕자부'를 세웠다. 소문에는 그 당시 연못 안에 운무가 퍼지고 시시때때로 누런 용이 하늘로 날아올랐다고 했다. 용의 기운이 있다는 말 때문에 심지어 당중종 이현은 이곳에 행차해 배를 띄워 연극을 구경함으로써 기운을 억누르기도 했다. 지금 보니 '진룡 천자'인 이현의 왕림도 끝내 이융기가 지닌 '무성한 제왕의 기운'을 저지하지 못했다.

지금 융경지에는 등을 밝히고 오색 천을 늘어뜨렸다. 물빛과 하늘빛, 석양과 노을이 등불에 반사되어 진한 청록색과 피처럼 빨간색과 연보라색 등 가지각색으로 반짝였다. 호수 가운데 뜬 거대한 용주에서는 천자 이융기와 왕거, 위지고 등 가까운 신하들이 귀가 빨개지도록 술을 마시며 흥겨워하고 있었다.

"오늘은 특별히 예외를 두지. 육충 자넨 중상에서 갓 회복됐으니 술은 적게 마시게. 그래, 그래, 청영이 대신 부탁한 걸세."

이융기는 육충을 가리키며 큰 소리로 웃었다.

"자자, 오늘 밤 짐은 세 건의 혼사를 명하겠네!"

왕거가 적극적으로 천자의 말을 받았다.

"폐하께서 내리시는 혼사라면 천하의 이야깃거리지요. 누구의 혼사입니까?"

"첫 번째! 가인(佳人)은 홀로 태평의 소굴로 뛰어 들어가 작은 실마리로 본질을 꿰뚫어본 뒤 위험을 무릅쓰면서 소식을 전했으며, 의사(義士)는 일검에 만기를 베고 수괴를 참해 그 기상이 드높았다! 두 사람은 정이 깊고도 깊어 미운 정 고운 정 다 든 사이일세. 지난날 오래 함께하다 헤어졌으니 지금은 마땅히 다시 만나야 할 터. 짐은 기필코 두 사람을 맺어줘야겠네."

이용기는 이렇게 말하며 지극히 아끼는 두 장수, 육충과 청영을 응시했다. 그 눈빛에는 감격, 그리고 더욱 많은 정이 담겨 있었다.

하지만 이용기 곁에 바짝 붙어 앉은 강매아의 시선은 시종일관 그에게 향해 있었다. 그녀의 눈빛에는 오직 절절한 정뿐이었다. 그녀는 이미 정식 비빈이 됐다. 소의라는 직분이 그리 높지는 않지만 신경 쓰지 않았다. 애초에 그와 함께 다닐 때도 명분을 달라고 할 생각은 전혀 없었다. 두 사람이 구사일생으로 살아난 그날, 영원히 함께하자고 했던 말처럼. 그때 두 사람은 어둠을 뚫고 지나야 했지만 저 앞에는 이미 환히 빛나고 있었다. 지금은 그가 이미 그녀의 일생에서 가장 환한 빛이었다.

육충과 청영은 자연스레 일어나 감사를 올렸다. 청영이 화내건 말건, 육충은 여러 관리와 친구들의 떠들썩한 웃음소리 속에 큰 잔으로 연거푸 술 석 잔을 마셨다.

"두 번째는 바로 이 서예의 주인일세."

이용기는 웃으면서 비단에 쓴 글 하나를 펼쳐 보였다.

"소가, 그처럼 좋은 사람을 어찌 바깥에 둔단 말인가?"

비단에는 중후한 글씨가 적혀 있었다.

부끄럽지 않다.

바로 종욱의 별원에 있는 그 온순한 여인이 쓴 글이었다. 종욱은 황제가 이런 순간에 자신과 자신이 미처 집으로 들이지 못한 여인을 거론할 줄은 꿈에도 짐작하지 못했다. 줄곧 아내를 두려워해왔으나 천자가 나서준 덕에 마침내 그녀를 당당히 첩으로 받아들일 수 있게 됐다. 그는 황급히 일어나 절하며 감사했다. 감정이 끓어오르는 바람에 그만 술잔을 뒤엎어 앞섶에 온통 술이 튀었지만 그래도 큰 소리로 웃었다.

"원승." 문득 이융기가 웃으며 물었다. "그날 짐이 천경궁을 나올 때 마차에서 자네에게 했던 말을 기억하나?"

가장 중요한 세 번째 혼사를 말하기 전에, 천자가 갑작스럽게 화제를 돌려 한담을 꺼내자 사람들 모두 의아해했다. 다행히도 아주 한담은 아니었다. 어쨌거나 마지막 혼사는 틀림없이 원승과 대기일 것으로 모두가 짐작했고, 지금 천자가 말을 건넨 사람 역시 원승이었다.

"당연히 기억하고 있습니다."

원승이 대답했다.

"그때 짐은 아직 임치군왕이었고 어명으로 천경궁 현진법회를 주최하고 있었지. 원승 자네 역시 천경궁에서 현진법회 일로 바빴고. 예기치 못하게 천경궁에서 잇따른 변고가 일어났는데, 그즈음 우리 두 사람은 한 가지 이야기를 나눴네."

천자는 엄숙하게 원승을 바라보며 천천히 잔을 들었다.

"자네는 내게 그렇게 말했지. 천도란 사실 백성을 쉬게 하고 백성에게 선을 베풀 수 있는 사람을 찾는 것이라고! 그 말, 짐은 시종일관 기억하고 있었네."

원승도 자못 감격해서 잔을 들며 말했다.

"그렇습니다. 폐하께서 바로 그 천도가 선택한 분입니다. 백성을 쉬게 하고 백성에게 선을 베푸시는 분입니다!"

모두 그 말에 마음이 울렁거려 일제히 찬탄을 터뜨렸다. 군주와 신하가 함께 큰 잔을 비웠다.

이융기는 술잔을 내려놓고 아득해진 눈빛으로 탄식했다.

"측천성후의 만년에서부터 지금에 이르기까지 십여 년간, 무 씨, 장 씨 형제, 위 태후, 태평공주 등이 차례차례 조정을 어지럽혔네. 다행히도 이제 대당나라에는 난리가 가고 마침내 질서의 시기가 왔네."

그 말을 듣자 사람들은 더욱더 감개무량했다. 이융기가 한 말처럼, 이 천하는 무주 시절 측천여제의 만년부터 각종 당쟁의 소용돌이에 빠져 무씨파니 이씨파니 하며 싸웠고, 그 후 중종 이현이 등극하자 위씨파까지 생겨났다. 더욱 독특한 일은 바로 정치에 나서는 강력한 여자가 대거 등장한 것이었다. 처음에는 무측천과 상관완아, 그다음에는 위 태후, 태평공주, 안락공주가, 한 명이 물러나면 다른 한 명이 등장하다시피 하며 앞사람이 무너지면 다음 사람이 뒤를 이었다.

그 강력한 집권자는 모두 사치하고 방탕하며 가렴주구로 백성의 이익을 빼앗았다. 멀리까지 돌이킬 것도 없이, 태평공주의 정변이 실패한 지 벌써 사흘째인 지금도 태평공주의 재산을 몰수하는 일이 끝나지 않았다. 공주부에 쌓인 재물이 산처럼 어마어마하고, 진귀한 보물이 황궁에 필적할 정도이기 때문이었다. 그에 속한 양과 말, 원림과 방채까지 더하면 아마 몇 년이 지나도 다 걷지 못할지도 몰랐다. 대당나라는 이 같은 종실의 횡포에 연이어 침식되며 이미 쓰러질 듯 흔들리고 있었다.

"다행히 그 혼란은 모두 끝났네. 이 천하도 긴 안정기를 맞이해야 할 때지."

이융기는 눈을 가늘게 뜨고 서쪽 하늘에서 눈부신 빛을 발하는 노을을 바라보며 무겁게 말했다.

"짐은 이미 생각을 마쳤네. 새 연호는 바로…… 개원(開元)이라 하겠네!"

"개원이라…… 좋은 이름입니다!"

왕거가 씩씩하게 말했다.

"폐하께서는 예지롭고 명석하십니다. 반고의 〈전인〉에 이르기를, '그 호칭이 있어 발전하고 이어지니, 초대 황제의 으뜸 태호(太昊, 삼황의 첫 번째인 복희의 성씨)에서부터 개원하였노라'고 했습니다. 근본이 다시 시작되면 만물이 새롭다고 하니, 개원으로 이름을 지으면 필시 태평성세를 열 것입니다!"

여러 신하는 다시 흥분에 휩싸였다. 이번 변고가 있은 뒤, 태평공주와 그 당여는 깨끗이 소탕되고 이융기가 대권을 장악해 마침내 명실상부한 진짜 황제가 됐다. 그는 영민하고 열심이며, 지모가 있고 과감해서 드물게 나는 용맹한 군주였다. 대당나라도 이제 진정한 대치(大治)를 맞이할 때였다. 이것이 바로 왕거, 원승, 진현례 등 직계 심복들이 그를 따라 피로 목욕하고 목숨을 내던지면서까지 얻으려 한 열망이었다.

용주 위의 분위기가 달아오르자 사람들은 일제히 잔을 들어 시원하게 들이켰다. 뜨거운 눈물을 흘리는 사람도 많았다.

"세 번째 혼사는……."

이융기는 그제야 먼젓번 화제를 꺼냈다. 그의 시선이 놀리듯이 대기의 얼굴을 스쳤다. 페르시아 여인은 자못 긴장한 표정이었다. 마음에 둔 사람과 인연을 맺는 일이라면 사실상 그녀 쪽이 청영보다 훨씬 난도가 높았다.

대기의 간절한 눈빛을 보자, 이융기도 더는 뜸들이지 못하고 한숨을 내쉬었다.

"원승, 자네, 청영에게 감사하게. 그녀가 직접 내게 자네와 대기의 혼사를 부탁했네. 하지만 이번 역모를 평정할 때 원승과 대기가 지대한 공을 세웠으나 안타깝게도 한 가지를 놓쳤네. 바로 역모의 주모자 호승 혜범을 달아나게 둔 것일세."

천자가 말을 돌려 역모를 평정하던 날 밤의 소홀했던 점을 꺼내자 사람들의 낯빛도 긴장됐다.

당시 능연각에 불이 나 혜범이 심혈을 기울여 마련해둔 법진은 산산이 무너졌지만, 공주부의 결사대 오백 명이 몰살된 뒤에 보니 혜범은 어디론가 사라지고 없었다. 당시 원승은 혼절한 상태였고 대기는 온 힘을 다해 원승을 구해 뜨거운 불길이 활활 타오르는 능연각에서 달아나느라 당연히 혜범을 뒤쫓을 여력이 없었다. 그 후 불이 꺼지고 능연각을 조사했을 때에도 줄곧 혜범의 종적은 발견하지 못했다.

"그 일로 짐은 침식이 편치 못하네. 열흘 안에 반드시 혜범을 찾아오게. 살았으면 생포하고 죽었으면 시신이라도 가져오게. 장안을 전부 파 뒤집어서라도!"

이융기는 원승을 향해 술잔을 높이 들었다.

"대역모의 주모자 혜범을 잡아들이면 짐은 자네들에게 혼사를 명할 뿐 아니라 친히 혼례에 참석하겠네."

이 말을 들은 신하들은 속으로 찬 숨을 들이켰다. 주모자 혜범이 달아난 일은 천자의 근심일 뿐 아니라 조정의 심복지환이기도 했다. 하지만 혜범은 교활하기가 따를 자 없다는 소문이 파다하니, 열흘 안에 그자를 잡는 것은 상당히 어려운 임무였다. 대기는 순식간에 섭섭한 표정이 됐지만, 청영이 서둘러 슬그머니 그녀의 손을 잡아끌었다.

"신, 황은에 감사드리며 명을 받들겠습니다."

원승은 침착하게 몸을 숙인 뒤 다시 술잔을 높이 들어 비웠다.

"좋네. 짐은 하루빨리 자네의 경삿날이 오기를 기대하겠네."

이융기는 원승을 바라보며 회심의 웃음을 지었다. '공을 세운 이보다 잘못이 있는 이를 쓴다'는 자신의 묘책이 내심 만족스러웠다. 시선을 돌린 그는 마침 오육랑이 손 소사자를 데리고 용주에 오르는 것을 보고 저도 모르게 껄껄 웃었다.

"경들, 저쪽을 보게. 저기 오는 사람이 바로 천하에서 가장 대담하게 도박하는 거지일세."

군주와 신하가 호방하게 마시는 술자리는 달이 중천에 뜰 때까지 계속됐다. 이융기는 그제야 흥이 다해 고력사와 진현례의 수행을 받으며 돌아갔다.

떠들썩하던 자리가 파하자 융경지는 달빛 아래 선 가인 같은 평온함을 되찾았다. 원승과 대기는 작은 조각배를 타고 넘실대는 푸른 파도에 이리저리 흔들렸다.

두 사람은 서로에게 기댄 채 고개를 들어 큼직한 옥쟁반 같은 하늘을 올려다봤다. 밝기가 제각각인 별 몇 점이 아득히 저편에서 깜빡깜빡 눈짓했다. 저 멀리 커다란 용주에는 아직도 등불이 가물거렸고, 주흥이 가시지 않은 무장들이 웃고 떠드는 소리가 드문드문 들려왔다.

대기는 걱정이 태산 같은 목소리로 물었다.

"어떡해요? 당신이 당신 스승을 놔줬잖아요. 이제 폐하께 뭐라고 할 거예요?"

"소십구가 돌보고 있고, 또 감시하고 있소. 그 사람은 이제 계책도 다했고 기력도 쇠했소. 더욱이 중상까지 입어 며칠 버티지 못할 거요. 천수를 다하게 해줍시다."

원승은 드문드문한 별과 밝은 달을 바라보며 잠시 침묵에 잠겼다가 가만히 탄식했다.

"이제 큰일은 끝났고 나는 한가로운 몸이니 마음 놓고 유람을 다닐 수 있게 됐소. 강남에 가고 싶소, 아니면 서역에 가고 싶소?"

"정말이에요?"

대기는 가슴이 뜨거워졌다. 그가 함께 천하를 주유하자던 잡담을 기억해준 것이 고마웠다.

"음, 당신이 가고 싶은 곳이면 어디든 따라갈래요."

원승은 느긋하게 조각배 안에 누워 그녀의 웃는 얼굴을 바라보다가 불쑥 물었다.

"그날 밤 능연각에서 당신은 미생이 되어 누각 밑에서 날 기다리겠다고 했소. 그런데 왜 올라온 거요?"

"벌써 말했잖아요. 난 미생 이야기의 결말이 싫다고요."

여인은 생긋 웃었지만 눈빛은 진지해져 있었다.

"이젠 당신도 알았겠죠? 사실 이야기의 결말은 바꿀 수 있어요.

미생이 필사적으로 싸울 생각만 있다면요."

원숭도 웃었다. 그녀의 맑은 눈동자가 달빛 아래 초롱초롱 반짝였다. 그의 눈에는 그 모습이 하늘에 뜬 별보다 달보다 더 매혹적이었다.

하늘에는 밝은 달이 휘영청 떠 있었다. 환하고 맑은 달빛이 진한 청록빛 연못물에 드리워져 반짝반짝 은빛 고리를 하나둘 찍어냈다. 조각배는 쪽빛 흔적을 그리며 저 멀리 아득하면서도 맑은 달빛을 향해 유유히 나아갔다.

　세상에 둘도 없는 당시(唐詩)를 제외하고 당나라에서 또 하나 독특한 문화를 꼽는다면 바로 기괴한 이야기다. 《유양잡조(酉陽雜俎)》(당대 기록소설), 《유괴록(幽怪錄)》(당대 전기소설집) 같은 작품은 심오하고 괴상하고 상상력이 기발해 중국 단편소설 발전사의 첫 번째 봉우리가 됐다.

　《유양잡조》로 대표되는, 눈을 휘둥그레 뜨게 만드는 판타지적인 색채는 당 이전에도 없었고 당 이후에도 재현되지 않았다. 이에는 당대의 문인들이 종종 소설 문장으로 명예를 얻은 일과 무엇이든 두루 받아들이는 당나라 사람의 개방적인 성품 등 다양한 이유가 있을 것이다.

　당나라는 그처럼 신비하고, 웅대하고, 변화 많고, 열려 있었다. 특히 무측천이 죽은 뒤로 이융기가 태평공주를 소탕할 때까지의 역사는 당나라 권력 싸움이 밀집된 시기로, 파란만장하고 풍운이 가득했다. 이는 작가에게 있어 실로 얻기 어려운 역사적인 소재며, 실제 역사적 배경 아래 동양 판타지 미스터리를 만들 수 있는 '하늘이 내린 기연'이다.

　이 때문에 나는 《당나라 퇴마사》를 썼다. 이 책에 나오는 신비한 전설은 대부분 근거가 있다. 이를테면, '고양이 요괴' 전설은 "수나라 개황 1년, 수문제의 황후 독고 씨가 고양이 요괴와 마주쳤고 사술에 해를 입었다"는 이야기가 《수서》와 《자치통감》에 기록되어 있다. 당고종 때 조정에서 수정, 반포한 《대당소의》에는, "고양이 귀신 이야기를 지어내는 자 및 이를 기르는 자는 일괄 교수형에 처하며, 가족이나 알고도 고하지 않은 자는 일괄 삼천 리 밖으로 유배한다"라고 규정되어 있다. 조정이 고양이 요괴를 처벌하고 막는 일을 법률로 정할 정도였던 것이다.

또 하나의 예로, 〈꿈속의 몸〉에서 언급한 유명한 환술 '줄타기'는 당나라 사람 황보 씨가 지은 《원화기(源化記)》의 '가흥 줄타기'에서 맨 처음 선보였다. 범인이 밧줄 공연을 이용해 달아나는 이야기다.

당태종이 지부를 유람한 전설은 당고종 연간에 나온 《조야첨재(朝野僉載)》에 처음 보이지만 내용은 아주 간략했다. 그러다가 무측천 때에 이르러 돈황의 변문 〈당태종 입명기(唐太宗入冥記)〉(제목은 후세 사람이 때에 따라 덧붙였음 - 작가 주)에서 훨씬 풍부해졌다. 〈당태종 입명기〉는 왕국유가 '송나라 이후 통속소설의 시조'라고 칭송했고, 그 속에 이미 최자옥의 초기 이미지가 들어 있다.

최부군묘에 관해서는 청나라 섬서 순무이자 역사 금석학자인 필원이 《관중승적도지》에 기술했다. 그에 따르면 일찍이 이세민의 아버지 이연이 다스리던 무덕 3년에 장안성 서쪽으로 사십 리 거리에 최부군묘가 있었던 데다, "태종이 꿈에서 신을 만나 '부군신'으로 봉했다"고 한다. 실제로 최부군묘는 판관 최자옥을 비롯한 다양한 원형들이 조합된 것이다.

결론적으로 '당태종 지부 유람'과 최부군 전설은 당대에 이미 널리 퍼졌고, 지금도 장안에는 최부군과 관련 있는 지명이 많이 있다.

울지공과 진경이 수문신이 되고 위징이 꿈에서 경하 용왕을 참한 이야기는 모두가 잘 아는《서유기》에 처음으로 나왔고, 명나라 때 정형화됐다. 다만 이 책의 역사적 배경 시기에는 그런 전설이 없었을 것이다.

하지만 당나라 때 돈황의 변문 〈당태종 입명기〉는 현재 잔본만 남아 앞뒤가 빠져 있다. 대담한 가설을 좋아하는 후스(胡適, 중국 현대 문학가이자 철학가)는《서유기 고증》에서, "위징이 용왕을 벤 일과 그것이 소개된 곳, 그리고 최 판관의 이야기가 어쩌면 훼손된 부분에 있을지 모른다고 생각한다. 그 원본이 전해지지 않아 애석하다"고 했다.

우리가 여기서 후 박사에게 '덜 신중한' 증거를 제시할 수 있겠다. 현무문 사건에서 피살된 이건성은 태자로, 그를 용의 자손이라 이르니 경하 용왕에 빗댈 수 있다. 위징은 한때 태자 이건성의 부하였다. 위징이 꿈에서 경하 용왕을 벤 것은 이건성이 피살된 '현무문의 변'을 빗댔을 가능성이 있다. 이런 식으로 이세민에게 떳떳하지 못한 역사의 한 페이지 '현무문의 변'을 조심스럽게 피해간 것이라면, 수문신과 경하 용왕 이야기가 당나라 때 생겨났을 수도 있지 않을까?

그렇기에 황당무계한 수많은 고대 전설 뒤에는 정치 분쟁의 어두운 그림자가 명멸한다. 당나라의 신비롭고도 깊은 밤 저편에는 아직도 사람들이 모르는 비밀이 잔뜩 숨어서 우리가 글자를 이용해 파헤치기를 기다리고 있다.

퇴마사의 재주 좋은 장수 가운데 원승과 육충, 청영, 대기 네 사람은 내가 애써 묘사한 이들이며, 오육랑은 표지다. 내가 다소 아쉽게 느끼는 것은 고검풍에게 좀 더 지면을 할애하지 못해 캐릭터 성이 약간 부족하다는 점이다.

어느 독자가 내게 퇴마사 인물 중 누구를 좋아하느냐고 물은 적이 있다. 내가 가장 좋아하는 사람은 단연 원승이다. 초 훈남이자 누구에게나 부드럽고 따뜻한 그는 자신을 배신한 부하 앞에서도 여전히 온화하다. 안락공주가 이미 돈과 권력에 기울었다는 것을 뻔히 알면서도 고양이 요괴를 처리해줬고, 마지막 순간에도 결연히 구하러 갔다.

다만 원승은 짊어진 것이 너무 많아서 때때로 울적해할 수밖에 없었다. 가까운 벗인 육충에게는 두꺼운 '가면'을 쓰고 살아간다며 비웃음당하기도 했다. 하지만 결과적으로 그는 믿을 만한 친구였다. 요즘 사람들은 너무 자기중심적이어서, 원승 같은 사람을 찾기가 어렵다. 어렵기 때문에, 나는 더더욱 그런 사람이 좋다.

2018년 6월에
왕칭촨

大唐辟邪司

大唐辟邪司 3
당나라 퇴마사 3 천하를 건 싸움

제1판 1쇄 발행 | 2020년 8월 13일
제1판 2쇄 발행 | 2020년 9월 1일

지은이 | 왕칭촨
옮긴이 | 전정은
펴낸이 | 손희식
펴낸곳 | 한국경제신문 한경BP
책임편집 | 이혜영
교정교열 | 김명재
저작권 | 백상아
홍보 | 서은실 · 이여진 · 박도현
마케팅 | 배한일 · 김규형
디자인 | 지소영
본문디자인 | 디자인 현

주소 | 서울특별시 중구 청파로 463
기획출판팀 | 02-3604-553~6
영업마케팅팀 | 02-3604-595, 583   FAX | 02-3604-599
H | http://bp.hankyung.com   E | bp@hankyung.com
F | www.facebook.com/hankyungbp
등록 | 제 2-315(1967. 5. 15)

ISBN 978-89-475-4619-5 04820